JEAN HANFF
KORELITZ

DIE NACHZÜGLERIN

JEAN HANFF KORELITZ

DIE NACHZÜGLERIN

Roman

Aus dem amerikanischen Englisch
von Sabine Lohmann

Blessing

Die Originalausgabe erschien unter dem Titel THE LATECOMER
bei Celadon Books/Macmillan, New York

Das Motto stammt aus:
Evelyn Waugh, *Wiedersehen mit Brideshead*,
Übersetzt von pociao, Diogenes, Zürich, 2013, S. 325 f.

MIX
Papier | Fördert
gute Waldnutzung
FSC® C014496

Penguin Random House Verlagsgruppe FSC® N001967

1. Auflage, 2024

Redaktion: Angelika Lieke
Umschlaggestaltung: Favoritbüro, München
Umschlagabbildung: © The Good Brigade/Getty Images
Satz: satz-bau Leingärtner, Nabburg
Druck und Bindung: GGP Media GmbH, Pößneck
Printed in Germany
ISBN: 978-3-89667-765-5

www.blessing-verlag.de

Für Leslie Vought Kuenne,
in memoriam

»Ich habe ihn […] mit einem verborgenen Haken und
einer unsichtbaren Leine gefangen, die lang genug ist,
um ihn bis ans Ende der Welt wandern zu lassen
und dann mit einem kleinen Ruck an der Schnur
wieder zurückzuholen.«

C. K. Chesterton, in: Evelyn Waugh,
Wiedersehen mit Brideshead

Vorwort

Die Oppenheimer-Drillinge – die von niemandem, der sie kannte, als »die Oppenheimer-Drillinge« bezeichnet wurden – hatten sich seit ihren Anfängen in der gemeinsamen Petrischale immer schon auf der Flucht voreinander befunden. Keiner der drei – Harrison (der Schlaue), Lewyn (der Schräge) oder Sally (das Mädchen) – empfand auch nur einen Hauch von Zuneigung für einen der anderen, hatte Bruder oder Schwester je mit geschwisterlicher Verbundenheit wahrgenommen, geschweige denn als Gegenüber in einer liebevollen und unauflöslichen Familienbeziehung.

Und das, wohlgemerkt, trotz des jahrelangen Bemühens zumindest eines Elternteils, ganz zu schweigen von den unermesslichen Privilegien, die sie genossen hatten, angefangen mit den nicht unbeträchtlichen Summen, die allein für ihr Zustandekommen aufgewendet wurden! Nein, ein tief verwurzeltes Unbehagen überschattete diese drei, schon seit sie alt genug waren, ihre Entstehungsgeschichte zu begreifen, ihre Eltern zu verurteilen und sich ein grundlegendes Urteil über die Geschwister zu bilden. Achtzehn Jahre lang waren sie zusammen gewesen, vom Ursprung in der Petrischale über die Monate, die sie dicht gedrängt im mütterlichen Bauch verbracht hatten, bis zum gemeinsamen Zuhause an der Brooklyn Esplanade (und dem Sommerhaus auf Martha's Vineyard) sowie den Jahren der Schulerziehung (oder der Indoktrination, aus Harrisons Sicht) an der hochgelobten Walden School in Brooklyn Heights, deren sozialistisches Ethos in krassem Kontrast zur Höhe der Schulgelder stand. Und zu keinem Zeitpunkt hatten sie sich je einander angenähert, nicht mal aus Mitleid mit ihrer Mutter, die sich zeit ihres Lebens nichts mehr wünschte als das.

Und eines Tages waren sie dann achtzehn und damit nicht nur flügge geworden, sondern geradezu verzweifelt darauf aus, drei vollkommen getrennte Erwachsenenleben zu beginnen, was auch ganz sicher passiert wäre, hätte die Geschichte der Familie Oppenheimer nicht eine unerhörte Wendung genommen. Aber sie tat es – wir taten es –, und das hat alles verändert.

Teil 1

DIE ELTERN

1972–2001

Kapitel 1

Das ganze Grauen

In dem Salo Oppenheimer auf einen Felsbrocken trifft

Mom hatte eine Art, immer gleich auszuweichen, wenn jemand fragte, wie sie und unser Vater sich kennengelernt hatten. Meist sagte sie, es sei bei einer Hochzeit in Oak Bluffs gewesen, zu der sie von dem Bruder des Bräutigams mitgenommen worden sei, und unter den Gästen habe sich ihr zukünftiger Ehemann befunden, als Trauzeuge für seinen Bundesbruder aus der Studentenverbindung. Beides stimmte zwar einerseits, war andererseits aber glatt gelogen. Denn unsere Eltern hatten sich vorher schon einmal getroffen, unter wirklich schaurigen Umständen, weswegen wir alle einsahen, dass es unserer Mutter einfach nicht möglich war, ehrlich zu antworten. Im Grunde ist es eine ganz harmlose Frage – *Wo habt ihr beide euch eigentlich kennengelernt?* –, auf die eine unverfängliche Antwort folgt, die den Auftakt bildet für ein Leben in Zweisamkeit mit all seinen Folgen, inklusive Nachwuchs (in unserem Fall sogar jeder Menge Nachwuchs). Aber was, wenn dieser Moment mit dem allerschlimmsten Ereignis im Leben eines jungen Menschen zusammenfällt? Wer würde sich das nicht lieber ersparen – und ebenso der Person, die so arglos gefragt hat? Der Schock. Das Entsetzen. Das ganze Grauen.

Tatsache war, dass unsere Eltern sich in New Jersey kennengelernt hatten, in einer konservativen Synagoge, die wie ein brutalistischer Ostblockbau aussah. Sie hieß Beth Jacob, befand sich in Hamilton Township, und der traurige Anlass war das Begräbnis eines neunzehnjährigen Mädchens namens Mandy Bernstein, das vier Tage zuvor in einem Auto ums Leben gekommen war, das ihr Freund steuerte, unser Vater, Salo Oppenheimer. Mandy war ein dynamisches, vor Leben nur so sprühendes junges Mädchen gewesen, mit strahlendem Lächeln und langem dunklen Haar, der älteste Spross und ganze Stolz ihrer Familie (die Bernsteins aus Lawrenceville, New Jersey, und Newton, Massachusetts). Sie studierte im zweiten Jahr Psychologie an der Cornell University und betrachtete sich als die glückliche Auserwählte und zukünftige Lebenspartnerin von Salo Oppenheimer. Mandy Bernstein war eine von zwei Cornell-Studenten, die bei dem Unfall ums Leben gekommen waren; das andere Opfer war Salos Freund und Bundesbruder Daniel Abraham, ein liebenswerter Junge, der zum ersten oder zweiten Mal mit der anderen Person auf dem Rücksitz verabredet gewesen war. Diese Person lag noch im Krankenhaus in Ithaca. Nur Salo war beinah unverletzt aus dem Autowrack gestiegen.

Selbst damals hatte niemand ihm einen Vorwurf gemacht. Wirklich niemand! Trotz aller Wut und Trauer der Familien Abraham und Bernstein und der vielen Freunde dieser zwei jungen Menschen, die so unfassbar schlagartig nicht mehr da waren, hielten alle in der Synagoge (wie in der folgenden Woche auch alle bei Daniel Abrahams Gedenkgottesdienst in der E. Bernheim & Sons Bestattungskapelle in Newark, New Jersey) eisern an der Überzeugung fest, dass Salo Oppenheimers nagelneuer Laredo mit völlig statthafter Geschwindigkeit unterwegs gewesen war, als er auf einen losen Felsbrocken traf und sich – unvermittelt, völlig unbegreiflich – überschlug und auf dem Dach landete, halb am Straßenrand, halb im Graben. Es hatte den Anschein, als ob *die Hand Gottes höchstselbst* das Fahrzeug hochgerissen und auf die Erde zurückgeschleudert hätte. Wer konnte das Rätsel ergründen? Wer den Verlust begreiflich machen?

Salo jedenfalls nicht. Bei der Trauerfeier seiner Freundin saß er in der zweiten Reihe, mit vier Stichen in der Kopfhaut und einer elastischen Binde (nicht mal ein Gips!) am linken Handgelenk, beinahe katatonisch vor Schock und Schuldgefühlen, kaum in der Lage, Mandys zahllose Verwandtschaft und Schulfreunde wahrzunehmen und dazu noch das Kontingent an Bernsteins, die schon vor Jahren nach Israel gezogen, nun aber hier in Hamilton Township plötzlich furchtbar präsent waren. Alle weinten sie bitterlich und sahen zu ihm hin, und dennoch: *Ihm* gaben sie nicht die Schuld. Zumindest Salo gegenüber schien jeder der Meinung zu sein, schuld sei allein ... der Jeep.

Warum ein Jeep? *Warum nur ein Jeep*? Es gab doch genug Autos zur Auswahl, und tatsächlich war er drauf und dran gewesen, einen metallic-grauen 300-D Benz aus Manhattan zu kaufen, als seine Großmutter seine Mutter anrief und sich beschwerte, es sei eine Schande für jeden Juden, einen Mercedes zu fahren; ob Salo sich denn so weit von seinem Judentum entfernt habe, so unberührt sei von dem Schicksal seines Märtyrer-Vorfahren Joseph Oppenheimer (Goebbels' *Jud Süß*!), ob er denn nicht wisse, dass die Firma Zwangsarbeiter aus Konzentrationslagern eingesetzt hatte, um Waffen und Flugzeugmotoren herzustellen? Die Antwort darauf war: Ja, Salos jüdische Identität war nicht besonders ausgeprägt, weder in religiösem noch, mit seinen neunzehn Jahren, in spezifisch historischem Sinn. Sicher wusste er um den mythischen Jud Süß – »Hofjude« beim Herzog von Württemberg in den 1730ern, nach dem plötzlichen Ableben seines Herrn einer Reihe angeblicher Verbrechen beschuldigt und gehenkt, darauf noch sechs Jahre am Galgen außerhalb von Stuttgart zur Schau gestellt –, aber das war doch alles tiefstes achtzehntes Jahrhundert, und Salo war von den 1960ern geprägt, als die ganze Kultur sich um den jugendlichen Elan seiner eigenen Generation drehte und die Vergangenheit nicht mehr viel zu melden hatte. Außerdem hatte dieser Benz ihm wirklich gefallen, die elegante Karosserie und die Ledersitze, dieser Hauch von europäischer Kultiviertheit, der ihn da am Steuer umgab. Nach jenem Anruf aber kam das natürlich nicht mehr infrage, und irgendein Instinkt trieb ihn in die entgegengesetzte Richtung, von der Nazifirma Mercedes-Benz zu dem Vorzeige-Amerikaner (und Antisemiten) Henry Ford.

Später wurde die miserable Straßenlage dieser 1970er-Jeeps ja fast zu einem Klischee, doch damals stand so ein robustes Vehikel mit Allradantrieb für Aufbruch und Expansion, es suggerierte Kompetenz, nicht Kompromiss. Und wenn Salo Oppenheimer denn schon gewillt war, bei der Anschaffung seines ersten eigenen Wagens auf die luxuriöse Innenausstattung und das schicke Design einer deutschen Edelmarke mit langer Firmentradition (wie auch Zwangsarbeit) zu verzichten, dann nur für den zusätzlichen Anreiz, selbst bei den fürchterlichen Straßenverhältnissen im winterlichen Ithaca, seiner Universitätsstadt, über Stock und Stein brettern zu können. Ein Jeep für Schluchten und vereiste Highways! Ein Jeep für die kurvigen Landstraßen von Upstate New York! Ein Jeep für Spritztouren mit Kumpels und Freundinnen, einfach munter ins Blaue hinein, wie an jenem schicksalsträchtigen Samstagmorgen.

Hinterher konnte er sich nicht mehr an den Felsbrocken auf der Straße erinnern und auch nicht an den entsetzlichen Halbkreisflug durch die Luft, mit der grellen Wintersonne in den Augen. Im Gedächtnis blieb ihm nur das Kreischen des gestauchten Metalls – dieses absurde Sardinenbüchsendach, das sich beim Aufprall nach innen dellte – und der überrascht aufklappende Mund von Mandy Bernstein, deren niedliche sommersprossige Nase er sofort hinreißend gefunden hatte, als er sie bei einem Empfang für jüdische Studienanfänger zum ersten Mal sah. Mandy war ein sonniges Menschenkind, immer zum Lachen aufgelegt, in ständiger Verbindung zu ihren Eltern und jüngeren Schwestern in New Jersey. (Wenn sie nicht in ihrem Zimmer war, dann steckte sie meist in der Telefonzelle am Ende des

Korridors und sprach Lisa oder Cynthia wegen irgendwelcher Schulprobleme oder subjektiv empfundener elterlicher Ungerechtigkeiten Trost zu.) Auch mit ihren Cousins und Cousinen in Newton, dem Mutterschiff der Familie Bernstein, hatte sie in engem Kontakt gestanden. Sie trug ihr Haar zum Pferdeschwanz gebunden, manchmal mit einem roten Bandanatüchlein (ein modisches Detail, das sie von einem sommerlichen Kibbuz-Besuch in der Schulzeit mitgebracht hatte), dazu abwechselnd drei heiß geliebte Jeans mit Schlag, die sie immer weiter bestickte: Schmetterlinge, Regenbogen, ein Konterfei des Familienpudels Poochkin in Lavendelblau. Im Dezember ihres ersten Studienjahres »gingen« sie miteinander, was im Prinzip bedeutete, dass Salo sie zu Footballspielen mitnahm oder sie zu ihrem Wohnheim begleitete, wenn die Bibliothek schloss. Im neu eröffneten, exotischen Innenstadtlokal Moosewood probierten sie etwas, das »Tofu« hieß, ansonsten versorgten sie sich auf dem abendlichen Rückweg zu ihren Campuswohnheimen oft am Hot Truck. Mandy hatte eine Vorliebe für die riesigen Pizzasandwiches.

Er hatte sie nur ein Mal mit nach Hause genommen, als sie in der Stadt war, um sich für ein Sommerpraktikum bei der UJA-Federation zu bewerben (wofür sie auch eine Zusage erhielt, in einem Brief, der eine Woche nach dem Unfall eintraf). Die Einführung bei seiner Familie war ganz gut gelaufen, auch wenn die Bernsteins offensichtlich nicht zu ihren Kreisen gehörten (und obwohl Selda Oppenheimer sich eigentlich eine Sachs, eine Schiff oder sogar eine Warburg für ihren Sohn erhoffte). Mandy war einfach so entzückend, so umwerfend charmant und so unverkennbar bis über beide Ohren verliebt in Salo Oppenheimer. Sie liebte seinen Verstand und seine Manieren und auch seinen spindeldürren Körper, so hochgewachsen und fragil, ohne jegliche Muskelmasse. Sie liebte eine spezielle Güte, die sie in ihm sah, welche Salo allerdings – ganz ehrlich – nie vorgegeben hatte zu besitzen. Es stimmte auch nicht ganz, dass sie in ihm den Wunsch weckte, ein besserer Mensch zu sein; es war eher der Wunsch, wirklich zu *wünschen,* er wäre ein besserer Mensch. Zu jener Zeit schien ihm das zu genügen.

Er hatte ihr keinen Heiratsantrag gemacht. Sie waren nicht verlobt, obwohl er diesen Umstand später absichtlich im Unklaren beließ, weil er wusste, dass es Mandys Eltern viel bedeutete. Es lag doch ein beträchtlicher Unterschied zwischen »Sie war ein tolles Mädchen, mit dem zusammen zu sein jeder sich hätte glücklich schätzen können« und »Sie war die Liebe meines Lebens, ich wollte sie heiraten«. Also entschied unser Vater sich – vernünftigerweise – dafür, ihre Eltern glauben zu lassen, was immer ihnen half, den Schmerz leichter zu ertragen. In jenem schrecklichen Winter und Frühjahr und auch noch während der folgenden paar Jahre ließ er zu, dass die Bernsteins ihn als Mandys zukünftigen Verlobten, Ehemann und Vater der Kinder, die sie nie haben würde, in ihre Trauer einbezogen. Dann heiratete er Johanna Hirsch, die Schulfreundin ihrer Tochter, und der Kontakt brach ab.

Mandy Bernstein war Johannas große Schwester gewesen, nicht im buchstäblichen Sinne, sondern im Ortsverband der B'nai B'rith Girls. Sie nahm die Aufgabe ernst, hinterließ Überraschungsgeschenke (Bagels und Frischkäse, Chocolate Chip Cookies) an der Haustür der Hirschs, wenn sie wusste, dass Johanna für eine Schulaufgabe lernte, und half Johanna bei ihren Hilfsprojekten, wie dem Autowaschen zugunsten des Hebräischen Pflegeheims oder den Freundschaftsbriefen an Kinder in Israel. Die »Schwestern« waren zufällig gewählt, aber Johanna war überglücklich, als ihr die hübsche und allseits beliebte Mandy Bernstein zugeteilt wurde. *Mandy Bernstein!* Nie hätte sie sich getraut, ihr im Gewimmel ihrer New Jersey Highschool die Freundschaft anzutragen, wo ein Jahr Altersunterschied alles bedeutete und subjektiv wahrgenommene Defizite in Bezug auf Aussehen, Reichtum und Coolness unüberbrückbar waren.

Bei der Beerdigung war Johanna eine von Dutzenden junger Frauen, die alle persönlich betroffen um Mandy trauerten. Wer der junge Mann mit dem verbundenen Handgelenk war, sprach sich schnell herum, und man kann sagen, dass Salo Oppenheimer das Objekt einer gewissen romantischen Faszination war. Wie er sich wohl fühlen mochte? Selbst noch so jung und schon für den Tod von zwei Menschen verantwortlich, die genauso jung gewesen waren. Wie würde er den Verlust seiner geliebten Mandy je verkraften können, dieser strahlenden, cleveren (Ivy League!) Person, das Goldstück ihrer Familie? In den voll besetzten Kirchenbänken der Beth-Jacob-Synagoge war Johanna vielleicht nicht die Einzige, die sich fragte, wem es am Ende wohl gelingen würde, diesen tief verstörten Salo Oppenheimer aus seinem Mahlstrom aus Schuld und Schmerz zu erretten. Vielleicht war sie nicht die Einzige, die sich vorstellte, wie viel Liebe und Mitgefühl es brauchen würde, um Salo Oppenheimer ins Leben zurückzuholen.

Unsere Mutter war nicht so bemerkenswert wie Mandy Bernstein. Sie war ein ganz gewöhnliches Mädchen aus einer so durchschnittlichen Familie, dass sie sich für deren Mittelmäßigkeit schämte und dann wiederum für ihren Mangel an Loyalität. Ihr Vater war Buchhalter an dem berühmten Internat von Lawrenceville, und den Job hatte er angenommen, damit Johannas jüngerer Bruder, unser Onkel Bobby, die Chance bekam, dort aufgenommen zu werden (Lawrenceville war noch einige Jahre entfernt von gemischten Klassen – nicht, dass unser Großvater sich je um Chancengleichheit für seine Töchter geschert hätte). Lawrenceville und die Chancen, die es bedeutete, waren an unseren Onkel Bobby allerdings komplett verschwendet; er war entschieden antiintellektuell (womit man in den Siebzigern in Lawrenceville noch durchkam) und Haschdealer (womit man nicht durchkam, zumindest nicht, wenn man erwischt wurde). Nach diesem desaströsen Einstieg musste er an die Lawrence High überwechseln, wo seine Schwestern zur Schule gingen, und dort fand er jede Menge neue Kunden. (Auf lange Sicht erwies sich der Geschäftssinn unseres Onkels als durchaus von Vorteil. In den frühen Neunzigern war er bereits als Bauunternehmer mit eigener Protzimmobilie in Point Pleasant etabliert. Das Dealen hatte er mittlerweile aufgegeben, und eines Tages würde er – *Wunder über Wunder!* – ein eigenes Kind nach Lawrenceville schicken.) Phil Hirsch, unser Großvater, fühlte sich sicher gedemütigt von diesem Lauf der Dinge, seine Stellung an der Schule aber behielt er bei, bis er in Rente ging. Vielleicht war es seine Art, das Gesicht zu wahren.

Aus Sicht unserer Mutter hatten ihre Eltern den echten Star der Familie vollkommen übersehen, der natürlich nicht Bobby war und schon gar nicht sie selbst. Unsere Tante Debbie, die Älteste, war ebenso klug wie ehrgeizig, in der unauffälligen Art von Mädchen, die während der zweiten Welle der Frauenbewegung in den Siebzigern gerade erwachsen wurden; der Tatsache gewärtig, dass Türen sich öffneten und dass es erlaubt war – auch wenn man sich nicht unbedingt *ermutigt* fühlte – hindurchzugehen. Debbie wählte das ruhige (wenn auch unter der Oberfläche brodelnde) Mount Holyoke College zum Studieren und absolvierte danach einen Einzelhandelslehrgang bei Macy's, aus dem simplen Grund, dass sie Kaufhäuser immer noch irgendwie aufregend fand. Das gab sich allerdings bald, als sie ihre Tage damit zubrachte, Kartons auszupacken und Inventur zu machen. Irgendwann jedoch wurde ihr bewusst, wie viele Ideen sie zur Optimierung von Bestellmodalitäten und Lieferketten beisteuern konnte, und alles pendelte sich wieder ein. Unbegreiflicherweise waren ihre Vorgesetzten aber nicht an Debbie Hirschs Ideen interessiert, also ging sie zur Business School und fand schließlich jemanden, der Interesse hatte. Zu der Zeit, als ihre jüngere Schwester Johanna sich gerade in ihrem Eheleben einrichtete und ihre schicksalhafte »Fruchtbarkeitsodyssee« antrat, war Debbie Hirsch Krieger Geschäftspartnerin in einer Unternehmensberatung, wohnte mit Mann und Söhnen in einer klassischen Sechszimmerwohnung an der Park Avenue und verbrachte den Sommerurlaub in Bridgehampton.

Zwischen dem verkannten Star, der Debbie war, und dem permanenten Ärgernis, das ihr Bruder Bobby darstellte, versuchte unsere Mutter einfach nur, durch ihre Jugendjahre zu kommen, ohne irgendwo anzuecken. Johanna war eine mittelmäßige Schülerin, saß bei ihrem Volleyballteam meist auf der Reservebank und hielt Abstand zu den beiden Cliquen, die an ihrer Schule den Ton angaben (bekannt als *die Schönen* und *die Schrägen*). Befreundet war sie mit einer Handvoll Mädchen, die sie noch aus der Grundschulzeit kannte, sie nahm sich vor Jungen in Acht und gab ihren Eltern niemals Anlass zur Sorge (oder überhaupt Anlass, in irgendeiner Form auf sie aufmerksam zu werden). Auf Debbies Rat hin, die im Begriff stand, aufs College zu gehen, und sich sorgte, ihre Schwester würde dann gänzlich vereinsamen, war sie den B'nai B'rith Girls beigetreten. Dort traf sie auf die wunderbare Mandy Bernstein – offensichtlich eine von den *Schönen* und schon in der Abschlussklasse –, die Johanna Hirsch mit ihrem magischen Feenstaub verzauberte. Monate später war Mandy fort, aufs College. Ein Jahr danach war sie fort für immer.

»Es tut mir so leid«, sagte Johanna zu Salo Oppenheimer nach der Trauerfeier. Sie war eine von an die vierzig jungen Frauen, die mit ausgestreckter Hand auf ihn zutraten und genau diese Worte aussprachen, und es gab keinen Grund, weshalb er sich an sie erinnern sollte, was er auch nicht tat, obwohl das weniger mit Johannas Unauffälligkeit zu tun hatte als mit der pausenlos kreischenden Stimme im Kopf unseres Vaters, die ihn während der ganzen Zeremonie quälte. Johanna fuhr dann in einem der Wagen zum Friedhof und sah Mandys gebrochene Eltern und Schwestern rote Tonerde auf den Sarg werfen, sah auch Salo Oppenheimer rote Tonerde auf den Sarg werfen, und bis sie endlich selbst am offenen Grab stand, war nichts mehr zu werfen übrig. Danach war Salo Oppenheimer von einem würdevollen älteren Paar in einem Lincoln Town Car mitgenommen worden, und Johanna sah ihn einige Jahre nicht wieder, bis zu der Rudnitsky-Hochzeit in Oak Bluffs.

Inzwischen war Johanna in ihrem zweiten Studienjahr in Skidmore. Sie war allerdings nicht mit dem Herzen dabei, weder was ihr Hauptfach (Soziologie) noch was das Studieren überhaupt betraf. Sie mochte auch Saratoga nicht so besonders, das im Sommer voller Tanzbegeisterter und Pferdenarren und den Rest des Jahres brutal kalt war; dazu kam, dass ihre Schwärmereien für irgendwelche Mitstudenten immer mit irgendeiner Variation von *Es liegt nicht an dir, es liegt an mir* endeten, meist bei einem Glas schalen Biers in einer der Innenstadtkneipen. Hätte man Johanna Hirsch gefragt, was in aller Welt ihr denn wirklich wichtig sei, wäre ihr kaum etwas eingefallen, schon gar nicht sie selbst. Eigentlich ließ sie sich nur treiben, wie schon immer, früher im Rinnstein ihrer Familie und nun im Rinnstein ihrer Studentenzeit. Bis auf einmal nichts mehr war wie zuvor.

Es war einer jener *Es-liegt-nicht-an-dir,-es-liegt-an-mir*-Typen, der sie zur Hochzeit seines Bruders auf Martha's Vineyard eingeladen hatte. Joshua Rudnitsky hatte ihr allerdings nicht gesagt, dass ihre Rolle die einer Vorzeigefreundin sein sollte, hinter der er sich als Nicht-Geouteter verstecken konnte; immerhin hatte er sie aber gewarnt, dass es am Hochzeitswochenende leicht zu einer familiären Krise kommen könne: Sein Bruder heirate eine *Schwartze* (wie seine Eltern sagten), und seine Mutter befinde sich deswegen schon das ganze Frühjahr am Rande eines Nervenzusammenbruchs. (Mit anderen Worten, es war nicht der Moment, ohne passende weibliche Begleitung aufzukreuzen.) Johanna machte bereitwillig mit. Sie war noch nie auf der berühmten Insel gewesen, wo vor ein paar Jahren der schreckliche Unfall mit dem jungen Senator und seiner Mitarbeiterin passiert war, und sie war neugierig auf die Eltern ihres Begleiters, die jemanden unverblümt als *Schwartze* bezeichneten, und auf jenen Bruder, der mutig – oder widerspenstig – genug war, eine Wahl zu treffen, die sie offenbar als Provokation empfanden. (Ehrlich gesagt hatte ihre Mutter ganz genauso reagiert, als sie ihr davon erzählte.)

Als sie am Nachmittag vor der Hochzeit dort eintrafen, wurde sie gleich bei den Brautjungfern abgeliefert: acht Mädels aus Spellman plus Wendy Rudnitsky, die Schwester von Joshua und Michael, dem Bräutigam. Es war Johanna ein wenig peinlich, nicht weil sie weiß war (Braut und Brautjungfern hießen sie herzlich willkommen), sondern weil die Frauen so vertraut miteinander umgingen, während sie selbst sich als Fremdkörper fühlte. Sie versuchte, sich wenigstens vor dem Probeessen zu drücken, aber die anderen bestanden darauf, sie zu dem Gasthof in Lambert's Cove mitzuschleppen, und das war der Ort, an dem sie Salo Oppenheimer wiedertraf, der ihr seit jenem schrecklichen Begräbnis von Zeit zu Zeit noch durch den Kopf spukte. Nachdem die Toasts auf das Brautpaar ausgesprochen worden waren, zogen sich die älteren Familienmitglieder allmählich zurück, und nur das Brautpaar und seine Freunde blieben plaudernd an dem langen Tisch sitzen. Unsere Mutter sah Salo mit einem Glas Champagner am Terrassengeländer lehnen, ging zu ihm, stellte sich vor und streckte ihm abermals die Hand hin.

»Es tut mir leid, dich daran zu erinnern, wo wir uns schon mal getroffen haben«, sagte sie.

Unser Vater drehte sich zu ihr um. »Oh«, sagte er nach einem Moment. »Daniel oder Mandy?«

Daniel war wohl der andere gewesen, wurde ihr klar. Der Freund.

»Mandy. Ich kannte sie.«

»Sie war so ein guter Mensch«, sagte Salo.

»Ja. Ich bin Johanna. Ich bin mit Michaels Bruder Joshua hier.«

»Oh«, sagte Salo. »Ich dachte, Joshua ist homosexuell.«

Erst da ging ihr auf, was *Es liegt nicht an dir, es liegt an mir* zu bedeuten hatte.

»Wir sind bloß Freunde«, sagte unsere Mutter, womit sie sich aller Hoffnungen entledigte, die sie, seien wir ehrlich, trotz allem noch in den Bruder des Bräutigams gesetzt hatte. Von da an ging es ihr nur noch um unseren Vater, und es wurde zu ihrer Lebensaufgabe, ihn genug zu lieben, um ihm die schwere Last seiner Schuld zu erleichtern, ihn aus diesem grausamen Zeitsplitter herauszulösen, in dem er so unfair gefangen war, und Balsam für die Wunde zu sein, die nicht heilen wollte. Es kam ihr viele Jahre lang nie in den Sinn, dass sie nicht diejenige – die Einzige – war, der das je gelingen könnte.

Kapitel 2

Das Stendhal-Syndrom

*In dem Salo Oppenheimer ins Taumeln gerät
und Johanna Oppenheimer zu begreifen beginnt,
worauf sie sich eingelassen hat*

Wenn ich mir vorstelle, wie der Jeep unseres Vaters die Bodenhaftung verlor und das Band der Schwerkraft sich dehnte und immer weiter dehnte, bis es plötzlich zerriss, nehme ich ein Geräusch wahr wie ein geschocktes Nach-Luft-Schnappen, und ich sehe wie in Zeitlupe ein schauerlich anmutiges Durcheinanderrutschen von vier Körpern in dem wirbelnden Innenraum, sich umschlingend und verdrehend in einem fatalen Ballett. Das Gefühl des Fallens hätte fast angenehm sein können, hätte sich die physische Empfindung von dem Begreifen dessen, was da geschah, abkoppeln lassen. Und es würde ihn nie mehr verlassen. Manchmal, ob schlafend oder wach, fand er sich plötzlich in Mandys überraschte Augen blickend oder hörte Daniels seltsam unbeschwert klingendes »Hey!« vom Rücksitz, oder er spürte die vierte Person, die unsichtbare Freundin, irgendwo hinter ihm in der ganzen Verwirrung: ein Schatten, der dunkel über sein rechtes Handgelenk fiel. Und all das trug zu seiner neuen, sehr spezifischen lebenslangen Herausforderung bei: Wie war es möglich weiterzuatmen, nachdem man den Tod zweier Menschen verschuldet hatte?

Uns hat er nie erzählt, was er getan hatte. Er gab keinem von uns je die Gelegenheit, ihn zu verstehen.

Selbst vor dem Unfall war unser Vater schon ein geübter Heuchler gewesen, der routinemäßig krasse Unwahrheiten unwidersprochen ließ – wie zum Beispiel die, dass er mit Mandy Bernstein verlobt oder auch nur in sie verliebt gewesen sei. Bevor er sie tötete, war der Hauptgrund für seine mangelnde Offenheit, dass er ihre Gefühle nicht verletzen wollte; nachdem er sie getötet hatte, wollte er den Schmerz ihrer Familie nicht noch verschlimmern. Außerdem war es viel leichter, einfach zuzustimmen, wenn die Leute irgendetwas annahmen, und alle nahmen dasselbe an, aus gutem Grund: Mandy hatte nicht nur sehr an ihm gehangen, sondern auch bereitwillig in seiner Studentenbude mit ihm geschlafen (es waren die frühen Siebzigerjahre, als viele wohlerzogene Mädchen so etwas nicht taten). Durchaus möglich, dass die beiden zusammengeblieben wären und geheiratet hätten. *Warum auch nicht?* Man brauchte sich nur umzusehen – viele Männer gaben sich mit weit weniger als einer wie Mandy Bernstein zufrieden! Aber *Liebe*, wie er und einige seiner Kinder sie irgendwann erleben sollten – nein, das war es nicht. So etwas hatte er überhaupt noch nie empfunden und konnte es auch nicht recht glauben, wenn jemand anders es von sich behauptete.

Wie dem auch sei, heucheln war nicht dasselbe wie *lügen*, vor allem, wenn es darum ging, die Trauernden zu schonen, von denen es so viele gab, inklusive, wie der Zufall es wollte, Johanna Hirsch. Unsere Mutter war so vorsichtig, Salo nie nach Mandy zu fragen; sie glaubte offenbar, dass sein Herz (sein *Herz!*) ohnehin niemals ganz ihr gehören würde, da es zum Teil ja noch jenem armen, für immer verlorenen Mädchen verbunden bleiben musste. Außerdem fand Salo ein gewisses Maß an Täuschung nicht verwerflich, wenn einem manche Fähigkeiten nun mal nicht gegeben waren (Kopfrechnen, beispielsweise, oder Weitsprung, oder tiefe Gefühle für einen anderen Menschen). Solche Schwachstellen gab es in unserer Familie viele, und manche davon bedauerte er weit mehr als das Unvermögen, die Frau zu lieben, die er angeblich hatte heiraten wollen (oder auch die, die er dann tatsächlich heiratete). Es mangelte ihm zum Beispiel an jeglicher Musikalität; das war bitter. Zudem war er nicht zu der lockeren Verbindlichkeit fähig, die er bei anderen Leuten sah. Vor allem aber, und erst recht seit dem Unfall, fehlte ihm das selbstverständliche Gefühl, in seinem Leben zu Hause zu sein, fast als hätte er nie aufgehört, haltlos durch die Luft zu wirbeln. Immer und immer wieder versuchte er, sich aufzurichten, und manchmal musste er gegen den Drang ankämpfen, einfach Schluss zu machen. Die mangelnde Lebensfreude – das vergällte ihm den ganzen Rest.

Salos physische Wunden heilten so schnell, dass er sich dessen schämte. Nach wenigen Wochen war er wieder zurück im Studentenheim, zurück in seinen Vorlesungen und Seminaren, obwohl er von nun an die Leute mied, mit denen er vorher zu tun gehabt hatte. Er schleppte sich durch seine Kurse und schaffte relativ mühelos einen mittelmäßigen Abschluss, und im Sommer flog er nach Europa und ließ sich treiben. Den Leuten, denen er in Zügen oder Museen begegnete, erzählte er nur wenig von sich – *New Yorker, College-Absolvent, zukünftiger Bankier* – und kein einziges Wort über das Unheil, das den Mittelpunkt seines Lebens bildete. Er war nicht verzweifelt; er war nur ein Opfer der Schwerkraft, die sich auf einmal in eine derart schreckliche Schwerelosigkeit verwandelt hatte. Niemand konnte das verstehen, wieso dann davon reden?

Er begann seine Reise in Rom und ließ sich nordwärts treiben, durch Mailand, Genf, Paris. Das Alleinsein machte ihm nichts aus, auch wenn die anderen jungen Leute, die rudelweise mit dem neuen Studententicket unterwegs waren, sich über ihn wunderten. Ein Tourist in ihrem Alter, offenbar gut bei Kasse – er schlief in Hotels, nicht in Jugendherbergen –, weshalb immer allein? Aber natürlich war er nicht immer allein. Er fühlte sich ganz wohl unter den Leuten, die er zufällig traf. Er lud sie gern zum Essen ein – er konnte es sich ja leisten – oder zahlte ihnen den Eintritt zu irgendeiner touristischen Sehenswürdigkeit. Und wenn sie als Nächstes an einen Ort reisen wollten, der nicht schlechter klang als irgendein anderer, schloss er sich ihnen oft an, weil es ihn nirgends besonders hinzog. Was spielte es denn für eine Rolle, wo er sich befand? Wenn die Welt andauernd unter einem wegkippt, selbst wenn man sitzt, ja sogar, wenn man schläft (besonders, wenn man schläft), dann ist ein Ort so gut wie der andere.

All das, wie auch alles andere, was ihn ganz persönlich betraf, würde er nur einer Person anvertrauen, die es uns dann eines Tages weitererzählen würde.

In Brügge probierte er zum ersten Mal Cannabis, in der vagen Hoffnung, dass es helfen könnte – tat es aber nicht. In Amsterdam traf er eine Kunststudentin in einem Café, aß mit ihr zu Abend und ging sogar mit ihr ins Bett, in ihrer WG, die sie mit einem Bildhauer und einem staatlich registrierten Heroinsüchtigen teilte, beides nette Kerle. Ihr Name war Margot, und es gab eine Ausstellung in Krefeld, die sie sehen wollte, also faltete Salo seine langen Beine in ihren braunen Peugeot und fuhr mit ihr Richtung Osten. Als er an der Grenze seinen amerikanischen Pass vorzeigte, musterte der Wachmann ihn durchdringend, und Salo lief es kalt über den Rücken. Es war ihm nicht in den Sinn gekommen, dass dieser Ausflug, dieser Übertritt, nicht so harmlos verlaufen würde. Das Auto wurde durchgewunken, und Margot fuhr weiter. Er war zum ersten Mal in Deutschland.

Krefeld lag nicht weit entfernt von der Grenze. Margot sprach über den Mann, dessen Werk sie anschauen wollte; früher hatte er Suppendosen und Bananen gemalt, jetzt aber machte er Filme von Leuten, die vor sich hin starrten oder einfach schliefen. Sie schien überrascht, dass unser Vater noch nie von dem Künstler gehört hatte, doch er erzählte ihr von den Gemälden, mit denen er in der New Yorker Wohnung seiner Familie aufgewachsen war, den flämischen Landschaften und Porträts von üppigen Frauen und selbstzufriedenen, wohlhabenden

Männern. Er erzählte ihr nicht, dass etliche dieser Gemälde einen Monat vor seinem Aufnahmeantrag der Universität übergeben worden waren; vermutlich war ihm bewusst, wie extrem amerikanisch ihr so etwas vorkommen musste. Er blickte aus dem Fenster, hinter dem das Land – dieses schauerliche Land – vorbeizog, und wunderte sich, wie normal hier alles aussah: Lebensmittelläden, Parkplätze, Sportplätze, auf denen Fußball gespielt wurde und Eltern vom Rand aus zuschauten. Er dachte an diese gleichen Städte und Felder und Straßen zu der Zeit von Joseph Oppenheimer, unserem mythischen Urahn, und zu der Zeit von Goebbels' *Jud Süß*. Er überlegte, warum jemand eine Banane malen sollte und weshalb ein Film von schlafenden Menschen als Kunst betrachtet wurde. Es schien ihm aber nicht angebracht, Margot über diese Dinge auszufragen.

Die Kunstmuseen Krefeld: zwei nebeneinanderstehende Ziegelbauten, große flache Kästen, wie eine Mittelschule in einem gesichtslosen amerikanischen Vorort. Salo und Margot waren fast drei Stunden unterwegs gewesen, und sie ging erst mal zur Toilette, während er die Eintrittskarten kaufte. Als sie wiederauftauchte, fragte sie den Wärter, wo die Fotos aus Warhols Schlaffilm gezeigt wurden, und machte sich zielstrebig auf den Weg. Salo folgte ihr. Er befand sich in Krefeld, Germany, mit einem Mädchen, auf dessen Gesellschaft er keinen weiteren Wert legte. Zugleich aber war er auch, wie immer, an jenem anderen Ort, wo sich alles überschlug, der Ort, an den er mittlerweile gewöhnt war – und wenn nicht, dann wurde es höchste Zeit, dass er sich daran gewöhnte, denn es würde sich nie mehr ändern. Er wusste nicht mehr, wie es war zu gehen, als ob der Boden nicht jederzeit unter ihm wegkippen könnte, aber das war nun einmal eine Fertigkeit, die er würde erlernen müssen, und es gelang ihm auch immer besser. Er betrat den ersten Museumssaal.

Die Gemälde, mit denen unser Vater an der Fifth Avenue aufgewachsen war, meist wässrige Landschaften aus fernen Jahrhunderten, sagten ihm so wenig wie die Peter-Max-Poster an den Wänden seines Studentenheims oder die gerahmten Eliot-Porter-Fotografien, die seine Collegefreunde in ihren New Yorker Wohnungen aufhängten. Sie sagten ihm nichts, er bemerkte sie kaum. Zwei Jahre, bevor Salo sich im Schlepptau eines Mädchens, das er nie wiedersehen sollte, in den Kunstmuseen Krefeld befand, waren die Hälfte der alten Meister aus der elterlichen Wohnung in einem plötzlichen Exodus zum Herbert F. Johnson Museum of Art an der Cornell University umgezogen, ohne dass unsere Großeltern es für nötig hielten, ihn zu fragen, ob er eins der Bilder, oder mehrere, oder gar alle, behalten wollte. (Warum auch? Er hatte sich ja nie dafür interessiert!) Als er in jenem Sommer von seinem Job im Feriencamp von Androscoggin zurückgekommen war, hatte er die leere Stelle neben seiner Zimmertür bemerkt, wo *Junge mit Löffel* (Bartholomeus van der Helst, 1643) seit jeher gehangen hatte. *Junge mit Löffel* hatte das Haus verlassen, zusammen mit elf anderen, und als das Bild schließlich in I.M. Peis nagelneuem Betonbau auftauchte, während unser Vater noch an der Cornell studierte, ging er es nicht einmal anschauen. So wenig hatte ihn jenes Gemälde – oder irgendein anderes – bislang berührt.

Beim ersten Schritt in den Museumssaal kam Salo seine schwer erkämpfte Balance mit einem Mal abhanden. Der Boden schoss beinahe spielerisch unter ihm davon, und Salo knallte der Länge nach hin, schlug erst mit einer knochigen Hüfte auf, dann mit dem Ellbogen und schließlich mit der Wange, die mit dem Rest seines Kopfs in der Waagrechten zur Ruhe kam. Ergeben schloss er die Augen, gar nicht unglücklich, nur voller Staunen über das, was er gesehen hatte, ehe er fiel: Es hatte sich eingeprägt. Doch dann – viel zu früh – wurde ihm aufgeholfen. Es waren Museumswärter, hochgewachsene Männer in Kakiuniformen mit sirrenden Walkie-Talkies; sie zogen ihn hoch wie ein kraftloses Neugeborenes und setzten ihn auf einen Klappstuhl, der eigens für derartige Notfälle bereitgehalten wurde.

»Stendhal-Syndrom« war die Bezeichnung für diesen Zustand, wie unser Vater später erfuhr. Schwindel, Verwirrtheit, ja sogar Ohnmachtsanfälle, welche zumeist ausländische Museumsbesucher beim Anblick großer Kunst erlitten. Es war nach dem französischen Autor benannt, der diesen seltsamen Zustand als Erster beschrieben hatte: *Ich befand mich in einer Art Ekstase … in Bewunderung der erhabenen Schönheit versunken … ich war auf dem Punkt der Begeisterung angelangt, wo sich die himmlischen Empfindungen, wie sie die Kunst bietet, mit leidenschaftlichen Gefühlen gatten … mir klopfte das Herz, mein Lebensquell war versiegt, und ich fürchtete umzufallen …*

Salo bedankte sich bei den Wärtern, vor allem aber hoffte er, sie würden endlich weggehen und ihn in Ruhe schauen lassen, was sie dann auch taten.

Das Gemälde, das es ihm angetan hatte, war groß und quadratisch, der rehbraune Hintergrund fast völlig verdeckt durch fieberhaft hingeworfene Kringel in Rot und Orange, die wild über die Leinwand taumelten. Er konnte die Augen nicht von diesem Orange, diesem Rot lassen, konnte sich nicht sattsehen an diesem manischen, rhythmischen Geschmiere.

Ist das da tatsächlich Kunst?

Wieso hilft es?

Kann man mehr davon zu sehen bekommen?

Margot kam in Begleitung einer der Wärter zurück und beugte sich zu Salo herab: »Alles okay mit dir? Die sagen, du bist in Ohnmacht gefallen?«

»Kann sein«, sagte Salo.

»Bist du krank?« Es klang, als wäre es ihr lästig. Sie wollte keinen Kranken drei Stunden lang nach Amsterdam zurückkutschieren und sicher auch mit keinem Kranken die Nacht in Krefeld verbringen.

»Ach Quatsch«, versuchte er abzuwiegeln, ohne die Augen von dem Bild zu wenden.

»Ah, du magst also doch moderne Kunst«, stellte sie fest.

»Ich mag das da«, sagte er. »Ich weiß nicht, was das ist.«

Sie ging darauf zu und spähte auf das Kärtchen am Rand. »*Ohne*

Titel. Sehr hilfreich. Amerikaner.« Sie versuchte, den Namen auszusprechen, brachte es aber nur zu so etwas wie »tomb-ley«. »Schau mal, er hat Wandfarbe und Wachsmalstifte verwendet. Nicht gerade wie bei deinen flämischen Landschaftsmalern.«

Nein, wirklich nicht, stimmte unser Vater zu.

»Willst du dir den Rest der Ausstellung auch ansehen?«

Lieber nicht, nein, aber sie könne sich ruhig weiter umschauen. Er wollte, dass sie ihn mit dem Bild allein ließ. Die ganze Welt sollte ihn mit dem Bild allein lassen.

Er brachte es fertig, dort sitzen zu bleiben, bis das Museum am Abend schloss. Dann machten er und Margot (die von den Filmfotos ziemlich enttäuscht gewesen war) sich auf den langen, weitgehend wortlosen Rückweg nach Amsterdam und trennten sich am Dam-Platz, um sich nie wiederzusehen. Unser Vater hatte erkannt, dass er von nichts eine Ahnung hatte. Er begriff nichts von dem, was er gesehen hatte, oder wo das, was er gesehen hatte, herkam oder welche Art von Bezug zwischen diesem Bild und denen von anderen Malern bestand oder was er möglicherweise daraus lernen konnte. Ebenso wenig vermochte er sich vorzustellen, irgendwo zu leben, wo er so ein magisches Objekt an die Wand hängen und es tagtäglich anschauen könnte, jeden Morgen, jeden Abend. Es würde noch ein paar Jahre dauern, bis er über das Geld verfügte, das für ihn in einem Trust verwaltet wurde, und ein Gehalt von der Familienfirma konnte er erst beziehen, wenn er das College beendet hatte. Aber er wusste, so sicher, wie er noch nie etwas gewusst hatte, dass er dieses Bild eines Tages besitzen würde.

Zurück in der Universität, trat er aus seinem Studentenbund aus, nicht weil die Typen ihm zu unsensibel waren, sondern weil er es nicht aushielt in diesen Räumen, wo Danny Abraham fehlte. Jemand erzählte ihm, dass das Mädchen, das an jenem Unglückstag Daniels Begleitung gewesen war, nicht mehr an der Cornell war. Salo konnte sich nicht an sie erinnern; vielleicht hatte er sich nicht mal nach ihr umgedreht, als Daniel und das Mädchen in den Jeep stiegen, vielleicht hatte ihm keiner ihren Namen genannt. Er fragte nicht, wohin sie gegangen war, er war bloß erleichtert, dass er ihr nicht im Seminar oder der Cafeteria über den Weg laufen würde. Den Rest der Zeit auf dem College wollte er sich mit niemand mehr anfreunden, keine Aufmerksamkeit auf sich ziehen; er wollte nur noch seinen Abschluss schaffen, ohne weiteren Mist zu bauen. Er war vernünftig genug, bei seinem Hauptfach – Wirtschaft – zu bleiben und nicht etwa zu Kunst überzuwechseln. Kunst war eine etablierte Tradition in der Familie Oppenheimer, und das reichte, um einen frühmorgendlichen Grundkurs zu rechtfertigen und einen über die Modernisten und noch einen über Pollock und seinen Kreis. Kunst war bekanntlich ein Aushängeschild für Reichtum, zudem ein geeignetes Mittel, Reichtum zu *erwerben.* (Selda und unser Großvater Hermann waren weder sentimental noch dumm: Die siebzehn alten Meister, die in der Wohnung an der Fifth Avenue verblieben, waren von Sotheby's als die wertvollsten taxiert worden.) Das brauchte man Salo nicht erst zu erklären. Wenn er in der Welt der Bilder leben wollte, sobald sein Tagwerk getan war, dann war das sein gutes Recht, ja geradezu Familientradition! Doch er würde weiter Wirtschaft studieren, nach dem Abschluss dann, ohne zu murren, den Platz einnehmen, den sein Vater und dessen Vorväter ihm bereitet hatten – im Stammhaus der Wurttemberg Holdings –, und sich dort für den Rest seines Berufslebens den Oppenheimerschen Finanzgeschäften widmen.

Als er einundzwanzig wurde, zwei Monate, bevor er vom College abging, bekam er Zugang zu seinem Trust, und innerhalb von Tagen hatte er mithilfe der Marlborough Gallery den Erwerb des bewussten Bildes von der Turiner Galleria Sperone getätigt (für einen Betrag, der ihm immer absurd erscheinen würde). Vier Monate später traf die Kiste aus Italien ein, und als die Leute von der Spedition sie aufgestemmt hatten und weggingen, wäre er ihnen fast hinterhergelaufen, verstört von dem Gedanken, dass man ihm wahrhaftig zutraute, der Betreuer dieses einzigartigen Wunderwerks zu sein. Selbst in einem so banalen Umfeld hatte es nicht das Geringste von seiner Macht verloren.

Das banale Umfeld war ein modernes Apartment, das Salo in einem weißen Ziegelbau an der Third Avenue angemietet hatte, eine schlichte Zweizimmerwohnung mit Rigipswänden, einem Jennifer-Convertibles-Schlafsofa, einem Couchtisch aus Glas und Chrom und zwei Sesseln von Habitat. Jetzt war ein ikonisches Werk von einem amerikanischen Meister dazugekommen, das eines Tages siebzig Millionen Dollar wert sein würde. Unser Vater hatte erst versucht, den Twombly an einen einsamen Nagel zu hängen, den er stümperhaft und viel zu niedrig in die Wand gehämmert hatte, aber das Gewicht des Bildes riss den Nagel prompt mit einem Stück Rigips aus der Wand, und das Bild kippte nach vorn, wo Salo es gerade noch auffing, bevor es gegen den Couchtisch knallen konnte. (Einer von uns würde es kaum aushalten, als er von diesem Detail erfuhr.) Danach blieb das Bild am Boden, an die Wand gelehnt, ein Stück darüber gut sichtbar der Zacken im Rigips. Salo hatte offensichtlich nicht viel für schönes Ambiente übrig, geschweige denn für gediegene Einrichtung, nicht mal für mehr *Komfort*, und die Küche benutzte er kaum. An jeder Ecke seines neuen Viertels gab es einen Koreaner, und jeder Koreaner hatte eine Salatbar, also ging er nach der Arbeit dort vorbei und schaufelte sich etwas in eine Plastikschale, setzte sich zu Hause auf sein Sofa und aß mit der Plastikgabel, ohne die Augen von dem Gemälde abzuwenden. So verbrachte er sein erstes Jahr bei Wurttemberg Holdings.

Im folgenden Sommer trafen unsere Eltern sich bei jener Hochzeit auf dem Vineyard, und als Erstes fiel ihm auf, dass Johanna Hirsch aus ähnlichem Holz geschnitzt war wie Mandy Bernstein. Nicht ganz so hübsch, nicht ganz so gewitzt, aber seltsamerweise genauso liebenswürdig ihm gegenüber, als sei er ein Hauptgewinn. Er hatte am Balkongeländer gelehnt, während das Probeessen zu Ende ging, hatte ein bisschen beschwipst vor sich hin geträumt, wie es wohl wäre, hier auf der Insel zu leben, als diese Person auf einmal neben ihm stand und ihn an jene ersten furchtbaren Tage erinnerte: das beklemmende Händeschütteln, das Umarmtwerden von Fremden, die zitterten, als sie ihn an sich drückten, den Geruch der Trauer. Sie wusste, was er getan hatte, und sie war trotzdem hier. Irgendetwas in ihm kam unmerklich wieder ins Lot: Mit Liebe hatte es nichts zu tun, es war auch kein plötzliches Erkennen seiner schrecklichen Einsamkeit, nicht einmal Begehren. Als er sie ansah und ihre Nervosität spürte, ihre unerklärliche Hoffnung, einen guten Eindruck auf ihn zu machen, dachte er nur: *Warum nicht?* Hier war eine nette, liebenswerte junge Frau, die fest entschlossen schien, die Wiedergutmachung seiner persönlichen Tragödie zu ihrer Lebensaufgabe zu machen.

Im Herbst kehrte Johanna für ihr zweites Studienjahr nach Skidmore zurück, und Salo arbeitete weiter an der Seite seines Vaters in New York. Der Job missfiel ihm nicht, und er war auch nicht schlecht darin. Er spürte eine gewisse Erleichterung bei den Angestellten, die zumeist schon jahrzehntelang bei Wurttemberg waren, über seine pflichtbewusste Einstellung zur väterlichen Firma. Während er sich mit Aktienbeständen aus anderthalb Jahrhunderten vertraut machte, gewann er stetig mehr an Kompetenz, ja sogar an Kreativität, als er begann, eigene Deals zu tätigen. An den Wochenenden kam unsere Mutter mit dem Zug in die Stadt und wohnte bei ihm, was sie ihren Eltern gegenüber lieber unerwähnt ließ. Seit der holländischen Kunststudentin hatte Salo mit niemandem mehr geschlafen. In den frühen Siebzigern (wo selbst Frauen überkommene Vorurteile über Promiskuität abgeschüttelt hatten) schien es absurd, wie ein Asket in einem religiösen Orden zu leben, doch er hatte sich außerstande gefühlt, diese Kluft zu überbrücken. Johanna kümmerte sich darum, sodass ihm nichts anderes zu tun blieb, als sich nicht zu sträuben. Und sobald sie im Bett landeten (also praktisch sofort), stellte er zu seiner Erleichterung fest, dass sein Körper sich daran erinnerte, wie diese seltsame animalische Sache vonstattenging, und auch, wie er Gefallen daran finden konnte. Es war tröstlich, die ganze Nacht durchzuschlafen und neben Johanna aufzuwachen. Das hatte er noch nie getan, nicht mal mit Mandy Bernstein.

Meist blieben sie für sich, gingen in Museen und ins Kino, trafen sich höchstens mal mit Johannas älterer Schwester Debbie und Debbies Freund (später Verlobtem, dann Ehemann) Bruce Krieger bei Maxwell's Plum oder P.J. Clarke's. Debbie war ein Dynamo mit Schulterpolstern, die täglich ins Büro joggte und dazu Musik auf ihrem Walkman hörte. Sie und Bruce waren zielstrebig auf der Karriereleiter unterwegs und offensichtlich drauf und dran, sehr wohlhabend zu werden. (Salo sah ihnen an, dass sein archaisches kleines Familienunternehmen, bewusst den Blicken der Öffentlichkeit entzogen, ihnen ein wenig suspekt war.) Ein paarmal kam Johannas Bruder Bobby mit seiner jeweiligen Freundin vorbei, dann gingen sie zu viert aus und wussten nicht recht, worüber sie reden sollten. Bobby kaufte bereits Shoppingcenter und Gewerbeflächen und verkaufte sie weiter, manchmal – durch eine Reihe von vermutlich illegalen Holdingunternehmen – an sich selbst. Er brüstete sich damit, aus dem Internat geflogen zu sein, weil er seinen Mitschülern Hasch verkauft hatte (was angeblich von ihm auch noch mit Bleistiftspänen gestreckt worden war), aber dank all seiner zwielichtigen Mauscheleien residierte er bereits in einer Riesenvilla in New Jersey, voller glitzernder Dinge, die von seinem Erfolg zeugten. Bobby neigte dazu, unserem Vater zur Begrüßung kräftig auf die Schulter zu schlagen, aber eigentlich sprach es für ihn, dass er, obwohl »in derselben Branche«, Salo nie um einen Gefallen bat oder ihm auch nur einen Gartenschuppen anzudrehen versuchte.

Ganz allmählich, Wochenende für Wochenende, Stück für Stück zog Johanna bei Salo ein, brachte dies und das aus ihrer tristen Studentenbude in Skidmore mit, aber nichts aus ihrem Elternhaus, außer einem Hochzeitsfoto ihrer Großeltern Rose und Lou. Mehr und mehr dehnten sich ihre Wochenenden in der Third Avenue aus – erst von Freitag bis Sonntag, dann von Donnerstag bis Montag –, bis Johanna schließlich nur noch zu Pflichtveranstaltungen oder Prüfungen nach Skidmore zurückkehrte. (Auch wechselte sie im Hauptfach zu Kinderpsychologie, was ihr später allerdings in keiner Weise half, ihre eigenen Kinder besser zu verstehen.) Zu dem Bild, das solch einen dominanten Platz in der Wohnung ihres Freundes einnahm, sagte sie nichts, weil es – kaum vorstellbar – wenig Eindruck auf sie machte. Doch als sie sah, wie es auf ihn wirkte, gab sie sich wirklich Mühe. Sie erkannte, dass es sich nicht um ein Machwerk von einem der Straßenmärkte in Soho handelte oder um die Arbeit eines Kunststudenten an der Cornell. Es hatte eine komplizierte Transaktion stattgefunden, es war viel Geld geflossen, und das Ding war tatsächlich aus Europa angeliefert worden. Was ihre Verständnislosigkeit jedoch nur noch vertiefte.

Niemand hatte Salo beigebracht, wie man Kunst betrachtete. Weder seine Eltern noch der Grundkurs in Kunstgeschichte an der Cornell, der sowieso bei *Akt, eine Treppe herabsteigend* endete. Doch die Siebziger waren eine Zeit, in der der Wunsch eines gewöhnlichen, von der Kunstszene vollkommen unbeleckten Menschen, ein Bild zu erwerben, problemlos in Einklang zu bringen war mit dem Wunsch einer Galerie oder eines Auktionshauses, ein Bild zu verkaufen, und keiner darauf aus war, diese Transaktion unnötig zu verkomplizieren. Kunstberater würden sich erst im nächsten Jahrzehnt hervortun (unser Vater würde stets sein Vergnügen daran haben, sie achtkantig rauszuschmeißen), und die einzigen Sammler, die Interesse auf sich zogen, waren Leute, die Pollock und seinesgleichen kauften. Salo konnte jederzeit bei Christie's oder Sotheby's hereinschlendern, sich eine Bieterkarte holen und mit einem Bild aus der Ocean-Park-Serie von Diebenkorn oder einem »Slab Painting« von Hans Hofmann herauskommen, was er auch tat, bevor die Siebziger zu Ende gingen. Es war eine absurd publikumsarme Auktion, in der er zum ersten Mal auf die Arbeiten von Franz Kline und Agnes Martin stieß, und in Andrew Crispos Galerie, wo Crispo selbst sich gerade um einen Schweizer Sammler bemühte, stellte Salo einen Scheck für eine großformatige Arbeit von Ed Ruscha aus. Das Bild brachte er auf dem Dachgepäckträger eines hilfsbereiten Taxifahrers nach Hause in die Third Avenue.

»Also, was wissen wir über diesen Künstler?«, fragte unsere Mutter ihn eines Tages, als sie auf der Couch saßen. Das Bild befand sich an dem Platz, wo bei anderen Leuten der Fernseher stand.

Er gab ihr eine kurze Zusammenfassung, und unsere Mutter hörte zu, aber es fiel ihr schwer, sich ernsthaft für jemanden zu interessieren, der mit *Wachsmalstiften* auf einem Hintergrund aus *Wandfarbe* herumschmierte. Nicht mal ordentliche Ölfarbe! Salo selbst war auch nicht sonderlich interessiert an dem Leben oder den Ansichten dieses Malers, und das würde sich bei allen weiteren Künstlern, die er sammelte, auch nie ändern. Er kannte zwar ihre Lebensgeschichte, wusste, worum es ihnen ging, aber das hatte keinerlei Einfluss darauf, was ein Kunstwerk in ihm auslöste. In all den Jahren seiner Sammlertätigkeit fasste er niemals die Absicht, ein Werk von diesem oder jenem zu erwerben, weil er meinte, seine Sammlung solle einen Soundso enthalten, oder weil jemand ihm gesteckt hatte, Soundsos Werk werde eines Tages ein Vermögen wert sein. Er brauchte kein Vermögen zu erwerben. Das hatte er schon.

Meist sprach ihn auch niemand an, wenn er bei Castelli oder Pace oder Marlborough vorbeischaute (wo er sich einst Hilfe geholt hatte, um den Twombly zu erwerben) oder wenn er in salopper Freizeitkleidung durch die Ausstellungsräume von Sotheby's oder Christie's bummelte, den Kopf gesenkt, die Hände in den Taschen. Es half, dass die Maler, die ihm gefielen, nicht besonders hoch im Kurs standen, nicht als kommende Stars gehandelt wurden. Und obwohl er nicht prinzipiell darauf aus war, die Moden in der Welt der Kunst oder den Rat von Kunstexperten abzulehnen, sah er doch keine Veranlassung, ihnen in irgendeiner Form Beachtung zu schenken.

Anfangs löste kein einzelnes Werk den Gefühlssturm in ihm aus, den er in Krefeld erlebt hatte, doch je mehr er sein Auge schulte, desto mehr begann er zu begreifen, welche Ideen sich zwischen diesen Gemälden widerspiegelten. Dann, fast ein Jahr nach dem Twombly, zog es ihn immer wieder zu einem anderen quadratischen Bild hin, ein vertikal unterteiltes Feld verschiedener Grauschattierungen, so täuschend einfach und dabei unendlich komplex, von einem anderen unbekannten Maler. Das wurde sein zweiter Ankauf. Er hängte das Bild in sein Schlafzimmer, über eine braun laminierte Kommode aus der Möbelabteilung bei Bloomingdale's. Diesmal reagierte Johanna nicht nur mit Unverständnis, sondern mit Widerwillen, wie er ihr deutlich ansah, doch sie sagte nichts. Sein dritter Ankauf war zu groß, um durch die Wohnungstür zu passen, und er musste den Hausmeister bestechen, damit er den Türrahmen entfernte. Als es dann drin war, bot nur die Wand genug Platz, an der der Twombly lehnte, also wanderte der Twombly ins Schlafzimmer. Der Zacken im Rigips bescherte dem Hausmeister ein weiteres Trinkgeld; nun musste zunächst die Wand repariert und dann – zum ersten Mal – ein professioneller Kunstinstallateur engagiert werden. Keiner der Beteiligten – Anlieferer, Hausmeister, Installateur – betrachtete Salos drei Bilder anders als mit offener Verachtung.

»Was hältst du von dem hier?«, fragte er unsere Mutter.

Sie saß auf dem Schlafsofa und musterte das neue Bild mit einiger Ratlosigkeit. Es zeigte eine weite senffarbene Fläche mit einem dünnen grünlichen Strich entlang der linken Kante und einer Kreuzschraffur am oberen Rand. Es biss sich schauerlich mit dem Sofa, das ein hellblaues Blumenmuster hatte, und mit dem Flokati-Teppich, der ebenfalls blau war.

»Was soll das darstellen?«, fragte sie.

»Seine Heimat. Er lebt in Los Angeles.«

»Und das da sind … Straßen?«

Somit war klar, dass mit der Frau, von der er bereits annahm, dass er sie heiraten würde, wohl nicht viel Gemeinsamkeit in Sachen Kunstverständnis zu erwarten war. Andererseits war unser Vater sich gar nicht so sicher, ob er seine Passion überhaupt mit jemandem teilen wollte. Er war erleichtert, es nicht tun zu müssen.

Was Salo an Johanna schätzte, war die Tatsache, dass der Erwerb kostspieliger Dinge ihr nichts bedeutete. Unsere Mutter hatte keinen Sinn fürs Shoppen; sie trug Jeans und Fair-Isle-Pullover und hochgeschnürte braune Stiefel, und zum Ausgehen hatte sie ein paar Wickelkleider, die ihre schmale Taille betonten. Es zog sie nicht in die angesagten Downtown Clubs wie das CBGB, damals schon legendär wegen seiner ikonoklastischen Bands (und seiner Versifftheit), oder später das bahnbrechende Palladium und Studio 54. Sie schien glücklich und zufrieden zu Hause mit einem Buch oder einem der neuen Kabelsender, traf sich höchstens mal mit ihren Freundinnen aus Skidmore, die langsam in Manhattan Fuß fassten. Sie begleitete ihn tapfer, wenn er ein Museum besuchen wollte, doch er wartete, bis sie zurück in Saratoga war, um dem nachzugehen, was er als seine eigentlichen Erkundungen betrachtete. Sie schien keine vergleichbare Passion zu haben; was sie im Leben am meisten interessierte – so viel war klar –, das war er selbst: sein Wohlergehen, seine Unterhaltung, seine Absolution. Salo hatte sich das nicht erbeten, aber plötzlich war es ihm in den Schoß gefallen, auch wenn er nicht wusste, was er davon halten sollte. Immer wieder fragte er sich, was wohl aus ihm geworden wäre, wenn sein Jeep nicht den Stein gerammt und sie vier dadrin durch die Luft gewirbelt hätte, aber diese theoretische Version seiner selbst konnte er sich nie so recht vorstellen; sie war ihm genauso fremd wie die ungeerdete Person auf schwankendem Boden, als die er sich empfand.

Manchmal erinnerte unsere Mutter ihn an Mandy Bernstein: ihre unverbrüchliche Fixierung auf ihn, die Kraft ihrer bedingungslosen Liebe. Er wusste, sie hielt ihn für einen guten Menschen, niedergedrückt von seinem tragischen Schicksal, doch dank ihrer Unterstützung am Rand einer wunderbaren Erlösung. Unser Vater konnte sich nicht dazu durchringen, sie zu enttäuschen, ihr begreiflich zu machen, wie falsch sie lag. Er wollte nicht noch eine junge Frau zerstören, die sich so töricht darauf versteift hatte, ihn zu lieben, und so machte er ihr denn eines Abends unter einer der falschen Tiffanylampen bei Maxwell's einen Heiratsantrag, mit einem Ring, der einst der Mutter seines Vaters gehört hatte. Er war Johanna zu groß – das Ringmaß, nicht der Edelstein –, doch sie war glücklich damit. Überglücklich. Sie hätte auch nichts gegen eine Hochzeit in kleinem Rahmen gehabt, nur mit ein paar Freunden aus der Studienzeit; es wurde dann aber doch eine große Feier im Harmonie Club, mit vielen geladenen Wurttemberg-Kunden. Seine Eltern zahlten das Ganze.

Inzwischen war unserer Mutter schon klarer, worauf sie sich bei den Oppenheimers eingelassen hatte, besonders, was deren Reichtum betraf. Sie hatte seine Eltern kennengelernt, den wortkargen Hermann und die hochmütige Selda (mit einer so eisigen Miene, dass Johanna nicht sicher war, ob die Missbilligung wirklich ihr galt oder ganz allgemein dem Rest der Welt). Zum Glück traf man sich im Restaurant, was das Ganze etwas abfederte. Offensichtlich waren diese Oppenheimers wesentlich wohlhabender als ihre eigene Familie; sie selbst kannte bisher nur eine Version von amerikanischem Wohlstand – die der Schüler von Lawrenceville –, aber das war kein Vergleich zu Salos Eltern. Salo hatte keinerlei Interesse an der Zurschaustellung von Reichtum; als sie sich kennenlernten, trug unser Vater fast unentwegt seine alten Schlabberhosen und Pullis über einem T-Shirt von seiner alten Schule, der Collegiate. Diese Gewohnheit änderte er auch nicht, nachdem er angefangen hatte, bei Wurttemberg zu arbeiten, bis sein Vater ihn schließlich dazu brachte, sich angemessener zu kleiden. (Johanna half ihm, sich eine Aktentasche auszusuchen, damit er aufhörte, seine Arbeitsunterlagen in einer Big Brown Bag von Bloomingdale's durch die Gegend zu schleppen.) Sie war allerdings noch nicht New Yorkerin genug, um die Aussagekraft von Salos Eckdaten zu erkennen: Collegiate Privatschule, das Wochenendhaus am Strand von Rye, das Sommercamp, das man seit jeher mit jüdischen Familien aus einer bestimmten finanziellen Schicht assoziierte, und vor allem die Wohnung der Oppenheimers an der Fifth Avenue, in einem opulenten Sandsteingebäude von 1915, das für Juden früher absolut tabu gewesen wäre, egal, wie viel Geld sie besaßen. Dieser herrschaftliche Wohnsitz im Himmel nahm die bessere Hälfte einer hoch gelegenen Etage ein, sodass seine lange Fensterreihe auf den riesigen Teppich aus Baumkronen im Zentrum von Manhattan hinausblickte. Dort waren die Sofas sicherlich nicht von Jennifer Convertibles und die Sessel bestimmt nicht von Habitat, und die Gemälde an den schönen Wänden, die mit Sicherheit nicht aus Rigips bestanden, hatten unten kleine Bronzeschilder und oben eine diskrete Beleuchtung.

Eines Nachmittags, als Hermann und Selda in Rye waren, gingen sie in deren Wohnung, um ein Dokument aus einer Schublade in Salos altem Zimmer zu holen. Im Salon fiel ihr ein Bild über dem Kaminsims auf. Sie trat näher. Auf dem Bronzeschildchen stand doch tatsächlich ... *Édouard Manet.*

»Ist das ...?« Sie hatte schon »echt« sagen wollen, aber natürlich wusste sie ohnehin, dass es echt war. Sie würde nie mit ihren Schwiegereltern warm werden, aber dass sie nicht zu den Leuten gehörten, die sich eine Kopie ins Wohnzimmer hängten, war ihr längst klar.

»Was?«

»Ach, nichts.«

Und sie folgte ihm durch den langen Flur, immer noch fassungslos.

Es war einfach nur ein weiteres Puzzlestück in dem permanenten Rätsel, das seine Eltern für sie darstellten. Wenn sie Salo im Büro besuchte, was sie manchmal tat, kam Hermann, um sie mit einem Lächeln und einem förmlichen Händedruck zu begrüßen. Wenn sie sich zu viert zum Essen trafen, stets in einem Restaurant mit gedämpfter Atmosphäre und beängstigendem Silberbesteck, erkundigte Selda sich fürsorglich nach ihrer Mutter, ihrem Vater, Bruder, ihrer

Schwester. Aber ihr Freund, dann Verlobter, dann Ehemann schien absolut nichts über seine Kindheit zu sagen zu haben, und das wenige, das er Johanna erzählte, hatte vor allem mit dem Personal zu tun. Es hatte eine Haushälterin namens Etta gegeben, die in der Dienstbotenkammer neben der Küche untergebracht war, was es seinen Eltern ermöglichte, jederzeit zu verreisen oder ohne ihn nach Rye zu fahren (und das hatten sie oft getan). Außerdem eine Nanny namens Rosa, die ihn zum Kindergarten brachte, und eine Miss James, die ihn mit dem Bus zur Schule begleitete, zumindest bis zur vierten Klasse. Abendbrot aß er am Küchentisch, manchmal mit seiner Mutter, bevor sie ausging, manchmal nur mit Etta oder Miss James, die immer alles von Etta Gekochte nachsalzte, was diese als Kränkung empfand. Sein Zimmer, weit entfernt vom Schlafzimmer seiner Eltern gelegen, hatte einen grün karierten Bettüberwurf und einen Schreibtisch für die Hausaufgaben, die er aber lieber auf seinem Sitzsack machte. (Er brauchte es ihr nicht zu beschreiben, es war ja alles unverändert geblieben.) An der Wand neben der Tür hatte ein Gemälde von einem Jungen mit einem Löffel gehangen, das allerdings nicht mehr da war. Im Übrigen, erklärte Salo, seien viele der Bilder nicht mehr da, mit denen er aufgewachsen war.

Doch an eine Unterhaltung mit seinen Eltern konnte er sich kaum erinnern oder an einen Ausflug, geschweige denn an einen Familienurlaub. Nachdem sie ihn in die Welt gesetzt hatten, schienen sie sich auf respektvollen Abstand an den Rand seiner Kindheit zurückgezogen zu haben; höflich applaudierend hatten sie ihn pflichtschuldig durch jene prägenden Jahre begleitet, aber die elterliche Zuwendung hatten sie dann doch lieber geeigneteren Leuten überlassen, was in diesem Fall hieß, niemandem. Er wollte es ihnen nicht verübeln, und Johanna hütete sich, ihm Derartiges nahezulegen. Sie hatten ihm nie einen Wunsch abgeschlagen, im Gegenteil. Jeden Sommer waren Hermann und Selda nach Androscoggin zum Feriencamp gefahren und hatten dort mit den anderen Eltern herumgestanden, um sich die Kanukünste ihrer Sprösslinge und den Wettbewerb im Bogenschießen anzusehen, und sie standen mit ihm im Temple Emanu-El (ein anderer Hermann Oppenheimer, der Großvater von Salos Großvater, war 1845 eins der Gründungsmitglieder gewesen). Doch dann kam der Abend, als die beiden nach Ithaca geeilt waren, Salo in Äther gepackt und nach New York mitgenommen hatten und niemals ein Wort darüber verloren, was er getan hatte. Sie hatten ihn sogar zu Mandys Beerdigung nach Lawrenceville gebracht und zu Daniels Beerdigung nach Newark, hatten im Café gewartet, während er tat, was er tun musste, das Richtige eben, was sie auch von sich selbst erwartet hätten, wenn – Gott bewahre – einer von den anderen am Steuer gesessen hätte und ihr eigener Sohn, ihr einziges Kind, plötzlich dahingerafft worden wäre.

Darüber sprach auch er nie, aber unsere Mutter blieb dennoch immer darauf gefasst. Sie bemühte sich, den Schutzraum für seine Selbstbezichtigungen bereitzuhalten, sollte es jemals so weit kommen.

Salos Berufsleben bei Wurttemberg entsprach genau dem, was er erwartet hatte. Das Eckhaus nahe der Börse war vom Großvater seines Vaters just im richtigen Moment erworben worden, im Herbst 1920, kurz nach dem Bombenanschlag auf die Börse. Dieser Oppenheimer verschmähte die Gelegenheit, in die Höhe zu bauen, und bestand darauf, dass der plumpe kleine Sandsteinbau wie ein Pilz zwischen Mammutbäumen stehen blieb. Drinnen verlangsamte die Zeit sich zum Kriechtempo: die stille Würde einer rigoros privaten Institution, mit repräsentativen Empfangs- und Besprechungsräumen im Erdgeschoss und eleganten Büros in den oberen Stockwerken (manche groß, andere sehr groß). Von unsichtbaren Hilfskräften wurden die Böden geputzt und die Holzpaneele gewienert, und jeden Morgen wartete das Frühstück unter Wärmehauben im Speisesaal auf die Angestellten, als wären sie allesamt Mitglieder einer Adelsfamilie, die sich zu Bückling, Rührei und Toast versammelten, bevor sie in ihren geschäftigen Tag davoneilten. Die Firmenkultur erinnerte an gewisse andere Institutionen, die alles dafür getan hatten, früheren Generationen von Oppenheimers den Zutritt zu verwehren, und anders als andere jüdische Firmen, die von ebenso geschickten und ehrgeizigen Familien gegründet worden waren, war Wurttemberg weit über ein Jahrhundert von gleichgesinnten Kommodores mit einem Auge auf den Familienwohlstand und einem Auge auf die nächste Generation geleitet worden. Anders als andere vermied Wurttemberg auch sämtliche Fallstricke der Finanzwirtschaft, fremdkapitalfinanzierte Übernahmen, Hochzinsanleihen, Insiderhandel, Marktmanipulation, Schneeballsysteme à la Ponzi-Schema.

Als Salo Oppenheimer eins der Büros im dritten Stock bezog, brachte er nur das quadratische graue Bild mit, das seiner Frau so zuwider war. Das Gemälde – es hieß *Dylan Study II* – kam dem Schreibtisch gegenüber an die Wand, wo seine Ruhe und Tiefe unserem Vater viele Jahre seelischen Halt gaben. Johanna war bei einem ihrer seltenen Besuche erleichtert, *Dylan Study II* in seiner neuen Heimstatt zu sehen, aber das Büro erschien ihr doch ein wenig trist. Sie schlug einen frischen Anstrich vor. Vielleicht ein strahlenderes Weiß? Oder wenigstens ein paar Lampen von Bloomingdale's? »Es ist so schummrig hier drin.«

»So war es schon immer, selbst bevor all die Hochhäuser gebaut wurden.«

»Dagegen muss man doch etwas tun können.«

Nein, sagte er. »Konzentrier du dich mal auf das Haus.«

Das Haus, ihr neues Haus, lag in Brooklyn, ein Ort, den sie nie zum Wohnen in Betracht gezogen hatten. Brooklyn schien damals viel weiter weg von Manhattan, es wirkte wie eine andere Stadt. Doch bei einem Arbeitsessen traf Johanna eine Redakteurin vom *People*-Magazin, die gleich kapierte, was es mit dem neuen Nachnamen unserer Mutter auf sich hatte. Außerdem war ihr Mann ein junger Makler bei Douglas Elliman, noch so weit unten in der Hierarchie, dass man ihm diesen Außenposten von New York City aufgebrummt hatte. Er rief

Johanna Oppenheimer gleich am nächsten Tag an und sagte, er habe ein Objekt, das er ihr zeigen wolle, in Brooklyn Heights.

Unsere Mutter hatte mal einen Horrorfilm gesehen, in dem ein Brooklyn-Heights-Haus das Tor zur Hölle enthielt, und es gruselte sie ein bisschen vor der Besichtigung, selbst wenn der Makler beteuerte, es sei spektakulär unterbewertet und – was ihr damals am allerwichtigsten war – groß genug für eine vielköpfige Familie. Der Taxifahrer, den sie auf der Lexington anhielt, moserte zwar, ließ sich aber von einem zusätzlichen Zwanziger erweichen und fuhr sie, zum ersten Mal in ihrem Leben, über die Brooklyn Bridge und durch die Kopfsteinpflasterstraßen der Heights. Er forderte sie ein paar Gehminuten von Montague Terrace entfernt auf auszusteigen, nicht gewillt, ihr bei der Suche nach der richtigen Hausnummer zu helfen, und so mürrisch, als ob er sie ungesetzlicher Aktivitäten verdächtigte (Drogen? Waffen?). Also bezahlte unsere Mutter ihm die Fahrt und stieg aus, schon wieder in Sorge, wie sie heimkommen sollte.

Der Makler erwartete sie vor dem Eingang und kam ihr eilig entgegen, vielleicht um sicherzugehen, dass sie nicht fluchtartig das Weite suchte. Sein Name war Barton Zanes. Er war höchstens fünfundzwanzig, aber schon ganz kahl.

Sie sah sich in der Nachbarschaft um, die schäbig wirkte. Von den einstmals glanzvollen Zeiten war 1979 nicht mehr viel übrig. »Wo führt der denn hin?« Sie deutete auf einen Fußweg neben dem Haus, wo zwielichtige Gestalten unterwegs waren, Pärchen mit den Händen in den Gesäßtaschen des Partners, ein langer Kerl mit einem Rottweiler an der Leine.

»Der geht zur Uferpromenade. Sie wissen schon.«

Natürlich hatte sie keine Ahnung. Sie war ein Mädchen aus New Jersey, das sich gerade erst an die Upper East Side gewöhnt hatte. Soweit sie wusste, war Brooklyn das Viertel, wo John Travolta in die Disco ging, Gene Hackman Drogendealer jagte und Gangs die U-Bahn unsicher machten (nicht, dass sie in Manhattan jemals U-Bahn fuhr). Und dann kam ihr dieser schreckliche Film in den Sinn, blinde Priester, die das Tor zur Hölle bewachten: *Ihr, die ihr hier eintretet, lasst alle Hoffnung fahren.*

»Man kann von hier aus über ganz Lower Manhattan blicken. Sehen Sie?« Er deutete hinter dem Rottweiler her in Richtung Wasser. Sie wusste nicht mal, welches Wasser das war. Der Hudson? »Arbeitet Ihr Mann nicht im Financial District? Da kann er zu Fuß ins Büro gehen!«

»Zu Fuß?«, wunderte sie sich. »Und wie?«

»Über die Brücke!«, strahlte Barton Zanes. »Kommen Sie, sehen wir's uns an. Es ist großartig.«

Und das war es wahrhaftig. Es verschlug ihr den Atem angesichts der Räume, von denen manche einen weiten Blick über jenes spektakuläre Wasser – *New York Harbor!* – boten, bis hin zur Silhouette von Wall Street und Fulton Fish Market, ja sogar bis zur Freiheitsstatue. Die Böden waren abgetreten und zerkratzt, aber echtes Parkett. Der Putz blätterte von den Wänden und schien merkwürdige Fasern zu enthalten. Rosshaar, erklärte Zanes, als ob das ein Pluspunkt sei. (Rosshaar? In den Wänden?) Das geschnitzte Treppengeländer wackelte. Einige Fenster hatten Sprünge oder waren notdürftig mit Klebstreifen geflickt. Manche der Badkacheln waren zu Staub zerbröselt. Irgendwer hatte angefangen, die Küche zu renovieren, aber wohl die Lust verloren, nachdem die Armaturen herausgerissen worden waren. »So können Sie alles nach eigenem Gusto gestalten!«, sagte Zanes. »Überall Marmor! Ein Riesenherd! Gourmetküche!«

»Ich bin keine große Köchin«, sagte unsere Mutter, als ob das je irgendwen davon abgehalten hätte, eine Gourmetküche zu kaufen. »Aber wissen Sie, ich kann mir gut einen großen Tisch hier drin vorstellen.«

Sie konnte sich noch weit mehr vorstellen. Sie konnte *hören,* wie ihre eigenen Kinder diese Treppen hoch- und runterliefen, die Spülungen der altmodischen Toiletten zogen, in den übergroßen, klauenfüßigen Wannen badeten. Sie konnte sich Spielzimmer vorstellen und Zimmer, in denen sie sich alle vorm Fernseher zusammenkuscheln würden. Während sie zu den Mansarden hinauf- und in den Keller hinabstieg, hatte sie das Gefühl, je mehr Zimmer es gab, desto mehr Kinder würde sie bekommen. In diesem Haus konnte sie sich auch einen anderen Salo vorstellen: einen Vater und Ehemann, einen Mann, der Freude am Leben haben konnte. Das war es, was sie für ihn erhoffte, und hier wäre es viel eher denkbar als in dem engen Apartment in der Third. Zum ersten Mal ging ihr auf, dass es diese nichtssagende, deprimierende Wohnung war, die ihre Familie irgendwie am Entstehen hinderte. *Wenn wir hier leben würden*, dachte sie, *hätten wir schon längst Kinder.*

Salo sagte sie das natürlich nicht. Sie sagte ihm nur, dass das Haus renovierungsbedürftig sei, aber dennoch überzeugend, er solle es sich so schnell wie möglich ansehen kommen. Einem geborenen New Yorker wie Salo musste niemand erklären, was er sah, wenn er an den Westfenstern stand, und doch war er sprachlos. Es war ein Spätnachmittag im November, und die Sonne versank gerade über New Jersey, in Schleiern von Rosa und Orange, die sich im Wasser spiegelten, während eine Fähre gen Staten Island tuckerte. Einfamilienhäuser mit fünf Meter hohen Decken (zumindest im ersten Stock; die restlichen maßen nur vier Meter) und vier offenen Kaminen waren in Manhattan rar und teuer. Und keins davon hatte einen Blick auf … Manhattan.

Er erkundigte sich nach dem Preis, und als er ihn hörte, schlug sein Herz höher. Dann bot er fünfundsiebzig Prozent, in bar.

Selbstverständlich waren seine Eltern dagegen. Wo würden sie in Brooklyn denn einkaufen? Auf irgendeinem koscheren Markt in Williamsburg oder Crown Heights? Wo würden sie Ärzte und Zahnärzte finden? Wo ein Fitnessstudio, einen Videoladen, einen Friseursalon? Salo und Johanna sollten doch lieber in der schönen bequemen Wohnung an der Upper East Side bleiben und, wenn die Zeit reif war, in die Park oder Fifth Avenue ziehen, oder wenn sie unbedingt unkonventionell sein wollten, dann eben in die West Side. Manche Ecken der West Side seien ja ganz zauberhaft. Aber Brooklyn? Warum nicht gleich die *Bronx*? Warum nicht *Staten Island!*

»Es ist unglaublich billig«, erklärte er ihnen.

»Und dafür gibt es einen Grund«, entgegnete sein Vater.

»Es wird wunderbar sein, wenn wir's erst hergerichtet haben.«

»Ich finde die Idee, dass du über die Brooklyn Bridge zur Arbeit gehst, schon einigermaßen bizarr«, sagte seine Mutter. »Wer geht bitte zu Fuß über eine Brücke?«

»Eine Menge Leute.«

»Wenn man mitten auf der Brücke überfallen wird, wer kann einem denn da helfen?«

Derselbe Niemand, der einem auf der Park Avenue helfen würde, dachte Salo.

Und, setzte unsere Großmutter hinzu, diesmal an Johanna gewandt, aber betont beiläufig, falls sie eines Tages mal Kinder hätten, würde es doch viel zu lange dauern, sie jeden Morgen zur Schule zu bringen, an die Brearley oder die Collegiate, und dann wieder den ganzen Weg zurück nach Brooklyn!

Doch es gab eine Schule in der Nähe, und die hieß Walden. Auch wenn diese Schule sich merkwürdigerweise als »Unterrichtskollektiv« bezeichnete und ein Ort zu sein schien, an dem Kinder von Bongo spielenden Lehrern unterwiesen wurden, so sollte ihr das recht sein (nicht, dass sie das ihrer Schwiegermutter sagte). Mehr als ein Mal war sie schon verträumt um die Schule herumspaziert und hatte durch das Gittertor gespäht, zu dem bunten Spielplatz voller kreischender Mädchen und Jungen hin. Ja, ihre Kinder könnten gut und gern auf die Walden gehen. Wenn sie denn je geboren würden.

Kapitel 3

Fruchtbarkeit und ihre Plagen

In dem ein Rosenkranz für die Oppenheimers gebetet wird – mit bemerkenswertem Ergebnis

Unsere Mutter hatte ebenfalls einen Job, wenn auch natürlich nicht des Geldes wegen. Sie arbeitete drei Tage pro Woche als Programmmanagerin für die American Society of Magazine Editors, eine Stellung, die sie durch Vermittlung des Wurttembergschen Rechtsberaters bekommen hatte, dessen Schwester Direktionsassistentin bei ASME war. Das Einstellungsgespräch hatte aus einem Lunch bei Smith & Wollensky bestanden (bei dem sie sich so fürchtete, etwas Teures von der Karte zu bestellen, dass sie mit einer Zwiebelsuppe vorliebnahm, was ihr böse Blicke seitens des Kellners eintrug); danach überließ man ihr die Betreuung des jährlichen Trainee-Programms, über das sie nach Gutdünken entscheiden konnte. Johanna hatte Freude daran, die Bewerbungsaufsätze von Studierenden an staatlichen Colleges zu lesen, die ganz begeistert schienen von der Aussicht auf ein Praktikum beim *Progressive Grocer* oder *Scientific American;* bei den Zuschriften von Ivy-League-Studentinnen hatte sie eher den Verdacht, dass sie das Praktikum gar nicht erst antreten würden, wenn sie nicht bei der *Vogue, Mademoiselle* oder *Glamour* landeten. Sie waren nur wenige

Jahre jünger als sie, aber alle schon so zielstrebig! Johanna fragte sich, ob der Rest ihrer Generation nicht in irgendein gemeinschaftliches Utopia aufgebrochen war, von dem ihr keiner etwas gesagt hatte. Als die jungen Leute im Juni zu ihrem Orientierungstag nach New York kamen, war sie es, die sie in der Lobby ihres NYU-Studentenheims in Empfang nahm, ihnen ASME-T-Shirts und Stadtpläne überreichte, in denen das Restaurant für ihr Willkommensdinner rot eingekringelt war. Sie saß an ihrem kleinen Tisch, um ihnen die Zimmerschlüssel auszuhändigen, und sah die hoffnungsvolle Jugend im professionellen Summer-in-the-City-Look auf sie zukommen, voller Ehrgeiz und Tatendrang. Das Einzige, was sie ebenso sehr wollte, wie diese Studentinnen arbeiten wollten, war, schwanger zu werden.

In ihrem zweiten Sommer bei ASME kamen gleich zwei junge Praktikantinnen (*Seventeen* und *Reader's Digest)* weinend wegen unerwünschter Schwangerschaften zu ihr, und Johanna Oppenheimer marschierte geradewegs ins Büro der Schwester von Wurttembergs Rechtsberater und kündigte. Von da an war sie nur noch mit ihrer eigenen Fruchtbarkeit beschäftigt.

Wie bald sie ihr doch zuwider wurde, die Formulierung »auf dem Weg sein« für die zermürbende, manchmal auch langweilige Plackerei, die notwendig war, um schwanger zu werden. Es hätte doch gar keine große Sache sein sollen! Es hätte einfach so passieren sollen, wie es immer passierte, nach dem Motto *Beine breit, Penis rein, Nachwuchs raus.* So hatte es bei ihrer Schwester geklappt und sogar bei der vollkommen unscheinbaren Person, die Bobby schließlich geheiratet und geschwängert hatte (wenn auch nicht in dieser Reihenfolge). Aber nicht bei Salo und Johanna Oppenheimer. Im ersten Jahr war Salo sich gar nicht bewusst, dass seine Frau aktiv versuchte, schwanger zu werden, und sie redete sich ein, dass es deswegen nicht als Fehlschlag zählte. Doch eines Nachmittags fragte sie ihn, als wäre es ihr gerade erst in den Sinn gekommen, ob sie beide nicht langsam für den nächsten Schritt bereit wären. Und er hatte gesagt: »Den nächsten Schritt wohin?«

Es war nicht so, dass er davor zurückschreckte. Nur war das alles – eine Schwangerschaft, die in ein Baby mündete, ein Kind, eine ganz neue Person – ihm so fremd, dass er nicht gleich begriff, worauf sie hinauswollte. Er war so gar nicht auf gleicher Wellenlänge mit ihrer Sehnsucht, so gar nicht enttäuscht jeden Monat, wenn es wieder nicht geklappt hatte. Er hinkte nicht nur einen Schritt hinterher, in dem vagen Glauben, es werde schon irgendwie gut gehen. Es war auch kein Konfliktpunkt zwischen ihnen, bei dem er ihr seine Vorbehalte offenbart hätte, in Erwartung ihres Einlenkens. Nein. Das ganze Thema war ihm einfach nicht präsent. Als ob die ganze Zeugungsidee für Salo Oppenheimer noch mal neu erfunden werden müsste.

Hätte sie es ohne seine Hilfe oder sogar ohne sein Wissen hinbekommen, hätte sie es sofort getan, aber das Erste, was man aufgab, wenn man sich schließlich zu dem berühmten Fruchtbarkeitsspezialisten schleppte, von dem man im *New York Magazine* gelesen hatte, war das Privileg, etwas vor seinem Mann geheim zu halten.

»Wir erwarten Sie und Ihren Partner dann hier am Achten um elf Uhr«, sagte die Sprechstundenhilfe.

Sie würde es ihm sagen müssen.

»Was soll das heißen, unfruchtbar?«, war Salos erste Reaktion.

»Ich weiß nicht. Ich mache mir halt Sorgen. Ich möchte, dass wir uns mal untersuchen lassen.«

»Aber wir wollten doch gar nicht schwanger werden«, sagte Salo. Er wirkte eher verdattert als verärgert. Das gab ihr ein wenig Hoffnung.

»Ich würde es aber gern versuchen. Ich glaube, wir sind bereit.«

Er war erst siebenundzwanzig. Sie gerade vierundzwanzig.

»Ich bin nicht bereit«, sagte Salo.

Johanna sagte den Termin ab und ging erneut dazu über, ihrem Mann zu verschweigen, dass sie nicht verhütete.

Und wieder vergingen zwei Jahre.

Im Stillen wurde sie immer verzweifelter.

»Christina ist wieder schwanger«, berichtete sie ihm eines Morgens, als er in seiner Aktentasche gerade nach irgendeinem Papier suchte.

»Ah!«, sagte Salo. »Da ist es ja. Ich wusste doch, dass ich's eingesteckt hatte.«

»Bist du immer noch nicht bereit? Ich bin es nämlich schon.«

»Bereit wozu?«, fragte er doch tatsächlich und ließ die Schlösser seiner Aktentasche zuschnappen. Sie war burgunderrot, aus Aalhaut, von Johanna als Ersatz für die Big Brown Bag ausgesucht.

»Kinder zu bekommen, Salo. Ich möchte nämlich gern welche. Ich glaube, wir wären wunderbare Eltern.«

Das stimmte nicht ganz. Sie war voller Befürchtungen, wenn sie sich ihn als Vater vorstellte.

»Ja klar, aber warum ist das gerade jetzt so wichtig?«

Warum? Weil jede einzelne Zelle ihres Körpers sich danach sehnte, jeden Tag, ununterbrochen. Weil sie ständig durch ihr Haus an der Esplanade ging und sich Kinder in den leeren Zimmern vorstellte. Weil selbst ihr Hund, ein distanzierter Dackel namens Jürgen, zu begreifen schien, dass er nur der Platzhalter für etwas wesentlich Wichtigeres war, das ihn jederzeit ersetzen könnte.

»Ich mache mir Sorgen, dass vielleicht irgendwas nicht stimmt.«

»Ach was. Wir versuchen doch noch nicht mal, schwanger zu werden.«

Drei Jahre waren eine lange Zeit. Sie hatte jetzt andere Prioritäten.

»Ich dachte, es braucht wahrscheinlich eine Weile, darum hab ich die Pille abgesetzt«, sagte sie.

Salo runzelte die Stirn. »Wann war das denn?«

Das, gestand Johanna nach kurzem Kopfrechnen, bei dem sie das erste Jahr des einseitigen Nicht-schwanger-werden-Wollens außer Acht ließ, war zwei Jahre her.

Er nickte schweigend. »Verstehe«, sagte er schließlich.

Diesmal schafften sie es tatsächlich zu dem berühmten Fruchtbarkeitsspezialisten Lorenz Pritchard an der Fifth Avenue und Lenox Hill (»und Georgica Pond«, witzelte Salo später, »dank *mir*«).

»Wir erwarten Sie und Ihren Partner dann hier am Vierzehnten um vier Uhr«, sagte die Sprechstundenhilfe.

Dr. Pritchards Praxis war tapeziert mit Fotos von lächelnden, sabbernden Babys, in Farbe und Schwarz-Weiß. Johanna musste beim Eintreten die Augen gegen dieses grelle Übermaß an Kindersegen abschirmen. Sie nahm auf dem Ledersofa Platz, warf einen Blick auf die bauchige Vase mit rosa Ranunkeln und begann, Formulare auf dem Clipboard auszufüllen. *Größe. Gewicht. Sexuelle Vorgeschichte. Sexuelle Gewohnheiten. Drogenkonsum.* Uferlos, was sie da alles offenbaren sollte.

Neben ihr auf dem Sofa brütete Salo über seinem eigenen Formular.

»Ich verstehe nicht, was meine Unterhosen damit zu tun haben sollen, dass du nicht schwanger wirst.«

»Wirklich?« Ihr Herz schlug höher. Unterhosen? Könnte sich das alles womöglich durch Unterhosen lösen lassen?

»Oder wie viele Drinks ich mir pro Woche genehmige.«

»Das habe ich auch.«

»Und das mit den Unterhosen?«

Johanna schaute nach. »Nein. Aber eine Menge reizender Fragen über meine Periode und Geschlechtskrankheiten.«

»Oh, Geschlechtskrankheiten hab ich hier auch«, sagte Salo. »Also, ich bin mir sicher, dass alles in Ordnung ist. Wir brauchen wahrscheinlich nur eine Hormonspritze oder so was in der Art.«

Das »wir« war eine nette Geste, und sie wusste es zu schätzen, hütete sich aber, zu ihm hinzusehen. Seit drei Jahren beschäftigte sie sich nun schon mit diesem Thema, hatte jeden Artikel über die neuesten Vorstöße an der Fruchtbarkeitsfront gelesen, und sie bezweifelte stark, dass eine schlichte Hormonspritze das Ende oder auch nur den Anfang der Geschichte bedeutete. Vielmehr hatte sie den Verdacht, dass sie im Begriff war, eine lange, zunehmend unangenehme und beängstigende Talfahrt anzutreten, von einem Eingriff zum nächsten, von Hormonbehandlungen (für sie, nicht für ihn) bis hin zu Retortenbabys und Leihmüttern. In ihrem Kopf hatte sie eine ganze Liste möglicher Diagnosen aufgestellt, eine schlimmer als die andere: Blockierung war besser als hormonelle Dysfunktion, hormonelle Dysfunktion besser als qualitativ minderwertige Eier, diese wiederum weniger gravierend als mangelhaftes Sperma, das jedoch immer noch einer untauglichen Gebärmutter vorzuziehen war. Am meisten aber fürchtete Johanna sich vor dem Verdikt »ungeklärte Unfruchtbarkeit«.

»Was, wenn uns nichts fehlt?«, fragte sie flüsternd.

»Uns fehlt mit Sicherheit nichts«, gab er zurück.

Dr. Lorenz Pritchard war eine wuchtige Erscheinung, die überall auszuufern schien: buschiger Haarkranz, Speckwülste an Handgelenken, Hals und Leibesmitte. Er erwartete sie an einem langen antiken Schreibtisch, der mit Akten und Notizzetteln bedeckt war, dazu mit einem Tellerchen, auf dem der Rest eines Thunfischsandwichs und eine zerknüllte Serviette lagen.

»Dr. Pritchard«, sagte er und streckte eine leicht fischelnde Hand aus. Die sie beide schüttelten.

»Ich habe von Ihnen im *New York Magazine* gelesen«, platzte Johanna gleich heraus.

»Okay. Welches Jahr? Wir sind jetzt schon wieder so viel weiter als noch vor ein paar Jahren.«

»Ah, gut.« Johanna rang sich ein Lächeln ab. Sie wusste natürlich genau, worauf er anspielte. Das Retortenbaby Louise war zwei Jahre alt, und das war lange genug, um ein ganzes Genre von Fernsehfilmen ins Leben zu rufen, die sie alle gesehen hatte. Im *Ladies' Home Journal* gab es eine Story über ein Paar, das eine Frau dafür bezahlt hatte, dass sie das Kind des Mannes austrug. Nach der Geburt hatte sie das Baby dem Vater und seiner Frau einfach überlassen. Alle drei schienen glücklich damit, aber für Johanna klang es grauenhaft. Sie wollte mit ihrem eigenen Baby schwanger sein. Was, wenn die Mutter – die andere Mutter – beschloss, dass sie das Kind doch behalten wollte? Es war ja nicht so, dass man König Salomon parat hatte, um solch einen Streit zu schlichten.

»Ich fürchte, mit mir stimmt etwas nicht«, sagte Johanna. Dann brach sie in Tränen aus.

Dr. Pritchard nahm es gelassen. Auf der Rankingliste des *New York Magazine* wurde er seit jeher unter »Best Doctors« geführt, wie Johanna sehr wohl wusste. Weinende Frauen waren für ihn also nichts Neues.

»Mrs. Oppenheimer«, sagte er und reichte ihr die Kleenexschachtel, »ich habe fünfhundert Paare behandelt, von denen der Großteil mittlerweile Eltern sind, auch schon mehrfach. Manchmal will die Natur nicht so wie wir, und das wird immer so bleiben, aber ich kann Ihnen versprechen, dass wir alle hier in unserer Praxis dafür da sind, Sie auf Ihrem Weg aus der Unfruchtbarkeit zu unterstützen.«

Selbst im Abgrund der Peinlichkeit fand unsere Mutter noch Raum, diese Redewendung zu verachten.

Salo rupfte ein weiteres Kleenex aus der Schachtel und reichte es ihr.

»Immerhin haben Sie es hierhergeschafft, das ist der erste Schritt. Und der schwerste.«

Eine fette Lüge, wie Johanna später feststellen würde. Sich mit Salo in eine Praxis zu begeben, wo seine Unterhosen und ihr Menstruationszyklus begutachtet würden, war bestimmt kein Vergnügen, aber es war nicht annähernd so hart wie das, was ihr noch bevorstand. Von den Hormontests über die Morgensperma-Analyse und dem Clomid, das sie an diesem ersten Tag verschrieben bekam (ein Mittel, das sie noch weinerlicher, verrückter und ängstlicher machte), bis zu dem

Hysterosalpingogramm, das Dr. Pritchards Radiologin kurz vor der Prozedur als »Eileiter durchblasen« bezeichnete. Es war alles furchtbar, angsteinflößend und erniedrigend.

Und nutzlos. Wieder verging ein Jahr in Wut und Depression, so viel Blut aus dem Muttermund geflossen, so viele Hoffnungsschimmer zerronnen. Das dritte Kind ihres Bruders wurde geboren, ein Junge. Ihr Vater erlitt einen leichten Schlaganfall und trat in den Ruhestand, dann verkauften er und Johannas Mutter ihr Haus und zogen in die Nähe ihres Lieblingskindes und seiner wachsenden Brut.

Während dieser ersten Schritte auf ihrem *Weg aus der Unfruchtbarkeit* spürte Johanna zum allerersten Mal den starken Rückhalt, den das Geld ihres Mannes ihr gewährte. In dem ganzen Elend war es wenigstens tröstlich zu wissen, dass sie jeden Eingriff bezahlen konnten, den Dr. Lorenz Pritchard ihnen angedeihen ließ, zumal sie beide noch jung waren und es nicht an neuen Therapieansätzen und Prozeduren mangelte. »Was immer es braucht«, hatte Salo gesagt, noch bevor sie von ihrem ersten Termin heimkamen.

Was es dann brauchte, waren die nächsten vier Jahre ihres Lebens, beginnend mit der Rehabilitation von Salos Sperma, worauf das »Durchblasen« von Johannas Eileitern folgte, nicht einmal, sondern dreimal (und leider konnte sie sich nach dem ersten Mal nicht mehr über die extreme Unannehmlichkeit dieses Eingriffs hinwegtäuschen). Am Ende lief es auf vier ärztlich überwachte Inseminationsrunden hinaus und sechs Versuche der hormongestützten Eiproduktion, Entnahme, Befruchtung, Implantation und schließlich Desintegration.

Nach dem sechsten Fiasko fand in Dr. Pritchards Praxis zum ersten Mal das gefürchtete L-Wort Erwähnung.

»Kommt nicht infrage«, wehrte Johanna schluchzend ab.

»Ich würde Ihnen dazu raten«, sagte Dr. Pritchard. »Überlegen Sie es sich wenigstens. Sie beide haben kein Problem, lebensfähige Embryos zu produzieren, aber sie überleben den Transfer nicht. Ich hatte viele Patientinnen, die es geschafft haben, diese Sackgasse mithilfe einer Leihmutter zu umgehen. Sie müssten sich vielleicht einmal die Frage stellen, möchte ich schwanger sein, oder möchte ich, dass meine Kinder geboren werden, damit wir eine Familie sein können?«

Salo schwieg dazu. Dachte er über die Frage nach, oder fragte er sich, was seine Frau wirklich wollte?

»Oh, natürlich Letzteres. Ich weiß, aber es ist schwer aufzugeben.«

»Sie haben alles getan, Johanna. Sogar weit darüber hinaus.« Irgendwann im Laufe des zweiten Behandlungsjahrs war sie »Johanna« geworden und Salo »Salo«.

»Das finde ich auch«, sagte Salo.

»Nur einmal noch«, sagte Johanna scharf. »Okay?« Sie putzte sich die Nase. »Ein letztes Mal, das kann doch nicht schaden. Aber dann, ja, versprochen, dann werde ich's tun.«

Und so ging es wieder los mit den Injektionen und Extraktionen, und vier perfekte Eier landeten in einer von Dr. Pritchards Petrischalen, der Wiege des Lebens, wie sie es im Stillen nannte. Diese vier perfekten Eier, einmal befruchtet, begannen brütend und blubbernd ihren Weg ins Sein, wie ganze dreizehn ihrer Proto-Geschwister vor ihnen, und als die Zeit reif war, diese kostbaren Oppenheimer-Quintessenzen zu transferieren, wählte Dr. Pritchard auf gut Glück drei aus, um den zweifelhaften Weg in den Schoß (den viel geschmähten Schoß) ihrer Mutter anzutreten; das vierte schickte er in eine spezielle Tiefkühlvorrichtung irgendwo in Connecticut, um dort auf die Leihmutterschaft zu warten, die alle, selbst Johanna, für unumgänglich hielten.

Nur einmal noch.

Wer weiß schon, warum es diesmal klappte, endlich, und auch noch so spektakulär. Schon zweimal zuvor war ein Schwangerschaftstest positiv ausgefallen, und einmal hatte es schrecklicherweise sogar einen stoischen kleinen Herzschlag gegeben, durch Dr. Pritchards Ultraschall so verstärkt, dass es wie etwas aus einer Geschichte von Edgar Allan Poe hämmerte. Aber nur zwei Wochen später war es wieder verschwunden gewesen (nachdem sie bereits allen die gute Nachricht verkündet hatte, inklusive, tränenüberströmt, ihren Eltern). Als sie diesmal nach Ablauf der ominösen Sechs-Wochen-Frist den langen, furchterregenden Korridor in Dr. Pritchards Praxis hinunterging und sich auf der Folterbank mit der unversöhnlich raschelnden Papierunterlage ausstreckte, wo Loretta, die irische Arzthelferin, ihren Bauch mit Gel bestrich, hatte sie nicht die leiseste Ahnung, was ihr noch alles bevorstand.

Nur einmal noch.

Genau genommen dreimal. Ihre drei letzten Chancen auf das Einzige, was sie sich je erkühnt hatte, vom Schicksal zu verlangen. Doch dann senkte Loretta, die bei jedem dieser dreizehn Embryonen-Fiaskos zugegen gewesen war und schon so manche der Mächtigen dieser Metropole vor Glück oder Schmerz hatte losheulen sehen, ihren Zauberstab auf Johannas Bauch herab, und die Kakofonie des Lebens wurde laut und deutlich hörbar. Nicht bloß ein einzelner Herzschlag oder ein Duett, sondern ein wildes, wummerndes Trio. In Johanna Oppenheimer wimmelte es von Leben.

»Na so was«, sagte Loretta, deren irischer Akzent auch nach vierzig Jahren in New York noch durchklang. Sie blickte strahlend auf den Monitor. »Leute, nach allem, was ihr durchgemacht habt. Ich hab 'nen Rosenkranz für die Oppenheimers gebetet. Das mach ich nicht für jeden!«

Sie hörte jemanden »Oh, wow« sagen und dachte an Andy Warhol, den sie vor einer Woche im Fernsehen gesehen hatten. Er stand mit seinen Assistenten über einen Siebdruck von Uncle Sam gebeugt, den sie gerade angefertigt hatten, und sagte ebenfalls *Oh, wow, oh, wow.* Als sie den Kopf wandte und zu Salo schaute, sah er selbst wie ein Siebdruck aus, in einer nie gesehenen Grünschattierung. Vielleicht war ihm übel geworden angesichts der Tatsache, dass er nun – unentrinnbar, für den Rest seines Lebens – jemandes Vater war. Und nicht nur für einen Jemand, sondern für einen ganzen Haufen!

Kapitel 4

Triptychon

In dem Johanna Oppenheimer brütet und Salo Oppenheimer seinen Radius ausdehnt

Unsere Mutter verbrachte die gesamte zweite Hälfte der Schwangerschaft im Bett. Aufstehen durfte sie nur für vorsichtige, zunehmend beschwerliche Gänge ins Bad und gelegentliche Untersuchungstermine bei ihrer speziell für Hochrisikofälle ausgebildeten Hebamme. Diese Wochen und Monate hielten alles an Unwohlsein bereit, was eine Schwangerschaft so zu bieten hatte – Sodbrennen, Übelkeit, Blähungen –, und es wurde nur noch schlimmer, als die drei Babys anfingen, ihre Organe einzuengen, und die verordnete Ruhigstellung mehr und mehr an ihren Nerven zerrte. Unten vollendete der Bautrupp derweil die neue »Gourmetküche«, um dann ins Obergeschoss zu poltern, wo sie mit den Kinderzimmern weitermachten. Die zwei Jungen sollten das größere Zimmer bekommen, das nach vorne hinausging (mit dem großartigen Blick auf den Hafen, zum Ausgleich dafür, dass sie sich den Raum teilen mussten); für das Mädchen war das hintere Zimmer gedacht, das die Montague Terrace überblickte. Im sechsten Monat kippte die Balance zwischen der Freude über ihren lang ersehnten Zustand und dessen Beschwerlichkeit, und sie merkte, dass sie morgens nicht mehr mit einem Glücksgefühl aufwachte. Sie wachte überhaupt nicht auf, weil sie nachts nicht hatte schlafen können, während zwölf strampelnde Glieder sich den Platz in ihr streitig machten und jemandes Kopf ohne Unterlass gegen ihre Blase stupste, und auch weil Angst – nackte Angst – ihren erschöpften Leib flutete.

Das Ziel war, acht Monate zu schaffen, aber acht Monate, das kam ihr so verlockend und gleichzeitig unerreichbar vor wie eine Fata Morgana. Siebeneinhalb Monate waren genauso unmöglich. Sieben Monate war ein Wunschtraum, wie der, eines Tages das Zielband des New Yorker Marathons zu erreichen. Sie konnte nicht auf ihrer linken Seite liegen, wo einer der Jungen es sich mit dem Kopf nach unten bequem gemacht hatte, oder auf der rechten, aus Angst, das Mädchen könnte von seinen Brüdern erdrückt werden. Also blieb ihr nur, im Bett zu sitzen oder flach auf dem Rücken zu liegen, zwei Stellungen, die sie Tag und Nacht abwechselnd einnahm.

Unsere Tante Debbie kam sie einmal die Woche nach der Arbeit besuchen und unsere Großmutter jeden Samstag. Eine von Johannas Collegefreundinnen jobbte als Nanny für ein Schriftstellerpaar in Park Slope; sie kam ein paarmal vorbei, erzählte von den hohen Ansprüchen ihrer Arbeitgeber und von ihren Dinnerpartys mit anderen Schriftstellern (und deren Ansprüchen), aber Stunden mit einer nahezu unbeweglichen Extrem-Schwangeren zu verbringen, war kein sehr prickelnder Zeitvertreib, und Johanna war nicht überrascht, als die Freundin sich irgendwann nicht mehr blicken ließ. Im Haus befanden sich meist nur unsere Mutter und Gloria de Angelis, die Haushälterin, die sie eingestellt hatten, sobald die Hebamme Bettruhe verordnete, sowie Jürgen, der Dackel, der seiner kurzen Beine wegen keine Treppen mochte und lieber im ersten Stock blieb, von wo aus er mit Ingrimm Spaziergänger auf der Esplanade verbellte, und natürlich Salo, der immer zeitig aus dem Büro kam und das Abendessen für sie beide auf einem Tablett heraufbrachte: Brathähnchen, Ravioli, Gazpacho, alles frisch von Gloria zubereitet. Vier Monate lang harrte unsere Mutter also aus, wo sie war, ein Kerkerdasein, bis auf die angstvollen Gänge ins Bad und die extrem vorsichtigen Arztbesuche. Im Stockwerk über ihr trampelten und polterten die Arbeiter bei der Fertigstellung der beiden Kinderzimmer herum. Sie hätte sich die Zimmer gern einmal angesehen, die Vorhänge und Wandfarben, die sie vom Bett aus geordert hatte, die Teppiche und Schaukelstühle, die drei schwarz-weißen Mobiles, die laut Tante Debbie zur genialen Begabung ihrer Söhne, unserer Cousins, beigetragen hatten. Aber es lohnte das Risiko des Treppensteigens nicht. So wuchsen die drei einen beschwerlichen Tag nach dem anderen in zunehmender Enge heran.

Gegenüber vom Bett hing ein Triptychon, für das Salo extra zu einer Auktion nach London geflogen war. Die drei Bilder stellten grotesk verzerrte Köpfe auf einem schwarzen Hintergrund dar, in verschiedene Richtungen schauend, mit Gesichtszügen wie in chaotisch wirbelnder Auflösung. Permanent mit ihnen allein, hatte Johanna ihren anfänglichen Widerwillen, ja Ekel überwunden und ein noch problematischeres Verhältnis dazu entwickelt. Sie hatte begonnen, diese drei Köpfe als böse Feen ihrer drei boxenden Babys zu sehen, diese entstellten Gesichter als Projektion ihrer Ängste – Ängste, die sie innerlich quälten und die nicht durch die Plazenta dringen durften, um dann ihren Kindern anzuhaften. Doch worin bestanden die Ängste einer Frau, die so lange gewartet, so viel auf sich genommen (und so viel gelitten) hatte, um endlich schwanger zu sein? Ganz einfach: Fast im gleichen Moment, als die Kakofonie jener drei Herzschläge in Dr. Lorenz Pritchards Ultraschallraum ertönte, war es unserer Mutter eingefallen, dass sie trotz aller Sehnsucht, trotz all der Pillen und Spritzen, trotz der Prozeduren wie Durchblasen der Eileiter und Ei-Entnahmen und trotz der Jahre des Wartens und der Fehlschläge nicht die geringste Ahnung davon hatte, was Elternschaft eigentlich bedeutete. Von ihren eigenen Eltern hatte sie nur gelernt, wie man es nicht machen sollte. All die Jahre der Mühen hatten sie im Treibsand landen lassen, und da steckte sie nun, langsam einsinkend und allein. Schlimmer noch, unser Vater hatte einen eigenen Weg gefunden – einen Weg, den er anscheinend ohne sie zu gehen gedachte und den sie nicht rechtzeitig als solchen erkannt hatte. Sonst hätte sie sich mehr bemüht, diese Wachsmalstiftschmierereien und schroffen Farbflächen zu verstehen, sogar diese verzerrten Gesichter am Fuß ihres Bettes, obwohl sie ihr so verhasst waren. Aber es war zu spät zu verstehen, oder auch nur vorzugeben zu verstehen, wie diese Bilder auf ihren Mann wirkten und was er in ihnen sah.

Mittlerweile hatte unser Vater vierzehn Gemälde erworben (sechzehn, wenn man das Triptychon als drei zählte) und überall im Haus aufhängen lassen. Nach dem Abendessen, nachdem er das Tablett in die Küche zurückgebracht und ein paar Worte mit Gloria gewechselt hatte, beschäftigte er sich am liebsten damit, die Kunstwerke auf die verschiedenen Räume seines Hauses zu verteilen und dort den passenden Platz für sie zu suchen. Das war ein Endlosprojekt; was immer er an Zufriedenheit angesichts dieser orangen Kringel, grauen Farbflächen oder Kreuzschraffuren vor einer neutralen Wand empfand, wurde nur zu bald abgelöst von der Überzeugung, dass es doch noch eine bessere Paarung von Raum und Bild geben musste, eine bessere Positionierung innerhalb des Raumes. Oder aber er hatte die Vision eines Bildes, das er noch gar nicht besaß, das jedoch bei seinem Erscheinen alle Dominosteine kippen lassen und eine komplette Umverteilung nötig machen würde.

Eines Abends, als Johanna sich schon dem Heiligen Gral ihres achten Monats näherte, setzte Salo das Tablett neben dem gigantischen Bauch seiner Frau ab und verkündete ihr, er habe ein Lagerhaus in irgendeinem entlegenen Außenbezirk ihrer adoptierten Gemeinde erworben, und dorthin gedächte er alle seine Gemälde zu verfrachten. Einige seien inzwischen deutlich im Wert gestiegen, erklärte er unserer Mutter (die das kaum glauben konnte), und er bekomme immer mehr Anfragen von Händlern, denen er sie abgekauft hatte, was ihm gar nicht behagte. Ein Museum in London hatte seinen Namen bei der Turiner Galerie erfragt und angeboten, ihm den Twombly *abzukaufen,* was sich wie ein Schuss vor den Bug anfühlte. Unser Vater hatte angefangen, sich Sorgen um die Sicherheit dieser Kunstwerke zu machen, in dem alten Haus hier, ohne Alarmanlage und mit ständigen Temperaturschwankungen. Ganz zu schweigen von dem baldigen Ansturm eines halben Dutzends kleiner, klebriger Patschhändchen oder dreier tapsiger Kleinkinder, die gerade laufen lernten. Später dann all die Schulranzen und Rucksäcke, die achtlos hingepfefferten Sporttaschen (sie erwarteten immerhin zwei Jungen) oder ganz einfach die Anzahl an Körpern, die sich die Räume mit den Kunstwerken teilen würden – dicht daran vorbeistreifend, die Luft aufwirbelnd.

»Aber wenn die Bilder nicht im Haus sind, dann wirst du sie ja gar nicht anschauen können.«

»Ich kann sie im Lagerhaus anschauen.« Es werde übrigens bereits hergerichtet, erzählte er, mit modernster Alarmanlage und Thermostat ausgestattet. Er könnte sich dorthin begeben, wenn er die Bilder sehen wollte. Sie könnten es gemeinsam tun!

Er hatte das also seit Längerem geplant, sagte sie sich, und das Projekt war schon weit fortgeschritten. Besonders freudig stimmte es sie nicht, aber wie immer war es ihre Aufgabe zu verstehen, und sie gab sich Mühe. Die Gemälde schenkten ihm eine solche Freude, wie es bei ihr mit Sicherheit nie der Fall sein würde, und bei einigen davon wäre sie geradezu erleichtert, sie nicht mehr sehen zu müssen.

Ende des siebten Monats kamen die bestellten Kunstspediteure, und die Bilder verließen das Haus: all die Krakeleien, Kringel und Kleckse und dunklen Farblabyrinthe. Mit vielen Entschuldigungen und sichtlich verlegen kamen die Männer ins Schlafzimmer, hängten das Triptychon ab und verfrachteten es, wie den ganzen Rest, an jenen anderen Ort.

Das Lagerhaus war früher einmal Teil eines Portfolios gewesen, das Salo bei Wurttemberg betreute, Teil eines Vermögens aus Großvaters Zeiten. Einst umfasste es einen großen Teil von Brooklyn, und selbst nach dem Verkauf etlicher Hektar, die als Bauland für die zukünftigen Red Hook Houses dienen sollten, war noch alte Bausubstanz in Red Hook erhalten, an der Coffey Street. Im Jahr 1982 war Red Hook ein Viertel, dessen Aufwertung noch in weiter Ferne lag: postindustriell und abgelegen, vom restlichen Brooklyn durch einen massiven Riegel von Sozialbauten abgetrennt. Kein Wunder, dass Salo Oppenheimer als geborener New Yorker sich noch nie dorthin verirrt hatte. Bis zu dem Tag, als er genau das tat.

Die gegenwärtigen Eigentümer waren zwei Brüder in Fort Lauderdale, die seit zehn Jahren nicht miteinander sprachen und beide kinderlos waren (oder so gut wie, da der Bruder, der tatsächlich eine Tochter in die Welt gesetzt hatte, alle möglichen juristischen Mittel einsetzte, um sie zu enterben). Salo hatte keinen von ihnen je getroffen; mit Abraham Geller in Fort Lauderdale kommunizierte er per Fax (cc an Myron Geller per Post), und mit Myron Geller in Fort Lauderdale kommunizierte er auf dem Postweg (cc an Abraham Geller per Fax). Es ging dabei immer nur um Kleinigkeiten. Mit der Zeit ließen die Brüder durchblicken, dass sie Coffey Street gerne »abstoßen« wollten (im Wortlaut von Myron Geller), doch verkaufen war nicht so einfach, wegen einer alten Auflage im Rahmen des Trusts, die besagte, dass die Immobilien im Portfolio alle zehn Jahre neu geschätzt werden mussten und ein Verkauf nur in den folgenden achtzehn Monaten statthaft war. In den Siebzigern dümpelte das Ganze ungenutzt vor sich hin und verlor stetig an Wert, während die verfeindeten Brüder in Fort Lauderdale sich in skurriler Einhelligkeit über diesen Tatbestand beklagten.

Als Johanna im Herbst 1981 ihre letzte Runde der In-vitro-Fertilisation angetreten hatte, war die Neubewertung des brüderlichen Immobilienvermögens wieder einmal fällig geworden. Den Gutachter durch diese Objekte im finstersten Brooklyn zu begleiten, wäre eher die Aufgabe eines Wurttemberg-Angestellten gewesen, dessen Nachname nicht Oppenheimer war, aber unser Vater, der selbst in diesem Stadtteil wohnte, war neugierig darauf, die Häuserzeile einmal in Augenschein zu nehmen. Sie erwies sich als recht abgehalftertes Quartier neben einer Zuckerraffinerie, an einer Kopfsteinpflasterstraße, die zum Wasser hinabführte. Die Häuser waren alt, aber nicht baufällig, mit Dielenböden und abblätterndem Putz und Kaminen, die nicht gerade vertrauenerweckend aussahen. Einige der Häuser hatten noch Mieter. Das Fabrikgebäude stand leer.

»Was halten Sie von der Wohngegend?«, fragte unser Vater den Gutachter.

»Das ist doch keine Wohngegend«, sagte der Gutachter. »Red Hook? Machen Sie Witze?«

»Früher war's mal eine«, meinte Salo. Er hatte sich kundig gemacht. Red Hook war einstmals ein holländisches Dorf gewesen, dann ein geschäftiges Hafenviertel, das zu einem Labyrinth von Mietskasernen voller norwegischer Hafenarbeiter anwuchs. Das alles natürlich vor den heutigen Sozialbauten.

»Nee, hier ist echt nichts zu holen. Wenn diese Häuser in Brooklyn Heights ständen oder in Park Slope, von mir aus auch Cobble Hill, da ginge noch was. Aber Ihre Klienten haben sich den falschen Teil der Stadt zum Erben ausgesucht.«

Salo nickte. Er konnte dem Mann nicht widersprechen, dazu wusste er nicht genug von der Materie, doch er begann bereits zu überlegen. Und als die Bewertung dieser Coffey-Street-Immobilien noch niedriger ausfiel als erwartet, versuchte er, den Brüdern zunächst nur zu vermitteln, dass weder die Firma noch ein Bauunternehmer in Brooklyn, bei dem er sich erkundigt hatte, dieser maroden Bausubstanz Chancen auf dem Markt einräumte. Aber weder Abraham noch Myron Geller, beide hoch in den Achtzigern, wollten noch länger warten. Bald stand jedes ihrer Gebäude in Red Hook zum Verkauf, und kein Mensch interessierte sich dafür.

Salo dachte immer wieder an jene alte Fabrik und die Häuser daneben. Manchmal, wenn er Besorgungen für seine Frau erledigte oder mit dem Auto nach Manhattan fuhr, machte er einen Umweg über Red Hook. Die heruntergekommene Häuserreihe in der Coffey Street erschien ihm wie die Erinnerung an ein anderes, pittoreskes New York, und das angrenzende Lagerhaus war geräumig. Sehr, sehr geräumig. Außerdem sehr, sehr preiswert. Und er brauchte einen Ort für seine Bilder – und einen Ort, um sie zu betrachten. Irgendwie war das nicht der Ort, an dem er mit seiner Frau lebte und bald auch mit diesen Wildfremden, die in die Welt zu setzen sie (zumindest Johanna) sich jahrelang so bemüht hatten. Leute hatten neuerdings begonnen, Lagerräume zu just diesem Zweck anzubieten, wie Salo wusste; einer war gerade in Long Island City gebaut worden, einbruchssicher und klimatisiert und teuer und weiter weg von Brooklyn Heights als Coffey Street. War Coffey Street dann nicht der bessere Plan? Wenn es denn überhaupt ein Plan war.

»Das ist ja eine schreckliche Idee«, sagte unser Großvater, der sich dann aber trotzdem von Salo überzeugen ließ. Hermann Oppenheimer selbst gab jeden Monat mehrere Tausend Dollar für die Aufbewahrung von nur drei Gemälden in einem Lagerraum in Westchester aus. »Du kannst Gemälde doch nicht einfach in einem alten Haus abladen und dort vergammeln lassen«, sagte er, als wäre sein Sohn ein Idiot.

»Das habe ich auch nicht vor.« Salo hatte bereits einen Kostenvoranschlag eingeholt. Zwanzigtausend für die gleiche Klima- und Alarmanlage, wie sie die Frick Collection für ihr Lager in Queens verwendete. »Und neben dem Lagergebäude gibt's noch vier andere Häuser, die würde ich renovieren lassen und vermieten.«

»Wer will schon was in Red Hook mieten?«, sagte sein Vater.

Salo zuckte die Achseln. »Es ist immerhin New York City«, wandte er ein. Was er jedoch verschwieg, war das seltsame Gefühl, das ihn während der Besichtigung des leeren Lagerhauses und der kleinen alten Häuser mit den ärmlichen Habseligkeiten anderer Leute ergriffen hatte. Es war alles so anders als das Ambiente seiner goldgerahmten Kindheit oder das lichtdurchflutete Haus an der Esplanade, nur wenige Meilen weiter nordwärts, wo seine Frau am Brüten war. Diese bescheidenen Quartiere waren weder schön noch komfortabel, doch sie rührten etwas in ihm an. Und er würde ja ohnehin nicht aufhören, Gemälde zu kaufen. Wenn sie nicht bei ihm zu Hause bleiben konnten, mussten sie irgendwo anders hin.

Natürlich nahmen die beiden Brüder sein Angebot an. Sie waren ganz versessen darauf, die Häuser loszuwerden. Versessen auf das Geld! (Der eine hatte gerade eine Alzheimer-Diagnose erhalten, der andere hatte eine neue Frau.) Innerhalb eines Monats war alles abgewickelt.

Was unsere Mutter betraf, so würde sie ihr halbes Leben am halbwegs distinguierten Rand von Brooklyn verbringen, doch Brooklyn Heights war schon das Äußerste, was sie sich an Exotik zumutete. Nie machte sie sich die Mühe, den Rest des Stadtbezirks kennenzulernen, weshalb sie sich auch nie daran erinnern konnte, wo das Lagerhaus ihres Mannes lag. In Coney Island oder irgendwo da draußen, dachte sie über lange Jahre. Als Kind würde Lewyn später die seltsame Vorstellung entwickeln, sein Vater betreibe ein Grusel- oder Wachsfigurenkabinett in der Nähe des Freizeitparks, und Sally, die gern Karussell fuhr, fand es gemein von unserem Vater, dass er so viel Zeit dort verbrachte, ohne sie je mitzunehmen. Harrison scherte sich nicht weiter darum, obwohl er der Einzige war, den unser Vater einmal zum Lagerhaus mitgenommen hatte. Johanna führte er es auch vor, eines Sonntagmorgens, sobald die Kinder sich in sicherer Obhut zweier Säuglingsschwestern befanden, und natürlich war sie alles andere als angetan. In dem renovierten Lagerhaus konnte sie sehen, dass er schon wieder neue Bilder angeschafft hatte, die nichts weiter darstellten als Farbblöcke, Gekrakel und wildes Gekleckse. Sie wandte sich ab und ließ sowohl die vertrauten als auch die neuen Bilder dort ohne jegliches Bedauern zurück. Nur einmal noch sollte sie nach Red Hook zurückkehren, viele Jahre später (ein Besuch mit unvorhergesehenen Folgen für sie selbst und alle, die ihr wichtig waren, wie auch für ein bekanntes Museum).

An dem Tag, als unser Vater ihr vor jenen fratzenhaften Drillingsfeen am Fuß des Bettes von seinem Projekt erzählte, hatte sie gefragt: »Wenn die Bilder alle das Haus verlassen, was werden wir dann an die Wände hängen?«

»Was dir gefällt. Jetzt bist du mal mit Aussuchen dran.«

Aber sie wollte nie etwas anderes sehen als die Gesichter ihrer eigenen Kinder. Jedes Jahr wurde ein Geburtstagsfoto auf der Terrasse in Chilmark angefertigt, wo die drei sich bei den Händen hielten, solange sie sich dazu bewegen ließen, dicht aneinandergedrängt, solange sie es aushielten. Stufe für Stufe, Jahr für Jahr kletterten diese Bilder die Treppenwand hinauf, drei quäkende Babys, drei ungebärdige Krabbler, drei mürrische Kinder, drei Teenager, die auseinanderstoben, sobald der Auslöser geklickt hatte.

Kapitel 5

Schon fort

In dem die Oppenheimer-Drillinge zur Welt kommen und sofort beginnen, sich auseinanderzuentwickeln

Lewyns erste Erinnerung war die an einen steinigen Strand (hinter unserem Ferienhaus am Vineyard) und einen langen braunen Algenstrang, den er gegen die Sonne hielt.

Harrisons erste Erinnerung war die an den Dackel Jürgen, der ihn anknurrte.

Sallys erste Erinnerung war die an ihren Bruder Harrison, der sich einen Apfelschnitz aus der schmuddeligen Patschhand ihres Bruders Lewyn grapschte.

Was war ihre erste miteinander geteilte Erinnerung? Sich auf diesen kleinsten gemeinsamen Nenner einzulassen, hätte vorausgesetzt, dass man sich miteinander austauschte, und das kam nicht vor, zumindest nicht, solange sie noch Kinder waren. Harrison, der die meisten Dinge als Erster tat, stieg auch als Erster aus, aber Sally stand ihm in nichts nach. Nur Lewyn, der Arme, klammerte sich noch ein bisschen an. Eigentlich gab er nie so ganz auf, bis seine Schwester ihm zu Beginn ihres Studiums an der gemeinsamen Uni den Laufpass gab. Aber wen kümmerte es schon, was Lewyn wollte? Die anderen zwei machten sowieso nicht mit.

Noch wenige Tage vor ihrer Ankunft war das Haus in Brooklyn Heights höhlenartig still gewesen, klassisch proportionierte Räume voller Luft, mit einer reglosen Frau oben im Schlafzimmer und einem faulen Dackel, der von der Wohnzimmercouch aus die Esplanade bewachte. Jetzt posaunten drei Säuglinge ihr existenzielles Unbehagen in die Welt hinaus und hielten zwei Säuglingsschwestern und eine Haushälterin auf Trab, in einem endlosen Zyklus von füttern und wickeln und baden und herumtragen, während Johanna ihnen voller Schmerz und Verwirrung dabei zusah. Immerhin, drei neue Seelen hatten die Welt betreten! Hatten jene, die Salo Oppenheimer auf dem Gewissen hatte, mehr als ersetzt! Unser Vater hätte in diesem kosmischen Ausgleich eine Art von Vergebung sehen können, eine (dreifache) Bindung an das Leben, durch das er haltlos driftete, aber irgendwie schien es ihm nicht zu gelingen. Er stand über sie gebeugt auf der Neugeborenenstation und später an ihren schönen hölzernen Wiegen und versuchte ernsthaft, etwas von sich in diesen winzigen, schrumpeligen, zornigen Bündeln zu erkennen, aber nein, es würde ihm niemals gelingen. Doch unser Vater hatte Jahre seines Lebens damit verbracht, sich Bilder anzusehen – oft wirklich schwierige Bilder –, und deshalb war er imstande, eine Grundwahrheit über diese drei Winzlinge herauszulesen, nämlich dass sie von Anfang an so waren, wie sie immer sein würden: Harrison wild darauf zu entkommen, Sally prinzipiell schlecht gelaunt, Lewyn sehnsuchtsvoll, auf sich zurückgeworfen. Daran war nichts zu ändern, wie es auch für Salo selbst keine Hoffnung auf Änderung gab.

Er gab sich Mühe, nahm sie auf den Arm, blickte in ihre fremden kleinen Gesichter, aber selbst wenn er sich in den rutschenden Schaukelstuhl setzte und einer der Nannys ungeschickt eins der Babys abnahm, schauderte es ihn vor der Unüberwindlichkeit dessen, was auf ihn zukam. Das Baby war frisch gebadet, gewickelt, eingepackt, satt und schläfrig, doch trotz dieser günstigen Bedingungen gab er es der Säuglingsschwester gleich wieder zurück und ging lieber mit dem

Hund spazieren. Ein schöner, warmer Septemberabend. Auf der anderen Seite des Flusses duckte Wurttemberg Holdings sich irgendwo in den Tiefen des neunzehnten Jahrhunderts zwischen dem American International Building und dem World Trade Center, und überall in diesem hektischen Dreieck von Manhattan Island schwärmten junge Männer durch die Bars, und junge Frauen schlüpften aus den Büropumps und schnürten ihre Sneaker, um nach Hause zu powerwalken. Er hatte keine Lust, dabei zu sein. Aber da, wo er war, wollte er auch nicht sein. Johanna, seine Eltern, seine Bundesbrüder, die ihn nach dem Unfall nicht gemieden hatten, die Kollegen, die ihm Achtung zollten, weil er ein Oppenheimer war, selbst diese drei kleinen Leben, die er in die Welt zu setzen geholfen hatte – nicht zum ersten Mal erkannte er, dass er nichts davon wirklich wollte. Aber was wollte er dann?

Die Geburtsanzeige wurde von dem ersten der gestellten Fotos begleitet, aufgenommen, nachdem alle drei Babys aus der Frühchenabteilung der Klinik heimgekommen waren: drei Wickelkinder in den gleichen Stramplern, eins stoisch, eins schlafend, eins weinend. Die Nannys hatten schon bereitgestanden, als der Familienzuwachs zu Hause eintraf, alles bestens organisiert, aber Johanna kam nicht zur Ruhe. Die Kaiserschnittnarbe bereitete ihr immer noch *die schlimmsten Schmerzen, die sie je erlebt hatte,* doch immer, wenn sie eins ihrer Kinder weinen hörte, musste sie gegen den Impuls ankämpfen, augenblicklich aufzuspringen (und ihre OP-Naht aufzureißen), was eine permanente Herausforderung bedeutete. Denn das Haus hallte wider von all dem kindlichen Jammer (besonders Harrison ließ sie hemmungslos an seinen Koliken teilhaben), zudem stank es nach all den üblichen Babydingen. Die Säuglingsschwestern kamen nicht miteinander aus, und die eine hatte die andere bald rausgeekelt und sie durch ihre eigene Schwägerin ersetzt, eine schweigsame, finster dreinschauende Person. Der Dackel entwickelte einen Hang zum Treppensteigen, nur um den sorgfältig ausgesuchten Teppich im Jungenzimmer zu beschmutzen. (Es kostete ihn wirklich Mühe, aber die war es ihm wohl wert.) Die Sorgen unserer Mutter verlagerten sich vom Austragen zum Stillen, und sie verbrachte jene ersten Monate in einem Sessel, wo ein quäkender Säugling nach dem anderen ihr angelegt und wieder abgenommen wurde. Dann aber gelang es den Säuglingsschwestern, dem Kinderarzt und ihrer Schwester Debbie (die selbstverständlich *keinen* ihrer superschlauen Söhne gestillt hatte) mit vereinten Kräften, sie davon zu überzeugen, dass sie ihre Pflicht erfüllt hatte und die Kinder besser schlafen würden, wenn sie Flaschenmilch bekämen. In seltener Eintracht hielten die drei Babys sich fortan an die Flasche und lehnten die Brust ab.

Das Haus an der Esplanade wurde zu einer Art Fabrik im Dauerbetrieb aus wickeln, füttern, tragen, wiegen, wieder füttern, wieder wickeln, wieder tragen. Die verschiedenen Pflegerinnen (darunter endlich auch Johanna) schoben sich gegenseitig die Babys zu, wenn sie mal schlafen mussten (oder essen oder aufs Klo gehen, aber meistens schlafen), und die Babys taten, was von ihnen zu erwarten war, obwohl Harrison bei jeder Entwicklungsstufe der Erste war, während Sally oder Lewyn immer hinterherhinkten. Harrison war nur von seinen Koliken abzulenken, indem man ihn in seinem Kindersitz auf dem laufenden Wäschetrockner absetzte. Sally wurde alles Mögliche an Essbarem angeboten, auf der ständigen Suche nach etwas, das sie nicht auf der Stelle wieder ausspucken würde. Lewyn war friedlich und liebenswürdig, solange jemand ihn auf dem Arm hielt. Zwei der Babys hatten Ekzeme. Nur eins hatte Haare. Schwer, sich eine Zeit danach vorzustellen, eine Zeit, die nicht geprägt war von ständigen Bedürfnissen, animalischen Gerüchen, schierer Körperlichkeit.

Johanna fehlte es an Zeit und Kraft, sich auch noch um Salo zu kümmern, sodass ihr Mann sich daran gewöhnte, auf dem Heimweg in Red Hook vorbeizuschauen, um sich an dem zu erfreuen, was er aufgebaut hatte und immer noch aufbaute – dafür brauchte es keine Eile. Das erste Mal, dass Johanna zu Atem kam, war, als die

Kinder mit vier Jahren am Vorschulprogramm von der Walden School teilnahmen.

Inzwischen waren die Säuglingsschwestern längst wieder fort, ebenso die beiden Kindermädchen, die an ihre Stelle getreten waren, und Johanna begnügte sich an den Nachmittagen und Wochenenden mit zwei Studentinnen, die abwechselnd zum Babysitten kamen. Alle drei Kinder wurden zur musikalischen Früherziehung gebracht (wo sie kleine bunte Maracas schüttelten und kein besonderes Rhythmusgefühl erkennen ließen) sowie samstagvormittags zum Sportprogramm im Cadman Plaza Park (wo nur Harrison dazu bereit war, nach den ersten zehn Minuten noch weiterzurennen). Daheim bestückte sie das Spielzimmer mit pädagogisch wertvollen Gerätschaften aller Art und wartete auf die magische kreative Synergie glücklicher Kinder, die das Haus an der Esplanade erfüllen sollte.

Und wartete.

Es war Johanna überaus wichtig, dass ihre Kinder eine starke Verbindung zueinander entwickelten, stärker noch als vielleicht bei zufällig zusammengewürfelten »normalen« Geschwistern, aber es brauchte all ihren Willen, all ihre Kraft, diese Illusion aufrechtzuerhalten. Zum Beispiel schien es nichts zu geben, was Harrison, Lewyn und Sally gerne zusammen taten – nicht nur zur selben Zeit und am selben Ort, sondern *gemeinsam* –, sosehr sie oder eins der Kindermädchen (oder Babysitter) es ihnen auch schmackhaft zu machen versuchten. *Spielt doch etwas! Miteinander!* Sogar sie auf der Couch in ihrem Spielzimmer zu versammeln, um einen Fernsehfilm oder ein Video anzuschauen, war immer ein Riesenakt. Die drei wollten einfach nicht zusammenkommen, selbst wenn sie sich tatsächlich einmal für das Gleiche interessierten. Harrison und Sally lasen gern, mochten aber nicht darüber reden, nicht mal, wenn sie gerade das gleiche Buch lasen. Lewyn und Sally waren beide betrübt über Jürgens Tod, aber jeder von ihnen kam einzeln zu Johanna und sagte, sie bräuchten keinen neuen Hund. Harrison und Lewyn gingen beide durch eine Superheldenphase – sogar gleichzeitig –, spielten aber trotzdem nicht miteinander. Wenn man sie als »ruhig« oder »selbstgenügsam« bezeichnete, ließ man außer Acht, dass Sally sich isolierte, um sich zu ärgern, Lewyn, um gekränkt zu sein, und Harrison, um den anderen beiden aus dem Weg zu gehen. Ihre gegenseitige Abneigung war so stark ausgeprägt – und eine solche Ironie des Schicksals, da sie ja nie getrennt gewesen waren –, dass man hätte sagen können, sie war das Einzige, was die Drillinge verband.

In dem Haus an der Esplanade, in dem sie aufwuchsen, hörte unsere Mutter nur Geräusche spielender Kinder, wenn eins der ihren einen Freund oder eine Freundin zu Besuch hatte. Ansonsten: Ruhe im Spielzimmer mit dem Kasperletheater, den Schränken voller Brettspiele, dem Arsenal von Schaumstoffwaffen, mit dem aktive Kinder sich austoben konnten; Ruhe in den Kinderzimmern und im Wohnzimmer, wo sie häufig auf ein Kind traf, das ein Buch las, etwas malte oder alleine spielte. Ihr Haus war still – *so still* –, doch es war nie die gemütliche Stille eines gemeinsam geschauten Films oder gemeinsamer Lektüre. Wenn sie sich zu einer Mahlzeit versammelten, mochten die Kinder vielleicht widerwillig Konversation machen, und leichte Hausarbeit konnte ohne allzu viel Gemaule zusammen erledigt werden, doch sobald es ging, trennten sie sich wieder, um für die Schule zu lernen oder Freizeitaktivitäten nachzugehen und sich ihre unterschiedlichen Gedanken über was auch immer zu machen.

Doch unsere Mutter, die ihre Kinder mit jeder Menge Willenskraft (und Leidensfähigkeit) in die Welt gesetzt hatte, wollte nicht von ihrer Idealvorstellung lassen. Es gelang ihr immer besser, die »Beobachtungen« anderer zu überhören – ob es nun die anderen Eltern am Spielplatz waren, die sich darüber amüsierten, wie die Drillinge zueinander auf Abstand gingen, oder die Walden-Lehrkräfte, die sich bei Elternabenden gern über die wechselseitige Aversion der Drillinge ausließen. Selbst ihre eigene Mutter hatte so eine Art, missbilligend die Lippen zu spitzen, wenn Sally, Lewyn und Harrison sich nicht überreden lassen wollten, niedlich miteinander zu spielen. Na und? Vielleicht war die tiefe Bindung zwischen ihren Kindern einfach nicht so sichtbar, vielleicht war es etwas, das nur eine Mutter intuitiv erfassen konnte. Wenn Harrison also Lewyn als Fettklops titulierte und Sally Harrisons Schachmedaille (die nicht von der Walden stammte, wo jeder eine Medaille bekam, sondern vom Brooklyner Schachclub, wo man dafür tatsächlich gewinnen musste) in den Mülleimer warf oder wenn Lewyn die anderen nicht bei seinem Puzzle mitmachen lassen wollte oder Harrison seinem Bruder im Sommerlager kein bisschen half, sein Heimweh zu überwinden, oder Sally sich mit Harrison auf keine einzige Sendung einigen mochte, die er sehen wollte (selbst wenn sie sie eigentlich auch gerne sehen wollte), nur weil *Harrison* sie ausgesucht hatte, dann nahm unsere Mutter das alles nicht so ernst, weil sie sich an die Überzeugung klammerte, dass ihre drei Kinder tief im Inneren einander in geschwisterlicher Zuneigung verbunden waren. Außerdem war ein enges Miteinander in der Kindheit noch lange kein Hinweis auf Nähe im Erwachsenenalter, was ja wesentlich wichtiger war! (Sie selbst war ihrer älteren Schwester Debbie früher auch einmal nah gewesen, aber jetzt hatte Debbie ihr eigenes Leben mit Bruce und ihren Jungs, und die Schwestern sahen sich kaum noch.)

Die emotionale Leere füllte Johanna mit Routine und Ritualen. Jeden Morgen ein perfektes Frühstück, dann der Weg zur Schule und ein anderer Rückweg, mit einer kleinen Saftpause an der immer gleichen Bodega, ein Familienkochbuch mit Rezepten, die sie mochten, und jeden Sonntagabend ein Besuch im Restaurant, das sie sich abwechselnd aussuchen durften. Disneyfilme im Cobble Hill Cinema, Einkehren bei Lenny and Joe's auf der Fahrt zum Vineyard und in Oak Bluffs das Pferdekarussell mit den Messingringen, die man sich im Vorbeisausen schnappen konnte. Sie ließ Patchworkquilts aus den Kinderkleidern anfertigen, zur Erinnerung; sie nahm Sally samstagmorgens zur Pediküre mit und wanderte mit Lewyn und Harrison über die Brooklyn Bridge, um Rostbratenbrötchen in Chinatown zu kaufen. An jedem Geburtstag knipste sie ein Gruppenbild auf der Sommerhausterrasse und hängte die Fotos im Brooklyner Treppenhaus auf, damit die drei sich zusammen aufwachsen sehen konnten. Doch wenn sie irgendwann einmal versehentlich von der Routine abwich, schien es keiner von ihnen zu bemerken oder sich gar daran zu stören.

Als die Drillinge sechs waren, verließen sie das Vorschulprogramm und traten in die Grundschule von Walden an der Joralemon Street ein, wo sie zum ersten Mal auf verschiedene Klassen verteilt wurden und unterschiedliche Stundenpläne bekamen. Zum Ausgleich für den destabilisierenden Effekt dieses Neuanfangs legte unsere Mutter Wert darauf, das Trost- und Kraftspendende des geschwisterlichen Zusammenhalts zu betonen. Sie hielt diesbezügliche Ansprachen beim Abendessen, als die traumatische Trennung näher rückte, und führte die Drillinge einzeln aus, um etwaige Ängste zu zerstreuen. Harrison nahm sie in den Buchladen in der Court Street mit, wo er sich aussuchen durfte, was er wollte; Sally spendierte sie ein ganz spezielles Lunch im Serendipity. Lewyn bekam einen Strandspaziergang nur mit ihr allein, kurz bevor sie in jenem Sommer die Insel verließen. Und als der Morgen des Schuleintritts anbrach, weckte sie die Kinder voller Aufregung, machte ihnen Pfannkuchen zum Frühstück und bat Salo, ein bisschen später ins Büro zu gehen, damit sie die drei zusammen zur Schule bringen konnten. Den ganzen Weg über machte sie sich Sorgen, wie sie beide die drei Kinder nachher aufteilen sollten und ob nicht eins oder zwei oder alle sich alleingelassen vorkommen würden. Harrison war gewiss der Stärkste der drei, also würden sie ihn alle miteinander zu seinem Klassenzimmer begleiten und dort zurücklassen. Dann würden sie und Salo jeweils Sally und Lewyn zu deren Klasse bringen, sie aber erst verlassen, wenn es ihnen auch wirklich nichts ausmachte. Doch als sie vor der Schule ankamen, wo es von Erstklässlereltern, Nannys und Kindern nur so wimmelte, behaupteten die Jungs plötzlich, sie wüssten, wo es langging, und trollten sich, ohne einen

Blick zurückzuwerfen. Nur Sally ließ sich gnädig in ihr neues Klassenzimmer begleiten, und Johanna konnte sich eines leisen Argwohns nicht erwehren, dass da Mitleid für die Eltern im Spiel war.

Als sie neun waren, wurden sie alle drei ins Sommerlager nach Maine gebracht, aber nur bei Harrison blieb es nicht bei diesem einen Mal. Harrison liebte Androscoggin und verbrachte noch viele weitere Sommer dort, sammelte Abzeichen, Medaillen und Bewunderer und meisterte die arkane Kunst des Kanufahrens, bevor er abtrünnig wurde und zur Begabtenförderung an die Johns Hopkins University überlief, um seine Zeit mit anderen Teenagern zu verbringen, die wussten, was man unter »angebotsorientierter Wirtschaftspolitik« verstand. Für Lewyn jedoch war das Sommerlager eine Qual, die in dem Moment begann, als seine Eltern wieder ins Auto stiegen. Von Heimweh ebenso geplagt wie von Nesselfieber und kaum imstande, einen Ball zu kicken oder einen Seemannsknoten zu knüpfen, war er einfach nicht der Typ, mannhafte Taten in der Wildnis zu vollbringen wie die anderen Jungs, und bettelte darum, die Sommerferien am Vineyard mit seiner Mutter und Sally verbringen zu dürfen (die sich nach dem ersten Sommer ebenfalls geweigert hatte, ins Mädchencamp von Pinecliffe zurückzukehren).

Und dann kam der Septembermorgen, als ihre Kinder, die keine kleinen Kinder mehr waren, in den mehrstöckigen Backsteinbau eintraten, der die Mittel- und Oberstufe von Walden beherbergte, und zum ersten Mal in ihre jeweilige sechste Klasse marschierten, wobei Johannas Begleitung ausdrücklich unerwünscht war. Sie hatte auf dem Gehsteig gestanden und ihnen nachgeschaut, dann war sie heimgekehrt und hatte den ganzen Tag nichts Rechtes mit sich anzufangen gewusst. Langsam stieg sie die Treppe hinauf und betrachtete dabei die Drillinge auf ihren Geburtstagsfotos beim Heranwachsen, wie sie es schon tausend Mal zuvor getan hatte, aber diesmal blieb sie vor dem Bild stehen, das sie erst wenige Tage zuvor aufgehängt hatte. Drei Individuen, die sich ein krampfhaftes Lächeln abrangen, während sie auf das Klicken des Auslösers warteten, um gleich darauf wieder zu der Beschäftigung zurückzukehren, von der man sie des Fotos wegen weggeholt hatte. Schwerfällig ließ Johanna sich auf den Treppenabsatz sinken, neben einer Stelle an der Wand, die tatsächlich, wie ihr Mann es schon vorhergesehen hatte, Schleifspuren von zahllosen Schulranzen und Rucksäcken aufwies.

Endlich, endlich blitzte ein kleiner Funke Realität durch das Kraftfeld ihrer störrischen Selbsttäuschung und bescherte ihr den ersten Anflug einer Erkenntnis: dass sie zwei Erwachsene plus drei gleichzeitig entstandene Kinder waren. Fünf Menschen unter einem Dach. Aber keine Familie.

Und ihr Mann, dem sie während all der Jahre längst nicht genug Aufmerksamkeit geschenkt hatte, war ihnen allen unbemerkt entschlüpft und verschwunden. Nicht im physischen Sinne, obwohl sein physisches Selbst jeden Abend etwas später von der Arbeit heimkam, nach immer längeren Aufenthalten in dem Lagerhaus in Coney Island oder Red Bank oder wo immer es auch sein mochte – aber sein aufmerksames, zugewandtes, sein *eigentliches* Selbst, das wohnte mittlerweile ganz woanders.

Kapitel 6

Outsider

In dem Salo Oppenheimer sich an ein paar zusätzliche Verletzungen erinnert und zur Ruhe kommt

Eines Nachmittags im Januar 1993 betrat Salo Oppenheimer den Metropolitan Pavilion in Chelsea, wo die sogenannte Outsider Art Fair stattfand, und sah sich suchend nach seiner Frau um.

Seit die Kinder auf der Welt waren, hatten die beiden keine Galerie mehr zusammen besucht, und er hatte die gemächliche, bedachtsame, oft genussvolle Kunstbetrachtung in den Bereich der Dinge verschoben, die er ohne die anderen machte. Aber dies hier war Johannas Idee gewesen, letzten Sonntag beim Brunch in ihrem Stammlokal.

»Hast du dir das schon angeschaut?« Sie deutete auf die Veranstaltungsseite der Zeitung. Alle fünf lasen am Tisch. »Eine Mutter von der Schule hat's mir empfohlen.«

»Nein, ich hab noch nichts davon gehört.«

»Sie war vor ein paar Tagen dort. Da soll's geradezu wimmeln von Jungvolk. Eine solche Energie! Outsider Artists nennen die sich oder so. Der neueste Trend in der Kunst, hat sie gemeint.«

»Also das wage ich zu bezweifeln.« Salo hatte gerade einen neuen Twombly erworben. Wesentlich kleiner als sein geliebtes rostfarbenes Ringelgekrakel (das zusammen mit zeitgleich entstandenen Bildern nun Teil der »Blackboard Series« war) und viel, viel teurer. Mehr und mehr, schien es ihm, bewegte die Welt der Kunst sich dahin, wo er sich schon seit Jahren befand. Das hieß, dass es immer weniger zu entdecken gab und immer mehr Leute, die mit Geld um sich warfen.

»Und was soll das sein, so ein ›Outsider Artist‹?«, fragte er.

Sie drehte die Zeitung um.

Outsider Artist – der Begriff war so neu, dass noch kein Konsens über seine Bedeutung herrschte, aber es ging wohl darum, dass die Kunstschaffenden keine formelle Ausbildung hatten, was genau genommen ja auch nicht viel Sinn ergab. Wie viele Künstler, deren Werke in seinem eigenen Lagerhaus hingen, hatten so eine Ausbildung nicht erhalten können oder wollen? Dem Artikel über die Ausstellung nach zu urteilen, hätte eine korrekte begriffliche Abgrenzung eher den Geisteszustand der Künstler berücksichtigt; sie schienen alle Erfahrung mit der Psychiatrie oder dem Leben auf der Straße zu haben, manische Tüftler, die nachts in ihrem Keller Paläste aus Streichhölzern bauten, oder selbst ernannte Heilsverkünder. Er musterte das Begleitfoto: ein wahrhaft bizarres Machwerk eines Chicagoer Hausmeisters, der anscheinend Bilder von kleinen Mädchen aus Zeitschriften ausschnitt oder aus Bilderbüchern und Comics abpauste und in Schlachtenszenen hineinmalte. Manche der kleinen Mädchen hatten sogar männliche Geschlechtsteile. Krank!

»Das solltest du dir mal ansehen«, sagte unsere Mutter. »Weißt du was? Wir gehen zusammen hin. Klingt doch recht skurril, oder?«

Salo nickte.

»Gute Idee«, hörte er sich sagen.

Aber nun, im Metropolitan Pavilion, hatte Johanna sich verspätet, fünf Minuten, dann zehn, dann zwanzig. Unentwegt drängten Leute zur Tür herein, schoben sich an ihm vorbei in die Eingangshalle. Nirgends eine Sitzgelegenheit; er wurde immer ärgerlicher. Dann hörte er jemand seinen Namen rufen. Drüben am Empfangstresen hielt ein gehetzt wirkender junger Typ ein schnurloses Telefon hoch und sah sich suchend um.

»Ja«, rief er, während er sich einen Weg durch die Menge bahnte, »Salo Oppenheimer, der bin ich.«

»Okay.« Der Typ sah kaum älter aus als seine eigenen Jungs, trug aber irgendeine offizielle Marke. »Hier ist ein Anruf für Sie. Bitte fassen Sie sich kurz, wir brauchen die Leitung.«

Salo nahm den Hörer entgegen. Es war Johanna.

»Was ist los?«, fragte er. »Ist was passiert?«

»Vorhin kam ein Anruf aus Aarons Büro.« Sie klang eher genervt, nicht besorgt. »Ich sollte sofort hinkommen. Ich bin natürlich gleich losgerast, weil ich dachte, es wär was Schlimmes.«

»War's aber nicht?« Er war erleichtert und jetzt erst recht verärgert. Aaron, der an jeder anderen Schule der Direktor gewesen wäre, in der Walden aber »Schulleiter« hieß, war ihm immer schon großspurig und überspannt vorgekommen.

»Nein. Erst hieß es, Harrison sei unglücklich darüber, dass seine Klasse Stoff vom letzten Jahr wiederholt, dann ging es auf einmal darum, dass die Kinder in der Schule nicht miteinander reden und ob in der Familie irgendwas schiefläuft, das die Schule zurechtrücken könnte.«

»Soll heißen, mit ihrem üblichen Schuhu-Exorzismus.« *Wieder mal typisch Walden*, dachte Salo. Das ganze Getue um Kollektivschuld und ethische Bedenken – ganz anders als seine eigene Schulzeit an der Collegiate; aber er hatte seinen Frieden damit gemacht, immerhin konnten seine drei Kinder, selbst Lewyn, lesen und schreiben und rechnen. Aber dass diese Leute so gar keinen Respekt vor der Privatsphäre von Familien hatten!

»Und was hast du denen gesagt?«

Selbst im Lärm der Lobby hörte er durch, wie gestresst sie war.

»Ich habe gesagt, was ich immer sage: Vielen Dank für den Hinweis, wir werden das mal thematisieren.«

Salo nickte. Voriges Jahr hatte es schon eine ähnliche Vorladung von Aaron gegeben. Damals ging es um Lewyns »Selbstisolierung«, und genau wie dieses Mal war es in Aarons »ernsthafte Besorgnis« über die Oppenheimer-Drillinge ausgeartet, die in dem Rat mündete, sie allesamt in Therapie zu schicken.

»Und? Ist er dir wieder mit seiner Liste von anerkannten Therapeuten gekommen?«

»Ich hab gesagt, ich hätte sie noch vom letzten Jahr. Ob wohl alle Eltern in den Genuss von so viel persönlicher Zuwendung kommen?«

Selbst so ein milder Anflug von Ironie war ungewöhnlich für Johanna; nachdem sie die Walden School für ihre Kinder ausgesucht hatte, zog sie es normalerweise vor, weder die Prinzipien noch die Praktiken der Schule infrage zu stellen.

»Na, jedenfalls, als ich gemerkt hab, dass ich es nicht bis vier schaffen würde, bin ich ins Sekretariat und hab versucht, bei der Ausstellung anzurufen. Da bin ich erst mal bei irgendeiner PR-Stelle in Soho gelandet, bevor ich schließlich durchgestellt wurde. Tut mir leid, Salo.«

»Ach, macht doch nichts. Ich glaube, das hier ist sowieso nicht so ganz unser Ding.«

Das »unser« war versöhnlich gemeint.

»Ich schau mich hier nur kurz um, dann komme ich nach Hause.« Vielleicht, dachte er, konnte er sich vorher noch eine Atempause in Red Hook gönnen, nun, da er frei war.

»Okay«, hörte er sie sagen. »Tut mir aber wirklich leid. Ich hatte mich darauf gefreut. Schau mal, ob du das Bild mit den kleinen Mädchen dort findest.«

Der junge Typ am Empfangstresen warf ihm bereits böse Blicke zu. Gleich würde er das Telefon zurückfordern.

»Gut, also dann bis später.«

Als Wiedergutmachung kaufte er einen Katalog, dessen Titelbild tatsächlich ein nacktes kleines Mädchen mit einem Gewehr im Anschlag zeigte. Dann drehte er sich um und stieß fast mit der Person hinter ihm zusammen, die sich nicht von der Stelle rührte. Salo überragte sie um mehr als Haupteslänge, also blickte er zu ihr hinab.

»Ich hab deinen Namen rufen hören«, sagte die Person. Sie sah zu ihm auf: eine zierliche Afroamerikanerin in der gängigen Uniform der Kunstszene: schwarzes Hemd, schwarze Hose, eine Videokamera über der Schulter, einen Pappbecher mit Kaffee in der Hand.

»Ja bitte?«, sagte unser Vater automatisch.

»Du bist doch Salo? Salo Oppenheimer?«

»Ja«, bestätigte Salo verwundert.

»Du erinnerst dich nicht an mich?«

Mich erinnern? An dich? Er sah sie ratlos an. Dann fiel es ihm ein: die Hochzeit in Oak Bluffs. Wo er Johanna getroffen hatte. Die Braut hatte so viele Freundinnen. Das musste eine davon sein.

»Doch, doch«, versuchte unser Vater, sie beide zu überzeugen. »Martha's Vineyard, stimmt's? Die Hochzeit?« Aber jetzt konnte er sich nicht mehr an den Namen des Bräutigams erinnern, seinen Bundesbruder, geschweige denn an den der Braut. Er hatte sie aus den Augen verloren. Außerdem waren er und Johanna seit jenem Wochenende ein Paar, und die Welt hatte sich um sie beide zusammengezogen.

»Martha's ...?«, sagte die Frau. »Nein, ich glaube nicht. Keine Hochzeit. Ich bin Stella. Wir waren ... ich meine, ich war. In dem Auto. Mit dir.«

Es brauchte eine Weile, bis er begriff, und noch ein bisschen länger, um sich aus der Erstarrung zu lösen, aber inzwischen war ihm schon so viel verloren gegangen: eine klare Vorstellung davon, wer er war und wo er war und was er auf der Welt sollte. Weil er ein Hinweisschild übersehen hatte, vielleicht schon damals, an jenem Morgen, als all die Jahre des ruhelosen Dahinschleuderns begannen, während er versuchte, sich als Ehemann und Vater auszugeben – vielleicht schon damals, als er das Mädchen auf der Rückbank nur als Schatten wahrgenommen hatte, während der Jeep sich überschlug. Jetzt stand sie auf einmal vor ihm, ganz in Schwarz, reichte ihm bis zur Schulter und lächelte ihn auch noch an. Er hätte sie niemals erkannt, weder auf der Straße noch in irgendeiner Kunstgalerie, aber plötzlich fiel ihm alles wieder ein. Sie hieß Stella.

»Stella«, sagte er.

Ein ungeduldiger Mensch schubste ihn zur Seite, um zum Empfangstresen zu gelangen.

»Sorry«, knurrte der Grobian.

Dieses Lächeln. Es war klein, weil ihr Mund klein war, und ihre Zähne waren fast ein wenig zu ebenmäßig, wie er mit Schrecken feststellte. Waren sie ihr ausgeschlagen worden? War das womöglich ein Gebiss? Er versuchte sich zu entsinnen, in welcher Weise er sie beschädigt hatte: *Gehirnerschütterung, Arm, Fuß, Wundnaht.*

»Du warst im Krankenhaus«, sagte unser Vater und kam sich dabei vor wie ein Idiot.

Sie sah ihn an. »Stimmt, ja, ziemlich lange.«

Mandy Bernstein, seine vermeintliche Verlobte. Daniel Abraham, sein Freund und Bundesbruder. Ihre beiden Geister begleiteten ihn unentwegt seit jenem Tag, zwei Verlorene, die ihm anhafteten und ernst neben ihm hergingen, Schritt für Schritt. Nie hatte er geglaubt, sie würden ihn freigeben, weil er überzeugt war, dass er keine Befreiung verdiente. Doch kein einziges Mal in all den Jahren hatte er an jene Dritte in dem sich überschlagenden Auto gedacht. Diese Frau war nicht tot. Hatte er sie überhaupt je gesehen? Hatte er sich zu ihr umgedreht, sie begrüßt? Er hatte mit halbem Ohr zugehört, als Mandy von dem Film erzählte, den sie am Vorabend mit ihren Freundinnen gesehen hatte, und sich gefragt, ob er nicht schnell noch im Verbindungshaus aufs Klo gehen sollte, bevor sie losfuhren. Außerdem war er sich nicht ganz sicher gewesen, ob er das Verdeck richtig befestigt hatte, aber er war zu stolz, um seine Freundin um die Gebrauchsanweisung aus dem Handschuhfach zu bitten. Als die beiden Mitfahrer hinten einstiegen, hatte er sich kaum umgeschaut.

Hatte Danny gesagt: *Hallo! Das ist Stella.*

Hatte Stella gesagt: *Nett, euch kennenzulernen.*

Hatte Salo gesagt: *Freut mich.*

Er konnte sich an nichts weiter erinnern, nicht mal daran, dass sie eine Schwarze war, was 1972 noch nichts war, das man einfach hätte ignorieren können, und dann überschlugen sie sich und waren tot und für immer an seiner Seite, außer dass diese Frau nun plötzlich im Foyer des Metropolitan Pavilion vor ihm stand.

»Es tut mir leid«, hörte er seine erstickte Stimme. »Es tut mir so unendlich leid.«

»Salo«, sagte sie leise, »es war nicht deine Schuld.«

Und prompt brach er in Tränen aus, nicht leise, nicht verhalten – und es war das erste Mal, wenn er ehrlich war. All die Jahre hatte er nicht geweint: nicht am Straßenrand, nicht in der Notaufnahme, nicht unten in dem furchtbaren Leichenschauhaus, wo er sich lächerlich vorkam mit seinem Verband am Handgelenk, und auch nicht auf den Beerdigungen. Nie, fiel ihm jetzt auf, nicht einmal bei seiner Frau, die es sich zur Lebensaufgabe gemacht hatte, ihn von dem zu überzeugen, was diese Fremde gerade so nüchtern festgestellt hatte. Natürlich war es seine Schuld. Er wurde von Schluchzern geschüttelt, spürte die Nässe auf Wangen, Kinn und Hals. Die beiden jungen Kerle, der am Empfangstresen und der, der ihn geschubst hatte, starrten ihn verwirrt an. Salo nahm es durch einen Tränenschleier wahr, aber es war ihm egal. Er mochte ein erwachsener Mann im Businessanzug sein, der inmitten der Menschenmenge im Metropolitan Pavilion bitterlich schluchzte, doch zum ersten Mal in all den Jahren stand unser Vater plötzlich still. Vollkommen, wunderbar still, mit einem Mal geerdet. Das permanente Taumeln, aus dem sein Leben seit jenem schrecklichen Morgen bestand – es hatte einfach aufgehört.

»Möchtest du mit mir nach oben kommen?«, fragte Stella. »Wir könnten reden.«

Er nickte. Er hatte nichts zu sagen. Die plötzliche Ruhe hatte ihn verstummen lassen.

Er folgte ihr die drei Treppen hinauf, kaum noch fähig, Atem zu schöpfen; seine abwesende Frau, seine ablehnenden Kinder, die Kleinmädchensoldaten irgendwo im Gebäude, alles vergessen.

Salo blickte auf ihre schlanken Beine, die vor ihm die Stufen hinaufstiegen, und auf die Videokamera, die bei jedem Schritt gegen ihre Hüfte schlug. Im dritten Stock angelangt, führte sie ihn an Trennwänden entlang nach hinten. Hier oben war von dem Gewühl im Foyer nicht mehr viel zu merken.

»Ich hätte gedacht, es würde hier voller sein«, sagte er zu ihrem Hinterkopf.

»Die sind alle im zweiten Stock, wo die Dargers hängen. Offenbar kann keiner kleinen Mädchen mit Penis und Schwert widerstehen.«

Ihr Ziel war eine quadratische Nische in der hintersten Ecke, deren Wände mit großen, gerahmten Bauplänen bedeckt schienen. Die Glasvitrine in der Mitte war ebenfalls voller Bilder von Gebäuden, die merkwürdig schief und krumm wirkten. Auf dem Schild über dem Eingang stand SANDRO BARTH, LLC. BERKELEY, CA. Eine junge Frau erhob sich von ihrem Schreibtisch, als sie näher kamen. »Danke, Schatz«, sagte Stella.

»Kein Problem. Hoffe, du hast was Trinkbares gefunden.«

»Na, ich weiß nicht.« Stella wandte sich zu Salo um. Zu seiner großen Erleichterung hatte er aufgehört zu weinen. »An der Westküste haben wir diese Sache erfunden, die Kaffee heißt. Schmeckt so ähnlich wie das hier« – sie hob den Becher hoch –, »heiß und flüssig, aber außerdem auch noch gut. Ihr hier könnt mir wirklich leidtun.«

»Wir sind halt dran gewöhnt«, sagte die junge Frau und ging.

»Dann lebst du jetzt also in Kalifornien«, sagte Salo. Er setzte sich auf den Stuhl neben dem Schreibtisch. Ein Grüppchen Leute kam herein und ging auf den Glaskasten zu.

»Ich bin in Oakland aufgewachsen. Nach dem Unfall bin ich dann dorthin zurückgegangen.«

Sie sagte es so gelassen, als wäre gar nichts dabei.

»Du … hast nicht an der Cornell fertig studiert?«

»Habe in Berkeley weitergemacht.« Sie lächelte ihr wunderschönes Lächeln. »Komisch, wie ihr von der Ostküste euch immer so mit eurer Ivy League habt. Ich kriege das ständig zu hören. *Wie, du hast ein Diplom von der Cornell University sausen lassen?* Ich war froh, dass sie mich da genommen haben, aber ich wäre lieber nach Berkeley gegangen, wenn meine Eltern mich nicht überredet hätten. Und danach wollten sie nicht, dass ich zurückgehe.« Sie hielt inne. »Ich glaube fast, das alles war für sie viel schwerer als für mich selbst.«

Das wunderte Salo nicht. Ihre Tochter war zu drei weißen Studenten in ein albernes Auto gestiegen, und einer von ihnen hatte die anderen in den Tod schleudern lassen. Er hatte nicht mal im Krankenhaus bei ihr vorbeigeschaut, um zu sehen, was er angerichtet hatte. Es war sicher schlimm gewesen, aber nichts im Vergleich zu dem, was er den anderen angetan hatte.

»Was …«, begann er. »Ich meine, was hattest du für Verletzungen? Ich kann mich nicht erinnern.«

Sie seufzte. Das Thema schien sie nicht zu interessieren. »Wir müssen nicht darüber reden. Ich möchte lieber etwas von dir hören! Was machst du denn so? Verheiratet, wie ich sehe. Hast du Kinder?«

Unser Vater sah auf seine linke Hand hinab. Er war nah daran gewesen, seine Kinder unerwähnt zu lassen, nicht etwa aus Verlogenheit, sondern weil er sie tatsächlich vergessen hatte. »Ja. Ich habe drei Kinder.«

»Drei! Wie alt?«

Er erklärte es. Das ging schnell.

»Meine Güte, das macht sicher eine Menge Arbeit.«

»Ich arbeite in unserem Familienbetrieb. Finanzen.«

Sie nickte. »Und gefällt es dir?«

»Ich …« Die Frage hatte er sich noch nie gestellt. »Ich glaub schon. Und ich habe angefangen, Gemälde zu kaufen, das mache ich seit Jahren. Aber nicht solche wie die hier«, setzte er entschuldigend hinzu. »Ich meine, die sind auch gut. Aber ich wollte mich hier bloß kurz umschauen.«

Stella lachte. »Bitte! Ich bin nicht hier, um dir Kunst zu verkaufen. Das da sind ja nicht mal Gemälde, nur Zeichnungen. Aber ich finde, er ist *viel* interessanter als Darger.«

»Er?«, fragte Salo.

Er war ein Zeichner aus San Francisco namens Achilles Rizzoli. Den größten Teil seines Berufslebens hatte er in einem Architekturbüro mit Bauzeichnungen von Bürohäusern verbracht. Nachts im stillen Kämmerlein hatte er dann eine Fantasiestadt heraufbeschworen, in der alles geboten war, von Eheanbahnung bis zu Seelenwanderung. Die Stadt war von bizarrer Schönheit, aber das Seltsamste daran war, dass die Gebäude alle aus echten Personen bestanden, Menschen in Architektur verwandelt.

»Jeder, den er kannte, wurde zu einem Gebäude«, sagte Stella. »Dabei kannte er gar nicht viele Leute. Er war ein Einzelgänger, absolut ungesellig. Und er hat seine Arbeiten nie öffentlich gezeigt, außer an einem einzigen Tag im Jahr. Dann hat er draußen an seiner Wohnung ein Schild angebracht und zehn Cent Eintritt verlangt. Die Besucher endeten dann meist als Gebäude in seinen Zeichnungen. Ein kleines Mädchen in seiner Straße, das Shirley hieß, wurde zu diesen Türmen, die er *Shirley's Temple* nannte. Eine andere Nachbarin wurde zu einem Palazzo. Und seine Mutter war eine Kathedrale.«

»Er muss sehr einsam gewesen sein«, sagte Salo.

»Ja, bestimmt.«

Salo stand auf. Während der nächsten Minuten schlenderte er durch den Ausstellungsraum und sah sich die Exponate an. Sie waren alle in hellem Holz gerahmt, mit einem breiten Passepartout um jedes Bild. Die größten, die Leute-Gebäude, waren faszinierend; ein jedes war mit einem wortspielartig verdrehten Titel bezüglich jener Personen versehen, die in Stuck oder Stein wiedergegeben worden waren. *The Sayanpeau. The Kathredal. Primal Glimpse at Forty.* In manchen der Motive, insbesondere den weiblichen, war ein Anflug von sexuellen Ängsten erkennbar.

»Er hatte der Nachbarstochter beim Spielen zugeschaut«, sagte Stella. Sie stand dicht hinter ihm. »Ihr Kleidchen flog hoch. Sie trug keine Unterwäsche. Auf die Weise hat er den Schock verarbeitet.«

»Schizophren?«, hörte Salo sich fragen.

»Interessant, dass du das fragst. Nie diagnostiziert, und er hatte sein ganzes Leben lang einen festen Job. Aber man weiß es nicht. Ich habe seine Arbeiten einem Psychiater in Berkeley gezeigt. Er konnte eine Menge damit anfangen, erzählte was von Psychose und manischer Depression, wollte aber keine Diagnose stellen. Was ja auch richtig ist. Es existieren noch Hunderte von kleineren Zeichnungen, Skizzen und Plänen für seine imaginäre Stadt. Ich wäre froh, wenn das alles an einem Ort aufbewahrt werden könnte, damit es zusammenbleibt, aber wahrscheinlich wird das nicht passieren.«

Er nickte. »Und du repräsentierst hier den Kunsthändler?«

»Aber nein!«, sagte Stella. »Ich bin Dokumentarfilmerin.«

Er sah sie an. Ihr Blick folgte zwei Frauen, die an den Bildern vorbeischlenderten. Beide ganz in Schwarz, mit rasierten Köpfen.

Dann betrachtete er die Kamera, die sie auf dem Schreibtisch abgestellt hatte, etwas genauer – ein ganz anderes Kaliber als die Heimkameras, die Salo im Lauf der Jahre gelegentlich benutzt hatte, um Videos von seinen Kindern aufzunehmen.

Sie wolle einen Film über Rizzoli drehen, erklärte Stella. Deshalb war sie hier. Um zu sehen, wie das Werk auf die Leute wirkte, und um Kritiker für Interviews zu finden. Aber die Leute und die Kritiker hielten sich größtenteils eine Etage tiefer auf, um kleine nackte Mädchen anzugaffen.

»Rizzoli hat Kalifornien nie verlassen, nicht ein einziges Mal in seinem Leben. Und natürlich ist er ohne Erben gestorben. Sein ganzes Werk wurde weggeschmissen, als der Vermieter die Wohnung in San Francisco ausgeräumt hat. Und irgendjemand, ein Wildfremder, kam zufällig vorbei und fand all das im Müllcontainer. Es hat ihn wahnsinnig beeindruckt, also hat er alles mit nach Hause genommen und es zu einem Kunsthändler in Berkeley gebracht, der ein Freund von mir ist. Sandro hätte ihn fast wieder weggeschickt. Er dachte, es gibt keinen Markt für einen Toten, dessen Lebenswerk in der Mülltonne gelandet ist. Aber dann ist dieses ganze Outsider-Ding auf einmal losgegangen, also hat er die Bilder rahmen lassen, und wir haben sie quer durchs Land an die Ostküste gefahren. Gestern hab ich ein paar Interviews gefilmt. Der Kritiker vom *New Yorker* war hier und noch ein paar andere Kunsthändler. Aber wie gesagt, im Moment dreht sich alles nur um diesen Darger.«

Salo nickte. »Der Typ da hätte halt auch ein paar Genitalien hinzufügen sollen.« Bemerkenswert, wie er sich, ohne je einen Darger gesehen zu haben, gleich zu einer Meinung berechtigt fühlte. Nun, das war eben typisch für die Welt der Kunst. Outsider *und* Insider.

»Beides sehr traurige Figuren. Traurig und einsam.«

Ihr Hemdkragen war ein wenig verrutscht. Eine leuchtend rosa Narbe zog sich über ihr Schlüsselbein.

Gehirnerschütterung, Arm, Fuß, Wundnaht.

Schlüsselbein. Jetzt fiel es ihm wieder ein. Sie hatte sich damals das Schlüsselbein gebrochen. *Er* hatte ihr das Schlüsselbein gebrochen.

Als Sandro Barth zurückkam, verließen Stella und er die Ausstellung, gingen erst in eine Bar an der Ninth Avenue, dann weiter nach Red Hook, wo er ihr seine Sammlung zeigte. Sie war beeindruckt von dem, was er aufgebaut hatte, bestaunte das Triptychon und erkannte den Diebenkorn auf der Stelle. (»Kalifornischer Maler«, sagte sie schulterzuckend.) Stumm versank sie in den Anblick der beiden Twomblys. Als er auf das große Bild deutete und sagte, es sei das erste Bild, das er je gekauft habe, nickte sie. Mehr brauchte er nicht zu sagen. Sie blieben zwei Stunden, dann brachte er sie zu ihrem Hotel, und sie nahmen noch einen Drink in der schummrigen Bar. Sie habe nie geheiratet, sagte sie. Sie hätte gerne Kinder gehabt, aber sie hatte jahrelang eine alleinerziehende Mutter in Oakland gefilmt, die mit Müh und Not vier Kinder großzog, und sie hatte nicht das Gefühl, dass sie das schaffen könnte oder ein Kind dem aussetzen wollte. Der Dokumentarfilm, erzählte sie, habe Preise gewonnen und einiges an Aufmerksamkeit erregt.

Er suchte sich eine Telefonzelle in der Lobby und rief zu Hause an, und unsere Mutter freute sich zu hören, dass er in der Ausstellung eine alte Freundin aus dem College getroffen hatte. Er hatte zu so vielen seiner Mitstudenten den Kontakt verloren, selbst zu dem Brautpaar, Michael und Dorothy, auf deren Hochzeit sie sich kennengelernt hatten. Sie fragte ihn nicht nach weiteren Details, sondern erzählte ihm, dass sie sich Harrison vorgeknöpft habe, wegen der Auseinandersetzung mit dem Schulleiter. Ihr Sohn habe eingewilligt, Aaron nicht mehr zu ärgern, wenn sie ihm erlauben würden, nach der Schule in die Brooklyn Public Library zu gehen und allein heimzukommen. Salo murmelte seine Zustimmung, doch er war mit den Gedanken woanders.

Er kehrte an den Tisch zurück, und Stella erzählte ihm mehr von ihrem Leben und der Welt des Dokumentarfilms, in der alles sehr zäh lief: Geldmittel auftreiben, Bürokratie, endlose Gespräche. Er nickte. Die Vorstellung endloser Gespräche mit ihr begann schon Gestalt anzunehmen, ebenso spannend wie unheimlich. Er hoffte, dass sie es nicht merkte, und sie hatte es tatsächlich nicht gemerkt, wie sie uns später sagte – und warum sollte sie uns in einem so wichtigen Punkt anlügen?

Kurz nach zehn Uhr abends gaben sie sich zum Abschied die Hand, und er beugte sich herab, um ihr einen unbeholfenen Kuss auf die Wange zu geben. Dann fuhr er nach Hause.

Sein eigener Vater, wie Salo sehr wohl wusste, hatte jahrelang ein Arrangement mit seiner Chefsekretärin gehabt, die genauso alt und attraktiv wie unsere Großmutter war, aber ledig und kinderlos und auch völlig damit zufrieden. Die Frau lebte in einer gepflegten

Wohnung an der Madison Avenue, über einem Pralinengeschäft, und wenn Hermann nicht im Büro war oder daheim in der Fifth Avenue oder im Wochenendhaus in Rye oder sonst wo mit seiner Frau ... nun, dann war er wahrscheinlich bei jener Person, viele Jahre lang, bis die besagte Dame (unserem Vater nur als »Miss Martin aus dem Büro« bekannt) einen Schlaganfall in ihrer gepflegten Wohnung erlitt und allein im Lenox Hill Hospital starb. Es war weniger eine Affäre gewesen als eine Parallelehe, und Salo hatte keine Ahnung, ob seine Mutter davon wusste.

So etwas war das hier nicht. Ganz und gar nicht.

Unser Vater neigte nicht dazu, schönen Frauen auf der Straße nachzusteigen, und rund um die Walden wimmelte es von schönen Frauen, Aerobic-gestählt in den Achtzigern, fit durch Yoga und Pilates in den Neunzigern. Manche dieser Frauen arbeiteten, wie es damals hieß, »außer Haus«, andere kümmerten sich um ihre Kinder und noch mehr um sich selbst. Ein paar der Walden-Mütter waren sogar ziemlich berühmt – Schauspielerinnen und andere aus den Medien bekannte Frauen –, doch sie gaben sich Mühe, im Rahmen der Schule locker und nahbar aufzutreten. Wie auch immer, Salo beachtete sie kaum. Nicht einmal die Schönheiten. »Wie hieß die noch mal?«, fragte er Johanna, als sie nach einer Schulaufführung heimgingen. »Sie kommt mir irgendwie bekannt vor.«

»Sie hat in dem Film mitgespielt, der dir so gefallen hat, der mit dem Banküberfall«, erklärte unsere Mutter.

Manchmal sagte er sich, dass ihre Ehe funktionierte, weil jeder dem anderen in seiner jeweiligen Sphäre die volle Autorität überließ. Es war gut, dass sie sich gegenseitig nicht einengten und sich nicht in die Belange des anderen einmischten. Und natürlich wusste er es zu schätzen, wie reibungslos unsere Mutter die Familie am Laufen hielt, sodass er sich stundenlang in Red Hook aufhalten konnte oder einfach mal zu einer Auktion nach Europa fliegen, nur weil er Lust dazu hatte. Von Anfang an hatte unser Vater das Familienleben als etwas betrachtet, das seinen persönlichen Bedürfnissen, Verantwortlichkeiten und Interessen einen Zeitrahmen setzte, während unsere Mutter ein vielarmiges Wesen war, das alles im Griff hatte, Impfungen und Nachhilfe (für Lewyn, der schwach in Mathe war) und Tierarzttermine (als der Hund noch am Leben war) und Instandhaltung des Hauses (beider Häuser) und Betreuung ihrer Eltern (weil ihre Mutter langsam Schwierigkeiten mit dem Sprechen bekam, was ihr Vater nicht wahrhaben wollte, und Debbie so eingespannt war und Bobby so unfähig, irgendetwas für jemand anderen zu tun). Außerdem brauchten auch Salos Eltern Unterstützung: Hermann war im Frühjahr an der Park Avenue unglücklich gestürzt, und der anschließende Klinikaufenthalt hatte ihm einen Krankenhauskeim beschert, der zu einer Endokarditis führte. Er war jetzt wieder zu Hause, aber in ziemlich schlechter Verfassung und keine angenehme Gesellschaft. Dennoch besuchte Johanna die Schwiegereltern mindestens einmal pro Woche.

Also wusste unser Vater natürlich, dass er kein Mann von der Sorte war, die man heutzutage als »sich einbringend« oder »zugewandt« bezeichnete, doch er fühlte sich natürlich verantwortlich für seine Kinder, und alles in allem war er mit ihnen zufrieden. Sally war zwar zickig, aber sie hatte eine innere Stärke, die den anderen abging – das würde es ihr leichter machen in einer Welt, in der man immer von Grund auf allein war. Lewyn war leider schrecklich empfindlich, aber immerhin verfügte er über ein Reservoir an menschlicher Wärme, das unser Vater respektierte. Über Harrison machte er sich niemals Gedanken. Schwer hatte Harrison es nur jetzt, wegen der Beschränkungen, die die Schule ihm auferlegte, aber wenn er erst in die Welt hinausging, würde er sich sofort mit Gleichgesinnten zusammenfinden und dort sicher so glücklich sein, wie es ihm nur möglich war.

Inzwischen hatten die Drillinge den Rand des Abgrunds erreicht, mit anderen Worten, die Oberstufe von Walden, wo es vor allem um Kreativität und Stipendien ging (und Drogen und breit geförderte sexuelle Selbstverwirklichung); des Weiteren tauchte bereits die Vision ihres Aufbruchs zum College am Horizont auf. Keiner unserer Eltern tat so, als sei diese symbolische Ziellinie nicht von Bedeutung, darüber hinaus war ihre Einstellung dazu jedoch grundverschieden. Selbst vor jenem Abend bei der Outsider Art Fair war unserem Vater schon bewusst gewesen, dass er dem Flüggewerden seiner Brut mit einer gewissen Vorfreude entgegensah. Oft dachte er an die Häuser, die er an der Coffey Street besaß, einige vermietet, eins leer stehend. Der Gutachter hatte sich in seiner Einschätzung der Wohngegend zwar nicht direkt geirrt, doch in den Jahren, seit unser Vater die Immobilien gegen den Rat des Fachmanns erworben hatte, war einiges passiert: Künstler zogen in die alten Häuser ein, junge Paare strichen die Holzverschalungen bunt an. An der Van Brunt Street hatte ein neues Restaurant eröffnet, das überraschend gut war und sich kaum von den teuren Fresstempeln in Brooklyn Heights oder Manhattan unterschied. Bevor er abends in sein Auto stieg, begab er sich manchmal zu dem leeren Haus am Ende der Reihe, dessen Renovierung er sich schon in allen Einzelheiten ausmalte: Bäder, Küche, Erneuerung der rissigen Wände. Hier gab es gewinnträchtiges Potenzial, seitdem experimentierfreudiges Jungvolk die Randgebiete von Brooklyn für sich entdeckt hatte. Es war sogar schon die Rede von einem neuen Fährbetrieb zwischen Brooklyn und Manhattan. Letztlich aber wurde ihm klar, dass kein anderer in diesem Haus wohnen sollte als er selbst.

Johanna hegte keine derartigen Tagträume. Weder plante sie, wieder arbeiten zu gehen, noch zurück an die Uni, noch ihre Freizeit zu genießen, sobald die tägliche Plackerei des Elterndaseins vorbei war. Im Gegenteil, unsere Mutter blickte mit banger Sorge in die Zukunft, und Salo fürchtete aus gutem Grund, dass es ihr schwerfallen würde, diese Übergangsphase zu bewältigen. Ihr Lebensraum würde schrumpfen, während seiner sich erweiterte.

Stella war nach Oakland zurückgekehrt. Wenn Salo an sie dachte, und das tat er oft, war er froh, dass sie so weit entfernt lebte. Doch wenn sie wieder einmal in die Stadt kam, traf er sie in irgendeinem gediegenen Restaurant, in das man eher zu einem Geschäftsessen ging. Und sie besprachen auch in erster Linie Geschäftliches, nun, da die Rizzoli-Bilder sich im Besitz eines Sammlers befanden, der ihr die Werke liebend gern zum Filmen zur Verfügung stellte. Sie hatte eine neue Geldquelle beim Arts Council of California aufgetrieben, und obwohl ihr Projekt wie üblich nur im Schneckentempo vorankam, machte es doch Fortschritte. Gebremst wurde es allerdings durch das unverminderte Publikumsinteresse an Henry Darger, dem Maler kriegerischer kleiner Mädchen, der zur Galionsfigur der ganzen Outsider-Bewegung geworden war und alle anderen Künstler überstrahlte. Es gab schon Bücher über Darger, Filme über Darger, unzählige Artikel über Darger, und seine Werke machten die Runde durch die wichtigsten Kunstmuseen des Landes. Keiner schien sich da noch für einen weiteren verwirrten Einzelgänger zu interessieren, der sein Lebenswerk nach seinem einsamen Tod in hoffnungslosem Chaos hinterlassen hatte. Das frustrierte Salo, nicht aber Stella; sie wusste aus Erfahrung, dass Dokumentarfilme eine lange Entstehungszeit haben, dass sogar Klassiker des Genres manchmal Jahre hartnäckiger Finanzierungsbemühungen gebraucht und dabei unzählige Rückschläge zu verkraften hatten. Inzwischen hatte sie ein älteres Paar aus San Francisco kennengelernt, das mit dem menschenscheuen Zeichner gearbeitet hatte, und einen Nachbarn, der sich am Tag seiner jährlichen Ausstellung in der Wohnung umgesehen hatte (und diese schon wenige Momente später ziemlich irritiert wieder verlassen hatte).

Unser Vater lebte in ständiger Qual. Das begreifen wir jetzt. Wir begreifen auch, dass er eine Zeit lang zu tun versuchte, was er für das Richtige hielt – er war nicht Hermann Oppenheimer, und Stella war nicht »Miss Martin aus dem Büro« –, aber auf Dauer war das Richtige eben nicht durchzuhalten. Er führte sie stets in bürgerliche, gut beleuchtete Restaurants aus, wo er mit so viel Abstand von ihr saß, wie es nur ging, weil er Angst davor hatte, was passieren könnte. Es war die Person, auf die er zufällig bei dieser abgedrehten Kunstausstellung gestoßen war, erinnerte er unsere Mutter, wenn er von jenen Abendessen nach Hause kam. Eine alte Collegefreundin, sagte er, wobei er verschwieg, was ihr damals angetan worden war. Es war unendlich mühsam zu verbergen, was er jeden Moment des Tages fühlte, ob er mit ihr zusammen war oder nicht. Er konnte den Gedanken nicht ertragen, sie noch mehr zu verletzen, als er es schon getan hatte. Also suchte er Zuflucht in einer ausgeklügelten Ablenkungsstrategie, stellte sie potenziellen Investoren vor, brachte sie mit Kuratoren zusammen, vor allem im Museum of American Folk Art, wo natürlich auch schon eine Darger-Ausstellung geplant war. Jedes Jahr ging er wieder mit ihr auf die Outsider Art Fair. Einmal nahm er unsere Mutter sogar zu einem Essen mit Stella mit, an einem Januarabend, als die Kinder in der achten oder neunten Klasse waren – Stella konnte sich nicht an das Jahr erinnern, und unsere Mutter hat keiner von uns gefragt. Die drei saßen im Aquavit unterm Wasserfall, speisten isländischen Seesaibling und sprachen über das Leben dieser Frau in Kalifornien und die Filme, die sie gedreht hatte, und ihr gegenwärtiges Projekt über einen obskuren Künstler aus San Francisco, der Leute in Gebäude verwandelte.

»Was für ein hartes Brot«, sagte Johanna im Taxi nach Hause. »Aber wohl gut für sie.«

Das war das letzte freundliche Wort, das sie je über Stella Western verlieren würde.

Bestimmt hätte Salo ihr das Geld für ihren Film gern gegeben, doch er wusste, dass sie es nach allem, was passiert war, nicht annehmen würde, denn das stand immer zwischen ihnen, auch wenn sie nie davon sprachen. Das Mindeste, was unser Vater ihr anbieten konnte, war Zugang zu den Bildern selbst, um sie zu studieren und zu filmen, wann immer sie wollte, und auch, um sie Kunstexperten vorzuführen. Am letzten Tag jener ersten Outsider Art Fair war er noch einmal zu Sandro Barth gegangen, um ein oder zwei Bilder zu erwerben, doch der Händler aus Berkeley wollte sie gern alle loswerden, vielleicht, um sich konventionelleren Künstlern zuzuwenden. Als das Meeting am späten Abend in der Gotham Bar endete, hatte Salo den gesamten Inhalt jener Ausstellungsnische erworben, die sich zwei Stockwerke über den Darger-Exponaten befand, und ein paar Tage später wurde das Ganze beim Lagerhaus in Red Hook angeliefert: die seltsamen Menschengebäude und die Pläne für Rizzolis mythische Stadt und auch die illustrierten Gedichte, die er seiner Mutter gewidmet hatte, sogar die handgemalten Schilder, die der Künstler an dem einen Tag im Jahr, da er dem Publikum Zugang gewährte, draußen an seiner Wohnung angebracht hatte. Das gesamte noch vorhandene Werk des vollkommen unbekannten Achilles Rizzoli sollte nun das nächste Jahrzehnt über im oberen Stockwerk der einstigen Zuckerraffinerie in der Coffey Street lagern, hinter verschlossenen Türen. Und dann verschwand es.

Kapitel 7

Kriegerinnen

In dem Sally Oppenheimer eine Entdeckung macht

Sally war die Erste, die es herausfand, und lange Zeit die Einzige, die es wusste.

Sie war damals ein frischgebackener Teenager und dachte nicht viel über unseren Vater nach, ebenso wenig wie über unsere Mutter oder die Ehe unserer Eltern – ganz normal für eine Dreizehnjährige. Zumindest in dieser Beziehung war sie genau wie ihre Brüder.

Außerdem hatte sie andere Dinge im Kopf.

In der fünften Klasse waren sie in der Walden geradezu süchtig nach »Wahrheit oder Pflicht« gewesen, und in der sechsten sah man bereits die ersten Pärchen, die sich auf den Schulfluren verkrachten und wieder vertrugen. In der siebten Klasse wurde fleißig spekuliert, wer wohl schon übers Knutschen hinausgegangen war, und einem bestimmten Pärchen (der Junge war allerdings in der neunten) wurde nachgesagt, »es« schon getan zu haben. Kein Junge schien sich besonders für Sally zu interessieren, was ihr nur recht war, denn sonst wäre sie vor Angst erstarrt. Drei Jahre zuvor war sie im Feriencamp fürchterlich verknallt gewesen in ein älteres Mädchen aus Shaker Heights, worauf sie ihren Eltern kundtat, sie werde nie wieder nach Pinecliffe zurückkehren. Dann folgte eine Karenzzeit, in der Sally es fast schaffte, sich einzureden, das mit dem Mädchen sei ein Irrtum gewesen – bis Lewyn zufällig erwähnte, eine Darstellerin aus einer beliebten TV-Serie gehe in die Klasse unter ihnen, was sich leider als wahr erwies. Offensichtlich schwärmte Lewyn selbst hoffnungslos für diese Person, was die Peinlichkeit ins Unerträgliche steigerte, und Sally versuchte, sich ihrer Gefühle zu erwehren, indem sie sich über ihren Bruder lustig machte. Was aber nichts half. Das Mädchen war so bildschön, mit bis zur Taille fallendem, akkurat in der Mitte gescheiteltem blondem Haar und langen, durchtrainierten Ballerinabeinen. Nun sah Sally sie andauernd, auf dem Schulflur, in der Cafeteria, sogar im Turnunterricht, was besonders quälend war. Sie sah sie jeden Morgen mit ihrer Mutter auf dem Bürgersteig vor der Schule und sogar eines Samstags bei Bloomingdale's, als Johanna sie in ihrem verzweifelten Bemühen um Nähe zu einem Einkaufsbummel mitgenommen hatte. (Das Mädchen dagegen war mit Freundinnen unterwegs, die fröhlich Berge von Klamotten in die Umkleide schleppten.) Natürlich wechselte Sally kein Wort mit ihr. Sie *wollte* gar nicht mit ihr reden. Aber sie wollte auch nicht, dass Lewyn mit ihr redete.

Eines Nachmittags, als sie gerade aus ihrem Walden-typischen Konfliktlösungskurs kam, tauchte ein Mädchen namens Willa neben Sally auf und behauptete etwas ganz und gar Unerhörtes. Es war so unerhört, dass Sally sie bat, es zu wiederholen, obwohl sie Willa weder besonders gut kannte noch mochte.

»*Was* hast du gesagt?«

»Ich sagte, ich hab ihn *gesehen.* Deinen *Dad.*«

Okay. Sally nickte stumm. Sie musste sich zusammennehmen, um nicht die Augen zu verdrehen. Sie interessierte sich so wenig für ihren Vater wie Willa wahrscheinlich für den ihren.

»Mit seiner *Freundin.*«

Das traf allerdings, wie beabsichtigt, und Sally war für einen Moment sprachlos. Erst ergab der Satz gar keinen Sinn, dann aber, während die einzelnen Wörter sich zusammenfügten, plötzlich doch.

»Na und?« Sally versuchte verzweifelt, gleichgültig zu klingen.

»Also, wenn es mein Dad wäre, würde ich das aber schon wissen wollen.«

Ja, doch es war nicht Willas Dad, nicht wahr? Willas Dad war ein Chirurg, der ständig in Krisengebiete flog, um die schadhaften Herzen armer Kinder zu reparieren. Er war perfekt. Wahrscheinlich hatte er seine Affären schön diskret am anderen Ende der Welt. (Merkwürdig, stellte Sally fest, wie schnell sie von ahnungslos zu abgebrüht gelangt war.)

Den Rest wollte sie gar nicht wissen, bekam ihn aber trotzdem zu hören. Willa und ihre Mutter und Schwestern waren aus dem Odeon gekommen, mitten in einem Wolkenbruch, und es hatte kein Taxi gehalten. Dann bremste plötzlich doch eins platschend, direkt vor dem Restaurant. Willas Mutter winkte dem Fahrer, und die Mädchen warteten, zusammengedrängt unter einem Schirm, dass die beiden Fahrgäste ausstiegen: Da hatte Willa ihn erkannt.

Keine Sekunde lang bezweifelte Sally, dass Willa die Wahrheit sagte oder dass sie das Gesehene korrekt interpretiert hatte. Willa und Sally waren schon seit dem Kindergarten Klassenkameradinnen. Hatte Willa Salo Oppenheimer nicht bei unzähligen Elternabenden und Schultheateraufführungen und Kinderpartys und Halloween-Events gesehen? Hatte Salo sie nicht oft genug bei Willa zu Hause in Tompkins Place abgeholt? Bevor sie beschloss, Willa blöd zu finden, hatte Sally dort manchmal sogar übernachtet, und ihr Vater hatte sich dann morgens noch kurz in der Küche aufgehalten. Natürlich hatte Willa Sallys Vater erkannt, als er aus dem Taxi stieg und geduckt durch den Regen ins Odeon hastete.

Die Frau, die er dabei offenbar an der Hand hielt, hatte Willa nicht erkannt.

»Wie kommst du darauf, dass ich nichts davon weiß?«, hatte sie zu Willa gesagt. Dann war sie kochend vor Zorn in die nächste Unterrichtsstunde gegangen.

Was sie am meisten ärgerte, war nicht, dass Salo ihnen – den Kindern, unserer Mutter – das angetan hatte, sondern die Vorstellung, dass er sich bei jemand anderem vielleicht Mühe gab, was er bei ihnen ihrer Meinung nach nie getan hatte. Intakte Familien waren auch in der Walden School nicht die Norm; die meisten Kinder schienen Stief- oder Halbgeschwister zu haben oder Elternteile, die sich einfach ausgeklinkt hatten. Aber für eine scheinbar intakte Familie herrschte bei den Oppenheimers wenig Gemeinsamkeit, und wenn sie etwas zusammen unternahmen, dann meist nur Johanna zuliebe. Ja, sie warfen sich jedes Jahr alle fünf in Schale, um sich den *Nussknacker* anzusehen, weil es eine Familientradition war. Ja, sie wanderten am Weihnachtstag über die Brücke nach Chinatown und gingen dann ins Kino, weil New Yorker Juden das eben so machten (wenn sie nicht sogar Weihnachten feierten!). Ja, sie feierten jedes Jahr den magischen Geburtstag auf Martha's Vineyard und ließen sich zusammen fotografieren, was aber nicht bedeutete, dass sie etwas miteinander anfangen konnten, und schon gar nicht, dass sie sich mochten. In Sallys Familie waren herzerwärmende Gesten, Ermutigungen, Aufmunterungen nicht üblich. Man stärkte sich nicht gegenseitig den Rücken. Man war sich nicht *nah,* und trotz der geradezu tragischen Anstrengungen unserer Mutter tat man auch nicht so, als ob.

Sallys Vater hatte ihre Mutter zum Beispiel nie bei der Hand gehalten, soweit sie sich entsinnen konnte; nicht zu Hause und ganz sicher nicht in der Öffentlichkeit.

An jenem ersten Abend beobachtete sie ihn gespannt, als er nach Hause kam, was wie üblich nach dem Abendessen war. Er setzte sich zu Johanna ins Wohnzimmer, richtete ein paar freundliche Fragen an die Kinder, wenn sie vorbeikamen, las in seinen Kunstzeitschriften und Katalogen. Wie der Sozialkundelehrer denn Harrisons Aufsatz über John Jay gefunden habe? Hatte Lewyn sich schon überlegt, ob er diesen Sommer vielleicht doch wieder nach Androscoggin wollte? War das eine neue Bluse, die Sally da anhatte?

Höflich und aufmerksam. So hatte Salo sich ihnen gegenüber immer verhalten, als hielte er sich an eine von höherer Stelle ausgegebene Vaterschaftsanleitung. Außerdem war er ein wohlwollender Mensch, niemals kleinlich oder gemein. Sicher hatte er in seinem ganzen Leben noch niemandem etwas zuleide getan.

Und wie an jedem Abend stiegen unsere Eltern die von Geburtstagsfotos gesäumte Treppe hinauf und schlossen die Schlafzimmertür hinter sich. Sally konnte höchstens noch *David Letterman* hören, wenn sie in ihr Zimmer oder hinab in die Küche ging, aber sie hörte die beiden nie miteinander reden (oder gar irgendetwas anderes miteinander tun). Sie waren ein ruhiges Paar. Wir waren eine ruhige Familie.

Obwohl das offensichtlich nicht alles war, wie sich nun herausgestellt hatte, auch wenn manche von uns noch jahrelang nichts davon wissen würden.

Sally wurde noch aufmerksamer. Was erzählte er zu Hause darüber, wie er seine Zeit verbrachte – wenn er überhaupt etwas erzählte? Und was machte er abends, bevor er heimkam?

»Wieso isst Dad eigentlich nie mit uns zu Abend?«, fragte sie Johanna, sobald sie den Mut dazu aufbrachte.

»Er isst doch mit uns zu Abend«, sagte unsere Mutter, was nicht ganz unrichtig war, aber auch nicht der Normalfall. Einmal die Woche, vielleicht.

»Meinst du, Dad würde mich mal in eine Ausstellung mitnehmen?«, fragte sie.

»O Sally, das würde er bestimmt sehr gern machen.«

Allerdings hatte er weder sie noch einen der anderen je dazu aufgefordert.

»Dad«, sagte sie schließlich, »hast du morgen Abend schon was vor? Ich dachte, wir könnten doch mal was unternehmen. Vielleicht ins Theater gehen oder so.«

Aber er hatte ein Arbeitsessen. Es schien ihm auch wirklich leidzutun.

»Was für ein Arbeitsessen?«

»Ach, mit ein paar Klienten, bei Delmonico's. Warst du schon mal dort?«

Natürlich war sie noch nie bei Delmonico's gewesen.

»Na, dann müssen wir da aber unbedingt mal hin«, sagte unser Vater. »Es ist wie ein Besuch im neunzehnten Jahrhundert.«

Sally, die sich nichts aus dem neunzehnten Jahrhundert machte, nickte bloß.

Eines Abends, als er seine Kataloge zusammenräumte, fiel ihr eine Einladung vor die Füße. Er merkte es nicht, und sie hob die Karte auf und sah sie sich einen Moment lang an, bevor sie sie ihm zurückgab. Es ging um eine Ausstellungseröffnung im American Folk Art Museum, von einem gewissen Henry Darger. Die Vorderseite der Einladung zeigte eine Reihe kleiner Mädchen, die aneinandergebunden waren. Hinter ihnen eine Reihe von Fahnen schwingenden Reitern.

»Wer ist Henry Darger?«, wollte sie wissen.

»Ein Outsider-Künstler. Der bekannteste, aber nicht der einzige.«

Sally hatte keine Ahnung, was das heißen sollte, aber diese kleinen Mädchen waren ihr unheimlich. »Schon krank, oder?«, meinte sie.

Salo lächelte. »Da magst du recht haben.«

»Es sieht aus, als ob er sie aus einer Zeitschrift ausgeschnitten hätte.«

»Ja, das hat er wohl.«

»Und wirst du ihm was abkaufen?«

»Nein!«, entgegnete unser Vater mit Nachdruck.

»Aber du würdest den Maler gern treffen?«

Unser Vater schüttelte den Kopf. »Nein, er wird nicht da sein. Er ist tot.«

»Oh.« Das ergab für Sally noch weniger Sinn. Wenn man zu diesen Ausstellungseröffnungen ging, bekam man dann nicht wenigstens auch den Künstler zu sehen? »Und wieso willst du da trotzdem hingehen?«

»Na ja, weißt du, ich versuche immer, noch etwas dazuzulernen.«

Das war zwar kein sehr einleuchtender Grund, doch immerhin hatte er nicht gesagt, dass er nicht hingehen wollte. In etwas weniger als drei Tagen würde unser Vater sich in dieses Museum begeben, vielleicht sogar mit der Frau, die Willa aus dem Taxi hatte steigen sehen.

Sally beschloss, dass sie dann auch dort sein würde.

Nicht, dass sie vorhatte, der Hobbydetektivin Harriet aus *Spionage aller Art* nachzueifern. (Sie hatte das Buch nicht gemocht; Leuten hinterherzuschnüffeln, Dinge über sie herauszufinden und alles fein säuberlich in ihrem Notizbuch festzuhalten, das kam ihr doch ziemlich mühsam vor, und irgendwie hinterhältig.) Ihre selbst gestellte Aufgabe betrachtete sie nicht als Abenteuer, sondern lediglich als lästige Pflicht, die sie nun einmal hinter sich bringen musste. Das einzig Gute daran war, dass sie vor ihren Brüdern natürlich geheim halten würde, was immer sie entdecken mochte, und somit einen Wissensvorsprung hätte, wenn alles herauskam. Allein deswegen hoffte sie, die Frau würde dort auftauchen, und sie würde sie in Augenschein nehmen können.

An dem fraglichen Tag rief sie ihre Mutter aus einer Telefonzelle an, um sie wissen zu lassen, dass sie mit ein paar Freundinnen auf dem Weg nach Manhattan sei, um sich *Clueless* anzuschauen, und einer der Väter sie danach im Taxi nach Hause bringen würde. Dann fuhr sie zum Lincoln Center, sah sich unauffällig um und fand das American Folk Art Museum direkt neben dem Besucherzentrum der Heiligen der Letzten Tage. Das Museum war wegen der Vorbereitungen für das abendliche Event noch geschlossen, sodass sie nicht hineinkonnte, um sich ein Versteck zu suchen; stattdessen ging sie in den Museumsshop, wo es unzählige Postkarten von Quilts und Wetterhähnen gab und zwei teure Fotobände über Henry Darger, den gefeierten »Outsider« der Stunde. Je mehr sie von seinen Arbeiten sah, desto mehr wunderte sich Sally über diese Collagen mit ausgeschnittenen Mädchen, die oft in Zuständen von Schmerz oder Erniedrigung dargestellt waren. Die

Bilder widerten sie an, und doch blätterte sie weiter: Mädchen, die erwürgt, Mädchen, die erhängt, Mädchen, die erstochen wurden. Das Bild auf der Einladung hatte die Mädchen wenigstens nur zusammengebunden gezeigt. Sally fragte sich, ob unser Vater auch von den restlichen Bildern wusste.

Als der Museumsshop schloss, holte sie sich ein Falafel und aß es gegenüber vom New York State Theater, sah den Tänzerinnen zu, wie sie mit ihrem typischen Entengang zur Bühnenpforte hasteten. Dann ging sie in die Bibliothek hinter dem Opernhaus und zog sich um, schlüpfte in ein schlichtes schwarzes Kleid und Boots mit Blockabsätzen. (Selbst mit dreizehn war Sally schon eine echte New Yorkerin. Sie verstand es, Schwarz zu tragen.) Außerdem band sie sich die Haare zu einem straffen Knoten zurück, wie die Tänzerinnen am Bühneneingang. Sie hatte sich nicht direkt verkleidet, aber sie wusste, sie sah nicht aus wie sonst, nicht wie die Sally, die mit ihren Brüdern auf die Walden School ging und der es im Sommercamp in Maine angeblich nicht gefallen hatte. In ihrem jetzigen Aufzug würde selbst unser Vater sie möglicherweise nicht erkannt haben, falls er sie zufällig mit dem Blick streifte. Nicht, dass sie vorhatte, von ihm gesehen zu werden.

Sie hatte befürchtet, eine Einladung vorweisen zu müssen, doch an der Tür stand nur eine Frau, die ihr den Mantel abnehmen wollte, und ein Mann, der Wein oder Wasser anbot. Sally begab sich zügigen Schrittes in die Tiefe der Galerie und suchte nach einem Platz, an dem sie unbemerkt Ausschau halten konnte, aber die Leute schienen ohnehin nur die Bilder anzusehen, die groß und bunt an allen Wänden hingen und manchmal auch mitten im Raum: lang ausgerollte, halb transparente Papierbahnen, manche davon beidseitig bemalt; und immer wieder diese kleinen Mädchen, nackt oder mit Schmetterlingsflügeln, bewaffnet und bedrohlich vor orangem oder gelblichem Himmel, blutbesudelt auf dem Schlachtfeld. Sie versuchte, die Augen von ihnen abzuwenden, während sie sich nach Salos hochgewachsener, eckiger Gestalt umsah, doch wenn sie aufblickte, fand sie sich Auge in Auge mit einem Mädchen, dem ein geradezu gelangweilt dreinschauender Finsterling ein Bajonett in den Bauch rammte. Außer dem Mann mit dem Tablett hatte sie noch kein Mensch angesprochen, niemand schien sie auch nur mit einem Funken von Interesse anzusehen, geschweige denn mit Misstrauen. Vielleicht lenkte die Anwesenheit so vieler gequälter kleiner Mädchen von einem nicht mehr so kleinen Mädchen ab, das versuchte, älter zu erscheinen, als es war, oder vielleicht war Sally in dieser New Yorker Kunstausstellung im Jahre 1995 tatsächlich die perfekte Tarnung gelungen. Am Ende ihrer Besichtigungsrunde kam sie sich praktisch unsichtbar vor.

Als sie auf der Suche nach einem Beobachtungsposten in die Lobby zurückkehrte, geschahen fast gleichzeitig zwei Dinge von immenser Tragweite. Zunächst fand Sally sich mit dem nackten Rücken einer Frau konfrontiert, die ihr neben einem der frei hängenden Rollbilder im Weg stand. Dieser Rücken, schmal und sehnig, von samtbrauner Hautfarbe, wurde von den weißen Trägern eines Leinenkleides eingerahmt, bis weit hinab, wo er sich in verborgene Regionen wölbte. Auf Sally machte er einen tiefen Eindruck. Es war nicht nur ästhetische Bewunderung, es war eine Atemlosigkeit, ein Schwindel, schlimmer noch, ein Gefühl von plötzlicher Leere zwischen den Beinen, so intensiv, so unverkennbar, dass es sich einfach nicht ignorieren ließ. Während die Frau, der dieser Rücken gehörte, sich nickend und sprechend der Person rechts von ihr, dann wieder der links von ihr zuwandte, bewegte dieser warme Rücken sich im harmonischen Spiel der Muskeln. Die Frau hatte lange Dreadlocks, die ihr über die linke Schulter hingen und ihren Nacken bedeckten. Das weiße Kleid reichte ihr bis zu den Waden, und im Hinabgleiten blieb Sallys Blick an den schlanken Fesseln hängen. Diese Fesseln verwirrten sie vollends. Sie vermochte nicht zu begreifen, was daran so anziehend war.

Das war schon mal das Erste.

Das Zweite folgte so dicht darauf, dass Sally beides kaum auseinanderhalten konnte, zumal es sich von der Empfindung her überlappte. Das irritierende Gefühl von Leere dort, wo ihre Beine sich trafen, entwickelte sich allmählich zu einer dumpfen Ahnung von … Feuchtigkeit. Siedend heiß überkam sie die peinliche Gewissheit, was das zu bedeuten hatte.

Sie drehte sich auf dem Absatz um, lief zur Toilette neben dem Museumsshop und schloss sich in der hintersten Kabine ein. Mit banger Vorahnung langte sie unter ihr schwarzes Kleid und zog den Slip herunter.

Ja, klar.

Verdammter Mist.

Ein Jahr zuvor, als sie zum ersten Mal ihre Periode bekommen hatte (in der Schule, zu ihrem Pech auch noch in einer weißen Jeans), war sie kein bisschen erfreut darüber gewesen, »zur Frau geworden« zu sein, wie es so blöde hieß. Sally hatte diesen Wendepunkt gefürchtet und war verärgert über den bräunlichen Fleck in ihrer Unterhose. Dass sie so unvorbereitet auf das Ereignis gewesen war, hatte sie allein sich selbst zuzuschreiben, da in der Walden seit Jahren viel Aufhebens um Gesundheit und Sexualkunde gemacht wurde und viele ihrer Klassenkameradinnen schon ihre »Tage« hatten, was sie zumeist auch unbefangen kundtaten.

Sally gehörte nicht zu denen, die darauf aus waren, sich mit dem Übergang zum Frausein zu brüsten. Sie hatte absolut keine Lust, jeden Monat in ihre Unterhose zu bluten (eine widerliche Vorstellung), und auch kein Bedürfnis danach, der furchterregenden Aussicht auf Mutterschaft näher zu kommen oder auch der auf Sex. (Sex war etwas, an das sie grundsätzlich lieber nicht dachte.) Widerwärtig war ihr der Gedanke an die zusätzliche Last, die sie nun würde schultern müssen, und noch widerwärtiger die Art von heiliger Mutter-Tochter-Verbundenheit, die sich daraus ergab, zumindest in Standardszenen der Jugendliteratur. Johanna hatte sie schwer damit genervt, wie wichtig dieser Moment im Leben sei, und mehr als ein Mal gefragt, ob es schon Anzeichen für das Einsetzen ihrer Periode gebe. (Was denn für Anzeichen? Sicher würde es ja irgendwann mal losgehen, oder?) Im Stillen hoffte Sally auf mehr Zeit – mehr Monate, noch ein Jahr ... Vielleicht geschah es ja nie? Mit fast dreizehn war sie unter den Letzten in ihrer Klasse, die diesen Meilenstein erreicht hatten. Also konnte sie sich noch glücklich schätzen, aber das Glück hielt nicht ewig.

Seit jenem ersten Mal war es noch zweimal passiert, kurz und unregelmäßig. Dies war das dritte Mal, und natürlich war sie wieder nicht darauf vorbereitet.

Weitere Leute kamen jetzt in den Waschraum, aber Kabinen gab es genug. Sally blieb, wo sie war, mucksmäuschenstill, und versuchte, eine Lösung für ihr Problem zu finden. Der Tampon-Spender, den sie neben der Tür bemerkt hatte, nützte ihr nichts (diesen Schritt hatte sie noch nicht gewagt), aber das Ganze ignorieren ging auch nicht, zumal gerade jetzt wieder ein dumpfer Schmerz durch ihren Bauch wogte. Wie unfair das alles war! Lewyn und Harrison würden nie aus Gründen der Fortpflanzung auf der Kloschüssel hocken müssen, würden nie mit einer blutigen Binde in ihren Unterhosen herumwatscheln müssen, nur für das Privileg, unter *vielfach vermehrtem Leiden Kinder hervorbringen zu können!*

Resigniert rollte sie mehrere Lagen Klopapier ab, stopfte sich den Packen zwischen die Beine und zog die Unterhose wieder hoch. Es fühlte sich an wie eine Windel, aber wenigstens fiel ihr Kleid locker und war auch nicht weiß, wie die Jeans damals in der Schule. Wie das Kleid, das die Frau dort in der Lobby trug.

Die Erinnerung an jenen Rücken, die zauberhafte Abwärtslinie jener Wirbelsäule, ließ sie für einen Moment ihren Groll vergessen.

Sie betätigte die Spülung und öffnete die Kabinentür.

Und da, wie etwas Vorherbestimmtes, wie ein Totem, war wieder dieser Rücken, eingerahmt von diesen weißen Leinenträgern, über eins der Waschbecken gebeugt, nur fielen die Dreadlocks jetzt über die Schulterblätter. Sally blieb wie angewurzelt in der Kabinentür stehen, während die Frau sich mit einem feuchten Papiertuch in der Hand aufrichtete und damit über ihre Unterlider zu wischen begann. Sie sah im Spiegel auf, und Sally konnte den Blick nicht abwenden. Offenbar auch nicht den Mund halten.

»Hallo«, hörte sie sich sagen.

Die Frau im Spiegel blickte Sally in die Augen, und wieder spürte Sally dieses unheimliche Gefühl dort unten, weniger scharf als ziehend, weniger hohl als ...

»Selber hallo«, sagte die Frau. Dann hörte sie auf, in ihrem Gesicht herumzutupfen. »Alles in Ordnung mit dir?«

Und als vollkommen logische Antwort brach Sally in Tränen aus.

»Oje«, sagte die Frau. Bevor Sally sie aufhalten konnte – und sie hätte sie garantiert aufgehalten –, hatte diese Person drei Schritte auf sie zugetan und Sally Oppenheimer so fest in die Arme geschlossen, wie es ihr vielleicht in ihrem ganzen Leben noch nie passiert war.

»Ist ja gut, ist ja gut«, murmelte die Frau beruhigend. So gedrückt zu werden, war befremdlich, aber auch alles andere als unangenehm. Sally löste sich aus der Umarmung, just als die Tür aufging und zwei andere Frauen hereinkamen, die wie bei einem Squaredance vor Sally und der Frau mit dem schönen Rücken nach rechts und links auseinanderschwenkten und in den Kabinen zu beiden Seiten verschwanden.

»Komm her«, sagte sie. Sie meinte die kleine Sitzgruppe jenseits der Waschbecken: zwei Sessel und ein Tischchen unter einem gerahmten Plakat für eine Galionsfigurenausstellung. Sally setzte sich, überkreuzte unbehaglich die Beine und versuchte, nicht auf den Ausschnitt dieses weißen Kleides zu schauen, der zwar nicht so tief wie der Rückenausschnitt war, aber doch ziemlich tief. Die Frau hatte eine auffallend rosa Narbe am Schlüsselbein.

»Soll ich jemand herholen?«

Sally schüttelte den Kopf. Wen denn? Ihren Vater? Seine *Freundin?*

»Nein, nein. Ich bin allein da.«

»Oh? Extra um diese Dargers zu sehen?«

»Nein, nein. Ich meine, ja.« Ihre Stimme bebte. Sie war entsetzt über den Unsinn, den sie von sich gab, und über ihre Tränen. Sie konnte sich nicht erinnern, wann sie das letzte Mal geweint hatte. Und dann ausgerechnet hier? Im Museum of American Folk Art? Mitten auf ihrer mutigen Mission, ihren Vater auf frischer Tat zu ertappen?

»Wie Motten ans Licht«, sagte die Frau bedauernd. »Als gäbe es keinen anderen Outsider-Maler auf dem Planeten.«

»Was?«, sagte Sally, die sich daran erinnerte, dass ihr Vater etwas ganz Ähnliches gesagt hatte.

»Na ja, ein Genie war er natürlich schon, irgendwie. Und er hatte ein schreckliches Leben. Aber trotzdem, diese kleinen Mädchen ...«

»Mhm.« Sally überkreuzte die Beine andersherum. Das Papierbündel in ihrer Unterhose fühlte sich klobig an, wie eine zusammengerollte *New York Times.* »Ziemlich irre, aber auch schön, auf eine Art.«

»Und das hat dich so traurig gemacht? Diese Bilder?«

Die Bilder? Die Bilder mochten bizarr sein, aber es waren doch nur Bilder. Was auch immer ihr Vater für ein komisches Verhältnis zu Bildern haben mochte, sie hatte es nicht. Nichts gegen ein hübsches Gemälde oder Foto oder sogar eine Galionsfigur, aber sie würde bestimmt nie vor einem Kunstwerk in Ehrfurcht erstarren.

»Ich mag Kunst nicht mal besonders«, hörte sie sich sagen. »Mein Vater sammelt Bilder. Er läuft ihnen ständig hinterher und macht einen irren Aufstand deswegen und gibt bestimmt einen Haufen Geld dafür aus, und dann hortet er sie alle an einem geheimen Ort irgendwo in Brooklyn und geht sie sich immer allein anschauen. Ich war noch nie da.«

Es war das Kritischste, was sie je über Salo gesagt hatte, und das auch noch zu einer Fremden! Kein Wunder, dass die Frau so schockiert aussah, auch wenn sie versuchte, es mit einem Lächeln zu überspielen, als ob Sally gerade etwas Geistreiches oder Witziges von sich gegeben hätte. »Ich heiße Stella«, sagte sie dann. »Und du?«

Aber Sally wollte ihr nicht sagen, wie sie hieß. Sie wollte sich nur weiter an Stellas Lächeln weiden, die rosa Narbe an ihrem Schlüsselbein betrachten, die langen Dreadlocks auf diesem wundervollen Rücken. Aber sie riss sich von dem Anblick los.

»Tut mir leid«, sagte Sally. »Ich glaub, Sie haben recht, ich hab gar nicht gemerkt, dass diese Mädchen mich so mitgenommen haben. Ich werde mir mal das Gesicht waschen.« Sie zwang sich aufzustehen, wobei die Papiereinlage prompt verrutschte. Gut möglich, dass sie das Eintreffen unseres Vaters jetzt verpasst hatte, sodass sie ihre Erkundungstour irgendwann wiederholen musste – oder, im schlimmsten Fall, gleich über ihn und seine Freundin stolpern würde, sodass es keine Möglichkeit gab, ihm nicht aufzufallen.

»Na gut«, sagte die Frau. »Wenn jetzt alles wieder okay ist.«

»Natürlich ist alles okay«, erwiderte Sally, einigermaßen patzig. »Ich meine, vielen Dank für Ihre Mühe.«

Stella nickte, und zu Sallys Erleichterung drehte sie sich ohne ein weiteres Wort um und verließ den Waschraum, und Sally dachte, wie gut es doch wäre, das Gesicht (oder den Rücken) dieser Frau nie wiederzusehen, obwohl sie die Demütigung und Rätselhaftigkeit dieses Zusammentreffens nie vergessen würde.

Sie ging in die Kabine zurück und wechselte unnötigerweise die Lage Toilettenpapier aus; danach, immer noch rot vor Verlegenheit, verließ sie den Waschraum ebenfalls. Ihr Vater befand sich weder in der Lobby noch im großen Ausstellungssaal, aber im hintersten Galerieraum erspähte sie wieder die unverkennbaren Konturen jenes reizvollen dunklen Rückens, und die Hand auf diesem Rücken – vertraut, entspannt und selbst von der anderen Seite des Raums her erkennbar liebevoll – war Sally nur zu bekannt.

Lange stand sie da und beobachtete die beiden, sah, wie der Abstand zwischen ihren Körpern zu- und wieder abnahm, während sie sich mit lockerer Selbstverständlichkeit unterhielten. Es kümmerte sie nicht mehr, ob sie sich umdrehten und sie entdeckten, so wütend war sie, dass es seine Hand war, die den Rücken dieser Frau (und, wie Sally daraus schloss, auch alles andere an ihr) berühren durfte, was entsetzlich unfair war. Ihr wurde ganz schlecht bei dem Gedanken, und sie hasste unseren Vater, was sie vorher noch nie getan hatte, von nun an aber tun würde, und sie hasste auch die Frau, Stella, mit ihrem schönen Lächeln, ihren schlangenartigen Dreadlocks, ihrer Freundlichkeit. Sally musste an sich halten, um nicht quer durch die Menge auf sie loszustürmen und sie mit ihren frisch gewaschenen Fäusten zu bearbeiten; zugleich aber wollte sie nur noch weg, hinausrennen auf die Columbus Avenue, fort von ihnen und all den anderen, die sich fein gemacht hatten, um hier Wein zu trinken und sich abstoßende – wenn auch unbestreitbar faszinierende – Szenen von gequälten Kindern anzuschauen. Wie auch immer sie hier nun wieder rauskam, zumindest war diese unbedachte Expedition erfolgreich gewesen: Sie hatte getan, was sie sich vorgenommen hatte, und herausgefunden, was sie wissen wollte. Doch Sally brauchte noch eine ganze Weile, bis sie sich schließlich von ihnen abwandte und ging.

Kapitel 8

Die Letzte der Oppenheimers

In dem Johanna Oppenheimer etwas einkauft und eine Rechnung bezahlt

Als die Kinder in die neunte Klasse kamen, trat Harrison dem Schwimmteam bei, vor allem deshalb, weil keiner ihn anquatschte, wenn er den Kopf unter Wasser hatte. Lewyn zog sich in sein Zimmer zurück und widmete sich seiner hoffnungslosen Schwärmerei für den Filmstar eine Klasse unter ihm. Sally, die ihr Geheimnis natürlich nicht mit ihren Brüdern teilte, war die Einzige mit einem halbwegs normalen Freundeskreis, den sie dazu nutzte, sich möglichst viel außer Haus und weit weg von den anderen Oppenheimers aufzuhalten.

Was in erster Linie bedeutete, weit weg von ihrer Mutter. Salo hatte sich in Sachen Familienleben immer schon rargemacht, aber mittlerweile ließ er sich noch seltener blicken, kam jeden Abend noch später heim und fast immer erst dann, wenn die Kinder sich bereits in ihren Zimmern verschanzt hatten. Morgens konnte man ihn dann antreffen, wie er Frühstückseier briet und Kaffee für seine Frau und sogar seine Kinder kochte und diese peinlichen Vaterfragen stellte, denen sie alle drei automatisch auszuweichen gelernt hatten. Was die Drillinge selbst betraf, so waren vierzehn Jahre mangelnder Affinität zu konsequenter Vermeidungsstrategie geronnen. Um es im Idiom ihrer Zeit zu sagen: Die drei waren nicht nur durch damit, sondern *so was von durch* damit.

Johanna aber mühte sich weiterhin, mit tapferen Vorstößen über den Esstisch hinweg, ein Gespräch in Gang zu bringen.

»Und? Gab es heute irgendwas Interessantes?«

Grunzen und gesenkte Blicke.

»Irgendwas *Un*interessantes?«

Schweigen, Augenrollen.

»Habt ihr denn viel auf?«

Nicken, wenigstens das, wenn auch weiterhin ohne Worte.

»Ich war heute bei Grandpa Hermann. Er wollte wissen, ob du nächsten Sommer wieder ins Feriencamp gehst.«

Sie meinte Harrison, der sich aber nicht die Mühe machte, darauf zu antworten. Seine Mutter wusste genau, dass er nicht nach Androscoggin zurückkehren würde.

»Ich hab ihm von dem Hopkins-Programm erzählt. Ich glaube, er konnte nicht verstehen, wie du Maine für Baltimore aufgeben kannst.«

»Muss«, sagte Harrison. »Geschichtsreferat.«

Das war hart. Aber zu erwarten. Harrison hielt sie schon seit Jahren auf Distanz.

»Ich auch«, sagte seine Schwester.

Das war härter. Johanna konnte sich gut erinnern, wie sie sonntagmorgens oft mit Sally im Bett gekuschelt und ihr vorgelesen hatte.

»Ich auch«, sagte Lewyn.

Da wusste sie, dass es vorbei war.

Ihre Familie. Der Balsam für die schreckliche Wunde ihres Mannes und ihr eigenes Lebenswerk. Ihr *Kunstwerk*, hätte sie fast sagen können. Diese Geburtstagsfotos an der Treppenwand: drei Babys, drei Krabbler, drei Kinder, drei Teenager. Drei junge Leute, die nur noch wegwollten.

Johanna verwandte eine Menge Energie darauf, nicht daran zu denken. Wenn sie daran dachte, musste sie sich für lange, kummervolle Tage ins Bett legen, auch wenn sie manchmal versuchte, sich einzureden, dass sie froh darüber war. Ihre Kinder wurden erwachsen! Das war doch eine feine Sache! Selbstverständlich sollten Kinder erwachsen werden und ihr Elternhaus verlassen. Das erwartete man von ihnen.

Nur dass ihre fortstrebenden Kinder nichts zurücklassen würden.

Nichts als Leere.

Sie war natürlich nicht die erste Frau, die sich die Befriedigung einer »aushäusigen« Arbeit versagt hatte, und sie würde nicht die erste Mutter sein, die sich verlassen fühlte, ihres Lebenszwecks beraubt, wenn ihre Kinder in ihr eigenes Leben entschwanden. Vermutlich gab es dort draußen Selbsthilfegruppen voller Eltern, denen es ebenso ging wie ihr, die versuchten, dieselben gefährlichen Untiefen zu durchqueren, aber Johanna war nie ein Gruppenmensch gewesen. Und wenn sie es recht bedachte, auch sonst nie sonderlich kontaktfreudig.

Sie war die Mutter der Drillinge, was genau ihr Ziel gewesen war. Immerhin hatte es enormer Willenskraft bedurft, um das zu erreichen: die eine, sinnstiftende Leistung ihres Lebens. Die jetzt beinah vollbracht war und, wie sie sich schließlich eingestehen musste, im Grunde ein Misserfolg.

Nicht, weil die drei unfähig schienen, sich in der Welt der Erwachsenen zurechtzufinden, oder keine guten Menschen waren. Nicht, weil sie drogenabhängig waren oder sich sonst wie strafbar gemacht hatten oder von zu Hause ausbüxten, um wilde Nächte auf Rave-Partys oder im Tompkins Square Park zu verbringen. Keiner der drei hatte auch nur einen Schokoriegel aus der Eck-Bodega gestohlen oder eine Klasse wiederholen müssen, geschweige denn, jemanden geschwängert (oder sich schwängern lassen) oder war beim Dealen erwischt worden, wie ihr eigener Bruder. Keiner von ihnen hatte je unsere

Eltern beschimpft oder es versäumt, zu den Pflichtterminen im kombinierten Hirsch/Oppenheimer-Kalender zu erscheinen: Hermanns und Seldas Hochzeitstag, das Geburtstagsdinner von Johannas Mutter (immer bedrückender, je mehr sie in ihrer Demenz versank), die Seder, zu denen Debbie und Bruce einluden. Harrison, Lewyn und Sally waren normale junge Leute, mit guter Schulbildung (trotz der Walden-typischen Schwachstellen), bedacht auf Umweltschutz und nicht mal sonderlich kauffreudig, trotz unserer gewaltigen Privilegien. So weit, so gut.

Aber als Familie waren sie dennoch ein Misserfolg.

Und wenn sie erst fortgegangen waren, was sich bereits am Horizont abzeichnete, würden sie nicht mehr zurückkommen. Sie würden nur immer weiter fortstreben.

Sie erinnerte sich an etwas, das sie einmal in den Memoiren eines berühmten Schriftstellers gelesen hatte. Nachdem er aufs College gegangen war, kam er nie mehr nach Hause und rief seine Eltern auch nicht an. Warum nicht? *Es war ihm gar nicht bewusst, dass er es hätte tun sollen.*

Das war ihre größte Angst, die Vorahnung von endlosem Verlustschmerz. Doch ihr fiel nichts ein, was sie dagegen hätte tun können, nichts, was sie nicht schon versucht hätte, nicht mal das eine, das uns allen im Nachhinein so logisch erschien und das sie all die Jahre jederzeit hätte tun können, anstatt es so lange hinauszuzögern. Das würde keiner von uns je begreifen.

Als die Drillinge in der Elften waren, ging unsere Mutter zu einer Elternversammlung in der Turnhalle der Schule, wo mindestens hundert Stühle aufgestellt worden waren. Das war ihre erste Begegnung mit Waldens Collegeberatern: zwei junge Leute, die gerade frisch in Harvard und Princeton engagiert worden waren, und die Beratungslehrerin, eine Frau namens Fran. Fran war schon so lange an der Schule, dass sie sich noch an eine Zeit ohne Helikoptereltern erinnern konnte, eine Zeit, als »umfassend gebildete« Schulabsolventen je fünf oder sechs handgeschriebene Aufnahmeanträge einreichten. Groß und hager, mit einem langen grauen Zopf, den sie kunstvoll über die Schulter drapiert trug, trat sie vor die Menge und lächelte.

Das Lächeln sollte ihr schnell vergehen.

Sinn und Zweck dieser Zusammenkunft, erklärte Fran, sei zunächst einmal die vorsorgliche Bitte um Besonnenheit an alle Eltern, bevor sie sich wie die Lemminge von den Klippen des Wahnsinns stürzten.

Vielleicht sollte das für Lacher sorgen. Tat es nicht. Selbst in der Walden waren schon die Lemminge los.

Walden-Schülerinnen und -Schüler würden an Colleges mit offenen Armen empfangen, ließ Fran ihre spürbar angespannte Zuhörerschaft wissen. Immer schon! Walden-Schüler seien eigenständige Denker, vernunftbegabt und kreativ. Walden-Schüler seien an Colleges und Universitäten überall auf der Welt aufgenommen worden, darunter Hochschulen mit berühmten Namen, und auch weniger bekannte, aber für den jeweiligen Kandidaten perfekt passende. Jede Walden-Schülerin und jeder Walden-Schüler würde individuell von einem der drei Anwesenden beraten werden, und die Sprechstunden würden zum richtigen Zeitpunkt beginnen, nämlich ab sofort, im vorletzten Schuljahr, wo man die Suche nach einer maßgeschneiderten Lösung für jeden Einzelnen mit ganzheitlichem Ansatz betreiben würde. Alle Walden-Schülerinnen, alle Walden-Schüler würden als die *einzigartigen und kompetenten jungen Erwachsenen* behandelt, die sie waren. Und am Ende würden sie an einem College aufgenommen, das ihren Bedürfnissen genau entsprach. Dies könne sie ihnen mit gutem Gewissen versprechen.

Noch Fragen?

Blitzartig verwandelten sich all die coolen Eltern, die Walden statt Brearley, Walden statt Dalton, Walden statt Riverdale, Walden statt Collegiate für ihre Sprösslinge gewählt hatten, in obsessive, rücksichtslose, wetteifernde Despoten.

Wird es unseren Kindern nicht schaden, dass Walden keine Noten verteilt?

Was war mit den Leistungsnachweisen? Wie sollte die für die College-Aufnahme zuständige Person erkennen, ob jemand zu den Besten oder Schlechtesten der Klasse gehörte?

Würden die Punkteverteilung und schriftliche Bewertung den Unterschied zwischen einem anspruchsvollen Seminar und beispielsweise einem Batikkurs deutlich machen?

Würden die Berater bestimmten Schülern von der Bewerbung an bestimmten Colleges abraten? Und wenn ja, wie würden sie es rechtfertigen?

»Wenn meine Frau und ich in Harvard studiert haben, wird unsere Tochter dort dann bevorzugt aufgenommen?«

(Reine Aufschneiderei von einem Vater, der allgemein als Arschloch bekannt war.)

Fran kannte das alles natürlich zur Genüge, und es wurde mit jedem Jahr schlimmer. Sie zählte noch einmal ihre Eckdaten auf, wiederholte ihre Zen-Botschaft und empfahl den Eltern ein kürzlich erschienenes Buch, von dem sie selbst eine Menge gelernt habe: *Colleges, die Leben verändern.* »Wenn man über den Tellerrand der renommierten Hochschulen hinausblickt, gibt es ja noch so viele andere! Selbst mir waren manche davon noch gar nicht geläufig! Die Auswahl an Bildungsstätten ist so *vielfältig und faszinierend!* Ich freue mich wirklich darauf, Sie kennenzulernen und mit Ihren Kindern zu arbeiten!«

Johanna verließ die Turnhalle mit den anderen Eltern und fand sich inmitten einer hektisch palavernden Menge draußen an der Joralemon Street wieder. Viele dieser Mütter und Väter kannten sich seit Vorschulzeiten; jetzt drängten sie sich plötzlich alle am Start eines Hindernisrennens, und jeder wusste viel zu viel von jedem anderen. Tommy Belkow war ein Klavierwunderkind. Lizzie Wynn hatte den vorigen Sommer in China verbracht, um Sprachpraxis zu erwerben, und ihre ältere Schwester war in Princeton. Julia Wu war schlichtweg brillant und hatte bereits den Aufnahmetest absolviert. Zweimal. Carla Leavitts Eltern hatten beide in Harvard studiert, wie ihr Vater gerade freimütig bekannt hatte.

»Sie Arme«, sagte Nancy Farrell hinter ihr. »Sie haben drei auf einmal!«

Als ob das neu für Johanna wäre.

»Vielleicht hält es mich davon ab, mir wegen jedem Einzelnen allzu viel Stress zu machen.«

»Ich würde durchdrehen. Ich hab mich immer noch nicht von Daisy erholt.«

Daisy war in ihrem zweiten Studienjahr am Brown College, wo Nancy selbst studiert hatte.

»Ich nehme an, Harrison wird nach Yale oder Harvard wollen.«

Johanna hatte keine Ahnung, ob Harrison sich für Yale oder Harvard bewerben wollte. Ob er überhaupt schon an die Wahl eines Colleges dachte – und wenn, wäre er der Einzige der drei –, würde er ihr ohnehin nicht anvertrauen.

»Egal, wo er sich bewerben will, mir soll's recht sein.«

Für Johanna war das Thema damit erledigt, nicht jedoch für ihr Gegenüber.

»Auf welchem College war Salo gleich noch mal?«

»Cornell.«

»Oh! Ich wette, Cornell würde sie alle aufnehmen.«

Johanna sah sie nur an.

»Sammy sagt, er will nicht aufs Brown, aber ich denke, er sollte sich trotzdem bewerben. Um sich wenigstens die Option zu erhalten.«

»Ich muss los«, sagte Johanna zu ihrer eigenen Verwunderung, denn sie hatte gar nichts vor.

»Oh, okay. Wohin denn?«

»Buchhandlung.« Noch eine Überraschung. »Hab da ein paar Bücher abzuholen.«

Nancy lachte. »Na klar!« Sie neigte sich dicht an Johannas Ohr. »Carla Leavitts Vater. O Mann. Was für ein Aufschneider.«

Johanna nickte.

Sie machte sich auf den Weg, die Clinton Street entlang, erleichtert, den ganzen Klüngel hinter sich zu lassen. Es war ein sonniger Frühlingstag, und sie war froh gewesen, dass die Elternversammlung ihr die Entschuldigung lieferte, hinter ihren Kindern her zur Schule zu gehen, doch nun dehnte der Tag sich unausgefüllt vor ihr aus, eine lange, öde Abfolge von Stunden bis zum Schlaf. Wobei der Schlaf auch nur eine Vorstufe zum Aufwachen war, wieder mit demselben schalen Gefühl, dass es in all den kommenden Jahren nichts gab, worauf man sich freuen konnte. Als sie in die Court Street einbog, musste sie an Nancys gedankenlose Bemerkung denken, dass ihre Kinder gemeinsam an die Cornell gehen könnten. Weder sie noch eins der Kinder war bislang je dort gewesen. Salo mochte den Ort nicht – kein Wunder, nach dem, was dort passiert war –, also hatte es keine Klassentreffen mit Familie im Schlepptau gegeben, keine Fußballwochenenden oder sonstigen Besuche, um den Kindern zu zeigen, wo Dad vier Jahre seines Lebens verbracht hatte. Dennoch erging Johanna sich unwillkürlich in Wunschträumen über die drei an der Cornell, wie sie dort doch noch zusammenfinden könnten, endlich gemeinsam in einer Klasse sitzen und sich zum Essen treffen, vielleicht sogar zum gemeinsamen Lernen. Wäre das nicht möglich? Brauchte es womöglich nur den Anstoß, von zu Hause wegzugehen, sie und Salo zu verlassen, um das zu finden, was all die Jahre zwischen ihnen gefehlt hatte? Selbst wenn sie davon ausgeschlossen wäre, würde der Gedanke sie dennoch glücklich machen, dass ihre Kinder endlich versöhnt waren, endlich das, was sie so unaufhaltsam auseinanderstreben ließ, überwunden hatten. Dass sie zu Hause anriefen, um zu erzählen, dass Harrison und Lewyn demselben Studentenbund beigetreten waren, oder dass sie sich in Sallys Zimmer zum Lernen trafen oder dass Lewyn ein tolles Lokal in der Stadt entdeckt hatte, wo sie sich jeden Sonntag zum Essen verabredeten. Wenn sie und Salo zum Elternwochenende hinfuhren, würden sie die Kinder wartend vorfinden, Arm in Arm und voller Zuneigung füreinander, und endlich würden sie fünf das WIR sein, für das sie sich ihr Leben lang aufgeopfert hatte und das *kein* Misserfolg war.

Aber dann wurde ihr bewusst, dass Harrison sich niemals an einem College bewerben würde, an dem auch seine Geschwister sich bewarben. Und so zerschellte ihr Wunschtraum auf dem Boden der Realität.

Alle New Yorker gehen schnell, selbst wenn sie tagträumen, und so brauchte Johanna nur wenige Minuten, um BookCourt zu erreichen. Drinnen stöberten die üblichen Brooklyn-Literaten, ob echt oder eingebildet, in den Regalen. Für einen Moment vergaß sie, welche Bücher sie hier hatte besorgen wollen; als dann aber ein weiterer Walden-Vater hereinkam und auf die Vorbereitungsbroschüren für den Aufnahmetest zusteuerte, erinnerte sie sich wieder und folgte ihm.

Sie kannte den Mann nicht, obwohl sie sich zunickten. Seine Tochter war erst in der neunten Klasse in die Walden School gekommen, und bis dahin hatten selbst die geselligsten Eltern keine rechte Lust mehr, neue Mütter und Väter kennenzulernen. Er wog zwei dicke Broschüren in den Händen, als wollte er ihre Tauglichkeit nach Gewicht ermessen. Sie trat neben ihn und begann, sich im Regal umzusehen. Ein kleiner Band in Augenhöhe fiel ihr auf: *Colleges, die Leben verändern: 40 Hochschulen, die man kennen sollte, auch wenn man kein Überflieger ist.*

»Oh, das ist das Buch, das sie erwähnt hat«, sagte der Walden-Vater.

Johanna blickte auf. »Ja, ich glaub schon. Möchten Sie es?«

Er grinste. »Nein. Meine Tochter geht nach Stanford, oder sie kann sehen, wo sie bleibt.«

Na, dann hoffe ich mal, dass es nicht Letzteres wird, hätte Johanna fast gesagt.

Sie schlug das Buch auf und überflog die Inhaltsangabe. Vierzig Hochschulen, wie versprochen, und keine in irgendeiner Weise renommiert. Johanna hatte noch nie von ihnen gehört: Whitman, Grinnell, Roarke, Reed, Hendrix.

»Angenehme Lektüre«, wünschte ihr der Walden-Vater und ging mit seiner Buchauswahl zur Kasse. Johanna sah sich nach einem Stuhl um.

Die College-Abteilung befand sich neben der Spielecke, die mit einem bunten Teppich und stoffbezogenen Sitzwürfeln ausgestattet war. Es lag einiges an Spielzeug herum, und zwei Mütter hockten dort mit Kleinkindern auf dem Schoß, blätterten die Seiten von Bilderbüchern um und unterhielten sich über die Köpfe ihrer Kinder hinweg, was Johanna, wie sie sich erinnerte, mit ihren dreien nie möglich gewesen war. Diese beiden Flachsköpfe – einer mit Ponyfransen wie aus *Wer die Nachtigall stört* – waren typische Exemplare des neuen Brooklyn, Frühleser mit Namen wie Otis oder Mabel und Eltern, die Schmuck oder Kombucha herstellten und trotzdem in schicken Brownstones in ruhigen Seitenstraßen von Cobble Hill und den Heights wohnten. Sie fragte sich, wie es wohl wäre, jetzt erst hier Fuß zu fassen, in der Hipster-Renaissance dieser alteingesessenen Gemeinde, mit neuen Regeln und Ritualen und so viel mehr Dingen, um die es zu wetteifern galt. Dann kam ein weiteres Kind in die Spielecke, ließ sich auf dem Teppich nieder und fing an zu lesen.

Es war Lewyn, wenn auch natürlich nicht der, der er heute war. Es war Lewyn mit zwei oder zweieinhalb: kompakt, intensiv, mit ausgeprägten Zügen und gerunzelten Brauen und braunen, kurz geschnittenen Locken, aber nicht so kurz wie bei diesem Kind hier, das offensichtlich afroamerikanisch war. (Oder einfach nur afrikanisch? Es gab ganze Viertel mit neu Zugewanderten in Brooklyn, wenn auch nicht unbedingt in *dieser* Gegend.) Doch abgesehen von diesem Unterschied: Lewyn. Eine dunklere Neuauflage des zweijährigen Lewyn, in ein Buch vertieft, das sicher noch zu anspruchsvoll für ihn war (und erst recht zu anspruchsvoll für den zweijährigen Lewyn, der als Letzter der Drillinge lesen gelernt hatte).

Unsere Mutter trat näher zu den Kindern heran. Eine der Mütter sah kurz zu ihr auf und fuhr mit ihrer Unterhaltung fort. Johanna umklammerte das Buch *Colleges, die Leben verändern* mit der rechten Hand. Sie fühlte, wie ihre linke Hand sich zu dem Jungen hinstrecken wollte, was sie ihr natürlich nicht gestattete, aber sie konnte nicht umhin, ihn mit den Augen zu verschlingen. Lewyn. In diesem Moment eine halbe Meile weit entfernt in irgendeiner Diskussionsgruppe oder Sprachlaborstunde, zugleich aber auch hier, verwandelt in eine Alternativversion seines früheren Selbst. Sie konnte nicht verstehen, warum es sie so berührte.

Dann kam eine schlanke Frau herbeigeeilt, riss den Jungen hoch, schwang ihn sich auf die Hüfte und lief aus dem Laden.

Selbst im Zeitraffer dieses Augenblicks – rotes Kleid, nackte braune Beine, schmaler Kopf, Dreadlocks – hatte unsere Mutter alles begriffen. Dieses Kind war nicht ihr Sohn Lewyn; seine Mutter, diese fliehende Frau, war Stella Western, und sein Vater war unser Vater, Salo Oppenheimer.

Johanna taumelte auf den Gehsteig hinaus und blickte sich nach allen Seiten um, noch immer mit dem Taschenbuch in der Hand. Rechter Hand, Richtung Walden, war nichts zu sehen. Linker Hand sah sie Stella Western davonhasten, schon in ziemlicher Entfernung, eine kleine, schmale Gestalt mit einem strampelnden Kind auf der Hüfte. Der Junge hielt auch noch sein Buch in der Hand. Johanna wurde es flau zumute. Sie sah ihnen nach. Keine Chance, sie einzuholen. Wozu auch? Was gab es da noch zu sagen?

Sie ging wieder in den Laden und bezahlte ihr Buch, *Colleges, die Leben verändern.*

Dann machte sie sich auf den Heimweg, dieselben Straßen entlang, die ihr Leben als Mutter und Ehefrau eingefasst hatten. Es war alles so lächerlich, die Mühe, die sie auf alles verwendet hatte, ihre eingebildete heile Welt. Wie musste sie sich angestrengt haben, um das Offensichtliche nicht zu erkennen, seit jenem Abendessen, bei dem Salo sie mit dieser alten Studienfreundin bekannt gemacht hatte. Die Frau war lebhaft und freundlich gewesen. Sie hatte sich nach den Kindern erkundigt und von dem Dokumentarfilm erzählt, den sie drehen wollte, über irgendeinen Künstler, der Leute in Gebäude verwandelte. *Na, das war mal ein unverfängliches Gespräch,* hatte unsere Mutter hinterher gedacht. Und nie wieder einen Gedanken daran verschwendet. Nie wieder war Stella Western erwähnt worden, und doch war sie nach jenem gar nicht weiter bemerkenswerten Abendessen in irgendeine Unterwelt im Leben ihres Mannes abgetaucht und hatte sich dort festgesetzt. All diese Stunden in Coney Island oder wo auch immer diese zweite Adresse war. Mit der ganzen *Kunst.* Und ihrer ganz eigenen Kompensation für den Kummer unseres Vaters. Obendrein war jetzt noch ein Kind da, das Lewyn wie aus dem Gesicht geschnitten war und womöglich ebenso viel Anspruch auf Salos Zeit, Namen und alles Übrige hatte, was nicht fair war, nachdem sie ihr ganzes Leben seiner Genesung, seinem Wohlergehen gewidmet hatte.

Das war das Manko, wenn man eine Wette mit sich selbst abschloss: keiner dabei, der den Bedingungen zustimmte.

Ihre Füße wollten nicht mehr weiter. Am liebsten wäre sie auf einer dieser viel gepriesenen Brooklyner Vortreppen zusammengesunken, wo glückliche Familien warme Wochenendnachmittage miteinander vertrödelten, was sie, ihr Mann und ihre Kinder nie getan hatten. Stella Western, die zum Zeitpunkt ihres ersten Treffens wohl noch in Kalifornien lebte, hatte außerordentlich heimisch gewirkt auf der Court Street, wie sie da an den Läden und Lokalen vorbeieilte, die Johanna und ihre Familie seit Jahren frequentierten. *Ihre* Straßen. *Ihre* Läden und Lokale. *Ihre* Gegend. *Ihre* Familie.

Ich habe zu viel gegeben, dachte unsere Mutter. Und sie hatte viel zu wenig Gegenleistung gefordert.

Wieder zu Hause, setzte sie sich an ihren Schreibtisch neben der Kücheninsel und fing an zu weinen. Die eingebaute Nische hatte ihr Architekt damals als »Menüplanbereich« entworfen, obwohl unsere Mutter ebenso wenig eine Menüplanerin wie eine Gourmetköchin war. Mit der Zeit war daraus ein Platz geworden, der ganz prosaisch zum Notieren von Terminen und Begleichen von Rechnungen genutzt wurde und für alles, was sonst noch so anfiel an Familienbürokratie: Formulare für Schulreisen, Passanträge, all der Papierkram, den man als Mutter, Ehefrau, Person zu erledigen hatte. Von diesem Schreibtisch aus und mithilfe des Power Macintosh, der den Großteil seiner Fläche bedeckte, hatte Johanna die Handwerker und Putztrupps organisiert, die es ihnen ermöglichten, sich jederzeit in ihr Sommerhaus am Vineyard zu begeben und es tipptopp in Ordnung vorzufinden. Für jeden in der Familie hatte sie hier die Krankenkassenanträge ausgefüllt. Sie hatte dafür gesorgt, dass Sally das passende Gymnastik-Outfit bekam, Harrison die nächstgrößere Suzuki-Geige und Lewyn die Mathenachhilfe, die er in der Mittelstufe brauchte. Sie hatte eine Agenda für die Elternsprechstunden angelegt und sich mit ihren Geschwistern wegen der Betreuung ihrer Eltern in New Jersey gekabbelt. Mit anderen Worten, sie hatte die hohle Scharade in Gang gehalten, die die Familie Oppenheimer gewesen war, oder zumindest *ihre* Familie Oppenheimer, die sich langsam auf ihr trauriges Ende zubewegte; worauf ihr Mann dann wohl zu neuen Ufern aufbrechen würde, mit Stella Western und dem Jungen, der wie Lewyn aussah. Ihre eigenen drei Kinder, die unbedingt fortwollten, und ihr Mann drauf und dran, in seine neue Oppenheimer-Familie überzutreten, was er vielleicht schon längst tat, vielleicht sogar ganz in der Nähe, und sie allein in diesem großen öden Kasten mit dem atemberaubenden Blick zurückzulassen. Was hätte sie denn noch mehr tun können? Was für Opfer hatte sie nicht gebracht, was für Anstrengungen nicht unternommen, in ihrem unentwegten Bestreben nach Heilung, was doch immer ihr gemeinsames Ziel gewesen war, das Vorrang vor allem anderen hatte? An irgendeiner Stelle musste sie versagt haben, aber wo?

Es war einfach nicht fair.

Sie weinte noch eine elende halbe Stunde, völlig unbemerkt in diesem Haus, das doch Wohnstätte von fünf Menschen war (plus einer Haushälterin, die allerdings erst nachmittags kam). Heute empfand sie die Leere wie ein Geschenk.

Auf dem Teil des Schreibtischs, der nicht vom Computer besetzt war, lag ein Stapel Rechnungen, die während der vergangenen Tage hereingeflattert waren: für den Hausmeisterdienst und das Heizöl am Vineyard, für das Sommerseminar, das Harrison statt des Feriencamps in Androscoggin besuchen würde. Und ganz obenauf, geradezu schicksalhaft – wenn man daran glaubte, was Johanna danach immer behaupten würde –, die jährliche Rechnung von Horizon Cryobank aus Torrington, Connecticut, wo der letzte ihrer Embryos in flüssigem Stickstoff aufbewahrt wurde. Horizon Cryobank hatte ein paarmal den Namen und den Besitzer gewechselt und einmal sogar den Standort, seit in dem fernen Jahr 1981 die Blastozysten, die zu Harrison, Sally und Lewyn werden sollten, in eine alles andere als hoffnungsfreudige Johanna Oppenheimer eingesetzt worden waren. An jenem Tag war es allerdings *dieser* abgesonderte Embryo gewesen und nicht die drei schmerzhaft in ihren Uterus eingepflanzten, auf den sie ihre letzte Hoffnung setzte. Falls der Transfer missglückte, wie alle anderen Versuche zuvor, dann war *dies* der Embryo, der für eine andere, *taugliche* Gebärmutter bestimmt war, wo er, wenn sie Glück hatte, zu einem Einzelkind werden würde, mit dem sie und Salo ihre lang ersehnte Familie aufbauen konnten. Aber dann hatte Loretta, die irische Arzthelferin, einen Rosenkranz für sie gebetet, und siehe da, das Drillingswunder hatte alles auf den Kopf gestellt. Und dieses abgesonderte Kind, das nie geboren wurde, war nur deshalb nicht in Vergessenheit geraten, weil sie einmal im Jahr die Rechnung dafür bezahlen musste. Den Kindern hatte sie es nie erzählt. Wozu auch? Und für Salo hatte der überzählige Embryo einfach aufgehört zu existieren, seit seine Drillinge dank Lorettas Zauberspruch mit großem Tamtam zur Welt gekommen waren.

Aber es waren ja eigentlich keine Drillinge gewesen.

Torrington, Connecticut. Johanna wusste nicht einmal genau, wo das lag, noch konnte sie sich an den Namen erinnern, den die Firma damals gehabt hatte, bevor sie von dem landesweit etablierten Unternehmen aufgekauft worden war. Cryo-Gen? Reproduktion nach Maß? Über die Jahre war sie – zusammen mit einer Information über die jährliche Gebührenerhöhung – von diesen Veränderungen in Kenntnis gesetzt worden, mit wiederholten Versicherungen, dass alles mit äußerster Sorgfalt und Verantwortlichkeit vor sich ging. Als viel beschäftigte Mutter war Johanna nicht sentimental, was diese ganze Technologie betraf. Wenn überhaupt, sah sie die jährliche Rechnung als eine Art abergläubisches Ritual und den Embryo selbst als lebloses Objekt, das auf magische Weise mit ihren kostbaren Kindern verbunden war; ein winziges Etwas in flüssigem Eis in einem Gebäude irgendwo in Connecticut. Es war noch nicht mal ein Ding an sich und erst recht kein Wesen mit irgendeinem Anrecht auf sie, das im Entferntesten mit dem ihrer *wirklichen* Kinder vergleichbar war.

Und doch war die Entscheidung, dieses eine von den vieren in den künstlichen Orkus zu schicken, irgendwie so … kaltherzig, oder? Hatte es denn nicht genauso viel Recht auf Leben?

Johanna griff nach der Rechnung. Jetzt weinte sie nicht mehr.

Ziel von Dr. Pritchards Eingriff war es gewesen zu überbrücken, was in ihrem Körper nicht auf natürliche Weise funktionierte. Und das hatte geklappt. Das Versprechen von Horizon Cryobank in Torrington, Connecticut, zielte darauf ab, die Ungerechtigkeit der menschlichen Fortpflanzung zu überbrücken: dass es für Frauen einen *Horizont* gab, jenseits dessen sie keine Kinder mehr empfangen konnten, aber keinen solchen Horizont für Männer. Salo konnte Söhne und Töchter zeugen und neue Familien mit neuen Frauen gründen, bis er eines fernen Tages friedlich in seinem Bett entschlief, von zahlreichen Nachkommen umgeben.

Sie dagegen würde nie wieder ein anderes Kind bekommen können.

Es sei denn.

Hier, in ihrer Hand: eine kleine Entschädigung für all die Ungleichheit. Wenn alles so klappte wie versprochen. Und wenn sie es wirklich wollte.

Sie dachte an die Babys, die ihre großen, mürrischen Teenager einmal gewesen waren: vollkommen von ihr abhängig, begierig nach ihrer Aufmerksamkeit. Sie dachte an die Jahre, als sie mit der wichtigen Aufgabe betraut war, sie zu beschützen und am Leben zu erhalten; Jahre, in denen niemand, sie selbst eingeschlossen, ihren Wert oder Lebenszweck je infrage gestellt hatte. Sie dachte an die zahnlos lächelnden Münder, die Ärmchen, die sich ihr um den Hals schlangen, das Vorlesen zum Einschlafen, das Planen von Unternehmungen, das Geklimper von Tonleitern auf diversen Instrumenten, das Abhören von Hausaufgaben, das Entdecken der Natur und Kultur, das ständige Treffen – und Revidieren – von Entscheidungen. Sie dachte daran, wie ihr Mann ihre Familie – oder zumindest sich und die Kinder – gern als »die Letzten der Oppenheimers« bezeichnete, als ob nur er das Recht zu einer solchen Aussage hätte, als ob er derjenige gewesen wäre, der sie ersehnt, erlitten und über ihr tägliches Leben gewacht hätte, als ob er tatsächlich für sie da gewesen wäre, anstatt sich in irgendeinem Lagerhaus mit moderner Kunst zu befassen.

Als ob sie nicht immer getreulich diese Rechnung bezahlt hätte, seit 1981 jedes Jahr, aus Gründen, die sie nie richtig verstanden hatte. Bis jetzt.

Dr. Lorenz Pritchard praktizierte noch immer an der Fifth Avenue. Er hieß sie freudig willkommen, erkundigte sich nach den Kindern, hörte sich an, weshalb sie ihn aufgesucht hatte. Er war höflich genug, seine Überraschung zu verbergen, fragte nicht einmal: *Sind Sie auch ganz sicher?*

Ja, möglich wäre es schon, sagte er. Obwohl es diesmal nicht ohne Leihmutter gehen würde; nur ein Wunder pro Familie, das sei bei ihm die Regel! Sie habe doch nichts gegen eine Leihmutter einzuwenden?

Die Johanna Oppenheimer, die heute in seinem Sprechzimmer saß, hatte ganz andere Prioritäten als die von vor zwei Jahrzehnten.

Gegen eine Leihmutter hatte sie absolut nichts einzuwenden.

Am nächsten Morgen sah Salo sich mit dem beispiellosen Ansinnen konfrontiert, der Arbeit einmal fernzubleiben. Unsere Mutter teilte ihm mit, was sie erfahren hatte und was sie zu tun beabsichtigte. Sie legte ihm Formulare von der Leihmütteragentur vor, fertig ausgefüllt bis auf seine Unterschrift, und selbstverständlich unterschrieb er. Und so trat denn die »Letzte der Oppenheimers« nun, *da endlich ihre Stunde schlug,* den Weg nach Brooklyn Heights an, um geboren zu werden.

Johanna und Salomon Oppenheimer
mit Harrison, Lewyn und Sally Oppenheimer
freuen sich über die Geburt von

PHOEBE ELIZABETH OPPENHEIMER

Am 20. Juni 2000
3685 Gramm, 55 Zentimeter

Unser Dank geht an das wundervolle Team
in der Praxis von Dr. Lorenz Pritchard
und natürlich an unsere großartige Leihmutter
Tammy Sue Blanding

Teil 2

DIE DRILLINGE

2000–2001

Kapitel 9

Ithaca

In dem zwei der Oppenheimer-Drillinge ihr Elternhaus verlassen und Sally Oppenheimer das Alleinsein genießt

Sally und Lewyn landeten beide an der Cornell, wenn auch nicht, weil sie ihre Ausbildung, oder gar ihren Lebensweg, gemeinsam fortsetzen wollten. Bekanntlich hatte ihr Vater dort studiert, obwohl er ihnen nie von seinen Collegejahren vorgeschwärmt oder seine einstige Alma Mater als Studienort empfohlen hatte. Soweit sie wussten, war das wichtigste Ereignis, das die Familie Oppenheimer mit der Cornell University verband, die Schenkung von einem Dutzend Gemälden aus dem sechzehnten und siebzehnten Jahrhundert an das neu gegründete Johnson Museum of Art im Jahr 1970. (Und zufällig war dieses Ereignis Salos eigenem Aufnahmeantrag vorausgegangen.) Was sie nicht wussten, war, dass Salo vor Kurzem einen weiteren Teil der Sammlung seiner verstorbenen Eltern – noch mehr wolkenreiche Landschaften und rotbackige Barockmenschen – demselben Museum vermacht hatte; ehrlich gesagt in der Hoffnung, damit das gleiche Resultat für seine Kinder zu erzielen, aber auch, weil er diese Bilder ohnehin nicht leiden konnte.

Wie bereits bei der ersten Stiftung blieb die noble Geste auch hier nicht unbemerkt. Ebenso wie andere altehrwürdige Institutionen neigte auch die Cornell dazu, die Sprösslinge seiner Absolventen zu bevorzugen, und wenn Lewyns und Sallys Prüfungsergebnisse auch nicht unter den besten des Walden-Jahrgangs 2000 waren ... nun, Prüfungsergebnisse waren nicht alles. Cornell erkundigte sich sogar – bei Waldens wackerem Team von Collegeberatern –, ob der Dritte von den Drillingen, Harrison Oppenheimer, sich auch bei ihnen zu bewerben gedachte. Doch Harrison hatte sich für ein College entschieden, von dem seine Eltern noch nie gehört hatten und wohin auch noch keiner aus der Walden sich je verirrt hatte. Bei dieser obskuren Hochschule angenommen (wie auch in Harvard, wohin er zu gegebener Zeit wechseln würde), verbrachte Harrison den Rest des letzten Schuljahrs in seinem Zimmer, wie besessen lesend und ungeduldig darauf wartend, dass die Uhr seiner Kindheit ablief.

Sally war sich gar nicht bewusst gewesen, wo genau Ithaca überhaupt lag und wie weit es von New York City entfernt war, bis Salo und Johanna (in peinlich genauer Befolgung des wohlerprobten Elternrituals) einen Wagen mit Chauffeur anmieteten, um die frischgebackenen Cornellianer mitsamt Gepäck gen Norden zu transportieren. Da sie beide ein wenig geknickt wirkten, versuchte Salo, unmusikalisch, wie er war, sie mit einer satirischen Version der Collegehymne aufzuheitern:

Hoch über Cayugas Fluten
Da stinkt es wie die Höll'
Zwanzigtausend Idioten
Tummeln sich an der Cornell ...

»Bäh«, sagte Lewyn, der sich schon viele Kommentare über seine persönliche Hygiene hatte anhören müssen.

»Immerhin besser als das Original«, sagte Salo.

Weit über dem See Cayuga
Und seinen Wassern, den blauen,
Steht die hehre Alma Mater
Gar glorreich anzuschauen.

»Himmel, wer redet denn so?«

»Vielleicht die Leute im neunzehnten Jahrhundert?«, antwortete Sally sarkastisch.

»Ist Cayuga nicht eigentlich eine Schlucht?«, fragte ihr Bruder.

»Mein Gott.« Sally verdrehte die Augen.

Ein paar Stunden zuvor hatten sie sich von ihrem Bruder verabschiedet. Harrison war dabei nicht mal aus seinem Lesesessel aufgestanden. Entweder ihm entging die Tragweite des Moments, oder er zog es vor, sie zu ignorieren, aber selbst Sally empfand so etwas wie Rührung. Das war es jetzt also. Achtzehn Jahre, ihr ganzes bisheriges Leben als Geschwister: vorbei.

An einem Rastplatz in Binghamton hielten sie für eine Pinkelpause, und Johanna deckte sich mit Süßigkeiten für Lewyns und Sallys Zimmergenossen ein, als ginge es darum, einen guten Eindruck bei den Spielgefährten im Sommercamp zu hinterlassen. Niemand versuchte, sie davon abzuhalten. Sie erreichten Ithaca, als ein Wolkenbruch gerade über den See gefegt kam. Der Regen prasselte auf das Empfangszelt, und der Rasen verwandelte sich in kürzester Zeit in eine Schlammwüste. Im Lärm des Regens konnte man sich nur noch brüllend verständigen – *Name? Können Sie den buchstabieren?* –, und Lewyn stellte sich etwas konfus bei den Hotelfachstudenten an, was eine leichte Panik auslöste, als man ihn nicht auf der Liste finden konnte. Es liefen so viele Leute aufgeregt durch die Gegend, Studienanfänger und Eltern, allesamt genervt und patschnass, und keiner gönnte dem anderen einen Blick. Zwei freundliche Mädchen in roten T-Shirts händigten Sally ein Päckchen aus und Johanna einen roten Regenschirm, unter den die beiden sich zusammenduckten, um zum Balch-Hall-Wohnheim hinüberzulaufen. In Sallys Päckchen befanden sich ein rotes T-Shirt, ein ITHACA-Aufkleber und eine Wasserflasche mit dem Aufdruck Cornell '04. Sie spürte, wie ihr das Wasser die Beine hinab in die Sneaker rann, und erst da begriff sie, dass sie Lewyn zurückgelassen hatte, um seinen eigenen Weg an diesem fremdartigen neuen Ort zu finden. Sie hatte sich ebenso von ihm abgelöst, wie sie sich am Morgen schon von Harrison abgelöst hatte: unbeschwert und frei.

Die peinliche Tatsache, dass Lewyn nun ebenfalls Student an der Cornell war, galt es nach Möglichkeit zu verdrängen; was auch immer unsere Mutter ihr über das große Abenteuer vorgeschwärmt haben mochte, zu dem sie und Lewyn jetzt gemeinsam aufbrachen – eine Fantasievorstellung, die unentwegten geschwisterlichen Austausch beinhaltete –, alles, was Sally sich erhoffte, war, endlich, himmlisch allein zu sein.

Es gab vieles, was sie am Drillingsein gehasst hatte, aber das Schlimmste war die Art, wie die Leute immer herumsülzten, sie drei würden einander ihr ganzes Leben lang verbunden bleiben, als ob es nicht die reinste Qual gewesen wäre, ein Haus, eine Familie, einen Mutterschoß miteinander zu teilen. Gut, sie als »das Mädchen« hatte von vorneherein einen anderen Status als ihre Brüder gehabt (und glücklicherweise ein eigenes Zimmer im Haus an der Esplanade, wie auch am Vineyard, während die Jungen sich eins hatten teilen müssen). Das war sicher ein Vorteil. Aber diese ewige Dreisamkeit, die Seelenverwandtschaft, die Fremde und Familienangehörige, Lehrer und Klassenkameraden, sogar unsere Eltern als selbstverständlich voraussetzten, war Sally immer schon ein Dorn im Auge gewesen.

Wie konnte jemand, der nicht von Geburt an dieser Zwangsgeschwisterlichkeit unterworfen war, jemals das Hochgefühl begreifen, sich nach rechts oder links zu wenden und keinen von ihnen zu sehen? Es hatte sie irritiert, dass Lewyn sich auch für die Cornell beworben hatte, und verärgert, dass er sich dort einschreiben würde.

Wo es doch so viel Auswahl gab! Es war ja nicht so, dass er irgendein besonderes Berufsziel verfolgte, für das es unbedingt dieses College sein musste! (Dass sie genauso planlos war, was ihre Ausbildung und ihre Zukunft betraf, tat nichts zur Sache.) Vor allem verübelte Sally es ihrem Bruder, sie nicht einfach loszulassen.

Andererseits verstand sie natürlich, warum er sich derart anklammerte. Sie und Lewyn hatten sich wohl oder übel als Zweigestirn etabliert, seit Harrison sie im Kleinkindalter von sich gestoßen hatte wie eine nicht mehr benötigte Treibstoffkapsel für seinen Senkrechtstart. Und da Harrison nun mal Harrison war, genügte es nicht, sich abzutrennen; er musste die Abtrennung auch noch mit eisigem Schweigen und finsterer Miene unterstreichen, mit permanenter Geringschätzung, und ihnen gleichzeitig unentwegt seine Überlegenheit signalisieren. All dies hätte die beiden Verstoßenen näher zusammenbringen können, was aber selbst die gemeinsam erlittene Ablehnung nicht vermochte. Sally und Lewyn hatten sich angewöhnt, alle Entscheidungen im Tandem zu treffen, egal, worum es ging (Restaurantbesuche, Reisepläne, Freizeitaktivitäten), und es war ihnen jedes Mal eine Genugtuung, ihren Bruder zu überstimmen. Doch sie wussten, dass sie nur durch ihre Abneigung gegen Harrison motiviert waren und nicht durch irgendeine Affinität zueinander. Mit anderen Worten: Weder die Ablehnung ihres Bruders noch ihr gemeinsamer Hass auf ihn konnte Lewyn und Sally dazu bewegen, einander gernzuhaben.

Und nun, da sie ihr Elternhaus endlich verlassen hatte, fand Sally ihren Bruder immer noch an ihrer Seite klebend. Sein Wohnheim befand sich direkt neben dem ihren, wie sie dem praktischen Campusführer in ihrem Päckchen entnahm. Das war natürlich unerträglich, aber sie würde es ertragen; und sie wusste auch schon, wie. Keinem von ihren Mitstudierenden würde sie verraten, dass sie einen Bruder hier am College hatte. Lewyn wusste ja, wo sie war. Falls er sich eine Hand abhackte oder sich mit seinen Bundesbrüdern ins Koma soff, konnte er sie um Hilfe bitten, und sie würde ihn dann wohl auch nicht abweisen. Doch vom Ernstfall einmal abgesehen, war ihr Bruder von nun an auf sich gestellt.

Sobald sie konnte, schickte sie Johanna zu Lewyns Wohnheim hinüber (um dort einen tränenreichen Abschied zu zelebrieren) und begann eilig damit, sich in ihrem Zimmer einzurichten, bevor ihre Zimmergenossin, eine Rochelle Steiner aus Ellesmere, Long Island, (und womöglich noch weitere Steiners) hereingerauscht kamen und ihre eigenen Vorstellungen geltend machen konnten. Sie rückte die Betten in L-Form auseinander, was die Nutzfläche im Raum verdoppelte, und verbannte einen der Schreibtische nach draußen auf den Flur, weil er unfassbar hässlich war und sie sowieso keine Schreibtische mochte. Den konnte Balch Hall geschenkt haben. Gern geschehen.

»Da steht ja ein Schreibtisch im Flur«, sagte ihr Vater, als er sich verabschieden kam.

»Stimmt genau«, sagte Sally.

»Ist das deiner? Willst du denn keinen Schreibtisch?«

Offensichtlich, dachte sie genervt.

Salo sah sich im Zimmer Balch Hall 213 um: neue Bettwäsche von Bed Bath & Beyond (jeansblau, extralang), flauschiger türkisfarbener Duschvorleger, nagelneuer Cornell-Becher samt Wasserflasche.

»Ich hatte mal eine Freundin, die hier im Haus wohnte«, sagte er unvermittelt.

Sally reagierte nicht. Sie interessierte sich weniger für eine längst Verflossene als für seine gegenwärtige Freundin. Aber das war jetzt nicht der richtige Moment dafür.

Sie umarmte ihn. Musste sie ja. Und sie musste versprechen, noch am selben Abend bei ihrem Bruder vorbeizuschauen, was sie allerdings nicht vorhatte. (Hatte unser Vater das Gleiche von Lewyn verlangt? Sicher nicht. So was blieb immer an ihr hängen, weil sie *das Mädchen* war.) Dann war er endlich weg. Sie packte ihre Sachen aus und räumte sie ein, faltete die Kartons zusammen, studierte den Campusplan.

Es dauerte keine Stunde, bis die Steiners eintrafen: ein dünnes, gestresst wirkendes Zopfmädchen und eine flattrige Mutter, beide mit vollgestopften Plastiksäcken beladen. Rochelle hatte einen Überrest von Akne am Kinn und sprach im unverkennbaren Long-Island-Tonfall. Sie warf ihr Zeug auf das freie Bett, verlor kein Wort über den Schreibtisch im Flur oder die Bettenaufstellung und streckte Sally unbefangen die Hand hin. Es hätte schlimmer kommen können.

»Keine Familienfotos?«, fragte Mutter Steiner sofort.

»Mom«, sagte Rochelle.

»Noch nicht«, entgegnete Sally. »Ich bin ja auch gerade erst angekommen.«

Ihre Eltern seien schon wieder gefahren, erklärte sie, aber Mrs. Steiner hatte noch weitere Fragen.

»Bist du aus New York City? Long Island?«

Sally schüttelte den Kopf.

»New Jersey? Westchester?«

»*Mom*«, sagte Rochelle erneut.

»Nein, nein, Innenstadt.«

Mrs. Steiner starrte sie mit offenem Mund an und versuchte, diese Information zu verarbeiten.

»Du meinst … Manhattan?«

»Na ja, Brooklyn.«

Was konnte eine Mutter aus Long Island noch mehr verblüffen als Manhattan? Brooklyn, anscheinend.

»Und du bist da aufgewachsen? Und zur Schule gegangen und alles? In Brooklyn?«

Jawohl, zur Schule gegangen und alles.

(Aus Gründen der Fairness sei angemerkt, dass viele andere sich in nächster Zeit ebenso perplex zeigen sollten wie Mrs. Steiner. In der Welt außerhalb der Stadt bedeutete New York offenbar Long Island, Westchester oder sogar New Jersey. Die Innenstadt dagegen war etwas, wo man nur zum Arbeiten, Shoppen oder für eine Broadway-

Show hinfuhr, sodass die Vorstellung, dort tatsächlich zu wohnen, beinahe etwas Schockierendes hatte. Zumal Brooklyn, wo die Hipster-Renaissance gerade erst begonnen hatte, praktisch als eine Art Sibirien galt.)

»Was macht denn dein Vater beruflich?«, wollte Mrs. Steiner wissen.

»Mom!«, fuhr ihre Tochter dazwischen. »Ich begleite dich noch raus.«

Was sie auch tat. Und es sollte angemerkt werden, dass Rochelle Steiner (obwohl unter ziemlichem Druck stehend, besonders in Bezug auf ihre Mutter) sich instinktiv ihrem neuen Leben anpasste, das sie unentrinnbar mit dem gebrochenen Herzen der Oppenheimers verbinden sollte. Mit anderen Worten: Es ließ sich alles so viel besser an, als Sally zu hoffen gewagt hatte, wenn auch mit viel extremeren Auswirkungen, als sie es sich am ersten Tag ihres langersehnten neuen Lebens vorstellen konnte.

Kapitel 10

Märtyrer und Engelsgestalten

In dem Lewyn Oppenheimer eine sehr lange und erschütternde Geschichte zu hören bekommt

Seine Schwester Sally schaute selbstverständlich an jenem ersten Abend nicht bei Lewyn vorbei, und als er sie am nächsten Tag im Balch Hall 213 besuchen wollte, traf er weder sie noch ihre Zimmergenossin an. Er genierte sich schrecklich, dort vor verschlossener Tür auf einem langen Flur voller gleichartiger Türen zu stehen, in seiner ganzen verstrubbelten und möglicherweise müffelnden Männlichkeit. Also kritzelte er mit dem angehängten Stift nur eine kurze Nachricht auf den Notizblock an der Tür: *Wollte nur mal kurz Hallo sagen. L.* Sie würde sich wohl denken können, wer L. war. Doch weder erwiderte sie den Besuch, noch schickte sie ihm eine Mail.

Sie nahmen an unterschiedlichen Erstsemesterausflügen teil, und bei seiner Rückkehr ging er noch einmal zu Sallys Quartier, angeblich, um zu fragen, wie ihre Kanuexpedition in die Adirondack Mountains gelaufen war, in Wahrheit aber, weil er sich nach all den studentischen Kennenlernaktivitäten noch einsamer fühlte als zuvor. Diesmal war sie daheim. Die Zimmergenossin (auf deren Bett ein herzförmiges Kissen lag, vollgekritzelt mit Glückwünschen, und Bettwäsche mit Schmetterlingen) war zum Glück nicht da, denn die anschließende

Konfrontation wäre ihm vor Dritten noch peinlicher gewesen. Sallys Ansage war kurz und brutal, kam aber für Lewyn nicht ganz unerwartet. »Ich finde«, sagte seine Schwester, »wir sollten uns so verhalten, als ob wir von zu Hause ausgezogen wären. Ich meine, wir *sind* von zu Hause ausgezogen. Also sehen wir uns dann wohl zu Thanksgiving.«

So sollte es von nun an offenbar sein, und nur um ihr zu zeigen, dass er auch ohne sie klarkommen konnte, suchte Lewyn sie nicht wieder auf. In den kommenden Monaten erhaschte er über die Weiten des Collegecampus hinweg oder in der Mensa immer mal wieder einen Blick auf Sally, einmal auch bei einem gigantisch überlaufenen Einführungskurs in Psychologie, den sie dann offenbar aufgab. Er erzählte niemandem, dass er eine Schwester in der Uni hatte, im Frauenwohnheim direkt nebenan; und er wünschte, er hätte es auch seinem Zimmergenossen verschwiegen, an jenem ersten Abend im Clara Dickson Hall 308, denn was sollte Jonas davon halten, dass diese Schwester in all den Wochen, ja Monaten, noch kein einziges Mal vorbeigekommen war? Im Zweifelsfall hätte Lewyn behauptet, er und Sally träfen sich regelmäßig außerhalb zum Spazierengehen, zum Essen oder auf Partys, aber Jonas war bald so von seinem eigenen Studentenleben in Anspruch genommen, dass er gar nicht auf das Thema zu sprechen kam.

Jonas war ein hoch aufgeschossener Bursche aus Ogden, Utah, der Tiermedizin studierte; »Großtier«, wie er erklärend hinzufügte. Als Jonas zum ersten Mal ins Zimmer kam, angelte er sich gleich freudestrahlend einen Idaho-Spud-Schokoriegel aus dem Vorrat an Süßigkeiten, den Johanna ihnen dagelassen hatte.

»Wo hast du die bloß aufgetrieben? Mein Bruder meinte, die gibt's hier an der Ostküste gar nicht.«

Lewyn fragte sich, ob er darauf hinweisen sollte, dass Ithaca weit von jeglicher Küste entfernt lag, doch er wollte nicht besserwisserisch rüberkommen. »Das ganze Zeugs haben wir unterwegs an einer Raststätte gekauft. Meine Mutter ist ein bisschen durchgedreht. Schade, dass es kein Alk war«, setzte er tapfer hinzu.

»Ach nee, ich trinke nicht«, sagte Jonas. Er hatte den Schokoriegel schon halb verschlungen. »Und du?«

Lewyn wusste nicht so recht, was er antworten sollte. Ja? Weil es keinen Grund gab, nicht Ja zu sagen. Nein? Weil er eigentlich auch nicht trank. Aber jetzt, wo er von zu Hause fort war ... »Na klar«, sagte er schließlich.

Jonas war mit wenig Gepäck angereist. Auf seinem Bett lagen eine seidig schimmernde Steppdecke, ein Kissen und schlichte weiße Laken, und auf dem Schreibtisch stapelten sich nagelneue Lehrbücher: *Farbatlas der Veterinäranatomie, Krankheiten des Milchviehs, Großtier-Theriogenologie.* Mit Klebstreifen an der Wand über dem Schreibtisch befestigt ein Foto von einem Elternpaar und sechs Kindern: alle schlaksig, strohblond, strahlend, mit schneeweißen, ebenmäßigen Zähnen. Wie sich herausstellte, war Jonas zwei Jahre älter als Lewyn, schien aber durch den relativen Reifevorsprung nicht übermäßig belastet zu sein. Er war ein großer SpongeBob-Fan, besaß die gesamte DVD-Reihe von *Buffy – Im Bann der Dämonen* und konnte kaum glauben, dass Lewyn noch keine Folge davon gesehen hatte. Obwohl er fleißig sein Tiermedizinpensum büffelte, war er auch begeistert bei den robusten Verbindungsbruderschaften der Cornell aktiv, wobei er seine Loyalitäten zunächst zwischen Alpha Gamma Rho und Acacia aufteilte. Als Mitbewohner war er jedenfalls vergleichsweise harmlos.

Zwei Zimmergenossen auf demselben Flur dagegen sorgten für Wirbel, indem sie sich zunächst als schwul outeten, dann ineinander verliebten, um sich bald darauf zu verkrachen. Im September noch im erotischen Höhenflug, wechselten sie ab Ende Oktober kein Wort mehr miteinander. In der Woche zuvor hatte der eine die Nacht mit einem Kumpel vom Eishockeyteam verbracht, worauf der andere ihm das Bett anzündete, sodass sich alle aus dem Wohnheim um zwei Uhr morgens draußen in der beißenden Kälte wiederfanden. Jetzt befand sich nur noch einer von den beiden Streithähnen im Clara Dickson

Hall und der andere im Cayuga Medical Center, als Zwischenstation auf dem Heimweg nach Illinois.

Die Zweijahreslücke in Jonas' Schulkarriere kam während einer Unterhaltung über die anstehende Präsidentschaftswahl zur Sprache; Lewyn wollte für Gore stimmen und Jonas für Bush. Beide hatten Briefwahl beantragt, deren Unterlagen zwei Wochen vor dem Wahltag eintrafen.

»Na, da bin ich aber erleichtert«, sagte Jonas, warf den Umschlag aufs Bett und machte sich eine Dose Cola aus Lewyns Kühlschrank auf. »Letztes Mal hab ich die Wahlunterlagen einen ganzen Monat zu spät gekriegt. Nicht, dass es in Utah irgendeinen Unterschied gemacht hätte.«

Lewyn blickte von seinem Bildschirm auf. Er quälte sich gerade durch die Kapitel mit römischer Geschichte in *Janson's History of Art.* »Du durftest beim letzten Mal schon wählen?« Er kam gar nicht auf die Idee, dass Jonas älter als er sein könnte, sondern dachte nur: Haben die in Utah andere Regeln?

»Na ja, ich hab's zumindest versucht. Ich war in England, auf Mission.«

Auf Mission. Banale Worte von unerwarteter Tragweite.

Das Thema Religion war bislang zwischen ihnen ausgespart worden. Jonas und er wohnten zwar auf engem Raum zusammen, doch bis auf gemeinsame Mensabesuche überlappten sich ihre Lebensbereiche so gut wie nie. Jonas' akademisches Leben spielte sich im Fachbereich Landwirtschaft ab, während Lewyn, wie zu erwarten war, ziellos dahindriftete – Treibgut in einem Meer von zielstrebigen Cornellianern. Wenn er nicht wusste, wohin mit sich, suchte er Zuflucht unter der Kuppel von Sibley Hall, wo die kunstgeschichtliche Bibliothek untergebracht war, aber nur, um nicht allein in seinem Zimmer zu hocken. Es hätte ihn eigentlich nicht wundern sollen, dass das Wort »Mission« noch nie zwischen ihnen gefallen war.

»Und wo«, rang er sich schließlich die Frage ab, »warst du genau auf … Mission?«

»Newcastle und Northumberland. Die kälteste, nasseste Gegend, in die wohl normalerweise kein Mensch freiwillig geht.«

Lewyn nickte, als hätte er so etwas jemals in Betracht gezogen.

»Und wie war das so? Ich meine, was musstest du da machen?«

Jonas grinste. »Willst du die Kurzfassung? Oder die für Nichtgläubige, die eventuell Interesse haben könnten?«

Scheiße, dachte Lewyn.

»Ich bin Jude, weißt du«, sagte er, statt auf Jonas' Frage zu antworten.

Jonas schlitzte den Briefumschlag auf. Er wirkte nicht gerade sehr engagiert, was das Thema betraf. »Jaja, dachte ich mir schon.« Er nickte, ohne aufzublicken.

Dachte ich mir schon? Lewyn fröstelte ein wenig, als sich plötzlich noch eine andere Lesart für die vergangenen Wochen andeutete. Missionar plant heimlich, still und leise Bekehrung von jüdischem Mitbewohner.

»Na, wegen dem Namen. Oppenheimer?«

Und was ist mit Lewyn?, hätte er fast gesagt. Jeder der Drillinge war der jüdischen Tradition gemäß nach einem verstorbenen Vorfahren benannt: Sally nach Sarai Braunsberg, Salos Großmutter mütterlicherseits, Harrison nach Salos Großvater väterlicherseits (der Hermann hieß, wie sein Vater) und Lewyn nach Lou, dem Großvater seiner Mutter.

»Weißt du denn irgendwas über die Familie Oppenheimer?«, hörte er sich fragen. Es klang irgendwie verkehrt. Einerseits snobistisch – *Weißt du etwa nicht, wer wir sind?* –, andererseits wie der Auftakt zu einem öden Vortrag.

»Nein, wieso, sollte ich?«

»Nee, ich meine nur … mein Urahn war dieser Typ in Deutschland, so um 1730 rum, ein sogenannter Hofjude in einer Stadt namens Stuttgart, in Württemberg.«

Jonas blickte von seinen Wahlunterlagen auf. Lewyn fragte sich, ob er wohl überlegte, wie er der unerwünschten Geschichtsstunde entkommen könnte. »Okay«, sagte Jonas schließlich. »Und was ist ein Hofjude?«

»Als Christ war es einem damals verboten, Geld zu verleihen. Dafür brauchte man einen Juden. Und obwohl die meisten Juden in Ghettos lebten und ihnen ganz viel nicht erlaubt war, wurde manchmal einer auf einen höheren Posten befördert, wenn er sich gut mit Finanzen auskannte. Wie mein Urahn eben. Er hieß Joseph Süß Oppenheimer, war aber auch als Jud Süß bekannt. Er war der Hofjude von Herzog Karl Alexander und half, das Leben für die Juden in der Stadt zu verbessern, verdiente dabei auch einen Haufen Geld. Aber dann starb der Herzog plötzlich, und sie verhafteten Oppenheimer und beschuldigten ihn des Mordes. Und warfen ihm sonst noch alles Mögliche vor: Lügen und Stehlen und Sex mit Christinnen. Also haben sie ihn hingerichtet. Sie wollten ihn auch zwingen, zum Christentum überzutreten, aber den Gefallen tat er ihnen nicht. Goebbels hat einen Film darüber gemacht.«

»Wer?«, fragte Jonas.

Lewyn klärte ihn auf.

Joseph Goebbels, im wahnhaften Eifer, die Bürger des Tausendjährigen Reiches mit dem nationalsozialistischen Kodex zu durchdringen, hatte den armen Joseph Oppenheimer in der Filmversion der Geschichte noch einmal ausgegraben und noch einmal umgebracht, um das Volk daran zu erinnern, was passierte, wenn sie *die Juden* unter ihnen leben ließen.

»Wow!«, sagte Jonas. Jetzt lauschte er gebannt.

Der Film, 1940 ein ungeheurer Publikumserfolg, wurde den historischen Tatsachen zwar in keiner Weise gerecht, aber dafür war die Botschaft umso durchschlagender. In Goebbels' Version bereichert sich Joseph Oppenheimer, sobald er sich eine Machtposition erschlichen hat, und obendrein überredet er Karl Alexander, die Stadttore für eine Horde von schmutzigen, Krankheiten einschleppenden Juden zu öffnen. Schlimmer noch, er versündigt sich an den braven, blutreinen Stuttgartern, die durch ihn nun Demütigung und Grausamkeit erleiden. (Eine junge Maid, von Jud Süß vergewaltigt, ertränkt sich, um ihrer Familie die Schmach der Rassenschande zu ersparen.) Kaum aber ist der Herzog verstorben, werfen die Stuttgarter seinen Hofjuden in den Kerker und stellen später den Erhängten öffentlich zur Schau. In der Schlussszene jagt der Stadtrat die Juden zum Stadttor hinaus und verkündet, kommende Geschlechter täten gut daran, im Gedächtnis zu behalten, was in Württemberg geschah.

»Die Idee war, den Leuten klarzumachen, dass sie die Juden aus Deutschland rauswerfen sollen«, erklärte Lewyn seinem Zimmergenossen. »Der Film war ein Bombenerfolg im Dritten Reich. Gigantischer als *Titanic*!«

Jonas nickte. »Und das war also dein ... was, Urururgroßvater?«

»So in etwa.« Ebenso wie seine Geschwister kannte er die ganze Ahnenfolge von Joseph Süß Oppenheimer in Württemberg bis zu Salo Oppenheimer in Brooklyn Heights. Die Familie des einstigen Hofjuden war noch vor seiner Hinrichtung aus Stuttgart geflohen: Seine Frau, Schwester und Kinder suchten Zuflucht in Heidelberg, wo sie zur Sicherheit den Allerweltsnamen Levin annahmen. Nachdem 1812 den Juden das Bürgerrecht gewährt wurde, zogen seine Nachkommen weiter nach Preußen, immer noch als Levins, immer noch in Angst vor Entlarvung. Als Hermann Levin, unser Ururururgroßvater, im Jahr 1838 (hundert Jahre nach dem Tod von Jud Süß) in New York ankam, hatte er die ganze quälende Schiffsreise damit zugebracht, über seinen neuen amerikanischen Namen nachzudenken. Es war ein bedeutsamer Moment, für die Zukunft ebenso wie für die Vergangenheit. Und als er aufgerufen wurde, trat er noch immer unentschlossen auf den Einwanderungsbeamten zu.

Ort der Einschiffung? *Hamburg.*

Vorname? *Hermann.*

Familienname?

War endlich genug Zeit vergangen, genug Abstand gewonnen? Konnte dieser Einwanderungsbeamte – dieser Holländer oder Engländer oder womöglich sogar deutsche Landsmann – irgendein Interesse daran haben, was jemand vor so langer Zeit getan hatte oder was ihm angetan wurde? War dies hier nicht ein Tor zur Neuen Welt, die ihm und seinen Nachkommen anbot, die Bürde ihres Judentums für immer abzulegen? Es gab zahllose deutsche Namen, unter denen er wählen konnte: Müller, Schmidt, Hoffmann – hier konnte er sein, wer er wollte. Er konnte noch mal ganz von vorn anfangen.

Aber das bedeutete nicht nur, seinen Glauben und seine Vorfahren zu verleugnen, sondern auch das Verbrechen an jenem Urahn hundert Jahre zuvor. Selbst wenn es einen Ozean weit zurücklag, selbst am Rande eines Kontinents, von dem Joseph Süß Oppenheimer wahrscheinlich nie gehört hatte.

Familienname? *Oppenheimer*, sagte der erste amerikanische Oppenheimer.

»Es ist eine grundlegende Geschichte für meine Familie. Und für unsere Firma. Deswegen heißt unser in den 1830ern gegründetes Familienunternehmen Wurttemberg, zu Ehren der Herkunft von Joseph Oppenheimer.«

»Das ist doch cool zu wissen, wie weit dein Stammbaum zurückreicht. Fast schon wie bei den HLT.«

Als Lewyn nichts darauf sagte, blickte Jonas auf.

»Ich nehme doch an, du weißt, was HLT heißt?«

»Ähm ... nee. Was ist das?«

»Die Heiligen der Letzten Tage.«

Lewyn runzelte verwirrt die Stirn. War das so was wie eine Sekte? Adventisten? Zeugen Jehovas? Oder die Nation of Yahweh, die am Times Square rumhingen und die Leute anschrien? Die waren doch völlig durchgeknallt.

»Oder Mormonen. Ich meine, seit 1982 heißt es offiziell die Kirche Jesu Christi der Heiligen der Letzten Tage, aber ich habe nichts gegen die Bezeichnung Mormonen.«

»Du bist Mormone?«

Er war selbst schockiert darüber, wie es klang: ungläubig und irgendwie ... abwertend? Er konnte es kaum fassen, dass er hier die ganze Zeit schon mit jemandem zusammenwohnte, der Mitglied einer so seltsamen Sekte war.

Jonas lachte. »Was? Fragst du dich, wo meine Hörner sind?«

»Nee, ich hab ...«

»Noch nie einen Mormonen getroffen. Macht nichts. Da, wo ich herkomme, gibt's auch nicht so viele von deiner Sorte.«

Aber die Cornell war voller Juden. Mehr Juden als in jeder anderen Ivy-League-Uni, laut Johanna (im Verhältnis zur Uni-Größe jedoch ein geringerer Prozentsatz als in Yale). Eine interessante Entwicklung in ihrer Zweier-WG, sagte sich Lewyn: Mormone und Jude, Jude und Mormone. Und das wurde ihnen jetzt erst bewusst!

»Wieso sind wir da nicht früher draufgekommen?«, fragte er Jonas.

»Na ja, wie gesagt, ich hab's sowieso gewusst. Ich dachte nur, ich warte mal, bis du es ansprichst. Ist eigentlich auch gar kein Thema für mich.«

Okay, dachte Lewyn, aber »kein Thema« wie in: *Ist mir egal* oder in: *Ich habe keine Vorurteile*? Und falls Letzteres, warum hielt Jonas es hier für sein Vorrecht, derjenige zu sein, der keine Vorurteile hatte? Allerdings musste er sich eingestehen, dass er rein gar nichts über Mormonen wusste, somit nicht mal genug, um voreingenommen zu sein.

»Dann hast du hoffentlich auch nicht vor, mich zu bekehren.« Es war ironisch gemeint, doch es klang so unsicher, dass Lewyn sich nur noch mehr genierte.

»Nee, echt nicht, Mann«, sagte Jonas. »Zwei Jahre auf Schusters Rappen, das hat mir gereicht. Zwei Jahre, fünf Bekehrte. Klingt nicht nach viel, aber eine Menge Leute sind mit weniger zurückgekommen. Wenn der himmlische Vater mehr von mir verlangt, kann er es mich ja wissen lassen, aber im Moment geht's mir nur noch um Hufkrankheiten.« Mit einer wegwerfenden Handbewegung schlug er eins seiner Spiralhefte auf. Damit war die Unterhaltung für ihn offensichtlich beendet.

Lewyn blieb, wie so oft, seinen eigenen Gedanken überlassen, und prompt nahmen diese eine selbstkritische Wendung. Jedem anderen wäre ein sehr bleicher, sehr blonder junger Mann aus Utah, der aus kinderreicher Familie stammte, sogleich als Mormone erkennbar gewesen. Für ihn und seine Geschwister jedoch unterteilte ein typisch New Yorker Knick in der Optik das Land in New York City und dessen Vororte, Martha's Vineyard (wo das Oppenheimersche Ferienhaus sich an eine windige Düne klammerte) und darüber hinaus noch New England, Florida und Kalifornien. Der Rest war eben einfach *der Rest*. Unerforscht, aber voller Leute, die sonderbaren Freizeitbeschäftigungen nachgingen, wie sich Autos anzusehen, die auf einer Rennstrecke im Kreis herumfahren, oder alles Mögliche totzuschießen. Jonas, so viel hatte er jedenfalls gleich begriffen, war ein Nicht-Jude aus dem Rest des Landes. Aber glaubte er wirklich an Gott? Und, Moment – hatte er nicht eben ganz unbefangen die Worte »himmlischer Vater« ausgesprochen?

Tatsächlich unterhielt Jonas Bingham aus Ogden, Utah, eine dauernde (wenn auch einseitige) Gesprächsverbindung mit einem, den er völlig ironiefrei als »himmlischer Vater« bezeichnete. Ferner stellte sich heraus, dass praktisch jeder, den Jonas kannte (und mit Sicherheit jeder aus seiner Verwandtschaft), routinemäßig mit ebenjenem »himmlischen Vater« sprach. Abgesehen davon hatte Jonas, obwohl in Utah geboren und aufgewachsen, schon weit mehr vom Bundesstaat New York gesehen als Lewyn, da er bereits viermal mit seiner ganzen Familie in dieser Gegend gewesen war. »Es ist ein besonderer Ort für Mormonen, weißt du.«

Natürlich wusste er es nicht. »Ach wirklich? Ithaca?«

»Nicht Ithaca. Weiter westlich.« Jonas öffnete eine Karte auf seinem Computerbildschirm und zeigte auf irgendeinen unbestimmten Punkt zwischen Rochester und Syracuse. »Unser Ursprungsort.«

Lewyn runzelte die Stirn. Er hatte natürlich keine Ahnung von den weiten, fremden Gefilden, die als »Upstate New York« bekannt waren, wo Menschen ohne Bezug zu Brooklyn Heights oder Manhattan lebten, das doch gemeinhin als Zentrum des Universums galt. Die Vorstellung, dass sich in diesen hinterwäldlerischen Breiten etwas zugetragen haben sollte, das für Millionen Menschen auf der Welt von Bedeutung war, hatte fast etwas Schockierendes.

Jonas kippelte mit dem Stuhl zurück und stützte seine langen Beine an Lewyns Bettrahmen ab. »Du tappst wohl ziemlich im Dunkeln, was uns betrifft, wie?« Er schüttelte lächelnd den Kopf. Dann erzählte er seinem Zimmergenossen eine Geschichte von einem Bauernjungen, der vor langer Zeit eine Lichtsäule im Wald hinter seinem Haus gesehen hatte, und von goldenen Tafeln, die wie ein Schatz aus dem Boden gehoben und zu dem »Buch Mormon« geworden waren, das alles enthielt, woran Jonas Bingham persönlich glaubte. Lewyn hatte Mühe, seine Gesichtszüge unter Kontrolle zu halten, während er zuhörte – aber er hörte zu. Die großen Erzählungen der hebräischen Bibel hatten ihn nie sonderlich berührt: Abraham und Isaak, Joseph und sein verfluchter Mantel, der Auszug aus Ägypten, das Rote Meer und Moses, der die Gesetzestafeln zur versammelten Sippe hinabschleppte … Es war interessant, wie Geschichte ja stets interessant war, insofern, als es in irgendeiner Form tatsächlich passiert war. Das Babylonische Exil, das seine Ahnen über den ganzen Erdball verstreute und Jahrhunderte der Verfolgung und des Leids über sie brachte, hatte ihn immer traurig und auch schuldbewusst gestimmt, da er selbst sein Zuhause nie hatte verlassen müssen. Noch weit Schlimmeres war den Juden im Lauf der Jahrhunderte zugestoßen, wie allein schon das Schicksal Joseph Oppenheimers, ihres

Familienmärtyrers, bezeugte, aber selbst dessen grausames Los hatte Lewyn nicht so fasziniert wie Jonas' seltsame Erzählung.

»Ist irgendwas daran wahr?«, fragte er, ehe ihm aufging, wie unhöflich das klingen musste. Aber Jonas zuckte nur die Achseln.

»Das Gute ist, ich brauche das nicht zu beantworten. Die Geschichte wird uns durch unsere Tradition überliefert. Nicht viel anders als eure Familientradition, nehme ich an. Für manche Leute ist das schon genug. Aber das Buch Mormon hält auch Anweisungen für uns parat, wenn wir nicht bereit sind zu glauben. Alles, was wir zu tun haben, ist, den himmlischen Vater mit ehrlichem Herzen zu fragen, ob das alles wahr ist, dann wird er uns antworten. Und genau das habe ich getan, als ich vierzehn war. Jetzt weiß ich, dass es wahr ist.«

»Du meinst, du glaubst es.«

»Nein, ich weiß es.«

Dann stand er auf und fragte Lewyn, ob er irgendwas aus dem Gemeinschaftsraum wolle, wo die Snackautomaten standen, und setzte sich nach seiner Rückkehr mit seinem Snickers gleich wieder an die *Großtier-Theriogenologie*. Eine Stunde später klappte Jonas das dicke Lehrbuch zu, dankte dem himmlischen Vater leise für den Tag und knipste das Licht aus, und schon kurz darauf hörte Lewyn seine tiefen, gleichmäßigen Atemzüge. Er selbst dagegen konnte nicht schlafen, nachdem er von den Römern in seinem eigenen dicken Lehrbuch genug hatte. Stundenlang lag er noch wach und dachte an schwebende Engelsgestalten in den Bäumen eines heiligen Hains, der nur eine Autostunde entfernt in Richtung Westen lag.

Kapitel 11

Der Schatz in der Geheimschatulle

In dem Harrison Oppenheimer auf dem Symposium erleuchtet wird und sich mit seiner Truppe auf einem Parkplatz in New Hampshire trifft

Harrison verließ sein Elternhaus vier Tage nach seinen Geschwistern, an einem goldenen Herbsttag, der das Tal des Connecticut River mit schimmernden Dunstschleiern überzog. Am College seiner Wahl würde es keine rührseligen Mütter geben, keine T-Shirts und Aufkleber, keine Festzelte. Jenseits des Treffpunkts in Concord, New Hampshire, wo sich die neuen Roarke-Studenten – ausschließlich Männer – vor der Weiterfahrt gen Norden versammelten, waren überhaupt keine Außenstehenden mehr zugelassen. Johanna war die ganze Fahrt über angespannt gewesen, und die Anspannung nahm noch zu, als sie Connecticut und Massachusetts (Staaten, die ihr wenigstens vertraut waren) hinter sich ließen und die Fremdartigkeit der Wälder New Hampshires sie umfing. »Wenn du unbedingt ans Ende der Welt wolltest, warum dann nicht nach Dartmouth?«, sagte sie, bemüht, es wie einen Scherz klingen zu lassen. Aber es war kein Scherz.

»Ich sehe Harrison nicht in Dartmouth«, antwortete sein Vater.

»Nein? Siehst du ihn etwa an diesem verrückten Ort?«

Harrison, der auf der Rückbank saß, schwieg. *Eine Stunde noch*, dachte er, *dann bin ich hier raus.*

»Wenn's ihm hier nicht gefällt, kann er ja das College wechseln«, sagte Salo.

Harrison lächelte. Natürlich würde er das College wechseln. Alle Roarke-Leute wechselten, weil Roarke ein Zwei-Jahres-College war, wonach jeder von ihnen seine Ausbildung an einer konventionelleren Universität beenden würde, unabhängig davon, ob es ihnen am Roarke gefallen hatte oder nicht. Dieses Detail in dem ganzen Roarke-Puzzle war für seine Mutter am verwirrendsten, wie Harrison sehr wohl wusste. Wenn er ohnehin in Harvard angenommen war und in zwei Jahren dorthin überwechseln würde, warum dann dieser unbegreifliche Umweg? Warum entluden sie den Volvo hier auf dem Parkplatz einer Imbissbude in Concord, New Hampshire, und nicht eine Autostunde weiter südlich, vor einer efeuumrankten, altehrwürdigen Bildungsstätte? Harrison blieb ihnen eine Erklärung schuldig. Er hätte Harvard haben können, aber er wollte Roarke. Von dem Moment an, seit er das erste Mal davon gehört hatte, erschien es ihm wie ein Schatz in einer Geheimschatulle, die nur Eingeweihte öffnen konnten.

Seit der Mittelstufe hatte Harrison die zwei sogenannten Erwachsenen in seiner sogenannten Familie angefleht, Walden verlassen zu dürfen, wo er und seine Geschwister seit dem Kindergarten ideologisch indoktriniert worden waren. Im Grunde hatten seine Vorbehalte schon begonnen, als er entdeckte, dass die viel beschworene Fremdsprachenauswahl an der Schule zwar Mandarin und Spanisch umfasste, aber keine von den »toten« Sprachen, Latein und Altgriechisch. Ebenso ärgerte es Harrison, dass man die öden, repetitiven Veranstaltungen zum Thema Bürgerrechte, Frauenrechte und LGBTQ-Rechte jahrelang über sich ergehen lassen musste, während Europäische Geschichte nur in der Abschlussklasse als Frühjahrsseminar angeboten wurde. Auch musste jeder in der Walden in jedem

Semester einen sinnlosen Konfliktlösungskurs absolvieren, nach dem Motto: »Lasst uns über Rassen- und Geschlechterzugehörigkeit reden. Wieder mal.« Harrison wehrte sich erbittert gegen den Walden-typischen Hang, sich im Englischunterricht vor allem darauf zu konzentrieren, was man bei der Lektüre eines Gedichts oder Prosawerks *empfand*. Was es mit einem *machte*. Es machte ihn rasend.

Die Walden School war in den 1920ern gegründet worden, als Schule für Arbeiterkinder, damit die gescheiteren Sprösslinge die Chance auf eine Collegeausbildung bekamen und somit Zugang zur bürgerlichen Berufswelt: Wirtschaft, Rechtswesen, Medizin. Walden, wo Juden ebenso wie Mädchen von Anfang an willkommen waren, nahm bald auch nicht-weiße Schüler auf, Jahrzehnte, bevor es allgemein üblich wurde. Doch erst im Wandel des Zeitgeistes, der in den Sechzigerjahren einsetzte, erhielt die Brooklyner Reformschule richtig Rückenwind, trat als wegweisend und im Einklang mit den angesagten pädagogischen Idealen und Methoden hervor. Jawohl, Jungen und Mädchen sollten zusammen unterrichtet werden! Jawohl, Kinder aller Glaubensrichtungen und Hautfarben würden in der Walden einen Tummelplatz für ihren wissensdurstigen Geist und ihre kreative Begabung finden. Jawohl, künstlerische Tätigkeit war von zentraler Bedeutung für die Entwicklung jeglichen Bewusstseins, und Musik musste in viel unterschiedlicheren Formen erlebt werden, als es die allzu eng definierte klassisch-europäische Tradition vorsah. Nein, wichtige Entscheidungen, welche die Schule betrafen, sollten nicht ohne Einbeziehung der Schüler getroffen werden, denn auch ihre Stimmen zählten.

Es machte ihn rasend!

»Schon wieder?«, sagte er zum ersten, aber nicht zum letzten Mal in der zweiten Klasse, als er erfuhr, dass der *Freedom Summer* einen ganzen Monat lang auf dem Lehrplan stand. »Das hatten wir aber schon letztes Jahr«, informierte er die Lehrerin, in der Hoffnung, dass es sich bloß um einen Irrtum handelte. (Die Lehrerin war neu und wusste vielleicht noch nicht, dass sie die gesamte Bürgerrechtsbewegung im Jahr zuvor bereits durchgenommen hatten.) Ein kleines Mädchen in der letzten Reihe fing an zu schluchzen, und ein Junge stand auf, um zu sagen, was Harrisons Kommentar mit ihm machte. Was dazu führte, dass nach und nach jeder in der Klasse sein Herz ausschüttete, worauf Harrison selbst um eine Unterredung mit dem Schulleiter bat, der sich von den Schülerinnen und Schülern gern Aaron nennen ließ.

»Wir hatten den *Freedom Summer* schon letztes Jahr«, erklärte er Aaron.

»Ach, weißt du, Harrison, manche historischen Ereignisse sind so wichtig, es sind die Wendepunkte unserer ganzen Menschheit, damit können wir uns gar nicht genug auseinandersetzen.«

Können wir wohl, dachte Harrison.

»Ich möchte lieber jedes Jahr was Neues lernen«, wandte er ein.

»Aber wir selbst erneuern uns doch auch jedes Jahr. Und so können wir in der Materie immer wieder Neues entdecken.«

Harrison schwankte kurz, ob er Aaron wissen lassen sollte, was er bei diesem Quatsch *fühlte*. Am Ende ging er aber zurück in die Klasse, zurück zur Bürgerrechtsbewegung.

Er verbrachte ziemlich viel Zeit in Aarons Büro, wenn auch nicht aus den typischen Gründen, aus denen ein aufmüpfiger Schüler zum Direktor gerufen wurde: Schummeln, Haschkekse, Mobbing. Harrisons Verfehlungen (arrogantes Benehmen allen und jedem gegenüber) waren auf seine Überzeugung zurückzuführen, nicht nur klüger als seine Geschwister zu sein (wozu es seiner Meinung nach nicht viel bedurfte), sondern auch klüger als seine Mitschüler, seine Lehrer, sogar als der Schulleiter. Er war ein hochbegabter Schüler in einer Schule, in der keine Noten verteilt wurden (damit es keiner mitkriegte, wenn man Schwächen hatte!), wo es keine »Gewinner« gab (zum Trost für die Verlierer!), wo jeder nach seinem ganz persönlichen Takt marschierte. Jahrelang war er wütend, zunächst auf seine Eltern (die ihn nicht aufs Internat lassen wollten, nicht mal auf die Collegiate, wo Salo selbst zur Schule gegangen war!), dann auf seine Lehrer (die seine Überlegenheit nicht anerkennen wollten!) und ständig auf seine Geschwister (weil sie einfach immer da waren und alles so passiv über sich ergehen ließen).

In ruhigeren Momenten versuchte er, sich einen eigenen Lehrplan zusammenzustellen (einen, der nicht Jahr für Jahr dieselben Themen durch eine eklige Gefühlssülze schleifte), um in den Fächern Geschichte, Latein, Philosophie und Religion aufzuholen. (Religion wurde zwar in der Walden School unterrichtet, aber mehr in spiritueller, trommelschlagender Weise.) Doch es war alles so mühsam ohne richtige Anleitung, ohne ähnlich engagierte Mitschüler; es gab Momente, da fühlte Harrison sich schier überfordert: Konzepte, die ihm nicht in den Kopf wollten, Argumente, die sich nicht zu einem logischen Schluss führen ließen. Zum ersten Mal zog er in Betracht, dass er sich die ganze Zeit geirrt haben könnte – dass er womöglich doch nicht dieser allen haushoch überlegene Oppenheimer war, sondern bloß ein normaler Teenager, vielleicht ein wenig gescheiter als die meisten, aber keiner, der die Aufmerksamkeit der Welt auf sich ziehen könnte. Ein schrecklicher Gedanke.

Am Ende aber hatte Harrison es geschafft, die Walden-Ewigkeit durchzustehen: im weißen Anzug, Hand in Hand mit seinen Mitschülern im Gemeinschaftsraum oben in dem massiven Backsteinbau; tränenselig wurde die Schulhymne abgesungen, dann gingen sie zum letzten Mal die breite Treppe hinab und durchs Schultor hinaus auf die Joralemon Street. Nun musste er nur noch durch den Sommer kommen, bis er endlich nach Roarke konnte, wo Leute seiner Art, so hoffte er, ihn erwarteten.

Roarke war der Schatz in der Geheimschatulle, die ein gewisser Vernon Loring – BA Harvard, MA Oxon, PhD Princeton, Verfasser von sechs Publikationen über Moralphilosophie – für ihn geöffnet hatte. Loring, ein langer, gebeugter Kran von einem Mann, war letzten

Herbst in der Walden aufgetaucht, um eine die ganze Schule einbeziehende, als horizonterweiternd gedachte Diskussion zu leiten, deren Thema war: »Wie können wir Spiritualität definieren und erleben?«

Als Erstes sprach die Schulseelsorgerin, die Spiritualität als das Göttliche in jeder lebenden Kreatur definierte, jeglichem Menschen (und jeglichem Tier!) in gleichem Maße gegeben. »In meinem Yogakurs«, sagte sie, »mag ich am allerliebsten das *Namaste*, das am Ende kommt.« Sie lachte selbstironisch. »Wie die Yoga Praktizierenden unter uns wissen, lieben wir *Namaste* vor allem, *weil* es am Ende kommt!« (Viel Nicken und Schmunzeln in den Reihen der wohlhabenden Brooklyner.) »Aber was bedeutet *Namaste* tatsächlich? Es bedeutet: Ich verneige mich vor dem göttlichen Licht in dir, und du verneigst dich vor dem göttlichen Licht in mir. Nun weiß ich natürlich, dass Yoga keine Religion ist, obwohl manche Anhänger es schon fanatisch betreiben. Aber dieser kleine Merksatz birgt eine tiefe Weisheit: Wir alle bringen unsere kleinen Lichter zusammen, um das zu bilden, was die Jünger Jesu ›das Licht der Welt‹ nennen würden. Das ist das Spirituelle, und es ist in uns und um uns alle, zu jeder Zeit. Wir können unseren Weg zu ihm durch einen Text auf einer Buchseite finden. Wir können es durch Liebe finden, durch unsere Familie und Freunde oder im Dienst an anderen. Mögen wir es ›Gott‹ nennen oder nicht, es macht absolut keinen Unterschied: Es ist unsere ganz eigene Göttlichkeit, die jeden von uns so einzigartig macht.«

Nach dem zu erwartenden Applaus betrat Dr. Vernon Loring das Podium, jeder Zoll weißer Cis-Mann, der er war, im grauen Tweeddreiteiler und mit grimmiger Miene. Noch ehe er ein Wort von sich gegeben hatte, schlug ihm schon allgemeine Ablehnung entgegen. Innerhalb von Minuten gelang es ihm, die gesamte Walden-Community gegen sich aufzubringen.

Laut Vernon Loring, PhD, hätte die absurd unzulängliche Interpretation von »Spiritualität«, die sie eben vernommen hatten, jeden Walden-Schüler augenblicklich zu Mama und Papa heimbefördern sollen, um die Einbehaltung des Schulgelds zu verlangen, bis die Schule mit fähigerem Lehrpersonal aufwarten könne. *Das göttliche Licht in mir, das sich vor dem göttlichen Licht in dir verneigt?* Sollte er – sollte irgendwer hier – sich diesen Schwachsinn ernsthaft anhören? Eine alteingesessene Lehranstalt wie Walden mit so happigen Schulgebühren sollte doch wohl in der Lage sein, dieses unzumutbare Gewäsch als solches zu erkennen und in sein natürliches Umfeld zu verbannen, einen Freizeitclub zum Beispiel, zusammen mit Tai-Chi-Adepten oder Brettspielenthusiasten.

»Was zum Teufel ...?«, sagte jemand hinter Harrison. Ein paar Reihen weiter vorn stand eine Frau auf und strebte in Richtung Ausgang, ihre Miene eine Maske des Entsetzens.

»Auf den Narzissmus, der hier zum Ausdruck kommt, will ich gar nicht weiter eingehen«, fuhr Vernon Loring fort. »Wir alle sind Narzissten, ich eingeschlossen, wie Sie sicher überrascht sein werden zu hören, aber das ist ein unabdingbarer Bestandteil unseres Erfolgs als Spezies. Nein, wogegen ich mich verwahre, ist die Tatsache, dass ihr jungen Menschen, obwohl in der privilegierten Lage, auf das ganze Wissen der Menschheit zurückgreifen zu können, noch immer gelähmt seid vor Schuldbewusstsein wegen der moralischen Verfehlungen von Leuten, die Jahrhunderte vor eurer Geburt gestorben sind.« Eine beliebte Lehrerin, die Töpfern unterrichtete, kam den Mittelgang entlanggehuscht, um sich neben Aaron zu hocken und ihm aufgeregt ins Ohr zu flüstern. »Kann irgendjemand mir vielleicht erklären, wieso ihr euch damit zufriedengebt, in diesem antiintellektuellen Morast zu waten, anscheinend ohne euch darüber zu beklagen?«

Harrison hörte sich einen Urlaut hervorbringen, eine Art Wolfsknurren, das tief aus seiner Kehle kam. Im gleichen Moment stand vorne eine ganze Reihe von Oberstufenschülerinnen und -schülern gleichzeitig auf und drehte sich um, sodass der Rest der Schule ihre konsternierten Mienen wahrnehmen konnte. Der Vortragende, der diese wie auch jede andere Reaktion des Publikums ignorierte, wandte sich nun seinem eigentlichen Thema zu, fegte jegliches Konzept von »Spiritualität« mit einer ironischen Anspielung auf Madame Blavatsky (von der die meisten hier wohl noch nie gehört hatten) beiseite und gab dann in zwanzig Minuten die überzeugendste Kurzfassung des judeo-christlich-islamischen Monotheismus zum Besten, die Harrison je gehört hatte, inklusive des politischen Kontexts und Referenzen zu William James. »Bruder von Henry«, informierte er das Publikum zum besseren Verständnis.

Wie Harrison sehen konnte, war dies für seine Mitschüler allerdings auch keine Hilfe.

»Und nun werde ich mich Ihrer Kritik stellen«, verkündete Dr. Loring, am Ende seiner Ausführungen angelangt, mit unverhohlener Genugtuung.

Als Harrison einen Blick durch den Raum warf, sah er seine Schwester Sally auf der hintersten Bank mit gelangweilter Miene an der Wand lehnen. Zwei Lehrerinnen und eine Mutter kamen zornrot in Aarons Richtung gestürmt. Harrison selbst bebte vor kaum bezähmbarer Aufregung. Zum ersten Mal in Waldens sogenanntem Dialog zur geistigen Anregung fand er sich tatsächlich angeregt, von einem baumlangen Unbekannten, der mit seinem provokanten Auftritt den Hass der versammelten Menge auf sich gezogen hatte.

Loring ließ noch weitere dreißig Minuten die empörten Reaktionen der Jugendlichen und ihrer »Lehrbeauftragten« über sich ergehen, unerschütterlich wie ein Baum im Sturm, durch nichts aus der Ruhe zu bringen. Gelassen empfahl er Bücher, aus denen ein junger Mann etwas zum Thema der persönlichen Verantwortung erfahren könnte, oder eine junge Dame (junge Dame!) zur Frage der individuellen Freiheit. Gelehrsamkeit, Bücher, das Kompendium von Jahrhunderten – Jahrtausenden! – menschlichen Gedankenguts; vor Harrisons Augen zog dieser lange Kerl im Tweeddreiteiler einen Paravent beiseite, hinter dem sich ein überbordender Reichtum neuen (alten) Wissens offenbarte. Unglaublich, wie er sich über sein erbostes

Publikum lustig machte. Dabei war er nicht einmal herablassend. Wie Harrison es sah, schien er auf der Suche nach einem diskursfähigen Gegenüber, einem jungen Menschen, dem er etwas Wertvolles übermitteln konnte.

Was auch immer dieses Etwas war, Harrison Oppenheimer wollte mehr davon. Er war siebzehn Jahre alt, und er tappte schon lange genug allein im Dunkeln.

Loring war nicht schwer zu finden. Er hatte eine E-Mail-Adresse an der Philosophischen Fakultät der Columbia University, aber Harrison entschied sich dafür, ihn ganz traditionell auf Papier anzuschreiben: Er sei ein Walden-Schüler, der sehr beeindruckt von Dr. Lorings Vortrag gewesen sei und höflich anfragen wolle, ob man sich vielleicht auf einen Kaffee und weiteren Gedankenaustausch treffen könne? Die Antwort, ebenfalls per Brief, erfolgte prompt: Symposium an der West 113th Street, nächsten Donnerstag um fünf. Als der ersehnte Tag endlich gekommen war, meldete Harrison sich mit einer Notlüge bei seinem Schwimmtrainer ab, nahm die Subway nach Manhattan und kam in Morningside Heights mitten in einem Gewitterguss heraus.

Das Symposium war ein Kellerlokal, und Harrison stieg die Stufen als Nervenbündel hinab. Loring, der einzige Gast, saß am hinteren Ende des Raums in einer Nische mit grünen Kunstlederbänken, einen Kaffeebecher in der knochigen Hand, als wollte er sich daran wärmen. Die andere Hand strich, mit einem Rotstift bewaffnet, etliches auf einem Stapel hellblauer Prüfungsbögen an. Da würde jemand wohl ziemlich enttäuscht sein von seinem Testergebnis, dachte Harrison.

»Dr. Loring?«

»Tja«, sagte der Mann, während er Harrison von oben bis unten musterte, »ich habe mich schon gefragt, ob ich Sie erkennen würde. Ich glaube nicht, dass ich Sie in dem antiintellktuellen Klüngel, der sich als Ihre Lehranstalt ausgibt, bemerkt habe.«

Harrison grinste von einem Ohr zum anderen. Er konnte nicht anders.

»Ich hätte mich zu Wort melden sollen, aber ich war einfach viel zu verblüfft. Bitte entschuldigen Sie.«

»Entschuldigung angenommen. Setzen Sie sich. Kaffee?«

»Gern.« Harrison schlüpfte in die Bank gegenüber. Das grüne Kunstleder klebte unangenehm. »Ich fürchte, ich hab mein Schwimmtraining geschwänzt.« Er wusste nicht, warum er damit herausplatzte, und bereute es sofort.

»Was fürchtest du? Strafe?«

»Nein, nein.« Er schüttelte den Kopf. »Es ist nur ... ich fühle mich ein bisschen schuldig.«

»Reine Zeitverschwendung.« Loring legte den Stapel Prüfungsbögen neben sich auf der Bank ab. Auf dem obersten Blatt prangte jetzt ein knallrotes D, für gerade noch mal durchgerutscht.

Ein Kellner kam mit dem Kaffee und füllte Lorings Becher auf. Harrison hätte gerne Milch gehabt, traute sich aber nicht, darum zu bitten. Loring trank seinen Kaffee schwarz.

»Erzähl mir von dir.«

»Ich bin ein Drilling«, hörte Harrison sich sagen. Zu seiner eigenen Überraschung. Sonst dachte er doch auch nie daran oder versuchte zumindest, nicht daran zu denken.

»Interessant.« Loring nickte.

»In vitro. Ich meine, nicht auf natürlichem Wege.«

»Noch interessanter. Und deine Geschwister, teilen die deine geistigen Interessen?«

Harrison lächelte. »Die haben keine geistigen Interessen.«

»Dann bist du praktisch ein Einzelkind.«

Genau, hätte er am liebsten gerufen. *Ganz genau!* Nach nur fünf Minuten verstand sein Gegenüber ihn schon wie sonst niemand von seiner Familie.

»So komme ich mir manchmal auch vor. Ich meine, es sind keine schlechten Menschen ... moralisch gesehen.«

Zum ersten Mal schien Loring beinah zu lächeln.

»Erzähl mir mehr über die Moral deiner Familie.«

Und Harrison erzählte: von der mürrischen Schwester und dem tölpelhaften Bruder, der Mutter, die darauf bestand, sie drei als unauflöslich verbunden zu sehen, dem Vater, der sich entzog.

»Du hast vor, aufs College zu gehen, nehme ich an«, sagte Loring.

»Ja, sicher. Ich sitze gerade an meinen Bewerbungen. Ich meine, jeder an meiner Schule geht aufs College. Wesleyan steht hoch im Kurs und Brown. Und Yale.«

Loring zog eine Grimasse.

»Ich selbst dachte eher an Harvard.«

Harrison dachte nicht bloß an Harvard. Er war besessen von Harvard. Seit Jahren betrachtete er das College als sein persönliches Sprungbrett. Die Vorstellung, dort nicht mit offenen Armen empfangen zu werden, war unerträglich – nicht, dass er das jemals irgendjemandem gebeichtet hätte. Tief in seinem Innersten verbarg sich die Angst, seinen eigenen intellektuellen Ansprüchen nicht gerecht werden zu können. Dumm war er nicht, verglichen mit seinen Geschwistern sogar brillant, und was seine Mitschüler betraf, von denen manche ärgerlicherweise auch sehr gut waren, zählte er sicher zu den Besten. Aber wie würde es jenseits der Walden-Enklave sein, in der es keine Noten gab, um niemandes Selbstvertrauen zu schwächen? Und jenseits der Oppenheimer-Enklave, in der Johanna sie alle in gleichem Maß mit Lob überschüttete? Jenseits einer reinen Affirmationskultur, die Preise fürs bloße Teilnehmen verlieh und in der die Zurschaustellung von Gefühlen als Argumentation durchging? Insgeheim hatte er immer befürchtet, im wirklichen Leben als unzulänglich entlarvt zu werden.

Vergangenes Frühjahr war er vor Angst schweißgebadet zur Aufnahmeprüfung fürs College angetreten (seine erste offizielle Prüfung überhaupt!) und hinterher absolut nicht sicher gewesen, ob er mit Bestnote abgeschnitten hatte, vor allem, weil ein paar Angeber aus seiner Klasse sich mit *ihren* Bestnoten brüsteten. Harvard und ebenso die anderen Colleges, die für ihn infrage kamen, würden natürlich überschwemmt werden von Bewerbern mit identischen Prüfungsergebnissen. Viele hatten offenbar rausgekriegt, was man dafür lernen musste, und beherrschten die simplen Tricks, die beim Lösen der Aufgaben zum Erfolg führten.

»Harvard«, sagte Loring, »ist zum Glück noch immer ein Ort, an dem Ideen diskutiert werden können. Trotzdem würde ich dir vorerst mal davon abraten.«

»Oh?« Harrison war betroffen. Er hatte erwartet, dass Loring ihn zum Besuch seiner eigenen Alma Mater ermutigen würde, und nun das? Hatte er seine Erwartungen jetzt schon enttäuscht? Fieberhaft ließ er ihr bisheriges Gespräch Revue passieren, legte jedes seiner Worte noch einmal auf die Goldwaage, fragte sich, wo er von der Spur abgekommen sein und Schwächen offenbart haben könnte.

»Und erst recht nicht Columbia. Die holen mich alle zwei Jahre, weil es dort unter den Dozenten immer weniger Kräfte gibt, die in der Lage sind, den Studienanfängern das Kerncurriculum beizubringen, und ich sage da für gewöhnlich nicht Nein. An der dortigen Bibliothek ist nichts auszusetzen, doch die Studenten werden von Jahr zu Jahr unfähiger. Aber das ist nicht die Schuld dieser Hochschule. Es ist mehr ein generationsspezifisches Defizit, fürchte ich.«

Harrison nickte, als gehörte er selbst nicht zu dieser Generation. »Da bin ich vollkommen Ihrer Meinung.«

»Allerdings gibt es unter deinen Altersgenossen einen, der positiv heraussticht. Ein junger Mann aus den Südstaaten, der es fertiggebracht hat, sich ohne Hilfe von außen eine umfassende Bildung anzueignen. Ich habe neulich sein Buch gelesen, das hat mich Hoffnung schöpfen lassen. Weißt du vielleicht, wen ich meine? Er heißt Eli Absalom Stone.«

Harrison wusste, wen er meinte; schon bei »Altersgenossen« und »Südstaaten« war der Groschen gefallen, dazu noch das Autodidaktische und vor allem das Buch. Alles zusammen konnte nur auf einen zutreffen, und Harrison war seit Monaten von ihm fasziniert.

Eli Absalom Stone war ein Name, den man nicht so schnell vergaß, wenn man ihn irgendwo gedruckt sah; Harrison war im *Atlantic Monthly* auf einen Artikel über ihn gestoßen. Stone, eine Art Wunderkind, hatte kaum die Schule besucht, sondern allein zu Hause gelernt, und sein Zuhause war eine Berghütte irgendwo in Virginia. (Harrison, dessen Versuche, sich selbst etwas beizubringen, zumeist im Sande verlaufen waren, hatte gerade deshalb den größten Respekt vor Stones Erfolg.) Bevor er achtzehn war, hatte dieser erstaunliche junge Mann schon ein Buch mit dem Titel *Gegen die Jugend* verfasst, in dem er seiner eigenen (ihrer beider) Generation Selbstzufriedenheit, Antiintellektualismus und sprachliche Schludrigkeit attestierte. Harrison hatte das Buch nicht ohne Neid verschlungen und es ebenso überzeugend in der Argumentation wie auch brillant formuliert gefunden. Als einzigem von seinen Altersgenossen würde er diesem Autor Respekt zollen müssen, sollte er ihm je begegnen. In dem Buch hatte es kein Foto von ihm gegeben; Stone, dessen ethnische Zugehörigkeit im *Atlantic Monthly* breit ausgewalzt worden war, hatte anscheinend kein besonderes Interesse daran, sich als Afroamerikaner identifiziert zu sehen. Offenbar war er der radikalen Überzeugung, dass allein seine Worte ihn repräsentieren sollten.

»Ich habe sein Buch gelesen«, sagte Harrison. »Es war beachtlich.«

»Ein origineller junger Geist, gänzlich unverdorben von landläufigen Denkschemata. Jemand, der in der Welt wirklich Gutes bewirken könnte.«

Harrison nickte, auch wenn er bisher noch keinen Gedanken daran verschwendet hatte, was Eli Absalom Stone Gutes in der Welt bewirken könnte – oder womöglich gar er selbst.

»Also«, versuchte er, das Gespräch wieder auf seine Person zurückzulenken, »meinen Sie, ich sollte lieber nicht in Harvard studieren?«

»O doch, am Ende schon. Es könnte dir wirklich Schlimmeres passieren, als in Harvard zu landen.«

Harrison schwirrte der Kopf. Er fühlte sich unterlegen. Wenn das ein Test war, dann hatte er ihn wohl nicht bestanden. »Ich verstehe nicht ganz«, gab er zu. Loring sah sich nach dem Kellner um.

»Mein lieber junger Freund und Drilling«, sagte er und hielt seinen Kaffeebecher hoch. »Ich hoffe, du wirst noch nicht zu Hause erwartet.«

Harrison runzelte die Stirn. »Nein, noch nicht so bald.«

»Gut. Weil ich dir nämlich gern ein bisschen was über Roarke erzählen würde.«

Was er auch tat, dort in der grünen Kunstledernische.

Selbst nach amerikanischen Maßstäben war das Roarke College nicht alt. Es war erst in den Siebzigerjahren gegründet worden, als der Tsunami aus Liberalismus und erzwungener Diversität selbst über die resistentesten Universitäten hinwegrollte. Eine nach der anderen mussten sie sich der Koedukation und dem Quotensystem beugen, Schwester-Colleges absorbieren und Fachbereiche einrichten, denen nur das Anhängsel »Studien« einen akademischen Anstrich verlieh: Frauen-Studien, Afro-Am-Studien, Gender-Studien, Multimedia-Studien. Und was war stattdessen an Fächern eingespart worden? All die, die das Anhängsel »Studien« nie benötigt hatten, zum Beispiel Latein. Und Geschichte. Der viel geschmähte westliche Kanon, der lediglich zwei Jahrtausende an Wissen, Kunst und Kultur produziert hatte!

Roarke startete in einem aufgelösten Shaker-Dorf im Staat New York, einer vielversprechenden Kulisse in ihrer asketischen Schönheit, doch Mitte der Siebziger gab es Druck vonseiten der Erhaltungsbewegung historischer Stätten, dem Ort sein ursprüngliches Gesicht wiederzugeben. Ein Dartmouth-Absolvent, der die Weiblichkeitsinvasion an all den altehrwürdigen Colleges mit Besorgnis sah, bot dem Gründer von Roarke ein Stück Land nördlich der Presidential

Mountains an, nahe der Grenze zu Maine. Dort errichteten die ersten Studenten alle Gebäude eigenhändig, nach Art der frühesten amerikanischen Lehranstalten: ein Haus, in dem sie wohnten, aßen und studierten, Stall und Scheune für die Tiere, Bibliothek und Schlafsaal. Studenten und Professoren bauten ihre eigenen Lebensmittel an und zogen ihre eigenen Nutztiere auf, aber nicht aus den zeitgeisttypischen Beweggründen, ganz im Gegenteil! Selbstversorgung und Selbstverwaltung waren traditionelle, auf klösterlicher Gelehrsamkeit basierende Prinzipien, und es sollten die grundlegenden Richtlinien im Roarke College werden: ebenso prägend für die besondere Art von Männern, die Roarke heranzubilden trachtete, wie das intensive Studium und die bewusste Fernhaltung von allen Ablenkungen des zwanzigsten Jahrhunderts. Mittlerweile bestand das College seit dreißig Jahren, und von den Roarke-Männern wurde erwartet, dass sie ihren Lehrplan selbst gestalteten, das Lehrpersonal selbst anheuerten, die Kuhställe selbst ausmisteten und die frisch eingetroffenen Erstsemester auf dem Parkplatz eines Imbisslokals in Corcord, New Hampshire, selbst abholten.

Es war fast vier Uhr nachmittags, als die Oppenheimers am Treffpunkt in New Hampshire ankamen. Der Parkplatz gehörte zum Red Arrow Diner, und der Bus war ein ganz normaler gelber Schulbus, nicht mal ein Greyhound mit Video und WC. Ein Rotschopf mit Clipboard hatte hier offenbar das Sagen, nur dass er dafür eigentlich viel zu jung wirkte. Die anderen Jungen – *Männer* – standen plaudernd herum oder hievten ihre Koffer und Taschen in den Bus, um sie auf den hinteren Sitzen zu stapeln. Einer hatte einen militärischen Haarschnitt und eine Statur wie ein Schrank, ein anderer erinnerte Harrison an seinen Bruder: pummelig und duckmäuserisch. Während er sich auf dem Parkplatz umsah, gestattete er einigen seiner Bedenken, durch das Bollwerk seiner Verdrängungsmechanismen zu schlüpfen. Er hatte natürlich keine Prozession unter gekreuzten Schwertern erwartet, aber doch etwas mehr Feierlichkeit, etwas mehr Ritual. Ging es hier denn zu wie im Sommercamp? Oder wie bei der Armee? Oder wie bei irgend so einer hinterwäldlerischen Sekte?

Aber dann dachte Harrison an Professor Loring, der einst die gleiche Reise angetreten hatte, wahrscheinlich sogar im selben Bus. Er stellte sich dem Clipboard-Typen vor und bildete eine Kette mit den anderen, um den Inhalt des Oppenheimerschen Volvos in den Bus zu verfrachten. Ein wenig genierte er sich schon bei dem Gedanken, was all das Zeug für einen Eindruck erwecken mochte – er hatte Johanna in den letzten Wochen freie Hand bei der Anschaffung von Dingen »fürs College« gelassen –, doch seiner Mutter jetzt im letzten Moment noch eine Szene zu machen, wäre unklug und unwürdig gewesen. Stoisch ließ er sich von seinen Eltern umarmen, und kurz darauf entschwand ihr Volvo gen Süden nach Brooklyn, in ihr absurdes neues Leben als Eltern eines plärrenden Babys.

Endlich allein.

Harrison machte sich mit seinen Mitstudenten bekannt: Paul, Bryce, zwei Justins, Emmanuel, Gordon. Der Schrank hieß Tony; er war der Einzige von ihnen, der tatsächlich aus New Hampshire stammte. Der, der Harrison an Lewyn erinnerte – auch wenn er, seiner Redeweise nach, ganz klar ein paar Watt mehr in der Birne hatte –, hieß Carlos Flores; er war den weiten Weg aus Louisiana angereist und schien exzessiv an allem interessiert, was er sah, selbst an dem total banalen Red Arrow Diner.

Der Letzte, ein schmaler junger Mann von rehbrauner Hautfarbe mit deutlichem Südstaatenakzent, stellte sich Harrison und den anderen als Eli Absalom Stone vor. *Heilige Scheiße*, dachte Harrison, als er Eli Absalom Stones kühle Hand schüttelte. Er war es! Der Junge aus der Berghütte, der ein Buch verfasst hatte, das sogar Harrison beeindruckte. Der Junge, der kein Autorenfoto wollte, das ihn als irgendetwas anderes als den gezeigt hätte, der seine Ideen zu Papier brachte, mochte die Welt nun etwas damit anfangen können oder nicht. Hier auf dem Parkplatz in New Hampshire, beim Einsteigen in den Schulbus mit den anderen Frischlingen und dem Clipboard-Typen, ein Student im zweiten Jahr, der John-Peter hieß, plus dem Busfahrer, der ihnen als Mr. Boudreaux vorgestellt wurde. Kurz nach fünf verstauten sie die letzten Gepäckstücke und brachen gen Norden auf.

John-Peter lief, in den Knien wippend, im Mittelgang auf und ab, plauderte locker mit allen, berichtete von seinem eigenen Werdegang (Schule in Wisconsin, danach ein Jahr als Kongress-Page in Washington, wo ein Mitglied der Delegation aus seinem Bundesstaat ihn beiseitegenommen und ihm von Roarke erzählt hatte). Er plante, im nächsten Jahr nach Yale zu wechseln, um Jura zu studieren. Auf der anderen Seite des Ganges diskutierten einer der beiden Justins und Emmanuel über die Nouvelle Vague, als ob sie im Deux Magots säßen, statt über die Landstraßen von New Hampshire zu rumpeln. Eli Absalom Stone saß allein in seinem Doppelsitz ein paar Reihen weiter vorn. Harrison blickte in die dämmerigen Wälder hinaus, und die Redewendung, die ihm trotz der binnenländischen Lage für die ganze angstvolle Spannung des heutigen Tages am treffendsten erschien, war: *Auf zu neuen Ufern.* Zu neuen Ufern mit diesen anderen Passagieren, die sich wie er entschieden hatten, echten Ideen den Vorzug zu geben vor den hohlen Ritualen des heutigen Collegelebens. Mochten sie sich auch noch fremd sein, ihnen allen gemeinsam war diese eine, seltene Priorität, und das genügte. Hoffte er jedenfalls.

Kapitel 12

Balch 213

In dem Sally Oppenheimer von Neuem beunruhigt ist

Balch Hall beherbergte mehr als zweihundert Studentinnen, die zumeist in Juicy-Couture-Jogginghosen und Ugg Boots herumliefen. Ihre kleinen Wohnheimzimmer waren vollgehängt mit Postern und gerahmten Sinnsprüchen (*Schwestern sind Freundinnen fürs Leben!*), die Betten überhäuft mit berüschten Kissen und Plüschtieren und aufgestockt, um darunter mehr Stauraum zu schaffen für all die Diätlimokisten. So sah anfangs zumindest die eine Hälfte ihres Zimmers aus, aber Sally hatte sich bald der meisten für das Studentendasein scheinbar unerlässlichen Dinge entledigt, die ihre Mutter noch für sie angeschafft hatte. Über die nächsten Wochen wanderten Becher, Bilderrahmen, Lampen und sogar Kleidungsstücke mit dem Vermerk ZU VERSCHENKEN in den Gemeinschaftsraum. Die Balch-Hall-Bewohnerinnen lernten bald, Ausschau zu halten nach diesen abgelegten Sachen, die sich nach und nach im ganzen Gebäude verteilten.

»Bist du dir sicher?«, fragte eins der Mädchen aus dem Nebenzimmer, die Arme beladen mit Abercrombie-Sweatshirts und einem fast neuen Paar Uggs.

»Absolut«, bestätigte Sally. »Ich will einfach weniger darüber nachdenken müssen, was ich anziehen soll.«

Für ihre künftige Garderobe, so hatte sie beschlossen, würde der minimalistische Stapel Bluejeans und langärmlige schwarze Shirts auf ihrer Seite des gemeinsamen Kleiderschranks genügen. Das war vielleicht ein bisschen seltsam, aber anderswo in Balch Hall waren noch viel merkwürdigere Veränderungen zu verzeichnen. Allein auf ihrem Flur hatte sich eine Studentin aus Texas beide Handrücken mit Spinnentattoos verunstaltet und sich ein Nasenpiercing stechen lassen. Zwei labile Mädchen, durch einen unglücklichen Zufall zu Zimmergenossinnen bestimmt, ritzten sich bereits um die Wette. Eine Flötistin aus Denver hatte ihr Instrument absichtlich im Starbucks liegen lassen, um sich danach ohne erkennbaren Grund den Kopf kahl zu scheren. Und da war es ausgerechnet Sally, die ins Augenmerk der Fluraufsicht geriet? Als jene ältere Studentin bei ihnen hereinschaute, fiel ihr auf, dass bei Sally Oppenheimer sowohl der Standardschreibtisch als auch jegliches Familienfoto oder Plüschtier fehlten! Andererseits schien Sally selbst vollkommen normal und in gutem Einvernehmen mit ihrer Mitbewohnerin zu sein; es hing kein verdächtig würziges Aroma in der Luft, noch war irgendwo Alkohol in Sicht; auch von gruseligen Tattoos, radikalen Haarschnitten oder frischen Narben keine Spur, und beide Mädchen sprachen mit Begeisterung von ihren Seminaren. Was konnte die Fluraufsicht also tun? Sie wegen Ordentlichkeit melden? Sie ließ sie in Ruhe, nahm sogar den übergroßen Cornell-Becher mit, den Sally ihr anbot, weil man ja immer noch einen Becher mehr brauchen konnte.

Es ermutigte Sally, dass ihre Mitbewohnerin sich von ihrer geschrumpften Ausstattung inspiriert zu fühlen schien; im Lauf des Herbstes fing auch Rochelle an, einige ihrer Siebensachen im Gemeinschaftsraum abzulegen, unter anderem ihre scheußlich bunte Schmetterlingsbettwäsche, ihr herzförmiges Souvenirkissen voller verwaschener Filzstiftkrakel und auch die Hälfte der Poster, die sie anfangs aufgehängt hatte. Außerdem hielt sie ihren Schreibtisch und ihre Hälfte des Kleiderschranks in Ordnung und machte morgens ihr Bett. Tatsächlich war Rochelle Steiner so anpassungsfreudig, dass Sally einige Zeit brauchte, um zu merken, dass ihre Zimmergenossin kein schüchternes Mäuschen war. Was sie stattdessen war: eindeutig hochbegabt (vielleicht sogar nach den gehobenen Maßstäben eines Harrison Oppenheimer), hartnäckig und zielstrebig, was ihre Zukunftspläne betraf. Rochelle liebte Debatten um ihrer selbst willen und genoss es offensichtlich, erst für die eine Seite zu argumentieren und dann, genauso erfolgreich, für die andere. Das tat sie so spielerisch, so unbekümmert als geistige Fitnessübung, dass Sally oft raten musste, was denn nun ihre eigene Meinung war. Es wunderte sie nicht zu erfahren, dass Rochelles Highschool-Team beim landesweiten Debattierwettbewerb, der hier in der Cornell abgehalten worden war, den ersten Preis gewonnen hatte. (»Ich war sofort entschlossen, mich für diese Uni zu bewerben – ich meine, wow!«) Zwischen ihnen wurden viele Themen – von der optimalen Gehstrecke zur Uris-Bibliothek bis zu George Bushs Entscheidung, bei seinem Amtsantritt keinen Dichter mit der Eloge zu betrauen – auf diese enthusiastische, wenn auch nicht persönlich engagierte Weise durchdiskutiert.

Sally war den anfänglichen Kennenlernfragen ihrer Mitbewohnerin weitgehend ausgewichen; ihre Geschwister hatte sie zunächst gar nicht erwähnt, weshalb sie selbst überrascht war, als sie plötzlich damit herausrückte, dass ihr Bruder Harrison an einem komischen College in New Hampshire studierte, wo nur Männer zugelassen wurden.

»Dartmouth?«, hatte Rochelle gefragt.

»Nein, es geht nur über zwei Jahre.«

»Oh, ein Junior-College? Cool. Wie ist er denn so?«

»Ein ziemliches Scheusal. Wir mögen uns nicht.«

Und damit war das Thema erledigt, zumindest aus Sallys Sicht, obwohl Rochelle den abwesenden Bruder noch manchmal bei Gesprächen über ihre Schulzeit erwähnte. Was er denn an seinem exklusiven Junior-College studierte? War er auch auf diese komische Schule gegangen, wo es Kurse zur Beilegung ethischer Konflikte gab und man sich im Kollektiv des institutionellen Rassismus bezichtigte? Hatten sie beide ihre Bar-Mizwa gefeiert? Teilte Harrison ihre Abneigung gegen Pizza? Es war nicht weiter schwierig, dieses Konstrukt einer alternativen Familie Oppenheimer aufrechtzuerhalten oder die noch krassere Unwahrheit, keinen Bruder im Wohnheim nebenan zu haben, nachdem sie in jener ersten Woche seine alberne Nachricht an der Tür schnell entfernt hatte. Auch ließ die Computertechnologie sich gut für ihre Zwecke einsetzen: In jenem Herbst hatte Johanna sich einen AOL-Account zugelegt und eine Vorliebe für das Versenden höchst unwillkommener Botschaften entwickelt – lustige Listen und medizinische Warnungen aus zweifelhafter Quelle, Kettenbriefe, die man an zehn gute Freunde weitersenden sollte, garniert mit einem weisen Spruch oder einem Lieblingsgedicht. All das ließ sich leicht mit einem *Danke!* oder *Lieb von dir, Mom* parieren und machte es noch leichter, jeden Kontakt zu Lewyn zu vermeiden. Dann fand Johanna heraus, wie sie ihren Kindern Fotos mailen konnte. Und machte von dieser Fähigkeit reichlich Gebrauch.

»Wer ist das?«, fragte Rochelle eines Spätnachmittags im Oktober. Sie war unverhofft zurückgekommen, als Sally gerade im Bad war, und zeigte auf ein schmollendes Kleinkind, das als Halloween-Kürbis verkleidet war.

»Wer ist was?«, sagte Sally, die es nur zu gut wusste. »Ach, das Baby von meiner Cousine. Chubster.« Sie klickte es schnell weg.

»Babys sind doch so süß.«

»Findest du?« Sie klappte den Laptop zu. »Willst du bald zum Essen rübergehen?«

»Ich weiß nicht«, entgegnete Rochelle erwartungsgemäß. »Du?«

Nur wenige Male hatte sie Lewyn auf dem Campus überhaupt zu Gesicht bekommen: einmal im Einführungskurs zur kognitiven Lerntheorie (worauf sie den Kurs prompt fallen gelassen hatte) und einmal in der Mensa, wo er mit einem langen, hageren Jungen zusammensaß. Da sie gerade allein war, wäre es ein günstiger Moment gewesen, mal kurz rüberzugehen und Hallo zu sagen, aber sie hatte keine Lust dazu, und außerdem wirkte Lewyn völlig okay und guter Dinge. Anscheinend hatte er sogar einen Freund gefunden.

Sally ebenfalls, was nicht weiter verwunderlich war. Sie hatte immer Freundinnen gehabt, und natürlich hatte sie erwartet, neue in der Uni zu finden. Unerwartet war, dass ihr Antrieb, neue Leute kennenzulernen, sich schon an der Tür von Balch 213 erschöpft zu haben schien. Angesichts der Tatsache, dass sie sich noch nie ein Zimmer mit jemandem hatte teilen müssen, stellte das Zusammenwohnen mit einer fremden Person eine ziemliche Herausforderung dar, aber Rochelle Steiner überstieg alle Erwartungen, und zwar so sehr, dass sich im Laufe des Semesters ein leises Unbehagen bei Sally einschlich.

Sie waren beide für das Grundstudium in *Arts & Sciences* eingeschrieben, aber Rochelle würde danach Jura studieren, um Anwältin zu werden, während Sally noch keinerlei Berufsziel ins Auge gefasst hatte und daher hinsichtlich ihrer Fächerwahl und ihres Notendurchschnitts auch keinen nennenswerten Ehrgeiz entwickelte. Als die ersten Klausuren herannahten, schien Rochelle, die ohnehin nie besonders entspannt war, noch intensiver zu lernen: Sie vergrub sich bis spätabends in der Bibliothek, sodass Sally nie recht wusste, ob sie noch aufbleiben oder riskieren sollte, bei ihrer Rückkehr geweckt zu werden. Abgesehen vom Lernen hatte Rochelle noch eine beeindruckende Vielzahl an Verpflichtungen, die in ihrem Filofax in unterschiedlichen Farben gekennzeichnet waren. Gleich zu Beginn war sie dem Center for Jewish Life beigetreten und hatte dort irgendeine Verwaltungsaufgabe übernommen, die eine Menge Meetings erforderte. Außerdem wurde sie Mitglied in einer Gruppe, die sich für soziale Gerechtigkeit einsetzte, und obwohl sie sich in keiner der Verbindungen jüdischer Studentinnen engagierte, freundete sie sich mit vielen Verbindungsschwestern an, die oft zu Besuch kamen und enttäuscht waren, wenn sie Sally allein antrafen. Sally dagegen hatte noch immer keine Gruppe, Aktivität oder Interessengemeinschaft gefunden, die sie abends oder am Wochenende aus ihrem Zimmer hätte locken können. Meistens war sie dort allein, beschäftigte sich mit ihrer Pflichtlektüre und versuchte, nicht zu viel daran zu denken, wann Rochelle wiederkäme, oder warum ihr das so wichtig zu sein schien oder warum ihr lebenslanger Wunschtraum vom Alleinsein, der sich nun erfüllt hatte, im wirklichen Leben so viel weniger erfreulich war als erhofft.

Zu Thanksgiving fuhren sie und Lewyn nach Hause und dann wieder in den Winterferien, legten den Weg aber getrennt in Collegebussen zurück, um kurz nacheinander im Haus an der Esplanade anzukommen. Kaum zurück in Brooklyn, fielen Bruder und Schwester verlegen (jedoch ohne es anzusprechen, was sie noch verlegener gemacht hätte) in die Kommunikationsweise ihrer Schulzeit zurück und parierten elterliche Fragen auf die übliche unbestimmte Art, aus der sich schließen ließ, dass sie am College gelegentlich Zeit miteinander verbrachten. Johannas mütterliche Besorgnis äußerte sich in schraubstockartigen Umarmungen, die viel zu lange dauerten. Nach wie vor keine große Köchin, hatte sie so viel Essen anliefern lassen, dass beide Tiefkühltruhen bis oben hin gefüllt waren, und ihr unablässiges Gewese darum, was wann von welchen Tellern verzehrt werden würde, sagte alles, was jene schmerzlichen Umarmungen nicht vermochten.

Das Baby schien deutlich gewachsen zu sein seit dem vorigen Sommer, und zum Glück war es auch schon deutlich ruhiger.

Das Baby bedeutete Sally nichts.

Der Eindruck, den sie von Weitem auf dem Campus gewonnen hatte, bestätigte sich: Lewyn hatte abgenommen. Aber das war nichts gegen Harrisons Veränderung, die seine ohnehin schon abstoßende Persönlichkeit mit einer weiteren Schicht Selbstgefälligkeit ausgepolstert hatte, als hätten die neuen Erfahrungen seine gigantomanische Überlegenheit nur noch bestätigt; zudem war er von körperlicher Arbeit gekräftigt. Das schien besonders Johanna zu beeindrucken. Sie konnte gar nicht aufhören, ihr begabtestes Kind mit endlosen Fragen über Hühner und Kühe zu bedrängen. Für Sally sah es aus, als sei

Harrison einer Art von Sektengehirnwäsche unterzogen worden, die Lektüre bei Kerzenlicht vorschrieb, während man über Jungtiere im Stall wachte, oder Dispute über Aristoteles, während man Karotten ausbuddelte, oder ähnliche Albernheiten. Er hatte keinen Zimmergenossen, da »die Männer« – *Himmel!* – alle zusammen in einer Baracke hausten. Fragen zu seinen Fächern wich er konsequent aus, ließ sich nur dazu herab zu erklären, es sei ein ungeheures Vergnügen, sich endlich in einer Gemeinschaft von echten Intellektuellen zu befinden. Einer dieser »Roarke-Männer« habe sogar schon ein Buch von wissenschaftlicher Geltung veröffentlicht.

»Das ist ja unglaublich«, sagte unsere Mutter.

Lewyn, vielleicht in Reaktion darauf, versuchte Salo mit seinem Kunstgeschichtskurs zu beeindrucken, der leider schon in aller Früh stattfände.

»Das machen die doch extra, um euch aus den Federn zu kriegen«, sagte unser Vater.

So schleppten die Ferien sich dahin, begleitet von Johannas unablässigen Bemühungen, die Familientraditionen aufrechtzuerhalten. Zu Chanukka wurde der kleine, verbogene Silberleuchter hervorgeholt, der – zumindest der Legende nach – aus Deutschland mitgebracht worden war, und Geschenke mussten ausgesucht, gekauft, eingewickelt und überreicht werden. Über jedes einzelne musste Sally sich erfreut zeigen und so tun, als könnte sie es brauchen, um den ganzen Plunder dann zurück zum College zu verfrachten und im Gemeinschaftsraum abzuladen. Am Weihnachtstag wurde wie üblich der Gang über die Brooklyn Bridge nach Chinatown angetreten, und entsetzlicherweise mussten sie auch alle wie jedes Jahr in den *Nussknacker*, wo sie von Horden herausgeputzter Kinder umringt wurden. Abends landeten Sally und Lewyn ab und zu unten im alten Spielzimmer, wo sie sich Videos auf dem immer noch funktionstüchtigen Steinzeitrekorder ansahen, jeder an seinem Ende der Couch: Hitchcock, Disney, japanische Animes, die Lewyn mochte, denen Sally aber oft nicht folgen konnte. Eigentlich waren das ganz gemütliche Abende, obwohl sie auch allein miteinander nie von Cornell, ihren Kursen oder ihren Mitbewohnern sprachen.

Zu Hause stellte Sally ihren Wecker jeden Morgen auf fünf Uhr, stand dann auf und trat ans Fenster, das auf die Montague Terrace hinausging. Dort wartete sie, bis die dunkle Gestalt ihres Vaters durch das Gartentor hereinschlüpfte. Das tat sie seit Jahren, und kein einziges Mal hatte er aufgeblickt, um sie zu sehen, oder bemerkt, dass er gesehen worden war.

Kapitel 13

Weißes versus rotes Fleisch

In dem Harrison Oppenheimer der Appetit auf Hühnchen für immer verdorben wird

Als Harrison nach New Hampshire zurückkam, hörte er, dass drei der Kühe an Mastitis erkrankt waren. Er wusste nicht recht, ob es ihm etwas ausmachen sollte. Die Kühe waren noch nicht Teil seines Stundenplans gewesen, also hatte er nicht viel Ahnung davon, wie man sie behandelte, und er hatte auch noch nicht ansatzweise so etwas wie eine Mensch-Rind-Beziehung entwickelt. Doch er ging gleich mit den anderen in den Stall, um seinen Rückstand aufzuholen.

Die drei Kühe, ein Viertel der Schulherde, wurden von den übrigen getrennt gehalten. Die Milch im Melkeimer wirkte klumpig.

»Was ist das?« Carlos zeigte auf das geschwollene Euter der nächststehenden Kuh.

Tony, der auf einem Milchbauernhof aufgewachsen war, sagte in seiner knappen Art: »Eiter.«

Carlos sah aus, wie Harrison sich fühlte.

Die Kuh schien sich sehr unwohl zu fühlen, vielleicht war das aber bloß wieder Anthropomorphismus. (Seit er am Roarke College war, hatte Harrison schon oft Gelegenheit gehabt, den Begriff »Anthropomorphismus« zu verwenden.) »Tut's ihr weh?«, fragte er Tony.

Tony nickte.

Die Milch würde man wegschütten müssen, bis die Infektion geheilt war. Die drei Kühe bekamen bereits Antibiotika, die Tony und einer von den Justins (der aus Lake Forest) ihnen verabreichten. Harrison sah zu, wie Justin einen Plastikschlauch über eine der Zitzen schob, die Flüssigkeit hinaufquetschte, den Schlauch abzog, die Zitze zukniff und die Medizin zur Milchdrüse hin massierte.

Nicht zum ersten Mal fragte er sich, wie er es überhaupt fertiggebracht hatte, hier zu landen. Achtzehn Jahre lang gehätschelt, gegängelt und überversorgt, dank des Reichtums seiner Familie in selbstverständlichem Luxus aufgewachsen, hatte es ihn jetzt unversehens in diese spartanische Männergemeinschaft verschlagen. Hier hieß es früh aufstehen und knechtische, oft körperlich schwere Arbeit verrichten, essen, was man selbst angebaut und zubereitet hatte, als einzige Unterhaltung ihr kombiniertes geistiges Potenzial. Jeder seiner Mitstudenten, befand Harrison, war von einem intellektuellen Kaliber, das man in der Walden nie angetroffen hatte (weder unter den Schülern noch unter den Lehrern).

Seine eigenen heimlichen Ängste sah Harrison erst einmal bestätigt, als er bei der Ankunft im vorigen Herbst auf gewisse *Mängel* in seinem akademischen Rüstzeug hingewiesen wurde und zur Abhilfe – *Abhilfe!* – Zusatzlektüre aufgebrummt bekam. Er, Harrison Oppenheimer, *der Schlaue*, musste nachsitzen, weil er nie die King James Bible und die *Bekenntnisse des Augustinus* gelesen hatte, zwei Texte, die mit Sicherheit nicht auf dem Walden-Lehrplan standen. (Zum Glück war er wenigstens nicht allein mit der Schande; in jenem Herbst traf er sich zweimal die Woche mit einigen seiner »Abhilfe«-Genossen – Tony, Chaim und einem der Justins –, um die fraglichen Texte mit Professor Alcock zu besprechen.) Außerdem nahm er Euklids *Elemente* und Aristoteles' *Nikomachische Ethik* mit den anderen durch, und seine früheren Probleme mit der Philosophie lösten sich fast augenblicklich in Wohlgefallen auf. (Das also konnte guter Unterricht bewirken!) Es war gar nicht mal besonders schwierig, und mit seinem Denkvermögen war alles in Ordnung. Zur Kompensation eines weiteren Walden-Defizits lernte Harrison nun Latein und sogar etwas Griechisch bei Mr. Perrulli, einem früheren Priester, der schon seit Lorings Zeiten alte Sprachen am Roarke lehrte, und mit Tony (der sich trotz seiner bäuerlichen Herkunft recht gut in dieser Thematik auskannte) las er Wissenschaftstheorie. Zusätzlich nahm er teil an einem Politikseminar und an Mr. Boudreaux' Kurs in Automechanik, der am Roarke eine Art Initiationsritus war und wo man ihm tatsächlich beibrachte, einen Motor zu reparieren.

Was aber die berühmten Roarke-Verpflichtungen betraf, die körperlichen Arbeiten, die für den Sonderstatus des Colleges ebenso bezeichnend waren wie sein intellektueller Anspruch, hielt Harrisons Begeisterung sich in Grenzen. Und wer konnte es ihm verdenken? Keiner war besonders froh darüber, bei Tagesanbruch aufzustehen und den Tag mit Plackerei zu beginnen. (Selbst Tony, der sein Leben lang Kühe betreut hatte, war morgens knurrig, wenn es zur Herde hinausging.) Einigen der Männer war es geglückt, passende Aufgaben zu finden: Gordon zum Beispiel, der aus einer Restaurantfamilie im Staat Washington stammte, hatte die Küche übernommen (zur großen Erleichterung aller, nachdem der letzte Roarke-Student, der halbwegs kulinarisches Talent besaß, im Vorjahr abgegangen war). Bis die anderen aus Stall und Feld zurückkamen, hatte er das Frühstück fertig, und obwohl Harrison das Essen gewöhnungsbedürftig fand, trieb der Hunger es rein. Hier am College war Harrison immer so ausgehungert, wie er es in Brooklyn nie gekannt hatte. Nach einiger Zeit freute er sich sogar auf die schlichten Standardgerichte, die turnusmäßig auf dem Speiseplan auftauchten – vegetarisches Chili, gebackene Forelle, Pasta mit Herbstgemüse. Alles außer Huhn. Er war sich ziemlich sicher, dass er nie wieder Huhn essen würde.

Gleich im ersten Monat war Harrison zum Frühdienst im Hühnerstall eingeteilt worden, wo es wolkig vor Federn und glitschig vor

Hühnerscheiße war, und ohne jede Anleitung war er seitdem allein für das Federvieh verantwortlich. Der Student im zweiten Jahr, dem die Aufgabe bisher oblag, hatte sie freudestrahlend an ihn abgetreten.

»Aber ... aber ...« Harrison würgte es in der Kehle, und das war nicht nur dem Gestank geschuldet. Gordon in der Küche: Das war sinnvoll. Tony im Kuhstall: ebenso. Aber ein Junge aus Brooklyn Heights – für *das hier* zuständig?

Der Student aus dem zweiten Jahr sah aus, als wüsste er genau, was Harrison sagen wollte. Vielleicht hatte er im Jahr zuvor die gleichen Einwände erhoben, und doch waren die Hühner gefüttert und getränkt und ihrer Eier entledigt worden und auch geschlachtet, ausgenommen und gerupft. Harrison ohne Vorwarnung mit diesem ... Federvieh zu betrauen, war ein ähnlicher Test wie das Zusammenbauen eines Motors oder sich halbwegs mit der Bibel vertraut zu machen oder sich mit siebenundzwanzig anderen eine Baracke zu teilen oder endlich, endlich Befreiung von seinen Geschwistern zu erlangen. Wenn er Hilfe brauchte, so teilte man ihm mit, könnte er sich ja in der Bibliothek bei T wie Tierhaltung umsehen, wo die Handbücher samt und sonders älter waren als Roarke selbst. Könnte er außerdem bitte acht bratfertige Hühner fürs Abendessen in der Küche abliefern?

Ja, geschlachtet.

Ja, gerupft.

Ja, ausgenommen.

Hühner waren Wesen von geringem Verstand. Das war weder gut noch schlecht, wenn man sie füttern oder scheuchen oder ihre Streitigkeiten schlichten (Hühner konnten unfassbar zänkisch sein) oder ihre Morgeneier unter ihnen hervorholen musste, es war allerdings sehr gut, wenn man dazu verdonnert war, ihr Leben zu beenden. Nach etlichen Fehlschlägen schlug Harrison tatsächlich bei *Moderne Geflügelhaltung* nach, um die effizienteste (nervenschonendste?) Methode zu finden, acht Pechvögel ins Jenseits zu befördern. Und er schaffte es, den Job zu erledigen.

Harrisons Appetit auf Hühnchen fiel dem allerdings auch zum Opfer, was ungünstig war, angesichts der zahllosen Gummiadler, welche die Zukunft für ihn bereithielt. Es lag nicht am Mitleid für den Vogel oder am Glauben an die Heiligkeit alles Lebendigen; es lag an dem Dreck und den Gerüchen und den fliegenden Federn und dem endlosen Gegacker, dem er sich auf absehbare Zeit ausgesetzt sah. Zumindest so lange, bis er seine Bürde dem nächsten entgeisterten Neu-Roarkeaner aufhalsen konnte.

In jenen kalten Morgenstunden wärmte er sich manchmal an dem Gedanken, wie es seinen Geschwistern an ihren beklagenswert konventionellen Hochschulen wohl ergehen mochte. Der labile Lewyn und die biestige Sally, die keinen Ehrgeiz kannten und in all ihren (zwangsweise) zusammen verbrachten Jahren keine einzige eigenständige Idee hervorgebracht hatten. Harrison versuchte sich vorzustellen, was sie den ganzen Tag mit sich anfingen in ihren überheizten Wohnheimzimmern, neben ihren Computer spielenden, Haare föhnenden, bulimischen Mitstudierenden. Er stellte sich seine Geschwister in ihren überlaufenen Grundkursen vor, gelangweilt vor sich hin kritzelnd in ihren Vorlesungen, gute Noten einheimsend, ohne irgendetwas gelernt zu haben. Lewyn und Sally waren dem großen Betrug aufgesessen, bei dem Studierende und ihre Familien vier Jahre lang zahlten, um dafür ein Stück Papier zu erhalten, das sie sich einrahmen konnten (und für alle, die nicht vom Oppenheimer-Kaliber waren, obendrein einen Haufen Schulden). Und dieser schnöde Ersatz für akademische Bildung war das, womit Lewyn und Sally sich abspeisen ließen, während er hier am Roarke war! Er fühlte sich stets beglückt, wenn er an seine Mitstudenten dachte, an die Gespräche, die sich aus ihren Seminaren ergaben und oft noch während der manuellen Arbeiten, der Mahlzeiten, ja sogar in den Gemeinschaftsduschen fortgesetzt wurden. Dies waren Männer, die lesend einschliefen und beim Aufwachen weiterlasen. Wie er. Bei ihnen fühlte er sich zu Hause, weit mehr als bei jenen anderen beiden.

Vor ein paar Jahren hatte das kleine Roarke College eine breitere Bekanntheit erlangt, dank eines einflussreichen Ratgebers namens *Colleges, die Leben verändern*, der seine Leser dazu anregte, sich jenseits der weltberühmten Institute für die spannende Bandbreite kleinerer Colleges und Universitäten zu interessieren. Als er dieses Buch eines Tages auf dem Esstisch liegen sah, hatte Harrison gedacht, es sei für Lewyn und Sally angeschafft worden, da er selbstverständlich an einem dieser weltberühmten Institute studieren würde. Doch ein paar Monate später warf er zufällig einen Blick in den Ratgeber und stellte fest, dass Roarke tatsächlich unter jenen obskuren kleinen Lehranstalten aufgeführt war, hochgelobt für sein verschrobenes Festhalten an einem strengen Bildungskanon, für seine puristische Intellektualität. Das Buch hatte unmittelbar zu einem steilen Anstieg der Bewerberzahlen auf die vierzehn jährlich vergebenen Plätze geführt, und obwohl Harrison nicht wissen konnte, wie weit er und seine Mitstudenten dem Rest der Bewerber überlegen waren, stellten sie zweifellos eine beeindruckende Auswahl dar. Fast alle von ihnen hatten die Aufnahme an den exklusivsten Universitäten des Landes abgelehnt oder aufgeschoben, aus Gründen, die bald ans Licht kamen. Carlos (Princeton, Yale) hatte letztes Jahr das Team seiner Highschool in Louisiana bei dem nationalen Debattierwettbewerb angeführt. Einer der Justins (MIT, Stanford) hatte es letztes Jahr bis in die Endrunde der Siemens Competition geschafft. Bryce (Harvard, West Point) hatte die letzten zwei Jahre größtenteils damit verbracht, einem unterbelichteten Kongressabgeordneten für seinen Distrikt in Minneapolis politische Strategien und Parteirichtlinien zu erklären (worauf ein Gesetzentwurf, dem Namen nach von jenem Abgeordneten eingebracht, im Kongress angenommen worden war). Emmanuel (MIT, Stanford, Caltech) hatte bei der nationalen Mathe-Olympiade eine Medaille gewonnen, und Gordon (Columbia, Yale, Dartmouth) war Co-Autor einer Monografie seines Mentors, des Vorsitzenden Richters am Berufungsgericht des 9. Bezirks. Selbst Tony (Dartmouth, Princeton), der Farmerjunge aus New Hampshire, von dem man hätte meinen können, er habe seinen Studienplatz am Roarke nur einem Heimvorteil zu verdanken, war auf dem weiten Feld der Semiotik bewandert und strebte eine akademische Karriere an.

Und dann war da natürlich noch Eli Absalom Stone (Harvard, Yale, Princeton, Dartmouth, Stanford, Columbia).

Bisher war Eli nie besonders freundlich zu Harrison gewesen, allerdings auch zu keinem der anderen Studenten. Erst hatte Harrison sich gefragt, ob sein berühmter Kommilitone Roarkes anderen Farbigen den Vorzug geben würde – einem durchgeistigten Zweitjahresstudenten aus Atlanta namens Tyquan, einem Jonathan Jackson aus Nevada und ihrem Mitstudienanfänger Carlos Flores aus Louisiana –, aber er schien sie alle gleichermaßen auf Distanz zu halten. Immerhin zeigte Eli sich nie so hochnäsig, wie er es bei seiner Erfolgsbilanz leicht hätte sein können. Er machte genauso mit wie alle anderen, wenn es darum ging, irgendwo gemeinsam anzupacken, er hörte sich respektvoll andere Meinungen an und sogar Kritik, wenn sie begründet war. In den Seminaren brillierte er natürlich, und es war ein geradezu ästhetisches Vergnügen, ihn jemandes Standpunkt akribisch zerpflücken zu sehen – mit seinem phänomenalen Gedächtnis für das gedruckte Wort, seinem sicheren Gespür für die Relevanz eines jeglichen Textabschnitts, seiner hypnotisch ruhigen Stimme. Mochte der Rest der Roarke-Kameraden sich auch eines Tages in der Forschung, Politik und Wirtschaft einen Namen machen, Eli Absalom Stone würde die Welt dazu bringen, sich an ihm zu orientieren.

Harrison hatte die ersten Monate am Roarke ständig auf eine Diskussion über Elis Buch gewartet, und es erstaunte ihn nicht wenig, dass es nie zur Sprache kam. Hatten seine Mitstudenten denn kein Interesse daran? War er etwa der Einzige unter ihnen, der eine Antenne für diesen Ausnahmegeist hatte? Er selbst hatte ihn nur einmal angesprochen, eines Abends im November, als er von seiner Lektüre aufblickte und sah, dass er und Eli allein im Raum waren. Ehe er sich's versah, platzte er damit heraus, dass er *Gegen die Jugend* gelesen habe und es sehr fundiert und gut geschrieben fand.

»Danke«, sagte Eli, ohne von seinem Buch aufzublicken. Und obwohl jeder Dummkopf hätte sehen können, dass diese Reaktion alles andere als ermutigend war, hörte Harrison sich nun auch noch die Sache mit dem fehlenden Foto auf dem Buchumschlag erwähnen, was er persönlich ja vollkommen verstehe, denn es gehe schließlich um das Werk und dessen Aussage, nicht um irgendeine vorgefasste Meinung über ethnische Zugehörigkeit. Aber, stammelte er verlegen, der Verzicht auf das Foto sei ihm doch wohl schwergefallen, oder?

»Überhaupt nicht«, hatte Eli Absalom Stone gesagt und die Seite umgeblättert. Damit war die Unterhaltung beendet und das Thema offenbar erledigt, und Harrison beschloss erneut, Eli Absalom Stone nicht zu hofieren, weil Eli Absalom Stone ganz offensichtlich nicht hofiert werden wollte.

Doch eines Abends im Januar verkündete ausgerechnet Carlos, er habe in der Bibliothek ein Buch von Eli gefunden – jawohl, ihrem Eli Absalom Stone! *Cool, oder? Wieso hast du uns denn gar nichts davon gesagt, Mann?*

Carlos war ein Mann von enthusiastischem Temperament, aber so aufgeregt hatte Harrison ihn noch nie gesehen.

Die anderen Studenten schauten perplex.

»Was, du hast ein Buch geschrieben?«, fragte Bryce.

Harrison, peinlich berührt, starrte auf seine Hände.

»Um was geht's denn da?«, wollte Tony wissen.

Eli winkte ab. »Ach, nichts Besonderes. Ein Jugenddings. Ihr wisst schon.« Als ob sie alle solche Essaysammlungen mit Betrachtungen aus ihrer Jugend publiziert hätten, die im *New Yorker* vorgestellt und von namhaften Kritikern rezensiert worden wären.

»Ich werde es gleich mal lesen«, versicherte Carlos, als ob das alle jetzt dringend von ihm erwarteten.

Der Schauplatz ihrer abendlichen Zusammenkünfte war der Gemeinschaftsraum, wo sie sich nach dem Essen noch eine Weile unterhielten, bevor sie ihren letzten Tagespflichten nachkamen und dann schlafen gingen. Hier wurde alles besprochen, was so anfiel, teils von akademischem Belang, teils auf die praktischen Abläufe der Farm und der Hochschule bezogen: Bibliotheksangelegenheiten, Probleme mit der Melkmaschine, das Anwerben neuer Lehrkräfte, das Lesen Hunderter Bewerbungsaufsätze von all den Studenten, die darauf hofften, nächsten Herbst am Roarke College aufgenommen zu werden. Manchmal ging es auch um gemeinsame Projekte; zum Beispiel schlug Bryce einen Ausflug nach Boston vor, um sich *Angels in America* anzusehen, und Tony berichtete von dem experimentellen Zwiebelacker, den er im Herbst auf dem nördlichen Weidegrund angelegt hatte. Harrison fand diese Themen meist nicht sonderlich anregend, und am Ende eines körperlich und geistig fordernden Tages war es nicht so leicht, stillzusitzen und ein Interesse für Zwiebeln aufzubringen. Oft war er in einem der alten Sessel ein wenig eingenickt. Doch als Elis Buch zur Sprache kam, wurde er wieder hellwach.

Carlos fing tatsächlich noch am selben Abend an, *Gegen die Jugend* zu lesen. Im Lauf der nächsten Wochen kam er immer wieder darauf zurück, wie *großartig* er das Buch fand, *echt gut geschrieben*! Und wie cool es doch sei, dass Eli ohne Fernsehen und Computer aufgewachsen sei und sich trotzdem so für ihre Generation und alles, was sie umtrieb, interessiere, ihre Nöte, Schwächen, ihr ungenutztes Potenzial! *Ich meine, Eli kommt aus so was wie einer Blockhütte. Auf einem Berg. Und er ist nie zur Schule gegangen!*

Elis »Jugenddings« war weder besonders umfangreich, noch war Carlos ein langsamer Leser, aber das Buch ließ ihn nicht los; er erzählte, dass er manche Essays schon zum zweiten Mal lese und begonnen habe, sich *kritische* Notizen zu machen. Harrison konnte sich denken, wie wenig dem Autor an solcher *Kritik* gelegen war, doch er war gespannt darauf, Eli über sein Buch reden zu hören und sich vielleicht dem Gespräch darüber stellen zu müssen, dem er voriges Mal ausgewichen war. Schön, wenn es seinem Mitstudenten gelänge, den unzugänglichen Eli Absalom Stone ein wenig aus der Reserve zu locken; Carlos würde ihm alle Fragen stellen, die Harrison im Sinn hatte, vielleicht sogar die über das nicht vorhandene Foto, was offensichtlich mit der Rassenthematik zusammenhing. Er fasste sich also in Geduld und wartete ab, doch die lang erwartete *Kritik* fand nie statt. Harrison sollte noch viele Jahre ohne genaue Vorstellung davon bleiben, was Eli Absalom Stone über diese *Rassenthematik* dachte, und bis dahin würde es ohnehin zu spät sein, bedauerliche Entscheidungen zurückzunehmen und Standpunkte zu relativieren, für die er – leider nur allzu öffentlich – eingetreten war.

Eines Abends Anfang März, als die Studenten und Dozenten wieder einmal im Gemeinschaftsraum zusammensaßen, bezichtigte Eli Absalom Stone seinen Kommilitonen Carlos Flores, einige seiner Überlegungen zu *Titus Andronicus* aus einem Heft abgeschrieben zu haben, das er auf seinem Bett habe liegen lassen; er habe sie dann in einem Referat verwendet, das er in ihrem Shakespeare-Seminar gehalten hatte.

Schweigen im Saal. Lastendes, beklommenes Schweigen. Professor Alcock räusperte sich: »Das ist eine ernste Anschuldigung, Eli.«

»Mir ist es auch ernst damit«, entgegnete Eli. »Ich habe wirklich mit mir gerungen, ob ich es zur Sprache bringen soll.«

»Warte mal«, sagte Carlos, der nicht richtig zugehört hatte. »Was?«

»Dein Referat. Es basiert auf meinen Notizen.«

»Quatsch!«, fuhr Carlos auf. »Wie kommst du denn darauf?«

»Ganz einfach, weil es wahr ist«, antwortete Eli. »Und es macht mir keine Freude, es anzusprechen, das kannst du mir glauben. Wie gesagt, ich habe lange mit mir gerungen.«

Harrison merkte, dass er Eli mit offenem Mund anstarrte. Eli selbst saß ganz ruhig da, in einem der durchhängenden Sessel nahe der

Küchentür, die Arme auf den abgewetzten Armlehnen. Irgendwer auf der gegenüberliegenden Seite lachte nervös auf.

»Ich weiß nicht, wovon du redest«, sagte Carlos. Er saß zufällig neben Harrison, aber Harrison wandte ihm nicht den Kopf zu. »Ich hab gar keine Notizen gesehen. Und ich pflege nicht in anderer Leute Sachen herumzuschnüffeln.«

»Ich weiß nicht, was du zu tun pflegst«, sagte Eli milde. »Ich weiß nur, dass du es mindestens einmal getan haben musst, weil meine Arbeit in deinem Referat aufgetaucht ist. Ich hab meine römischen Quellen wiedererkannt. Senecas *Thyestes* und Ovids *Philomela*. Meine Gedanken. Meine Stichpunkte.«

Carlos war aufgesprungen. Er trat in die Mitte des Raums und drehte sich um die eigene Achse, als könne er sich nicht entscheiden, an wen er sich wenden sollte. Eli? Oder Professor Alcock, der wie alle anderen schockiert dreinschaute? »Ich verwahre mich in aller Form gegen diese ... diese unverschämte ...«

»Kann ich das Heft mal sehen?«, sagte Professor Alcock.

»Wartet mal, gibt es ein Prozedere für solche Fälle?«, warf John-Peter ein.

»Fälle?«, brüllte Carlos. »Fälle? Ich habe nichts getan!«

»Na ja, genau deswegen sollte es ja ein Prozedere geben«, meinte einer der Justins.

»Aber wenn Eli sich geirrt hat, sollte er dann nicht gezwungen werden, die Anschuldigung zurückzunehmen?«

»Ich habe mich nicht geirrt«, versetzte Eli gelassen. »Also muss ich mich auch nicht entschuldigen. Aber natürlich werde ich mich dem Wunsch der Mehrheit beugen.« Sein spöttischer Tonfall ließ es wie eine ironische Verbeugung klingen. »Glaubt bloß nicht, dass mir das hier leichtfällt. Es hat mich sehr getroffen, als ich Carlos' Text las. Ich habe mehrere Tage hin und her überlegt. Ich glaube ganz ehrlich, ich konnte mich gar nicht anders entscheiden.«

»Aber es stimmt doch nicht ...« Carlos' Stimme zitterte jetzt hörbar, und Harrison erinnerte sich auf einmal, dass genau dieser Kommilitone Landesmeister im Debattieren gewesen war. »Es fällt mir im Traum nicht ein, jemandes geistiges Eigentum zu stehlen. Das habe ich nie getan und würde es auch nie tun. Ich kann mir nicht vorstellen, weshalb« – er wandte sich seinem Beschuldiger zu – »du so was behauptest.«

Professor Alcock räusperte sich wieder. »Eli? Kann ich mal einen Blick in das Heft werfen?«

Eli Absalom Stone erhob sich umständlich aus dem tiefen Sessel und verließ den Raum. Sie blickten ihm alle nach, in gemeinsamem Schweigen, wie auf Verabredung. Im Unterschied zu den anderen hatte Eli während seiner Zeit am Roarke nicht die körperlichen Merkmale eines Naturburschen entwickelt, vermutlich deshalb, weil seine nicht-akademischen Aufgaben ihn von der Stall- und Feldarbeit verschont hatten. Natürlich interessierte er sich ebenso wenig für die Belange der Farm wie Harrison; er interessierte sich für Dinge wie die römischen Quellen von *Titus Andronicus*. Harrison fröstelte. Er mochte Carlos. Er mochte sie alle, aber Carlos ganz besonders, oder wurde ihm das in dieser Extremsituation gerade erst bewusst? Mochte er Eli? Das war nicht der Punkt. Was er von jenem ersten Moment auf dem Parkplatz an wirklich wollte – wahrscheinlich sogar schon, seit er achtzehn Monate zuvor *Gegen die Jugend* gelesen hatte –, das war, Elis Wertschätzung gewinnen. Er hatte keine Ahnung, ob Eli ihn mochte oder nicht.

Eli kam mit einem schlichten schwarzen Heft in der Hand zurück, und alle starrten darauf, als hätten sie so etwas noch nie gesehen, obwohl es das gewöhnlichste aller Spiralhefte war, landauf, landab in Gebrauch. Womöglich war Eli sogar damit betraut, den nötigen Vorrat an Heften für Roarke zu bestellen, wo die Studenten viel mit der Hand schrieben und keiner einen PC besaß. Harrison zum Beispiel besaß sechs dieser Hefte, eins für jedes seiner fünf Seminare und ein weiteres für das Protokollieren der Eierproduktion.

Eli reichte das Heft hinüber. In Alcocks Händen klappte es an der Stelle auf, wo einige Seiten herausgerissen worden waren, mitten im gleichmäßigen Fluss seiner charakteristischen dicken Tintenschrift. »Was fehlt hier?«, fragte er.

»Etwa zehn Seiten«, sagte Eli. »Größtenteils *Philomela.* Aber mindestens auch zwei Seiten über den Seneca.«

»Das ist absolut unwahr!« Carlos klang jetzt beinah flehend. »Ich hab das Heft nicht angerührt. Ich habe es überhaupt noch nie gesehen.«

»Es hat vor sechs Tagen auf meinem Bett gelegen, und dann konnte ich es plötzlich nicht mehr finden. Ich dachte, ich hätte es irgendwo verlegt. Und da ich sowieso gerade mit einem anderen Thema beschäftigt war, hab ich mich nicht mehr drum gekümmert. Als ich Carlos' Referat gelesen habe, dachte ich, das ist ja ein komischer Zufall. Aber dann habe ich das Heft oben im Stearns-Raum wiedergefunden.«

Er hielt inne. Sicherlich hatte er gewusst, wie das einschlagen würde. Der Stearns-Raum war eins von mehreren Studierzimmern auf dem Campus, ebenso wie die übrigen mit Tischen, Stühlen und Sofas ausgestattet, aber nicht so populär wie die Bibliothek oder der Gemeinschaftsraum, in denen es offene Kamine gab. Nur eine kleine Gruppe Studenten benutzte regelmäßig den Stearns-Raum, belegte die Tische mit Teebechern und Arbeitsmaterial, und zu dieser Gruppe gehörte Carlos.

»Wo da?«, fragte Professor Alcock.

»In der Sofaritze, mit den fehlenden Seiten. Wie gesagt, ich hab erst mal abgewartet, wollte mir wohl irgendwie einreden, es ist nicht das, wonach es aussieht.«

»Ich habe mein Referat mit Professor Willem besprochen!«, platzte Carlos plötzlich heraus. »Vor einer Woche!«

Professor Willem war nicht anwesend. Er war ein Gastprofessor, was bedeutete, dass er einen Nachmittag pro Woche aus Dartmouth herüberkam, um das Shakespeare-Seminar abzuhalten sowie ein Seminar über Milton und Spenser.

»Also gut.« Alcock stand auf. »Ich beende das jetzt. Carlos, Eli, ihr kommt mit.«

»Ich gehe nirgendwo mit ihm hin«, sagte Carlos.

»Das ist ein Konflikt in der Gemeinschaft«, meinte John-Peter. »Den müssen wir gemeinschaftlich lösen.«

Alcock nickte. »Keine Frage. Aber erst will ich mit diesen beiden allein reden. Ich schlage vor, für heute Abend machen wir Schluss.«

»Hey, du!« Carlos funkelte Eli an. »Ich hab deine Notizen nicht verwendet! Ich hab dein Heft nicht geklaut! Das ist doch scheiße!«

»Jetzt beruhigen wir uns erst mal wieder«, sagte Professor Alcock. »Wir werden vernünftig darüber reden.«

»Aber es ist nicht wahr!« Carlos schien den Tränen nah. Harrison blickte sich verstohlen im Raum um. Fast alle hielten den Kopf gesenkt. Nur Gordon starrte Carlos an. »Ich bestehe auf das Recht, meinen Ankläger zur Rechenschaft zu ziehen.«

»Dazu kommen wir noch«, nickte Alcock. »Aber für heute reicht es. Ich gebe zu, dass es nicht leicht ist, aber ich bin doch sehr dafür, die Sache auf sich beruhen zu lassen, bis wir mehr darüber wissen. Und damit gute Nacht, Leute.« Er drehte sich um und ging, Eli ihm voran und Carlos, nach kurzem Zögern, kopfschüttelnd hinterher. Im Raum blieb es totenstill.

»Heilige Scheiße«, ließ jemand sich schließlich vernehmen.

»Lassen wir das jetzt lieber«, sagte John-Peter.

»So was kann Carlos nicht getan haben«, meinte Gordon.

»Gordon«, mahnte John-Peter, »wir diskutieren das jetzt nicht mehr. Du hast ihn gehört.«

»Aber Eli muss doch überzeugt davon sein. Warum sollte er es denn sonst behaupten?«

Harrison sah sich um. Plötzlich wurde ihm bewusst, dass er es war, der gesprochen hatte. So wurde ihm erst deutlich, auf wessen Seite er stand. Und dass es zwei Seiten gab.

»Lass stecken, Oppenheimer.«

»Leute, Leute.« John-Peter konnte sich nicht durchsetzen.

»Ich geh jetzt in den Stall«, sagte Tony.

Ein paar von den anderen gingen mit, und sie kehrten nicht zurück, bis Harrison zu Bett gegangen war.

Kapitel 14

Die Gabe der Schlichtheit

In dem Sally Oppenheimer anfängt, sich für Möbel zu begeistern

Sally hatte gehofft, ihre Zimmergenossin würde sie nach Ellesmere einladen, während sie beide die Winterferien zu Hause verbrachten. Rochelle schien ihren vielen Fragen über den Ort, dessen Geschichte und Kultur, und ob sie vorhabe, sich mit ihren Schulfreundinnen zu treffen, immer geschickt auszuweichen. Schließlich blieb Sally nichts anderes übrig, als direkt mit der Frage herauszurücken: »Hey, weißt du was? Ich könnte dich doch mal in Ellesmere besuchen, mal sehen, wo du herkommst.«

»In Ellesmere gibt's nichts zu sehen«, entgegnete Rochelle kurz und knapp.

»Gut, aber ich würde dich trotzdem gern dort besuchen. Von Long Island kenne ich nichts als die Hamptons.«

»Na, dann kannst du dich glücklich schätzen«, meinte Rochelle.

Sally fühlte sich nicht gekränkt, aber sie sah, dass sie so nicht weiterkam. Außerdem hätte sie Rochelle ja auch nicht in ihr eigenes Elternhaus gelassen, allein schon wegen ihrer uneingestandenen Geschwister, dem im Wohnheim nebenan und der Nachzüglerin, deren absurd spätes Auftauchen die Dauerkrise ihrer Familie nur noch deutlicher machte.

Drei Wochen nach ihrer Rückkehr zum Campus ließ Rochelle verlauten, es gebe zu Hause ein Problem, und sie müsse für ein paar Tage zurück nach Long Island.

»Was für ein Problem?«, wollte Sally wissen.

»Ach, irgendwas mit dem Haus. Zu langweilig zu erklären. Mom braucht mich einfach noch ein bisschen.«

»Sollte ich nicht lieber mitkommen?«

Rochelle blickte von ihrem Laptop auf.

»Lieb von dir, Sally. Aber nein.«

Am nächsten Morgen lud ein Sturm über den Finger Lakes dreißig Zentimeter Neuschnee auf dem Cornell-Campus ab. Sally begleitete Rochelle durch das Schneetreiben zum Acht-Uhr-Bus nach New York. Dann stapfte sie ein wenig geknickt zurück zu Carol's Café, um dort zu frühstücken. Es war noch halb leer. Sie nahm den Tisch, an dem sie oft mit Rochelle saß, unter einem Poster, der das Auslandsprogramm der Cornell in Florenz anpries, und holte sich Kaffee und Erdbeerjoghurt. Ein Mädchen am Nebentisch tippte auf ihrem Klapphandy herum und weinte die ganze Zeit. Sie strich ihr dunkles Haar immer wieder hinter die Ohren zurück, doch die Tränen ließ sie ungehindert fließen. Sally kannte sie nicht. Auch sonst kannte sie niemand in dem Café. Nach fünf Monaten an der Uni kam sie sich vor, als hätte sie dort noch nie irgendwen getroffen.

Die Cafeteria leerte sich langsam, alle brachen zu ihrer ersten Seminarstunde auf. Auch Sally hätte jetzt einen Kurs gehabt – eine Einführung in die Geowissenschaften –, aber sie kam einfach nicht vom Stuhl hoch. Schließlich war sogar die Heulsuse vom Nebentisch verschwunden, und Sally blieb allein zurück. Sie blickte auf ihren kalten Kaffee hinab und fragte sich, was an diesem grauen Ithaca-Morgen anders war als sonst. Aber natürlich war das offensichtlich. Der Tag war so trübe, weil die kleine Miss Rochelle Steiner in einem Peter-Pan-Bus saß, auf dem Weg nach Port Authority und ins geheimnisvolle Ellesmere, Long Island, Rückkehr ungewiss.

Mit anderen Worten, weg.

Und endlich, längst überfällig, schälte sich etwas heraus, das seit Monaten schon an ihr nagte, und Sally Oppenheimer erhaschte einen glasklaren Blick auf ihre Lage und die daraus erwachsenden Verwicklungen. Und ihre Lage war wirklich vertrackt.

Was sie und ihre Brüder gemeinsam hatten: Keiner von ihnen hatte jemals eine Beziehung zu einem Menschen gehabt, die man auch nur annähernd als romantisch bezeichnen könnte. Lewyn war sowieso ein hoffnungsloser Fall, was andere Menschen betraf, auch wenn er in der Schule für die Filmschönheit eine Klasse unter ihnen geschwärmt hatte. Harrison hatte seine Jungfräulichkeit bei einer Klassenkameradin verloren, die er selbstverständlich für ihm weit unterlegen hielt (es war ihre Idee gewesen, wie er betonte; sie hatte sogar das Kondom besorgt!). Aber natürlich hatte er darin nie eine Art von *Beziehung* gesehen. Sally selbst hatte nur zweimal diese Aufgewühltheit gespürt, wenn man ins Ungewisse katapultiert wurde: das erste Mal bei dem Mädchen im Sommercamp in Pinecliffe, dann im Folk Art Museum, wo sie unseren Vater bespitzelt hatte. In beiden Fällen war das Gefühl fast augenblicklich einem ebenso starken Widerwillen gewichen. Viel Erfahrung hatte sie also nicht! Aber nun war ein neues Problem aufgetaucht, das sich nicht ignorieren ließ, denn es nahm in ihrem Inneren allen Raum ein.

Es verstand sich von selbst, dass Sally nicht vorhatte, etwas dagegen zu unternehmen. Ihr Ziel war es, sich diesen Gefühlen nach Möglichkeit zu entziehen, und falls das nicht möglich war, mit ihnen leben zu lernen wie mit einer chronischen Krankheit. Mit anderen Worten, sie in Schach zu halten, mittels all der Techniken, die sie seit Langem eingeübt hatte: Disziplin, Ordnung, Beherrschung. Wenn irgendwer das schaffen konnte, dann sie! Abgesehen davon hatte sie auch gar keine Wahl.

Sally stand auf und verließ das Café in Richtung Bibliothek, wo sie Buße zu tun gedachte, indem sie sich ein Referatsthema für ihr

Frauenstudien-Seminar über Mary Wollstonecraft und Mary Shelley suchte. Die Kapuze tief in die Stirn gezogen, lief sie mit gesenktem Kopf durch den Schneematsch, und auch von ihren wintertrüb dahinstapfenden Mitstudentinnen ging auffallend wenig Lebensfreude aus. Dort, wo die East Avenue eine Linkskurve an der Brücke machte, wehte eine Windböe ihre Kapuze zurück, und Sally fand sich direkt gegenüber dem Johnson Museum of Art wieder, einem Betonbunker mit einem legoartigen flachen Vordach.

Seit ihrer Ankunft auf dem Campus hatte sie noch keinen Fuß in das Museum gesetzt, obwohl sie wusste, dass die Familiengemälde dort hängen mussten, die einst den Eltern ihres Vaters gehört hatten. Sie hatte die Bilder noch nie gesehen, aber auch noch nie eine Seminarstunde geschwänzt, also war es vielleicht ein Tag für neue Erfahrungen.

Entschlossen steuerte Sally auf das Museum zu und öffnete den Reißverschluss ihres Parkas, als sie die natursteingeflieste Lobby betrat. Das grässliche Wetter blieb draußen und wurde jetzt von schmalen Fenstern eingerahmt wie monochrome, grau in grau zerfließende Landschaftsaquarelle: *College im Winter*. Sie blickte sich um, halb in der Erwartung, ihren eigenen Namen auf einem Schild zu entdecken, was jedoch nicht der Fall war. An der Information holte sie sich ein Faltblatt mit einem Plan der Ausstellungsräume. Aber auch hier wurde kein Oppenheimer erwähnt.

»Entschuldigung«, sprach sie eine Wärterin an, eine stämmige Person, kaum älter als sie selbst. »Ich suche die Sammlung Oppenheimer?«

Die Frau runzelte die Stirn. »Oppenheimer? Ist das der Name des ausgestellten Künstlers?«

Nur mit Mühe konnte Sally sich ein Grinsen verkneifen. Als ob irgendwer aus ihrer Familie je ein Kunstwerk hervorgebracht hätte.

»Der Stifter heißt Oppenheimer. Es handelt sich um alte Meister.«

»Okay.« Die Frau zog ihr Clipboard zurate. »Ich weiß nicht, ob wir alte Meister dahaben. Vielleicht im Lager.«

»Nein, ich meine ...« Sally fehlten die Worte. Aber dann sah sie plötzlich Lewyn die Treppe am Ende der Lobby herunterkommen. Unwillkürlich drehte sie sich um.

»Soll ich mal nachschauen?«, erbot sich die Frau. »Im Moment haben wir gerade die Shaker-Ausstellung hier, und dafür ist eine Menge abgehängt worden. Ich kann es gern für Sie überprüfen, es dauert nicht lange.«

»Nein, nein, ist schon okay«, sagte Sally. Sie hatte die Oppenheimer-Bilder schon wieder vergessen. Jetzt wollte sie nur noch weg von ihrem Bruder. Sie stieg die Treppe hoch, die er gerade herabgekommen war, hörte nichts als das Klatschen ihrer nassen Stiefel bis in den ersten Stock (Kunst aus Korea und Japan, 1800–1910) und weiter in den zweiten (Kunsthandwerk-Kolonien im Staat New York, 1885–1920) und sogar noch weiter hinauf, als ob sie glaubte, diese mythischen Oppenheimer-Gemälde ganz oben unterm Dach zu finden, bis sie schließlich am Ende der Stufen ankam.

DIE GABE DER SCHLICHTHEIT: SHAKER-AESTHETIK stand auf dem Schild neben dem Eingang zur Galerie, unter einer Zeichnung von einem ausladenden Baum mit großen grünen und roten Früchten und einem Textblock über die Ausstellung. Nicht, dass Sally etwas davon gelesen hätte. Ehe sie es sich versah, war sie schon im Saal und stand staunend, ja geradezu überwältigt vor einem Stuhl.

Ein Stuhl, ein Stuhl, dachte Sally, als ob jemand versuchte, ihr das Gegenteil einzureden.

Ein gewöhnlicher Stuhl. Ein extrem ungewöhnlicher gewöhnlicher Stuhl, mit einer Sitzfläche aus Bast, so zart geflochten, als könnte sie kaum das Gewicht einer Fee tragen. Das Flechtwerk war so exquisit und die Lamellen am Stuhlrücken so schmal, aber auch nicht zu schmal, einfach schön, überhaupt nicht ... dekorativ. Nichts daran musste dekorativ sein. Es musste gar nichts. Es war perfekt.

Der Stuhl stand auf einem weißen Kubus, sodass die Sitzfläche sich auf Augenhöhe befand, doch ohne Schutzwand aus Plexiglas, um ihn vor irgendwem zu schützen, der ... was? Ihn betatschen wollte? Ihn klauen? Der Gedanke war erschreckend, obwohl sie keine Ahnung hatte, warum. Sie wusste nur, dass dieser Stuhl, so schmucklos und so zweckmäßig, ideal geeignet, den menschlichen Körper um seine Erdenschwere zu erleichtern, ein Objekt reinster Schönheit war.

»Bist du etwa ein Engel?«, fragte eine Stimme. Eine ziemlich tiefe Stimme, die belustigt klang.

Sally sah sich um. Eine kleine Frau mit wildem weißen Haar und schwarzem Rollkragenpullover, der straff ihren Bauch umspannte, blickte sie von der anderen Seite des Saals her an. Erst jetzt sah sie, dass der Raum voll von anderen wunderbaren Objekten war: Tischen, Schränken, Stühlen.

»Wie bitte?« Sally fühlte sich durch die Unterbrechung gestört.

»Ein Engel. Den Stuhl da hat jemand gemacht, der glaubte, ein Engel könnte sich darauf niederlassen. Thomas Merton, glaub ich, aber nagel mich nicht drauf fest.«

»Wie bitte?«, wiederholte Sally.

»Schon gut. Du bist die erste Studentin, die ich hier drin sehe. Sonst kommen eigentlich nur Antiquitätenhändler, Leute aus der Stadt. Shakermöbel haben eine Fangemeinde, weißt du. Sie sind wie die Rockstars der Antiquitätenwelt.« Sie blickte fragend. »Du bist doch Cornell-Studentin?«

»O ja.« Sally nickte. Jetzt konnte sie die Augen nicht mehr von dem Tisch abwenden, der hinter der Weißhaarigen stand. Er war rot und sehr lang und hätte zwanzig Leuten Platz geboten, doch er stand nur auf vier schlichten, schlanken Beinen, die sich zum Boden hin leicht verjüngten. Auch er stand erhöht. Auch ihn hätte sie zu gern berührt.

»Gefällt er dir?«, fragte die Frau.

Sally konnte nur nicken. Er »gefiel« ihr nicht nur, das war ein viel zu schwacher Ausdruck für das, was sie bei seinem Anblick empfand.

Und auch beim Anblick der anderen Stücke. Sie war einfach *hingerissen.*

»Ich hab den übrigens selbst gefunden.« Zu Sallys Schrecken streckte die Frau die Hand aus und tippte mit ihren kurzen Fingern auf die Tischplatte. Kein Alarm ertönte. »Unten in Homer. Im Rückgebäude eines alten Hauses am Dorfanger. Er war überhäuft mit Kisten voller Achtspurtonbänder, echt wahr, und darunter lag eine tote Katze. In einem Koffer. Nicht frisch«, setzte sie hinzu, als ob es darauf ankäme.

Sally betrachtete den Tisch mit anderen Augen. Sie wusste nicht, was sie schlimmer finden sollte: die tote Katze oder die alten Tonbänder.

»Wie meinen Sie das, Sie haben ihn gefunden?«

»Ich bin da rein und hab mich umgesehen. Ich bin Picker. Weißt du, was das ist?«

Nein, das wusste Sally nicht. Also hielt sie den Mund.

»Ich fahr zu den Leuten und frag sie, ob sie alten Kram haben, den sie zu Geld machen wollen. Neun von zehn Mal haben sie nichts, nur Gerümpel made in China, das sie für alt halten. Manchmal haben sie tatsächlich alte Sachen, aber nicht die richtige Sorte. Zum Beispiel viktorianisch, was zurzeit gar nicht geht. Ich mag viktorianische Sachen, aber was ich mag, zählt nicht. Manchmal haben sie die richtige Sorte von alten Sachen, aber sie wissen, was die wert sind, das ist dann auch nicht gut. Manchmal muss ich unverrichteter Dinge wieder abziehen, ich kann dir sagen, das tut weh. Aber *manchmal* haben sie die *richtige* Sorte, und sie wissen *nicht*, was man dafür kriegen kann. Das macht die ganze Sache spannend. Wie dieser hier.«

Wieder tippte sie auf den Tisch. Wieder kein Alarm. Keine Sirene. Niemand, der sie zu Boden rang.

»Ähm … arbeiten Sie hier?«, fragte Sally.

»Ehrenamtlich. Aber nicht aus reinem Altruismus. Die Leute, die herkommen, werden oft zu Kunden. Händler oder Sammler. Das ist praktisch.«

Sally blickte sie an. Die Frau hatte ein Gesicht, das zugleich straff und verwittert wirkte, wie jemand, der viel Zeit an der frischen Luft verbrachte, unter einer schwachen Sonne, bei Wind und Kälte. Kein Make-up. Kein Schmuck. Auf ihre Art war sie genauso schlicht wie die Möbel.

»Sie meinen, einiges davon gehört Ihnen?« Sally hörte selbst, wie aufgeregt sie klang. *Ich könnte es kaufen*, dachte sie. Sie war im Reichtum aufgewachsen, und dennoch hatte sie noch nie etwas so sehr haben wollen. Wie viel konnte das hier kosten? Ein Tisch? Ein Stuhl?

»O nein.« Die Frau lachte auf. »Ich mag das alles sehr, aber ich bin ja nicht blöd. Man hält nicht an einem Shakermöbel fest, nur weil es so hübsch ist. Den da« – sie deutete auf den Tisch – »habe ich an einen Händler in Westchester verkauft, Russel heißt er. Und den da« – sie zeigte auf einen Schaukelstuhl, vielleicht aber auch auf einen kleinen quadratischen Tisch, Sally konnte es nicht recht erkennen – »an eine Frau in Boston. Es gibt nicht allzu viele Leute, die sich auf Shaker spezialisieren, und sie kennen alle Sammler. Shaker ist etwas ganz Eigenes. Nichts, was irgendein Otto Normalverbraucher sich aus einer Laune heraus einfach so anschaffen würde.«

»Weil es so teuer ist?«, fragte Sally und kam sich dumm vor.

»Kann man wohl sagen!«, lachte die Frau. »Nichts, was man sich als Studentin leisten könnte«, fügte sie hinzu, und es klang beinahe tröstend.

Diese Studentin hier schon, dachte Sally, aber sie nickte nur und streckte die Hand aus.

»Ich bin Sally«, sagte sie.

Kapitel 15

Wunder über Wunder

In dem Lewyn Oppenheimer eine Gruppe handfester Christen mit dem Seder-Ritual bekannt macht

Im Zimmer 308 des Clara Dickson Hall gab es zwar keine Bierdosenpyramide oder Cannabisschwaden, ansonsten aber war es die typische Wohnhöhle zweier nach dem Zufallsprinzip ausgewählter Collegekerle. Jonas, zum Beispiel, hatte beim Einzug ein Poster aufgehängt, das sich inzwischen wellte und teilweise abgelöst hatte. Lewyn hatte sich spontan eine Topfpflanze angeschafft, sie aber zu gießen vergessen und nicht gemerkt, dass sie eingegangen war. Beide ließen alles auf dem Boden liegen – dafür war er schließlich da –, und keiner von ihnen betrachtete das Überquellen des Mülleimers als Anlass, ihn auszuleeren. Jonas machte zwar jeden Morgen sein Bett – es hatte wohl was mit seiner Missionszeit zu tun –, aber bei beiden war das Bettzeug alles andere als frisch, und jede Oberfläche war mit einer Staubschicht bedeckt. Mit anderen Worten, sie residierten in einem Ambiente aus herumliegenden Klamotten, Schokoriegelpapieren und müffelnden Turnschuhen mit Frühlingsmatsch an den Sohlen. Im November hatte Jonas ein hübsches Mädchen aus Arizona kennengelernt, ihr Name war Lauren, und obwohl er nicht in ihrem Wohnheim übernachtete, kam er Nacht für Nacht später zurück und schlüpfte oft erst im Morgengrauen ins Bett gegenüber dem von Lewyn. Wenn Lewyn zu seiner üblichen Zeit aufwachte, um sich gähnend in seinen Kunstgeschichtskurs zu schleppen, lag Jonas noch mit dem Gesicht zur Wand, die knochigen Handgelenke aus seinem komischen langärmeligen Unterhemd ragend. (Lewyn hatte angenommen, es handele sich einfach um altväterliche Leibwäsche, wie sie von den Leuten aus dem rustikalen Westen vielleicht bevorzugt wurde, bis er im Zuge ihrer Gespräche über das Mormonentum etliches zum Thema Evangelien, Kosmologie, Handkarren und heilige Kleidung erfuhr.)

Ungeachtet aller Putzresistenz war Lewyn überaus froh, mit Jonas zusammenzuwohnen, und wenn sie sich zufällig mal gemeinsam im Zimmer aufhielten (was immer seltener vorkam) und Jonas seine Rinderanatomie paukte, während Lewyn an einem Kunstgeschichtsreferat saß, fühlten sie sich beide rundum wohl. Nach jenen ersten Offenbarungen im Herbst hatte Lewyn Wochen gebraucht, bis er aufhörte, seinen Zimmergenossen als eine Art Mystiker zu sehen, der über okkulte Erleuchtung und eine persönliche Beziehung zu Engeln verfügte. Doch allmählich war es ihm gelungen, das Thema Spiritualität aus dem Blickfeld zu verdrängen und sich mit der Alltäglichkeit ihres Zusammenlebens zu arrangieren. Mochten er und Jonas auch verschiedene Lebensmodelle aus entgegengesetzten Landesteilen repräsentieren, so waren sie doch beide höfliche Menschen, die zivilisiert miteinander umgingen, besonders am Morgen, wenn sie sich meist zur gleichen Zeit am selben Ort befanden. Nicht selten gingen sie zusammen im North Star Café frühstücken, wo sie manchmal auf Jonas' Kommilitonen und Bundesbrüder trafen.

»Lewyn, mein Zimmergenosse«, stellte Jonas ihn dann immer vor, beim ersten Mal genauso wie beim vierten.

Lewyn fragte sich, ob ein paar von diesen Jungs wohl auch Mormonen waren. Er kannte sich noch nicht gut genug aus, um es auf Anhieb erkennen zu können. Er wusste nur, sie waren alle irgendwie in der Christus-Nachfolge unterwegs, aber die Unterschiede zwischen den verschiedenen Glaubensrichtungen waren ihm unklar. (Die Walden School hatte ihn mit der Vorstellung in die Welt entlassen, Spiritualität könne jeder für sich selbst definieren, und abgesehen von einem Gastredner, der völlig fehl am Platz wirkte, hatte keiner dort je versucht, ihnen den Glauben real existierender Christen näherzubringen. Weshalb Lewyn Baptisten kaum von Katholiken unterscheiden konnte. Denn trotz all der viel gerühmten »Diversität« war das Lehrpersonal in der Walden, ebenso wie das Schülerkontingent, überwiegend jüdisch.) Bei Jonas' Freunden begann er, die Gemeinsamkeiten und Unterschiede zwischen Christen wahrzunehmen, wenn auch nicht unbedingt zu begreifen. Einer sprach ein Tischgebet, bevor er in sein Frühstückshörnchen biss; ein anderer ließ es bleiben. Einer genehmigte sich mehrere Beziehungen gleichzeitig mit experimentierfreudigen Mitstudentinnen, während ein anderer sich mit seiner langjährigen Freundin und wohl auch künftigen Ehefrau in Virginia nur keusche Umarmungen erlaubt hatte. Mehrere von Jonas' Bundesbrüdern tranken zu viel, ein Eishockeyspieler aus Milwaukee sogar so übermäßig, dass seine Kumpel schon (erfolglos) versucht hatten, ihn zum Entzug zu bewegen.

Zu Lewyn waren sie alle sehr nett, und im Lauf der Wochen wurde ihm klar, dass besonders ein Aspekt an ihm sie interessierte. Wie sich herausstellte, hatte keiner von ihnen je Gelegenheit gehabt, ein *wirkliches Gespräch* mit einem Vertreter *seines Volkes* zu führen.

»Sag mal«, meinte der Student aus Virginia, der Mark hieß, »ich sehe gerade, dass du da Schinken isst, Lewyn. Aber ist das nicht, ähm, unkoscher?«

Seine Familie, erklärte Lewyn, sei nicht orthodox und auch nicht sonderlich regelkonform. »Wir halten es mehr mit der traditionellen Kultur.« Was er meinte, war pflichtschuldige Einhaltung der Feiertage und eine großzügige Interpretation des *Tikkun Olam*, nämlich der Pflicht, die Welt zu einem besseren Ort zu machen. »Es gibt eben verschiedene Arten von Judentum, wisst ihr«, sagte er.

Natürlich wussten sie es nicht und waren ganz Ohr, also musste er wohl oder übel etwas weiter ausholen.

Orthodox, konservativ, reformistisch. Oder nichts von alledem, und trotzdem jüdisch.

Wie konnte man gleichzeitig jüdisch sein und nirgends dazugehören?

Lewyn, mittlerweile ziemlich erschöpft von der Fragerei, zuckte nur mit den Schultern. So war es eben. Es war ja nicht so, als müsste man deshalb einen Mitgliedsausweis zurückgeben. »Viele von den Familien in unserem Bekanntenkreis sind jüdisch, haben aber trotzdem einen Weihnachtsbaum.«

Das konnten die Jungs einfach nicht fassen.

»Im Ernst? Weihnachten ist Jesu Christi *Geburtstag*!«

Lewyn bezweifelte das sehr, doch bisher war alles so gut gelaufen, und er fühlte sich wohl in der Gruppe von Jungs, mit denen man so locker abhängen konnte.

»Okay, aber es heißt ja auch *Friede auf Erden und den Menschen ein Wohlgefallen.*« Man musste ja nicht Christ sein, um das gut zu finden.

»Hey, Mann! Heilige Nacht! Ihr habt doch eure eigenen heiligen Riten, stimmt's? Pessach?«

Lewyn zuckte die Achseln. »Jesu letztes Abendmahl war ein Pessach-Seder.«

Allgemeines Unverständnis in den Mienen um ihn herum.

»Also wirklich, Leute.« Jonas schüttelte den Kopf. »Ihr hättet auch auf Mission gehen sollen. Habt ihr denn in der Sonntagsschule gepennt?«

»Nee«, sagte Jim, »da ging's mehr so um den Antichrist und dass ich in die Hölle komme, wenn ich ›Unnatürliches‹ treibe. Pessach als letztes Abendmahl? Nie gehört.«

»Hey, kannst du uns mal dahin mitnehmen?«, fragte der Junge aus Virginia. »Das ist doch jetzt bald, oder?«

Lewyn sah ihn nur an. Die Frage war so absurd, er wusste gar nicht, wo er mit einer Erklärung anfangen sollte.

Pessach, fiel ihm ein, stand wohl gerade mal wieder vor der Tür. Es hatte so eine Art, völlig überraschend im Kalender zu erscheinen, aber es war offenbar immer kurz vor Ostern. Und Ostern war am folgenden Sonntag. Er hatte nicht vorgehabt, an einem Seder in der Uni teilzunehmen. Als Familie waren sie immer zur Schwester seiner Mutter an die Upper East Side gefahren, wo opulent von einem Catering-Service aufgetischt wurde. Doch keiner der Oppenheimer-Drillinge, da hätte er wetten mögen, kannte die Worte des »Dajenu« bis auf das Wort »Dajenu« selbst (das Lewyn allerdings auch nicht recht zu definieren vermochte). Er hatte sich nie für die jüdischen Organisationen auf dem Campus interessiert und nie daran gedacht, bei einem der Seder vorbeizuschauen, die sicher für die vielen jüdischen Studierenden an der Cornell geplant wurden. Sollte er sich vielleicht jetzt einfach selbst einladen? Und obendrein mit vier oder fünf handfesten Christen dort aufkreuzen?

»Ich wollte da eigentlich gar nicht hin«, wich er aus.

»Warum nicht?«, fragte Jonas. Er wirkte ganz aufgekratzt. »Du solltest hingehen! Das wär so cool! Wir würden *so gerne* mitkommen.«

Aber ich hab euch nicht eingeladen, dachte Lewyn.

Offenbar verstanden sie nicht, dass man nicht einfach so in einen Seder reinplatzen konnte. Es gab Mitgliedschaften und Wartelisten und Gebühren und vermutlich auch so etwas wie Genehmigungen. Oder galt das nur für Manhattan? Die Oppenheimers waren Mitglieder des Temple Emanu-El auf der Fifth Avenue, aber hingegangen waren sie da nicht wirklich. »Ich hab nichts verabredet.« Er zuckte die Achseln.

»Na, dann tu's halt jetzt, Mann«, sagte Jim, der nach seinem Smoothie und einem Sandwich schon viel weniger verkatert aussah. »Meine Mom flippt aus, wenn ich ihr erzähle, dass ich zu einer Pessach-

Feier gehe. Ihr hättet mal hören sollen, was sie über all die Juden hier zu meckern hatte. Sie wollte, dass ich nach Michigan gehe. Als ob's in Michigan nicht auch jede Menge Juden gäbe, hab ich gesagt. Cornell ist immerhin Ivy League!« Er lachte. Die anderen, so viel musste man ihnen zugutehalten, schauten immerhin betreten drein. Sie standen auf und nahmen ihre Tabletts mit, während Lewyn in einem nicht unangenehmen Zustand schwelender Erregung zurückblieb. *Ich meine: Okay, warum eigentlich nicht?*

Er dachte daran, was Harrison sagen würde. Was Sally sagen würde. Aber was spielte das schon für eine Rolle? Wäre es denn so schlimm, rauszugehen und einem Club beizutreten, dem er ohnehin schon angehörte? Aus Brooklyn hatte keiner angerufen, um zu fragen, ob er zum Oppenheimer-Seder heimkommen wollte. Und war er nicht sowieso hier am College, um an jener kulturellen Vielfalt teilzuhaben, die in Ehren zu halten man ihm in der Walden School eingetrichtert hatte? Was konnte kulturell vielfältiger sein, als ein paar christliche Bundesbrüder zu einem uralten Ritual mitzunehmen, bei dem es um die »besondere Beziehung« zwischen Gott und seinen Erwählten ging? Es war doch, wenn man es recht bedachte, zugleich auch eine Chance auf ein bisschen *Tikkun Olam*. Wie schwer konnte es schon sein, eine aufgeschlossene und unvoreingenommene Verbindung auf dem Campus zu finden, die noch ein paar Haggadas für Zufallsgäste übrig hatte?

Gar nicht schwer, wie sich herausstellte. Ein verspäteter Blick in die Cornell-Website zum Thema Pessach-Angebote offenbarte gleich drei verschiedene Seder, jeweils einen für die Konservativen und die Orthodoxen (die Lewyn kaum weniger fremd waren als seinen neuen Freunden) und einen dritten für die Reformgruppen. Nachdem er eine Nachricht auf dem Anrufbeantworter des Center for Jewish Life hinterlassen hatte, rief ein Mädchen namens Rochelle zurück und sagte, jeder sei nächsten Mittwochabend um sechs bei ihnen willkommen. Alles, was sie wissen wollte, war: wie viele Vegetarier und wie viele Glutenfreie?

Jonas und seine Freunde hatten sich für die Gelegenheit mit Sportjacken und Khakihosen ausstaffiert und die Haare zurückgekämmt. Als sie bei ihm in der Tür standen, wirkten sie ebenso angespannt wie unbeholfen, und Lewyn sagte sich, frische Klamotten wären wohl echt nicht so verkehrt. Er drehte sich schnell um, zog sein verschwitztes T-Shirt aus und ein Button-down-Hemd an, dazu das blaue Sakko, das seine Mutter ihm fürs College eingepackt hatte. Dann brachen sie zusammen auf.

Die Reformisten hatten sich im Anabel Taylor Hall versammelt, und Lewyn und seine Goj-Gesellschaft – fünf gläubige Christen und ein ungläubiger Jude – fühlten sich wie ertappt, als sie feststellten, dass sie die Einzigen waren, die sich in Schale geworfen hatten.

Die anderen trugen durchweg Jeans und T-Shirts, etwa zur Hälfte im Rotkehlcheneierblau von Cornell Hillel, der Rest in den üblichen Cornell-Farben und natürlich in den Ugg Boots, die offenbar jeden weiblichen Knöchel auf dem Campus zierten. Die Tische waren mit Papptellern, Pappbechern und Papierservietten gedeckt und in regelmäßigen Abständen mit Flaschen von klassischem Manischewitz bestückt.

»Ist das da Wein?«, fragte einer von der christlichen Bruderschaft. Sawyer hieß er, mit irgendeinem irischen Nachnamen. O'Sowieso.

»Ich würd mir nicht zu viel erwarten«, übertönte Lewyn das Stimmengewirr. »Wahrscheinlich wird euch schlecht, bevor ihr betrunken seid.« Er sprach aus schmerzlicher Erfahrung. Einmal hatte Harrison ihn herausgefordert, ein ganzes Glas von dem Fusel hinunterzukippen, worauf er das gesamte Bad seiner Tante vollgekotzt hatte. Eine seiner zahlreichen schönen brüderlichen Erinnerungen. Außerdem hatte Harrison immer das Afikoman gefunden.

»Hey, setzen wir uns doch«, sagte O'Sowieso. »Bevor wir noch getrennt werden.«

Die fünf gruppierten sich um das Ende des nächsten Tisches, mit Lewyn, sehr zu seiner Verlegenheit, in ihrer Mitte. Er hoffte, dass ihm diese Position keine weitere Verantwortung bescherte.

»Ich dachte ja, es würde hier irgendwie feierlicher zugehen«, meinte Jonas, der die Haggada auf seinem Pappteller entdeckt hatte und sie nun eifrig durchblätterte.

»Was ist denn das da?« Mark beäugte mit sichtlichem Befremden den Seder-Teller.

Die halb geröstete Lammhaxe wirkte überaus anatomisch, doch offenbar war es das Charoset, das Mark so faszinierte. Es roch penetrant und schien nicht sonderlich frisch, wie es da im Abstand von anderthalb Metern in Plastikschüsseln auf der langen Tafel verteilt stand. Lewyn tat sein Bestes, es zu erklären.

»Wir müssen das doch nicht essen, oder?«

»Nicht, wenn ihr nicht wollt.« Er wollte es auch nicht. »Vielleicht tun wir einfach nur so. Um dem Ritual zu genügen.«

Bei dem Wort schaute Mark geradezu geschockt, als hätte man ein Pentagon vor ihm auf die Papiertischdecke gemalt, und zwar mit Blut.

»Also, es ist so … alles hier bedeutet etwas«, sagte Lewyn schließlich. »Alles auf dem Tisch. Ein bisschen wie zu Ostern das Lamm. Und die Eier.« Er hoffte, er beleidigte sie jetzt nicht. Das Lamm? Die Eier? »Also, das Lamm verkörpert das Opfer aus den Zeiten des Tempels. Das Ei steht für die Wiedergeburt, den Neuanfang. Der Meerrettich ist die Bitterkeit der Sklaverei. Und das da« – er deutete auf das Charoset – »versinnbildlicht den Mörtel, den die Sklaven in Ägypten herstellen mussten. Aber auch die Süße des Lebens.«

»Und die Orange?«, wollte Jonas wissen.

Lewyn runzelte die Stirn. Jeder Seder-Teller war zusätzlich tatsächlich noch mit einer Orange bestückt.

»Keine Ahnung«, musste er zugeben.

»Das ist also eine Art Programm?« Jonas war immer noch am Blättern.

»Ja, aber man liest es rückwärts«, erklärte Lewyn.

Alle fünf sahen ihn fragend an.

»Na ja … so macht man's halt.«

Er demonstrierte es ihnen an seinem eigenen Programm. Auf der Rückseite stand mit schwarzem Filzstift geschrieben: »Willkommen zu unserem Seder für gegenseitigen Respekt!«

O Mann, dachte er unwillkürlich.

Mark, zu seiner Rechten, kicherte bereits.

»Hör auf«, hörte er Jonas zischeln, aber der musste selber lachen.

Nun ja, er hatte ihnen keinen Rosengarten versprochen. Hatte er ihnen überhaupt irgendetwas versprochen?

»Willkommen, willkommen«, erhob eine Frau am anderen Ende des Raums die Stimme. Sie hatte ein schnurloses Mikrofon in der Hand und sprach zunächst hebräisch, wobei Lewyn nur die Worte *Shalom* und *Pessach* erkannte. Dann versagte ihr Mikrofon, und jemand brachte ihr ein neues. »So ein netter Junge«, sagte die frisch verkabelte Rabbinerin.

»Elektroingenieur! Single!« Alle lachten.

»Unsere Freunde hier auf dem Campus haben ihre eigenen Pessach-Traditionen, aber wir von der Reformbewegung oder alle, die das Bedürfnis haben, die Pessach-Feier auf eine offenere, persönlichere Art zu begehen, sind bei uns am richtigen Platz! Wir möchten Tamar und Rochelle danken und David Goldstein – wo bist du, David? Ich hab dich noch gar nicht gesehen ... ja! Shalom, David! Frohes Pessach! Und ihr alle, wir wissen euren Einsatz so sehr zu schätzen. Nun gehört es auch zur Seder-Tradition, den Fremden an unserer Tafel willkommen zu heißen und unsere Geschichte zu verbinden mit der Geschichte im weiteren Sinne, die wir alle miteinander teilen. Wenn einer leidet, leiden alle. Wenn einer von uns noch versklavt ist, ist niemand wirklich frei. Das ist die Botschaft des Seder-Rituals. Obwohl, als Juden sind wir uns natürlich grundsätzlich uneins darüber, was die Dinge wirklich bedeuten. Meine Mutter hat zum Beispiel immer gesagt: Sie hassten uns. Sie versuchten uns zu töten. Wir sind noch da. Jetzt lasst uns essen!«

Mark, der zu Lewyns Rechten saß, wieherte los. Verwundert drehte Lewyn sich zu ihm um. So witzig hatte er das jetzt nicht gefunden.

Die Seder in seiner Familie waren immer eine eher freudlose Angelegenheit gewesen, alle herausgeputzt in unbequemer Festtagskleidung und der Tisch mit dem feinen, besonders zerbrechlichen Geschirr gedeckt. Immer gab es lange Vorträge und für die hungrigen Kinder nichts als die guten Gerüche aus der Küche. Bis das Essen endlich von einem uniformierten Dienstmädchen aufgetragen wurde, galt es viele Reden und Fragen und Weingetröpfel und Hochhalten von Petersiliensträußen zu überstehen. Sein Vater und sein Onkel Bruce, Tante Debbies Mann, hatten die hebräischen Formulierungen auswendig aufgesagt, während er und Sally und Harrison (wie auch seine Cousins, die im Gegensatz zu ihnen sogar ihre Bar-Mizwa gefeiert hatten) auf gut Glück durch die phonetische Version stolperten, die unter den jeweiligen hebräischen Passagen in ihren Textbüchern abgedruckt war. (Was Lewyn an die verschwindend geringe Möglichkeit erinnerte, dass seine Schwester auch da sein könnte, in diesem Raum mit so vielen anderen Juden von der Cornell. Vorsichtig blickte er sich um, aber von Sally keine Spur.)

Die Rabbinerin, die ihr Mikrofon geziert mit zwei Fingern hielt, sprach nun den Kiddusch, und dann nahm alles endlich Fahrt auf: das Karpas, das Brechen der Matze, die Nacherzählung des Auszugs aus Ägypten, die Erklärung des Seder-Tellers (die Orange hatte offenbar damit zu tun, dass alle Sexualformen und Geschlechter einbezogen waren, was zumindest einem von Lewyns Gästen sichtlich Unbehagen bereitete), das Tröpfeln süßen Rotweins von den Fingerspitzen auf ihre Pappteller. Mark würgte fast, als er in das bittere Maror biss, und Jonas lachte ihn aus.

Das »jüngste Kind« war der kleine Junge der Rabbinerin, der so süß lispelte, dass alle Mädchen im Raum unisono aufseufzten. Die vier Söhne wurden von vier Studenten verkörpert, einer davon am Keyboard, die das Ganze als peppige Musical-Einlage aufführten.

Was bedeutet der Seder?

Was bedeutet der Seder für dich?

Was ist das?

Ja … was?

(Es sollte wohl irgendwie originell sein, war es aber nicht. Nicht jeder halbwegs musikalische Jude war eben ein Stephen Sondheim.)

Dann gab es endlich was zu essen. Aus der Küche wurden Tabletts mit Suppenschüsseln hereingebracht, und Lewyn hatte das unvergessliche Erlebnis, seine Gäste mit ihren ersten Matzeknödeln konfrontiert zu sehen.

»Oh, ich weiß«, sagte Jonas. »Das ist dieses Knödeldings. Woraus ist das noch mal gemacht?«

Lewyn deutete auf die Matze auf dem Tisch.

»Ach so«, sagte der aus Virginia. »Die Cracker.«

»Cracker sind das nun wirklich nicht«, erwiderte Lewyn.

»Die Knödel sind aus Crackern gemacht?«

»Und Sodawasser«, sagte eins der Mädchen in blauen Sweatshirts. Sie beugte sich mit einer schweren Schüssel Israeli-Salat zwischen ihnen vor. »Das macht sie lockerer.«

»Also was nun?«, wollte der Junge neben Mark wissen. »Sind sie jetzt aus Crackern gemacht oder nicht?«

Das Mädchen richtete sich auf und warf einen Blick in die Runde, von einem Blondschopf zum nächsten, und schließlich blieb ihr Blick an Lewyn hängen.

»Euer erster Seder?«, fragte sie augenzwinkernd.

»Ich hab die Genehmigung«, war alles, was ihm einfiel.

»Und zwar von mir, wenn du der bist, für den ich dich halte. Sechs Leute, null Vegetarier, null glutenfrei?«

»Ich bin übrigens glutenfrei«, sagte O'Sowieso, und Mark darauf: »Das hättest du Lewyn sagen müssen!« Aber das Mädchen war mit ihrer Salatschüssel bereits beim nächsten Tisch. Sie war klein, mit wild gelocktem dunklem Haar. Lewyn starrte ihr nach.

Die Jungs fielen über das Essen her: Rinderbrust nach der Suppe und Spargel und Kartoffelkugel. Mark tat Charoset auf sein Fleisch.

Jonas biss von einem Stück Matze ab, zog eine Grimasse und fragte, ob es auch Brötchen gebe.

»Keine Brötchen«, sagte Lewyn. »Kein Brot.«

»Vielleicht in der Küche?«, sagte Mark.

»Nein, nein.« Lewyn schüttelte den Kopf. »Man darf hier kein Brot reinbringen.«

»Wieso nicht?«, fragte Jonas verwundert.

Lewyn schwirrte der Kopf. Es war, als müsste man die Schwerkraft erklären.

Dann schaltete die Rabbinerin ihr Mikrofon wieder ein, und das verlorene Afikoman wurde heraufbeschworen.

Während der nächsten zehn Minuten ging alles drunter und drüber, als die Hälfte der Leute aufsprang und durchs ganze Gebäude zu rennen begann. Lewyn, der unfähig schien, sich zu bewegen, hörte sich das Tohuwabohu an, die lachenden Ermunterungen, während Vorhänge zurückgezogen und Bücher in den Regalen hin und her gerückt wurden. Schließlich ein triumphierendes Johlen, als eine Gruppe der ZBT-Bruderschaft mit der Trophäe wiederkam, die sie freudestrahlend der Rabbinerin präsentierten – mit dem Versprechen, das Lösegeld der Jüdischen Friedensgesellschaft zu spenden, wenn sie ihrerseits noch mal die gleiche Summe drauflegen würde. Die Verhandlungen zogen sich in munterem Hin und Her in die Länge, inmitten einer anfeuernden Zuschauerrunde.

»Ich kapier's einfach nicht«, sagte Mark.

»Warte mal«, sagte Sawyer. »Machen die da jetzt irgendeinen Deal?«

»Genau genommen geht es dabei um eine Ablöse.«

Das Mädchen im blauen Sweatshirt war wieder da. Lewyn blickte zu ihr auf. Sie lächelte ihn an, trotz der leisen Missbilligung in ihrem Tonfall.

»Hast du die Jungs denn gar nicht vorbereitet?« Sie stand zwischen Jonas und Mark, so klein, dass sie kaum über ihre blonden

Köpfe hinwegreichte. »Macht nichts, wir sind hier alle Fremde in der Fremde. Alle weit weg von zu Hause, also versuchen wir, wenigstens ein bisschen Spaß zu haben. Wie diese ganzen zurückgebliebenen Kindsköpfe, die unter die Tische abgetaucht sind. Ihr wolltet da wohl nicht mitmachen?«

»Ich hab's gar nicht kapiert«, meinte der Junge aus Virginia bedauernd. »Aber es wär mir auch peinlich gewesen, wenn ich diesen Dingsda gefunden hätte.«

Das Mädchen hob eine Augenbraue. »Nicht-jüdisches Schuldbewusstsein«, sagte sie. »Mal was Neues.«

»War's das jetzt?«, fragte Mark, und das Mädchen schüttelte den Lockenkopf.

»Nein, da kommt noch was. Ihr solltet dableiben.«

»Na klar!«, versicherte er. »Ich würde keine Minute versäumen wollen. Es ist ein Privileg. Wir sind euch so dankbar. Und Lewyn, natürlich.«

Alle Augen richteten sich auf Lewyn. Ihm wurde ganz heiß, als hätte jemand auf Knöchelhöhe eine Flamme angezündet, die plötzlich hochzüngelte: Knie, Hüften, Brustbein, Schläfen. Hilflos starrte er auf seinen leer gegessenen Teller und dachte, wie es ja immer schon sein Fluch gewesen war, dass sein Bruder und seine Schwester so viel besser mit einer solchen Situation zurechtgekommen wären. Die eingeschmuggelten Jungs – seine Freunde, wie es den Anschein hatte – grinsten gutmütig, und Jonas klopfte ihm auf den Rücken. Das Mädchen aber schlüpfte wortlos davon.

Schließlich wurde die Tür geöffnet und wieder geschlossen für Elias und Miriam, deren Er-und-Sie-Becher an jedem Tisch erhoben wurden. Die kleine Rabbinerin erinnerte daran, dass der Seder eine Gelegenheit sei, Solidarität mit den Opfern heutiger Repression und Rechtlosigkeit zu bekunden, »ebenso wie wir einst Sklaven in Ägypten waren. Denn während unsere Geschichte auf alte Plagen wie Viehseuchen, Heuschrecken und Frösche verweist, sehen wir auch zeitgenössische

Plagen wie Rassismus, Sexismus, Homophobie und den immerwährenden Krieg gegen das Recht der Frauen auf freie Entscheidung.«

Lewyn hatte den Eindruck, dass dies bei den Jungs an seinem Tischende nicht ganz so gut ankam. Keiner seiner »Freunde« würde das Recht der Frauen auf freie Entscheidung anerkennen, geschweige denn verteidigen. Doch immerhin war der Abend fast vorüber, und nichts Schreckliches war passiert. Gewiss konnte jetzt nichts mehr schiefgehen.

»Jedes Pessach sollte uns an soziale Gerechtigkeit gemahnen«, schloss die Rabbinerin mit ihrer dünnen Stimme. »Der Seder erinnert uns an die Tatsache, dass das Politische immer auch persönlich ist, also nehmt es persönlich und tut etwas!«

Ihre Worte wurden mit Bravorufen quittiert, und Lewyn, froh, bald sein Heil in der Flucht suchen zu können, warf einen schnellen Blick in die Runde, wie ein Pfadfinderführer, der sich vergewissern will, dass er keinen seiner Schützlinge in der Wildnis verloren hat. Aber sie hatten alle nur Augen für Jim, den Hockeyspieler, den man nicht vom Alkohol hatte fernhalten können; er war unvermittelt aufgesprungen und reckte die Hand in die Luft, als wollte er einen Eid schwören. Aber wozu?

»Entschuldigung«, sagte Jim mit erstaunlich fester Stimme. »Entschuldigung, Leute. Darf ich auch mal was sagen?«

Niemand reagierte. Aber dann kam die Rabbinerin mit dem Mikrofon auf ihn zu. Sie brauchte eine Weile, mit ihren kurzen Beinen. »Natürlich«, sagte sie freundlich. Lewyn, schon wieder wie gelähmt, konnte nur stumm zusehen.

In Michigan gibt's auch jede Menge Juden!, erinnerte sich Lewyn. Das hatte Jim zu seiner Mutter gesagt. Das Herz klopfte ihm im Hals.

»Vielen Dank, ähm ... Rabbi«, sagte Jim. Er war so hochgewachsen und so hager und so auffallend blond.

»Ich wollte nur im Namen meiner Freunde sagen« – mit einer Handbewegung wies er auf ihre kleine Gruppe, als ob jemand hätte bezweifeln können, dass er die gestriegelten Burschen hier am Tischende meinte –, »wie sehr wir es zu schätzen wissen, dass wir von euch willkommen geheißen wurden, obwohl wir nicht hierhergehören. Wie es bei Matthäus fünfundzwanzig heißt: Ich war hungrig, und ihr gabt mir zu essen. Ich war durstig, und ihr gabt mir zu trinken.«

Im Raum breitete sich Unbehagen aus. Lewyn wurde es wieder heiß unterm Kragen.

»Wenn es für euch in Ordnung ist, würde ich gern ein Gebet aus meiner eigenen Tradition sprechen und aus meinem eigenen Herzen.«

Aller Augen im Raum durchbohrten ihn wie Hunderte von Nadeln. Und seine Freunde ebenfalls. O verdammt!

»Ja ... aber gern.« Die Rabbinerin klang bemüht wohlwollend.

Seine Freunde standen auf wie ein Mann, als wäre es von vorneherein so geplant gewesen, was Lewyn bezweifelte. Sie unterstützten ihn nur, das war alles. Es war Jims Show. Sie fassten sich bei den Händen. Sie neigten den Kopf. Sie schlossen die Augen.

»Himmlischer Vater«, sagte Jim ins Mikrofon. »Wir danken dir für die Gemeinschaft, die wir heute erleben durften, und das gute Mahl, das uns bereitet wurde. Wir danken dir für das Willkommen und die Großzügigkeit und für das, was wir hier gelernt haben. Wir danken dir dafür, dass wir die Tatsache feiern dürfen, dass wir alle deine Kinder sind. Wir danken unserem Freund Lewyn, der es uns ermöglicht hat, an diesem Pessach-Seder teilzunehmen.« Lewyn sah auf und begegnete dem betroffenen Blick der Rabbinerin, deren Lächeln inzwischen gefroren war. Ja, klar, er war niemand anders als »Freund Lewyn«, der diesen Moment ermöglicht hatte, und zu welchem von den vier Söhnen der Haggada machte ihn das?

Zu dem bösen, ganz klar.

»Himmlischer Vater, wir wissen, dass es deinem Plan entspricht, uns heute hierherzubringen, und wir warten demütig darauf, diesen Plan zu begreifen. Wir freuen uns über diese Gelegenheit, uns im Kreise deines erwählten Volkes aufzuhalten, den Kindern von Abraham und Sarah, Jakob und Joseph, Moses und Joshua und König David, und wir preisen die besondere Verbindung, die du mit dem jüdischen Volk unterhältst. Wir, die wir deinen Sohn Jesus Christus als unseren Erlöser angenommen haben, leben in der Gewissheit deines ewigen Reiches und wissen, dass es unser Lebenssinn ist, dir und deinem Sohn Jesus zu dienen, der am Kreuz litt, um uns von unseren Sünden reinzuwaschen. In seinem Namen danken wir dir. *Amen.*«

Amen, wiederholten die anderen an Lewyns Tischende.

Amen!, wiederholte die Rabbinerin munter. Zu munter.

Amen, sagte Lewyn, aber nur im Stillen.

Kapitel 16

East Seneca 78

In dem Sally Oppenheimer herausfindet, was »braunes Mobiliar« bedeutet

Ihr Name war Harriet Greene. Sie war die Letzte von fünf Generationen, die hier im Staat New York ansässig waren, seit die Ersten um 1840 in Montreal von Bord gegangen waren. Harriets Urahn war an der Gründung der Ithaca Paper Company Mill beteiligt gewesen, was den Wohlstand der Familie sicherte, bis der Betrieb Mitte der Fünfzigerjahre den Bach runterging. Der Familienstammsitz befand sich in einem Stadtteil zwischen dem College und der Innenstadt, wohin es Sally noch nie verschlagen hatte. Ein paar Wochen nach ihrem Zusammentreffen mit Harriet, an einem bitterkalten Märznachmittag, war sie nun quer durch den Campus dorthin unterwegs.

Sally war in einem Haus aufgewachsen, das genauso groß war wie das, was sie an der East Seneca Street 78 vorfand, auch ebenso alt, Mitte des neunzehnten Jahrhunderts im gleichen pompösen Stil erbaut. Nur sah Harriets Haus ziemlich verfallen aus. Irgendwann war es wohl mal gelb gewesen, aber das schien lange her zu sein. Die Fensterläden, schwarz verwittert, hingen größtenteils lose in den Angeln. Als sie auf die Veranda trat, bogen die Dielen sich unter ihren Füßen.

Harriet öffnete die Tür, bevor Sally auf die Klingel drücken konnte. »Die funktioniert sowieso nicht«, sagte sie grinsend. »Ich hab schon auf der Lauer gelegen.«

Links von der Diele gab es ein großes Wohnzimmer, das mit Möbeln vollgestopft war: Tische, Kommoden, Ohrensessel und Schränke, die meisten davon in Plastikhüllen verpackt. Leinwände, manche gerahmt, viele ungerahmt, lehnten an den kahlen Wänden. Mitten im Raum war gerade noch so viel Platz, dass man sich umdrehen konnte, vorausgesetzt, man schaffte es, irgendwie dorthin zu gelangen.

»Ist ein bisschen voll hier«, sagte Harriet achselzuckend und ging ihr voran in die Küche.

Die Küche war auch vollgestellt, aber nicht mit Möbeln, sondern mit Plastikcontainern, die sich bis zur Decke stapelten. Während Harriet im Schrank nach Teebechern kramte, las Sally von unten nach oben: *Tischwäsche, Leintücher, Bettwäsche (gaufriert), Bettwäsche (glatt).* Sie wollte gerade fragen, was gaufriert bedeutete, als Harriet ihr zuvorkam und wissen wollte, was sie an der Cornell studierte. Keine unerwartete Frage, und doch brachte es sie ein wenig aus dem Konzept.

»Das weiß ich noch nicht so genau«, gab sie zu. »Die meisten Leute wissen es. Ich nicht.«

»Die meisten Leute?« Harriet hatte eine Schachtel Entenmann's-Donuts aus dem Kühlschrank geholt und zwischen ihnen auf den Tisch gestellt. Sie nahm sich gleich einen und biss hinein.

»Na ja, die üblichen Cornellianer haben ihr Leben schon bis zur Rente vorausgeplant. Meine Mitbewohnerin will zum Beispiel Anwältin werden. Und ich habe einen Bruder, der ist auf dem besten Weg in Richtung Weltherrschaft, Gott bewahre.«

Harriet lachte und zeigte dabei ihre grauen Zähne. »Dein älterer Bruder?«

»Schön wär's. Dann wäre er wohl schon eher aus meinem Leben verschwunden. Nein, er ist mein ...« Ärgerlicherweise gab es kein simples Wort dafür. Zwilling konnte man ja nicht sagen. »Also, wir sind Drillinge. Aus dem Reagenzglas.«

»Reagenzglas!« Harriet wirkte schockiert. »Hab schon davon gehört. Hätte nie gedacht, dass ich mal so jemandem über den Weg laufe … Entschuldige bitte. Meine Mutter hat immer gesagt, ich sei so ungehobelt, ich würde sogar Jesus beleidigen.«

»Ist schon okay«, sagte Sally, während sie versuchte, einen Löffel Zucker aus der Schale zusammenzukratzen. Er war steinhart. Offenbar tat Harriet Greene keinen Zucker in ihren Tee und hatte auch nicht so oft Gäste. »Übrigens ist das dort, wo ich herkomme, gar nicht ungewöhnlich. Die Bürgersteige sind voll von Doppelkinderwägen. Aber meine Eltern mussten natürlich übertreiben und gleich drei auf einmal bekommen.«

Harriet schob die Lippen vor, doch ob aus Missbilligung oder nur, um auf ihren Tee zu pusten, konnte Sally nicht erkennen. Die Falten auf ihren Wangen vertieften sich zu Furchen.

»Na, das war garantiert nicht billig. Oje, da trete ich schon wieder ins Fettnäpfchen.«

Natürlich war es nicht billig gewesen. »Das nehme ich an«, war aber alles, was sie dazu sagte.

Harriet goss halbfette Sahne in ihren Tee. »Und was ist mit dem dritten Drilling?«

»Er ist ein bisschen … neben der Spur. Ich meine, nicht richtig durchgeknallt oder so, aber irgendwie schräg. Kommt nicht so gut mit anderen zurecht.« Sie nahm einen Bissen von dem Donut. Vielleicht würde dessen exzessive Süße ja den fehlenden Zucker im Tee ausgleichen. »Was haben Sie …« Sie hatte Harriet fragen wollen, was sie am College studiert hatte, doch plötzlich war ihr eingefallen, dass die Frage sie kränken könnte. Waren Frauen ihres Alters überhaupt aufs College gegangen? Nun ja, an der Cornell hatte es schließlich seit den 1870ern schon Studentinnen gegeben.

»Was habe ich was?«, sagte Harriet. Der Tisch war längst nicht so spektakulär wie das Shaker-Exemplar, das sie unter allerlei Gerümpel in einem Ort namens Homer entdeckt haben wollte. Aber schön war er trotzdem: dunkel, mit geschwungenen Beinen und einer Fläche, die ehrliche Altersspuren zeigte.

»Ähm … ich wollte gerade fragen, was Sie studiert haben. Irgendwas mit Möbeln?«

»Gott, nein!« Harriet lachte. »Krankenpflege an der University of Rochester. Ich war fast vierzig Jahre Krankenschwester. Aber an den Wochenenden bin ich immer schon hobbymäßig nach Möbeln Ausschau halten gegangen. Hab's einfach so durch Übung gelernt. Meine Schichten hab ich nach Möglichkeit so gelegt, dass ich dann drei bis vier Tage auf einmal freihatte, um den ganzen Weg bis nach Buffalo oder rauf bis zur kanadischen Grenze zu fahren, von Tür zu Tür. Ich fand es toll, diese Fahrten ins Blaue, die putzigen kleinen Orte, die Leute, die man da traf. Und wie sie sich immer wunderten, wenn man ihnen gutes Geld bot für Sachen, die sie selbst für Plunder hielten.«

»Wurden Sie denn von den Leuten immer bereitwillig reingelassen?«

»Fast nie«, sagte Harriet. Sie vertilgte schon ihren zweiten Donut. Sally zerbröckelte ihren auf dem Teller. »Im besten Fall lassen sie dich rein, weil sie ein Geschäft wittern, im schlimmsten Fall haben sie ein Waffenlager und glauben, du kommst sie von Staats wegen kontrollieren. Wie oft bin ich unter Gewaltandrohung verjagt worden! So ein alter Idiot auf einer Farm bei Geneseo hat mich fast erschossen, als ich seine Einfahrt raufkam. Er wollte nicht glauben, dass ich keine Missionarin aus Palmyra bin! Er schrie immer nur, er würde schießen, wenn ich noch einen Schritt näher käme. Und kaum einen Monat später haben sie ihn zu mir in die Kardiologie gerollt. Sieben Wochen musste ich mich um den alten Knaben kümmern, aber zum Schluss hat er sich bei mir entschuldigt. Er hatte dann sogar einen sehr schönen Sheraton-Tisch und einen uralten schwarzen Seidenkrepp, aus dem man früher Trauerkleidung genäht hat. Die Sachen hat er mir für sehr wenig Geld überlassen, wahrscheinlich, weil ihm der Auftritt mit der Schrotflinte so peinlich war.«

»Wow«, sagte Sally. Sie fand einfach alles an dieser Geschichte faszinierend.

»Haben Sie den hier auch irgendwo gefunden?«, fragte sie und klopfte auf den Küchentisch.

»Nein. Das ist ein Erbstück, väterlicherseits. Ich bin nicht sentimental. Ich würde ihn verkaufen, wenn es jemand gäbe, der ihn haben wollte, aber die Leute mögen keine viktorianischen Möbel mehr. Alles praktisch wertlos. Sie nennen es ›braunes Mobiliar‹. Zu Großvaters Zeiten stand dieser Tisch im Esszimmer. Um den haben wir uns immer zu Weihnachten versammelt.«

»Wow«, wiederholte Sally. Sie kam sich langsam albern vor, so gerührt zu sein. Von einem Tisch? Oder war es die Vorstellung des Familienfestmahls in dem altertümlichen Esszimmer, das jetzt mit verhängten Möbeln vollgestellt war? Edel gedeckt mit besticktem Leinen, Porzellan, Silber, Kristallglas. An einem Tisch zu sitzen, an dem schon deine Vorfahren gesessen hatten – was für ein irrer Gedanke! Dieses bescheidene Stück »braunes Mobiliar« bezauberte sie ebenso wie der Shaker-Tisch im Museum, wenn auch auf etwas subtilere Weise.

Harriet angelte sich noch einen Donut aus der Schachtel. Sie war eine robuste Person, füllig um die Mitte, das weiße Haar (das sie im Museum offen getragen hatte) jetzt zu einem lockeren Knoten hochgesteckt. Im Jahr 2001 wirkte sie fast fehl am Platz, als ob sie wüsste, dass sie es nicht weit ins neue Jahrhundert schaffen würde, und sich deshalb gar nicht erst darauf einließ. Sie musste wohl … Sally konnte das Alter von Leuten über zwanzig nicht gut einschätzen, zumal es in ihrer Heimatstadt nicht üblich war, sich dem natürlichen Alterungsprozess kampflos anheimzugeben. Die Walden-Mütter hätten im Traum nicht daran gedacht, den Tag ohne eine vorsorgliche Schicht Sunblocker zu begrüßen, und wenn sie Entenmann's Donuts aßen, dann taten sie es heimlich. Zu gern hätte sie gewusst, wie alt Harriet war, doch als sie zu der Frage ansetzte, kam stattdessen etwas gänzlich Unerwartetes dabei heraus.

»Was?« Harriet drehte den Kopf zur Seite. Offenbar hörte sie auf dem einen Ohr besser als auf dem anderen.

»Ich habe gesagt: Wenn Sie nächstes Mal auf Möbelsuche gehen, kann ich dann mitkommen?«

Kapitel 17

Durcheinander

In dem Harrison Oppenheimer kurz erwägt, sein Heil in der Flucht zu suchen

Nach Elis Anschuldigung und Carlos' vehementem Abstreiten dieser Anschuldigung begann alles allmählich aus den Fugen zu geraten.

Es wurde viel debattiert, viel gestritten, wobei sich etwa die Hälfte der Studenten auf die Seite des angeblichen Plagiators schlug, die andere Hälfte sich in moralischer Empörung zu dem selbst ernannten Plagiatsopfer bekannte, und die paar Restlichen versuchten, sich rauszuhalten, ihren Gemüsegarten zu bestellen und sich weiter mit den Stoikern zu beschäftigen, bis sich die ganze Angelegenheit von selbst geklärt hatte.

Aber die traurige Wahrheit war: Ein solches Durcheinander löste sich nicht so einfach *von selbst* auf. Das funktionierte nur – wenn überhaupt – über Konfrontation, vielleicht auch mit Geschrei verbunden, gefolgt von (so schauderhaft es klingen mochte) versöhnlichen Umarmungen. Meistens jedoch, wofür es genügend historische Beispiele gab, nahm das Durcheinander einfach seinen Lauf, bis ihm schließlich die Puste ausging. Und als klar wurde, dass sie mit all ihren Debatten nur auf der Stelle traten, begannen die Roarke-Studenten, sich jenseits ihrer Fraktionsgrenzen gegenseitig zu ignorieren, und die Gemeinschaft, die sie bei der Lektüre von Platon und dem Ausmisten von Kuhställen im Herbst und Winter aufgebaut hatten, erodierte zusehends.

Ende März dann schien der Schaden sich einfach nicht mehr beheben zu lassen. Carlos und seine Getreuen nahmen nicht mehr an den gemeinsamen Mahlzeiten teil; stattdessen luden sie sich ihre Teller in der Küche voll und aßen in einem der Seminarräume, während der Rest sich verdruckst am Esstisch versammelte und dort strikt über akademische Themen sprach, das Einzige, an das alle dachten, wohlweislich aussparend. Auch in den Seminarräumen kippte die lange verschleierte Feindseligkeit allmählich ins Persönliche. Mit anderen Worten, der Kern hielt nicht; während der Zusammenhalt unter den Studenten immer mehr zerfiel, taten sich überall Risse im System auf. Die Seminare fingen mit Verspätung an oder hörten vorzeitig auf, und wie eine Epidemie breitete sich der Hang zum Verschlafen aus, was wiederum die zu versorgenden Tiere stresste. Manchmal gingen ihnen wegen schlampiger Planung die Vorräte aus und hin und wieder sogar fast die Futtermittel, das Heu und das Stroh für die Tiere.

Und mittendrin, wie im Auge des Sturms, Eli Absalom Stone – der Urheber der Krise oder ihr Opfer, je nach Sichtweise. Eli war kein Jota von seinen üblichen Abläufen und Verantwortlichkeiten abgewichen, die sich nun auch noch auf die Durchsicht der Bewerbungen und die Suche nach einem Dozenten für Wissenschaftsgeschichte erstreckten. Er stand immer noch zur gewohnten Zeit auf, ging unter die Dusche, holte sich schwarzen Kaffee und ein Stück Obst aus der Küche und begann pünktlich mit seinem Tagwerk. Von Zeit zu Zeit sah man ihn mit Emmanuel oder einem der Justins die Straße entlang in Richtung Jackson wandern, ansonsten saß er meist in seinem Lieblingssessel im Gemeinschaftsraum und powerte in dem ihm eigenen beschleunigten Tempo durch ein Buch. Abends saß er mit am Tisch, reichte das Salz rüber, sparte nicht an Komplimenten für den Koch (Gordon, der ihn nur noch finster ansah) und tat so, als ginge ihn die ganze angespannte Stimmung nichts an. Außerhalb der zu dem Thema angesetzten Meetings weigerte er sich, Carlos oder die ihm angelastete Untat zu erwähnen. Er weigerte sich, auch nur ansatzweise die Verantwortung für den Schlamassel zu übernehmen, in dem sie sich jetzt alle befanden. Nie ließ er sich in die Karten schauen, und nie knickte er ein. Aber der Schaden breitete sich immer weiter aus und nahm sie alle gefangen.

Harrison litt am meisten unter dem Zusammenbruch der Kameradschaft. Zum ersten Mal in seinem Leben hatte er sich unter jungen Männern seines Alters wohlgefühlt, nach dreizehn Jahren Schule, acht Jahren Feriencamp und der permanenten Anwesenheit eines Bruders. Was die Roarke-Studenten miteinander verband, war die Tatsache, dass sie sich speziell *für* dieses College entschieden hatten, dann *von* dem College ausgewählt worden waren, dem sie schließlich vor allen anderen Colleges den Vorzug gegeben hatten. Glücklich war er gewesen in dieser Gruppe der vierundzwanzig Gleichgesinnten, gern hatte er mit ihnen gegessen und gelesen und über Semiotik diskutiert, gern mit ihnen Kühe gegen Mastitis behandelt. Nach der erzwungenen Walden-Kumpanei war es Roarke, das ein echtes Gemeinschaftsgefühl in ihm geweckt hatte. Jetzt war das alles dahin, oder zumindest war nicht mehr viel davon übrig.

Just zu diesem heiklen Zeitpunkt erhielt Harrison einen Brief vom Harvard Admissions Office, mit der Anfrage, ob er sich diesen Herbst immatrikulieren oder seine Einschreibung noch einmal verschieben und erst im nächsten Jahr überwechseln wolle. Er ertappte sich dabei, dass er ernsthaft erwog, seine Entscheidung für Roarke zu revidieren, und zwar zum ersten Mal, seit er sich im Symposium mit Dr. Vernon Loring unterhalten hatte. Während er den Hühnern hinterhergelaufen war und Heuballen gerollt hatte, waren seine Zeitgenossen in Harvard dabei, wichtige Kontakte zu schmieden und nebenbei auch eine gute Ausbildung zu erhalten. Genau das, was Harrison am Roarke verpasste. Wenn er, wie geplant, im nächsten Jahr nach Harvard wechselte – also mitten im Studiengang –, würde man ihn dort wahrscheinlich im Zimmer irgendeines Losers unterbringen, eines Studienabbrechers oder Psychos, und sein zukünftiger Mitbewohner wäre jemand, der freiwillig mit so einem Typen zusammenwohnen wollte! Abgesehen davon würde man ihn an der Uni mit all den läppischen Grundkursen belästigen, die er bislang versäumt hatte, faden Veranstaltungen, die von irgendwelchen Assistenten abgehalten wurden. Würde er das nach der inspirierenden Zeit am Roarke College überhaupt aushalten?

Also war es schon verlockend, lieber gleich zu wechseln. Das eine Roarke-Jahr konnte man noch als Auszeit verbuchen, in der er in den Tiefen der Wälder von New Hampshire einiges über Hühnerhaltung, Selbstversorgung und Linguistik gelernt hatte. Er konnte im zweiten Studienjahr in Harvard anfangen, und seine Eltern wären sicher hochzufrieden. Er konnte, auch wenn es ihm peinlich war, schlicht und einfach seine Meinung ändern.

Doch plötzlich, in diesem Moment für ihn völlig uncharakteristischen Schwankens und Zauderns, tauchte ein neuer, aufregender, gänzlich unvorhergesehener Faktor auf.

Eines Morgens, als Harrison mit seinem immer irgendwie entmannend wirkenden Eierkorb in Richtung Hühnerstall hinausstapfte, war er überrascht, den Autor von *Gegen die Jugend* dort stehen zu sehen, als ob er auf jemanden wartete, obwohl niemand außer Harrison um diese Tageszeit dort auftauchen konnte. Und tatsächlich hob Eli Absalom Stone lässig grüßend den Arm.

»Harrison«, sagte er.

Aus irgendeinem Grund fühlte Harrison sich bemüßigt, zunächst mal den Eierkorb auf dem eisigen Boden voller Hühnermist abzustellen.

»Oh, hallo«, sagte er.

»Entschuldige die Störung«, sagte Eli. »Ich weiß auch nicht, ich hätte vielleicht eine nettere Umgebung hierfür finden sollen.«

»Netter ... als das hier?«

»Nun ja, es hat einen gewissen bukolischen Charme.« Eli ließ die Andeutung eines Lächelns erkennen.

Beider Atem dampfte. Absurderweise hatte Harrison das Gefühl, sich entschuldigen zu müssen. Aber wofür? Für die Hühner? Oder für die Angespanntheit in der Gruppe?

»Ich glaube, ich hätte dich besser warnen sollen, bevor ich meine Bedenken wegen Carlos publik machte«, sagte Eli.

»Ah so?«

Er hatte sich Carlos freundschaftlich verbunden gefühlt, aber nicht in irgendeiner speziellen Weise. Der Einzige, der für ihn aus der Gruppe herausragte, stand direkt vor ihm.

»Du bist echt ein gutherziger Mensch«, meinte Eli, und Harrison hätte fast aufgelacht. Was sein Bruder Lewyn und seine Schwester Sally wohl dazu gesagt hätten? Gutherzig! Als ob die beiden das Monopol darauf hätten! Sally hatte ihren Aufsatz für die Aufnahme ans College über das Wildtier-Reservat geschrieben, das zufällig an das Familiengrundstück auf Martha's Vineyard grenzte, sodass sie dreieinhalb unverbaubare Hektar an erstklassiger Aussicht dazubekamen. Lewyn hatte es nicht geschafft, für seinen Walden-Abschluss ein gemeinnütziges Projekt aufzutreiben (was eine verpflichtende Voraussetzung war), also hatte unsere Mutter kurz mal ihre Verbindungen spielen lassen und ihn bei Dress for Success untergebracht, wo er die vorgegebene Stundenzahl im Schuhschrank absaß und seine Hausaufgaben erledigte. Und da sollte ausgerechnet er, Harrison, der selbstbezogene Egoist sein? Gewiss war er ebenso gutherzig wie seine Geschwister, auch wenn das nicht viel heißen mochte.

»Nett von dir«, war alles, was ihm einfiel. Wo war seine Schlagfertigkeit geblieben? Er fühlte sich schrecklich befangen, als ob ein hübsches Mädchen sich auf einmal für ihn interessierte. Und vor ihm auf dem Boden stand sein dämlicher Eierkorb.

»Ich finde es beeindruckend, wie du damit umgegangen bist, angesichts deiner Freundschaft zu Carlos. Das war bestimmt nicht leicht für dich.«

»Ach, so eng befreundet sind wir eigentlich gar nicht«, hörte Harrison sich sagen. Und siehe da, schon waren er und Carlos als Nicht-Freunde definiert, falls sie denn je Freunde gewesen waren.

»Ich weiß«, sagte Eli Absalom Stone, »was das in so einer Gemeinschaft für eine Herausforderung bedeutet. Wenn es doch nicht in erster Linie ums Prinzip ginge. Aber das tut es nun mal.«

»Eben«, stimmte Harrison ihm zu.

»Ich bin diesen Sommer zu einer Konferenz in Virginia eingeladen. Eine Art Thinktank, an dem ein paar Leute beteiligt sind, die ich kenne. Es ist im Juli, in Monticello.« Harrisons Gedanken rasten in dem Bemühen, sowohl Elis Worten zu folgen als auch das Gesagte zu interpretieren – *Konferenz, Virginia, Monticello!* –, doch Eli sprach schon weiter: »Sie segeln sozusagen absichtlich unter dem Radar. Aber es sind großartige Leute, sie unterstützen mich in meiner Ausbildung und in dem, was ich im Leben vorhabe.«

Harrison war verwirrt. Elis Ausbildung? Hatte die nicht rein autodidaktisch in einer Berghütte in Virginia stattgefunden? Aber dann fiel der Groschen.

»Hast du über sie von Roarke gehört?«

Eli nickte.

»Na ja, ich dachte, du möchtest vielleicht mitkommen. Es sei denn, du willst den Sommer lieber mit deiner Familie verbringen ...«

Was? Mit seiner Familie? Es schauderte ihn fast. Allerdings zitterte er ohnehin schon vor Kälte. »N...nein«, stotterte er. »Auf keinen Fall.«

»Ich werde dort einen Vortrag halten«, sagte Eli. »Und das könntest du auch, falls es dich interessiert. Nichts sonderlich Formelles, jeder kann über jedes beliebige Thema sprechen. Ich zum Beispiel hab letztes Mal über meinen Bildungsweg abseits des Schulwesens referiert. Du könntest vielleicht über deine Erfahrungen an einer linksgerichteten Schule sprechen und was es für einen jungen konservativen Intellektuellen wie dich bedeutete. Das würde die Teilnehmer bestimmt interessieren.«

Doch Harrison hinkte immer noch einen Satz hinterher. Nicht nur, dass er sich so selbstverständlich als Intellektuellen bezeichnet sah (was bisher noch niemand getan hatte, außer er selbst natürlich, im Stillen), sondern darüber hinaus auch als »konservativ«, was ihm bisher noch nie so dezidiert in den Sinn gekommen war. Instinktiv schreckte er vor dem Wort zurück, aber – wie ihm sogleich auffiel – das war wieder mal nur der Walden-Effekt. In der Walden galt alles Konservative als pures Gift, gegen das man automatisch in die Defensive ging. Aber nicht er! Seit er unabhängig zu denken gelernt hatte, war der sogenannte progressive Wertekanon für ihn nicht mehr von Belang, und doch fühlte Harrison Oppenheimer sich wie vor den Kopf geschlagen, als er sich zum ersten Mal als konservativer Intellektueller tituliert sah. Natürlich hatte Eli Absalom Stone das vor ihm erkannt. Ein weiterer Beweis, dass Eli einfach noch etwas klüger war.

»Das geht in Ordnung«, sagte Harrison. Sollten sie ihr Abkommen jetzt mit Handschlag besiegeln? Oder sollte er seiner überbordenden Dankbarkeit auf andere Weise Ausdruck verleihen, vielleicht, indem er auf und ab hüpfte und Eli um den schlanken braunen Hals fiel?

Sie wurden von einem Ruf aus dem Haupthaus unterbrochen, wo das Frühstück nicht zubereitet und kein Kaffee gekocht worden war, weil Gordon und Tony und Carlos offenbar bei Nacht und Nebel aus dem College verschwunden waren, unter Hinterlassung eines Briefes an ihre Kommilitonen und Dozenten, in dem sie ihren vorzeitigen Austritt aus dem College aus prinzipiellen Gründen rechtfertigten, um niemals wieder zurückzukehren.

Kapitel 18

Irgendwer anders

In dem Lewyn sich der Verantwortung bewusst wird, die eine Vormundschaft mit sich bringt

Lewyn war der Einzige von ihnen, der in den Semesterferien nach Hause fuhr. Harrison machte keine Ferien (vielleicht gab es an seinem komischen College gar keine?), und Sally zog es anscheinend vor, in Ithaca zu bleiben, um so was wie ein Praktikum bei einer Antiquitätenhändlerin zu machen. Also fand Lewyn sich in einer misslichen Lage, allein mit unserer Mutter und der kleinen Person (die seit dem letzten Winter ordentlich zugelegt hatte), während alle anderen durch Abwesenheit glänzten, besonders unser Vater.

Johanna ging es entsprechend schlecht; sie musste sich ganz allein um das Baby kümmern, bis auf die vier Stunden jeden Nachmittag, die eine Frau namens Marta ihr das Kind abnahm und es auf der Esplanade spazieren fuhr, um anschließend noch die Wäsche zu machen. Während dieser Pause tauchte unsere Mutter dann meist in seinem Zimmer auf und fragte ihn über das College und seine neuen Freunde aus oder – schlimmer noch – über Sally, die Johanna offenbar noch mehr verschwieg als er. Wer, wollte sie wissen, waren Sallys Freunde? Hatte Sally irgendwelche Verehrer? Und was hatte es mit dieser Antiquitätentante auf sich, mit der seine Schwester so viel Zeit verbrachte, obwohl sie doch nicht mal zum College gehörte? (Typisch Sally, dachte Lewyn, sich an einem Ort voller Akademiker an eine Person zu hängen, die nichts mit der Uni zu tun hatte.) Auf all ihre Fragen konnte Lewyn keine befriedigenden Antworten liefern und erst recht keine Erläuterungen dazu, was sein Bruder in New Hampshire trieb, denn die einzigen Infos, die er hatte, stammten von Johanna selbst:

Harrison wusste jetzt alles über Hühner!

Harrison konnte Lastwagen fahren – mit Gangschaltung!

Harrison würde einen Teil des Sommers an einem Institut in Virginia verbringen, wo er einen Vortrag halten sollte!

Lewyn wusste dazu rein gar nichts zu sagen.

»Wenn du Donnerstag Zeit hast«, sagte unsere Mutter, »dann begleite mich doch bitte zu einer Besorgung. Ich könnte deine Hilfe brauchen.«

»Kann das nicht Marta machen?«, fragte er automatisch, obwohl er gar nichts anderes vorhatte.

»Nein, sie besucht ihren Bruder in der Bronx. Es dauert auch nicht lange.«

Also willigte er ein.

Am Donnerstag drückte Johanna ihm die Kleine in den Arm, während sie und der Mietwagenchauffeur eine verwirrende Anzahl von Riemen festzurrten, um den Kindersitz auf der Rückbank anzubringen. Hinten war nicht genug Platz für sie drei, sodass er mit dem Sitz vorliebnehmen musste, auf dem der Fahrer zuvor sein Frühstück eingenommen hatte, und der Mann machte keinen Hehl daraus, wie sehr es ihn verdross, die Überreste wegräumen zu müssen. Ein Hindi-Sender dudelte leise vor sich hin, und das Baby fing an zu quengeln, weil sein Spielzeug runtergefallen war. Kaum waren sie an der Brooklyn Bridge, ging ein Wolkenbruch nieder.

Als sie nördlich vom Pan Am Building an der Park Avenue hielten, fiel ihm auf, dass er gar nicht gefragt hatte, wo sie überhaupt hinwollte, aber aus der Umgebung ließ sich schließen, dass ihre Besorgung wohl finanzieller oder juristischer Natur war. Nun, da seine Mutter und der Chauffeur sich wieder an dem Kindersitz zu schaffen machten, schien ihm auch nicht der passende Moment, um nachzufragen, also hielt Lewyn nur unbeholfen einen Schirm über den Buggy und wartete, bis das Baby in seiner Sitzschale dort eingeklinkt wurde. Dann ging er mit hocherhobenem Schirm hinter den beiden her ins Gebäude.

Im Warteraum von Burke Goldman Finn & Emerson überraschte Johanna ihn damit, dass sie ihm das mittlerweile dösende Kind anvertraute.

»Was?«, sagte er alarmiert. »Und wenn sie aufwacht?«

»Das schaffst du schon«, sagte Johanna und blickte nicht zurück, als sie einem jungen Mann den Flur hinab folgte.

Warte!, rief er ihr nach, aber vielleicht nicht laut. Das Herz klopfte ihm im Hals. Die neun Monate alte Person da vor ihm, mit ihrem erhitzten, glänzenden Gesicht und Schnodder an der Nase, ekelte ihn an.

»Oh! Darf ich mal gucken?« Die Rezeptionistin war hinter ihrem Pult hervorgekommen. Mit einer erstaunlichen Geschmeidigkeit, wie durch lange Yogapraxis erworben, beugte sie sich aus der Hüfte vor. »Was für eine Süße!«, flüsterte sie. »Wie heißt sie denn?«

»Ähm, Phoebe«, sagte Lewyn.

»Hübsch! Was bedeutet das?«

Er sah sie an. Was war das denn für eine Frage? Das P von dem Namen des Babys, hatte ihm mal einer erklärt, sei zur Erinnerung an unseren Großvater Philip Hirsch, Johannas Vater, der vorigen Winter bei einem Ringkampf unseres Vetters in New Jersey zusammengebrochen war und nie wieder das Bewusstsein erlangt hatte; Lewyn hatte damals nicht verstanden, was das bedeuten sollte, und verstand es bis heute nicht.

»Keine Ahnung«, sagte er.

Die Frau blickte zweifelnd zu ihm auf. »Na, auf jeden Fall ist sie ein Schatz«, sagte sie schließlich.

Sie kehrte an ihr Pult und ihren Computer zurück.

»Ba«, sagte Phoebe, seine Schwester, aus ihrem Plastiksitz, aber sie war noch nicht ganz wach geworden. Ihre dicken Lippen nuckelten an einer imaginären Flasche. »Nippel.« Das Wort kam ihm spontan in den Sinn, mit einem erneuten Anflug von Ekel. Sie steckte noch in ihrem Daunenoverall, die Kapuze halb übers Gesicht gerutscht, die Fäustchen kaum aus den schmuddelig weißen Ärmelbündchen hervorschauend. Zum ersten Mal fragte er sich, ob unsere Mutter dieses Baby wohl stillte, doch das konnte ja gar nicht sein. Hatte sie ihn und seine Geschwister gestillt? Die Vorstellung, dass sie sich ihre Mutterbrust geteilt hatten, womöglich sogar gleichzeitig, löste fast Brechreiz bei ihm aus. Was, wenn das Baby jetzt aufwachte und Milch wollte? Was, wenn es ihn ansah und er gezwungen war, es auch anzusehen?

»Mr. Oppenheimer?«

Die Rezeptionistin hielt das Mikro ihres Headsets ein Stück von ihrem sehr roten Mund weg.

»Würden Sie bitte in den Konferenzraum kommen? Es ist die vierte Tür links. Mr. Goldman wird Sie dort treffen.«

Lewyn starrte sie verblüfft an. »Ich … ähm …«, stammelte er. Sie lächelte nur, eine rote Grimasse.

»Bitte, Sie werden erwartet.«

»Aber was ist mit ihr hier?«

Die Rezeptionistin verzog ihren Clownsmund. »Tja, ich kann leider nicht auf sie aufpassen.«

Die Kleine wählte genau diesen Moment, um aufzuwachen. Sie warf einen Blick in den unvertrauten Raum, dann auf den kaum vertrauteren Bruder und setzte zum Plärren an.

»Na toll.« Er packte den Griff des Kinderwagens. Das Baby reckte sich, um ihn besser in Augenschein zu nehmen. Wenn sie unbedingt ein plärrendes Baby im Konferenzraum wollten, dann konnten sie eins haben. Weiter vorn auf dem Flurläufer stand ein rothaariger Mann und winkte ihm zu.

»Gut«, sagte er. »Danke, dass Sie gewartet haben.«

Lewyn schob den Kinderwagen in den Konferenzraum.

»Oh«, sagte Johanna. »Sie braucht sicher eine frische Windel.«

Auch das noch, dachte Lewyn. Die andere Person im Raum, ein Mann mit einem weißen Haarkranz, schaute unverkennbar entsetzt. Er hatte sich nicht vom Konferenztisch erhoben.

»Das war mir nicht klar«, sagte Lewyn.

»Wenn Männer einen Geruchssinn hätten, würden sie sich selbst nicht ertragen«, grinste der Rotschopf. Er schien nicht sehr viel älter als Lewyn zu sein.

»Ich geh sie mal wickeln.« Seine Mutter griff sich den Kinderwagen, von dem Lewyn schnell zurückgetreten war. »Lewyn, das ist Mr. Goldman.« Sie meinte den Kahlkopf. »Und, Entschuldigung, bitte sagen Sie mir doch noch mal Ihren Namen«, sagte sie zu dem, der im Flur gewartet hatte.

»Evan Rosen.« Er streckte die Hand aus. Lewyn schüttelte sie.

»Darf ich Ihnen etwas anbieten?«, fragte Evan Rosen.

Lewyn brauchte eine Sekunde, bis er begriff, dass die Frage an ihn gerichtet war.

»O nein, danke.« Er setzte sich an den Platz, den seine Mutter gerade geräumt hatte. Einige Blätter von einem linierten Block lagen dort, mit ihren handschriftlichen Notizen. Ein Name fiel ihm ins Auge: S.S. Western. Ehe er noch mehr sehen konnte, hatte Mr. Goldman die Blätter an sich genommen.

»Wie ich höre, haben Sie gerade Semesterferien«, sagte er. »Keine Lust auf South Padre Island?«

»Nein, nein, das ist nicht so mein Ding.«

»Ich glaube, unser Evan hier hat sich schon ein paarmal nach Florida aufgemacht.«

»Cabo«, sagte Evan Rosen. »Stilvollere Gesellschaft.«

»Sie sind an der Cornell, nicht? Oder sind Sie der andere?«

Lewyn schwankte kurz, ob er sich als »der andere« ausgeben sollte. Aber seine Mutter würde bald zurückkommen.

»Cornell, ja.«

»Gefällt's Ihnen dort? Ich war in Dartmouth«, warf Rosen ein.

»Ja, klar. Kalte Winter.«

»Nicht so kalt wie Hanover!« Es klang, als ginge es um einen Wettbewerb. »Und Sie studieren …?«

Na klar, hätte er fast gesagt. Anscheinend glaubte jeder, sogar diese beiden, die ihn gar nicht kannten, dass nur der andere irgendwelche Fähigkeiten besaß. Dann ging ihm auf, was gemeint war.

»Ich weiß noch nicht genau. Vielleicht bleibe ich bei Kunstgeschichte.«

»Oh! Sehr ungewöhnlich«, wunderte sich Evan Rosen.

Lewyn hörte das Räderquietschen des herannahenden Kinderwagens im Flur. Vielleicht konnten sie jetzt bald aufbrechen.

»Nein, es ist eine gute Idee«, meinte Mr. Goldman, »wenn jemand in dieser Familie sich mit Kunst auskennt.«

Johanna kam mit dem Kinderwagen herein. Die Kleine nuckelte jetzt an ihrem Saftbecher und schien fürs Erste mit der Welt versöhnt.

»Also gut«, sagte Mr. Goldman. »Lewyn, wir haben hier einige Papiere, auf denen Ihre Unterschrift erforderlich ist.«

»Ba«, sagte das Baby. Es hatte genug von seinem Saft und ließ den Becher zu Boden fallen, worauf es sich prompt zu beklagen begann.

Goldman stand auf, um die bewussten Papiere von einem hochgewachsenen Mann entgegenzunehmen, der gerade den Raum betreten hatte. Er breitete sie vor Lewyn aus. Auf mehreren Seiten pappten Post-its an der oberen rechten Ecke. »Überall, wo so ein Zettel ist, müssen Sie unterschreiben.« Er reichte Lewyn seinen eigenen Federhalter, behielt aber die Kappe, als sei Lewyn nicht recht zu trauen.

»Was unterschreibe ich da?«, flüsterte Lewyn Johanna zu.

»Vormundschaft«, sagte sie. »Deswegen bin ich nicht hergekommen, aber Mr. Goldman hat mich dran erinnert, dass es nötig ist. Und da du nun hier bist, wollte er sich die Gelegenheit nicht entgehen lassen. Der Rechtsassistent hat uns gerade das Schriftstück aufgesetzt.«

Er starrte sie an, aber sie sah gar nicht zu ihm hin, bückte sich nur nach dem Plastikbecher und gab ihn mit einem mütterlichen Glucksen dem Kind zurück.

»Vormundschaft?«, stieß er schließlich hervor. »Für wen?«

»Na, für Ihre Schwester natürlich«, sagte Mr. Goldman lachend, als ob Lewyn schwer von Begriff sei, was im Moment auch nicht ganz von der Hand zu weisen war. Bei »Schwester« hatte er sofort an Sally gedacht. Und falls Sally einen Vormund brauchte, galt das dann auch für ihn? Hatte Johanna sie – oder schlimmer noch, Harrison – ebenfalls unterschreiben lassen? War das wieder dieser ewige Gemeinschaftstick unserer Mutter, den sie absurderweise nun schon in die Zukunft projizierte, um selbst nach ihrem eigenen Ableben noch über sie zu bestimmen?

Dann warf das Baby den Becher wieder runter, und alle sahen zu ihr hin, sodass er endlich begriff. »Was – etwa für *sie*?«

»Keine Sorge«, sagte unsere Mutter, als ob es lediglich um eine Lappalie ginge. »Wir wollen damit einfach nur unsere Wünsche äußern.«

»Das ist dein Wunsch? Ausgerechnet ich als ihr Vormund?«, fragte er ungläubig.

»Doch nicht nur du allein! Ihr alle drei sollt die Verantwortung für eure Schwester übernehmen. Ich meine, wer denn sonst?«

Irgendwer anders, dachte Lewyn. Er hatte ein schreckliches Bild vor Augen, von ihm selbst, Harrison und Sally zusammen am Esstisch, während das Baby mit verschmiertem Gesicht seinen Brei aß. Wem von ihnen konnte man das aufhalsen? Wer von ihnen würde sich dafür hergeben? Unglaublich, dass Johanna so blind war für die Tatsache, dass er und Sally und Harrison gar nicht weit genug voneinander entfernt sein konnten, was auch für unsere Eltern galt und erst recht für diesen unerwünschten, extrem überflüssigen Nachzügler. Keiner der Drillinge hatte vor, jemals wieder ins Elternhaus zurückzukehren. War sie denn noch bei Trost?

Aber er unterschrieb. Natürlich unterschrieb er. Was sollte er sonst machen, in Anwesenheit dieser seriösen Juristen?

Vier Tage später packte er seine Tasche und nahm ein Taxi zum Cornell Club, wo der Bus zum Campus abfuhr. Es war brutal früh an einem Morgen, der nicht viel für den Tag versprach. Er verstaute die Tasche im Kofferraum und stieg in den Bus, um sich einen Platz zu suchen. Selbst hier wurde Lewyn das Gefühl nicht los, dass alle anderen sich kannten und irgendwie befreundet waren. Munteres Geplauder umschwirrte ihn, als er auf die hinteren Sitze zusteuerte. Die Leute blickten kurz zu ihm auf, machten sich nicht einmal die Mühe zu lächeln und wandten sich wieder ihren Gesprächspartnern zu.

Er fand einen Platz ganz hinten, neben der Toilette, in der Hoffnung, dass sich dort niemand neben ihn setzen würde, obwohl der Bus sich rapide füllte. Den Kopf tief über sein Kunstgeschichtsbuch gesenkt, las er dieselbe Seite wieder und wieder, während ein Schatten nach dem anderen im Gang vorbeistrich, bis schließlich doch jemand neben ihm anhielt, und ein zartes Stimmchen sagte: »Ach, hallo.«

Lewyn blickte auf, direkt in die strahlende Miene des Mädchens vom Jüdischen Zentrum. Vor Schreck konnte er sich nicht an ihren Namen erinnern, was ihn umso mehr beschämte, weil sie unfassbarerweise seinen noch wusste.

»Lewyn, richtig?«, sagte sie und stopfte ihren Rucksack unter den Sitz neben ihm.

Lewyn nickte stumm.

»Der die Jesus-Freaks zu unserem Seder mitgebracht hat.«

»Tut mir leid«, sagte er. Mehr fiel ihm nicht ein, und er wunderte sich, dass er überhaupt etwas herausbrachte.

»Ach, macht doch nichts, wir fanden es witzig. Bloß die Rabbinerin war ein bisschen geschockt, aber die sieht das eben nicht so entspannt. Es macht dir doch nichts aus, wenn ich mich hersetze?«

»Natürlich nicht. Ist der Bus denn voll?«

»Meinst du, das wäre der einzige Grund, weshalb ich mich hersetzen würde?«

Er sah sie an. Ihr spitzes Kinn, diese dicken Zöpfe, die dunklen Augen, die eine Spur zu eng zusammenstanden – doch sie war schön. Atemberaubend schön. Lewyn fürchtete sich davor, was passieren könnte, wenn er aufhörte, sie anzusehen.

»Bitte, setz dich doch.«

Sie faltete ihre kurzen Beine in den Sitz, kickte den Rucksack unter den Platz vor ihr. »Ich liebe diesen scharfen Klosteingeruch am Morgen.«

»Tut mir leid«, sagte er, als ob er sie an diesen schrecklichen Ort gelockt hätte.

»Sag mir doch noch mal, wie dein Name buchstabiert wird. Ich hab ihn mir damals aufgeschrieben, als du wegen deiner Freunde im Zentrum angerufen hast, er war irgendwie ungewöhnlich.«

Er buchstabierte ihn für sie. Nie war sein Name ihm so albern vorgekommen. »Nach einem Verwandten namens Lou.«

»Na klar«, entgegnete sie sarkastisch. »So viele Aidans, die nach Avrahams benannt sind, und Tiffanys nach Tzipporahs. Entschuldige.«

Wegen seines Namens?, fragte sich Lewyn. Oder weil sie sich über ihn lustig machte?

»Na ja, wir können ja auch nichts für unsere Namen.«

»Wie wahr«, sagte sie. »Ich hätte mir auch nicht Rochelle ausgesucht.«

Rochelle. *Rochelle, Rochelle*, hämmerte er sich ins Gedächtnis.

»Ich finde, es ist ein sehr schöner Name«, sagte er schließlich. Egal, welcher es war, er hätte ihn schön gefunden.

»Sicher, für 1925. Also, Lewyn, und wie weiter?«

»Was?«

»Dein Nachname?«

»Oh«, sagte er. »Oppenheimer.«

Das Mädchen – Rochelle – wandte sich zu ihm um. »Ist ja irre! Genauso heißt meine Mitbewohnerin!«

In der grauenhaften Leere des Moments überschlugen sich seine Gedanken. *Nicht möglich.* Aber offenbar doch. *Total unwahrscheinlich.* Doch leider Tatsache. *Und einfach furchtbar!* Aber wie konnte es sein, dass dieses Mädchen die Zimmergenossin seiner Schwester war, dass sie so dicht neben Sally schlief wie Jonas neben ihm und trotzdem nichts von ihm zu wissen schien, nicht etwa sagte: »Also du bist der geheimnisvolle Bruder!« oder: »Ich hab schon so viel von dir gehört!« Oder wenigstens irgendwas, aus dem sich schließen ließ, dass ihr die Existenz eines Bruders bekannt war, der einen Steinwurf entfernt im benachbarten Studentenheim wohnte. Er wusste längst, dass Sally in der Uni nichts mit ihm zu tun haben wollte – es störte ihn nicht einmal mehr –, aber jetzt erkannte er, dass sie ihn komplett aus ihrem Leben ausgeblendet und dieses wunderbare Mädchen hier offenbar von Anfang an belogen hatte. *Sie muss mich hassen*, dachte er, aber es bedeutete ihm nichts, weil ihm seine Schwester nichts mehr bedeutete, vielleicht nie mehr etwas bedeuten würde.

Dennoch war es ein Schock, eine grausame Ironie des Schicksals. Es war ein Desaster.

Zugleich aber spürte er einen schwindelerregenden Anflug von Freiheit, denn es bedeutete ja auch, dass Rochelle, diese wunderbare kleine Person, die ihn so amüsiert und mit echtem Interesse ansah, keine Ahnung hatte, wer er war. Mit ihr durfte er jemand anderes sein, anstatt der, den Sally ihr sicher höchst unschmeichelhaft beschrieben hätte. Es war eine fantastische Chance, und er wäre ein Narr, sie nicht zu ergreifen. Er war aber kein Narr, egal, was seine Schwester von ihm hielt. Oder sein Bruder.

»Irre? Nein«, sagte Lewyn und belog sie damit zum ersten Mal. »Oppenheimer ist doch ein ziemlich gängiger Name.«

Kapitel 19

Schwellen

In dem Sally Oppenheimer nicht hereingebeten wird

Der Besuch, zu dem Sally Oppenheimer sich während der Semesterferien nach Ellesmere, New York, aufmachte, war als Überraschung gedacht und darum nicht angekündigt; etwas unüberlegt vielleicht, aber Sally konnte sich keinen Grund vorstellen, weshalb Rochelle sie nicht willkommen heißen sollte. Gut, damals im Herbst, als ihre Mitbewohnerin wegen »familiärer Probleme« heimfahren musste, war ihr Angebot, sie zu begleiten, nicht auf Begeisterung gestoßen, ebenso wenig wie der Vorschlag, sie über Weihnachten zu besuchen. Aber daran dachte sie jetzt nicht mehr. Weshalb sollte Sally sich denn nicht ansehen, wo ihre beste Freundin aufgewachsen war? Und auch mal Rochelles Schulfreundinnen treffen und ihre Mutter kennenlernen und sie vielleicht auf den einen oder anderen schicken Stadtbummel mitnehmen, wonach ein Mädchen aus Long Island sich doch insgeheim sehnen musste?

Rochelle war gleich zu Anfang der Semesterferien aufgebrochen, sobald die letzte Klausur geschrieben war, aber Sally musste noch ein Referat für ihr Frauenstudien-Seminar ausarbeiten. Als sie es zwei Tage später abgegeben hatte, nahm sie sofort den nächsten Bus nach New York. Fünf Stunden später, unbeirrt in ihrer Entschlossenheit, stieg sie an der Penn Station in den Regionalzug nach Ellesmere um.

Als lebenslange New Yorkerin hatte Sally sich noch nie nach Long Island verirrt. Sie wusste nur, dass die Romanfiguren von F. Scott Fitzgerald am einen Ende wohnten und die Filmfiguren von Oliver Stone am anderen, doch was dazwischenlag, war eine Art Niemandsland, und von Ellesmere hatte Rochelle ihr auch nur wenig erzählt: ein paar Anekdoten aus ihrer Schulzeit, wo es meist um Eislaufen und Bowling ging oder Kellerpartys, bei denen jede Menge Gras geraucht wurde (aber nicht von Rochelle), oder Saturday Night Fever in der Marketfair Mall, wo die Mädchen Ralph-Lauren-Polohemden und Mud Jeans trugen und die Jungs alle einen auf Kurt Cobain machten. An dieses nostalgische Shangri-La musste Sally denken, während der Zug sich gemächlich gen Osten wand: eine bunte Collage aus Teenie-Filmen und Zeitschriftenartikeln über das wilde Treiben der Vorstadtjugend. Aber der Himmel war grau und der Nachmittag schon weit fortgeschritten, und allmählich wurde ihr doch etwas mulmig, weil Rochelle nichts von ihrer Ankunft wusste und niemand sie am Bahnhof erwarten würde.

Es standen ein paar SUVs auf dem Parkplatz, als der Zug einfuhr, aber sie alle holten irgendwen ab und waren dann schnell weg, und zurück blieb nur eine junge Frau im Trenchcoat, die ein wenig steifbeinig und verunsichert auf und ab ging. Es gab ein einzelnes Taxi, auf das Sally zusteuerte.

»Wissen Sie, wo das ist?«, fragte sie den Fahrer und zeigte ihm einen Zettel, auf dem sie sich Rochelles Adresse notiert hatte.

»Klaro«, sagte der Mann, der aussah wie von einer Casting-Agentur auf Long Islander getrimmt: Vokuhila, Goldkettchen im Brusthaar. »Kost'n Fünfer. Spring rein.«

Ein Fünfer klang gut. Zu Hause wäre sie damit nicht mal bis zur Brooklyn Bridge gekommen.

Sie fuhren los, aus der kleinen Innenstadt heraus, durch Straßen voller niedriger Häuser. Schließlich begann die Straße sich durch ein Waldgebiet zu winden, vorbei an abgezäunten Wohnanlagen mit anglophilen Namen: Hunter's Chase, Squire Estates. Manche der Residenzen, die sich hinter den Wächterhäuschen erspähen ließen, waren riesig, einige noch mal extra eingezäunt. Zur Rechten tauchte ein Football-Platz auf, geschmückt mit dem Plakat eines Tomahawk schwingenden amerikanischen Ureinwohners: *Rothäute auf dem Kriegspfad!* (In der Walden hätte der Slogan einen Aufschrei verursacht. Allerdings hatte die Walden auch gar kein Football-Team.)

»Da wären wir«, verkündete der Fahrer, während er in eine Sackgasse namens Lorelei Circle einbog. Er hielt vor dem hintersten Haus.

»Danke«, sagte Sally, zahlte und holte ihre Tasche aus dem Kofferraum.

Fünf Häuser, die sich gegenüberstanden: weiß, weiß, weiß, hellblau, weiß, alle mit schwarz gestrichenen Fensterläden. Rochelles Haus hatte eine kleine Veranda mit Beeten davor, die gepflegt wirkten, auch wenn es noch zu früh für Blumen war. Es war sehr still, nur in einem der Häuser bellte ein Hund. Sally sah sich danach um, und in diesem kurzen Moment der Ablenkung wurde ihr bewusst, was hier anders war: In den übrigen Häusern konnte man da und dort einen Blick in die Zimmer erhaschen – ein Stück Wohnzimmer, eine Diele, eine hell erleuchtete Küche. In Rochelles Haus waren alle Vorhänge zugezogen.

Sie klopfte vorsichtig, und nach einer langen Wartezeit hörte sie drinnen Schritte näher kommen.

»Ja?« Rochelles Mutter erschien im Türspalt. »Was gibt's?«

»Mrs. Steiner?«

Sally sah Erleichterung in ihrer Miene. Aber nur kurz.

»Mrs. Steiner? Ich bin Sally. Rochelles Mitbewohnerin.«

»Sally!« Die hagere Frau trat hinaus auf die Schwelle, sie trug Khakihosen und einen Fair-Isle-Pullover. Und Pantoffeln. »Natürlich! Sally! Aber Rochelle hat mir ja gar nichts gesagt.«

Sie schloss Sally in die Arme und drückte sie an sich, und irgendwie roch es plötzlich scharf-säuerlich. »Es sollte eine Überraschung sein«, sagte Sally.

Rochelles Mutter versteifte sich. »Ach! Sie weiß gar nicht, dass du hier bist?«

»Ähm ... nein. Ich meine, ich dachte, ich wollte so gern mal sehen, wo meine Mitbewohnerin herkommt ...«

Und ich wusste, sie würde Nein sagen, wenn ich sie fragen würde, gestand Sally sich ein. Denn es war ein Fehler gewesen, so viel war ihr schon klar. Ein dummer Fehler. Rochelle würde nicht erfreut sein, sie hier unangemeldet aufkreuzen zu sehen, mit einer Reisetasche auf Rollen und vollen zehn Tagen Zeit, bis sie beide wieder zurück in Ithaca sein mussten. Auf einmal wollte sie nur noch weg von diesem so merkwürdig abweisenden Haus.

»Sie ist in die Stadt gefahren«, sagte Rochelles Mutter. »Aber sie kommt bald zurück. Möchtest du so lange auf der Veranda warten?«

Sally runzelte die Stirn. Es war nicht direkt kalt hier draußen, aber so richtiges Verandawetter war es auch nicht. Und es ging schon auf den Abend zu. »Ähm ... okay«, sagte sie zögernd. Sie stellte ihre Tasche an der Verandabrüstung ab; Mrs. Steiner deutete auf einen kleinen Holztisch, an dem zwei Plastikstühle standen.

»Ich bring dir Tee raus!«, sagte Rochelles Mutter, als würde die gastfreundliche Geste die Absonderlichkeit ausgleichen, sie nicht hereinzubitten.

Sally ließ sich auf den leicht nachgebenden Stuhl sinken. Sie zog ihre Wolljacke enger um die Schultern; angesichts der schwindenden Tageswärme wurde es langsam zur Herausforderung, sich an der frischen Luft aufzuhalten. Bald kam Mrs. Steiner mit einem grünen Keramikbecher zurück, in dem ein Teebeutel hing. Das Wasser war lauwarm.

»Also, du kommst aus der Stadt, nicht wahr?«

»Oh. Jaja.« Sally fragte sich, ob sie einen Schluck nehmen sollte, wenigstens aus Höflichkeit.

»Wir haben uns doch damals getroffen, als ihr Mädchen in euer Zimmer eingezogen seid?«

»Ja, sicher.«

»Es macht schon einen Unterschied, wenn du weißt, mit was für einem Menschen dein Kind zusammenwohnen wird. Das wirst du auch noch merken, wenn du später mal deine Tochter ans College begleitest.«

Sally zwang sich zu nicken. Im undurchdringlichen Dunkel ihrer Zukunft war das kein vorstellbares Szenario.

»Da haben Sie recht«, sagte sie. »Wissen Sie, Mrs. Steiner, das hier war eine ganz spontane Idee, und ich glaube, ich sollte vielleicht mal besser wieder los. Mir war gar nicht bewusst, wie weit Ellesmere tatsächlich von der Stadt entfernt ist, da hab ich nicht einkalkuliert, wie lange ich für die Rückfahrt brauchen würde. Wenn Sie Rochelle einfach von mir grüßen würden …«

»Ach nein! Geh noch nicht«, sagte Rochelles Mutter. »Ich glaube, da kommt sie gerade. Das ist unser Wagen.«

Tatsächlich bog gerade ein einstmals weißer Kombi in die Sackgasse ein und hielt in ihrer Einfahrt. Am Steuer Rochelle, die mit verblüffter, ja geradezu entsetzter Miene durch die Windschutzscheibe zu ihnen hinaufstarrte. Sally war elend zumute. *Ich wünschte, ich könnte verschwinden.* Doch unvermittelt hob sie die Hand, die nicht den Teebecher hielt. »Überraschung!«, hörte sie sich rufen wie eine Idiotin.

Rochelle stieg aus. Sie hatte ihren üblichen roten Nylonrucksack über der Schulter hängen und bückte sich nach der Einkaufstüte auf dem Beifahrersitz.

»Okay. Ich bin überrascht«, sagte sie.

»Deine Mitbewohnerin ist den ganzen Weg aus der Stadt hergekommen!«, rief Rochelles Mutter mit zittriger Stimme.

»Ähm, genau genommen direkt aus Ithaca«, warf Sally ein. »Ich meine, ich war auf dem Weg nach Hause, und an der Penn Station hab ich plötzlich den Wegweiser zur Babylon Line gesehen, und das schien mir so poetisch!«

»Die poetische Babylon Line«, seufzte Rochelle. Sie trat auf die Veranda. Ihre Mutter sprang sofort auf, um den Stuhl frei zu machen, und griff nach der Einkaufstüte.

»Die bring ich gleich mal rein!«, sagte sie munter. »Setz du dich nur zu deiner Freundin.«

Sally sah sie schnell mit der Tasche zur Haustür laufen, die sie nur einen Spaltbreit öffnete, dann huschte sie hinein. Die Tür fiel hinter ihr zu. Sally war verunsichert, das alles kam ihr so sonderbar vor. Neben ihr ließ Rochelle sich auf dem anderen Stuhl nieder. »Um ehrlich zu sein«, sagte sie müde, »ich wünschte, du hättest vorher gefragt.«

»Das wünschte ich auch«, gab Sally zu. »Aber dort am Bahnhof, das war wie eine plötzliche Eingebung, die Long Island Railroad, die ganzen Ortsnamen, und da sah ich Ellesmere, und ich dachte ...« (Hier ging ihr die Puste aus, denn mit der Ehrlichkeit war es nicht mehr weit her.)

»Ich bin nicht mal sauer«, sagte Rochelle, und Sally, die inzwischen stinksauer auf sich selbst war, konnte das auch spüren. Aber irgendwas war da.

Und sie erinnerte sich an das letzte Mal, als ihre Mitbewohnerin so überstürzt heimgefahren war: *Ach, irgendwas mit dem Haus. Zu langweilig zu erklären.*

Sie drehte sich um und sah zu dem Haus hin. Eigentlich sah es ganz normal aus, bis auf die zugezogenen Gardinen. Weißer Anstrich, schwarze Fensterläden aus Kunststoff, die Veranda gefegt – der Besen lehnte sogar noch an der niedrigen Brüstung. Die Garagentür war geschlossen.

»Damals hast du gesagt, du müsstest deiner Mutter helfen. Geht es ihr denn gut?«

Rochelle seufzte. »Nein, eigentlich nicht, aber so lebt sie nun schon seit mindestens zehn Jahren. Nachdem meine Eltern sich haben scheiden lassen und mein Vater dann gestorben ist, hat sie irgendwie die Kontrolle verloren. Es ist sehr schwer für sie.« Sie warf Sally einen fragenden Blick zu. »Bist du drinnen gewesen?«

»Drinnen? Nein. Wir ... sie hat mir Tee rausgebracht.«

Rochelle runzelte die Stirn. »Na ja, sie schämt sich, weißt du. Man muss versuchen, es als Krankheit zu sehen. Ich habe Jahre dafür gebraucht, aber jetzt kann ich es so sehen, ich hatte eine gute Therapeutin. Und an der Cornell bin ich natürlich immer noch in Therapie.«

Natürlich? Rochelle hatte nie etwas von einer Therapie erzählt.

»Oh, gut«, sagte Sally schnell. »Aber was ist denn nun mit dem Haus?«

Rochelle lehnte sich auf ihrem Plastikstuhl zurück, die Hände in einer seltsam hilflosen Geste offen im Schoß. Auf der anderen Seite der Sackgasse kam eine Frau mit einem kleinen Jungen an der Hand aus einem der anderen schwarz-weißen Häuser.

»Hi, Mrs. Hennessy«, rief Rochelle. »Hi, Barry.«

Barry, acht oder neun, zog den Kopf ein. Mrs. Hennessy lächelte schwach. Die beiden stiegen in ihren Wagen.

»Die trinkt«, sagte Rochelle. Dann deutete sie der Reihe nach auf die anderen Häuser: »Raucht jeden Tag Shit. Völlig durchgeknallt. Ihr Mann hat mich mal begrapscht, als ich bei ihnen babysitten war. Das Kind ist depressiv. Man könnte meinen, dass es nur in dieser Sackgasse so zugeht, aber es ist doch überall dasselbe. Meine Mutter fing an, Sachen zu horten, nachdem mein Vater weg war, sie konnte einfach nichts mehr loslassen. Gar nichts. Und so wurde das Haus nach und nach vollgemüllt. Es ist so tragisch, niemand hasst es mehr als sie. Außer mir vielleicht. Aber egal was ich versucht habe, es ging alles nach hinten los. Zum Beispiel hab ich mal eine Tüte mit Müll rausgeschmuggelt, und sie hat sie mitten in der Nacht wieder reingeholt und unter ihrem Bett versteckt.«

»Echt? Richtiger Müll?« Sally konnte es kaum glauben.

»Ja. Und einmal hab ich ihr gesagt, jetzt reicht's, ich schaff es weg, und ich hab nicht mehr auf sie gehört, sosehr sie auch geheult und getobt hat – ich hab alles auf die Müllkippe gefahren, damit sie es nicht zurückholen kann. Aber danach ist sie so deprimiert gewesen, dass ich Angst hatte, sie allein zu lassen. Ich meine, ich bin fast zwei Wochen nicht zur Schule gegangen. Schließlich musste ich mich bei ihr entschuldigen und ihr versprechen, nie mehr was aus dem Haus zu schaffen ohne ihre Erlaubnis, die sie natürlich nie erteilen wird. Zumindest nicht ohne Therapie und Medikamente, wovon sie absolut nichts wissen will.«

»Aber ... was macht sie denn, wenn sie was leer gemacht hat? Mit dem Einwickelpapier oder der Shampooflasche?«

»Sie ist einfach nie dazu bereit, von irgendwas verlassen zu werden, und wenn's bloß eine leere Shampooflasche ist. Es ist schon fast ein Wunder, dass sie mich hat gehen lassen, und dann auch noch so weit weg. Klingt verrückt, aber ich finde das sehr tapfer von ihr.« Sie sah hinüber zur anderen Straßenseite, zu den Häusern der Trinker, Kiffer und Grapscher. »Aber ich kann niemand reinlassen. Das würdest du auch nicht wollen, wenn du's sehen könntest. Oder riechen.«

Sally zuckte zusammen. »So schlimm?«

Rochelle warf ihr einen vielsagenden Blick zu. »O ja, Sally. Sehr dreckig. Sehr stinkig. Sehr ungemütlich, das kannst du mir glauben. Freiwillig hätte ich dich nie herkommen lassen, allein schon dir zuliebe. Aber es ist mir nicht peinlich. Wie gesagt, es ist eine Krankheit. Leute werden krank, und manchmal haben sie Glück und werden wieder gesund. Manchmal aber auch nicht. Hier handelt es sich eher um Letzteres.«

»Aber ... verstehst du das? Ich meine, hast du in der Therapie rausgekriegt, warum sie so geworden ist?«

Rochelle verschränkte die Arme vor der Brust. Offenbar fror sie auch. Sie blickte immer noch auf die Häuser gegenüber, auf den dunkler werdenden Himmel über den Bäumen. Wie spät es jetzt wohl war?

»Ich dachte immer wieder mal, ich hätte es kapiert. Hab mir eingebildet, es hätte mit Umweltbewusstsein zu tun – du weißt schon, Müllvermeidung, also nichts wegschmeißen. Dann dachte ich, es ist wie ein Kunstprojekt. Sie drückt damit etwas aus, was sie anders nicht ausdrücken kann. Ich wollte es so interpretieren, dass es irgendwie akzeptabel scheint, wenn schon nicht normal. Okay, hab ich gedacht, meine Mutter ist halt anders, keine typische Hausfrau. Sie will nicht mit den anderen mithalten, die sind ihr völlig egal; sie will einfach nur alles aufbewahren, und fertig. Also hab ich aufgegeben, oder vielmehr, ich kümmere mich nur noch um die psychische Instandhaltung.«

»Ihre?«, fragte Sally und schlug die Beine übereinander.

»Nein. Meine. Ihre ist außer Kontrolle. Sagen jedenfalls meine diversen Therapeuten.« Sie seufzte. »Sally, ich wünschte, du hättest angerufen. Ich wünschte, ich könnte dich reinbitten. Ich wünschte, du könntest über Nacht bleiben, und wir könnten auf der Couch lümmeln, Popcorn futtern und *Letterman* gucken. Aber das ist alles nicht möglich. Ich kann dich nur zum Bahnhof fahren und mit dir auf den nächsten Zug warten, dann sehen wir uns in zwei Wochen wieder an der Uni. Warte mal kurz, ich muss pinkeln gehen.« Rochelle stand auf und verschwand im Haus, und Sally fühlte sich noch unbehaglicher als zuvor. Es war schon fast dunkel, die blätterraschelnde Dunkelheit der Vororte mit den flackernden Lichtern der Fernsehgeräte in der Sackgasse. Sie fühlte sich schrecklich einsam. Und traurig. Und dringend pinkeln musste sie auch.

Am Bahnhof hatte sie Rochelle dann überredet, gleich wieder heimzufahren: *Nichts passiert! Alles gut!* Sie nähme jetzt einfach den nächsten Zug in die Stadt zurück, zu ihren Eltern, und vielleicht würde sogar der kauzige Bruder da sein, falls es in seinem komischen Zwei-Jahres-College in New Hampshire überhaupt Semesterferien gab. Verlegen hatte sie ihre Mitbewohnerin umarmt und gesagt, sie solle bloß nicht mit ihr warten, obwohl der nächste Zug erst um zehn nach acht ging, in einer Dreiviertelstunde. Der Bahnhof war zugesperrt und das Café gegenüber geschlossen. Sally saß auf einer Bank am Bahnsteig und überlegte, was für unfassbare Mengen an Dingen sich hinter der Tür auftürmen mochten, durch die Rochelle und ihre Mutter so verschämt geschlüpft waren – massenweise Hühnerknochen und auch sonst alles, was sie selbst längst weggeworfen hätte. Sie stellte sich vor, wie sie hineinging, irgendwas aus den Stapeln herauszog und es nach draußen trug, sodass drinnen ein kleines bisschen Raum frei wurde. Dann dachte sie an Harriet Greenes Haus, mit all den überzähligen Möbeln und turmhoch gestapelten Plastikcontainern voller Dinge, die aus verwahrlosten Haushalten errettet worden waren, nur um wieder in der Versenkung zu verschwinden.

Sie hatte Johanna nicht gesagt, dass sie in den Ferien heimkommen würde. Vage hatte sie gehofft, nach ihrem Besuch in Ellesmere mit Rochelle im Schlepptau aufzutauchen (auch wenn die Vorstellung, Lewyn dort anzutreffen, die Aussicht eher verdüsterte), aber nun wurde ihr doch irgendwie bange bei dem Gedanken, nach Brooklyn Heights zurückzukehren. Wie sie so allein auf dem dunklen, menschenleeren Bahnsteig saß, holte sie ihr Smartphone hervor und tippte eine Botschaft an ihre Mutter, dass sie eine tolle Gelegenheit für ein Praktikum bei einer Antiquitätenhändlerin habe. Zwar hatte sie es noch gar nicht mit Harriet besprochen, aber Tatsache war, dass viele Studierende in den Semesterferien auf dem Campus blieben – nicht jeder schwirrte ab, um sich zu Hause bei den Eltern bedienen zu lassen oder am Strand von Florida Party zu machen! Sie blieben da, um zu arbeiten oder Stress abzubauen oder ein Projekt durchzuziehen, und so ein Projekt hatte sie jetzt eben auch: eine erste Vorstellung davon, wie ein sinnvolles Leben in dieser Welt gelingen könnte.

Als der Zug einfuhr, folgte sie ihrer eigenen Spur der Brotkrumen den ganzen Weg zurück: zur Penn Station, zum Port Authority Busbahnhof, wo sie auf den Bus nach Buffalo wartete, der am nächsten Morgen um drei Uhr siebenunddreißig in Ithaca eintraf. Eine lange Reise durch die Nacht.

Kapitel 20

Schwelgen und Fürchten

In dem Lewyn Oppenheimer das gelobte Land der Liebe betritt und einiges über seine Schwester erfährt

Als der Bus aus Manhattan abfuhr, war er schon bis über beide Ohren verknallt. Nicht nur, dass er noch nie verliebt gewesen war, er hatte auch nie so recht geglaubt, dass es diesen Zustand im wirklichen Leben überhaupt gab und nicht nur in Mythen und Märchen, Idealgestalten, Kitschpostkarten und Melodramen. Doch als es ihn selbst traf, begriff er sofort, was ihm geschah. Lewyn Oppenheimer, ein ganz gewöhnlicher Junge mit einem scheinbar gewöhnlichen Nachnamen und einer Menge Dinge, die er plötzlich unbedingt loswerden wollte, war verliebt in Rochelle Steiner – so erstaunlich clever, so witzig, so voller Dynamik, Pläne und Vorsätze! Vielleicht nicht direkt hübsch im landläufigen Sinne, aber von geradezu magnetischer Anziehungskraft, während er sich immer für das genaue Gegenteil davon gehalten hatte.

Zum ersten Mal im Leben fühlte er sich total lebendig. Er lief und stieg Treppen und legte sich abends mit einem Gefühl von strotzender Gesundheit und Energie ins Bett, wie er es nie zuvor erlebt hatte. Auch im Kopf fühlte er sich wacher als sonst, nicht nur, was Rochelle betraf (obwohl er ständig an sie dachte), sondern auch im Unterricht und in der ganzen quirligen Campuswelt jenseits seines müffeligen Zimmers im Clara Dickson Hall. Wenn er kreuz und quer über Campuspfade ging, wenn er mit einem Kunstgeschichtsbuch vor sich (oder mit Rochelle Steiner!) beim Essen saß, wenn er Kommilitonen traf, fühlte er sich lebendig, an allem interessiert und frei von Sorgen. Mochte er auch nach wie vor nicht so fokussiert und zielstrebig sein wie die meisten seiner Mitstudierenden, so hatte sein Leben doch einen Sinn gefunden. Der Sinn war Rochelle Steiner. Und das Ziel war, mit ihr glücklich zu werden, auf alle Zeit.

Natürlich hatte sie so einiges von ihm wissen wollen. Und natürlich hatte es Ausflüchte geben müssen. Bevor ihre erste Busfahrt zu Ende war, hatte Rochelle ihm mehr Fragen gestellt als jemals irgendwer sonst. Wo kam er her? Wer waren seine Angehörigen? Was hatte er für Pläne, was hatte er für Freunde, abgesehen von den komischen Typen, die er zum Seder mitgebracht hatte? (*Nicht seine Freunde!*, hatte er betont. Die Freunde seines Mitbewohners, so weit ja ganz nett, *aber nicht seine Freunde!*) Und während Lewyn hier und da ein wenig flunkerte, log er nur in einem Punkt: Als Rochelle ihn fragte, ob er Geschwister habe, verneinte er entschlossen.

Weshalb es nun doch Grund zur Sorge gab. Tatsächlich verbrachte Lewyn die folgenden Monate in ständiger Unruhe. Was, wenn sie ihn bat, sie in ihrem Zimmer abzuholen? Was, wenn sie mehr über seine Eltern wissen wollte? Oder gar darauf bestand, sie kennenzulernen? Sollte er seinen anfänglichen Ausflüchten dann immer weitere hinzufügen? Was, wenn er sich schließlich selbst in seinem Lügennetz verhedderte – Rochelle war genau der Typ, der sich erinnern und nachhaken würde. Oder das schrecklichste Szenario von allen: Was, wenn er und Rochelle auf dem Campus über Sally stolperten oder Rochelle ihm mit Sally im Schlepptau über den Weg lief? Dass es seit Semesteranfang noch nie passiert war, beruhigte ihn keineswegs. Er wusste, sein Glück konnte nicht ewig halten; irgendetwas musste er tun oder sagen, um das Schlimmste abzuwenden. Mehr als einmal hatte er schon versucht, ihr einen Brief auf dem Computer zu schreiben, um ihr zu erklären, dass er einen schrecklichen Fehler gemacht hatte, aber nur, weil er Angst hatte, sie könne schlecht von ihm oder Sally denken, wegen der fehlenden Geschwisterbindung, die ihnen beiden ganz normal vorkam, dem Rest der Welt aber sicher äußerst bizarr erscheinen würde. Diese Briefe gelangten nie über die verquasten ersten Absätze hinaus, aber im Kopf formulierte er sie immer weiter. Sie waren eine dunkle Wolke, die sein Glück permanent überschattete. Die Wochen vergingen, und er verstrickte sich immer tiefer, viel zu tief, um sich noch entschuldigen oder irgendetwas erklären zu können.

Im Gegensatz zu seiner ganzen Selbstquälerei schien es Rochelle richtig Spaß zu machen, ihm alles von sich zu erzählen. Ihr Vater war gestorben, nachdem er sie und ihre Mutter Jahre zuvor verlassen hatte, in jener Kleinstadt, von der Lewyn noch nie gehört hatte. Sie hatte keine Geschwister, aber einen Haufen Freundinnen, die jetzt in alle Winde verstreut waren – eine hatte es sogar bis nach Tokio verschlagen. Am College hatte sie sich absichtlich von allen Cliquen und Klüngeln ferngehalten; sie beschränkte sich auf wenige handverlesene Freundschaften, die sie im Seminar, in der Arbeitsgruppe für soziale Gerechtigkeit oder im Wohnheim geknüpft hatte. Nur was ihre Mutter betraf, mit der sie innig verbunden zu sein schien, gab sie wenig preis, und er hatte das Gefühl, dass sie sie irgendwie unterstützen musste, was lange Telefonate erforderte, manchmal sogar mehrmals am Tag. Jedes Mal, wenn sie einen solchen Anruf erhielt, rückte sie ein Stück von Lewyn ab und flüsterte ins Telefon, und danach war sie meist bedrückt und wortkarg, was sonst gar nicht ihre Art war. Er fragte sie nicht, was los war, denn er war sich ziemlich sicher, dass sie nicht darüber reden wollte.

Er fragte auch nicht nach ihrem Zimmer im Wohnheim oder mit wem sie es teilte, aus Angst, etwas zu erfahren, was seine Bedrängnis noch verstärken könnte. In sein Zimmer war Rochelle bisher nur einmal mitgekommen, und für diese besondere Gelegenheit hatte er sogar geputzt, so gut er eben konnte. Familienfotos hatte er keine aufgehängt, doch Rochelle hatte sowieso nur auf Jonas geachtet, der zufällig gerade da war und Infektionskrankheiten paukte.

Er genoss es, in ihrer Nähe zu sein. Rochelle Steiner! Die auf dem Campus keine Brücke, Straße oder Grünfläche überqueren konnte, ohne jemandem über den Weg zu laufen, der sich freute, sie zu treffen, und auch gleich eine Frage zum Seminar über die amerikanische Verfassung oder die internationalen Nachkriegsverbindungen hatte. Lewyn, einen halben Schritt hinter ihr, sah sie dann in ihren dicken roten Rucksack langen und ihr vollgekritzeltes Filofax hervorholen, um irgendeinen Termin in der passenden Farbe einzutragen oder durchzustreichen: Rot für Lehrstoff, Blau für andere College-Aktivitäten, Gelb für Sportstudio (und weitere Freizeittermine), Schwarz für private Notizen. Er, der gar keinen Terminkalender besaß und immer noch den Zettel mit den Unterrichtszeiten mit sich herumtrug, den er zu Semesterbeginn ausgehändigt bekommen hatte, und der noch nie im Cornell-Fitnesscenter oder in einem studentischen Debattierclub gewesen war, konnte sich nur wundern, dass sie mit ihrem klugen Kopf sich ausgerechnet mit einem so durchschnittlichen Typen wie ihm abgab.

Und doch schien sie auf seine Gesellschaft Wert zu legen, denn sie verbrachte bald jede freie Minute mit ihm.

Morgens frühstückten sie zusammen im zentral gelegenen Willard Straight Hall, teilten sich Kaffee und Obstsalat und die *New York Times*, bevor sie sich mit einer Umarmung trennten, um in ihre jeweiligen Veranstaltungen zu gehen (er in seinen ewigen Grundkurs Kunstgeschichte, sie in ihr Verfassungs-Seminar). Abends traf sie ihn nach ihren ganzen Meetings im Green Dragon, wo sie den Tag mit noch mehr Kaffee und Gesprächen beendeten, es sei denn, ihre Mutter rief an. Seine Hand ergriff sie zum ersten Mal auf der Brücke in einer Mainacht, während der Wind durch die Schlucht pfiff, und das war elektrisierend, gerade weil es sich so normal und absichtslos anfühlte. Der

Frühling hatte lange gebraucht, um endlich milder zu werden, und die Leute liefen immer noch herum, als sei der Boden schneebedeckt, in Parkas und zwei übereinandergezogenen Sweatshirts und diesen allgegenwärtigen Ugg Boots. Doch eines Morgens war es so warm, dass Lewyn in das rote T-Shirt schlüpfte, das er ein halbes Jahr zuvor bei der Einschreibung ausgehändigt bekommen hatte, und siehe da, es war ihm viel zu weit. Verdutzt raffte er den schlotternden Hemdsaum und stellte sich vor den Spiegel an seiner Schranktür.

Rippen. Und darunter: nichts. Der Speck war verschwunden. Das Hemd, ohnehin lappig und verwaschen, warf er weg. Nach seinem Morgenkurs ging er zum Cornell Store und kaufte sich vier neue, die besser zu seinen neuen Körpermaßen passten. Seine Gewichtsabnahme empfand er nicht als Erfolg, weil er schließlich gar nicht versucht hatte abzunehmen und es nicht mal bemerkt hatte. Es war einfach so geschehen, wegen ihr.

Als sie das erste Mal nach seiner Hand gegriffen hatte, überkam ihn prompt die Erinnerung an die Geburtstagsfotos auf der Veranda in Chilmark, bei denen er gezwungen gewesen war, seine Schwester und seinen Bruder bei den Händen zu halten, und die Erinnerung erfüllte ihn mit einem flauen Gefühl. Er atmete tief durch, und der Anflug von Übelkeit verging. Er drückte Rochelle Steiners Hand in der seinen, gerade als sie einem Entgegenkommenden mit der anderen Hand zuwinkte.

Eines Tages, kurz vor Semesterende, fragte sie ihn, was er im Sommer vorhabe, denn sie wollte als Beraterin für die Schulabgänger tätig sein, die an die Cornell kamen, um ein wenig Collegeluft zu schnuppern (und um etwas zu haben, worüber sie in ihrem Aufnahmeantrag schreiben konnten). Es war ein gut bezahlter Job, und wäre es nicht nett, nach den Prüfungen auf dem Campus zu relaxen und die Ruhe zu genießen? Das viel zu kühle Frühjahr hatte sie um die kurze (aber legendäre) Zeit in Ithaca betrogen, da man sich kaum noch an den Winter erinnern konnte und alle sonnenhungrig ins Freie strebten.

Da könnte Lewyn doch, falls er sich nicht schon einen Ferienjob in der Stadt gesichert hatte oder den Sommer bei seinen Eltern verbringen wollte, auch einfach einen Sommerkurs belegen oder einen Job vor Ort finden. Und Lewyn, der natürlich noch keinerlei Pläne hatte und immer nur daran denken konnte, wann er Rochelle wiedersehen würde, stimmte ihr begeistert zu.

Ich bleibe den Sommer über in Ithaca, schrieb er seiner Mutter.

»Ich bleibe den Sommer über in Ithaca«, erzählte er Jonas, der ihn mit der Nachricht überraschte, dass er nach Semesterende ebenfalls nicht nach Hause fahren wollte.

»Echt?«, sagte Lewyn. »Du bleibst in Ithaca?«

»Nein, ich fahre nach Palmyra, zu den Festspielen.«

Lewyn schaute ihn irritiert an.

»Hä?«, sagte er. »Was für Festspiele?«

»Das ist so ein Mormonending, weißt du. Am Hügel Cumorah, wo Joseph Smith die goldenen Tafeln fand.«

Lewyn nickte. »Aber was wird da aufgeführt?«

»Na ja, da kommen halt viele zusammen, Hunderte von Leuten, und spielen die Geschichte vom Buch Mormon nach. Ich hab's als Kind mal mit meinen Eltern zusammen gesehen und wollte da immer schon mitmachen, also hab ich mich jetzt beworben. Komm doch auch und schau es dir mal an. Bring deine Freundin mit.«

Jonas hatte schon von Rochelle gewusst, bevor sie bei ihnen im Zimmer gewesen war, denn Lewyn war so verwandelt aus den letzten Semesterferien zurückgekehrt, dass sogar ein für Äußerlichkeiten unempfänglicher und kurzsichtiger junger Kerl wie er die Veränderung bemerken musste. Außerdem hatte es ihn nicht gewundert, dass die Angebetete seines Mitbewohners Rochelle Steiner war, die Kleine vom Pessach-Seder.

Na hör mal, du hast sie doch geradezu mit den Augen verschlungen! Sie ist so was von süß!

»Na, ich weiß nicht, ob sie mitkommen würde.«

»Wetten, dass sie es interessant findet?«

Lewyn bezweifelte das sehr, behielt es aber für sich. Es war am Morgen, und Jonas belud gerade seinen Rucksack mit Lehrbüchern.

»Okay, schauen wir mal.«

Jonas drehte sich zu ihm um. Er hatte sich in den langen Monaten am College ebenfalls verändert. Anfangs noch wie aus dem Ei gepellt, sah man ihn mittlerweile meist lässig unrasiert, und die blonden Haare hingen ihm schon bis unters Kinn. Lauren schien diesen Look gutzuheißen. Sie war ihre geisterhafte Mitbewohnerin: Ständig war von ihr die Rede, obwohl sie nur selten anwesend war.

»Ja, was denn nun?«

»Also gut, vielleicht kommen wir.«

»Cool«, sagte Jonas.

Sie waren wirklich gut miteinander ausgekommen. Sie stritten nicht miteinander, und keiner störte sich am Chaos des anderen. Trotzdem würden sie nächstes Semester nicht mehr zusammenwohnen. Lewyn, der eine günstige Nummer in der Zimmerlotterie erwischt hatte, hatte sich für ein Einzelzimmer in einem alten Kasten an der Edgmoor Lane 112 entschieden – aus nachvollziehbaren Gründen.

Nachdem die Prüfungen vorbei und die letzten Referate abgeliefert waren, nachdem Jonas seine Siebensachen im Fachschaftsgebäude untergestellt und – weit wichtiger noch – Rochelle ihm mitgeteilt hatte, dass ihre Mitbewohnerin ausgezogen war, nahm Lewyn ihre Einladung an, sie in dem Zimmer zu besuchen, wo sie und seine Schwester seit dem letzten September zusammengewohnt hatten. Zum ersten Mal seit jener Einschreibungswoche öffnete er die Tür des Balch Hall und trat in die schwarz-weiß geflieste Lobby. Er stieg die grau gesprenkelte Treppe zum zweiten Stock hinauf und wandte sich nach rechts, an einem holzgetäfelten Salon mit hochherrschaftlichem (wenn auch nicht mehr benutztem) Kamin vorbei, einen mit Teppichboden ausgelegten Korridor entlang, wo die Tür zu Sallys zeitweiliger Heimstatt offen stand.

Drinnen hockte Rochelle im Schneidersitz auf einem der Betten, das Klapphandy am Ohr. Sie nickte vor sich hin und blickte nicht auf, doch Lewyn kannte das schon: Sie sprach mit ihrer Mutter beziehungsweise hörte ihr zu. Er sah sich im Zimmer um: die Wände angeschmuddelt, der Boden staubig, das gleiche eierschalenfarbene Rollo am Fenster wie überall sonst. Die Aussicht zeigte eine Seite seines eigenen Wohnheims, allerdings nicht die Seite, wo er gewohnt hatte.

»Hi!«, sagte Rochelle schließlich und klappte ihr Handy zu. Sie stand auf, kam zur Tür und umarmte ihn. Er schloss die Augen. Sein Kinn ruhte auf ihrem Kopf.

»Hier lebst du also«, sagte er.

»Mit meiner Mitbewohnerin, Sally. Die komischerweise auch Oppenheimer heißt.«

Auf die Erwähnung seiner Schwester hätte er jetzt gut verzichten können.

»Also, sollen wir essen gehen?« Er sah zur Tür hin. Ihm fiel ein, dass sie ja einfach diese Tür schließen und drinbleiben könnten. Wann waren sie je zusammen allein gewesen?

»Okay, wenn du Hunger hast«, sagte sie.

»Eigentlich nicht.« So gingen sie dann doch nicht aus. Und sehr viel später, noch immer größtenteils bekleidet, aber auf den nun zusammengeschobenen Betten liegend, Rochelles Kopf auf ihrem Kissen und sein Kopf – unfassbar – auf dem Kissen seiner Schwester Sally, sagte Rochelle etwas, das scheinbar nichts mit dem zu tun hatte, was in den Stunden zuvor an Erstaunlichem passiert war:

»Es gibt da was, das mich belastet, schon seit März, denn da ist es mir aufgefallen, und ich hab dir nichts davon gesagt, weil ich dich da lieber raushalten wollte. Sie hat es nie ausgesprochen, aber ich weiß es einfach.«

»Was?« Lewyn fühlte sich plötzlich so schläfrig, und die Vorstellung, neben ihr einzuschlafen, war so verlockend, dass er sich zwingen musste, ihr zuzuhören.

»Na ja, dass sie … ich wünschte, ich könnte es irgendwie anders sagen … dass sie in mich verliebt ist. Und das tut mir so leid für sie, weil ich sehen konnte, wie unglücklich es sie macht, aber ich wusste einfach nicht, was ich da tun soll. Ehrlich gesagt wollte ich deswegen auch nicht, dass du sie kennenlernst oder zu uns aufs Zimmer kommst. Hat dich das denn gar nicht gewundert?«

Nein, dachte er. »Doch, schon«, sagte er. »Aber jetzt verstehe ich es natürlich.«

Kapitel 21

Go down, Moses

In dem Harrison Oppenheimer sich zum ersten Mal in die Südstaaten vorwagt und seinen neuen Freunden dort von der »Wassermelonen-Affäre« erzählt

Roarke hatte nichts so Banales wie Sommerferien im Programm, aber die Studenten konnten im Juni und Juli Urlaub nehmen, wenn ihre Aufgaben auf der Farm es zuließen und sie den Urlaub schriftlich beantragt hatten. Harrison und Eli reichten ihren Urlaub zusammen ein, mit einer Einladung vom Hayek-Institut.

Die Einladung umfasste nicht nur die Reisekosten, Unterbringung, Verpflegung und Teilnahme an einem – laut Eli – höchst inspirierenden geistigen Austausch, sondern bot Harrison auch die Chance, sich mit einem Vortrag zu einem selbst gewählten Thema zu profilieren, das erhellende Einblicke in die Mentalität seiner Generation versprach. Im Mai und Juni verbrachte Harrison lange Abende damit, nach einem entsprechenden Thema zu suchen, und da ihm nichts Besseres einfiel, entschied er sich schließlich, über den politischen Werdegang der amerikanischen Juden vom neunzehnten Jahrhundert bis in die Gegenwart zu schreiben. Eli fragte er nicht nach seiner Meinung zu der Themenwahl. Er wollte sich nicht anhören müssen, es sei zu weitläufig, zu abgegrast, schlimmer noch, zu unoriginell für einen konservativen Jungakademiker, der zufällig auch noch jüdischer Abstammung war. Außerdem hatten sie beide zu Semesterende mehr als genug um die Ohren: Referate in Geschichte und Philosophie, ganz zu schweigen von der jüngsten Legehennengeneration (die zum Glück bald an einen arglosen Studienanfänger abgetreten werden konnte). Eli musste sich zudem noch um die Suche nach einem Dozenten im Fach Wissenschaftsgeschichte kümmern sowie dreiundfünfzig Anwärter für den neuen Roarke-Studiengang auf vierzehn brillante junge Köpfe aus acht Bundesstaaten, England, Kanada, Italien und Island herabfiltern. Während die Farm zu Sommeranfang immer besser gedieh, schienen die letzten Nachwehen des Plagiatsvorwurfs und der Schandfleck, den Carlos, Tony und Gordon durch ihr Verschwinden hinterlassen hatten, sich allmählich in Luft aufzulösen.

Mitte Juli flogen Eli und Harrison nach Charlottesville. Nach allem, was er darüber gehört hatte, war Harrison der Süden immer wie ein fremdes Land vorgekommen, das man eigentlich gar nicht ernst nehmen konnte. (All diese Unterrichtseinheiten über Sklaverei! All die Spirituals, die der Nachwuchs reicher Eltern hatte singen müssen!)

»Zum ersten Mal unterhalb der Mason-Dixon-Linie«, sagte er zu Eli, während sie zum Sinkflug ansetzten – und entschuldigte sich prompt.

»Wofür denn?«, fragte Eli.

»Na ja, das war wohl ... etwas unsensibel von mir.« Er versuchte, es als Scherz abzutun, aber letztendlich hatte er doch noch zu viel Walden in sich. »Meine Vorfahren waren übrigens auch nicht gerade Bürger erster Klasse.«

Eli sah ihn an. »Du meinst, weil sie vom Krieg profitiert haben?«

»Im Gegenteil, mehr so in Richtung Lynchopfer.«

»Interessant«, meinte Eli. »Ich glaube, das ist das erste Mal, dass du dich mir gegenüber als Jude outest.«

Es war nur eine Bemerkung, keine Beleidigung, aber Harrison zuckte dennoch zusammen.

»Ich ›oute‹ mich gar nicht. Es ist ein genetischer Faktor. Wie Aborigine zu sein oder Pikte. Man fühlt sich nicht besser oder schlechter deswegen. Es ist halt so.«

»Und dennoch«, lächelte Eli. »Die heilige Gemeinschaft des Negers und des Juden. Go down, Moses. Zwei Völker im Leid vereint. Glaubst du, das erklärt unsere Freundschaft?«

Das Flugzeug setzte auf der Landebahn auf, prallte ab, setzte noch mal auf.

»Nun ja …« Harrison zuckte mit den Schultern. »Immerhin sind wir heutzutage doch sehr viel besser dran.«

»Kann man wohl sagen«, nickte Eli nach kurzem Zögern.

Das Flugzeug rollte langsam an ihrem Gate aus.

»Werden wir eigentlich auch Charlottesville zu sehen bekommen? Und Monticello?«

»Na klar«, meinte Eli. »Einige aus dem Vorstand von Monticello haben auch mit Hayek zu tun, beispielsweise als Lehrbeauftragte.«

Harrison sah ihn von der Seite an. Anders als die übrigen Fluggäste, die alle schon hektisch ihre Gepäckfächer leerten, war er ruhig sitzen geblieben und hielt die Augen geschlossen. Das Licht, das durchs Fenster fiel, verlieh seiner Haut einen merkwürdig rosa Schimmer. Er war vor ein paar Tagen in der Stadt beim Friseur gewesen und hatte sich einen raspelkurzen Maschinenschnitt verpassen lassen. »Wie hast du all diese Leute noch mal kennengelernt?«, fragte Harrison.

»Dr. Gregories und ich schreiben uns, seit ich anfing, über mein Buch nachzudenken. Er unterrichtet an der University of Virginia, also bin ich nach Charlottesville runter, um ihn zu treffen, ihn und noch ein paar andere. Er hat mir vorgeschlagen, Harvard zu verschieben und mich erst mal in Roarke einzuschreiben. Von Roarke hatte ich noch nie was gehört. Aber da, wo ich aufgewachsen bin, hat auch noch nie jemand von Harvard gehört.« Er lächelte, ohne die Augen zu öffnen. »Letzten Sommer bin ich auch wieder hier gewesen. Das sind Leute, die wirklich aufgeschlossen sind für Ideen. Besonders solche abseits vom Mainstream.«

Die Fahrt vom Flughafen gen Süden führte sie vorbei an Feldern, Farmen und Vom-Winde-verweht-Herrenhäusern, manche wirklich alt, manche auf alt getrimmt, was man an ihren übertriebenen Dimensionen und den angebauten Garagen sah. Einem Straßenschild entnahm Harrison, dass sie sich auf dem Thomas Jefferson Parkway befanden, und er reckte den Hals, um einen Blick auf die Auffahrt nach Monticello zu erhaschen. Kurz vor Simeon bogen sie in ein umzäuntes Areal ein. Das massive Gebäude wurde sichtbar, als sie eine langsam ansteigende Kurve umrundeten: ein gigantisches Anwesen am Fuß eines bewaldeten Hügels. Das Herzstück war ein weißes Plantagendomizil mit überdachten Terrassen auf allen drei Stockwerken; zu beiden Seiten erstreckten sich moderne Anbauten.

»Ich hoffe, du hast nichts gegen ein bisschen Luxus«, sagte Eli. »Ich könnte echt mal eine Abwechslung von der ganzen Roarke-Askese brauchen.«

Eine komische Bemerkung für jemand, der in einer einsamen Berghütte aufgewachsen war, fand Harrison. Er selbst, der ganz gewiss nicht aus einfachen Verhältnissen stammte, war absolut zu haben für ein Schaumbad, ein weiches Bett und die Aussicht, nicht zweimal am Tag die Hühner füttern zu müssen.

Sie wurden von zwei Männern in Empfang genommen, kaum älter als sie selbst, die ihre Taschen nach oben trugen. Harrison blickte ihnen nach; als sie am Treppenabsatz in verschiedene Richtungen abbogen, war damit auch die Frage geklärt, ob er sich mit Eli ein Zimmer würde teilen müssen. Kurz darauf erschien der freundliche und hilfreiche Dr. Gregories höchstpersönlich und schüttelte Eli die Hand.

»Junger Mann«, sagte er zu Harrison, als dieser ihm vorgestellt wurde.

»Hallo«, sagte Harrison. Und fügte zu seiner eigenen Überraschung noch ein »Sir« an.

»Bitte. Nennen Sie mich Oren. Hallo, mein Freund«, wandte er sich wiederum mit breitem Lächeln an Eli. Professor Gregories war ein langer Schlaks von geselligem Wesen. Er hatte schütteres graues Haar, durch dessen sorgfältig über den Schädel gekämmte Strähnen die Kopfhaut schimmerte, und trug makellose Khakihosen mit einem grünen Gürtel und einem Hemd von so blendendem Weiß, als wäre es noch nie zuvor der Luft ausgesetzt gewesen. Unter der Manschette lugte eine breite goldene Uhr hervor. »Wie geht's mit dem neuen Buch voran?«

Eli hatte noch gar nicht erwähnt, dass er an einem »neuen Buch« saß.

»Langsam, aber ich bin zuversichtlich. Über die nächsten Wochen werde ich hier sicher gute Fortschritte machen.«

»Wunderbar. Ich hoffe, Sie bleiben so lange, wie Sie mögen. Sie natürlich auch, Mr.... Oppenheimer.«

Ja, kein Zweifel, ein kurzes Zögern vor seinem Nachnamen. Was hatte das zu bedeuten? Wahrscheinlich gar nichts, doch immerhin, da waren sie nun: ein junger Schwarzer und ein junger Jude in der Brutstätte traditioneller weißer Vorherrschaft, auf einer einstmaligen Plantage, eingebettet in dieses uramerikanische Terroir, dem viele Präsidenten entstammten. Irgendwie hatte es sie nun an die Quelle von alledem verschlagen.

In seinem Schlafzimmer fand Harrison ein Himmelbett mit handgewebtem Baldachin vor. Das Arbeitszimmer nebenan enthielt einen überlangen Schreibtisch vor dem Fenster, mit Blick auf waldiges Gelände. Er ging und ließ sich ein Bad einlaufen, das erste seit den Weihnachtsferien zu Hause in Brooklyn, und in der dampfigen, lavendelduftenden Wärme nickte er ein Weilchen ein. Als er aufwachte, war es Zeit, sich nach unten zu begeben.

Später dachte er an jenen ersten Abend als Übergang von einem

Wesenszustand in einen anderen, von dem es kein Zurück gab, nicht weil er nicht hätte zurückkönnen, sondern weil er einfach keinen Grund dazu sah. Die Männer, die er an jenem Abend traf – und am ersten Abend waren es ausschließlich Männer –, waren alle von herausragendem Intellekt, machtvoller Präsenz und Ausstrahlung, und im Gespräch mit ihnen sah er sein eigenes Zukunftspotenzial widergespiegelt.

Die restlichen Teilnehmer trafen über die folgenden Tage ein. Zwei waren Senatoren aus dem Mittelwesten, einer ein Gouverneur, einer ein Professor, der nebenbei historische Romane schrieb. Harrison traf einen kürzlich pensionierten Wirtschaftswissenschaftler aus Harvard und einen zaundürren Menschen, dessen Akzent ihm von seinen Vineyard-Sommern her vertraut war – betuchtes Neuengland, das nach Segeltörns und Internaten klang – und der nichts weiter durchblicken ließ, als dass er in Washington tätig war. Eli stellte ihn einem untersetzten Mann mit kugelrundem, halslos auf breiten Schultern sitzendem Kopf vor. Das war Roger Fount, der Chairman von Hayek.

Die nächsten Tage verbrachte Harrison damit, an der mäandernden politischen Geschichte der amerikanischen Juden zu arbeiten, Charlottesville und Jeffersons großartigen Uni-Campus zu besichtigen und einen Ausflug nach Monticello zu unternehmen, wo es einen Empfang im Rosengarten gab. Als die Seminare begannen, besuchte er jedes von ihnen, immer wieder beglückt, sich in einem Raum voller kritischer Köpfe zu befinden. Es wurde ihm schon zur Gewohnheit, wenn auch niemals langweilig, die Autoren von Büchern zu treffen, die er gelesen hatte; auf Busfahrten wie zu einem nahe gelegenen Weingut oder in der Schlange am Frühstücksbuffet fanden sie sich unversehens an seiner Seite. Ein Historiker aus Princeton (wegen dem Harrison sogar mal erwogen hatte, sich für Princeton zu bewerben) hatte das Zimmer neben ihm und war schnarchend durch die Wand zu hören. Auf seiner anderen Seite: ein früherer Botschafter in China.

Ein paar Tage später erschien Vernon Loring.

Seit ihrem Treffen im Symposium hatte Harrison ihn nicht mehr gesehen; im Gegensatz zu ihm schien Loring nicht überrascht, ihn hier in Virginia wiederzutreffen.

»Mein junger Freund und Drilling«, begrüßte er ihn milde.

Sie schüttelten sich die Hand, und Loring hielt die von Harrison einen Moment fest, um sie zu inspizieren. »Ich suche nach Anzeichen körperlicher Arbeit«, erklärte er.

»Na ja, ich bin für bloß die Hühner zuständig, wenn Sie das meinen.«

»Und passt Ihnen das?«

»Ehrlich gesagt überhaupt nicht. Aber alles andere an Roarke dafür umso mehr. Ich bin Ihnen ja so dankbar.«

»Keine Ursache. Inzwischen verstehen Sie wohl, wie wichtig es ist, die richtigen Leute dorthin zu dirigieren. Sie werden später mal das Gleiche tun, möchte ich hoffen.«

Harrison nickte. Aber es würde selten vorkommen, dass man auf einen jungen Menschen von Elis – oder seinem eigenen – geistigem Format stieß, der bereit wäre, vorerst auf Yale oder Stanford zu verzichten.

»Entschuldigen Sie, aber ich hatte keine Ahnung, dass Sie hier sein würden«, sagte er.

Loring lächelte. »Ach? Sie bitten noch immer um Entschuldigung? Wir haben noch einen langen Weg vor uns, wie ich sehe. Offenbar haben Sie sich mit dem brillanten jungen Mann angefreundet, von dem wir seinerzeit sprachen. Würden Sie mich vielleicht mit ihm bekannt machen?«

Kaum war dies erfolgt, vertieften die beiden sich in ein angeregtes Gespräch, das sie in einen stillen Winkel der Bibliothek führte. Als Harrison sich Stunden später wieder zu ihnen gesellte, diskutierten sie gerade über Augustinus.

»Der Mann hat interessante Ansichten«, bemerkte Eli am nächsten Morgen beim Frühstück. »Er hat dich gefunden, nehme ich an?«

»Mich gefunden?«

»Aber ja. Nicht alle in Roarke, aber manche von uns. Gesucht und gefunden. In die richtige Richtung gewiesen. Scheint so eine Art Tradition zu sein.«

Die meisten der etwa sechzig Männer (und eine Handvoll Frauen), die schließlich in Hayek zusammenkamen, waren mindestens zwanzig Jahre älter als Eli und er, und Harrison gewöhnte sich daran, als »unser Jugenddelegierter« oder »Mr. Stones junger Studienkollege aus Roarke« tituliert zu werden. Ständig wurde er nach seiner Herkunft, seinen Vorfahren, seinem Werdegang, seinen Vorhaben befragt. »Ich fange dann später in Harvard an«, sagte er, was allgemein auf Zustimmung stieß. (Obwohl die Leute aus Yale und Princeton immer noch alte Rivalitäten zu hegen schienen. »Lieber Gott, mach, dass ich nach Harvard komm, aber noch nicht gleich!«, sagte einer.)

In der zweiten Woche begann er bei einem Spaziergang im weichen Licht der Abenddämmerung über den Begriff Familie nachzusinnen. Wie geschmeidig die Welt hier in der Verbindung zu diesen freundlichen und faszinierenden Leuten vor sich hin schnurrte und wie brüchig und widerborstig sie ihm immer vorgekommen war beim Umgang mit seiner eigenen Familie: Mutter, Vater, Schwester, Bruder. (Seine neu hinzugekommene Schwester schloss er damals nicht mit ein.) Wenn er daran dachte, wie sie drei entstanden waren (was er für gewöhnlich nie tat), dachte er an namenlose, latexbehandschuhte Laboranten, die ihre unschuldige Zellteilung durchs Mikroskop äugend verfolgten. Es war ... nun, es war alles Mögliche, nur ganz und gar nicht familiär. Vielleicht hatte er nie etwas für diese seine sogenannte Familie empfunden, weil er sie sich nicht selbst ausgesucht hatte. Und warum sollten sie umgekehrt ihn lieben? Er war ihnen ja ebenso aufgezwungen worden wie sie ihm, und letzten Endes war das alles ohne Bedeutung.

Dieses hier jedoch bedeutete etwas.

Diese außergewöhnlichen Leute! Wie wenig Aufhebens sie von ihrer Geistesgröße machten und wie leidenschaftlich sie sich für Amerika engagierten: das ewig spannende Experiment, ihr Heimatland. Er fühlte sich zu ihnen hingezogen, nicht nur intellektuell, wie ihm aufging, sondern mit wesensverwandter Zuneigung. Die Erleichterung, sich nicht mehr verstellen zu müssen, war so befreiend, dass er sich wie auf Wolken fühlte. Er liebte diesen Ort, alles hier begeisterte ihn, besonders, was ihm hier gerade widerfuhr.

Er und Eli sollten am gleichen Abend ihre Vorträge halten. Nach dem Essen versammelte die Gruppe sich in der Bibliothek, manche ihren Kaffee in goldgeränderter Tasse auf dem Schoß balancierend, andere mit einem Whisky in schwerem Kristallglas. Harrison wusste nicht, was Eli vorbereitet hatte, und er war nicht der Einzige unter den Zuhörern, der verblüfft dreinschaute, als sein Freund ankündigte, über Booker T. Washington sprechen zu wollen, fast ein Jahrhundert nach dessen Tod.

»Oh! Haha!«, sagte jemand hinter Harrison.

Harrison drehte sich nicht um.

Eli begann mit Washingtons »Atlanta-Kompromiss« von 1895, in welchem er die schwarzen Amerikaner aufforderte, eine direkte Konfrontation mit dem weißen Establishment zu vermeiden, besonders im Hinblick auf die Bürgerrechte, und sich stattdessen selbst um Weiterbildung und finanzielle Absicherung zu bemühen, um dadurch zu so mustergültigen Mitbürgern zu werden, dass selbst die hartnäckigsten Rassisten in den rückwärtsgewandtesten Konföderiertenstaaten keinen Grund mehr sehen würden, die Früchte des amerikanischen Freiheitsstrebens nicht mit ihnen zu teilen.

Booker T. Washingtons Langzeitplan, meinte Eli, sei perfekt austariert gewesen. Um 1895 waren amerikanische Neger (wie er diesen Teil der Bevölkerung und sich selbst nannte) keineswegs in der Lage, sich erfolgreich mit dem weißen Amerika anzulegen, was auch noch Jahrzehnte so bleiben würde. Das Konzept, die Zeit vorerst zu nutzen, um Macht und Unabhängigkeit innerhalb ihrer eigenen Gemeinschaft aufzubauen, war solide Strategie, keine Kapitulation.

»Es ist vielleicht ein amerikanischer Wesenszug«, sagte Eli, »dass wir immer alles sofort wollen. Abspaltung von England? Versenken wir den Tee im Hafen. Jemand findet einen Goldklumpen in Kalifornien? Alle Mann auf gen Westen! Es ist verständlich, dass befreite Sklaven sämtliche Rechte und Chancen für sich reklamieren wollten, noch ehe die Tinte auf der Emanzipationserklärung getrocknet war. Aber Booker T. Washington spielte, was wir heute Simultanschach nennen, immer gewärtig, dass er Gegner auf allen Seiten hatte, selbst auf seiner eigenen. Und? Hätte seine Vision des Fortschritts für die Schwarzen sich halten können? Hätten jene Generationen dank Bildung allgemein Zugang zu den bürgerlichen Berufen erlangt und dann zu Wohlstand und politischem Einfluss, wäre die amerikanische Gesellschaft am Rand des einundzwanzigsten Jahrhunderts jetzt wirklich gleichberechtigt, farbenblind und meritokratisch? Können wir nicht sagen, wir sind ja einen anderen Weg gegangen. Wir sollten uns also nicht wundern, dass das Ziel heute, im Jahr 2001, sogar noch weiter weg ist, als es 1895 war.«

»Und dennoch!« Eli stapelte seine Notizen. »Wir kämpfen uns weiter durch, nicht wahr? Weil wir an das Licht am Ende des Piers glauben, diese amerikanische Utopie, wo wir nur nach unserer Charakterstärke und unserem Arbeitsethos und unseren gottgegebenen Fähigkeiten beurteilt werden. Wissen Sie, ich werde oft gefragt, ob ich versuche, meinen Leuten ein gutes Beispiel zu sein. Das ist eine ernsthafte Frage, also möchte ich sie einer ernsthaften Antwort würdigen. Ich frage also zurück: Meinen Sie die Leute aus West Virginia?«

Die beiden Männer hinter Harrison lachten.

»Meinen Sie die Leute, die wie ich im Zeichen des Wassermanns geboren sind?«

Applaus und lauteres Gelächter. Harrison setzte sich in seinem Stuhl auf. Sein Nachbar, kein anderer als der hoch angesehene Princeton-Professor, klopfte ihm vor Vergnügen auf den Unterarm.

»Oder meinen Sie vielleicht die Leute, die Linkshänder sind, wie ich? Oder die unter uns, die sich einbilden, die Orioles werden eines Tages bei den World Series siegen? Oder womöglich die von uns, die 1982 geboren sind, im chinesischen Jahr des Hundes? Ich blicke da nicht durch. Denn ich will eigentlich nur, was Booker T. Washington wollte: ein Amerika, in dem es keinem einfiele zu behaupten, meine Leistungen wären nicht voll und ganz aus eigener Kraft vollbracht worden. Ich will kein Absenken der Messlatte. Keine ... positive Diskriminierung. Sie wollen wissen, wer meine Leute sind? Leute, die hart arbeiten, die innovativ sind und stolz auf das, was sie erreicht haben, das sind meine Leute.«

»Ja!«, rief jemand zu Harrisons Linken. Der Princeton-Professor war aufgesprungen und klatschte frenetisch.

»Ich hab's ja gleich gesagt«, raunte der hinter ihm.

»Ganz genau«, pflichtete sein Nebenmann bei. Harrison drehte sich nach ihnen um, aber da waren sie schon alle aufgesprungen und applaudierten.

In der Pause driftete das Publikum zur Bar hinüber. Harrison blieb an seinem Platz, angeblich, um noch mal seine Notizen zu überfliegen, doch in Wirklichkeit widerte es ihn inzwischen regelrecht an, was er da über die amerikanischen Juden und ihre politischen Metamorphosen geschrieben hatte. Er wusste gar nicht mehr, wie er auf das Thema gekommen war. Es gab einen Grund, weshalb er hier war, und das war sicherlich nicht, um zu erklären, wie der Sozialismus seine Anziehungskraft für die amerikanischen Juden eingebüßt hatte. Das wussten die Zuhörer sowieso schon, und wenn nicht, gab es hier weit qualifiziertere Wissenschaftler, um es ihnen zu erläutern. Nein. Er wollte etwas vortragen, über das er besser Bescheid wusste als jeder hier im Raum.

Er ließ seine Notizen auf dem Stuhl zurück, als er zum Podium ging, und über das musikalische Klirren der Eiswürfel in frisch aufgefüllten Gläsern hinweg verkündete er, ihnen etwas über Wassermelonen erzählen zu wollen. »Nicht nur, weil es eine komische Geschichte ist, sondern auch, weil es demonstriert, was in meiner Ausbildung bis vor einem Jahr verkehrt lief.«

Seine ganze Schulzeit, erzählte er, habe er in Walden verbracht, dem berühmten Institut, das in seiner Heimatstadt New York die verheißungsvoll glitzernde Lüge der progressiven Schulerziehung verkörperte. In Walden hatten sie viel über den Genozid an den amerikanischen Ureinwohnern erfahren, über die Versklavung von Afrikanern, über Eugenik und Lynchmobs und die Bösartigkeit der Republikaner, während ihr eigenes Gutmenschentum in den höchsten Tönen gepriesen wurde. Es wurde ihnen beigebracht, das Konzept der freien Meinungsäußerung geradezu kultisch zu verehren, dabei aber jeden zu meiden, der nicht ihrer Meinung war. Sie wurden ermuntert, traditionelle Werte mit Füßen zu treten, den westlichen Bildungskanon zu verunglimpfen und all dem Vorrang zu geben, was nicht weißer Hautfarbe, nicht männlich, nicht heterosexuell und nicht dem normativen Geschlechterschema entsprach. Ob die mit europäischer Abstammung und herkömmlicher Sexualität sich dadurch ausgegrenzt fühlten, interessierte keinen.

Viele im Publikum nickten an dieser Stelle.

»In seinem wunderbaren Buch schrieb mein Freund Eli, der Autodidakt mache sich seine Gelehrsamkeit selbst zum Geschenk, zugleich sei es aber auch eine Reaktion auf das Bildungsvakuum, das die Institution Schule hätte füllen müssen. In seinem Fall gab es keine, in meinem Fall eine vollkommen unzulängliche, weil alles sich einem bestimmten Weltbild unterzuordnen hatte.« Anders als Eli, erzählte er, sei er in privilegierten Verhältnissen aufgewachsen, wo von vorneherein erwartet wurde, dass man einen College-Abschluss machte. Doch selbst an seiner teuren Privatschule, mit ihrer niedrigen Aufnahmequote und absurd hohen Gebühren, speziell qualifizierten

Lehrerschaft und »politisch aufgeschlossenen« Schülern, war er zu dem Schluss gekommen, dass er selbst für seine Ausbildung sorgen musste. Und da es in Walden keine Diskussionskultur gab, hatte er sich selbst beibringen müssen, beide Seiten von jeder Auseinandersetzung zu vertreten. Was sich am Ende als sehr nützlich erwiesen hatte.

Die Wassermelonen-Affäre hatte als harmloser Schülerstreich begonnen, wie sie in Walden üblich waren. Die Schüler des Abschlussjahrgangs pflegten die Bäume neben dem Schultor mit Klopapiergirlanden zu behängen oder das elegante Eisengitter mit rosa Plakatfarbe anzupinseln. Einmal war ein Frettchen im Gemeinschaftsraum losgelassen worden oder ein Bottich mit rotem Glibber in strategischer Schieflage über der Tür zum Lehrerzimmer platziert. Als Harrisons Klasse vor der Abschlussprüfung stand, hatten sie beschlossen, eingeölte Wassermelonen über das Schulgelände zu verteilen, wo sie beim Zerplatzen eine Riesenschweinerei anrichten würden, sobald sie irgendwem beim Aufheben aus den Händen glitten. Ein Fanal für den Abiturientenstolz!

Was konnte da schon schiefgehen?

Teenager in der Abschlussklasse haben eine Menge um die Ohren, was erklären mag, weshalb nur vier von ihnen daran gedacht hatten, ihre Wassermelonen mitzubringen. Also wurde in letzter Minute eine Planänderung beschlossen, und alle vier wurden zusammen im Büro ihres Klassenlehrers deponiert.

Der zufällig ein Schwarzer war.

Krise, Chaos und Entsetzen. Kaum eine Stunde später hatte der Direktor per E-Mail die ganze Schule zu einer Selbstanklage-Session in der Aula zusammengetrommelt, mit strenger Anwesenheitspflicht. Wie konnten ausgerechnet die Schüler von Walden, die so viel von Unterdrückung gehört hatten, sich so gemein und gedankenlos verhalten! Wie war das nur möglich? All die Bewusstseinsbildung, all die Erziehung zum Anstand, ja, und auch all das Schulgeld – aber dennoch waren sie sich nicht zu schade gewesen, ihren schwarzen Lehrer mit rassistischen Symbolen zu verhöhnen. Gab es denn keinen einzigen ihrer Mitschüler, der das hätte verhindern können?

Doch, einen gab es effektiv. Nachdem Harrison sich von dem in Walden vorherrschenden Gedankengut gelöst hatte, eine breite Palette an schulisch nicht sanktionierten Texten studierte und sich gedanklich längst außerhalb der ideologischen Blase aufhielt, war er sich natürlich klar über den fatalen Beigeschmack, welcher den Wassermelonen anhaftete. Leicht hätte er den Spaßvögeln erklären können, was für eine dumme Idee das war, wenn sie ihn denn gefragt hätten. Harrison war natürlich kein Experte, doch für ihn verstand es sich von selbst, dass es sich hier um übelste Symbolik aus Sklavenhalterzeiten handelte, so ähnlich, wie wenn man sein Gesicht schwarz anmalte oder ein gewisses Wort benutzte, das mit N begann. Nein, hätte er seine damaligen Mitschüler warnen können, es war überhaupt nicht witzig, eingeölte Wassermelonen im Büro ihres schwarzen Klassenlehrers abzulegen, der ohnehin keinen Sinn für Humor hatte.

Wie sehr hatte man seinen Bildungsauftrag verfehlt, wenn die Schüler vor lauter Betriebsblindheit nicht einmal das begriffen hatten, was sie in ihren indoktrinierten Ansichten bestärkte?

Das ging ihm alles gegen den Strich. Er hatte noch zu viel zu lernen, um seine Zeit mit Stumpfsinn zu vergeuden, und er war überzeugt, dass Leute, die anders dachten als man selbst, keine Feinde waren; es waren einfach nur Leute mit einer anderen Meinung. Sie anzuhören, konnte einen eventuell dazu bringen, dass man seine Meinung änderte, aber viel wahrscheinlicher war es doch, dass man sich in seiner eigenen Meinung eher noch bestätigt fühlte, wozu also diese Furcht vor Andersdenkenden? Letzten Endes, informierte er seine Zuhörerschaft, ging es immer darum, zu lernen und sich dann eine Meinung zu bilden, was nicht als so radikal hätte gelten und ihm nicht solches Durchhaltevermögen hätte abverlangen sollen, aber so war es nun mal gelaufen, und es war die Mühe wert gewesen, denn Dinge zu lernen und herauszufinden, war Sinn und Zweck des Lebens.

»Was mich aber nachhaltig bestürzte«, ließ Harrison sein Publikum zusammenfassend wissen, »war das Scheitern des ach so progressiven Bildungskonzepts. Einerseits haben wir jahrelang nicht wirklich etwas gelernt, weil unsere Schule es nicht riskieren konnte, uns mit etwas anderem als dem vorgeschriebenen Lehrstoff zu konfrontieren. Kein Gedanke daran, wenn man zum Beispiel den Holocaust durchnahm, die Schüler *Mein Kampf* lesen zu lassen – immerhin primäres Quellenmaterial! Wenn ein Lehrer an unserer Schule dies versucht hätte, wäre er geteert und gefedert worden. Wir hörten also in aller Ausführlichkeit von den schlimmen Dingen, die den Opfern widerfuhren, aber nicht, warum das passiert war – weil man unsere leicht zu beeindruckenden jungen Gemüter nicht dem ungefilterten Gedankengut von jemandem aussetzen wollte, der tatsächlich Rassist, Sexist und homophob war. Weil man einem vernünftigen Teenager anscheinend nicht zutraut, entsprechend abgestoßen zu sein ... ich meine, wir reden hier von Adolf Hitler! Und nicht nur das, wir müssen auch ständig das verletzte Sensibelchen herauskehren: Oh, das kränkt mich ja dermaßen! Denn was wir über die Welt lernen, ist, dass sie rassistisch und antisemitisch und schwulenfeindlich und generell intolerant ist, doch alles, was wir scheinbar dagegen tun können, ist, uns verzagt zusammenzurollen. Wie sollen wir denn da auf die Beine kommen und etwas bewirken? Das ist doch absurd!«

Harrison hielt inne. Er merkte, dass er langsam den Faden verlor. Auch das pathetische Zittern, das sich zuletzt in seine Stimme geschlichen hatte, gefiel ihm nicht.

»Nun gut.« Er atmete durch. Im Lauf des Vortrags hatte er die Finger so fest um den Rand des Rednerpults geklammert, dass sie wehtaten. »Das ist es, was ich sagen wollte. Ich behaupte nicht, dass der Rassismus und alle anderen -ismen nicht immer schon Teil des Lebens waren, ich habe nur nicht das Bedürfnis, mich für etwas zu rechtfertigen, das in der Vergangenheit und ohne mein Zutun geschehen ist. Ich habe keine Native Americans abgeschlachtet. Ich verbrenne keine Hexen und lynche auch niemanden, weil er nach meiner Frau geschielt hat. Es ist mir egal, ob du eine Frau oder ein Mann oder ein Vulkanier oder ein Hobbit bist, und ganz ehrlich, es ist mir scheißegal, auf welches Klo du gehst. Ich wäre nur froh, wenn du nicht mehr darüber redest.«

In der ersten Reihe konnte Roger Fount kaum sein Lachen bezähmen. Andere lachten auch, wie Harrison feststellte.

»Tut mir leid«, sagte er. »Ich glaube … ich sollte hier mal einen Punkt machen.«

Fount erhob sich und trat nach vorn.

Die anderen applaudierten allesamt. Harrison fühlte sich erhitzt und euphorisch. Irgendwer drückte ihm ein Glas in die Hand. Jemandes Arm landete auf seiner Schulter.

»Also diese Schule da von Ihnen …« Vernon Loring, der plötzlich neben ihm aufgetaucht war, schüttelte den Kopf. »Es grenzt ja an ein Wunder, dass Sie dort heil rausgekommen sind.«

»Aber das ist er!«, lachte Roger Fount und ergriff Harrisons Hand mit seiner teigigen Pranke. »Und nun ist er hier. Nur darauf kommt es an.«

Kapitel 22

Deus ex Machina

In dem Lewyn Oppenheimer sich im Heiligen Hain verirrt und ein neues Geheimnis davonträgt

Lewyn hatte viele gute Gründe, den Sommer über in Ithaca zu bleiben, doch der wichtigste war das Zimmer am Ende eines Flurs im Jameson Hall, wohin Rochelle umgezogen war, kurz bevor die Teenager zum Sommerprogramm anrückten. Keine Lust auf die Familie war natürlich auch ein guter Grund. Johanna hatte irgendwann mal erwähnt, dass Harrison einen Teil des Sommers in Virginia verbringen würde, und von Sallys Plänen hatte er keine Ahnung, hoffte aber, dass sie vorhatte zu verreisen. Seine Eltern hatten sich nicht dazu geäußert, ob sie ihn in den Ferien gern bei sich haben wollten, ob in Brooklyn oder am Vineyard, aber seine Anwesenheit bei dem jährlichen Geburtstagsbrimborium im September war ein Muss: Die Geschwister Oppenheimer würden sich einfinden, um sich zusammen ablichten zu lassen, daran führte kein Weg vorbei.

Außer in einem Jahr, als es eine Sturmwarnung gab und keine Flüge gingen, hatte das große Ereignis immer in unserem Sommerhaus auf Martha's Vineyard stattgefunden, mit einem Catering-Buffet am Strand und einer tollen Torte, und irgendwann im Lauf des Abends pflegte unsere Mutter das ganze Epos unserer mühevollen Entstehung wieder zu erzählen, es war so eine Art Ritual. Als Lewyn im Juni zu Hause anrief, um zu sagen, dass er nicht heimkommen würde, kam unsere Mutter direkt und vorhersehbar auf den Geburtstag zu sprechen, und sobald er versichert hatte, er werde sich nicht drücken, schien der Rest sie nicht mehr weiter zu interessieren. Er hatte schon einen kleinen Vortrag über das Sommerseminar in Kunstgeschichte vorbereitet, für das er sich eingeschrieben hatte, nachdem seine Wahl des Hauptfachs feststand, aber sie fragte gar nicht danach. Sie fragte auch nicht, wo er wohnen würde, was ihn zum Lügen oder zumindest zu einem Ausweichmanöver genötigt hätte. Das fiel ihm auf, auch wenn er sonst nicht sehr einfühlsam war, was seine Familienmitglieder betraf. Aber selbst Lewyn konnte nicht anders, als die Kraftlosigkeit in ihrer Stimme zu bemerken, die ihm so unangenehm war, dass er den Gedanken, woran es liegen mochte, instinktiv verdrängte.

Das Einzige, was in jenem Sommer für ihn zählte, war, mit Rochelle Steiner zusammen zu sein. Die Welt hatte sich aufgeteilt in diesen kleinen Kreis von Raum und Zeit, der sie als Paar umschloss, und in den großen Rest ringsum, der alle anderen enthielt. Alle, die nicht Rochelle Steiner waren, konnten ihm gestohlen bleiben, und warum auch nicht? Zum ersten Mal in seinem Leben war er wirklich mit jemandem *zusammen*, und das war so umwerfend, so allumfassend, dass er vom Rest der Welt nichts anderes mehr wollte, als in Ruhe gelassen zu werden.

Lewyn hatte nur noch den Wunsch, sich an Rochelles zierlichen Körper zu schmiegen, in den zusammengeschobenen Betten dort am Ende des Korridors im Jameson Hall, und jeden Zentimeter ihrer Haut zu erforschen, ruhig neben ihr zu lesen, ihr jeden Vor- und Nachmittag ihren Chai Latte zu bringen und ihr auf jede nur erdenkliche Weise seine Liebe zu beweisen. Es war Rochelle, die ihn wissen ließ, dass ihre Mitbewohnerin ebenfalls in Ithaca geblieben war; sie war eines Abends am Hot Truck auf sie gestoßen, als Lewyn sich zum Glück gerade woanders aufhielt, und sie hatten ein bisschen gequatscht, wie Rochelle es nannte, während sie auf ihre Pizza Subs warteten. Sally wohnte anscheinend nicht mehr auf dem Campus, sondern irgendwo bei einer Frau, die mit gebrauchten Möbeln handelte. Lewyn hörte ihr zu, darauf bedacht, sich nur nichts anmerken zu lassen, sosehr ihm auch das Herz klopfte. Sicher, es war enttäuschend, dass seine Schwester noch in Ithaca war, aber wenigstens nicht mehr in der Nähe, und Cornell war so riesig und unübersichtlich, geradezu ideal für Leute, die sich aus dem Weg gehen wollten. (Er war nun fast ein Jahr hier am Ort und fand sich noch immer kaum zurecht. Und wenn er doch einmal meinte, sich auszukennen, lief er garantiert in die falsche Richtung.) Außerdem beruhigte es ihn, dass auch Rochelle bemüht gewesen war, ein Zusammentreffen zwischen ihm und Sally zu vermeiden. Es war praktisch ein gemeinsames Projekt, wenn auch getrennt ausgeführt und aus ganz unterschiedlichen Gründen. Irgendwie zogen sie da beide an einem Strang, und vielleicht hatte ihre kombinierte Willenskraft dazu geführt, dass der gefürchtete Zusammenprall ausblieb.

Dennoch machte Lewyn sich manchmal ein wenig Sorgen um Sally, die offenbar genug von Studentenquartieren hatte und planlos in Ithaca herumhing, bei einer Möbelhändlerin? Das ließ nichts Gutes für Sallys weitere Cornell-Laufbahn ahnen, geschweige denn für ihr Leben nach dem College. Harrison hatte man sich immer leicht in der Welt vorstellen können, umgeben von smarten Typen aus der Finanz- oder Consultingbranche, die sich in ihrer Überlegenheit sonnten. Aber Sally? Sally konnte er sich gar nicht unter Gleichgesinnten vorstellen, erst recht nicht mit einem Partner. Was Rochelle da über sie erzählt hatte ... nun, um ehrlich zu sein, es hatte ihn schockiert, doch dann hatte er sich gefragt, ob es nicht auch manches an ihrem Verhalten erklärte, wie zum Beispiel ihre zwanghafte Zurückgezogenheit. Dass sie sich in Rochelle verliebt hatte, konnte er ihr nicht verübeln. Jeder halbwegs normale Mensch, so schien es ihm, musste sich einfach in sie verlieben.

Die Sommerwochen mit ihr waren die reine Glückseligkeit. Rochelle hatte einen alten Ventilator für ihr Zimmer aufgetrieben, ein schweres Trumm, aber überaus effektiv. (Die Wohnheime hatten keine Klimaanlage, was man den Teenagern, die sich hier in den Sommerferien umsahen, kaum begreiflich machen konnte, so gewohnt waren sie es von zu Hause, dass die Raumtemperatur sich wie durch Magie ihren jeweiligen Bedürfnissen anpasste.) Die beiden lagen bei offenem Fenster und sirrender Zugluft auf ihren zusammengeschobenen Betten, und der Lärm des Ventilators übertönte wirkungsvoll ihre eigenen Geräusche.

Zu Anfang des Sommers hatte Lewyn sich in einen Kurs über flämische Malerei eingeschrieben, und diese wolkenreichen Himmel über flachen Landschaften, diese pockennarbigen, teigigen Gesichter bildeten einen eigentümlichen Kontrast zu seinem euphorischen Dauerzustand. Genau deswegen mochte er sie, aber zu jener Zeit mochte er sowieso alles. Nichts konnte ihn runterziehen, wenn er morgens neben Rochelle in ihrer typischen Schlafstellung aufwachte – auf der Seite liegend, die Hände zwischen die Knie geklemmt – und den Tag damit zubrachte, sich stundenweise von ihr zu lösen, um ins Seminar oder in die Bibliothek zu gehen, während sie ihren Beratungsjob machte, weil er wusste, dass er sich am Ende des Tages stets genauso neben ihr wiederfinden würde. Abend für Abend rollte sie sich irgendwann von ihm weg, steckte die Hände zwischen ihre knochigen Knie, und er spürte den Luftzug, der über ihre warmen Körper strich, und hörte das Brummen, das den Rest der Welt übertönte. Schon bald war Lewyn davon überzeugt, dass sein Leben für immer so weitergehen könnte, eine unbegrenzte und gänzlich normale Existenz für sie beide, als ob solch ein gemächlicher Collegesommer mit moderaten akademischen Mühen und diesem wunderbaren Mädchen, das unerklärlicherweise seine Zuneigung erwiderte, »normal« genannt werden könnte. Wie auch immer, er war gut drauf, und er war normal und bis über beide Ohren verliebt in Rochelle Steiner.

Eines Abends kamen sie gerade aus der Moosewood-Salatbar, guten Gewissens, aber noch nicht richtig satt, und trafen an einer der Cayuga-Caféterrassen zufällig auf Jonas und Mark, die angebissene Doppelwhopper auf ihren Tellern liegen hatten. Lewyn musste den Impuls unterdrücken, sich einen zu krallen und in den Mund zu stopfen.

»Ich dachte, du wärst schon los«, wandte er sich an seinen früheren Mitbewohner. »Zu deinen Festspielen.«

»Bin ich ja auch«, sagte Jonas. »Aber wir haben heute Probenpause, da wollten wir uns mal was Zünftiges zum Abendessen gönnen. In Palmyra sieht's damit eher schlecht aus.« Sein Blick wanderte zwischen Rochelle und Lewyn hin und her, die sich an den Händen hielten.

»Hast du noch vor zu kommen?«, fragte er. »Mark fährt nächstes Wochenende rüber.«

»Wir haben das noch nicht besprochen«, zitierte Lewyn unbewusst einen Satz, den er sehr oft von seinen Eltern gehört hatte. Es fühlte sich gut an, irgendwie partnerschaftlich.

»Was nicht besprochen?« Rochelle klang leicht genervt.

»Oha.« Mark grinste.

»Ich darf einen Lamaniter spielen, was mehr Spaß macht, als einen Nephiter zu spielen, obwohl meine Mom schon gehofft hatte, ich würde die Rolle von Nephi oder sogar Joseph Smith bekommen. Mom, hab ich gesagt, ich weiß, dass du mich für den Größten hältst, und ich liebe dich dafür, aber ich bin mit meiner Rolle absolut zufrieden. Wir müssen kriegerisch gestikulieren und grimassieren, alles so übertrieben wie möglich, weil wir so weit weg vom Publikum sind. Und das Beste ist, das Ganze findet original auf dem Hügel statt, wo Joseph Smith die goldenen Tafeln fand. Authentischer geht's nicht.«

Rochelle blickte zu Lewyn auf. Ihre Augen sprachen Bände.

»Na komm, Rochelle, du studierst doch Religion. Das wird dir bestimmt gefallen«, sagte Jonas.

»Ich studiere nicht Religion. Ich werde Anwältin.«

»Ich meine, du respektierst traditionelle Rituale. Wir Mormonen sind die zahlenmäßig am schnellsten wachsende religiöse Gruppe auf der Welt, wusstest du das? Und außerdem wird's sicher lustig. Denk dran, wir waren auf eurer Party, da solltet ihr auch zu unserer kommen. Hiermit seid ihr offiziell eingeladen.«

»Ihr wart ebenfalls eingeladen«, sagte Rochelle. »Und wir haben uns gefreut, euch dabeizuhaben.«

»Genau wie bei uns«, erwiderte Jonas. »Wir heißen jedermann willkommen, sogar die Störer.«

»Was für Störer?«, fragte Mark.

»Ach, die mit den Sprechchören, dass wir Ketzer sind und keine Christen und bla, bla, bla. Wir kennen das schon. Unterdrückung ist nichts Neues für die Mitglieder unserer Kirche. Wir sind dem immer schon ausgesetzt gewesen, buchstäblich seit unserer Gründung.«

Rochelle warf Lewyn einen angewiderten Blick zu. Mochte sie diese spezielle Verfolgungsgeschichte auch nicht kennen, so entging es ihr doch nicht, wenn man einen Elefanten mit einer Mücke verglich. »Verstehe«, sagte sie. »Fast zwei Jahrhunderte der Unterdrückung.«

»Ergreif die Chance, dir ein eigenes Bild zu machen, Rochelle!«, sagte Jonas. »Probier's mal. Außerdem möchte Lewyn gern dabei sein.«

Sie wandte ihm ihr scharf geschnittenes, kleines Gesicht zu.

»Und Mark kann euch mitnehmen, stimmt's, Mark?«

»Klar«, sagte Mark. »Freu mich über Gesellschaft.«

Lewyn konnte sich vorstellen, wie viel weniger reizvoll die Aussicht auf Marks Gesellschaft das Ganze für sie machte, doch Jonas hatte recht: Er wollte sich das ansehen, dieses Palmyra, und den Hügel, auf dem Joseph Smith die goldenen Tafeln ausgegraben hatte, und vielleicht auch den Heiligen Hain, wo ihm angeblich Engel erschienen waren. Irgendwie musste er es schaffen, Rochelle zu überreden, denn er wollte nicht ohne sie zu einer religiösen Veranstaltung fahren. Er wollte nirgendwohin ohne sie.

Einfach war es nicht. Kaum zurück in ihrem Zimmer, unterzog sie ihn einem strengen Verhör.

Wozu wollte er dorthin? Goldene Tafeln? Sprechende Engel? Der Astralleib Jesu, der Amerika für drei Tage besuchte, während sein physischer Leib in Palästina begraben lag? Und die politischen Ansichten dieser Leute? Was war damit?

Sie wurden von einem schluchzenden Mädchen aus Lake Forest unterbrochen, dessen Mitbewohnerin anscheinend gemeine Unwahrheiten über sie im ganzen Flur verbreitete. *Und sie war doch immer freundlich zu ihr gewesen!* Obendrein war diese Mitbewohnerin zu faul, ins Bad zu gehen, und deponierte ihre benutzten Binden im Papierkorb! Gab es denn kein leeres Zimmer auf dem Campus, wo sie die verbleibenden fünfeinhalb Ferienwochen ohne diese grässliche Person verbringen konnte, die sie außerdem verdächtigte, ihre rosa Reeboks geklaut zu haben?

Als Rochelle zurückkam, erlaubte er sich die Bemerkung, rosa Reeboks sollten grundsätzlich geklaut werden, doch sie war nicht in der Stimmung für seine Scherze. Dafür hatte sie jetzt aber auch keine Lust mehr, weiter über den Ausflug zu streiten.

Vier Tage später brachen sie in Marks Toyota gen Norden auf, am Westufer des Cayuga entlang und dann auf der Schnellstraße weiter westwärts.

»Wieso müssen wir eigentlich schon so früh los?«, fragte Rochelle. »Ich dachte, das ganze Rambazamba beginnt erst nach Sonnenuntergang.«

»Ja, aber irgendwo auf dem Weg liegt noch der Heilige Hain«, erklärte Lewyn.

»Der was?« Rochelle drehte sich auf dem Beifahrersitz zu ihm um.

»Wo Joseph Smith Gott und Jesus erblickt hat.«

»Aha«, sagte sie, alles andere als begeistert.

Die Zufahrtsstraße zur Smith Farm war zugeparkt mit SUVs und Geländewagen, größtenteils mit Nummernschildern aus dem fernen Westen, und der Parkplatz war total überfüllt. Im Besucherzentrum wurden sie in einen Raum geführt, in dem ein stämmiger Missionar mit australischem Akzent die Geschichte zum Besten gab, die wahrscheinlich schon allen Anwesenden geläufig war: Die Familie Smith war nach schweren Zeiten in Vermont in Palmyra gestrandet, und als der junge Joseph im Gebet zu ergründen suchte, welche Kirchengemeinschaft dem Wort Gottes am treuesten folgte, führte ein Engel ihn aus seiner Schlafkammer in den Wald, und dort hatten der Herrgott selbst und der Herr Jesus ihm geantwortet: keine.

»Und ehe ihr nun zur Farm hinausgeht, und ehe ihr in den Heiligen Hain eintretet, möchte ich Zeugnis ablegen, dass ich wie einst Joseph Mühe hatte zu begreifen, was Gott von mir verlangte, und so betete ich mit offenem Herzen und echter Inbrunst, und mein himmlischer Vater sprach zu mir, ganz wie mir versprochen worden war. Ich weiß, dass die Verkündigung wahr ist und dass mein himmlischer Vater mich liebt. Ich heiße euch alle an diesem glorreichen und heiligen Ort willkommen. Braucht jemand mit Gehbehinderung unseren Golf Cart?«

Lewyn stand auf. Draußen war das Licht seltsam schummrig geworden, als hätten düstere Regenwolken sich zusammengeballt und gleichzeitig über den Himmel verteilt. »Kommt ihr?«, fragte er Mark und Rochelle, die sitzen geblieben waren.

»Um ehrlich zu sein«, sagte Mark, »ich glaube nicht. Ich hab irgendwie ein ungutes Gefühl, kann's aber nicht erklären, nicht so, dass du's verstehen würdest.«

Lewyn runzelte die Stirn. »Rochelle?«

Sie schüttelte den Kopf.

»Na gut«, sagte er. »Ich würde mir den Heiligen Hain gern ansehen, wo ich schon mal hier bin.«

Also ließ Lewyn die beiden dort zurück, die sich nur in ihrem unterschiedlich motivierten Widerstreben einig waren. Mit den restlichen Pilgern wanderte er am Stammsitz der Smiths vorbei in den Wald. Er spürte die ersten Regentropfen und hob das Gesicht zum Himmel. Es war nicht unangenehm, obwohl die Familie vor ihm sofort ihre Schirme zückte. Alle außer ihm waren in einer Gruppe unterwegs oder hielten Händchen. Im grünen Schatten der Bäume wurde es auf einmal still.

Zu seiner Verwirrung konnte er nirgends ein Hinweisschild entdecken. Die Leute verteilten sich auf die Waldwege, als wüssten sie, wo es langging; anscheinend verfügten diese Gläubigen über einen inneren Wegweiser, der ihm fehlte, und würden sich alle im Herzen des Heiligen Hains versammeln, wo das Wunder sich ereignet hatte, während er hier ziellos umherirrte. Er lief eine ganze Weile, hörte immer wieder Stimmen von den anderen Pfaden durch die Bäume dringen, und der sanfte Regen ließ allmählich nach. Ihm war weder kalt noch warm. Der Boden war weich und federnd. Er hätte ewig so weitergehen können, wäre da nicht das unbehagliche Gefühl gewesen, dass er sich immer mehr verlief und dass alle anderen schon angekommen waren, das Wunder schon erfahren hatten; abgesehen davon, dass Rochelle auf ihn wartete und bestimmt langsam ungeduldig wurde. Schließlich merkte er, dass er im Kreis gelaufen war: Die Farm war wieder in Sichtweite. Bittere Enttäuschung durchflutete ihn.

Vor ihm auf dem Pfad sah er ein älteres Paar. Der Mann band sich gerade die Kapuze seines Anoraks zu, während die Frau unter ihrem Plastikschirm wartete. Er wusste nicht, dass er sie ansprechen würde, bis er seine eigene Stimme hörte, die peinlich hoch klang.

»Entschuldigung, ich suche den Heiligen Hain.«

Die Frau drehte sich zu ihm um. Sie hatte dünnes, graublondes Haar. Der Mann sah stirnrunzelnd auf.

»Wie bitte?«

»Den Heiligen Hain. Ich kann ihn nicht finden.«

»Aber«, sagte der Mann, »Sie sind doch schon drin. Das hier ist der Heilige Hain.«

Lewyn blickte sich um. Hieß es nicht, dass man manchmal den Wald vor lauter Bäumen nicht sah? »Ich dachte, es wäre ein besonderer Ort im Wald, eine Lichtung oder so.«

»Stimmt«, entgegnete der Mann mit bewundernswerter Langmut. »Den gibt es, aber den kennen nicht viele. Präsident Hinckley kennt ihn natürlich, aber die Kirche ist dafür, dass jeder den Heiligen Hain auf seine eigene Weise erlebt.«

»Also werde ich den besonderen Ort nicht finden?«, fragte Lewyn.

»Na, wie wollen Sie ihn auch finden, wenn Sie nicht mal wissen, dass Sie schon drin sind«, entgegnete der Mann, nicht unfreundlich. »Sind Sie ein Mitglied unserer Kirche?«

»Ähm, nein.« Es war das erste Mal, dass er danach gefragt worden war.

Draußen vor dem Besucherzentrum fand er Mark mit resignierter Miene auf einer Bank. Rochelle hatte sich ins Auto verzogen, wegen der Klimaanlage.

»Tut mir leid, dass es so lange gedauert hat«, sagte er, während sie über den Parkplatz gingen. »Ich bin irgendwie in die Irre gelaufen.«

»Alle diese Leute hier laufen in die Irre«, sagte Mark.

Um sechs fuhren sie zu der Freilichtbühne, eine massive Konstruktion, die keinerlei Ähnlichkeit mit der Bühne besaß, die Lewyn sich vorgestellt hatte. In den Hügel eingebettet, sah sie eher aus wie ein gigantischer grauer Hamsterbau mit unzähligen verschiedenen Ebenen. Lewyn fragte sich, wie sie drei durch den Abend kommen würden, wo doch klar war, dass nur er eigentlich hier sein wollte. Aber er wollte es wirklich, auch wenn er nicht wusste, warum oder was diesen Sog ausmachte, den er den ganzen Tag schon spürte, so stark wie den Sog der Meeresströmung am Vineyard. Rochelle und Mark, die nichts gemeinsam hatten außer ihren Widerwillen gegen den ganzen Ausflug, wären nur zu gern wieder ins Auto gesprungen und nach Ithaca zurückgebraust, hätten er und sein unergründlicher Wunsch, sich alldem hier auszusetzen, sie nicht daran gehindert. Noch Jahre später würde er darüber nachgrübeln. Es war etwas, an das er immer wieder zurückdachte, ohne es je so ganz begreifen zu können.

Sie kamen an einer Gruppe von Protestlern vorbei, die lauthals krakeelten, Joseph Smith sei ein Ketzer und Mormonen keine Christenmenschen. »Schande über euch, dass ihr bei solch einer gottlosen Veranstaltung mitmacht«, giftete eine Frau Rochelle an, die schnell nach Lewyns Hand fasste. »Ihr werdet alle noch in der Hölle schmoren!«

»Oh, ich weiß«, gab Rochelle zurück, »aber nicht dafür.«

»Redefreiheit in ihrer vornehmsten Erscheinungsform«, versuchte Lewyn, das Ganze ins Scherzhafte zu ziehen.

»WasMormonenNichtSagen.com«, las Rochelle von dem Banner ab. »Was sagen Mormonen denn nicht? Hat es irgendwas mit Geschichte oder Naturwissenschaft zu tun?«

»Es hat was mit Satan zu tun«, sagte Mark.

Der Platz wimmelte von Leuten, die verkleidet waren, als kämen sie aus einem Bibelepos, ohne jedoch ihre kernige amerikanische Stämmigkeit und ihre Strahlezähne abgelegt zu haben. So weit das Auge reichte nichts als blonde, blauäugige Schäfer und Schäferinnen, beleibte Krieger mit ledernen Brustpanzern und Pferdedecken über der Schulter, ungebärdige Youngster, die als Kindersoldaten oder Wüstenbräute verkleidet waren. Ein hochgewachsener Mann stach als eine Art Azteke hervor, in einem grün gepunkteten Rock mit Perlenfransen, falschem Bart und Federkopfschmuck; an der Hand hielt er ein kleines Kind in sandfarbener Kutte, das an einem Saftkarton nuckelte, und unterhielt sich dabei mit einem jungen Mann, der offensichtlich Joseph Smith darstellen sollte, denn es kamen ständig Leute, die für ein Foto mit ihm posierten.

»Ich sehe ihn«, sagte Mark. »Da drüben, vor der Bühne.«

Jonas stand in einer Gruppe von Ziegenhirten und Nomaden,

manche mit Rauschebärten ausgestattet und alle mit Ketten und Schals behängt, als hätten sie einen marokkanischen Basar geplündert.

»Das hier ist mein Team«, erklärte Jonas, als sie zu ihm aufschlossen. »Wir treten nachher in der Erzählung vom Propheten Lehi auf und später noch in der vom Propheten Abinadi.«

Rochelle konnte mit der Information nichts anfangen, das sah Lewyn ihr an.

»Eine beeindruckende Inszenierung«, sagte sie.

»Nicht wahr? Hey, Susie!«, rief Jonas einem bildhübschen Mädchen zu, das gerade mit einer Freundin vorbeikam, beide mit einem Buch Mormon und einer Handvoll Karten und Stifte ausgestattet. »Das hier sind meine Freunde vom College!«

Die beiden Mädchen waren so groß, dass Rochelle den Kopf in den Nacken legen musste, um sie anzusehen.

»Hi«, sagte Susie. »Das ist Eliza, meine Freundin von zu Hause.«

»Wo zu Hause?«, wollte Rochelle wissen.

»Wir sind aus Provo und studieren an der Brigham Young. Ihr seid mit Jonas an der Cornell?«

Rochelle, die sich sicher noch nie als »mit Jonas an der Cornell« begriffen hatte, nickte.

»Studiert ihr auch Veterinärmedizin?«, fragte Eliza, die Freundin. Sie hatte hellbraune Sommersprossen auf Nase und Wangen und Perlen ins blonde Haar geflochten, die in der Abendsonne glänzten.

»Nee, ich werde Anwältin. Und ihr?«

»Ach, Marketing oder so was in der Richtung«, sagte Susie. »Seid ihr Mitglieder der Kirche?«

Rochelle schüttelte den Kopf. »Jüdische Vollblut-Atheistin.«

Eliza machte große Augen.

»Cool«, sagte Susie. Sie sah aus, als gäbe sie sich die größte Mühe, nicht schockiert zu wirken. Irgendwie rührend.

»Also, falls ihr nachher irgendwelche Fragen habt, können wir uns vielleicht noch darüber unterhalten.«

Rochelle warf Jonas einen schnellen Blick zu. Sie schien sich jetzt schon zu fragen, wie sie zu der Ehre kam.

»Das ist sehr freundlich«, sagte sie nach kurzem Zögern. »Was mir auffällt, ihr seid alle so farbenfroh gekleidet. Was stellt ihr denn eigentlich dar?«

»Wir sind Lamaniten«, sagte Jonas. Er beugte sich vor und flüsterte verschwörerisch: »Wir sind die Bösen.«

»Na ja, manchmal haben die Nephiten aber auch Mist gebaut«, sagte Susie mit ernster Miene. »Ich meine, jeder kommt doch mal vom rechten Weg ab. Darum geht's ja gerade. Und was studiert ihr?«, fragte sie, an Lewyn und Mark gewandt.

Mark, stellte sich heraus, wollte ins Finanzwesen. Das war bislang noch nie zur Sprache gekommen. Lewyn sagte, er werde wohl bei der Kunst bleiben, was sich komisch anhörte, wenn man es aussprach.

»Wie, du malst?«

»Nein, ich studiere anderer Leute Gemälde.«

»Hast du das Bild von Moroni im Empfangszentrum gesehen?«, fragte Susie. »Da spürt man richtig den Schmerz und die Einsamkeit, der Letzte seiner ganzen Sippe zu sein, und die Zuversicht, dass der himmlische Vater eines Tages den Richtigen senden wird, um die Tafeln auszugraben. Genau hier an diesem Ort«, sagte sie und drehte sich zu der großen grauen Bühnenlandschaft hinter ihr um.

Lewyn wusste nicht, was er darauf erwidern sollte, obwohl er ziemlich sicher war, das Bild gesehen zu haben.

»Hach, ich liebe es«, schwärmte Eliza. »Und das Bild mit dem Engel neben Joseph Smiths Bett und das von Joseph im Heiligen Hain. Es ist einfach wunderbar, dass der himmlische Vater uns die Kunst geschenkt hat, um unseren Glauben zu stärken.«

Lewyn wollte schon einwenden, dass dies eigentlich nicht Sinn und Zweck der Kunst sei, als ihm zum ersten Mal die Wahrheit dieser naiven Behauptung aufging: War dies nicht über Jahrhunderte, Jahrtausende der tiefere Sinn der Kunst gewesen? »Ich muss mir die Bilder doch noch mal ansehen«, hörte er sich sagen.

Die drei fanden Plätze weit hinten. Wieder und wieder wurden sie von Mitwirkenden angesprochen – *Wo kommt ihr her? Seid ihr zum ersten Mal hier?* –, bis Rochelle den immer gleichen Fragen genervt zuvorkam, sobald jemand nur Luft holte: *Aus Ithaca. Unser erstes Mal. Ja, wir sind schon sehr gespannt. Nett, euch kennenzulernen.* Ob sie Fragen an sie hätten? Ob sie die Karte hier ausfüllen wollten, dann könnten Missionare sie zu Hause aufsuchen, um über die Heilsbotschaft des Festspiels zu sprechen. Rochelle lehnte für sie drei ab, da Mark sich in Schweigen hüllte. Als es endlich dämmerte, leitete ein stattlicher Missionar mit Bürstenschnitt die Darbietung mit einer Fürbitte ein – Mark, zu Lewyns Linken, senkte den Kopf, Rochelle, zu seiner Rechten, tat es nicht –, und dann kamen Schwärme von Akteuren auf die Bühne, strömten verborgene Rampen oder Treppen zu all den vielen Ebenen hinauf, füllten den Steilhang mit Hunderten jetzt winzigen Gestalten, die sich zusammenfügten wie eine riesige farbenfrohe Stickerei.

Die Leute auf der Bühne waren so weit entfernt vom Publikum, dass von schauspielern im herkömmlichen Sinne keine Rede sein konnte; stattdessen mimten sie die Handlung mit ausladenden, übertriebenen Gesten, während die vorab aufgezeichneten Dialoge, Musikeinlagen und Erzählungen aus riesigen Lautsprechern über den Platz dröhnten. Lewyn versuchte, der Handlung zu folgen, aber sie sprang ständig zwischen dem alttestamentarischen Jerusalem und einer Vision der künftigen Kreuzigung hin und her. Ein Schiff wurde auf der Bühne aufgebaut, um einen Propheten und seine Söhne in eine neue Welt zu bringen, aber kaum waren die ersten Protagonisten verschwunden, tauchten neue Figuren mit unbekannten Namen auf, und Generationen von Lamaniten (die größtenteils böse waren) bekriegten sich weiter mit Generationen von Nephiten (die größtenteils zu den Guten zählten). Vulkane brachen aus, und Stürme setzten die Bühne unter Wasser, und jeder neue Prophet rief die Unbotmäßigen auf zu bereuen und sich auf die Verheißung Christi zu besinnen.

Aber dann war er auf einmal leibhaftig erschienen: der Heiland! Er schwebte an einem dünnen Draht über der gigantischen Bühne, hell angestrahlt, während der Halbmond sich hinter Wolken versteckte und im Rest der Welt plötzlich Stille einkehrte.

Christus blieb drei Tage bei den Nephiten (vielleicht auch den Lamaniten, Lewyn war sich nicht sicher), um dann zurückzukehren zu der Geschichte, wie Lewyn sie kannte: das Grab in Jerusalem, der beiseite gerollte Stein. Am Ende der Aufführung erfolgte schließlich die Entdeckung der goldenen Tafeln, die, auf dem Hügel Cumorah vergraben, jenes hier so opulent inszenierte Narrativ enthielten. Die Musik schwoll an, und die Stimmen des Mormon Tabernacle Choir schallten über das Publikum, während derselbe Joseph Smith, den Lewyn vor ein paar Stunden mit einem hübschen Mädchen in einem BYU-Rugbyshirt hatte reden sehen, nun als winzige Figur auf der Bühne die Gläubigen um sich scharte.

Rochelle neben ihm rollte ihr Programmheft wieder und wieder zwischen den Fingern. Mark hatte die Augen geschlossen und wirkte wie ins Gebet versunken. Lewyn beugte sich vor und blickte die Reihe der Zuschauer entlang: alle hingerissen, viele in Tränen aufgelöst, einander in den Armen liegend. Es war ihm ein Rätsel. Wann hätten wir uns in unserer Familie jemals auf solche Weise umarmt? Wann hätte jemand von uns, außer unserer Mutter, jemals liebevoll die Arme ausgestreckt, wann wären die anderen dann nicht befremdet zurückgewichen? Der kleinste Anflug von Wärme und Zuneigung ließ jeden der Oppenheimer-Drillinge augenblicklich das Weite suchen. Zum ersten Mal in seinem Leben machte Lewyn sich dies bewusst, mit tiefer Traurigkeit, während rings um ihn der Applaus brandete und alle in Liebe und Glückseligkeit zerflossen. War das nicht letztlich doch die Nähe zu Gott? Keiner in seiner Familie glaubte, dass der Gott von Abraham, Sarah und Moses sie persönlich kannte oder für ihr Wohlergehen sorgte; keiner hoffte, dass sie irgendwann in einem jüdischen Paradies vereint sein würden. *Vereint? In alle Ewigkeit?* Wie konnten wir nur so verschieden von diesen Leuten sein?, fragte Lewyn sich bestürzt. Waren wir überhaupt fähig, das Gleiche zu fühlen wie sie? Diese Tausende, die sich da lachend und weinend ihrer unbegreiflichen Ekstase hingaben, hatten eine tiefe Kluft überquert, von dort, wo er sich befand und immer schon befunden hatte, hin zu einem Ort, wo die Menschen mit sich und den anderen im Reinen waren. In diesem Moment, und noch in vielen künftigen Jahren, hätte er fast alles dafür getan, bei ihnen auf der anderen Seite zu sein.

Kapitel 23

Sommerliebe

In dem Sally Oppenheimer die Durchtriebenheit ihres Bruders entdeckt und das Erwachsenenleben als bodenlose Schlangengrube begreift

Sally saß am Küchentisch mit einem halben Glas Limonade vor sich und unserer Mutter am Telefon. Sie war allein im Haus an diesem Freitagnachmittag im Juli, denn Harriet war nach Rochester gefahren, um eine Freundin zu besuchen. Der Ventilator an der Decke rührte träge die warme Luft um. Sie trommelte mit den Fingern auf dem Tisch, dem mittlerweile wertlosen »braunen Möbel«, das einst den Ehrenplatz im Esszimmer der Greenes innehatte. Frisch eingelassen mit einer hausgemachten Holzpflegepaste von Harriet, schimmerte die Tischplatte in mattem Glanz. Über die letzten zwei Monate hatte Sally sich mit jedem der Möbelstücke im Haus vertraut gemacht (ob eingehüllt oder nicht), indem sie ihnen allesamt diese spezielle Pflege angedeihen ließ. Es ging nicht darum, Schmutz zu beseitigen; es ging um Wiederbelebung.

»Ich hab dir doch erzählt, ich mach hier ein Praktikum«, sagte Sally, sobald Johannas Redeschwall endete. Unsere Mutter befand sich auf einer Insel vor der Küste von Massachusetts, und sie wollte wissen, weshalb Sally nicht auch da war.

»Das ist schon Monate her. Wenn du so an Antiquitäten interessiert bist, hätten wir sicher auch was in Edgartown für dich finden können. Bist du's denn?«

»Was?« Nicht, dass sie nicht zugehört hatte. Aber eben nicht sonderlich aufmerksam.

»An Antiquitäten interessiert.«

»Mein Geschmack bildet sich«, sagte Sally. »Ich meine, so ist das eben am College, man lernt dauernd dazu.«

»Du studierst ... Möbel?«

»Nein, natürlich nicht. Sie interessieren mich einfach. Ich hab mich noch nicht für ein Hauptfach entschieden. Und Lewyn?«, fragte sie, um das Thema zu wechseln.

»Ach, Lewyn. Im Frühjahr hat es geheißen, er macht was mit Kunst.«

»Wie, Malerei?«

»Nein, Kunstgeschichte. Du weißt ja, Daddy und ich, wir haben euch nie dazu angehalten, praktische Fächer zu wählen. Ihr sollt das machen, was euch Freude bereitet.«

Sally verdrehte die Augen. Freude war immer eins der Lieblingsthemen ihrer Mutter gewesen. Ganz schön ironisch, wenn man bedachte, wie sehr es gerade Johanna daran mangelte.

»Na, bestimmt wissen die Jungs das ebenso zu schätzen wie ich.«

»Hast du mal mit ihnen gesprochen?«

Hoffentlich, sagte sich Sally, wurde Lewyn wenigstens mit der gleichen Fragerei genervt. Oder war es an ihr, den Kontakt aufrechtzuerhalten, weil sie das Mädchen war?

»Ich kann nicht für die Jungs sprechen, aber vielleicht üben wir uns alle gerade im Auseinanderleben, weißt du?«

»Nein, weiß ich nicht. In der Familie sind wir uns immer nah gewesen.«

Auf welchem Planeten?, hätte Sally fast gefragt. Sie alle hatten Johannas Hoffnungen enttäuscht.

»Aber es ist doch etwas, das jeder von uns machen muss, meinst du nicht? Seinen eigenen Weg finden? Also, mich wundert es nicht, dass die Jungs sich nie bei mir melden.«

In der Leitung war nur noch ein leiser Seufzer zu hören.

»Mom?«

»Neulich hab ich Phoebe zum Karussell mitgenommen«, sagte Johanna. »Sie war ganz hingerissen von ihrem Pferd, aber sie hat kein einziges Mal aufgeschaut! Du warst genauso, weißt du noch? Deine Brüder dagegen konnten gar nicht genug von diesen blöden Ringen runterreißen.«

»Lewyn ist dabei sogar mal vom Pferd gefallen«, sagte Sally, erleichtert über den Themenwechsel.

»Wir müssen dort alle mal zusammen hin, wenn ihr wieder hier seid.«

Sally schloss die Augen. Um die Reise zum Vineyard würde sie nicht herumkommen, aber sie wollte so wenig Zeit wie nur irgend möglich dort verbringen. Erst am Geburtstag einzutreffen, war zu offensichtlich und zu grausam. Besser ein, zwei Tage vorher. Immerhin hatte sie ja noch einen Monat Zeit, um ... was? Sich vorzubereiten? Sich die Antworten zu den unvermeidlichen Elternfragen zurechtzulegen? Aber welche? Harrison, hatte Johanna erzählt, war in Virginia, auf irgendeiner Konferenz für reiche Klugscheißer: eine idealtypische Sommeraktivität. Sogar Lewyn klang mit seiner Hauptfachwahl nicht mehr so ziellos wie bisher. Nur Sally wollte eigentlich nichts als sich mit Möbeln beschäftigen. Der Geburtstag fiel dieses Jahr auf einen Montag, nicht optimal, aber wenigstens noch in den Semesterferien. Schade, dass sie nicht länger bleiben könne, schwindelte sie Johanna vor, aber es sei ihr einfach nicht möglich, sich länger aus ihrem sehr geschäftigen neuen Leben auszuklinken.

Nachdem sie aufgelegt hatte, ging sie zurück nach oben in ihr Zimmer.

Harriets Angebot, hier einzuziehen, hatte sie überrascht, auch wenn es offensichtlich war, dass ihre neue Freundin Hilfe im Haus gebrauchen konnte. Einige Zeit zuvor hatte Harriet sie gebeten, sich im dritten Stock nach einem Eckschrank umzusehen, den ein Händler aus Deposit ihr irgendwann mal verkauft hatte. Nun wollte er ihn anscheinend zurück, für eine Kundin in New York, die genau nach dieser Größe, Form und original blauer Farbschattierung suchte. Harriet schaffte die steile Treppe nicht mehr problemlos, also stieg Sally allein ins obere Stockwerk hinauf und fand dort vier Zimmer von großzügigem Ausmaß, jedes vollgestopft mit hinreißenden Objekten. Hölzerne Truhen, bis zur Mansardendecke übereinandergestapelt, seitwärts gekippte, ineinander verkeilte Betten. Im staubgefüllten Licht sah sie nichts als dunkles Holz, bemaltes Holz, graviertes Holz. An den Wänden lehnten jede Menge Goldrahmen, die meisten leer, manche mit nachgedunkelten, rissigen Leinwänden versehen.

»Hast du's gefunden?«, rief Harriet von unten.

»Ist nicht so einfach«, rief Sally zurück.

»Ziemlich wuchtiges Teil, zweieinhalb Meter hoch?«

Im ersten Zimmer war es nicht, auch nicht im zweiten (kurioserweise mit einer Reihe von Schränken vollgestellt, Rücken an Rücken) oder im dritten (Bettvorleger, Flickenteppiche, alte blaue Steppdecken), aber im vierten war das Möbel nicht zu übersehen. Stattlich prangte es zwischen den beiden Fenstern, genau am passenden Platz. Ein prachtvolles Stück, hoch und dreieckig, mit stahlblauem Anstrich und handgeschnitztem Knauf. Wie hatte Harriet es bloß hier heraufbekommen? Und wie sollten sie es wieder runterschaffen?

»Schöne Zimmer sind das da oben«, sagte Harriet, als Sally nach ein paar Minuten wieder herabkam. »Und ein Bad.«

»Hab ich gesehen.«

»Wenn du Lust hast, dir ein wenig Platz zu schaffen, kannst du eins haben. Ist doch bestimmt angenehmer als im Wohnheim.«

Sally musste an Rochelle Steiner denken, ihre zufällig zugeteilte Zimmergenossin. Vor Monaten hatten sie überlegt, im folgenden

Collegejahr wieder zusammenzuziehen, aber dann hatte es diesen unglücklich verlaufenen Besuch in Ellesmere gegeben, und seither schien die Zeit, die sie miteinander verbrachten, irgendwie überschattet. Rochelle war zwar noch genauso freundlich und rücksichtsvoll, aber immer seltener anwesend und eigenartig wortkarg, wenn sie abends doch einmal da war. Auf Nachfragen gab sie an, gestresst zu sein wegen der Abschlussnote in ihrem Politikseminar und wie diese sich auf ihre Fächerwahl im zweiten Studienjahr auswirken könnte. Sie müsse sich fast jeden Abend mit ihrer Arbeitsgruppe treffen, wenn sie nicht riskieren wolle, die Bestnote zu verfehlen. Und ohne Bestnote keine Zulassung zum Seminar »Funktionen und Grenzen des Rechts«, das eine Voraussetzung war, um im Jahr darauf ein Auslandssemester an der London School of Economics absolvieren zu können. Rochelle wollte dort unbedingt hin; sie war noch nie außerhalb der USA gewesen.

Wenn Rochelle vor ihr zu Bett ging, hatte Sally sie manchmal beim Schlafen beobachtet. Sie nahm dabei eine merkwürdige Stellung ein, die Hände zwischen die Knie geklemmt, als müsste sie sich fest verankern, um bis zum Morgen durchzuschlafen. So lag sie dann, und ihre Augen bewegten sich unter den geschlossenen Lidern, während Sally ihr zusah und ihren Gedanken nachhing.

Dann war es auf einmal vorbei. Rochelle erklärte, dass sie in den Sommerferien irgendein Studienanwärterprogramm betreuen werde, und als Sally das Thema ihrer künftigen Unterkunft ansprach, fragte Rochelle sie um Rat, ob sie lieber ein Einzelzimmer in einem der Collegewohnheime oder in einem der Vereinshäuser wählen sollte, wo offenbar eine ihrer Bekannten aus der Hillel-Organisation wohnte. »Ich weiß nicht«, sagte sie zu Sally, die Mühe hatte, sich nichts anmerken zu lassen. »Ich weiß nicht, ob ich so der Vereinstyp bin. Mich mit Leuten zu einigen, ist nicht gerade meine Stärke.«

»Aber wir haben uns doch immer gut einigen können, oder?«, protestierte Sally schwach.

»Na ja, das war auch nicht schwer. Es war eine reine Freude, mit dir zusammenzuwohnen, Sally.«

Das – diese Endgültigkeit – war ein schwerer Schlag gewesen.

»Wofür hast du dich entschieden?«, fragte Rochelle.

Sally hatte natürlich noch gar nichts entschieden. Sie hatte gedacht, sie beide würden friedlich Seite an Seite durch den Rest ihrer Collegezeit gehen. Und da sie nicht vorausschauend genug gewesen war, andere Freundschaften zu schließen, fand sie sich jetzt auf einmal allein und ohne Perspektiven wieder.

Seither war Sally Dauergast bei Harriet Greene und arbeitete sich dort Stück für Stück durch das Mobiliar. Wovon es solche Unmengen gab, dass sie gar nicht anders konnte, als einen Blick dafür zu entwickeln, welches Stück eher uninteressant, welches gut oder sehr gut war, was nicht unbedingt dem Wert entsprechen musste, auch wenn der Wert Harriet wichtig war. Ein schönes Möbelstück aus einer Scheune voller Rostlauben oder einem kriminell feuchten Keller zu befreien, hieß, der Welt Gutes tun. Das war Harriets Glaubenssatz, den Sally sich zu eigen machte.

»Kann ich mitkommen?«, hatte sie an jenem ersten Tag gefragt, als es die Donuts gab, und sie fragte es jedes Mal, wenn Harriet nach Elmira oder Watertown zum Stöbern aufbrach. Jemand im Norden von Albany wollte ihr einen Tisch zeigen, den er als Shaker-Möbel ausgab. (*Schön wär's*, hatte Harriet gesagt, aber man musste natürlich nachschauen, für den unwahrscheinlichen Fall, dass es tatsächlich mal ein Shaker war.) Der Schwager einer Frau, der sie 1992 einen Schrank abgekauft hatte, bot einen Satz Stühle an, die er für antik hielt, zwei davon allerdings kaputt. Auf dem Weg wollte Harriet wieder bei der Farm haltmachen, wo einst ein alter Mann gedroht hatte, ihr die Polizei auf den Hals zu hetzen, als sie gerade einen verlockenden Grünton in seinem Wohnzimmer erspäht hatte. Vielleicht war der Alte inzwischen tot oder saß im Rollstuhl. Vielleicht war er jetzt auch empfänglicher dafür, ein nie beachtetes Sideboard gegen gutes

Geld einzutauschen – oder seine Erben waren nicht abgeneigt. Möglich war alles. Aber Harriet hatte einen stämmigen und schweigsamen Angestellten namens Drew, der für sie fuhr und auflud, sodass kein weiterer Platz im Pick-up vorhanden war. Und außerdem »musst du doch was für die Uni tun«, wie sie oft schmunzelnd sagte, immer wieder belustigt darüber, dass eine Studentin, eine Stadtpflanze, ihre Zeit damit verplempern wollte, wegen ein paar alter Möbel durch die Pampa zu kutschieren.

Also war Sally weiter brav in ihr Seminar gegangen und hatte sich nur besuchsweise in der East Seneca Street 78 aufgehalten. Rochelle hatte sie erzählt, sie habe eine ältere Frau getroffen, die ein bisschen vereinsamt sei und ihre Gesellschaft schätze, und Rochelle meinte, das sei eine gute Tat und ein Akt des *Tikkun Olam*. Danach wurde das Thema nie mehr zwischen ihnen erwähnt.

Schöne Zimmer sind das da oben, hatte Harriet gesagt.

Wofür hast du dich entschieden?, hatte Rochelle gefragt.

Und wie um den Kreis zu schließen, wurde ihr endlich erlaubt, zu Harriet in ein Kaff nahe Elmira zu fahren, wo ein Job, der zunächst nur wenige Stunden dauern sollte, nun auch noch den nächsten Tag in Anspruch nehmen würde. Drew konnte dort übernachten, aber Harriet wollte nach Hause, also wurde Sally gebeten, den Schlüssel des alten Ford von seinem Nagel in der Garage zu nehmen und sie abzuholen, was zwar nicht ganz so gut war, wie zum Stöbern mitgenommen zu werden, aber immerhin. Sally ließ den Motor lange warm laufen und probierte in der Zwischenzeit alle Knöpfe und Schalter durch. Wie ihre Brüder hatte auch sie im elterlichen Volvo auf den sommerlich sandigen Vineyard-Straßen fahren gelernt, und sie war die stolze Besitzerin eines selten genutzten, in Massachusetts ausgestellten Führerscheins. Dieser Wagen hier hatte zwar wenigstens keine Handschaltung, fühlte sich aber trotzdem vorsintflutlich an. Endlich rollte sie aus der Einfahrt und fuhr mit heruntergelassenen Fenstern auf die Route 34, sich absolut der Tatsache bewusst, welch ein Privileg das war, und inständig hoffend, dass sie es nicht vermasselte.

Sie fand Drews silberfarbenen Pick-up vor einer leicht windschiefen Scheune, und auch das Herrenhaus dahinter sah aus, als könnte es beim nächsten Windstoß in die Knie gehen. Daneben aber prangte ein blitzsauberes blaues Wohnmobil in der Nachmittagssonne, ein volkstümliches WILLKOMMEN-FREUNDE-Schild über der Tür und ein paar pseudograsende Kunstkühe im Vorgarten.

»Gut«, sagte Harriet nur, als sie zum Wagen kam. Sally war noch immer damit beschäftigt, die ganze Szene in sich aufzunehmen.

»In der Scheune da gibt es Möbel?«

»Und im Herrenhaus, obwohl ich da nicht gern reingehen mag. Es kommt mir vor, als ob es überhaupt nur noch von dem ganzen Müll zusammengehalten würde.«

»Was für Müll?«, fragte Sally.

»Komm«, sagte Harriet. »Und halt besser die Luft an.«

Die Fassade des Hauses hatte einst einen klassischen Eindruck vermitteln wollen. Nun waren seine griechischen Säulen voller Risse und das fächerförmige Türfenster ohne Glas. Die Tür stand halb offen, im Eingang lag ein Teppich.

Vorsichtig trat sie ein, kam aber nicht weit.

Der dicke Teppich war gar kein Teppich, sondern eine feste Schicht aus irgendetwas Undefinierbarem, das unter den Füßen nachgab, doch Unmengen härterer Gegenstände enthielt, manche mit scharfen Kanten, andere glitschig, dazu massenweise Papierfetzen, Lappen, ungeöffnete Post.

Und dann der Geruch. Irgendwas schon jenseits der Fäulnis, ins Humushafte übergehend, aber ebenso ekelerregend.

»Wie gesagt«, erinnerte sie Harriet neben ihr, »Luft anhalten.«

»Gibt es eine Alternative?«, fragte Sally. »Was ist das hier überhaupt?«

»Das sind mindestens zwei Generationen von Leuten, die sich in der Welt nicht mehr zurechtgefunden haben«, sagte Harriet. »Heute Morgen hab ich bei ihrer Enkelin hier im Dorf vorbeigeschaut. Sie sagte, wenn ich zum Haus ihrer Großmutter rauskommen wollte, dann wär das ein Segen. Das sei nämlich bis oben hin voll. Und die Scheune auch. Diese Leute wollen kein Geld. Sie wollen den ganzen Mist einfach nur loswerden.«

»Aber du kannst hier doch unmöglich sauber machen!«, sagte Sally entgeistert. Harriet schaffte es ja kaum, ihr eigenes Haus zu putzen, das verglichen mit diesem traurigen Exemplar geradezu minimalistisch und aseptisch wirkte.

»Nein, aber ich kann dabei helfen, die Dinge in die richtigen Wege zu leiten. Diese Gebäude müssen erst mal für baufällig erklärt werden, bevor sie abgerissen werden können. Die Erben wollen das ja auch, kriegen es aber nicht auf die Reihe. Sie wollen einfach nur in ihrem schönen nagelneuen Heim leben.«

Sally sah zu dem blitzblanken Wohnmobil hinüber. »Warst du da schon mal drin?«

»Den ganzen Nachmittag, ständig rein und raus. Dadrin sieht es wie geleckt aus. Diese Sauerei hier wollen sie einfach nur vergessen.«

Sally schüttelte den Kopf. »Also machst du jetzt die Sozialarbeiterin für sie?«

»Muss ich ja wohl.« Harriet schmunzelte. »In der Scheune hab ich einen alten Küchenschrank entdeckt, aber wirklich einen der schönsten, die ich je gesehen habe, und mindestens drei Tische, die mein Freund in Deposit mir für seinen Laden abnehmen wird – und dabei hab ich noch gar nicht alles gesehen. Die Leute hier haben keine Ahnung, was da für Schätze lagern, weil sie nichts damit zu tun haben wollen. Wenn ich ihnen sagen würde, dass manches davon ein Vermögen wert ist, würden sie mir gar nicht glauben.«

Sally bekam kaum noch Luft. Es schien so etwas wie einen Trampelpfad in Richtung Treppe zu geben, aber sie zögerte, sich weiter vorzuwagen, und hielt sich am Türrahmen fest. »Kannst du …« Sally tastete nach hinten. Harriet fasste sie beim Handgelenk und zog sie nach draußen.

»Oje, oje«, hörte sie Harriet grummeln. »Ich hätte dich da nicht reinlassen sollen. Nächstes Mal kommen wir mit Stiefeln und Masken.«

Sally stand vornübergebeugt, die Hände auf die Knie gestützt, und versuchte tief durchzuatmen. »Nächstes Mal?«

»Wir werden mindestens drei Tage brauchen. Drew wird hier weitermachen, solange er Tageslicht hat, und dann kann er im Dorfgasthof übernachten, aber mir reicht's fürs Erste. Ich komme morgen wieder. Du kannst gern mitkommen, wenn du willst.«

Morgen war Sonntag. Natürlich wollte sie mitkommen. Dann aber mit Stiefeln und Gummihandschuhen. Und die Haare in Zöpfen, unter einem Kopftuch.

Am Ende verbrachte sie fast eine Woche dort und versäumte zwei Vorlesungen ihres Frauenstudien-Seminars, während sie dabei half, eine ganze Sammlung amerikanischen Mobiliars aus dem achtzehnten und neunzehnten Jahrhundert auszugraben, das meiste davon beschädigt und altersschwach und jedes einzelne Stück restaurierungsbedürftig. Aber selbst Sally konnte inzwischen erkennen, wie wertvoll diese Sachen waren. Einen zwei Meter langen Tisch ans Licht hinauszutragen, ihn liebevoll abzureiben und sein blasses Holz zum ersten Mal seit vielen Jahrzehnten der Sonne auszusetzen – das fühlte sich an wie eine spirituelle Geburtshilfe. Es gab einen antiken Ohrensessel, in dem irgendwelche Tiere (wohl eher Generationen von Tieren) genistet hatten, doch als Drew die vergammelte Polsterung wegschnitt, trat seine perfekte Struktur zutage. In einem Schränkchen, so nachgedunkelt, dass man den Japanlack auf seiner Oberfläche zunächst nicht wahrnahm, zeigte Harriet ihr den Hauch einer Signatur (Eliphalet Chapin) und ein Datum, 1787.

Die Frau im Wohnmobil hieß Mary Willit. Alle paar Stunden brachte sie ihnen Kaffee heraus, mit irgendeinem Sirup gesüßt, den

Sally scheußlich fand, dazu selbst gebackene Kekse auf einem Tablett, das sie auf der Kühlerhaube abstellte. Erst hatte Sally alles verbergen wollen, was an Schätzen aus der Scheune auftauchte, aus Angst, dass die offensichtliche Qualität der Stücke jedem sofort ins Auge fallen musste. Den langen Esstisch oder das Chapin-Schränkchen konnte man einfach nicht übersehen, ganz gleich, wie eilig man es hatte, Haus und Scheune ausgeräumt und dann vielleicht abgerissen zu bekommen. Doch nein, für Mary Willit war alles, was sie nicht schon in ihr blitzblankes Wohnmobil geschafft hatte, alter Plunder, und Sally, Drew und Harriet waren Engel vom Planeten Ithaca, gekommen, um ihr Grundstück von allem zu befreien, was das Auge beleidigte – und das auch noch unentgeltlich. Wenn sie irgendwann einmal gefragt würde, wie sie die riesige Scheune und das stinkende alte Haus entrümpelt bekommen hatte, würde sie Namen und Telefonnummer von Harriet Greene nennen, jener freundlichen, fleißigen Dame, die ihr keinen Cent berechnet hatte. Und so würde es weitergehen, von einem Farmhaus oder verwunschenen Landsitz zum nächsten, durch alle Dörfer und Kleinstädte im ganzen Bundesstaat New York.

Außer dass Sally schon wusste, dass dieses »irgendwann einmal« gar nicht so weit in die Zukunft reichen würde. So hart im Nehmen Harriet auch war (Sally hatte mal gesehen, wie sie sich mit dem Hammer auf den Daumen schlug, nur »Mist« murmelte und das blutende Nagelbett unter den Wasserhahn hielt), gesund war sie nicht. Morgens spülte sie eine Handvoll mysteriöser Tabletten mit Orangensaft herunter, und am Fuß der Liste von Telefonnummern, die neben dem Wandtelefon angepinnt war (der Freund in Rochester, eine Cousine in Plattsburgh, Drew, ein halbes Dutzend Trödler und Restauratoren), stand das ominöse Wort *Krebszentrum*. Und sie nahm stetig ab. Die rundliche Person, die Sally im Johnson Museum bei dem Shaker-Stuhl kennengelernt hatte, schwand langsam dahin, als rieselte ihre Lebenskraft durch ein winziges Loch, das man ihr in die Fußsohle gepikst hatte. Sie schien keine Schmerzen zu haben, aber das hielt Sally nicht davon ab, sich zu fragen, ob Harriet nicht dringend Hilfe brauchte.

Schöne Zimmer sind das da oben, hatte sie gesagt.

Wofür hast du dich entschieden?, hatte Rochelle gefragt.

Ihr war aufgefallen, dass sie das ganze Semester über an den Abenden immer früher in ihr Wohnheimzimmer zurückgekehrt war, manchmal sogar schon am Nachmittag, ohne Pläne, noch mal auszugehen. Abend für Abend im Schneidersitz auf dem Bett, die Hausaufgaben um sich ausgebreitet, nur in Erwartung, die Tür aufgehen und Rochelle hereinkommen zu sehen. Was immer später geschah. Sally begriff allmählich, dass es nicht bloß ein Fall von Abnutzung war, ein trauriges, undramatisches Verblassen ihrer Freundschaft. Nein, es war etwas passiert, etwas, das ihr entgangen war. Weil sie durch ihre Ausflüge zu Harriet abgelenkt gewesen war? Weil sie blind und selbstbezogen war und nicht aufgepasst hatte? Nein. Weil es absichtlich vor ihr verborgen worden war.

Aber warum? Sie waren doch Freundinnen, oder? Bis zu dem dummen Fehler, sich ihr zu Hause aufzudrängen, waren sie die Art von Zimmergenossinnen gewesen, die es einander erzählen würden, wenn sie jemanden kennengelernt hatten. Denn sicher war es das, was gerade in Rochelles Leben passierte. Abend für Abend, während im Gemeinschaftsraum am Ende des Flurs Party gemacht wurde und es aus dem Gemeinschaftsbad gnadenlos nach den Symptomen von Bulimia nervosa stank, lernte Sally für ihre Literaturklausur und entwarf lustlos ihr Frauenstudien-Referat. Eigentlich aber versuchte sie nur, nicht an das zu denken, was gerade in Rochelles Leben passierte und warum es ihr so viel ausmachte.

Wofür hast du dich entschieden?

Für gar nichts. Das hier war für sie entschieden worden.

Schon vor Ende des Semesters begann sie mit ihrem Auszug; sie räumte das größte von Harriets oberen Zimmern frei und behielt nur ein altertümliches Himmelbett, eine Kommode und einen viktorianischen Nachttisch mit Marmorplatte zurück, dann schrubbte sie das Bad, bis es in seinem ursprünglichen Porzellanschimmer erstrahlte. (Aus der Dusche lief fast eine Stunde lang braunes Wasser, aber auch das gab sich irgendwann.) Jeden Tag brachte sie ein paar von ihren Büchern oder Klamotten aus dem Wohnheim herüber, und ihre ohnehin schon reduzierten Habseligkeiten verringerten sich so unmerklich, dass Rochelle nichts von der allmählichen Umsiedlung mitzubekommen schien. Kurz vor den Abschlussklausuren packte sie schließlich ihr Bettzeug und ihren Laptop zusammen und ging endgültig.

Was ist los?, mailte Rochelle ihr spät am Abend. Sie war wohl gerade erst heimgekommen. *Alles okay bei dir?*

Hab ein Zimmer außerhalb vom Campus gefunden, schrieb Sally zurück. *Mietvertrag läuft seit Erstem des Monats, also bin ich lieber gleich eingezogen.*

Ich hätte dir doch beim Umzug helfen können!

Sally saß in ihrem neuen Himmelbett. Es war aus dunklem Holz mit geschnitztem Kopfteil und spiralförmig gedrechselten Pfosten, und sie kam sich darin winzig vor mit ihrem Laptop auf dem Schoß.

Alles gut. Du warst beschäftigt.

Mit Lernen für die Klausuren, antwortete Rochelle schnell. Zu schnell. *Ich mache mir Sorgen wegen meiner Jura-Note. Es tut mir leid, Sally. Treffen wir uns mal auf einen Kaffee?*

Sicher. Wann du willst.

Wenn ich einen Moment zum Luftholen finde, ruderte Rochelle prompt zurück.

Sie hatte wohl bisher keinen gefunden, denn es war noch immer nicht zu einem Treffen gekommen. In ihrem Himmelbett thronend, beendete Sally ihre Pflichtaufgaben für die Uni und verbrachte die folgenden Sommerwochen mit Harriet in der East Seneca Street und auf den Landstraßen des Bundesstaats New York, immer tiefer hineingesogen in die Welt der alten Häuser und ihrer zumeist ebenfalls alten Bewohner. Häuser voller Traurigkeit: Raum für Raum angefüllt mit stummen Relikten, bis schließlich das ganze Haus vollgestopft und vermüllt war. In einigen Häusern roch es grauenhaft. Manche Eigentümer sprachen nur durch den Türspalt mit ihnen oder schlüpften hinaus und schlossen die Tür hinter sich, wie Rochelles Mutter, und man sah ihnen förmlich an, wie sehr sie sich schämten. Sally hätte sie am liebsten beiseite geschubst, um sich mit Eimer, Schrubber, Gummihandschuhen und Ammoniak hineinzudrängen, aber sie hielt sich zurück. Sie war da, um zu lernen.

Hoffnungsvoll klopften sie an Türen und stellten sich misstrauischen Veteranen und verwirrten Rentnerinnen vor. Wenn sie hereingelassen wurden, schien Harriet wie aus dem Nichts eine Verbindung zu knüpfen, sprach mit den Farmern über die Ernte und mit den Gebrechlichen über deren Krankheiten. Sie konnte sich jedem anpassen, dachte Sally, während sie Harriet mit den Mürrischen und Schüchternen reden sah, deren Schweigen sie mit unverfänglichem Geplauder überbrückte. In Albany war der Hass auf die Demokraten ein Thema, das Gemeinsamkeit schuf, ebenso wie Ressentiments gegen die Leute aus der Metropole. Haus um Haus füllte Harriet mit zwischenmenschlicher Wärme, und Sally tat ihr Bestes, in kein Fettnäpfchen zu treten, nickte und lächelte und versuchte, sich nicht als demokratisch gesinnte – und noch dazu jüdische – Stadtpflanze zu entlarven. Sie folgte Harriet in überheizte Küchen und ertrug stundenlangen Small Talk, nur um endlich einen Blick auf ein altes Gemälde werfen zu dürfen, das sich seit den Zeiten der Pilgerväter im Besitz der Familie befand, oder den Schreibtisch eines verstorbenen Gatten anzuschauen, der angeblich ein Vermögen wert war.

Meistens zogen sie mit leeren Händen wieder ab oder nachdem sie pro forma einen wertlosen Ohrensessel oder Hutständer erworben hatten. Manchmal aber nahmen sie auch genau den Küchentisch mit, auf dem ihre Kaffeetassen gestanden hatten, oder ein wie durch ein Wunder gut erhaltener Teppich, auf dem George Washington mitsamt Kirschbaum dargestellt war, wurde ihnen sorgsam zusammengerollt.

Ein geborstener Eimer, der Zündhölzer oder Stricknadeln enthielt, trug den verblassten Schriftzug »Ancient Fire Society« über einem Haus in Flammen, und die Strickerin staunte, dass Harriet ihr fünfzig Dollar für den alten Kübel bot. Einmal mussten sie sich eine ganze Stunde lang anhören, was andere Stöberer kurz vor ihnen abgeschleppt hatten, oder endloses Gejammer über einen drogensüchtigen Sohn, der seinen armen Eltern alles von Wert gestohlen hatte (bis auf die 1850er-Erstausgabe von *Der scharlachrote Buchstabe*, die Harriet in der Schublade einer wackeligen Frisierkommode fand).

»Aber ist das den Leuten gegenüber nicht unfair?«, fragte Sally anfangs mehr als ein Mal, wenn sie sich mit solch einem unerkannten, in ein Handtuch eingewickelten Schatz davonmachten.

»Unfair wäre es, wenn ich sie anlügen würde«, sagte Harriet. »Wenn ich sagen würde: Das da ist total wertlos, oder: Das würde Ihnen kein Trödler mehr abnehmen. Ein Buch in einer Schublade ist ein Buch in einer Schublade, bis jemand es kaufen will. Ich halte die Leute ja nicht davon ab, mit ihrem Eigentum zu machen, was sie wollen.«

»Und wenn sie sagen würden, ich glaube, ich fahr besser nach New York und lass den Sessel bei Sotheby's schätzen?«

»Dann würde ich sagen: Geht mit Gott«, seufzte Harriet. »So läuft's halt. Zumindest hab ich das Haus dann mal von innen gesehen und muss nicht mehr wiederkommen.«

Am Abschlussfeierwochenende waren sie nach Chautauqua gefahren, und als Sally nach Ithaca zurückkam, zogen die Sommerkursteilnehmenden gerade herdenweise in die Wohnheime ein. Sie kamen ihr furchtbar jung vor, und sie beschloss, dem Campus von nun an fernzubleiben. Nur einmal kehrte sie noch zurück, zu einer Sprechstunde bei ihrer Frauenstudien-Dozentin. Sally hatte in allen Kursen gut abgeschnitten, doch ihr Referat über Mary Wollstonecraft und Mary Shelley hatte ihr nicht nur die Bestnote beschert, sondern obendrein auch einen Becher schauerlichen Kräutertee nebst hochnotpeinlicher

Vernehmung durch MJ Loftig (Interpretin von Virginia Woolf) bezüglich der Frage, ob sie nächstes Semester in dem Studiengang weitermachen wollte. Sally wusste darauf keine Antwort. Zwar hatte sie sich alle Mühe gegeben, das Vorlesungsverzeichnis 2001–2002 durchzusehen, aber die vielen Worte, die all die vielen Veranstaltungen beschrieben, verschwammen ihr jedes Mal vor den Augen, und nichts davon sprach sie an. Die Cornell selbst sprach sie nicht mehr an; allein der Gedanke an einen Hörsaal oder Seminarraum erfüllte sie mit Unbehagen. *Ich weiß es nicht*, sagte sie zu MJ Loftig und dankte ihr für den scheußlichen Tee. *Ich weiß es einfach nicht.*

Auf dem Rückweg zur East Seneca schaute sie durchs Fenster des Starbucks an der College Avenue und sah etwas, das ihren Nachmittag auf den Kopf stellte und ihrem ganzen Dasein eine andere Richtung gab.

Tja, jetzt weiß ich es, dachte Sally.

Ihre Magengrube fühlte sich an wie im freien Fall. Sie blieb nicht stehen, verlangsamte nicht mal den Schritt, aber das Herz klopfte ihr zum Zerspringen, während sie weiter den Hügel hinaufging. Das hatte sie nicht kommen sehen. Alles, nur *das* nicht. Es widersprach jeglicher Logik, jeglicher Fairness. Endlich zu Hause – in ihrem neuen Zuhause – angelangt, fühlte sie sich vollkommen verloren.

Flach ausgestreckt in ihrem Himmelbett, das keinen Himmel mehr hatte, versuchte sie, den schockartigen Anblick zu begreifen: Rochelle, ihre Freundin, mit einem dicken Textmarker in der Hand über ein Lehrbuch gebeugt, die andere Hand in der von Lewyn Oppenheimer. Die Hand, die Sally so oft hatte halten dürfen, auf einmal verbunden mit dem merkwürdig veränderten Körper ihres Bruders. Schmaler war er geworden, irgendwie langgliedriger, langhaariger auch, lockerer, als Sally ihn je gesehen hatte, aber unverkennbar … Lewyn.

Konnten sie einfach nur so befreundet sein und Händchen haltend im Café hocken, ohne dass es etwas zu bedeuten hatte? Nein. Denn Rochelle hatte es ihr verschwiegen. Und Lewyn hatte nichts davon verlauten lassen, dass er ihre Mitbewohnerin kannte, wie er es anstandshalber hätte tun müssen, zumal seiner eigenen Schwester gegenüber.

Sie verbrachte eine schreckliche Nacht und danach noch eine, dann raffte sie sich auf und fuhr Harriets alten Ford hinter Drews glänzendem Pick-up her durch Adirondack-Wälder nach Watertown und zurück durch Pulaski, Oswego und Syracuse (wo sie einen Trödler um eine dreiteilige bäuerliche Schlafzimmergarnitur erleichterten). Am folgenden Morgen kam sie zu dem Schluss, dass sie nicht genug über die ganze Sache wusste, um so wütend und traurig zu sein, wie sie war. Zu Fuß machte sie sich auf durch Ithaca, über den Campus, über die Thurston Avenue Bridge zum Jameson Hall, wo Rochelle ihr Sommerquartier hatte, während sie die Highschool-Junioren beim Orientierungskurs betreute, und bezog Posten auf einer Bank gegenüber dem Eingang.

Um halb neun kamen sie zusammen heraus, beide in Pullovern gegen die morgendliche Kühle, der Arm ihres Bruders schmerzlicherweise um Rochelles Schultern gelegt. (Sie reichte ihm nur bis zur Schulter, was dies zu einer naheliegenden Geste machte, dennoch ...) Sie gingen in die Stadt und Sally ihnen nach, bis zum Café Jennie, wo sie ihren Bruder zwei Smoothies und die *Times* an den Tisch bringen sah; die Zeitung teilten sie sich wie jedes Paar an einem gemächlichen Vormittag. Danach trennten sie sich, um ihre verschiedenen Veranstaltungen zu besuchen, und trafen mittags wieder im Café Jennie zu Kaffee und Sandwiches zusammen. Den Nachmittag verbrachten sie nebeneinander in der Jura-Bibliothek: Rochelle in ihre Arbeit vertieft, Lewyn unkonzentriert, immer wieder ihr Gesicht musternd oder kurz über ihren Rücken streichend. Dann aßen sie zu Abend und kehrten zum Jameson Hall zurück, um dort die Nacht zu verbringen. Miteinander.

Sally ging durch den Campus und die Stadt zurück zur East Seneca Street. Selbst nachdem sie die lockere Vertrautheit zwischen ihnen den ganzen Tag lang beobachtet hatte, konnte sie die Verwandlung dieser zwei Einzelpersonen in ein Paar noch immer nicht begreifen. Als sie den Hügel zur East Seneca hinauflief, stellte sie sich in Endlosschleife ein Gespräch zwischen ihnen vor, was ihre Demütigung und Wut nur immer weiter anfachte.

Oppenheimer! So heißt meine Mitbewohnerin auch.

Na, dann bist du wohl die Mitbewohnerin meiner Schwester. Sally Oppenheimer?

Wieso deine Schwester?

Meine Schwester. Sally Oppenheimer.

Warte mal, bist du ihr Zwillingsbruder? Ich dachte, du gehst auf irgendein College in New Hampshire? (Rochelle wäre zu taktvoll, um »Junior-College« zu sagen. Sie war eine viel nettere Person als Sally selbst.)

Kein Zwilling. Ein Drilling. Hat sie dir nie erzählt, dass sie einen Bruder an der Cornell hat? Ich hab von Anfang an gegenüber von euch gewohnt.

Sie hat mir nie was davon gesagt.

Und dann hatte Rochelle natürlich just diesen Bruder zu ihrem Freund erkoren, ihrem … *Liebhaber*, denn was konnte spannender, grenzüberschreitender sein, als jemandes Geheimnis zu seinem eigenen zu machen? Sie hatte nicht geahnt, wie sauer Rochelle auf sie gewesen sein musste, seit Monaten schon, wie gründlich ihre Täuschung alles zerstört hatte: ihre Freundschaft, ihr weiteres Collegedasein als Zimmergenossinnen, Sallys ganze Unikarriere, wenn nicht gar ihre nie besonders ausgeprägte Fähigkeit, in der bodenlosen Schlangengrube des Erwachsenenlebens zurechtzukommen.

Warum hatte sie das damals bloß gemacht? Was wäre denn so schlimm daran gewesen, sich zu ihrem Mühlstein von Bruder zu bekennen, ihn vielleicht sogar mal auf ein Schwätzchen in ihr Zimmer einzuladen, wo er in seiner ungelenken Art sicher keinen besonderen Eindruck auf Rochelle gemacht hätte? Dann hätte Sally auch nicht das ganze Studienjahr lang befürchten müssen, dass Rochelle es herausfinden könnte – mit anderen Worten, sie hatte es sich selbst angetan. Wie viele Möglichkeiten der Nähe hatte sie sich und Rochelle verwehrt, ausgehend von dieser anfänglichen Entscheidung für die Unwahrheit. Auch wenn sie noch sehr gut wusste, was der Grund dafür war: das verzweifelte Bestreben, von ihrem Bruder, von ihren beiden Brüdern, loszukommen. *Endlich allein zu sein.*

Nun, jetzt war sie allein, in diesem, zugegeben, prächtigen Zimmer in einer Gründerzeitvilla in Ithaca, mit einer älteren und kranken Frau unten im Haus, nicht für das Wintersemester immatrikuliert, ohne weitere Bekannte, verstoßen von der einzigen Mitstudentin, mit der sie sich anzufreunden versucht hatte. So verbrachte sie fast einen Monat in ihrem Selbstmitleid schmorend, voller Groll auf alles und jeden.

Doch eines Morgens Mitte August wachte sie in besserer Stimmung auf und dachte, sie könnte sich vielleicht zu irgendeiner Entschuldigung durchringen oder Rochelle eine Chance geben, sich ihrerseits zu entschuldigen. Vernünftigerweise beschloss sie, diese Einsicht unverzüglich in die Tat umzusetzen, und schickte ihrer früheren Mitbewohnerin eine Mail, bevor sie es sich anders überlegen konnte: ob Rochelle sie auf einen Kaffee treffen wolle (nicht in dem verseuchten Starbucks, sondern im Café DeWitt an der Buffalo Street)? Rochelle sagte prompt zu und stand pünktlich (und allein) um drei an ihrem Tisch. Sally trank aus Nervosität schon den dritten Cappuccino. »Hey«, sagte Rochelle schlicht und setzte sich ihr gegenüber. Sie sah sonnengebräunt und entspannt aus. Sie wirkte – so ärgerlich es war, sich das vorzustellen – *geliebt.* »Ich bin so froh, dass du dich gemeldet hast«, sagte sie ohne Umschweife. »Ich hab oft an dich gedacht.«

»Ach ja?«, sagte Sally und hoffte, dass es wohlwollend entspannt klang.

»Na, ich hab vor lauter Prüfungsstress doch gar nichts mehr mitgekriegt, und dann warst du auf einmal weg.«

Sally schwieg, nicht, weil sie darauf keine Antwort hatte, sondern um das schlechte Gewissen ihres Gegenübers noch ein wenig einwirken zu lassen.

»Tja, schade«, sagte sie schließlich. »Möchtest du was trinken?«

Rochelle, die vermutlich geradewegs aus dem Starbucks kam, verneinte. Starbucks war ihr allnachmittäglicher Treffpunkt mit Lewyn, wie Sally sehr wohl wusste. »Und du hast jetzt also außerhalb vom Campus ein Quartier gefunden?«

»Ja, komplett mit Himmelbett und riesiger Badewanne auf Löwenpranken.«

»Na, das klingt ja nobel.«

»Wie man's nimmt.« Sie mache gerade ein Sommerpraktikum, erklärte Sally, bei einer Antiquitätenhändlerin. »Voll eingetaucht, sozusagen. Ein bisschen so, wie wenn du in der Jura-Bibliothek wohnen würdest.«

»Das kommt mir manchmal schon fast so vor«, sagte Rochelle.

»Aber du machst doch jetzt diesen Beratungsjob?«

»Ja, ich wohne mit den Youngsters drüben im Jameson. Wie kann es sein, dass ich bloß zwei Jahre älter bin als diese Schwachköpfe? Den ganzen Tag müssen sie beschäftigt und bespaßt werden. Ich meine, hallo, lest doch mal ein Buch! Führt mal ein Gespräch! Wir haben sogar Brettspiele da. Aber nein, andauernd klopfen sie an meine Tür: *Susie hat Alice gesagt, dass ich auf Peter stehe, aber ich steh gar nicht auf Peter, und selbst wenn ich auf ihn stehen würde, würde ich es keinem sagen, und jetzt hat Alice es Peter gesteckt, dass ich auf ihn stehe, und alle machen sich über mich lustig, und bitte ruf meine Mami an, dass sie mich abholen kommen soll, und wo krieg ich eine ärztliche Entschuldigung für die Abschlussklausur über die Französische Revolution her …*«

»Wow«, sagte Sally, kurzfristig von ihrem eigenen Drama abgelenkt. Wie hatten ihr diese Unterhaltungen gefehlt! Würde sie sich je im Leben wieder so gut unterhalten wie mit Rochelle Steiner?

»Oh«, sagte Rochelle, »und außerdem hab ich so was wie einen Freund.«

Sally schwieg betroffen. Sie versuchte, sich für das Folgende zu wappnen.

»Irre, oder? Ich meine, wer hat denn die Zeit dafür? Aber es ist einfach so passiert. Ich hätte es dir längst sagen sollen, aber ... na ja, ich wusste noch nicht, was draus werden würde, und wollte wohl im Zweifelsfall nicht blöd dastehen. Aber jetzt tut's mir leid, dass ich's dir nicht früher erzählt hab. Ich hätte ihn dir gerne vorgestellt. Ich meine, du kannst ihn natürlich immer noch jederzeit treffen!«

Sally erstarrte. *Ihn treffen?*

»Er ist ein bisschen schüchtern. Hat nicht viele Freunde, aber das ist okay. Sein Mitbewohner und dessen Kumpel sind alles wiedergeborene Christen oder Mormonen oder so was.«

Sally wagte nicht, darauf zu antworten, doch das war zum Glück auch nicht nötig.

»O mein Gott«, sagte Rochelle, »vor zwei Wochen waren wir bei diesem gigantischen Mormonenspektakel, wo sein Mitbewohner mitgemacht hat, irgendwo im Nirgendwo.«

»Palmyra?«, sagte Sally.

Sie und Harriet waren auf dem Rückweg von Chautauqua an Palmyra vorbeigekommen. *Wo die Mormonen herkommen*, hatte Harriet gesagt.

Rochelle sah sie überrascht an. »Genau. Das Bizarrste, was ich je im Leben gesehen habe. Hunderte wohlgenährte Amerikaner auf freiem Feld, verkleidet wie Statisten bei *Ben Hur*, die das Buch Mormon aufführen. Ich meine, ich verstehe, warum wir da hingefahren sind. Das war für seinen Mitbewohner. Und man muss denen ja auch irgendwie Respekt zollen. Oh!«, unterbrach sie sich. »Weißt du, was das Irrste ist? Er hat denselben Nachnamen wie du. Mein Freund, nicht der Mormone. Ich wusste gar nicht, dass es so ein gängiger Name ist. Das hat er gesagt, als ich ihm von dir erzählt hab.«

Als ich ihm von dir erzählt hab.

Sally, die das alles erst mal verarbeiten musste, blieb stumm.

»Und du? Hast du …« Rochelle zögerte kurz. »Jemand?«

Neun Monate zusammen in einem Zimmer, und zum ersten Mal stellte sie diese Frage. Sie hätte sie ihr am liebsten um die Ohren gehauen.

»Was meinst du mit ›haben‹?«, entgegnete sie unfreundlich.

»Na, du weißt schon.«

Ein langes, unbehagliches Schweigen trat ein.

»Sally«, sagte Rochelle, »ich bin wirklich froh, dass wir Zimmergenossinnen waren. Da hab ich echt Glück gehabt. Ich hab oft gedacht, wie hätte ich Sally je getroffen, wenn wir damals nicht von irgendeinem Algorithmus zusammengewürfelt worden wären?«

»Aber du wolltest nicht weiter mit mir zusammenwohnen«, platzte Sally heraus.

Rochelle sah sich peinlich berührt im Raum um. »Ich weiß, das hab ich nicht gut rübergebracht. Ich wollte einfach ein bisschen mehr Privatsphäre …«

»Für den Freund.«

»Ja, schon. Teilweise. Aber ich hatte auch das Gefühl, dass wir langsam zu abhängig voneinander wurden …«

Du meinst, dass ich zu abhängig von dir wurde, dachte Sally.

»Wir hätten doch darüber reden können«, sagte sie.

»Ja. Hätten wir. Das hab ich verbockt. Darum bin ich ja so froh, dass du dich gerührt hast. Ich wäre schrecklich traurig, wenn wir keine Freundinnen mehr sein könnten.«

Sally spürte, wie etwas in ihrem Inneren weicher wurde, doch im selben Maß stieg ihre Empörung. Rochelle war ebenso getäuscht worden wie sie selbst. Mehr sogar! Was war Lewyn doch für eine falsche Schlange! Grausamkeit von Harrison: Das war nichts Besonderes. Harrison konnte jede Schwäche bei seinen Geschwistern wittern und ihnen Fallen stellen, in die sie unweigerlich tappen mussten – einfach nur, um sich an ihrer Not zu weiden. Aber Lewyn? So träge und passiv in seiner Loser-Rolle, dass er gar nicht auf die Idee kam, jemandem etwas anzutun, schon gar nicht dem Drilling, der sich ihm gegenüber nicht sein Leben lang wie ein Arschloch verhalten hatte. Wer hätte gedacht, was für Abgründe an Hinterlistigkeit er all die Jahre in sich verborgen hatte!

»Wie ist seine Familie denn so?«, fragte sie, gespannt, wie Lewyn sich da wohl aus der Affäre gezogen hatte.

»Ich hab sie noch nicht kennengelernt«, gab Rochelle zu. »Aber dasselbe gilt umgekehrt auch für meine Mom. Kannst du dir ja vorstellen.« Sie seufzte. »Ich dachte, er würde mich Anfang September vielleicht zu sich nach Hause einladen, aber er muss zu irgend so einer Art Familientreffen, wo Freunde wohl nichts zu suchen haben.«

Sally runzelte die Stirn. *Familientreffen*. So konnte man die Zwangsveranstaltung zu ihrem Geburtstag natürlich auch bezeichnen. Harrison würde wohl aus New Hampshire kommen. Lewyn, wie sie, aus Ithaca.

Und da war sie plötzlich, die perfekte Synthese von Berechnung und Bauchgefühl: der Verlust ihrer Freundin (denn hier war beim besten Willen nichts mehr zu kitten) und die Entfremdung von ihrem Bruder, und die Trostlosigkeit in all diesen vollgestopften, versifften alten Häusern, und die sterbende Frau unten im Erdgeschoss, und der Vater in Brooklyn, dessen Anblick sie nicht ertrug, und ihre Mutter, die immer noch an ihrem obsoleten Ideal von der heilen Familie festhielt.

»Weißt du«, sagte Sally und umklammerte mit feuchter Hand ihre Cappuccinotasse, »eigentlich könntest du mit mir nach Martha's Vineyard kommen. Meine Eltern würden dich sicher gern kennenlernen, und wir hätten ein paar Tage zum Faulenzen am Strand, bevor das nächste Semester losgeht. Ich meine, falls das zeitlich mit dem Familiendings von deinem Freund zusammenpasst.«

Wie es der Zufall wollte, passte es perfekt.

Kapitel 24

Ein unvermeidliches Familientreffen

Bei dem Sally, Lewyn und Harrison Oppenheimer am Vorabend des Desasters zusammenkommen und das Unheil seinen Lauf nimmt

Anfang September fanden alle drei Oppenheimer-Geschwister sich zur rituellen Geburtstagsfeier in Chilmark ein. Harrison hatte am Roarke gerade noch ein paar Kandidaten für den Posten als Philosophie-Dozent interviewen müssen (und größtenteils unzumutbar gefunden), bevor er in Concord den Bus zur Fähre in New Bedford nahm. Sally fuhr mit Harriets Wagen direkt nach Woods Hole und aufs Boot. Lewyn nahm ein Taxi zum Albany-Airport und flog hinüber auf die Insel. Keiner von ihnen kam auf den Gedanken, sich mit den anderen abzusprechen, nicht mal Sally, die ein Auto zur Verfügung und eine lange Fahrt vor sich hatte und einen Bruder, der die Reise vom gleichen Ausgangspunkt antrat wie sie. Sally am allerwenigsten.

Johanna und das Baby hatten den Sommer auf der Insel verbracht. Sie hatte versucht, sie für das gleiche Eltern-Kind-Musikprogramm in Edgartown anzumelden, wo sie einst die Drillinge hingeschleppt hatte, aber jetzt waren die Mütter dort (die Väter glänzten sowieso durch Abwesenheit) dreißigjährige Rechtsanwältinnen und Unternehmerinnen, die ihre noch aus Unizeiten sportlichen Bodys fit hielten und sich alle untereinander zu kennen schienen. Natürlich waren sie nett und machten »Kuckuck« mit dem Baby, aber die Atmosphäre war nicht mehr so heiter und gemeinschaftlich wie vor Jahren; zumal viele der jungen Mütter gar nicht selbst an dem Musikkurs teilnahmen, sondern dies ihren Kindermädchen überließen, während sie schnell noch zum Pilates gingen, bevor die Wochenendgäste eintrafen, oder sich mit ihrem Laptop in ein Café setzten. Johanna hatte keinen, an den sie ihr Baby abgeben konnte (Marta hatte die Einladung, sie zu begleiten, wohlweislich abgelehnt), und so waren die Inselwochen ziemlich anstrengend gewesen. Zum ersten Mal war ihr wirklich bewusst geworden, was ihre Entscheidung für sie bedeutete: Sie war eine achtundvierzigjährige Frau mit einem Kleinkind, und alles Geld der Welt konnte nicht verhindern, dass der Weg bis zum Horizont sich lang und einsam vor ihr ausdehnte, einsamer noch, als sie je befürchtet hatte.

Die drei – Harrison, Lewyn und Sally – trafen jeweils um einen Tag versetzt ein und fanden unsere Mutter in heller Aufregung vor, unseren Vater hinter verschlossener Tür in seinem Arbeitszimmer und ein Kleinkind, das noch unsicher auf den Beinen war und bei ihrem Anblick losplärrte. Sie begrüßten sich mit knappem Kopfnicken oder angedeuteter Umarmung und tätschelten das Kind, wenn es sich nicht vermeiden ließ. Sallys Zimmer ging auf die erodierenden Sanddünen von Long Point Beach hinaus. Harrisons und Lewyns Mansardenzimmer ging nach Osten. Das Kinderzimmer befand sich dem ihren gegenüber, viel zu nah, wenn das Baby irgendetwas anderes tat als schlafen.

Am Abend des Geburtstags, sagte Johanna, würde die beste Catering-Firma vor Ort ihnen ein Meeresfrüchtepicknick, Clambake genannt, am Strand zubereiten.

Harrison berief sich sogleich auf ein wichtiges Projekt, das er noch ausarbeiten müsse, und zog sich auf sein und Lewyns Zimmer zurück. Vielleicht hoffte er, dass Salo (den er immer noch beeindrucken wollte) ihn danach fragte, was er den ganzen Sommer über getrieben hatte, aber Lewyn schien der Einzige zu sein, der sich für seinen Aufenthalt in Virginia interessierte. Er erkundigte sich nach dem Hayek-Institut, wollte wissen, wer es finanzierte, doch Harrison war sich da nicht so sicher und erzählte lieber von Eli, der a) in ihrem Alter sei und b) überaus gelehrt und c) zu Größerem bestimmt und d) jemand, den Harrison tatsächlich bewunderte.

»Wo ist er denn her?«, fragte Lewyn.

»Aus Virginia, genauer gesagt West Virginia.«

Als ob sein Bruder auf solche Details Wert legte.

»Okay«, sagte Lewyn.

»Ich meine, da unten sind die Grenzlinien weit weniger wichtig als die Geografie. Die Leute beziehen ihre Identität aus der Landschaft, den Tälern und Höhen, die schon seit dem achtzehnten Jahrhundert besiedelt wurden.«

»Von Weißen«, sagte Lewyn.

»Was?«

»Seit dem achtzehnten Jahrhundert von Weißen besiedelt. Davor ja wohl längst von Leuten, die nicht weiß waren.«

Der Einwand war natürlich wieder typisch Walden.

»Na ja, klar. Auch von Schwarzen. Eli meint, seine Familie sei aus Georgia eingewandert. Vor dem Emanzipationsedikt lebten Schwarze Familien versteckt in den Appalachen. Die Leute haben sie in Ruhe gelassen.«

Lewyn runzelte zweifelnd die Stirn. Er hatte noch nie von geflohenen Sklaven gehört, die in den Südstaaten vor dem Bürgerkrieg »in Ruhe gelassen« worden wären, doch wie tausendmal zuvor sagte er sich, dass Harrison es besser wissen musste.

»Eli ist also ein Schwarzer?«

»Ich kann nicht glauben, dass du so etwas fragst«, entgegnete Harrison unfreundlich. »Rasse ist irrelevant.« Er schlug sein Buch auf und gab vor zu lesen, aber Lewyn sah ihm an, dass er viel zu irritiert dazu war.

»Hör mal«, sagte Lewyn, »es ist mir völlig gleichgültig, ob dein Freund schwarz, weiß oder grün ist, aber für *ihn* ist es doch sicher relevant. Ein Schwarzer, der in Virginia oder West Virginia aufgewachsen ist, an dem sind Jahrhunderte von endemischem Rassismus nicht spurlos vorbeigegangen.«

»Ach ja?«, gab Harrison spöttisch zurück. »Somit wäre alles, was Eli geleistet hat und noch leisten wird, irrelevant angesichts seiner ewigen Opferrolle. *Meine Vorfahren waren Sklaven! Meine Vorfahren wurden verfolgt!* Na und? Irgendwann muss auch mal Schluss sein mit dem ganzen Groll, Lewyn.«

Groll?, dachte Lewyn.

»Nun, unser Vorfahr wurde verfolgt und umgebracht«, sagte er. »Ich meine, erdrosselt, aufgehängt, sechs Jahre lang als Leichnam zur Schau gestellt, das ist schon ziemlich heftig, wie du zugeben musst. Schwer, da keinen Groll zu hegen.«

»Erdrosselt! Aufgehängt!« Harrison grinste. »Pathosalarm, Lewyn!«

Lewyn zuckte nur die Achseln. »Ich meine, man muss doch Mitleid mit dem Mann haben. Wenn Joseph Oppenheimer bereit gewesen wäre, zum Christentum zu konvertieren, wäre er zum Abendessen wieder zu Hause gewesen.«

»Das glaube ich kaum. Unser Urururahn war erledigt, sobald sein Boss den Löffel abgegeben hat. Wie üblich siehst du nicht das große Ganze. Ja, ihm ist dieses Unglück geschehen, aber infolge dieses Unglücks sind seine Nachkommen nach Amerika ausgewandert, was wiederum unser Glück war! Wäre er nicht umgebracht worden, dann wären seine Kinder und Kindeskinder geblieben, wo sie waren, und wo wäre Dads Vater 1939 dann gelandet? Dann säßen wir jetzt nicht in diesem hübschen Haus auf Martha's Vineyard, so viel ist sicher.«

Lewyn kochte. Wie üblich hatte sein Bruder die besseren Argumente, aber nur, weil er sich wieder mal von ihm hatte einwickeln lassen. Seine eigenen Argumente neigten immer zum Emotionalen.

»Tut er dir denn gar nicht leid? Findest du nicht, wir sind diesen Menschen etwas schuldig? Den Vorfahren, die uns durch ihr Leiden dieses hübsche Haus ermöglicht haben? Das ist doch irgendwie eine Verantwortung, finde ich.«

»Nun sei doch nicht so pathetisch, Lewyn«, fuhr sein Bruder ihn an. »Wir sind nur dafür verantwortlich, unser eigenes Potenzial auszuschöpfen, das ist alles. Hätte Eli herumgehockt und darüber nachgegrübelt, dass seine Vorfahren Sklaven waren, hätte er wohl kaum eine solche Leistungskraft entwickelt.«

»Ja, das ist schon großartig«, sagte Lewyn vorsichtig. »Ich meine, ein Buch zu schreiben, bevor man die Highschool beendet hat, und es sogar veröffentlicht zu kriegen ...«

»Er war nicht auf der *Highschool*!«, verbesserte Harrison ihn verächtlich. »Er hat sich sein ganzes Wissen selbst angeeignet. Und er hat nicht nur sein Buch veröffentlicht. Manche der wichtigsten Vordenker, die wir in diesem Land haben, sehen sein Werk als eminenten Beitrag zu unserem intellektuellen Diskurs.«

»Ich bin froh, dass du so einen guten Freund gefunden hast«, war alles, was Lewyn dazu einfiel, worauf sein Bruder sich prompt angewidert abwandte. Von dessen Seite kam natürlich kein: *Wie war dein erstes Studienjahr?* oder: *Was hast du als Hauptfach gewählt?*, geschweige denn: *Hast du dich zufällig in ein Mädchen verliebt, das vielleicht so klug ist wie ich und außerdem viel, viel netter?* Lewyn, der ziellose, moppelige Bruder, der ein Jahr zuvor ohne jede Neigung oder gar Zukunftsvision auf das College gegangen war, das es ihm am leichtesten machte? Lewyn, der noch nie was mit einem Mädchen gehabt hatte? Das war nicht der Lewyn, der hier wiederaufgetaucht war, und vieles an ihm hätte von Interesse für Harrison sein können, sei es auch nur, um ihn damit aufzuziehen. Aber Harrison stellte keine Fragen, und Lewyn, der unter anderem auch mehr Stolz entwickelt hatte, wollte nicht unaufgefordert auspacken.

»Muss ja nett sein für dich und Sally«, sagte Harrison herablassend am Geburtstagsmorgen. »Einander in Reichweite zu haben. Zum Anlehnen.«

»Ja!«, sagte Johanna. Sie saßen alle – außer Salo – in der Küche und tranken Kaffee. Das Baby in seinem Hochsitz wurde von Johanna mit bräunlichem Brei gefüttert. »Ich bin so froh, wenn ich mir vorstelle, wie ihr zwei euch zum Lernen trefft oder auf einen Kaffee oder euch öfter mal zufällig über den Weg lauft.«

»Seltsamerweise passiert das nie«, sagte Lewyn.

»Ist ja auch 'n Riesencampus«, sagte Sally und blies in ihren Becher. »Wir machen halt beide so unser Ding. Man ist da ziemlich eingespannt.«

»Wie habe ich mir das vorzustellen?«, fragte Harrison. »Was macht man denn so an einem *richtigen College*?«

Er grinste, falls jemand glauben sollte, dass er die Frage ernst meinte.

»Na ja«, nahm Sally ihn beim Wort, »es ist so: Nachdem man jahrelang alles dafür getan hat, an ein Ivy-League-College zu kommen, Bestnoten in allen Fächern, inklusive Sport und Musik, plus Sozialdienst, findet man sich dann inmitten von all diesen Überfliegern wieder, die ihre Jugend diesem einen Ziel geopfert haben, und man fragt sich: *Hä? Was soll ich hier eigentlich?* Plötzlich ist man auf sich gestellt, ohne Eltern, Berater und Aufseher, die einen auf dem rechten Weg halten, und dann heißt es: *Billy hat ein Fässchen auf dem Zimmer.*«

Sie sah Lewyn an. »Nicht auf eurem Zimmer natürlich, weil dein Mitbewohner ja Mormone war.«

Ihr Bruder nickte. Dann stutzte er. Hatte er seiner Schwester das erzählt? Er konnte sich nicht erinnern.

»Moment mal«, sagte Harrison. »Du hast mit einem Mormonen zusammengewohnt?«

Neben ihm atmete Sally tief durch. Es war erst zehn Uhr vormittags, und sie musste noch den ganzen Rest des Tages durchstehen, ohne sich zu verplappern. Oder vor schierer Anspannung zu zerplatzen.

»Ja, netter Kerl. Wir haben uns gut verstanden.«

»Kann gut mit Mormonen«, nickte Harrison. »Das passt.«

»Wie meinst du das?«, fragte Johanna. »Findest du, dein Bruder ist so was wie ein Mormone?«

»Nein!«, sagte Lewyn, vielleicht ein wenig zu schnell.

»Wirklich nicht?«, stichelte Harrison.

»Nein! Aber ich finde echt nichts dabei, Mormone zu sein. Es ist auch nicht seltsamer als das, woran wir glauben.«

»Ich glaube gar nichts«, sagte Harrison. »Ich glaube, die Leute sind Idioten, mit einem beklagenswerten Bedürfnis, sich als was Besonderes zu fühlen.«

»Na ja, das ist nicht nichts«, warf Sally ein.

»Du weißt, was ich meine.«

»Hast du denn kein beklagenswertes Bedürfnis, dich als was Besonderes zu fühlen, Harrison?«

»Sally«, sagte ihre Mutter.

»Ich dreh mal 'ne Runde«, sagte Sally, verließ die Küche und ging die alten Holzstufen hinab zum Strand, um dann wütend westwärts zu stapfen, die nackten Füße in den weichen Sand grabend. In Gilbert's Cove saßen ein paar Leute herum, ansonsten war sie allein mit ihren unaufhörlich kreisenden Gedanken. Zum ersten Mal, seit sie am Morgen aufgewacht war, dachte sie daran, dass sie jetzt neunzehn war, eigentlich schon zu alt, als dass der böse Streich, den sie ihrem Bruder spielen wollte, noch als Jugendsünde durchgehen konnte. Aber er hatte es nicht anders verdient! Angespornt von ihrer Wut, außer Atem im Gegenwind, lief sie immer zügiger, um immer mehr Abstand zu ihnen allen zu gewinnen. In einem Jahr würde sie kein Teenager mehr sein, würde in die offene Weite der Erwachsenenwelt vorstoßen, für immer ohne die verhassten Brüder und das Baby, für das sie nichts empfand, ohne den betrügerischen Salo und die hysterische Johanna mit ihrem Familienfimmel. Endlich frei sein. Es machte ihr eine Heidenangst.

Johanna bedeutete ihr, leise zu sein, als sie nach Hause kam; das

Baby schlief. Unser Vater war noch immer oben in seinem Arbeitszimmer, und die Jungs (wurde ihr ganz beiläufig mitgeteilt) waren mit ihrem Auto zum Einkaufen nach Edgartown gefahren.

»*Was?*«, schrie Sally auf.

»Still!«, zischte ihre Mutter. »Ich hab doch gesagt, sie schläft!«

Sie schläft. Dad ist in seinem Arbeitszimmer. Harrison und Lewyn sind mit meinem Auto weg.

»Du hast sie das Auto nehmen lassen? Du weißt doch, es gehört meiner Chefin, nicht mir. Ich hab ihr versprochen, dass niemand anders damit fahren würde.«

Das war gelogen, aber es hätte ebenso gut wahr sein können.

»Sie werden nicht lange weg sein«, sagte unsere Mutter, als ob es darauf ankäme. »Ich dachte, ich brauche vielleicht den Volvo.«

»Mom!«

Sie stellte sich vor, wie der alte Ford eine Reifenpanne hatte oder an irgendeiner Ampel in Edgartown einfach den Geist aufgab: dahinter eine lange Schlange wild hupender Mercedes, ein Inselpolizist, der die Papiere sehen wollte, und ein aufgebrachter Hedgefonds-Fritze, der Harriet in Ithaca anrief, um sie zur Sau zu machen.

Rochelles Fähre würde in anderthalb Stunden anlegen.

»Keine Sorge«, sagte Johanna. »Die können Auto fahren.«

»Na super«, sagte Sally sarkastisch.

»Möchtest du mit rauskommen, ein bisschen reden?«

Johanna meinte damit das ganze Programm: mehr Kaffee auf der hinteren Veranda, in den Adirondack-Gartenstühlen, passend zu den allgegenwärtigen Vineyard-Paneelen grau gestrichen und gnadenlos unbequem. Die Veranda lag zum Strand hin, den sie gerade entlanggehastet war, im vergeblichen Bemühen, ihre Nerven zu beruhigen.

»Worum geht's denn?«, fragte sie. Noch eine Stunde, um ihr Auto wieder in Besitz zu nehmen und ihre Mitbewohnerin abzuholen, bevor die Hölle losbrach. »Ich hab nachher noch was vor, falls ich bis dahin mein Auto wiederkriege.«

»Ich dachte, wir beide könnten doch mit Phoebe mal zum Karussell gehen – weißt du noch, wir haben davon gesprochen? Am Telefon?«

»Sicher«, sagte Sally. »Aber nicht heute.«

»Warum nicht? Wenn du was zu besorgen hast, kann ich doch mitkommen, so unternehmen wir Mädels wenigstens mal was zusammen. Brauchst du was für die Uni? In Edgartown haben ein paar neue Läden aufgemacht.«

Sally zuckte zusammen. Es war ein volles Jahr her, seit Johanna zum letzten Mal versucht hatte, mit ihr shoppen zu gehen. »Nein, Mom, echt nicht.«

»Da gibt es auch ein paar Antiquitätenläden. Ich möchte dir gerne was Hübsches für dein Zimmer kaufen. Es freut mich, dass du neuerdings Interesse für schöne Dinge entwickelst.«

»Okay, aber mein Zimmer ist voll eingerichtet. Vielleicht machen wir das lieber morgen?«

Wer weiß, ob morgen hier noch jemand mit mir redet. Der Gedanke löste ein grauenhaftes Schwindelgefühl in ihr aus, als stände sie am Rand eines Abgrunds.

»Na gut. Außerdem musst du mir auch noch einige Papiere unterschreiben. Da ist ein Notar in Edgartown, der mit unserer Firma zusammenarbeitet. Jetzt, wo du auf der Insel bist, wäre eine gute Gelegenheit für die Unterschrift. Lewyn hat schon im Frühjahr unterschrieben.«

Sally sah Johanna an. »Was für Papiere?«

»Na ja, die Vormundschaft für eure Schwester, für den Fall, dass irgendwas passiert, Gott bewahre.«

Ihr wurde plötzlich ganz kalt. »Vormund? Ich?«

Johanna nickte, doch es schien ihr schwerzufallen, Sallys Blick standzuhalten. »Ja, natürlich. Wer sonst?«

»Na, du hättest mich doch wenigstens fragen können. Ich meine, ich würde mich nicht auswählen, um für irgendwen die Betreuung zu übernehmen.«

»Das ist nicht irgendwer. Das ist deine Schwester.«

Sie könnte ebenso gut irgendwer sein, dachte Sally. »Und was ist mit Onkel Bruce und Tante Debbie?«

»Was soll mit denen sein? Die kennen sie doch kaum. Wollten sie nicht mal zu Pessach dabeihaben. Sie meinten, sie sind nicht auf ein Baby eingestellt. Du bist ihre Schwester. Harrison und Lewyn sind ihre Brüder.«

»Und da sollen wir uns alle drei um sie kümmern? Das ist doch Wahnsinn, Mom.«

»Na ja, ideal ist es sicher nicht«, sagte unsere Mutter, »aber solche Dinge überlässt man nicht dem Zufall. Das kann man einem Baby nicht antun. Man muss alles genau bedenken. Ich weiß nicht, warum ich immer die Einzige bin, die überhaupt vorausplant. Ihr anderen lasst euch einfach so treiben, ohne je an unsere Familie zu denken. Jetzt unterschreib einfach die verdammten Papiere, Sally, mir zuliebe.«

Sally sah sie irritiert an. Diese Johanna war nicht die, die sie vor einem Jahr zurückgelassen hatte.

»Mom? Alles okay mit dir?«

»Jetzt sei nicht albern.«

»Nein, aber sag mir einfach, warum gerade jetzt? Du hast doch wohl nicht vor, uns unsere Schwester aufzuhalsen und zu verschwinden, oder?«

Das »unsere Schwester« war versöhnlich gemeint.

»Würdest du dich denn nicht um sie kümmern?«

Ich geh aufs College war alles, was Sally dazu einfiel, doch ihr Herz klopfte so stark, dass sie kaum ihren eigenen Gedanken folgen konnte.

Ist das etwa meine Verantwortung?

Bin ich verantwortlich, weil ich das Mädchen bin?

Muss Harrison sich auch verpflichten?

Wo bleibt unser Vater bei alldem?

Aber die Antwort darauf kannte sie ja nur zu gut. Er war woanders, bei einer schönen Frau mit einem bezaubernden Rücken, die sie einst – es tat weh, sich daran zu erinnern – mit ihrer Freundlichkeit überwältigt hatte. Jahrelang hatte sie das Geheimnis unseres Vaters mit sich herumgeschleppt. Sie hätte es jederzeit mit ihren Brüdern teilen können, sie hätte es als Waffe gegen beide Eltern einsetzen können; aber vielleicht war es doch befriedigender gewesen, es für sich zu behalten. Jetzt aber platzte sie fast bei dem Gedanken.

»Und was ist mit Dad? Wenn dir was passiert, sollte er dann nicht derjenige sein, der seine eigene Tochter großzieht? Ich meine, ihr habt ein Kind zusammen!«

»Wir haben vier Kinder zusammen.«

»Du musst nicht bei ihm bleiben«, sagte sie zu Johanna, und erst als sie es sich aussprechen hörte, wurde ihr klar, worum es in dem Gespräch ging.

»Ich weiß«, stimmte Johanna ihr zu.

»Mom.«

»Die Leute vom Catering-Service kommen um vier. Da sollten wir hier sein, vielleicht brauchen sie Hilfe, um Sachen an den Strand runterzutragen, Lässt dir das ausreichend Zeit für deine Besorgungen?«

Sally sah auf die Uhr. Rochelles Fähre würde in fünfundvierzig Minuten anlegen. Und die Jungs? Wo blieben die nur mit ihrem Wagen? Mit Harriets Wagen.

»Kann ich den Volvo nehmen?«

Auf dem Weg nach Edgartown kamen Harrison und Lewyn ihr entgegen, aber sie war so in Gedanken, dass sie sie nicht bemerkte, und die Jungs in Harriet Greenes altem Ford bemerkten sie ebenso wenig. Sie hatten zwei Flaschen Veuve Clicquot für die abendliche »Feier« besorgt. In Virginia hatte Harrison eine Vorliebe für diese Champagnermarke entwickelt, wie er seinen Bruder wissen ließ, während er Johannas Kreditkarte über den Tresen reichte.

»Das hast du also dort unten getrieben? Champagner geschlürft und auf die einfachen Leute angestoßen?«

»Ich weiß nicht, ob ich guten Champagner an die einfachen Leute verschwenden würde. Ich glaube, der Ideenaustausch mit Vordenkern, die unser Land zum Besseren ändern können, ist so ziemlich alles, was ich je angestrebt habe, seit ich mir in der Grundschule endlich die Fingerfarben abwaschen durfte. Nicht, dass ich was gegen Kunst hätte.«

Lewyn beäugte seinen Bruder, der am Steuer saß. Harrisons Hände, stellte er fest, befanden sich nicht in der vorschriftsmäßigen Zehn-vor-zwei-Position.

»Ich bin froh zu hören, dass das College deine Weltsicht erweitert hat.«

»Das College hat meine Weltsicht *weitreichender* gemacht. Das College hat meine Weltsicht *vertieft*, würde ich sagen. Ist es bei dir nicht auch so?«

Lewyn lächelte. »Absolut! Ich hab etwas gefunden, was mich intellektuell beflügelt.«

Harrison schnaubte.

»Und ich hab eine Freundin.«

Sein Bruder zuckte zusammen. Welch eine Genugtuung. Lewyn sah, wie schwer es ihm fiel, nicht den Kopf in seine Richtung zu drehen.

»Tatsächlich.«

»Jawohl. Danke für die Glückwünsche.«

»Nein, ich ... sieh mal einer an, unser kleiner Lewyn. Ich kann nicht sagen, dass ich nicht ein kleines bisschen überrascht bin.«

»Denn wer sollte sich schon für mich interessieren, nicht wahr?«

Harrison schmunzelte. Sie fuhren am Flughafen vorbei. Ein Privatflugzeug schwebte gerade auf die Landebahn zu.

»Ist das die Art und Weise, wie du dich selbst siehst?«

Lewyn biss die Zähne zusammen. Auch wenn er seinen Bruder kurz mal auf dem falschen Fuß erwischen konnte, vermochte er ihn doch niemals auszutricksen.

»Du bist immer so charmant, Harrison.«

»Danke.«

»Ich meine, hallo, ein kleines bisschen überrascht?«

Harrison grinste, starr nach vorne blickend.

»Und dein eigenes Liebesleben, wie steht's damit, wenn man fragen darf?«

»Nun, ich hatte ein paar sehr nette Abende mit einer jungen Dame in Virginia.«

(Das war eine krasse Übertreibung. Harrison hatte zwar mit einer hübschen Praktikantin namens Maddie geflirtet, hatte sogar erwogen, mit ihr auszugehen, doch er hatte keinen der Abende am Institut missen wollen.)

»Ah! Das klingt ja … *nett.*«

»Ja. Aber nein. Das hab ich gerade nicht so auf dem Schirm. Mir geht es im Moment mehr um das Geistige. Und wie du sehr wohl weißt, war ich mit solchen Sachen ja schon früher am Start.«

Die Ampel wechselte auf Grün.

»Ich glaube, das wurde schon mal erwähnt«, sagte Lewyn. »Wann war das, in der Sechsten?«

»Red keinen Quatsch, Mann.«

»Und sie hatte das Kondom dabei.«

»Das ist ja wohl kaum das Auschlaggebende«, sagte Harrison, noch immer sichtlich selbstzufrieden. »Denk bloß nicht, ich missgönne es dir, dass du ein bisschen aufgeholt hast. Ich bin eher erleichtert.«

»Ach, tatsächlich?« Lewyn schüttelte den Kopf. »Tut mir leid, dass du dir meinetwegen Sorgen gemacht hast.«

(In diesem Moment rauschte der Volvo unserer Eltern in der Gegenrichtung an ihnen vorbei.)

»Nicht direkt *Sorgen*«, sagte Harrison, »aber natürlich hatte ich schon so meine Bedenken. Wie du dich in der Walden dermaßen in deine Schwärmerei für diese hohlköpfige Blondine reingesteigert hast, wie hieß sie noch gleich?«

Natürlich wusste Harrison, wie sie hieß. Das Mädchen hatte inzwischen in zwei Independent-Filmen mitgespielt und war auf dem Titel des *New York Magazine* abgelichtet gewesen. Nicht mal Harrison hatte das übersehen können. Außerdem war sie leider gar kein Hohlkopf gewesen.

»Und Sally. Die ist überhaupt noch nie mit einem Jungen aus gewesen.«

Bei Lewyn schrillten die Alarmglocken. Da war es wieder. Und er konnte sich nicht dagegen wehren. *Sag es, sag es, sag es.* Er wusste, es war nicht richtig. Aber der Druck war einfach zu stark. Was hätte er denn sonst tun können?

»Da würde ich nicht zu viel reininterpretieren, Harrison. Sally ist lesbisch.«

Schweigen. Explosiver als alles, was Harrison dazu hätte sagen können, und Lewyn spürte, wie ihn die Genugtuung durchströmte. Beide schwiegen sie. An der Spannung seiner Wangen spürte Lewyn, wie er lächelte. Nein, grinste. Wie verrückt.

»Woher weißt du das?«, fragte Harrison tonlos.

»Von meiner Freundin.« Ein zusätzlicher Dolchstoß, mit elegantem Schwung ausgeführt!

Jetzt sah Harrison zu ihm hinüber.

»Hey, Augen auf die Straße«, sagte Lewyn.

»Und woher weiß deine Freundin das?« Er klang skeptisch.

»Kein Kommentar.« Lewyn genoss das unvertraute Gefühl, die Oberhand zu haben.

»Aber woher weißt du dann, dass es stimmt, Lewyn?«, fragte Harrison, vergeblich um seine gewohnte Überlegenheit ringend.

»Wir wissen beide, dass es stimmt, Harrison.«

Bist du etwa noch gar nicht darauf gekommen?, fügte er im Stillen hinzu. *Du, der Oberschlaue? Vielleicht doch nicht ganz so schlau, wie du immer glaubst ...*

»Ich muss zugeben, dass ich mir noch nie Gedanken um Sallys Sexualität gemacht habe.«

»Offensichtlich nicht.«

Sie bogen von der Straße in die lange, gemeinschaftliche Auffahrt ein, vorbei an den Alberts, den McConaughys, den Lowells und den Abernathys. Die Abernathys waren schon lange ausgezogen, aber keiner hatte die neuen Besitzer je gesehen, Leute aus Houston, die ihr aufgemotztes »Cottage« krass überbezahlt hatten und nie da waren.

»Spielt ja auch keine Rolle«, versuchte Harrison doch noch, das letzte Wort zu behalten, bevor sie vor dem Haus hielten.

»Außer für unsere Schwester«, parierte Lewyn.

Und vielleicht, fiel ihm ein, *auch für unsere Eltern*. Wussten Johanna und Salo über Sally Bescheid? Sie waren der Mitbewohnerin ihrer Tochter ja nie nahegekommen, hatten nie das unfassbare Glück gekannt, Rochelle Steiners süßen Kopf neben sich auf dem Kissen zu haben, im Halbschlaf noch vertraulich zugewandt. Aber vielleicht hatten sie etwas bemerkt, das Lewyn und seinem Bruder aus purem Desinteresse entgangen war. Salo, fixiert auf seinen Alleingang durchs Leben, und Johanna, so absorbiert von ihrer Potemkinschen Familie – vermutlich hatten sie ebenso wenig Ahnung von Sallys Innenleben wie er oder Harrison, auch wenn sie ihnen sicher mehr bedeuten musste als ihren Brüdern. Also mussten sie doch wohl ein klein bisschen besser hinschauen.

Den ganzen Sommer lang hatte er sich vor dieser Zwangsveranstaltung anlässlich ihres Geburtstags Anfang September gefürchtet, so wie er Jahr für Jahr das unvermeidliche Familientreffen fürchtete. Nur zu gern hätte er die Feier seines neunzehnten Geburtstags ins Wasser fallen lassen, und er wusste, wie ungern Harrison seine Männerbastion dort oben in den Wäldern verließ. Sally mochte etwas sentimentaler sein, was ihren Jahrestag betraf, doch immerhin hatte sie einen ganzen Vineyard-Sommer drangegeben, um in Ithaca zu bleiben und irgendwelche absurden Sachen mit der Besitzerin dieser alten Karre zu unternehmen. Er hatte nicht gewusst, wie er Rochelle seine baldige Abreise erklären sollte: eine kranke Verwandte? (Zu viel besorgte Nachfrage.) Ein Klassentreffen? (Wieso? Er hatte nie irgendwelche Freunde aus der Schulzeit erwähnt.) Er verachtete sich dafür, sie anlügen zu müssen, was er ja praktisch tagtäglich getan hatte, seit sie zusammen aufstanden, frühstückten, über den Campus schlenderten, studierten, zu Mittag und zu Abend aßen und schließlich in ihren zusammengeschobenen Betten Seite an Seite lagen, während Rochelles unverwüstlicher Ventilator kühle Luft über ihre blassen Körper blies. *Lügner, Lügner*, schien er manchmal in seine Richtung zu surren, nachdem sie in ihrer typischen Haltung eingeschlafen war, die Hände zwischen die Knie geklemmt. *Lügner, Lügner, Lügner.*

Schließlich war er so nah an der Wahrheit geblieben, wie er sich traute; er hatte ihr erzählt, dass seine Familie um diese Jahreszeit immer zusammenkam und dass er sich dem nicht entziehen und auch keinen Gast mitbringen konnte. Er wisse nicht, was geplant sei, nur, dass er Ithaca für ein paar Tage verlassen müsse und es kaum erwarten könne, wieder zu ihr zurückzukommen. Er hoffe, sie werde es ihm nicht verübeln, dass er ohne sie wegfahre.

Sie sagte, es mache ihr nichts aus. Ihre milde Reaktion stimmte ihn nachdenklicher, als er es seit ihrem Ausflug nach Palmyra zu Sommeranfang gewesen war. Rochelle hatte einiges auf dem Campus zu tun, zum Beispiel aus dem Sommerquartier in ihre neue Wohngemeinschaft umzuziehen. Wo diese Familienzusammenkunft denn stattfinden solle, wollte sie wissen, und Lewyn, der in Gedanken vielleicht gerade bei Harrison war, murmelte etwas von wegen New Hampshire.

»Oh, das klingt gut«, sagte sie und wandte sich wieder ihrem Buch zu.

Wenn sie endlich wieder zusammen waren, würde er ihr alles erzählen, das hatte er sich geschworen. Weil es das einzig Richtige war und weil er unter jeder einzelnen Lüge seit jenem ersten Morgen hinten im Reisebus gelitten hatte. Und dann würde er sie um Verzeihung bitten. Inständig. Und ihr sagen, er wünschte, er hätte eine bessere Entscheidung getroffen, damals, als er noch die Chance dazu hatte. Sicher, einen Teil der Schuld würde er Sally in die Schuhe schieben, die ihn ja als Erste verleugnet hatte. Es war natürlich schmerzlich, dass

Sally ihrer Mitbewohnerin seine Existenz verschwiegen hatte, aber eine Entschuldigung für ein spiegelbildliches Verhalten war es nicht. In Zukunft wollte er totale Transparenz walten lassen, falls Rochelle ihm verzieh. Ehrlichkeit, von nun an nichts als absolute Ehrlichkeit.

Er und Harrison trugen den Champagner ins Haus und gingen sofort auseinander, Harrison nach oben in ihr Zimmer und Lewyn auf die hintere Veranda, wo Johanna mit dem Baby auf dem Schoß saß.

»Oh, gut«, sagte unsere Mutter. »Ich war mir nicht sicher, ob das Auto es bis nach Edgartown und wieder zurück schafft.«

»Nein, alles glattgegangen«, sagte er. »Ein echtes Vintage-Fahrerlebnis.«

Als die Catering-Crew kurz darauf vorfuhr, wurde Lewyn abkommandiert, Kühltaschen, Styroporkartons und die große rechteckige Feuerbox zum Strand hinunterzuschleppen. Er ganz allein, wohlgemerkt; Harrison hatte sich nicht blicken lassen (obwohl er den Lieferwagen unter ihrem Fenster doch bemerkt haben musste), und Sally war offenbar mit dem Volvo weggefahren. Unsere Mutter hatte sich zurückgezogen, nachdem sie die Catering-Crew begrüßt hatte. Wo Salo war, wusste keiner.

Als sie die große Aluminiumgusspfanne auf dem Sand abgesetzt hatten, trat Lewyn zurück und sah ihnen bei der Arbeit zu. Sie entzündeten ein Holzfeuer und fingen an, Maiskolben, Muscheln, Hummer und Seegras in die Pfanne zu schichten. Es war viel zu viel für sie fünf, und er fragte sich wieder, wie Johanna bloß auf diese Idee gekommen war. Offenbar hatten sie in ferner Vergangenheit irgendwann einmal Spaß an so einer Veranstaltung gehabt. Johanna sammelte solche Momente, wie Lewyn wusste. Als Sally ein bestimmtes grünes T-Shirt bevorzugte, musste sie unbedingt eine Urwald-Themenparty bekommen! Als Harrison eine Phase hatte, in der er prätentiöse Fliegen trug: ab mit ihm auf einen Vater-Sohn-Trip in die Savile Row, um ihm dreiteilige Maßanzüge anpassen zu lassen! (Wo sollte ein Achtjähriger so was tragen? Außerdem war er da in einem

Monat herausgewachsen.) Solange Lewyn sich erinnern konnte, hatte unsere Mutter solche kleinen Momente als bedeutsame Begebenheiten gehortet, während ihr die ganze Zeit entging, was mit den dreien eigentlich los war, besonders, seit sie gelernt hatten, sich ihrer Überwachung zu entziehen. Johanna war glücklicher gewesen, als sie noch klein waren, sagte er sich, alle drei von ihr abhängig und um ihre Aufmerksamkeit wetteifernd. Hatte das Baby sie wieder aufgemuntert? Wohl eher nicht. Er hatte vielmehr den Eindruck, dass unsere Mutter einen langen, steinigen Abhang hinabrutschte, hie und da noch versuchte, sich anzuklammern, und wahrscheinlich um Hilfe rief. Und sie alle – er, sein Bruder, seine Schwester und sein Vater, ja sogar das kulleräugige Kleinkind – sahen Johanna dabei zu, wie sie abglitt, und unternahmen nichts, um sie zu halten.

Das waren Lewyns Gedanken, während die Sommersonne langsam sank und Harrison oben in ihrem Zimmer eine E-Mail an Eli Absalom Stone schrieb, in der er ihm die neueste Offenbarung mitteilte, dass seine Schwester anscheinend lesbisch sei und sein Bruder Lewyn sich im College eine Freundin angelacht habe, die Familie aber traurigerweise vollkommen desinteressiert sei an den schlimmen Auswirkungen des Liberalismus auf das einstmals robuste Selbstverständnis von amerikanischer Integrität usw., und er könne es kaum erwarten, wieder am College zu sein und ihm seine Ideen für ihre Essaysammlung über die Defizite der liberalen Wissenschaft aus der Sicht zweier Jungkonservativer zu unterbreiten. Johanna war ebenfalls oben im Haus, lag mit dem Arm über den Augen im Bett und fand keinen Schlaf, denn sie lauschte dem Baby, das im Zimmer gegenüber auf einem Spielzeugxylofon klimperte. Als einziges Mitglied der Familie Oppenheimer befand sich die Kleine in einem Zustand, den man vielleicht annähernd als so etwas wie Zufriedenheit bezeichnen könnte.

Aber sie war vierzehn Monate alt und würde sich nicht an diesen Tag erinnern können und auch nicht an den nächsten, egal wie entscheidend sie im Rückblick erscheinen mochten.

In Vineyard Haven, auf der anderen Seite der Insel, sah Sally Rochelle Steiner von der Fähre kommen, eine zierliche Gestalt, die durch die vollgestopfte rote LeSportsac-Reisetasche über ihrer Schulter noch kleiner wirkte. Sallys Entschlossenheit, die sich an einem anderen Tag beim Anblick ihrer Freundin vielleicht in Luft aufgelöst hätte, blieb unerschütterlich. Den ganzen Nachmittag hatte sie das Gekabbel ihrer Brüder ebenso genervt wie Johannas entsetzliche Bedürftigkeit, und Salo hatte natürlich wieder einmal durch Abwesenheit geglänzt. Das ganze Haus summte, aber nicht etwa vor familiärem Miteinander, sondern vor lauter unvereinbaren Einzelinteressen. Nun, sie hatte ebenfalls das ihre, und wenn ihr Racheplan nicht sonderlich gut überdacht war, dann konnte sie jetzt auch nichts mehr daran ändern. Sie hatte einen Köcher voller Pfeile und die feste Absicht, jeden einzelnen abzuschießen.

Die Fähre war halb leer gewesen. Es war ein Montag Anfang September, und der große Exodus war schon seit einer Woche im Gange, rudelweise verließen die Urlauber ihre Inseldomizile und machten sich auf den Heimweg. Sally hatte Rochelle hinter zwei Teenagern erspäht, die sie vage vom Sehen kannte, und ihr zugewinkt, als Rochelle in ihre Richtung sah. Dann ging sie ihrem Gast entgegen und stellte die üblichen Fragen – *Wie war die Reise? War sie müde?* Die Antworten bekam sie kaum mit. Nun, da die Sache ins Rollen gekommen war, nun, da Rochelle Steiner aus Ellesmere und Balch Hall tatsächlich eingetroffen war und neben ihr die Beach Street entlang auf den Oppenheimerschen Volvo zuging, schien es, als sei ein Bann aufgehoben und alles plötzlich hell ausgeleuchtet. Wie weit sollte Sally jetzt noch versuchen einzugreifen? Und was genau hatte sie vor? Sie konnte sich nicht entscheiden, ob es besser wäre, wenn Rochelle Lewyn allein traf oder zusammen mit dem Rest der Familie. Sie konnte sich nicht entscheiden, ob sie ihnen die Absichtlichkeit ihres Tuns mit voller Wucht offenbaren sollte oder sich ein Hintertürchen der eventuellen Leugnung offen halten. *Wie hätte sie denn wissen sollen, dass Rochelles Freund und ihr Bruder ein und derselbe waren? Sie hätten ja auch mal einen Ton sagen können! Moment – war er nicht derjenige, der es seiner eigenen Schwester die ganze Zeit verschwiegen und die arme Rochelle unverschämt belogen hatte?* Wenn irgendwer für die Peinlichkeit dieses Zusammentreffens verantwortlich war, dann Lewyn! Wenn irgendwer schuld an dem bedauerlichen Kollateralschaden war, dann Lewyn!

Ich wusste gar nicht, dass Oppenheimer so ein gängiger Name ist!

Eilmeldung: Ist er nicht.

Für so eine clevere Person war Rochelle erstaunlich begriffsstutzig gewesen, dachte Sally ungnädig. Sie erwartete nicht, dass ihre Freundschaft den Abend überleben würde, was natürlich bedauerlich war. Aber das musste sie in Kauf nehmen.

Warte … heißt das … das ist dein Freund? Aber das ist doch mein Bruder Lewyn!

Rochelle würde Lewyn ansehen und vielleicht in Tränen ausbrechen.

Lewyn würde ganz sicher in Tränen ausbrechen.

Ihre Gedanken durchliefen ein Szenario nach dem anderen. Sie sah sich bei dem Drama still beobachten, wie die beiden allein dahinterkamen, oder auch nicht, und je weiter sie in den Kaninchenbau rutschte, desto weniger kümmerte es sie, wer von ihnen verletzter und wütender sein würde. Sie würde sich auf dem Absatz umdrehen und die beiden einfach stehen lassen.

Rochelle jedenfalls hatte es nicht eilig. Sie wollte sich im Black Dog ein T-Shirt kaufen. Sie wollte ein Mitbringsel für Sallys Eltern besorgen. Eine Kerze? Ein Buch? Geduldig begleitete Sally sie die Main Street auf und ab, während der Hafen hinter ihnen sich in der Abendsonne orange färbte. Sie half ihrer Freundin, eine Flasche Wein mit einem hübschen Etikett auszusuchen.

»Können wir am Karussell vorbeifahren?«, fragte Rochelle, als sie ins Auto stiegen. Sie hatte irgendwo davon gelesen. Sally spürte einen kurzen Anflug von Reue, aber das ging vorbei.

»Sicher«, sagte sie. Die Holzpferde drehten sich noch, spärlich besetzt von Kleinkindern und ihren Eltern, das gleiche Bild wie aus oppenheimerschen Kindertagen. Sie sah ihr einstiges Lieblingspferd, im gleichen Beige gestrichen wie die anderen, nur der Sattel leuchtete in einem etwas dunkleren Rot. Sie hatte immer warten wollen, bis es frei war, und lieber eine Runde ausgesetzt, wenn ein anderes Kind darauf saß, während ihre Brüder darum wetteiferten, wer zuerst aufsteigen durfte, und am Ende alle auf sie warten mussten. Die schwer erreichbaren Messingringe, die man sich bei jeder Runde schnappen konnte, interessierten sie nicht. Harrison räumte immer einen mehr als Lewyn ab, wahrscheinlich, weil er sich von Anfang an in eine strategische Position gebracht hatte, und Lewyn war jedes Mal furchtbar geknickt, wieder einmal geschlagen worden zu sein. Sie rivalisierten gnadenlos, als sie klein waren, bis Lewyn einfach aufgegeben und seine Unterlegenheit in allen Bereichen eingestanden hatte, intellektuell, physisch, zwischenmenschlich.

Plötzlich fiel ihr ein, dass Lewyn Harrison sehr wohl erzählt haben könnte, dass er eine Freundin hatte. Eine solche Gelegenheit hätte er sich bestimmt nicht entgehen lassen.

Umso besser, dachte sie.

»Auf geht's«, sagte Sally.

»Okay. Vielleicht können wir dann morgen mal 'ne Runde damit fahren.«

»Sicher«, sagte Sally, doch selbst wenn alles andere ungewiss war, so wusste sie doch mit Sicherheit, dass das garantiert nicht passieren würde.

Kapitel 25

Licht ins Dunkel

In dem eine verfrühte Abreise geplant wird und die Farce unvermeidlich ins Tragische kippt

Unser Vater, der am Morgen endlich beschlossen hatte, seine Frau zu verlassen, verbrachte den halben Nachmittag in der Warteschleife von American Airlines. Aus dem Fenster seines Arbeitszimmers konnte er das Kommen und Gehen seiner Familie verfolgen: seine Tochter, die zum Strand hinablief und zurückkehrte, seine Söhne, die in der Rostlaube wegfuhren, mit der Sally angekommen war, dann das Auftauchen des Lieferwagens von der Catering-Firma. Er hörte seine Frau im Haus, hörte das Baby krähen. Niemand störte ihn. Es war fast, als hätten sie verstanden, was für eine Metamorphose hinter seiner Tür stattfand.

Mittwoch war der Tag, an dem sie alle abreisen sollten – Harrison zurück nach New Hampshire, Lewyn und Sally zurück nach Ithaca, Salo mit Johanna und dem Baby heim nach Brooklyn; aber am Morgen hatte Stella ihn vom Strand in Santa Monica angerufen und ihn das Lachen ihres Sohnes hören lassen, und etwas in ihm brach auf. Er begriff, dass die Trennung überfällig war: Es würde niemals leichter werden als heute – oder, genauer gesagt, morgen.

Das war es, was er wollte, doch er empfand kein Triumphgefühl, eher eine angemessene Betrübnis, angemessene Wehmut, angemessenes Schuldbewusstsein. Johanna hatte ihm und den Kindern ihr Leben gewidmet, aufopferungsvoll, treu und loyal, und er hatte nicht den Wunsch, diese Jahre des behaglichen Umsorgtwerdens herabzuwürdigen, obwohl sie ihn der Vergebung nicht nähergebracht hatten, als er es am Tag ihres Kennenlernens war, auf der Beerdigung des Mädchens, das unser Vater getötet hatte. Sie hatte alles in ihrer Macht Stehende getan, um seine Wunde zu heilen, aber es hatte immer nur einen Menschen gegeben, der Salo Oppenheimer vergeben konnte, und das war nicht seine Frau. *Arme Johanna*, dachte er jetzt. Das war die große Schwachstelle in ihrem Leben, dass sie ihn erst danach getroffen hatte, als alles schon in Stein gemeißelt war, und obwohl sie ihm gegen seinen Willen ein spätes Kind aufgezwungen hatte, konnte er sehen, dass das Baby auch sein Gutes hatte. Es war voller Leben und lerneifrig, und es würde Johanna einen Lebensinhalt geben. Natürlich war es traurig, dass Phoebe nicht in einer intakten Familie aufwachsen würde, aber sie würde ja einen Halbbruder haben, der nicht viel älter war als sie. Alle seine Kinder, das stand für Salo außer Frage, sollten einander kennenlernen, wenn die Aufregung sich erst einmal gelegt hatte. Nie wieder würde er sein Leben in Schubfächer aufteilen, so viel war sicher.

Es war unserem Vater nicht entgangen, dass seine älteren drei Kinder sich daheim nicht wohlfühlten. Harrison hatte schon die Absicht geäußert aufzubrechen, sobald es – wie er sagte – gestattet war. Sally konnte Lewyn kaum anschauen. Und Lewyn, normalerweise das umgänglichste seiner Kinder, schien ungewöhnlich angespannt. Er wusste nicht, was mit ihnen los war, hatte es noch nie gewusst. Die Kluft zwischen ihnen mochte ausgeprägter sein denn je, aber es war nichts Neues, dass seine Kinder auseinanderstrebten. Vielleicht würden sie sich jetzt wenigstens mit Johanna und dem Baby solidarisieren, auch wenn es auf Kosten seiner eigenen Beziehung zu ihnen ging. Nicht, dass diese Beziehung besonders gut war, aber das konnte sich vielleicht auch ändern. Er war kein guter Ehemann gewesen und auch kein guter Vater, weil er nicht fähig gewesen war, jemanden zu lieben. Aber das lernte er nun.

American Airlines, warum auch immer, hatte »In the Hall of the Mountain King« als Warteschleifenmelodie gewählt. Vielleicht zur Strafe für die Leute, die ihr Ticket in letzter Minute erwarben, aber er wollte doch nur bezahlen, den Flug hatte er schon ausgesucht, es war die erste Maschine aus Boston, die er nach dem frühesten Flug vom Vineyard hinüber erreichen konnte. Dennoch hatte es neunzig Minuten gebraucht, um mit insgesamt drei American-Airlines-Angestellten zu sprechen, und bis sie endlich mit ihm fertig waren, war der Nachmittag fast rum.

Heute Abend, nach der Feier, würde er ihnen seinen Entschluss mitteilen. Und ihre Fragen beantworten. Er würde erklären, wer Stella war und was vor vielen Jahren passiert war, als er so alt war wie die Kinder jetzt. Er würde ihnen sagen, dass es ihm leidtat; er würde Johanna sagen, dass er sie liebte und achtete und dass er weiterhin Phoebes Vater sein würde, ebenso wie der Vater der Drillinge, auch wenn sie ihrer eigenen, rätselhaften Wege gingen. Er hoffte auf eine Atmosphäre von Verständnis und Respekt, die über die weiteren Jahre gemeinsamer Elternschaft anhalten würde. Er wollte Johanna bestätigen, dass sie nichts falsch gemacht hatte, aber die Rolle des Familienzerstörers würde er nicht auf sich nehmen. Den Schaden, den er in seinem Leben angerichtet hatte, hatte er nie geleugnet, aber irgendwann musste es auch mal genug sein mit der Reue. Selbst ein Mensch, der zwei Menschen auf dem Gewissen hatte, hatte das Recht auf Glück, wenn das Schicksal es ihm ungebeten in den Schoß fallen ließ.

Die vergangenen Jahre waren schwierig gewesen, und das nicht nur in logistischer Hinsicht. Sein jüngster Sohn und seine jüngste Tochter wuchsen nur wenige Meilen voneinander entfernt auf, doch selbst nachdem die Drillinge außer Haus waren, versuchte Salo nie, seine zwei Leben irgendwie zusammenzubringen. Wie seit jeher hielt er sich nach der Arbeit in Red Hook auf und fuhr dann nach Hause zur Esplanade. In Brooklyn Heights schüttelte er eine Rassel, in Red Hook spielte er Seeräuber. Er ging mit Stella ins Bett, und mit Johanna und den üblichen drei oder vier Paaren aus ihrem Bekanntenkreis ging er zum Essen aus. Seit die Drillinge außer Haus waren, verbrachte er hin und wieder eine Nacht mit Stella, aber selbst dann kehrte er frühmorgens heim. Es zog sich alles schon viel länger hin, als er es für möglich gehalten hatte.

Vielleicht würde der Schock eines Schlusspunkts Johanna aus ihrer Starre befreien, und der Vineyard war genau der richtige Ort, um über diesen Schock hinwegzukommen. Vielleicht würde sie hier sogar mit Phoebe überwintern, was die Inselbewohner ja als geradezu magisch anpriesen. Schließlich zog sie ja nichts nach Brooklyn. Die Drillinge waren woanders, und das Baby konnte überall Baby sein. Nachsaison am Vineyard, wo es mehr als genug Personal gab, das man zur Kinderbetreuung anheuern konnte, sodass Johanna Zeit für sich hätte … nun, sie würde es schon einsehen. Oder auch nicht. Wenn sie sich unbedingt in ihrem Unglück suhlen wollte, spielte es auch keine Rolle, wo sie das tat.

Unser Vater saß immer noch an seinem Fenster, als Sally mit einer Beifahrerin zurückkam, einer kleinen Person, die eine große rote Reisetasche über der Schulter trug. Er dachte sich nichts weiter dabei. Die kleine Person gehörte vielleicht zur Catering-Firma und war als Zusatzkraft aus Edgartown geholt worden oder als Babysitterin für Phoebe. Wie dem auch sei, es ging ihn nichts an; er wandte sich vom Fenster ab und widmete sich dem Brief an seinen Vermögensverwalter, in dem er eine Schenkung der Rizzoli-Zeichnungen an Stella veranlasste, abgetrennt von seinen übrigen Kunstbeständen im Lagerhaus. Die Rizzolis besaßen keinen großen Wert, nicht wie manche der Gemälde, deren mittlerweile erreichte Bezifferung sogar ihn verblüffte. Doch er wollte, dass sie Stella gehörten, die sich gerade in L.A.

aufhielt, um Sponsorengelder für ihr Dokumentarprojekt aufzutreiben. Auch wenn nicht anzunehmen war, dass Johanna aus purem Groll Anspruch auf die Bilder erheben würde, wollte er sie lieber rechtzeitig aus der Erbmasse herauslösen.

Aber es dämmerte langsam, und er roch schon das Feuer am Strand, hörte das ständige Auf- und Zuschnappen des Kühlschranks unten, Schritte auf der Treppe, Stimmen in der Küche. Der Stress des Tages hatte ihn ermattet. Er schaltete den Laptop aus und schob ihn in die Reisetasche. Den Brief würde er sich später noch mal vornehmen, vielleicht auf dem langen Flug morgen. Doch jetzt sollte er sich wohl besser nach unten begeben, um den neunzehnten Geburtstag seiner älteren Kinder zu feiern und den wohl letzten Abend im Kreise seiner Familie zu verbringen, zumindest in ihrer gegenwärtigen Form. Irgendwie, so nahm er an, würden sie alle da durchkommen, wenn auch nicht unversehrt. Keiner kam jemals unversehrt durch, und niemand wusste das besser als er selbst.

Draußen in der Einfahrt sah Sally, wie unser Vater sich vom Fenster abwandte.

»Das nennst du ein Cottage?«, staunte Rochelle, die Hände in die Hüften gestützt.

»Alle am Vineyard nennen ihr Haus ein Cottage. Es ist wie umgekehrter Snobismus. Es gibt noch viele, die größer sind als das hier. Aber unseres ist eins der ältesten, ich glaube, aus den Dreißigerjahren. Das ist hier praktisch Steinzeit.«

»Hübsch, dieses Grau.«

»Die sind hier alle so. Ist Vorschrift. Man muss um Erlaubnis fragen, wenn man sein Haus in einer anderen Farbe haben will.«

Vom Strand her kam der appetitliche Duft gebackener Meeresfrüchte. Rochelle blickte zum Dünenweg hinüber. »Was riecht denn da so gut?«

»Ach, wir machen heute ein Muschelessen am Strand.«

»Klingt toll! Es ist wirklich nett von deinen Eltern, mich herkommen zu lassen. Ich kann's kaum erwarten, deinen Bruder kennenzulernen.«

»Keine Ahnung, wo der sich gerade rumtreibt. Gehen wir mal rein.«

Drinnen sah sie, wie beeindruckt ihre Freundin von dem Wohnzimmer war, von dem schimmernden Dielenboden, dem eingebauten Eckschrank, der einen klobigen alten Fernseher und einen Stapel alter Brettspiele enthielt, die nie zum Einsatz kamen; dazu der Panoramablick auf den Ozean. Durch Rochelles Augen sah sie den Korb mit Spielsachen am Fuß der Treppe und fragte sich, wie sie den erklären sollte, doch es kam keine Frage, und sie gingen nach oben. Irgendwo lief Wasser in einen Abfluss, und die Tür zum Elternschlafzimmer am Ende des Flurs war geschlossen, ebenso die Tür zum Arbeitszimmer unseres Vaters.

»Da wären wir«, sagte sie.

Rochelle stellte ihre rote Tasche auf dem von den zwei Betten ab, das Sally offensichtlich nicht nutzte, und ging ins Bad.

Ich mach das hier falsch, dachte Sally, während sie sah, wie die Tür sich hinter ihr schloss. Obwohl es ja wohl kaum eine richtige Art gab, das zu tun, was sie gerade tat.

Draußen im Flur hörte sie die Schlafzimmertür aufgehen und auf den Treppenstufen die schweren Schritte einer unglücklichen Frau, die ein Kind auf dem Arm trug. »Salo, kommst du runter?«, rief Johanna.

»Moment, ich telefoniere noch«, hörte sie unseren Vater sagen.

Er war auch schon am Telefon gewesen, als Sally von ihrem Strandspaziergang zurückkam. Ebenso, als sie zum Hafen aufbrach. Und jetzt immer noch? Mit wem redete er da?

Sie konnte sich ganz gut vorstellen, mit wem.

Im Bad rauschte die Spülung, und bei diesem so trivialen Geräusch klärte sich etwas in ihr. Dieses Haus – all die Leute darin hatten auch ihre persönlichen Konflikte, nicht nur sie. *Ich muss mit Lewyn sprechen*, dachte Sally. *Sofort.*

»Hör mal«, sagte sie, als Rochelle aus dem Bad kam. »Ich muss mal kurz runter, meine Mutter was fragen.«

»Soll ich mitkommen?«, fragte Rochelle.

»Nein, nein, ich bin gleich wieder da. Richte dich schon mal häuslich ein.« Sally ließ sie über ihre Tasche gebeugt und darin nach einem Pullover kramend zurück.

In der Küche war Johanna gerade dabei, zwei Flaschen Champagner aus dem Kühlschrank zu nehmen, die am Morgen noch nicht drin gewesen waren.

»Hast du mit Dad gesprochen?«, fragte sie.

»Nein«, sagte Sally, »seit heute Morgen nicht mehr.«

»Ich bin stinksauer.«

Das war nicht zu übersehen. Sie riss Weingläser aus dem Regal und knallte sie auf den Küchentresen, der aus Marmor war und bestimmt nicht dafür geeignet, Gläsernes derart unsanft darauf abzusetzen.

»Mom, ich hätte es dir schon eher sagen sollen, ich hab eine Freundin da, die ich gerade von der Fähre abgeholt hab. Sie ist oben in meinem Zimmer. Ich war nicht sicher, ob sie kommt, ich meine, ich hatte sie eingeladen, sie ist nicht einfach so aufgetaucht, aber ...«

Johanna wandte sich zu ihr um. »Du hast sie zum Geburtstag eingeladen? Wer ist sie?«

»Meine Mitbewohnerin, Rochelle. Du hast sie noch nicht kennengelernt, aber wir sind Freundinnen.«

Johanna nickte. »Okay. Aber warum hast du mir nichts davon gesagt? Die Bettwäsche auf dem anderen Bett in deinem Zimmer – keine Ahnung, wann die zuletzt gewechselt wurde.«

»Macht nichts.« Sally musste unwillkürlich an Rochelles Zuhause in Ellesmere denken, so versifft, dass sie nicht mal hereingelassen worden war. »Im Zweifel können wir sie ja selbst wechseln. Und zu essen gibt's doch bestimmt reichlich.«

»Ja, sicher.« Johanna klang ein wenig traurig. »Ich hatte ganz vergessen, wie viel Essen es braucht, wenn wir alle zusammen sind. Wann sind wir überhaupt das letzte Mal alle zusammen gewesen?«

Sally überlegte. Das Gespräch hatte eine unerwartet verdrießliche Wendung genommen, aber wenigstens schien Johanna ihr nicht böse zu sein.

»Ich glaube, ich hab sowieso Essen für sechs bestellt. Ich denke immer, ich habe vier Kinder, als ob Phoebe einen Hummer und zwei Maiskolben verdrücken könnte.« Sie lächelte versonnen.

»Okay«, sagte Sally.

Sie hörten oben eine Tür gehen und Sohlen über den Flur schlappen. *Klingt nicht nach Rochelle*, dachte Sally. Sie machte sich auf ihren Vater gefasst, aber es war bloß Harrison, in dem grellroten Pullover mit anglophilem Kronenmotiv, den er aus Virginia mitgebracht hatte und andauernd trug.

»Oh«, sagte Harrison, als er in die Küche kam. »Ich dachte, du bist in deinem Zimmer. Ich hab da gerade was gehört.«

»Ich habe eine Freundin zu Besuch.«

»Eine *Freundin*«, wiederholte ihr Bruder mit einem deutlich lasziven Unterton.

»Ja, so was hab ich nämlich, weißt du.«

»Weiß ich das?«

»Harrison«, sagte unsere Mutter, »meinst du, Weingläser sind okay? Wir haben nur vier Sektgläser, und wir sind sechs Erwachsene. Ich glaube, es kommt nicht so drauf an.«

Harrison grinste. »Stimmt. Ist nicht weiter wichtig. Abgesehen davon, dass es nur eine richtige Art gibt, Champagner zu trinken, und das ist nicht aus einem Weinglas. Sonst hätte man nicht die Sektflöte erfunden, um durch die geringere Breite den perlenden Effekt zu erhalten.«

Es gab einfach keine Grenze für die arschlochhafte Besserwisserei ihres Bruders, dachte Sally.

»Du hast recht«, sagte unsere Mutter traurig. »Dann nehmen wir eben die vier Sektgläser für euch und zwei Weingläser für Daddy und mich. Ihr drei und euer Gast sollt wenigstens formvollendet auf euren Geburtstag anstoßen können, auch wenn wir nicht alle zusammenpassen.«

»Schade. Die äußere Erscheinung ist wichtig, auch bei einer Strandparty«, argumentierte Harrison gegen sich selbst, nur so zum Spaß.

Johanna nahm das Baby hoch und zog ihm eine Wolljacke an. »Versucht mal, euren Vater endlich aus seinem Zimmer loszueisen. Und Lewyn.«

»Lewyn ist wahrscheinlich schon am Strand«, sagte Harrison. »Oben ist er jedenfalls nicht.«

»Na gut, dann geh ich jetzt auch.« Johanna verließ die Küche, mit dem Baby auf der Hüfte, vier Sektgläser zwischen die Finger ihrer anderen Hand geklemmt, sicher nicht die weiseste Art, sich über schlüpfrigen Sand zu bewegen, aber weder Sally noch Harrison hielten sie auf.

»Also, erzähl mir von deiner Freundin«, sagte Harrison, und diesmal lag nichts Provozierendes in seinem Tonfall.

»Sie heißt Rochelle«, sagte Sally. »Sie war meine Mitbewohnerin auf dem Campus. Du würdest sie vielleicht sogar mögen, Harrison.«

»Ach ja?« Er öffnete den Kühlschrank und starrte finster hinein. Dann griff er mit einer Miene, als habe er sich etwas weit Besseres erwartet, nach einem Karton Limonade und trank direkt aus der Tülle.

»Ich meine, sie ist sehr gescheit.«

»Gescheit? Oder gebildet?«

»Ich weiß nicht mal, was der Unterschied sein soll«, sagte Sally.

»Das war ja klar.« Harrison klang triumphierend. Er strich sich eine Strähne seines dicken braunen Haars aus dem Gesicht, wie es schon seit der Schulzeit seine Gewohnheit war, beinahe wie ein Tic, dabei völlig sinnlos, denn die Haare fielen ihm sofort wieder über die Augen, aber vielleicht war genau das beabsichtigt.

Es roch gut da draußen, eine Mischung aus Meeresfrüchten und geröstetem Mais, die durch die Dünen waberte. Sie hatte seit dem Frühstück nichts gegessen.

»Hat Mom irgendwas wegen der Papiere zu dir gesagt?«

»Welche Papiere?«

»Vom Notar. Vormundschaft für das Baby.«

Er sah sie entsetzt an.

»Auf keinen Fall mach ich den Vormund für dieses Baby.«

»Womit du unsere Schwester Phoebe meinst.«

»Ich mache für überhaupt kein Baby den Vormund. Inklusive dieses.«

»Okay«, sagte Sally. »Gut, dass das geklärt ist. Ich frage mich eigentlich auch mehr, wie Mom darauf kommt, uns so was unterschreiben zu lassen. Irgendwas stimmt mit ihr nicht.«

Harrison zuckte die Achseln. »Was hat sie denn?«

Sally schüttelte den Kopf. »Ich weiß nicht. Aber ich mache mir Sorgen um sie.«

Er sah sie an und verschränkte die Arme. »Sie sollte uns nicht mit so was belasten. Erst setzt sie idiotischerweise dieses überflüssige Kind in die Welt, und dann sollen wir dafür geradestehen. Haben wir sie vielleicht darum gebeten? Haben wir vielleicht gesagt: ›Hey, Mom, tau doch mal dieses Ei auf, das du vor achtzehn Jahren liegen gelassen hast, und miete eine Trailerpark-Tussi an, um es auszubrüten‹?«

Typisch Harrison, immer so mitfühlend und empathisch, dachte Sally. Aber aus einem Trailerpark kam die Leihmutter nicht, da war sie sich ziemlich sicher.

»Ich sag ja nur. Ich mache mir einfach Sorgen.«

»Und ich sage: Lass es bleiben. Erwachsen werden heißt, sich von kindlichen Dingen zu lösen. Wenn sie das nicht kann, können ihre Kinder ihr nur vorleben, wie man Verantwortung für sich übernimmt.«

»Wirklich?« Sally schüttelte den Kopf. »Hat man nicht die ethische Verantwortung für die alternden Eltern, wenn sie krank oder hinfällig werden?«

Er zog die Kühlschranktür auf, die ihr übliches saugendes Geräusch von sich gab, und stellte den Saftkarton wieder hinein.

»Nicht aus meiner Sicht. Obwohl, das ist ja nicht der Punkt. Der Punkt ist, dass man sie für ihre total unreife und selbstsüchtige Entscheidung nicht auch noch belohnen sollte, indem man ihr die Verantwortung abnimmt, wenn's ihr irgendwann zu viel wird.«

Aber darum ging's doch gar nicht, dachte Sally. Unsere Mutter war so gerne Mutter gewesen, der Maibaum, um den ihre Kleinen tanzten, immer wetteifernd um ihre Zuwendung. Wer würde sich da nicht lebendig und gebraucht fühlen? Die Zuständigkeit für Nahrung, Schutz und Wärme, die ständigen Ermutigungen, die Rituale, die Unternehmungen mit jedem Einzelnen von ihnen. Und was kam danach? Nur noch die verzweifelte Beschwichtigungspolitik ihres davonstrebenden Ehemanns, die Kinder in fortschreitender Ablösung, bis zum herzzerreißenden, endgültigen Abschied. Sally kamen die Tränen, wenn sie daran dachte, obwohl auch sie selbst unbedingt weggewollt hatte.

»Hallo.«

Rochelle stand im Türrahmen, mit der Flasche Wein in der Hand, die sie an der Hafenpromenade gekauft hatten. Sally war verblüfft, sie da stehen zu sehen. Einen beglückenden Moment lang, während sie sich über Harrisons Gefühlskälte empörte, hatte sie Rochelle ganz vergessen.

»Hallo«, hörte sie Harrison sagen. »Du bist also die Mitbewohnerin.«

»Und du bist ... ich rate jetzt mal ... der Bruder?«

»Das bin ich«, sagte Harrison. »Allerdings.«

»Und ich bin Rochelle Steiner.«

Harrison tat einen Schritt auf sie zu. Er war immer der größere der beiden Jungs gewesen, aber nun, mit Rochelle als Metermaß, fiel Sally auf, dass Lewyn ihn überholt hatte. Das musste Harrison sicher wurmen. »Sehr erfreut«, sagte Harrison und streckte die Hand aus.

Sie sah zu, wie die beiden sich die Hand schüttelten. Es war irgendwie surreal. Aber bei Weitem nicht so surreal, nahm sie an, wie es später noch werden würde.

»Ihr seid sicher schon in der Stimmung hierfür.« Rochelle hielt die Flasche hoch und nickte zu den beiden Weingläsern hin, die Johanna auf dem Küchentresen hatte stehen lassen.

»Ich bin immer in der Stimmung für guten Wein«, sagte Harrison, wie ein kompletter Depp.

»Eigentlich gibt's ja Champagner«, meinte Sally. »Aber wir hatten offenbar nicht genug Sektgläser. Soll ich dir was einschenken?«

Rochelle schüttelte den Kopf. »Ich freu mich so, dich kennenzulernen«, sagte sie zu Harrison. »Ich kann nicht behaupten, viel von dir gehört zu haben. Ich weiß nur, dass du in New Hampshire auf irgendein College gehst.«

»Es heißt Roarke«, entgegnete Harrison. »Ich bleibe da noch ein Jahr, dann wechsele ich nach Harvard.«

Rochelle machte große Augen. Sie selbst, wusste Sally, hatte sich in Harvard beworben und war abgelehnt worden.

Harrison selbstverständlich nicht. Was er natürlich auch gleich herausposaunen musste.

»Das ist ja toll! Und du weißt das schon jetzt?«

»Die meisten von uns wissen, wo sie nach Roarke hinwechseln werden. Zwei von meinen Kommilitonen gehen ebenfalls nach Harvard.«

Sally sah ihr an, dass sie es kaum fassen konnte: ein Zwei-Jahres-College, das so viele Absolventen von Harvard-Kaliber hervorbrachte?

»Ein paar auch nach Yale und Stanford.« Harrison lächelte herablassend. »Oder andere Ivy-League-Colleges.«

»Klingt ja ganz schön elitär«, sagte Rochelle. »Was studiert ihr denn da, Astrophysik und Quantenfeldtheorie?«

Er zuckte die Achseln. »Man kann da studieren, was man will.

Ich hab mich für ein umfassendes Kerncurriculum entschieden, mit den Schwerpunkten Philosophie und Wirtschaftspolitik. Außerdem kümmere ich mich um die Hühner, hab also eine Menge über Federvieh gelernt.«

Rochelle blickte Sally an. Schwer zu sagen, ob sie sich ärgerte oder nur wunderte.

»Roarke? So heißt dein College?«

»Ja. Musst du nicht kennen. Es ist eh nur für Männer, ein bisschen abseits vom Radar.«

Sie nickte. »Verstehe.«

Und jetzt weißt du auch, warum ich nie von ihm erzählt habe, hätte Sally fast gesagt. Obwohl das nicht der Grund gewesen war.

»Mom ist schon runter zum Strand«, wandte sie sich an Rochelle. »Wir können auch gehen, wenn du so weit bist.«

»Vergiss Dad nicht«, sagte ihr Bruder.

»Ach ja, Dad.« Sie zögerte. Sie wollte die zwei lieber nicht allein in der Küche zurücklassen. »Kannst du ihn nicht holen gehen?«

Harrison rührte sich nicht. Sie konnte ihm ansehen, dass er eine abweisende Antwort in Betracht zog und wieder verwarf. Mit Schaudern stellte sie fest, dass er tatsächlich versuchte, weniger abscheulich zu sein als normalerweise. Wegen Rochelle? Weil er – unbegreiflicherweise – einen guten Eindruck bei ihr machen wollte? Dass Rochelle Steiner solche Macht über ihre beiden Brüder hatte (in Wahrheit ja über sie alle drei), spottete jeder Vernunft. Aber was brachte es schon, sich um Vernunft zu bemühen? War es vielleicht vernünftig gewesen, ihrer Mitbewohnerin weiszumachen, sie hätte nur einen Bruder, nicht zwei, und ihr zu verschweigen, dass der zweite ein ganzes Jahr lang praktisch Tür an Tür mit ihnen gewohnt hatte? War es vernünftig, Rochelle für einen unausgegorenen Racheplan hierhergelockt zu haben, wo sie noch nicht mal wusste, gegen wen sich die Rache eigentlich richtete? War es vernünftig, vom College abzugehen, obwohl man gute Noten hatte und sogar in derselben Stadt bleiben würde? (Denn genau das, wurde ihr etwas verspätet bewusst, genau das hatte sie vor, auch wenn ihr nicht recht klar war, weshalb.)

Harrison ging nach oben. Sally nahm Rochelle die Weinflasche ab, holte einen Korkenzieher aus der Schublade und schenkte die zwei Gläser voll.

»Genau genommen war der für deine Eltern«, erinnerte Rochelle sie.

»Ich sorge dafür, dass es dir anerkannt wird.« Sally nahm einen Schluck. Der Wein schien sehr gut zu sein, dafür, dass sie ihn nach dem Etikett ausgesucht hatten. Glück gehabt! »Komm«, sagte sie. »Man weiß nie, wie lange die beiden brauchen werden.«

Sie traten vor die Tür. Die Nacht war windig, die Luft noch aromatischer als zuvor, und der Ozean rauschte wie eh und je, das Hintergrundgeräusch ihrer Kindersommer. Mit dem Fuß tastete sie nach den vertrauten Holzstufen und hörte von unten lachende Stimmen: vermutlich die Caterer, die Spaß an ihrer Arbeit hatten. Sie war froh, dass es schon dunkel war.

»Ups«, sagte Rochelle hinter ihr.

»Alles okay?«

»Ich hab ein bisschen Wein verschüttet. Hatte vergessen, wie es ist, auf Sand zu laufen.«

Ihre Mutter und das Baby hockten zusammen auf einer Decke neben der langen Aluminiumpfanne, in der Maiskolben und in Folie gewickelte Muscheln aufgehäuft waren, obendrauf die Hummer und büschelweise Seegras. Sie zwang sich, nicht nach Lewyn Ausschau zu halten, sondern ging gleich zu Johanna hin: »Mom, das ist meine Freundin Rochelle. Sie hat euch Wein mitgebracht.«

Rochelle starrte Phoebe an. »Ich freue mich, Sie kennenzulernen, Mrs. Oppenheimer. Und wer ist denn das hier?«

Die Kleine quengelte ein bisschen. In der einen Faust hatte sie das schulterlange Haar ihrer Mutter, in der anderen ein Stück Maiskolben. Ihre Bäckchen glänzten vor Butter.

»Das ist Phoebe«, sagte Johanna. »Sallys Schwester, natürlich.«

Merkwürdigerweise nickte Rochelle nur, als ob das »natürlich« alles erklärte.

»Es ist so nett von Ihnen, dass ich herkommen durfte«, sagte Rochelle. »Schade, dass wir uns erst jetzt kennenlernen.«

»Ja, das finde ich auch!«, sagte unsere Mutter, so eifrig, dass Sally sich getroffen fühlte. »Ich wünschte, wir hätten euch mal besuchen können, aber ...«

»In Ithaca ist nichts geboten«, sagte Sally. Sie blickte sich jetzt doch nach Lewyn um. Und da stand er, auf der anderen Seite der Feuerstelle, mit dem Rücken zu ihnen, und plauderte mit den zwei Köchen. Das Rauschen der Wellen war hier unten lauter. Er hatte sie nicht gehört. Er wusste noch nichts.

»Darum geht's mir doch gar nicht. Es geht mir nur darum, meine Kinder zu sehen.«

»Und wie alt ist Phoebe?«, fragte Rochelle betont munter.

»Vierzehn Monate. Sie läuft schon ganz fabelhaft.« Die Kleine wurde in den Sand gesetzt, worauf sie Haare und Mais losließ und auf das Feuer zusteuerte. »Nein!«, rief Johanna und eilte ihr nach.

Rochelle wandte sich zu Sally um. »Ich wusste ja gar nicht, dass du eine Schwester hast.«

Sally zuckte die Schultern. Ihr fiel momentan keine Ausrede mehr ein. Sie wartete nur noch auf Lewyn.

»Sie ist hinreißend.«

Wellenrauschen.

»Ich weiß!«, sagte Johanna. »Ich liebe natürlich alle meine Kinder, aber dieses hier war vom allerersten Augenblick an ein richtiger Sonnenschein. Es ist immer so spannend zu sehen, was dabei rauskommt, nicht? Sally war so still. Sie mochte überhaupt kein Getue, mochte nicht angefasst werden. Ihr Bruder dagegen war so verschmust, wir nannten ihn immer die Klette.«

Zu Sallys Überraschung lachte Rochelle. »Ich hab Harrison gerade getroffen«, erklärte sie.

»Ach, Harrison. Der hat mit zwei schon lesen gelernt. Es war unglaublich. Wenn ich ihm einen Stapel Bücher gekauft habe und dachte, der reicht 'ne Woche, war er am nächsten Tag schon damit durch. Er las, wie mein Vater rauchte, Kette. Tut er wahrscheinlich immer noch. Harrison, nicht mein Vater.«

Johanna stand über die Kleine gebeugt, hielt sie bei den Armen fest, und Phoebe lehnte sich brabbelnd und schaukelnd zur aufgehäuften Aluminiumpfanne hin. »Warte, ich hol dir noch einen Maiskolben, Süße«, sagte Johanna. »Nein, ich meinte Lewyn. Lewyn war unsere Klette. Das vermisse ich richtig.«

»Mom«, warf Sally hastig ein, »probier doch mal Rochelles Wein.«

»Nein, ich hab schon den Champagner aufgemacht. Möchtest du welchen?« Ohne eine Antwort abzuwarten, rief sie: »Lewyn! Komm Sallys Freundin begrüßen!«

Und dann standen sie da – Sally, Rochelle, Johanna –, aufgereiht zwischen dem Feuer und dem rauschenden Meer, als Lewyn sich umdrehte und versteinerte. Er starrte sie an, seine Mutter, seine Schwester und Rochelle, und versuchte vergeblich zu begreifen, wie sie alle zugleich am selben Ort sein konnten, alle hier, alle jetzt. Sally hatte fast Mitleid mit ihm.

»Ich versteh nicht«, sagte Rochelle schließlich.

»Es tut mir leid«, platzte Lewyn heraus. Er war noch ein Stück weit weg, aber sie hörten es alle.

»Ihr kennt euch?«, staunte Johanna. »Ach so, ja, Cornell. Klar.«

Rochelle schwieg. Zwischen ihr und Lewyn schien ein wortloser Austausch stattzufinden, und der Anblick stimmte Sally nicht etwa reuevoller, sondern zorniger. Das hier war Verbundenheit: Die beiden sahen sich an, als ob alle anderen – unsere Mutter, die kleine Schwester, sie, die Caterer – gar nicht existierten. Dass die zwei schon so weit gediehen waren, getragen von Lewyns Lügengespinst – ja, dachte Sally, er hatte diesen Moment verdient. Er hatte diesen schrecklichen Schock verdient, und sie hatte sich nichts vorzuwerfen.

»Tja, Lewyn«, sagte Rochelle schließlich. »Dann ist das hier wohl dein Familientreffen, was?«

»Es tut mir leid«, wiederholte er. Zu mehr war er wohl nicht imstande.

»Und Sally ist deine Schwester. Irgendwie zum Schreien, das Ganze.«

Ob es der Wein war, der Wind, der Essensgeruch: Sally wurde es flau in der Magengrube.

»Was ist?«, sagte Johanna. »Kennt ihr euch vom College?«

»Vom Bus«, antwortete Rochelle, die sich plötzlich an ihre Manieren erinnerte. »Wir haben uns im Bus zur Cornell getroffen, im Frühjahr. Er sagte mir« – sie schüttelte den Kopf über ihre eigene Gutgläubigkeit –, »Oppenheimer sei ein gängiger Name. Aber warum, Lewyn? Ich meine, was hast du dir bloß dabei gedacht?«

»Das würde ich auch gern wissen«, sagte Sally. »Und vielen Dank auch. Bin ich dir so peinlich, dass du nicht zugeben konntest, dass wir verwandt sind?«

Rochelle wandte sich zu Sally um, mit eisiger Miene. »O nein, Sally, du spielst hier nicht das Opfer. Für ihn mag das hier eine Überraschung sein, aber nicht für dich. Wer ist hier also wem peinlich? Und warum hast du mir erzählt, dein Bruder geht auf ein Junior-College in New Hampshire?«

»Das hat sie gesagt?«

Unbemerkt waren Harrison und Salo dazugekommen.

»Ein Junior-College? Echt?«

»Zwei-Jahres-College, hab ich gesagt«, konterte Sally lahm. »Was es ja auch ist. Du hast nur daraus geschlossen, dass es ein Junior-College ist.«

»Und das ist es absolut nicht!«, ereiferte sich Harrison.

»Jetzt mach mal halblang, Harrison«, sagte sein Bruder. »Das hier hat nichts mit dir zu tun.«

»Womit hat es denn zu tun?«, wollte unser Vater wissen. Er hatte sich ein Glas Champagner reichen lassen. Die Catering-Leute waren betroffen verstummt. »Ich weiß, ich habe mich verspätet, aber könnte jemand mich mal auf den neuesten Stand bringen?«

»Na ja«, sagte Harrison, ebenfalls mit einem Glas Champagner in der Hand, »mir sind vielleicht nicht alle Details geläufig, aber wenn ich mich nicht irre, ist diese junge Dame da Lewyns Freundin und Sallys Mitbewohnerin, und keiner von beiden hielt es für nötig, ihr zu sagen, dass sie verwandt sind oder sich überhaupt kennen. Was bedeutet, dass dies hier entweder eine Farce ist oder eine Tragödie. An ihrer Stelle wäre ich jedenfalls stinksauer.«

»Ich bin stinksauer«, sagte Rochelle. »Aber vor allem bin ich traurig, dass ihr beide mir so etwas ... Grundlegendes verschwiegen habt. Ich meine, warum denn nur?«

Lewyn schüttelte den Kopf. Schritt für Schritt war er näher gekommen und befand sich jetzt schon fast auf Rochelles Seite der Feuerstelle. Das ganze schöne Festmahl. Wer würde das jetzt noch essen wollen?

»Du bist kein Drilling«, hörte Sally sich sagen. »Sonst würdest du es vielleicht verstehen.«

»Was soll das denn heißen?«, fuhr Johanna sie an. »Du weißt ja gar nicht, was für ein Glück ihr hattet! Manche Kinder haben niemanden zum Anlehnen, müssen sich allein um ihre alten Eltern kümmern, allein mit fürchterlichen Situationen fertigwerden. Und ihr wart euch immer so nah!«

Die Drillinge drehten sich alle drei zu unserer Mutter um und wandten sich dann gleichzeitig wieder ab. Wenigstens darin waren sie sich einig.

»Moment mal«, sagte Harrison, in einem Tonfall, dass es Sally kalt über den Rücken lief. »Lewyn, hattest du nicht gesagt, du weißt es von deiner Freundin, dass Sally lesbisch ist? Das hast du doch gesagt!«

Wellenrauschen. Sally musste sich vornüberbeugen. Sie kotzte Rotwein in den Sand. *Das ist wirklich eine Strafe*, dachte sie. Wein und

Speichel versickerten im Sand. Hatte Rochelle wirklich dieses Wort gebraucht? Und auch noch Lewyn gegenüber, den sie für den Rest ihres Lebens nie wieder ansehen würde? Harrison auch nicht. Nie, nie wieder.

»Das ist doch absurd«, sagte Johanna. Doch sie klang verunsichert.

»Lewyn …« Rochelle schlug seine Hand weg. Irgendwie war er nah genug dafür herangerückt.

»Na ja«, sagte Harrison. »Wenn man ein Jahr lang mit jemandem zusammenlebt, dann weiß man so was wohl.«

»Herrgott, Harrison, halt endlich mal die Klappe!«, schluchzte Lewyn.

»Aber das stimmt doch gar nicht«, protestierte Johanna immer noch schwach. Die Caterer hatten sich jenseits der Feuerstelle zurückgezogen und waren nicht mehr zu sehen. »Ich meine, sie hatte doch einen Freund in der Highschool, oder?«

Tatsächlich hatte sie einen Freund gehabt, der andere Jungen mochte und in der gleichen Abwehrhaltung gefangen war wie Sally bisher. Ihre Identität als lesbische Frau wurde erst jetzt offenbar, im Angesicht der ganzen Familie, mit dieser schrecklichen, unentrinnbaren Sehnsucht, in der sie gefangen war wie in einem Netz. *Ich wünschte*, dachte sie, doch sie konnte sich nichts wünschen. Es ging alles unter im Rauschen der Wellen und dem grellen Dauerton in ihrem Kopf.

»Ist das wahr, Sally?«, sagte unser Vater. »Es ist natürlich völlig in Ordnung, aber ist es wahr?«

Sie konnte noch nicht einmal nicken, machte nur eine matte Handbewegung.

»Ich bleibe nicht hier«, sagte Rochelle. »Nur um das klarzustellen. Ich meine, danke für die Einladung, falls ich eingeladen war.« Sie sah dabei niemanden an. »Aber jetzt gehe ich lieber.«

»Geh nicht«, sagte Lewyn. »Lass uns reden.«

»Du lieber Gott, Lewyn, was gibt's da noch zu reden? Du hast offenbar eine Menge Mist zu verarbeiten. Nicht, dass mir das nicht in der

Seele wehtut. Ich finde, du bist wirklich ein wunderbarer Mensch, aber da gibt es eine große Leere in dir, und wenn du nicht rausfindest, woher das kommt, wirst du nur anfangen, sie auf gut Glück mit irgendwas zu füllen, einer bekloppten Religion oder irgendeinem anderen Bullshit.«

»Das stimmt nicht«, sagte er. Obwohl er den Verdacht hatte, dass es sehr wohl stimmte.

»Was für eine bekloppte Religion?«, mischte Harrison sich mit interessierter Miene ein.

Das geht dich einen Scheißdreck an, dachte Lewyn.

»Mit dir rede ich nicht«, sagte er. »Ich rede mit Rochelle.«

»Nein, nein.« Sie hob abwehrend die Hand. Dann ging sie zu Johanna und verabschiedete sich mit bizarrer Förmlichkeit. »Es war nett, Sie kennenzulernen, wenn auch leider nur kurz. Sie haben sehr interessante Kinder.«

Harrison, am anderen Ende der Feuerstelle, lachte auf.

»Und Sie, Mr. Oppenheimer«, wandte Rochelle sich ihm zu, »hätte ich gerne auch noch kennengelernt. Schade, dass keine Zeit mehr dazu blieb.«

»Ja, das finde ich auch«, sagte Salo. Er gab ihr die Hand. »Wer sind Sie denn eigentlich?«

»Ich?« Rochelle lachte unter Tränen. »Ich bin die Idiotin, die mit Ihrer Tochter zusammenwohnte und mit Ihrem Sohn eine Beziehung hatte.«

Sally konnte ihrem Blick nicht begegnen. Sie war im Sand auf die Knie gesunken und hielt ihre Oberarme so fest umklammert, dass ihre Handgelenke schmerzten. Noch immer konnte sie es nicht fassen, dass alle hier, bis hin zu den Leuten vom Catering, jetzt etwas über sie erfahren hatten, was bisher niemand wusste.

Wellenrauschen.

»Leb wohl, Sally«, sagte Rochelle Steiner und stapfte an ihr vorbei, mit ihren kurzen Beinen tapfer durch den tiefen Sand watend.

»Warte!«, rief Lewyn. »Ich muss …«

Rochelle drehte sich nicht einmal um. Entschlossen ging sie davon, die Holztreppe zum Haus hinauf, und Lewyn lief ihr mit rudernden Armen hinterher.

»Höchst unterhaltsam!«, kommentierte Harrison nach einem Moment.

»Du bist so ein Arschloch!«, explodierte Sally.

»Sally«, sagte unsere Mutter automatisch.

»Wie konntest du das nur sagen!«, schrie sie ihn an.

»Was denn? Du brauchst dich nicht zu schämen, Sally. Es ist 2001! Niemand findet was dabei!«

Ich schon, wollte sie sagen.

Ich war noch nicht bereit, wollte sie sagen.

Ich wusste es doch selbst nicht, wollte sie eigentlich sagen, aber nicht zu ihm. Das hätte es nur schlimmer gemacht.

»Das geht dich überhaupt nichts an. Egal, ich fahre sowieso morgen früh, ich wünsche dir noch ein schönes Leben. Geh mit deinen weißen Vorherrschaftlern in Virginia spielen, aber bleib weg von mir.«

»Du hast doch gar keine Ahnung von dem, was ich mache«, gab Harrison zurück. »Was weißt du schon davon, was in diesem Land vor sich geht.«

»Dafür weiß ich umso besser, was hier vor sich geht. Ich will dich nie mehr wiedersehen.«

»Ach, Sally!« Johanna weinte. Phoebe, in ihren Armen, weinte auch, aber wohl nicht aus dem gleichen Grund. »Bitte sag so was nicht. Er ist dein Bruder.«

»Er stammt aus einer Petrischale!«, heulte sie auf. »Genau wie ich. Genau wie *das* da!« Sie riss die Hand hoch und zeigte so wütend auf Phoebe, dass eine Ladung Sand mitgeflogen kam, zum Glück, ohne Mutter und Kind zu treffen. »Ich finde nicht, dass man sich deswegen verbunden fühlen muss. Fand ich nie!«

»So redest du nicht mit deiner Mutter«, sagte Salo.

»Ach, um Himmels willen!«, entgegnete Sally. »Als ob du hier noch was zu sagen hättest.«

»Wie bitte?«, fuhr unser Vater auf, zorniger, als sie ihn je gesehen hatte.

Sally rappelte sich aus dem Sand auf, trat dicht an ihn heran und sagte ganz ruhig: »Glaub bloß nicht, dass ich so blöd bin. Du bist ein schrecklicher Vater. Ich weiß schon seit Jahren Bescheid.«

»Was soll das heißen?«, fragte Johanna.

»Was soll das heißen?«, echote Harrison.

Salo, der Einzige, der es wusste, schwieg.

Und einen Moment lang herrschte lastende Stille.

»Na gut«, sagte Sally schließlich. »Ich denke, das wär's dann. Ich bin raus.«

»Sally«, rief unsere Mutter, »geh nicht!«

»War nett, dich zu kennen«, sagte Harrison spöttisch, und Sally hätte ihm gern noch einmal entgegengeschleudert, was sie von ihm hielt, aber jemand versperrte ihr den Weg und kam ihr zuvor.

»Harrison«, sagte Lewyn, gerade an den Strand zurückgekehrt, »das war echt gemein von dir.«

»O bitte«, sagte Harrison, »als ob ihr meine Hilfe bräuchtet, um euer Leben an die Wand zu fahren.«

»Ich meine, wegen Sally. Warum musstest du das so öffentlich rausposaunen?«

»Warum musstest du es ausgerechnet *mir* sagen, Lewyn?«, entgegnete Harrison unbarmherzig.

»Das hätte ich nicht tun sollen.«

»Nein, hättest du nicht«, sagte Sally. »Falls du vorhast, alles auf ihn zu schieben. Er ist ein Charakterschwein, schon immer gewesen, aber von dir hätte ich mir doch mehr erwartet. Oder hat diese plötzliche Wahrheitsfixierung was mit deiner religiösen Bekehrung zu tun?«

Lewyn sah sie verblüfft an.

»Du warst ja nicht der Einzige, dem Rochelle sich anvertraut hat, weißt du. Hättest du dir nicht was weniger Bescheuertes suchen können, als ausgerechnet Mormone werden zu wollen?«

»Wow!«, freute sich Harrison. »Hat der Scheiß tatsächlich von deinem Mitbewohner auf dich abgefärbt?«

»Was redet ihr denn da?« Salo, der sich seit Sallys Vorwürfen nicht mehr gerührt hatte, erwachte aus seiner Erstarrung. »Was heißt das, du willst Mormone werden?« Und als sein Sohn ihm nicht antwortete, sah er sie alle an, einen nach dem anderen: seine weinende Frau mit dem brüllenden Kind, das streitsüchtige Trio. Keiner von ihnen würde je erfahren, was ihm dabei durch den Kopf gegangen war, obwohl es später viel Zeit in Anspruch nehmen und erhebliche Schmerzen mit sich bringen würde, darüber nachzugrübeln.

Sie gingen zurück ins Haus, die Drillinge in ihre Zimmer, wo sie gleich damit anfingen, nicht mehr miteinander zu reden, sodass im oberen Stockwerk beinahe Stille herrschte, bis auf die weiterhin jammernde Phoebe, für die sich gerade keiner zuständig fühlte, während in Salos Arbeitszimmer eine fünfundzwanzigjährige Ehe ihrem Ende entgegenging.

Immerhin: Er bat um Verzeihung. Er sagte, dass unsere Mutter das nicht verdient habe. Er sagte, dass sie immer alles haben würde, was sie brauchte, für den Rest ihres Lebens, und die Kinder natürlich auch. Es lag nicht an ihr. Er habe jede ihrer Entscheidungen gutgeheißen. Aber er habe einen Flug gebucht um 6 Uhr 20 vom Vineyard nach Boston, um 7 Uhr 45 von Boston nach Los Angeles.

Draußen am Strand warteten die Caterer fast eine Stunde, nachdem der letzte Oppenheimer fortgegangen war und nicht wiederkam. Dann packten sie das ganze Essen in Container. Johanna, die noch Stunden in Salos Arbeitszimmer verharrte, als ihr Mann schon längst im Bett war, hörte sie unten in der Küche rumoren. Jahrelang würde sie das ploppende Auf- und Zuschnappen der Kühlschranktür mit der schlimmsten Nacht ihres Lebens assoziieren, die selbst nur ein Prolog zu dem schlimmsten Tag war.

Frühmorgens fuhr er im Taxi davon, und die Person, von der er sich möglicherweise verabschiedet haben könnte, war die Einzige, die schon wach war. Seit jeher eine Frühaufsteherin, habe ich mein Leben lang an der Vorstellung festgehalten, wie er da mit seiner Reisetasche in meiner Tür stand und liebevoll auf mich hinabblickte, aber in Wahrheit habe ich keinerlei Erinnerung daran, weder an ihn noch an das, was danach geschah. Am Morgen versuchten meine drei Geschwister ebenfalls aufzubrechen, doch nur Sally war früh genug dran, um es von der Insel runter zu schaffen. Sie erwischte die letzte Fähre, bevor der Fährbetrieb unterbrochen wurde, und landete am anderen Ufer in einer neuen Welt, während unser Vater bereits Staub über Manhattan war.

Teil 3

DIE NACHZÜGLERIN

2017

Kapitel 26

Warum eigentlich nicht?

In dem Phoebe Oppenheimer eine beunruhigende Entdeckung macht

Die meisten Menschen erleben eine Urszene, wenn sie die Schlafzimmertür öffnen und Mama und Papa komische Geräusche im Bett machen. Mir ist das nicht passiert. An meinen Vater erinnere ich mich natürlich nicht, und meine Mutter hat seit dem 11. September 2001 wie eine Nonne gelebt, obwohl ich das nie von ihr verlangt habe. Aus Gründen weit jenseits meiner Kontrolle bedurfte meine sogenannte Urszene gewisser Hightech-Adaptierungen und eines Reifegrades, den ich nicht vor dem Teenageralter erreichen würde. Wenn man denn jemals bereit sein kann für die Version, die mir zufiel.

Ich war siebzehn und ging in die Walden-Abschlussklasse, als ich – ob nun für den Aha-Effekt bereit oder nicht – eines Nachmittags im Oktober aus der Schule kam und die Post öffnete, was streng genommen zwar nicht meine Aufgabe, mir jedoch inzwischen zur Gewohnheit geworden war. 2017 bekam man generell nicht mehr viel Briefpost, aber da ich beim Probebewerbungstest fürs College ganz gut abgeschnitten hatte, bestand der Inhalt unseres Briefkastens in jenem Herbst fast ausschließlich aus Hochglanzbroschüren der verschiedensten Studienorte, von denen ich größtenteils noch nie gehört hatte. Keine Ahnung, wie die auf mich gekommen waren.

Vielleicht war ich sogar die Einzige aus meiner Klasse, die sich noch nirgendwo konkret beworben hatte. Die meisten meiner Mitschülerinnen und Mitschüler waren seit Jahren schon voller Sorge, ob sie auf dem richtigen College landen würden, angestachelt von ihren besorgten Eltern (die als typische Walden-Eltern natürlich so taten, als sähen sie das alles vollkommen entspannt). Irgendwie hatte mich dieser Collegehype bisher kaltgelassen. Wenn ich mir Gedanken darüber machte, wo ich wohl in einem Jahr sein würde, dachte ich bloß: *nicht hier*. Und das war schon unheimlich genug.

Die peinliche Wahrheit ist, dass ich mich einfach noch nicht bereit dazu fühlte, von daheim wegzugehen, auch wenn es dort nie so besonders heimelig gewesen war. Während die Zeit in der Walden und die Zeit mit meinen Mitschülerinnen, von denen ich viele recht gern mochte, sich langsam dem Ende näherte, hatte ich nach wie vor keine Ahnung, was ich in Sachen College unternehmen sollte oder wie das aufregende und erfüllende Leben aussehen könnte, das mich erwartete.

Unser Haus befand sich an der Esplanade, mit Blick auf New York Harbor und an klaren Tagen bis New Jersey. Es war ein schönes altes Gebäude, aber viel zu groß für Mom und mich, obwohl ich mich im Lauf der Jahre mehr und mehr darin ausgebreitet hatte. Ich schlief in dem Zimmer, das früher meiner Schwester Sally gehört hatte, und das Zimmer meiner Brüder, auf der anderen Seite des Flurs, hatte ich zu meinem Wohn- und Arbeitszimmer umfunktioniert. Ich hatte auch meine Mutter für mich allein, dafür aber keinerlei Beziehung zu dem Vater, den meine Geschwister gekannt hatten. Er war eins der tragischen Todesopfer an dem grausamsten Tag der jüngsten amerikanischen Geschichte gewesen, was mich ebenfalls zu einer tragischen Figur machte.

Privilegien und Tragik. Für jeden Jugendlichen eine explosive Mischung.

Mein Rucksack war an diesem Tag noch schwerer als sonst. Meine Haare hatten sich unter einem Schulterriemen verfangen, und mit schief gelegtem Kopf versuchte ich, den Stapel aus Zeitschriften, Broschüren und Sichtfensterbriefumschlägen, die ich eben aus dem Kasten gefischt hatte, vor dem Abrutschen zu bewahren, während ich nach meinem Schlüssel kramte. Ein paar fielen mir aber dennoch runter, und als ich mich auf der Fußmatte danach bückte, stürzte auch noch der Rest ab. Nachdem ich die Tür aufgesperrt hatte, musste ich alles wieder aufsammeln.

»Phoebe?«, hörte ich meine Mutter heiser krächzen. Sie hatte vor zwei Tagen eine Wurzelbehandlung gehabt und übertrieb ihre Beschwerden vielleicht ein bisschen, aber man konnte ja nicht wissen.

»Ja-ha!« Die Broschüre oben auf dem Stapel stammte vom Webster-College: typische New-England-Holzverschalung, davor die Statue des gestrengen Gründers, im Laufe der Zeit grün angelaufen.

»Tante Debbie ist zu Besuch«, rief meine Mutter aus dem Wohnzimmer. Ich ging zu ihnen hinein.

»Hi.« Ich legte die Post auf dem Couchtisch ab und drückte meiner Tante kurz die Schultern. Sie trug ein schrecklich blumiges Parfum, wie immer.

»Hi, Süße«, sagte Debbie. »Deine Mom ist ja sooo tapfer.«

»Mm-hm.«

Mom hielt sich eine Packung Tiefkühlerbsen an die Backe.

»Schlimm?«, fragte ich.

»Und wie war dein Tag?«, gab sie zurück.

»Bio-Arbeit. Lauftraining.«

»Das einzige meiner Kinder, das freiwillig rennt«, sagte Johanna mit etwas schwerer Zunge.

»Na ja, ich renn halt gern.«

Tat ich wirklich. Rennen schien mir sinnvoller als jeder andere Sport. Im Sommer rannte ich am Strand entlang. Am Wochenende rannte ich über die Brooklyn Bridge und zurück. Wenn ich rannte, wurde ich richtig ruhig im Kopf, ein angenehmer Zustand, der sofort verschwand, wenn ich wieder aufhörte zu rennen. Leider war ich nicht besonders schnell, und meinem Coach fiel nichts ein, um etwas daran zu ändern. Es war bezeichnend, dass er mir nicht geraten hatte, bei meiner Collegebewerbung auf meine sportlichen Leistungen hinzuweisen.

»Webster College?« Debbie warf einen Blick auf den Poststapel. »In Massachusetts?«

Ich zuckte mit den Schultern. »Die schicken mir andauernd so Zeugs. Ich weiß auch nicht, warum.«

»Ich weiß, warum«, warf meine Mutter ein. »Ihr Bewerbungstest war beinah so gut wie der von Harrison.«

Der von Harrison war natürlich 1A gewesen. Harrisons ganze akademische Laufbahn, von Roarke über Harvard bis zum Rhodes-Stipendium, war mit Gold gepflastert.

»Wahrscheinlich steh ich bloß auf irgendeiner Longlist, die irgendwer irgendwem vertickt hat.«

»Weißt du denn schon, wo du dich bewerben willst, Süße?«, fragte Debbie. Ihre Söhne waren aufs Wharton gegangen und machten jetzt irgendwas Dubioses an der Wall Street.

Ich zog eine hilflose Grimasse. Ich wusste ja selbst, was für ein schwaches Bild ich abgab. In der Abschlussklasse von Walden zu sein und nicht zu wissen, auf welches College man wollte? Zum Glück antwortete meine Mutter für mich.

»Cornell, nehme ich an. Ich meine, das macht doch am meisten Sinn. Oder wo immer sie sonst hinmöchte.«

»Ich geh mir ’n Tee machen.« Ich sammelte die Post ein und nahm sie mit in die Küche, wo ich den Wasserkessel füllte und auf den Herd stellte. (Der Herd war ein Hightechteil, dem keiner von uns mit seinen kulinarischen Fähigkeiten gerecht wurde.) Während ich auf das Teewasser wartete, öffnete ich einen Brief von einem College in Wisconsin, von dem ich noch nie gehört hatte. (*Liebe Miss*

Oppenheimer … begann er. Das »Miss« reichte schon, um es zu disqualifizieren.) Dann noch einen von der NYU, in dem die Vorzüge seiner internationalen Ableger angepriesen wurden. Die Webster-Broschüre legte ich für später beiseite. Der nächste war ein brauner Standardumschlag, und ich war schon halb durch den ersten Absatz, bevor mir auffiel, dass der Brief nicht von einem College stammte. Und auch gar nicht für mich bestimmt war.

Liebe Mrs. Oppenheimer,
wie Sie wissen, planen die Kuratoren des American Folk Art Museum eine Ausstellung im Zusammenhang mit dem PBS-Dokumentarfilm Himmlische Visionen *von S.S. Western, der Leben und Werk des Outsider-Künstlers Achilles G. Rizzoli zum Thema hat. Der Film soll im Herbst 2018 ausgestrahlt werden. Als Eigentümerin fast sämtlicher noch vorhandener Rizzoli-Werke schreiben wir Sie hiermit noch einmal an, in der Hoffnung, dass Sie sich dazu durchringen können, seine Werke im Museum ausstellen zu lassen. Ihre Sammlung ist von eminenter Bedeutung für den Zugang zu diesem großen, verkannten Künstler, und unsere Ausstellung kann den Wert dieser Sammlung nur noch mehr herausstreichen. Unsere Kuratoren würden sich freuen, Sie oder Ihre Repräsentanten zu treffen, um Sie davon zu überzeugen, dass Ihre Rizzolis über den ganzen Zeitraum der Ausstellung höchst sachkundig behandelt und bestens abgesichert sein werden.*

Wir hoffen sehr, dass Sie sich bereitfinden, die Angelegenheit mit uns zu besprechen.

Mit den besten Wünschen,
Denise Kelly
Direktorin
American Folk Art Museum

Der Kessel pfiff. Ich legte den Brief beiseite und drehte die Flamme ab, dann machte ich eine Kanne PG Tips, den einzigen Tee, den ich trinke. Hunger hatte ich auch, wie immer nach dem Training, aber wie üblich war in unserer »Gourmet«-Küche kein Essen in Sicht; das Zubereiten von Mahlzeiten war praktisch zum Erliegen gekommen, seit Gloria, unsere Haushälterin, vor vier Jahren in den Ruhestand getreten war. Mom hätte jederzeit jemand anders anstellen können, doch inzwischen war das kulinarische Brooklyn um uns her so aufgeblüht, dass man sich alles, was man nur wollte, per App liefern lassen konnte. Unser Abendessen kam also, nachdem wir uns – meist per SMS – darüber verständigt hatten, was wir bestellen wollten, und wir nahmen es jede für sich ein, ohne weiteren Kontakt.

Um ehrlich zu sein, machte der Brief zunächst keinen großen Eindruck auf mich. Ich faltete ihn zusammen und schob ihn zurück in den Umschlag, dessen Rückseite das olivgrüne Logo des American Folk Art Museum trug. Das Museum kannte ich natürlich von Klassenausflügen; es lag direkt gegenüber vom Lincoln Center und neben dem Tempel der Kirche Jesu Christi der Heiligen der Letzten Tage (ein Ort, den ich schon lange kannte, dank Harrisons Spöttelei über Lewyns »Pionier-Debakel«). Allerdings ist das American Folk Art Museum bei jungen New Yorkern weit weniger beliebt als das Museum of Natural History. Aus eigenem Antrieb bin ich noch nie dort gewesen und habe es Johanna auch nie erwähnen hören.

Doch dieser Brief war weder zufällig ins Haus geflattert noch unpersönlich, und offenbar war ihm schon eine erste Anfrage vorausgegangen. Von einem Künstler namens Achilles G. Rizzoli hatte ich noch nie gehört – es klang ja fast wie die Parodie eines Künstlernamens, mit diesem Mischmasch aus griechischer Mythologie und italienischem Flair. Obwohl ich rein gar nichts über Outsider-Kunst wusste, war mir natürlich bekannt, dass unser Vater jede Menge moderne Kunst gesammelt hatte, das meiste davon mittlerweile enorm im Wert gestiegen. Die Bilder befanden sich in einem Lagerhaus in

Red Hook, gingen manchmal aber auch als Leihgaben an Museen in aller Welt. Meine Großeltern, Hermann und Selda Oppenheimer, die vor meiner Geburt gestorben waren, hatten ebenfalls Gemälde gesammelt, aber nur alte Meister, und die wurden nach ihrem Tod allesamt gestiftet oder verkauft. Irgendwie kam es mir eher unwahrscheinlich vor, dass mein Vater Werke von einem sogenannten Outsider gesammelt haben sollte und obendrein auch noch das Gesamtwerk? Das einzige Bild, das meine Mom je erworben hatte, war ein Porträt von mir, das ein Kunstlehrer an unserer Schule gemalt hatte, und es war schauderhaft.

Als ich mit dem Teebecher in der Hand noch mal ins Wohnzimmer ging, um meinen Rucksack zu holen, unterbrachen die beiden ihr Gespräch. Sie hatten die Köpfe zusammengesteckt, als wollten sie ihre schwesterliche Verbundenheit demonstrieren, obwohl ich nie den Eindruck hatte, dass sie sich sonderlich nah waren. Doch sie verstummten, sobald ich den Raum betrat, und tuschelten weiter, kaum dass ich wieder draußen war. *Interessant.* Am Fuß der Treppe blieb ich stehen und spitzte die Ohren.

»Aber sie weiß das doch alles längst«, hörte ich meine Tante Debbie sagen.

»Ja, sicher. Sie hat die Frau sogar schon mal getroffen. Vor ein paar Jahren. Es war ihre erste Reise nach New York, kannst du dir das vorstellen? Ich hatte sie in ein Steakhouse eingeladen, bevor sie sich ein Musical ansehen ging, und Phoebe war damals auch mit dabei. Furchtbar mühsam, das Ganze, ich meine, was soll man mit so jemand aus dem tiefsten Florida denn schon reden? Oh, diese Wolkenkratzer, so hoch, und diese vielen Menschen, alle so in Eile! Und dazu eine gelangweilte Zwölfjährige, die auch nichts Hilfreiches zur Konversation beiträgt.«

»Wie eine Story aus dem *New Yorker*«, lachte Tante Debbie.

Nein, dachte ich, wie eingefroren auf der dritten Treppenstufe. *Absolut nicht.*

»Es ging halt nicht anders. Wir mussten realistisch sein. Ich war siebenundvierzig. Das hätte ein zu großes Risiko bedeutet. Schlimm genug, es einer Dreiundzwanzigjährigen aus Pensacola anzuvertrauen, die schon zwei Kinder hatte! Wir hatten ja nur noch eins übrig.«

Meine Tante lachte ihr prustendes Lachen. Ich dachte: *Eins? Ein was?*

»Ich glaube, wir wurden beide ein wenig trübsinnig bei dem Gedanken, dass die Kinder bald aus dem Haus sein würden. Du weißt, es war ja noch da, und wir konnten es uns leisten, also dachten wir, *warum eigentlich nicht?*«

Was meine Tante darauf erwiderte, konnte ich nicht hören. Danach schwiegen sie, und ich stieg mit meinem abgekühlten Tee und meinem Rucksack und meinem stibitzten Brief vom American Folk Art Museum die Treppe hinauf, vorbei an den Geburtstagsfotos meiner Geschwister aus den Jahren vor meiner Geburt. *Warum eigentlich nicht?* Wie es wohl auch jedem anderen in meiner Situation ergangen wäre, war ich total verwirrt.

Kapitel 27

Vielleicht letztlich doch eine Verbindung

In dem Lewyn Oppenheimer die Familiengestaltung als weder schicksalsbedingt noch naturgegeben und erst recht nicht fair offenbart

Noch am selben Abend brachte ich den Brief zu meinem Bruder Lewyn, der sich im Souterrain eingerichtet hatte.

Lewyn, leider der einzige meiner Geschwister, mit dem ich regelmäßig Kontakt hatte, war nach Brooklyn Heights zurückgekehrt, als ich sieben war, und hatte sich wieder in seinem alten Zimmer einquartiert. Für mich war er ein Fremder, ein depressiver Vierundzwanzigjähriger, der lange Zeit kaum das Haus verließ, und ich schlich um ihn herum wie auf rohen Eiern. Irgendwann aber raffte er sich aus seinem Schmollwinkel auf und zog hinunter in die ungenutzte Kellerwohnung, mit eigener Küche und separatem Eingang.

Eins war mir schon als Kind aufgefallen, nämlich dass keines meiner drei Geschwister Wert auf die Gesellschaft (geschweige denn den Rat) der anderen zu legen schien. Lewyn konnte es kaum ertragen, mit Sally in einem Raum zu sein, und Harrison hasste er regelrecht (was allerdings, wie ich zugeben muss, auch nicht besonders schwer war). Harrison behandelte Lewyn mit Herablassung, und Sally schien für ihn überhaupt nicht zu existieren. Sie tauchte aber auch nur noch dann auf, wenn es sich gar nicht vermeiden ließ, meist zu Beerdigungen im weiteren Familienkreis. Ich wohnte natürlich noch bei meiner Mutter, doch abgesehen von mir verbrachte nur noch Harrison freiwillig Zeit mit ihr. Früher mussten die drei sich gezwungenermaßen zu jedem gemeinsamen Geburtstag zusammenfinden, aber Johanna schien immer weniger geneigt, das Ritual aufrechtzuerhalten, und die drei machten keine Anstalten, sich einander auch nur im Geringsten anzunähern. Jedes Mal, wenn ich die Treppe hinaufstieg, musste ich die drei auf ihren jährlichen Geburtstagsfotos aufwachsen sehen, aber irgendwann gab es keine neuen Bilder mehr, und diese erste Version unserer Familie – Oppenheimer 1.0, wie ich sie für mich nannte – war am Ende. Oppenheimer 2.0 bestand aus mir und unserer verwitweten Mutter in einem großen leeren Haus, und die anderen kreisten weit voneinander entfernt in ihren eigenen Bahnen. Harrison wohnte an der Upper East Side, war aber ständig unterwegs auf seiner toxischen Mission, die Welt noch abscheulicher zu machen. Sally wohnte weit weg in Ithaca, und Lewyn wohnte unten. Er allein schien mich als seine Schwester anzusehen und nicht als irgendwen, der nur zufällig hereingeschneit war. Es war alles sehr bedauerlich, aber komischerweise hatte ich immer schon verstanden, dass es nichts mit mir zu tun hatte. Alle Unstimmigkeiten in unserer Familie schienen längst vor meiner Ankunft begonnen zu haben.

Lewyn war kein Handwerker, aber das Untergeschoss hatte er selbst umgestaltet, aus einem einzigen großen Raum, der früher mal als Spielzimmer gedacht gewesen war. Jetzt gab es dort einen Arbeitsbereich, ein schlauchartiges Wohnzimmer und hinter der Küchenecke ein Schlafzimmer, das auf den Garten hinausging. Seit seiner Rückkehr aus Utah vor zehn Jahren hatte er immer irgendeine Form von Bart getragen, doch auch wenn er nur zweimal pro Woche den alten Barbershop am Borough Hall aufsuchte, war das schon eine Riesenverbesserung gegenüber dem Lewyn, der wieder bei uns eingezogen war, als ich sieben war. Jetzt, mit fünfunddreißig, wirkte er halbwegs lebenszugewandt und optimistisch, auch war er endlich wieder Single, nach zwei Jahren einer halbherzigen Beziehung zu einer Frau aus seinem Masterstudiengang. Die Trennung schien ihm wenig auszumachen.

Er öffnete mir die Tür, das Telefon am Ohr, und winkte mich mit der anderen Hand herein.

»Ja, ich weiß«, sagte mein Bruder gerade. »Nein, Hans, ich sage nicht Nein. Ich finde nur, wir müssen diesmal vorsichtiger sein. Wesentlich vorsichtiger.«

Er hörte dem anderen zu und lächelte mich an.

»Ja, ich verstehe, dass es dir wichtig ist. Darum sage ich ja auch nicht Nein. Aber du musst diesmal wirklich für eine bessere Behandlung sorgen.« Er hörte wieder zu. Dann trat er an seinen Schreibtisch, kritzelte etwas auf ein Post-it und hielt es für mich hoch:

Idiot.

Ich lächelte.

»Hans. Ein Loch! Da war ein Loch in dem Diebenkorn, du erinnerst dich? Kreisrund, wie von einer Reißzwecke. Du begreifst wohl, weshalb ich zögere, dir den Marden oder sonst irgendwas zukommen zu lassen, wenn du dich nicht verpflichtest, für einen sicheren Transport zu sorgen. Schriftlich.«

Ich setzte mich in einen der Sessel und blätterte in dem Sotheby's-Katalog auf dem Beistelltisch. Als er diesen Hans endlich abgewimmelt hatte, nahm er seinen Laptop und tippte eine Notiz.

»Das Wallraf-Richartz in Köln«, erklärte Lewyn. »Tolles Museum, aber das letzte Mal, als sie eine Leihgabe wollten, kam das Bild beschädigt zurück.«

»Durch eine Reißzwecke?«, wunderte ich mich.

»Was weiß ich, keine Ahnung. Ich versuche, nicht allzu paranoid in diesen Dingen zu sein. Ich hab's dann auch nicht restauriert, hab sie aber für das ganze Consulting zahlen lassen. Er wollte übrigens nichts zugeben. Was mir nicht gefällt.«

»Hans«, sagte ich.

»Ja, Hans.«

»Der Idiot.«

»Na ja, nicht wirklich. Bist du hier, um dir Luft zu machen?«

Ich lachte. »Diesmal nicht.«

Luft machen war unser Ding. Es tat mir gut, mich über unsere Mutter auszulassen, über all das, was mich an ihr nervte. Hier konnte man das Thema entspannt angehen, und oft war es sogar richtig lustig.

»In der Schule alles okay?«

»Ja, bis auf Bio.« Im Bio-Test hatte ich nicht so toll abgeschnitten, und leider kam es gerade auf den an. Unsere Schule hatte die Zulassungsbeauftragten der wichtigsten Colleges davon überzeugt, dass sie herausragend genug war, um auf die gängigen Benotungen verzichten zu können, aber das ausgefeilte Schülerprofil, das jeder Collegebewerbung beigefügt war, würde wohl darauf hinweisen, dass ich in einem Hauptfach schwächelte. Wenn ich mich frühzeitig für ein bestimmtes College entschied, würde das vielleicht keine große Rolle spielen, aber bisher wusste ich ja nicht einmal, ob und wo ich mich bewerben wollte.

»Na ja, Bio. Du willst doch wohl keine Naturwissenschaften studieren, oder?«

»Nein. Rein geisteswissenschaftliche Ausrichtung.«

»Wie geht's Mom?«

Ach, Mom. Unser permanentes Gesprächsthema. Heute war ich gar nicht drauf vorbereitet. Ich musste kurz überlegen.

»Vorhin hat sie was Seltsames gesagt. Nicht zu mir, zu Tante Debbie, aber ich hab's zufällig aufgeschnappt. Sie sagte, sie hätten mich bekommen, weil sie dachten, *warum eigentlich nicht.*«

»Wirklich?«, sagte Lewyn.

»Meine ganze Existenz. *Warum eigentlich nicht?* Was soll das überhaupt heißen?«

Er sah mich an. »Willst du das wirklich wissen? Wir können darüber reden, wenn du möchtest.«

Mich fröstelte. Ich hatte mir die Frage noch nicht ernsthaft gestellt, als ich zu Lewyn runtergekommen war. Aber offensichtlich war es jetzt auf einmal das Thema. »Was ist es denn, was ich nicht weiß? Ich meine, es ist mir klar, dass ich eine Leihmutter hatte, weil Mom zu alt war. Ich hab sie vor ein paar Jahren sogar mal kennengelernt. Tammy heißt sie.«

»Aber den Rest hat Mom nie erwähnt?«

Ich verschränkte die Arme. »Herrgott, Lewyn, jetzt spuck's endlich aus. Ich weiß, dass ich nicht adoptiert bin. Ich sehe ihr total ähnlich.« Mehr als Sally, zum Beispiel. An unseren Vater konnte ich mich natürlich nicht erinnern, aber es gab genug Fotos von ihm im Haus. Mit ihm hatte ich überhaupt keine Ähnlichkeit.

»Okay. Ich kann's nicht fassen, dass ich es bin, der dich jetzt darüber aufklärt, Phoebe. Also, auf jeden Fall bist du hundertprozentig unsere Schwester.«

Ich lachte. Zugleich wurde mir auch ein bisschen mulmig.

»Na, das will ich doch hoffen.«

»Womit ich sagen will: haargenau so alt wie wir. Nur halt später geboren.«

»Klar.« Ich nickte, aber so richtig angekommen war die Botschaft noch immer nicht. »Äh … was?«

Lewyn seufzte. »Ich brauch jetzt erst mal 'n Glas Wein. Du auch?«

Er ging in die Küche, und ich hörte ihn den Kühlschrank aufmachen und die Flasche herausnehmen. *Klink, klink*, Gläser auf den Tisch. *Quietsch*, Korken aus der Flasche. Er kam zurück und reichte mir ein Glas. Dann ließ er sich neben mir auf der Couch nieder.

»Ich könnte Mom wirklich umbringen«, sagte er. »Ich meine, dass sie dir das nicht längst erklärt hat! Mir steht das eigentlich gar nicht zu. Ich war damals in deinem Alter und hatte nicht viel mit unseren Eltern am Hut. Wir drei waren gerade dabei, aufs College zu wechseln, was im Rückblick wohl einer der Gründe war, warum sie es gemacht haben.«

»*Was* gemacht? Kannst du mal aufhören, um den heißen Brei herumzureden?«

»Na ja, als wir in den ersten Semesterferien wieder zu Hause waren, haben sie uns eröffnet: *Hey! Eure kleine Schwester ist unterwegs.* Du solltest im Sommer zur Welt kommen, irgendwo in Florida. Wir waren alle geschockt. Ich weiß nicht, was Sally und Harrison dachten, aber ich nahm an, es handelte sich um eine Adoption. Nein, nein, meinte Mom, wir seien von Anfang an vier gewesen. Vier ... Embryos. Aber man konnte nicht vier Embryos gleichzeitig in eine Gebärmutter packen. Das war zu gefährlich. Also wurde einer davon eingefroren, und die anderen ... das waren wir.«

Ich starrte ihn an. Mir fehlten die Worte, aber was hätte ich auch sagen sollen? Der Gedanke an Moms Gebärmutter war schon schlimm genug, aber sich vorzustellen, jahrelang in einer Tiefkühltruhe gebunkert worden zu sein ... unfassbar.

»Du hattest wirklich keine Ahnung«, bemerkte Lewyn.

Ich schüttelte den Kopf.

Bis zu diesem Moment waren diese Flugzeuge das Drama meines Lebens gewesen, diese beiden Flugzeuge, die in Flammen aufgingen und unseren Vater in nichts auflösten, während er zugleich auch Teil eines grauenvollen Massenmordes wurde. Diese Tragödie hatte uns, die vier Oppenheimer-Kinder, vor allem aber mich, zu lebenslangen Leidtragenden gemacht und uns nie wieder losgelassen. Es war mir klar, dass ich die besten Zeiten unserer Familie verpasst hatte. Ich hatte die jungen Eltern verpasst, Eltern, die genug Energie und Interesse an kleinen Kindern hatten, um sich zu ihnen auf den Boden zu hocken und Rasseln zu schütteln oder sie vom Spielfeldrand aus anzufeuern. Ich hatte das volle Haus an der Esplanade verpasst, die Räume voller Leben und Lachen und Auseinandersetzungen. Ich hatte die gemeinsamen Mahlzeiten am Esstisch verpasst (und das Essen, das dafür zubereitet wurde) und die Großeltern väterlicherseits mit ihrer riesigen Wohnung in Manhattan. Ich hatte einen Dackel namens Jürgen verpasst und die spätsommerlichen Geburtstagsfeiern auf Martha's Vineyard, in einem Haus, das gleichfalls voller Kinder und Essen und Lärm und Ferienbüchern und Brettspielen war, zumindest den Beschreibungen unserer Mutter zufolge. Was ich stattdessen bekommen hatte, war eine verwitwete Mom, so viel älter als die Mütter meiner Freundinnen, von Kummer gezeichnet und als Alleinerziehende deutlich überfordert. Ich hatte eine Großmutter in New Jersey, die selbst ihre eigene Tochter nicht mehr erkannte, und wohnte allein mit meiner Mutter auf verschiedenen Etagen in dem großen leeren Haus, wo die Mahlzeiten in Plastikcontainern angeliefert wurden. Und natürlich nicht die Spur einer Erinnerung an unseren Vater, Salo Oppenheimer. Es war nicht fair.

Es war anscheinend auch nicht schicksalsbedingt, wenn ich meinen Bruder richtig verstand. Ich hatte es immer schon akzeptiert, dass ich keine spontane (wenn auch späte) Blüte der Liebe unserer Eltern war und auch kein »Unfall« (im landläufigen Sinne), denn die Leihmutterschaft sprach dagegen, selbst wenn es Johannas vorgerücktes Alter nicht getan hätte. Aber ich hatte immer angenommen, dass ich wenigstens im üblichen Zeitrahmen meiner Geburt *gezeugt* worden war. Nicht ...

Oh.

Es war einfach zu verrückt.

»Du hattest keine Ahnung«, wiederholte mein Bruder.

»Nein. Scheiße. Was haben sie denn da gemacht, die drei bestaussehenden Blastozysten ausgesucht und den Blindgänger ins Gefrierfach abgeschoben?«

»Weiß ich nicht«, sagte Lewyn, »aber ich bin beeindruckt von deiner Verwendung des Begriffs ›Blastozysten‹. Vielleicht tendierst du doch in Richtung Naturwissenschaften?«

»Oder sie haben abgezählt, so *ene, mene, muh*?«

Lewyn seufzte. »Ich war nicht dabei. Oder irgendwie schon, aber bloß als ...«

»*Blastozyst.* Ja. Toll.«

»Tut mir leid, Phoebe. Falls es dir irgendwie ein Trost ist, ich hab das Ganze immer schon schauderhaft gefunden, aber andrerseits hat's ja nichts mit uns persönlich zu tun. Es ging einfach nur um die beste Erfolgsaussicht. Was ja dann auch geklappt hat, in dem Sinne, dass sie drei gesunde Babys bekommen haben und die Mutter nicht bei der Geburt gestorben ist.«

»Da hängt die ethische Messlatte aber reichlich schief.«

»Trink deinen Wein«, sagte er, was ich tat. Es half, den Schock abzufedern.

»Es hätten also auch ich und du und Sally sein können, mit Harrison im Gefrierfach.«

»Und das wäre eine sehr viel schönere Kindheit gewesen.«

»Oder ich und Harrison und Sally, und du würdest jetzt gerade erst die Schule beenden.«

Er nickte.

»*Warum eigentlich nicht?* Da ist ja eh noch eins auf Eis. Wir mieten uns einfach eine Leihmutter.«

Er zuckte die Achseln. »Wie gesagt, ich war nicht dabei, und ich wurde auch nicht gefragt. Wenn du's wirklich genau wissen willst, musst du Mom fragen.«

»Kann ich nicht. Weil ich sie hasse.«

Wir saßen schweigend beisammen. »Tust du nicht«, sagte Lewyn schließlich. »Ich auch nicht. Wir sind keine Hass-Typen.«

Ich nickte widerstrebend. Im Grunde fand ich es gut, dass mein Bruder so etwas sagen konnte und es anscheinend auch glaubte. Von den anderen beiden konnte man das eher nicht behaupten: Sally, die sich praktisch von uns allen losgesagt hatte, und Harrison, der sich als Orakel der akademischen Elite für Leute mit Make-America-Great-Again-Kappen stilisierte. Die beiden waren das genaue Gegenteil von Lewyn; der war nicht nur nach Hause zurückgekehrt, sondern auch dageblieben.

»Übrigens« – jetzt fiel es mir wieder ein – »deswegen bin ich eigentlich gar nicht hergekommen. Vielleicht klammern wir dieses Thema jetzt erst mal aus …«

»Gern«, sagte er, offensichtlich erleichtert.

»Hier, schau mal, was hältst du davon?«

Ich reichte ihm den Brief vom American Folk Art Museum. Lewyn zog ihn aus dem Umschlag und las ihn stirnrunzelnd.

»Was hat das zu bedeuten?«, fragte ich ungeduldig.

»Ich bin mir nicht sicher. Der war an Mom adressiert?« Er sah noch mal auf den Briefumschlag. Es war ganz klar geregelt, dass er, Lewyn Oppenheimer, sich um die Kunstsammlung kümmerte, deren akkreditierter Kurator er war. Was man der Website der Oppenheimer Collection problemlos entnehmen konnte. Kunsthistoriker, Händler und Kuratoren aus aller Welt hatten sich immer direkt an ihn gewandt, in allem, was die fast zweihundert Werke betraf, die Salo Oppenheimer in seiner Sammlung zusammengetragen hatte.

»Offenbar war es nicht das erste Mal, dass sie versucht haben, mit ihr Kontakt aufzunehmen«, sagte ich.

»Wegen diesem Achilles Rizzoli. Von dem wir angeblich fast alle Bilder besitzen. Was mich wundert, weil ich noch nie von ihm gehört habe.«

»Ich hab ihn gegoogelt. Er ist in den Siebzigern gestorben. Ein ›Outsider-Künstler‹.«

Lewyn stand von der Couch auf und holte seinen Laptop. »Also, ich bin sicher, die irren sich. Wir besitzen kein einziges Stück Outsider-Kunst. Einmal hätte Salo fast einen Warhol gekauft, hat sich aber dagegen entschieden. Für die Pop-Art konnte er sich nicht erwärmen. Da war er doch zu sehr Purist.«

»Schade«, sagte ich. Ich hätte nichts dagegen gehabt, einen Warhol zu besitzen. Warhol mochten doch alle!

»Oh, das hier ist interessant«, sagte mein Bruder. Er hatte den Laptop auf dem Küchentisch aufgeklappt. »In Kalifornien gibt es zwei Rizzolis, eins in Privatbesitz und eins im De Young. Sonst hat man seit der ersten Outsider-Ausstellung 1993 nichts mehr von ihm gesehen. Eine verschollene Sammlung!«

»Sehr dramatisch.« Aber letztlich interessierte mich Kunst nicht so besonders, nicht mal Warhol. »Wirst du Mom darauf ansprechen?«

Lewyn antwortete nicht. Starrte nur stirnrunzelnd auf den Brief.

»Lewyn?«

»Oh.« Er blickte auf. »Ich sehe gerade ... vielleicht gibt's da doch eine Verbindung ...«

»Und die wäre?«

»Dieser Dokumentarfilm. Sekunde mal.«

Er beugte sich über seinen Laptop. Ich sah schon, das würde nervig werden, bis er es endlich ausspuckte. Ich schnappte mir den Brief.

»S.S. Western«, las ich laut. »Nie von ihm gehört.«

»Es ist eine Sie«, sagte Lewyn, ohne vom Bildschirm aufzublicken.

»Okay. Nie von ihr gehört.«

»Ich schon. Oder wenigstens hab ich ihren Namen mal auf einem Brief gesehen. In einer Anwaltskanzlei. S.S. Western.«

»Was für ein Anwalt?«

»Der von Mom. Du warst auch dabei. Als Baby.«

»Mom kennt diese Frau also?«

Mein Bruder zuckte mit den Schultern und las vor, was er bei Wikipedia gefunden hatte. S.S. Westerns Film über drei Generationen einer Familie in Oakland war auf PBS gesendet worden. Ihr Film über eine lesbisch/separatistische Plattengesellschaft wurde auf dem Sundance-Festival gezeigt. Und ihr Porträt eines Klansman aus Nebraska, der zum Judentum konvertiert war, war mit einem Menschenrechtspreis ausgezeichnet worden.

»Gibt's ein Bild von ihr?«, fragte ich, und er nickte. Ich stand auf und stellte mich hinter ihn. Das Foto zeigte eine schlanke afroamerikanische Frau, die vor einem Plakat posierte, auf dem *Visions du réel* stand. Sie hatte graue Dreadlocks in Kinnlänge, ein breites Lächeln und eine leuchtend rosa Narbe am Hals.

»Hast du die Frau schon mal irgendwo gesehen?«, fragte ich, und er verneinte. Also war das alles, was wir über sie wussten, mit anderen Worten: so gut wie nichts.

Kapitel 28

Existenziell beraubt

In dem Sally Oppenheimer eines ihrer Therapieziele erreicht

Meine erste Unterredung mit einer von Waldens beharrlichen Collegeberaterinnen fand im Winter des vorletzten Schuljahrs statt, und dabei wimmelte es nur so von Begriffen wie »holistisch«, »fit«, »Bandbreite« und dem Dauerbrenner »out of the box«, was so viel heißen sollte wie »jenseits der herkömmlichen Denkmuster«. Tenor des Ganzen war, dass man heutzutage nicht mehr ohne Weiteres in einem Ivy-League-College aufgenommen wurde, egal wie reich man war oder wo die Eltern studiert hatten.

Anders als viele meiner Mitschülerinnen und Mitschüler, die immer noch hofften, über den sogenannten Legacy Status an der elterlichen Alma Mater zu landen, wurde mir frühzeitig klar, dass ich mich an keinem dieser ehrwürdigen Institute sehen konnte: weder am Skidmore, dem College meiner Mutter, noch an der Cornell, wo mein Vater gewesen war (ebenso wie mein Bruder und meine Schwester, obwohl Sally ein paar Jahre mehr gebraucht hatte, um ihren Abschluss zu machen, und Lewyn woandershin gewechselt hatte). Ich war im Lauf der Jahre ein paarmal in Ithaca gewesen, aber noch nie auf dem Campus. Und was das Skidmore betraf, so wusste ich nicht mal genau, wo es war.

Ob ich mich eher auf einem College in der Stadt oder auf dem Land sah, wollte Shura von mir wissen. Sie hatte einen rasierten Kopf und einen Silberstab im Ohrläppchen.

Ich wusste keine Antwort.

Eher an einem kleinen oder großen College?

Wieder blieb ich ihr die Antwort schuldig. Tatsache war, ich »sah mich« eigentlich nirgends.

Was denn so meine hauptsächlichen Interessen seien, versuchte die Beraterin es mit einem neuen Ansatz.

Interessen? Hatte ich keine besonderen.

»Gut, aber möchten Sie denn unbedingt an der Ostküste bleiben? Ich war letzten Sommer auf einer Rundreise durch ein paar kleinere geisteswissenschaftlich ausgerichtete Colleges im Mittleren Westen und hab mich total in Grinnell verliebt.«

»Nie gehört«, sagte ich. »Wo liegt das?«

»In Iowa.«

Ich sah sie nur an. Ich war seit jeher New Yorkerin. Iowa sagte mir nichts.

»Oder wie wär's mit dem Süden? Vanderbilt ist schwierig, Duke geht gar nicht, aber ich liebe Davidson, besonders für kreative Leute.«

Und das soll ich sein?, dachte ich mit zunehmendem Unbehagen. Ich hatte noch nie im Leben etwas ansatzweise »Kreatives« getan.

»Und wo liegt dieses Davidson?«

»In North Carolina.«

»Sie meinen also, ich sollte mich besser nicht an der Cornell bewerben?« Langsam kapierte ich, worauf das hier hinauslief.

»Nein, nein, das würde ich nicht sagen. Im Gegenteil, wenn Sie an Cornell interessiert sind, sollten Sie sich da unbedingt bewerben und zwar frühzeitig. Aber es klingt nicht so, als wäre es Ihre persönliche Präferenz. Stehen Sie unter familiärem Druck, an die Cornell University zu gehen?«

Familiärer Druck? Fast hätte ich die Augen verdreht. Ich stellte mir vor, wie Lewyn, Sally, Harrison und Johanna auf dem Sofa aufgereiht saßen und mich drängten: *Los, geh an die Cornell! Geh an die Cornell!* Aber dafür hätten sie alle vier zur selben Zeit am selben Ort sein müssen. Nein, von *familiärem Druck* konnte wirklich keine Rede sein.

Und das war das Ende meiner ersten Beratungsstunde. Ich bekam eine lange Liste möglicher Colleges ausgehändigt, dazu wurde mir ein Buch empfohlen, *Colleges, die Leben verändern.* Doch weder sah ich mir die Liste an, noch besorgte ich mir das Buch. Monate vergingen, ohne dass ich mich irgendwo »sehen« konnte.

Ein paar Tage, nachdem ich den Brief vom American Folk Art Museum abgefangen hatte, hatte ich wieder einen Termin mit Shura, und diesmal war meine Mutter dabei. Sie hatte nie den Stress des Abschlussjahres ihrer Drillinge vergessen, die vielen Treffen mit einem früheren Team von Collegeberatern (die sich 1999 noch nicht mit Begriffen wie »holistisch«, »Bandbreite«, »fit« oder gar »out of the box« abgeben mussten, weil damals die halbe Abschlussklasse von Walden sowieso automatisch bei den Ivy-League-Colleges angenommen wurde). Im Herbst 1999 war Harrison ein solcher Überflieger gewesen, dass Waldens bizarres Prinzip, keine Noten zu vergeben, nur dazu diente, diese Tatsache zu verschleiern. Sally und Lewyn waren mittelmäßige Schüler gewesen, aber die Cornell hatte sie trotzdem mit offenen Armen aufgenommen.

»Haben Sie inzwischen über die Colleges auf Ihrer Liste nachgedacht?«, fragte mich Shura.

Natürlich nicht. Ich hatte den Sommer über in einer karitativen Tagesstätte ausgeholfen und war abends immer so erschöpft heimgekommen, dass ich zu nichts anderem mehr in der Lage war, als alte Filme mit Lewyn anzuschauen, dort unten in seiner Souterrainwohnung.

»Na ja, ein bisschen«, sagte ich. »Aber ich *sehe* mich immer noch nirgendwo so richtig.«

»Ich möchte, dass Phoebe sich an der Cornell bewirbt«, warf meine Mutter ein, fassungslos, das Selbstverständliche noch extra betonen zu müssen. »Sie wissen ja, ihr Vater war bereits dort und auch ihre älteren Geschwister. Außerdem gab es da ja auch eine sehr umfangreiche Kunststiftung von uns, damals in den Siebzigern.«

»Ah ja?« Shura versuchte, ein interessiertes Gesicht zu machen. Statt des Silberstabs trug sie diesmal eine kleine Spirale, die sich durch die drei Löcher in ihrem Ohrläppchen wand. »Haben Sie auch an Cornell gedacht, Phoebe?«

»Ich ... denke noch drüber nach«, improvisierte ich. »Meine Schwester wohnt in Ithaca. Ich wollte sie sowieso mal besuchen fahren.«

»So?«, wunderte sich Johanna. »Wann denn?«

»Wir suchen noch nach einem Termin«, bluffte ich.

Mit weiteren vierzehn Colleges auf der Liste und einer Ermahnung, *Colleges, die Leben verändern* zu lesen, fuhren wir wieder heim.

In der folgenden Woche beurlaubte Walden uns aus der Abschlussklasse, damit wir unsere »Bandbreite an Optionen« in Ruhe überdenken konnten, und ich ergatterte eine Mitfahrgelegenheit mit einem Klassenkameraden, Jack Neubauer, und seinem Vater, einem Regisseur von so überbordendem Mitteilungsbedürfnis, dass er auf der fünf Stunden langen Fahrt nicht eine Sekunde aufhörte, seine Ansichten über Gott und die Welt kundzutun. Mir schwirrte der Kopf vor lauter Theaterpolitik und Politiktheater, und als ich endlich vor dem Haus an der East Seneca Street ausstieg, blieb ich erst mal eine Weile in der kühlen Nachmittagsluft stehen und genoss die Stille.

Das Haus meiner Schwester war alt, so alt wie unser Haus an der Esplanade. Was wohl auch ganz gut zu Sally passte, die unsere Mutter euphemistisch als »Antiquitätenhändlerin« bezeichnete, obwohl das nur ein Teil ihrer Tätigkeit war, und zwar der weitaus geringere. Tatsache war, dass Sally Häuser entrümpelte – vollgemüllte, vergammelte Häuser –, nicht nur auf der Suche nach Wertgegenständen, sondern auch, weil es sie auf obskure Weise mit Befriedigung erfüllte.

Abgesehen von den obligatorischen Feiertagen hatte ich nie viel Zeit mit Sally verbracht, aber zeit meines Lebens in ihrem alten Zimmer gewohnt, das immer noch von ihrer früheren Anwesenheit geprägt war. Ich besaß keinen eigenen Stil, weder was meine Einrichtung noch was meine Kleidung betraf; ich hatte einfach Sallys Ambiente übernommen, das Blau der Wände, das sie sich 1997 ausgesucht hatte, ebenso wie den Teppich. Hätte sie Kleider hinterlassen, hätte ich die wahrscheinlich auch angezogen.

Niemand kam an die Tür, als ich klopfte, doch sie schwang von selbst nach innen auf, in einen dunklen Flur mit so spiegelblankem Holzboden, dass ich erst dachte, er sei nass. Drinnen roch es nach gebratenem Hühnchen, und irgendwo in der Tiefe des Hauses dudelte ein Radio. Eine schmale schwarze Katze kam aus dem Wohnzimmer und strich mir sofort um die Beine.

»Ja, hallo«, sagte ich. »Wer bist du denn?«

»Hallo?«, rief Sally aus der Küche. »Phoebe?«

»Ja, ich bin's!«

»Oh, ich hab dich gar nicht klopfen hören.« Sie kam aus der Küche, die eine Hand noch in einem Ofenhandschuh, und umarmte mich unbeholfen. »Wow, du bist aber groß geworden!«

»Mhm.«

So war es immer mit Sally: ein wenig spröde, aber nett. Natürlich war ich nicht größer als beim letzten Mal, aber Sallys Bild von mir schien in der Zeit hängen geblieben zu sein, als ich ungefähr zwölf war.

»Du siehst super aus«, sagte ich, weil es stimmte. Sie hatte sich die Haare bis auf die Schultern wachsen lassen, dunkel wie Malzbier, mit silbernen Strähnen durchzogen. Sally war keine von der Sorte, die sich die Haare färbte.

»Wie war die Reise?«

»Anstrengend. Aber interessant. Ich bin mit einem Mitschüler gefahren und seinem Vater.«

»Die wollen sich auch Cornell anschauen?«

Ich nickte. »Und morgen weiter nach Hamilton und dann Dartmouth.«

»Und was hast du so vor? Komm mit in die Küche, ich hab gerade das Gemüse in den Ofen geschoben.«

Ich folgte ihr, ohne zu antworten. Ich wusste ja nicht mal, ob ich mich überhaupt an der Cornell umschauen sollte, geschweige denn sonst wo. Während all dieser Stunden im Auto hatte ich kaum noch ans College gedacht, abgelenkt von den Diskursen über kommunistische Umtriebe im Mittleren Westen oder die neue Garde an Drehbuchautoren, die zu fördern Jacks Vater bestrebt war, und die Destabilisierung des Zwei-Parteien-Systems. Jack dagegen hatte die ganze Zeit friedlich in dem Buch gelesen, das er mitgenommen hatte. Ich wünschte, ich hätte auch eins dabeigehabt.

»Weißt du, eigentlich mag ich gar nicht darüber nachdenken«, sagte ich. Ich zog mir einen der Küchenstühle unter dem Tisch hervor. »Vielleicht nehme ich mir lieber erst mal eine Auszeit, obwohl der Druck natürlich trotzdem da ist, sich auf jeden Fall zu bewerben, um es dann eben noch eine Weile aufzuschieben. Andrerseits, wenn man schon entschlossen genug ist, sich zu bewerben, warum dann nicht auch gleich hingehen?«

»Ganz meine Meinung«, sagte Sally und setzte sich zu mir an den Tisch. »Es ist doch bloß ein riesiges Fließband, um einen aus dem Elternhaus rauszuschaffen. Es sollten sich viel mehr Leute erst mal eine Denkpause gönnen. Sonst kommen sie her und sind prompt überfordert. Warum nicht erst ein paar Jahre jobben gehen? Du kannst hier bei mir anfangen.«

Ich sah sie geschockt an. »Echt jetzt?«

»Warum nicht? Es ist natürlich nicht jedermanns Sache, das muss ich schon zugeben. Und ich kann als Chefin manchmal ganz schön biestig sein.«

»Ich hatte letzten Sommer auch eine biestige Chefin. In der Kindertagesstätte. Damit kann ich umgehen.«

Das war eine unsympathische Person aus Queens gewesen, Typ Kinderfeind, aber die anderen ehrenamtlichen Helferinnen und Helfer waren zum Glück alle nett, und als Gruppe hatten wir uns darauf geeinigt, *wir tolerieren die Chefin, konzentrieren uns auf die Kids und hängen an den Wochenenden zusammen ab.* Einen aus unserer Gruppe mochte ich besonders, einen Yale-Studenten, Afroamerikaner, äußerst smart und ebenfalls aus Brooklyn. Er konnte die Kids mit einem Fingerschnippen zur Ruhe bringen. Wir wollten eigentlich in Kontakt bleiben, doch er hatte sich dann nicht mehr gemeldet.

Die Küche war hell und gemütlich und blitzblank. Die hölzernen Arbeitsflächen und das große weiße Spülbecken sahen aus, als würden sie gewischt, sobald ein Krümel oder ein Tropfen ihre makellose Oberfläche verunstaltete. Der Küchentisch, an den ich mich noch von meinem letzten Besuch her erinnerte, war ein massives Möbel aus dunklem Holz mit gedrechselten Beinen. »Der Tisch hat mir schon immer gefallen«, sagte ich.

»Ja, mir auch. Früher war das hier der Familienesstisch. Die Frau, der das Haus gehörte, hat diese Art Möbel als ›braunes Mobiliar‹ bezeichnet.«

»Ist das eine Fachbegriff?«

»Ja, für ›total aus der Mode‹. Heutzutage ist alles aus der Mode, was nicht zwischen 1940 und 1970 hergestellt wurde. Aber das macht nichts, das wird schon wiederkommen, und dafür habe ich einen schönen soliden Tisch.« Sie stand auf, öffnete den Backofen und tröpfelte Olivenöl über eine Schmorpfanne mit Karotten und Pastinaken, und als sie die Ofentür wieder zuklappte, hatte die Küche sich mit appetitlich pfeffrigem Brathuhnduft gefüllt.

»O mein Gott, mir läuft das Wasser im Mund zusammen«, sagte ich. Wir hatten auf der Fahrt keine Mittagspause gemacht, nur mal zum Pinkeln gehalten. »Bei uns zu Hause kann keiner kochen.«

»Du auch nicht?« Sally nahm ein Bier aus dem Kühlschrank.

»Nein. Ich habe keine häuslichen Talente. So was wie das hier würde ich nie hinbekommen.« Ich wies mit einer Handbewegung in die Runde. »Es ist so hübsch hier. Ich kann verstehen, weshalb du lieber hier lebst als in Brooklyn.«

»Na ja«, lächelte Sally, »das waren ja nicht die einzigen Optionen. Ehrlich gesagt habe ich mich gar nicht so bewusst für Ithaca entschieden, ich bin mehr so hängen geblieben. Und ich liebe mein Haus, ich liebe meinen Job, ich liebe meine Katze. Und ich habe jemand kennengelernt.«

Ich sah sie an. War das jetzt die große Offenbarung? Im Grunde ja nichts Neues, *schlag nach unter Lesbe,* hatte ich gedacht, als ich zwölf war und Sally uns am Vineyard besuchen kam. Natürlich hatten sie uns in der Walden seit der dritten Klasse ständig mit der Gender-Thematik in den Ohren gelegen, und die Hälfte der Lehrerschaft brachte ihre gleichgeschlechtlichen Partner zum jährlichen Schulfest mit. Ich hatte aber auch gelernt, nicht von vorgefassten Annahmen aufgrund oberflächlicher Eindrücke auszugehen, was mir immer etwas paradox vorkam, weil die Äußerlichkeiten sich ja nicht einfach ignorieren ließen. Meine lesbischen Mitschülerinnen stachen nicht weiter hervor; sie sahen aus wie alle anderen Mädchen und zogen dem altmodischen »schwul« oder »bi« Begriffe wie »pansexuell« vor. Aber unsere lesbischen Lehrerinnen, zumeist im Alter meiner Geschwister, waren Powerfrauen mit kurzen Haaren und Button-down-Hemden, manchmal sogar mit Schlips. Sie schauten streng und gaben einem – wortlos! – zu verstehen, dass sie sich schon viel zu viel Unverschämtheiten hatten gefallen lassen müssen, als dass sie nur noch ein schräges Wort tolerieren würden, und falls man damit ein Problem hatte, sollte man sich besser überlegen, ob man hier an der richtigen Schule war. Noch Fragen?

Ich hatte keine Fragen. Was mich anging, so hatte ich frühzeitig festgestellt, dass ich von meiner sexuellen Identität her ganz einfach hetero war, und gut war's, aber alles andere wäre genauso gut gewesen. Sally auch. Ich hatte meine Schwester noch nie geschminkt gesehen und nur einmal – bei der Beerdigung unserer Großmutter – in einem Kleid (in dem sie sich nicht besonders wohlzufühlen schien). Aber von irgendeiner Gefährtin war noch nie die Rede gewesen.

»Erzähl mal«, sagte ich.

Ihr Name war Paula. Sie war zum Studium der Tiermedizin nach Ithaca gekommen (Großtiermedizin, präzisierte Sally) und hatte bald gemerkt, dass ihr das Frühaufstehen und der Stalldreck nicht behagten, also war sie in die Forschung gegangen, und jetzt war sie Dozentin. »Das ist übrigens ihre Katze«, sagte Sally, ein bisschen verlegen.

»Süß.«

»Ja. Sie heißt Pyewacket.«

»Komischer Name.«

»Nach dem Schutzgeist aus *Meine Braut ist übersinnlich*. Kennst du den Film?«

Tatsächlich hatte ich den alten Streifen letzten Sommer mal mit Lewyn angeschaut, nach einem langen Tag in der Tagesstätte. »Weißt du«, sagte ich, »eigentlich bin ich gar nicht so scharf auf eine Tour durch die Uni. Ich meine, ich werd's mir ansehen, aber deswegen bin ich eigentlich nicht hier.«

»Okay …?«, entgegnete Sally vorsichtig.

»Ich möchte über ein paar Dinge mit dir reden. Ich hab's satt, dass wir alle so … wenig miteinander zu tun haben. Ich kenn dich ja kaum. Und Harrison überhaupt nicht.«

Sally lächelte. »Kein großer Verlust. Ich finde alles scheiße, was er macht. Vielleicht haben wir nicht alle die Möglichkeit, die Welt zu verbessern, aber warum sie noch schlimmer machen wollen, als sie sowieso schon ist?«

»Mag sein«, sagte ich. »Aber er ist mein Bruder, wie du meine Schwester bist. Wir sind nicht zusammen groß geworden, aber ich bin jetzt erwachsen. Ich wünschte einfach, wir wären nicht so zersplittert, wenn das irgendwie möglich ist. Vielleicht gibt es da was, das ich nicht verstehe.«

Sally schwieg. Sie stand auf, holte Teller aus einem der Schränke und deckte den Tisch. »Möchtest du dich vor dem Essen noch ein bisschen frisch machen?«, fragte sie.

Ich trug meine Tasche nach oben. Das Zimmer im dritten Stock, an das ich mich noch vom letzten Mal erinnerte, hatte ein riesiges Himmelbett (das sicher schon immer im Haus gewesen war; ich konnte mir absolut nicht vorstellen, wie man es hier reinbekommen hatte!). Ich deponierte mein Zeug auf dem Bett und ging ins Bad. Die Aussicht aus dem Fenster erstreckte sich die ganze East Seneca Street hinab bis zur Stadtmitte. Ich spürte etwas Warmes am Knöchel und sah hinab. Pyewacket blickte zu mir auf. »Pye, Pye, Pye«, sagte ich, wie Kim Novak in dem Film, beugte mich zu der schwarzen Katze hinunter und kraulte ihr die Ohren. Als ich wieder nach unten ging, hatte Pyewacket es sich schon auf meinem Bett bequem gemacht.

Sally hatte alles auf dem Küchentisch angerichtet: das Hühnchen auf einer Steingutplatte, das Gemüse noch in der Pfanne. Salat gab es auch und ein Weckglas mit eingemachten Bohnen vom Bauernmarkt, wie Sally erklärte. Ich hatte solchen Hunger, dass ich ganz vergaß, worüber ich eigentlich mit ihr hatte reden wollen. Meine Schwester hatte es nicht vergessen.

»Also«, sagte sie, während sie die knusprige Haut des Brathuhns einschnitt, »ich bin nicht sehr gefühlsbetont, weißt du. Tiefe Gespräche sind nicht so mein Fall. Das hat mir auch oft geschadet. Selbst schuld, könnte man sagen, aber so bin ich nun mal. Was du da vorhin angesprochen hast, von wegen zersplitterter Familie und so, da hast du vollkommen recht. Und du kannst auch über alles mit mir reden. Aber angenehm ist es mir weiß Gott nicht.«

»Tut mir leid.« Während ihrer Ansprache hatte ich das Essen nur so in mich hineingeschaufelt. Es war einfach zu köstlich.

»Andrerseits bin ich stolz auf dich, dass du mich hier so zur Rede stellst. Du bist echt erwachsen geworden. Für mich warst du ja immer das Baby.«

»Weil ich so viel jünger bin.«

»Genau.«

»Und doch genauso alt wie ihr drei anderen.«

Sally ließ das Messer sinken. »Aha. Jemand hat dir reinen Wein eingeschenkt. Mom?«

»Schön wär's. Und es ist mir *nicht* egal. Wie würdest du das denn finden, so zurückgelassen worden zu sein?«

Sally überlegte. »Existenziell beraubt. Wenn du schon so fragst.«

»Na eben. Ich fühle mich existenziell beraubt. Ich habe alles verpasst, nur weil irgendein Doktor eine willkürliche Auswahl getroffen hat. Ich hab alles verpasst, was gut war.«

»Ach, das würde ich so nicht sagen. Du hast eine Menge Mist verpasst.«

»Ich hatte keine Geschwister.«

»Na, so toll war das ja auch nicht.«

»Ich habe Dad verpasst.«

Sally knibbelte an dem Etikett ihrer Bierflasche herum und hatte ihr Jeanshemd bis zu den knochigen Ellbogen hochgekrempelt.

»Stimmt. Das mit Dad ist nicht fair.«

Wir aßen eine Weile schweigend.

»Kennst du einen Maler namens Achilles Rizzoli?«, fragte ich sie.

Sie schüttelte den Kopf. »Einer aus Dads Sammlung?«

»Das ist die Frage. Lewyn hat noch nie von ihm gehört, aber ein renommiertes Museum scheint davon auszugehen, dass wir den Großteil seines Lebenswerks versteckt halten.«

Sie zuckte mit den Achseln. »Nicht meine Baustelle. Ich war heilfroh, diesen ganzen Kram an Lewyn abtreten zu können.«

»Und wie steht's mit einer gewissen S.S. Western?«

Selbst wenn sie versucht hätte, es abzustreiten, hätte ich sofort gewusst, dass sie log. Doch sie stritt es nicht ab. Lange starrte sie nur still vor sich hin. Dann nickte sie. »Ich nehme an, du hast einen Grund, sie plötzlich aus dem Hut zu zaubern.«

»Klar.« Ich erzählte ihr von dem Brief. Dann nahm ich mir noch ein Stück Hühnchen und wartete ab.

»Na gut. Aber erst muss ich dich fragen, ob du das wirklich wissen willst. Existenziell beraubt, stimmt's?«

Ich nickte.

»Weil das nämlich eine echte Belastung ist. Wenn du willst, dass ich sie mit dir teile, dann bin ich dazu bereit, aber es gäbe gute Gründe, es nicht zu wollen.«

Verrückterweise wollte ich es auf einmal wirklich nicht mehr. Wenn es wirklich so etwas Schockierendes war, konnte ich dann überhaupt damit umgehen? War es zu spät, einfach in das große, leere Haus in Brooklyn zurückzukehren, mit seinen abgeschotteten Wohneinheiten unterm Dach und im Keller? Schließlich hatte ich mit diesen alten Geschichten doch gar nichts zu tun.

Aber natürlich sagte ich Ja. Ich hatte den langen Weg hierher nicht auf mich genommen, um jetzt zu kneifen. Also erzählte Sally es mir.

S.S. Western war eine Frau namens Stella, und Stella war die Geliebte unseres Vaters gewesen.

Ich starrte sie an. »Woher weißt du das?«

»Hab sie zusammen gesehen. Es gibt keinen Zweifel. Ich weiß nicht, wann es angefangen hat, aber es hat ganz sicher niemals aufgehört. Sie waren zusammen. Bis zu seinem Tod.«

Ich begriff nicht. »Wie meinst du das … zusammen?«

»Sie hatten zusammen eine Wohnung, wo, weiß ich nicht, wahrscheinlich in Brooklyn. Solange ich zurückdenken kann, hieß es immer, er geht ins Lagerhaus, wo er fast jeden Abend bei seiner Gemäldesammlung verbrachte. Aber nachdem ich die beiden zusammen gesehen hatte, fing ich an, besser aufzupassen. Manchmal kam er erst morgens nach Hause. Ich hab ihn von meinem Fenster aus gesehen. Deinem Fenster«, setzte sie hinzu. Unser Fenster blickte auf die Montague Terrace hinaus.

»Mit anderen Worten«, sagte ich, »er ist zwischen unserer Familie und dieser … Person hin- und hergependelt? Und du weißt nicht mal, wie lange das so ging?«

»Genau.«

»Aber du hast sie gesehen. Wo? Wann war das?«

Sally überlegte. »Ich war in der Achten, also war das wohl … 1995? Ich bin ihm zu einer Kunstausstellung gefolgt, da hab ich sie zusammen gesehen. Sie war wirklich sehr schön. Und peinlicherweise muss ich gestehen, dass ich sofort in sie verknallt war. Das war ein ziemlicher Schock für mich, in dem Alter, mir war ja noch nicht mal klar, dass ich auf Frauen stehe. Tja«, sagte sie trocken, »da hast du deinen perfekten Dad, den du nie kennenlernen durftest.«

»Glaubst du, Mom hat davon gewusst?«

Sally zuckte mit den Schultern. »Ich hab ihr natürlich nichts erzählt, und sie hätte sich mir nie anvertraut. Die Affäre unseres Vaters war kein Thema im Hause Oppenheimer. Aber irgendwann hat sie es wohl doch rausgefunden. Ganz ehrlich, ich habe mich immer gefragt, ob es nicht die schiere Verzweiflung darüber war, die sie zu dem Schritt bewogen hat, noch ein Baby in die Welt, sprich in dieses Familienchaos zu setzen. Aber jetzt bin ich natürlich froh drum. Weil du es bist.«

»Hm …« Allmählich begann ich zu begreifen, wie weit entfernt diese Entscheidung doch von *Warum eigentlich nicht?* gewesen war.

Ich sah auf meinen leeren Teller hinab. Ich konnte mich gar nicht erinnern, das alles gegessen zu haben. Oder überhaupt hungrig gewesen zu sein.

»Ich war ein richtiges kleines Ekel als Teenager«, sagte meine Schwester. »Ich hab immer nur an mich gedacht. Aber jetzt denke ich an Mom und wie das für sie gewesen sein muss. Drei Halbwüchsige, die nichts wie wegwollten, und ein Mann, der schon so gut wie weg war? Gruselig. Aber ich war zu wütend auf ihn, um an sie zu denken. Ich war wütend auf ihn bis zu seinem Tod. Ich hab …«

Sie stockte, spreizte die Hand auf dem Tisch. Weiße Finger, dunkles Holz.

»Was denn?«

»Am Abend vor seinem Tod hab ich ihm gesagt, dass ich es wusste, seit Jahren schon. Und ich hab ihm vorgeworfen, dass er ein schlechter Vater war. Das ist das Letzte, was ich je zu ihm gesagt habe. Toll, oder?«

»Ach, Sally. Du konntest ja nicht wissen, dass es der letzte Abend war.«

»Nein. Aber seitdem hab ich jeden Tag daran denken müssen. Na ja, ich bin seit Jahren in Therapie. Bei einer der Besten von ganz Ithaca!« Sie lächelte.

»Okay. Ich bin froh, dass du so jemand hast.«

Wir saßen eine Zeit lang schweigend zusammen. Dann stand ich auf und trug meinen Teller zur Spüle.

»Ich hab dir deinen Namen gegeben«, sagte Sally auf einmal. »Hat dir das schon mal jemand erzählt? Mom wollte einen Namen, der mit P anfängt, für ihren Vater, der im Winter gestorben war. Ich hab Phoebe vorgeschlagen, weil es so ähnlich wie Phönix klingt. Vielleicht dachte ich: Dieses Baby könnte wie ein Phönix aus den Ruinen unserer Familie aufsteigen ... Das ist nicht passiert, aber es war nicht deine Schuld. Du warst unsere Schwester, und wir haben dich einfach ignoriert. Wir sind abgehauen und haben dich in dem ganzen Chaos hängen lassen. Das bereue ich, wirklich. Hab es immer bereut.«

Sie saß da wie ein Häufchen Elend, zusammengesunken, die Hände um die Flasche gekrallt. »Gut, damit kannst du jetzt aber aufhören«, sagte ich. »Sicher hätte ich genauso reagiert, wenn ich ... in der ersten Runde geboren wäre.«

»Okay, danke.« Sally blickte auf. »Das war übrigens eins meiner Therapieziele. Vergebung dafür, dass ich dich im Stich gelassen habe.«

»Dann brauchst du jetzt ja nicht mehr hinzugehen.«

Sally schüttelte den Kopf. »Nee, die Liste ist noch sehr viel länger.«

Die Katze kam lautlos in die Küche. Draußen war es jetzt vollkommen dunkel.

»Hast du dich je gefragt, wo er an dem Tag eigentlich hinwollte?«

Ich blickte sie an. Ich war mir nicht sicher, ob ich für die Frage bereit war.

»Eine Dienstreise, wurde mir erzählt. Nach Los Angeles.«

»Okay.«

»Aber … stimmt das denn nicht?«

»Na ja, ich denke, er könnte auf dem Weg zu Stella gewesen sein. Das ist so eine Idee von mir, dass er vielleicht gerade dabei war, uns zu verlassen. Also nicht uns Kinder, wir waren ja schon aus dem Haus, aber Mom. Und dich.« Sie sah mich an. »Ich kann ihn für dich hassen, wenn du willst. Du hast so wenig von ihm gehabt, es ist einfach nicht fair. Ich hatte genug und auch ein paar schöne Erinnerungen. Lass mich ihn für dich hassen.«

Ich nickte, nicht, weil ich einverstanden war, aber mir fehlten einfach die Worte.

Kapitel 29

Eine Art Befreiung

In dem Sally Oppenheimer zugibt, etwas wirklich Gemeines getan zu haben

Jack Neubauer und sein Vater waren auf ihrer Turbo-Tour sicher schon unterwegs nach Hamilton, als ich mich am nächsten Vormittag im Welcome Center der Cornell University einfand, um dann im Eiltempo mit einer Gruppe von Studienanwärtern über den Campus gehetzt zu werden. Ich war nicht darauf vorbereitet, wie viel kälter es hier oben war, nur wenige Stunden nördlich von Manhattan, aber meine Schwester hatte mir einen Parka geliehen. Ich vergrub die Hände in den Taschen, während ich hinter unserer Führerin hertrabte, einer munter über die Schulter schnatternden Rugbyspielerin namens Celeste. Ich versuchte, mir die verschiedenen Mitglieder meiner Familie hier als Studierende vorzustellen und mich selbst an der Cornell zu »sehen«, allerdings ohne Erfolg. Als Celeste uns am Ho Plaza entließ, ging ich die Central Avenue entlang zum Johnson Museum, wo ich mich mit Sally treffen wollte und wo zufällig gerade ein kleiner Teil der Gemäldesammlung unserer Großeltern ausgestellt war.

»Das ist echt ein glücklicher Zufall«, sagte Sally, als sie nach ein paar Minuten angehastet kam. »Die Bilder waren erst zweimal öffentlich zu sehen, seit ich hier lebe. Einmal haben sie die ganze Sammlung gezeigt, und manchmal hängen sie auch das eine oder andere Bild zu anderen Ausstellungen, wenn es von der Thematik her passt. Religiöse Kunst, venezianische Malerei, Himmel und Hölle, all so was. Du hast die Bilder noch nie gesehen, oder?«

Nein. In unserer Familie gelte ich als Kunstbanause, trotz aller Bemühungen Lewyns, mein Interesse zu wecken. Ich folgte Sally die Treppe hinauf, nicht unbedingt widerwillig, aber auf eine wenig erbauliche Pflichtübung gefasst. Die Bilder waren Teil einer Ausstellung, die schlicht »Schenkungen an die Cornell University« hieß, ein Mischmasch aus allem Möglichen, von primitiven Objekten bis hin zu einem knallblauen Jeff-Koons-Ballonhund, groß wie ein Gartenhaus. Der einzige gemeinsame Nenner bestand darin, dass sie von dankbaren Ex-Studierenden gestiftet worden waren (oder, wie im Fall Oppenheimer, um dem Nachwuchs dort einen Studienplatz zu sichern). Sally fand die entsprechenden Bilder in einem Nebenraum, mit eigener Widmungsplakette:

Aus der Sammlung Oppenheimer,
1970 von Selda und Hermann Oppenheimer gestiftet,
mit zusätzlichen Schenkungen 1999 durch Salomon Oppenheimer
Die Sammlung umfasste einunddreißig Gemälde
von Alten Meistern aus Nordeuropa, vierzehntes bis
neunzehntes Jahrhundert. Maler wie Joos van Cleve,
Hans Burgkmair, Lucas van Leyden, Rogier van der Weyden
und Hans Baldung Grien, Bartholomeus van der Helst.

Wir verbrachten ein paar Minuten damit, uns die Bilder anzusehen. Wie üblich, wenn ich mit Kunst konfrontiert war, hatte ich keine Ahnung, worauf ich dabei eigentlich zu achten hatte. Die Bilder waren offenbar »gut«, sonst würden sie nicht im Museum hängen, aber viel mehr fiel mir dazu nicht ein.

»Alles irgendwie … so finster«, sagte ich schließlich.

Sally lachte. »Find ich auch, Phoebe. Komm, ich will dir was zeigen.«

Draußen deutete meine Schwester auf den klassizistischen Säulenbau auf der anderen Seite des Innenhofs. »Dort habe ich die meiste Zeit verbracht, nachdem ich mich wieder eingeschrieben hatte. Ich hatte noch immer kein besonderes Interesse an irgendeinem Fach, aber bei den Frauenstudien, da gab's eine Professorin, die mich ermutigt hat, an ihrem Seminar teilzunehmen. Ich hatte damals schon mein jetziges Geschäft und arbeitete die ganze Zeit, aber am Seminar waren sie sehr entgegenkommend. Optimal für so jemanden ohne echte Berufung«, sagte sie nachdenklich. »Ich meine, ich habe ja einen Beruf. Nur eben nicht akademisch. Nicht wie Harrison oder meinetwegen auch Lewyn, schlussendlich.« Sie blickte wieder zum Goldwin Smith Hall hinüber. »MJ Loftig hieß sie. Ich glaube, sie lehrt jetzt in Columbia.«

»Wieso hast du das Studium damals eigentlich abgebrochen? Beziehungsweise dir eine Auszeit genommen?«

»Na ja, ich wohnte in dem Haus an der East Seneca bei der Frau, deren Geschäft ich dann weitergeführt habe. Harriet Greene. Ich habe mit ihr zusammengearbeitet, und das war einfach so viel interessanter als alles, was ich hier studieren konnte. Außerdem ging es ihr gesundheitlich nicht gut, und sie hatte keine Familie.«

»Sie war also deine Mentorin.«

»Könnte man sagen. Sie war nicht sehr umgänglich, aber mich mochte sie. Ich glaube, sie sah mich als Weggefährtin. Es gibt nicht viele, die diesen Job machen, und das auch noch freiwillig.«

Wir schlenderten in Richtung Norden, zur Thurston Avenue.

»Du meinst den Handel mit Antiquitäten?«

»Nein«, lachte Sally. »Ich meine das Entrümpeln von versifften alten Behausungen. Für Harriet war das Ausputzen mehr so ein notwendiges Übel, um an die Möbel oder Wertgegenstände zu kommen, aber für mich ist es beinah umgekehrt. Ich liebe alte Sachen, und ich freue mich immer, wenn ich was Schönes entdecke und ein neues Zuhause dafür finden kann. Aber ich glaube, das ist nur meine Ausrede dafür, dass ich so gern da reingehe und diese Häuser ausräume. Mir schien das von vorneherein total sinnvoll, und es ist mir egal, wenn Leute das komisch finden. Selbst wenn es die Kunden sind, die mich für ein bisschen verrückt halten, weil ich freiwillig ihren Dreck wegräume. Harriet hat mir beigebracht, wie man mit den Leuten redet, die Psychologie dahinter, und natürlich auch, wie man die Fundsachen zu Geld machen kann. Sie hat mir alles beigebracht, was ich wissen musste.«

Die Hände in den Taschen, ging ich neben ihr her. »Und dann ist diese Harriet irgendwann gestorben?«

»Mhm. Fast drei Jahre, nachdem ich dort eingezogen war. Mittlerweile hatte ich das Geschäft praktisch übernommen, inklusive ihrem Handlanger. Er arbeitet immer noch für mich. Und ihren Namen habe ich auch übernommen, für die Firma: Greene House Services. So eine Art Tribut an sie.«

»Oh, ich dachte, es heißt ›green‹, für umweltfreundlich.«

»Stimmt ja auch, es hat einen umweltfreundlichen Aspekt. Manche Häuser werden toxisch, wenn sie so vermüllt sind. Sie wieder sauber zu kriegen, zu recyceln, was sich recyceln lässt, Wohnraum wieder bewohnbar zu machen, ist sicher gut für den Planeten. Übrigens«, setzte sie hinzu, »selbst Harriets Haus war nicht gerade im besten Zustand, als ich da einzog. Nicht wirklich dreckig, aber vollgestopft. Da musste auch so einiges entsorgt werden.«

Das war nur schwer vorstellbar. Bei meinen vorherigen Besuchen war das Haus schon von Sallys Ordnungsmanie und ihrem leidenschaftlichen Sauberkeitsfimmel geprägt gewesen.

»Also hat sie dir das Haus dann vermacht?«

»O nein«, sagte Sally und lächelte. »Wir haben nie darüber gesprochen, und sie ist ohne Testament gestorben. Aber dem Vollstrecker habe ich erklärt, ich würde es mitsamt Mobiliar zu einem fairen

Marktpreis erwerben wollen, und er war sehr froh, denn es war nie irgendetwas modernisiert worden, und in dem Zustand hätte es sich nicht so leicht verkaufen lassen. Aber ich liebe es genauso, wie es ist.«

»Und was ist mit den Möbeln passiert?«

»Einige hab ich verkauft, andere behalten. Schau mal, hier ist die Brücke.«

An der Thurston Avenue Bridge blickte ich hinab in meine erste Ithaca-Schlucht – zwar mit einem Fangnetz ausgestattet, um Suizide zu verhindern, aber immer noch spektakulär. So lange, wie wir die Kälte ertragen konnten, standen wir dort und sahen uns den tosenden Wasserfall an, dann überquerten wir die Brücke, vornübergebeugt gegen den scharfen Wind. Sally führte mich in einen mit grauem Stein gepflasterten Innenhof, wo sie stehen blieb. »Hier hat Lewyn in seinem ersten Studienjahr gewohnt«, erklärte sie und zeigte auf das Haus gegenüber. »Und ich da drüben.«

»So nah beieinander! Da müsst ihr euch ja dauernd gesehen haben.«

Sally lächelte. »*Gesehen* vielleicht, *gesprochen* weniger. Wir sind uns total aus dem Weg gegangen, als ob wir's vorher so verabredet hätten. Ich hab nie jemandem erzählt, dass ich einen Bruder an der Cornell hab. Und er hat auch nie über mich gesprochen.«

»Aber das musste man doch merken? Ich meine, ihr hattet doch denselben Namen.«

»Es war nicht wie heutzutage«, sagte Sally, »wo jeder andauernd online ist. Man konnte nicht einfach jemand googeln oder über die sozialen Netzwerke was über Leute herausfinden, weil es gar keine sozialen Netzwerke gab. Übrigens hat er mindestens einer Person weisgemacht, Oppenheimer sei ein gängiger Name, sodass es auch Zufall sein konnte, wenn es zwei Oppenheimers am College gab.«

»Er hat dich also verleugnet. Wie Petrus.«

»Na ja, wir haben uns gegenseitig verleugnet. Wir wollten einfach nichts miteinander zu tun haben.«

»Ziemlich traurig«, sagte ich. »Wo geht's jetzt hin?«

Die nächste Etappe war Carol's Café, das anscheinend seit Sallys Studienzeiten noch völlig unverändert war. Wir waren froh, endlich raus aus der Kälte zu sein, holten uns drinnen Kaffee und setzten uns an einen Tisch. Sally rührte Zucker in ihren Becher. »Ich hab Paula gebeten, uns zum Lunch im Moosewood zu treffen. Ob du an der Cornell studierst oder nicht, ist mir ganz egal, aber das Moosewood musst du erlebt haben.«

Paula war am Abend zuvor erst spät aufgetaucht, als bei uns schon ein bisschen die Luft raus war und wir zusammen auf dem viktorianischen Sofa vor dem Fernseher saßen. Sie war groß und noch immer sportlich und breitschultrig von dem vielen Rudern während ihrer Collegezeit. Am Morgen hatte sie sich eilig verabschiedet und Sally einen Kuss auf die Wange gedrückt, weit sinnlicher als jeder Wangenkuss, den ich je gesehen hatte.

»Sie würde dich gern besser kennenlernen«, sagte Sally.

»Okay.« Ich nickte. »Aber hoffentlich gibt's dort auch was für Fleischfans. Liegt dieses Moosewood nicht auf der anderen Campus-Seite? Warum sind wir dann erst hierhergekommen?«

Sally rührte in ihrem Kaffee. »Ich wollte dir mal die Wohnheime zeigen, denn du hast recht, irgendwie ist es ja schon traurig, was zwischen mir und Lewyn am College passiert ist. Ich muss oft daran denken.«

»Noch ein Therapieziel?«

»Ich fürchte, ja. Damals habe ich Lewyn etwas sehr Gemeines angetan. Das er mir nie verziehen hat. Vollkommen zu Recht.«

»So schlimm wird es schon nicht gewesen sein«, wandte ich vorsichtig ein.

Aber das war es doch. Stockend begann Sally zu erzählen, von einer gewissen Rochelle Steiner, ihrer Mitbewohnerin und engen Freundin, was genau das Problem war. »Du kannst dir nicht vorstellen«, sagte Sally, »wie sehr ich damals verdrängt habe, dass ich lesbisch sein könnte. Für mich war das eine Katastrophe. Natürlich gab es an der Cornell jede Menge Gays, und Walden war in der Hinsicht ja auch sehr progressiv, absolut schwulenfreundlich. Ich war schließlich nicht in irgendeiner Wiedertäufer-Gemeinde in Indiana aufgewachsen. 2000 war die Welt echt okay, jedenfalls da, wo ich lebte. Nur für mich war es eben nicht okay. In meinem ersten Studienjahr teilte ich mir ein kleines Zimmer mit dieser Frau und verliebte mich in sie, und das vor mir selbst zu verheimlichen, war eine permanente Anstrengung. Und dann passierte das Unwahrscheinlichste überhaupt: Sie traf Lewyn, und die beiden wurden ein Liebespaar.«

»Wow! Das ist ja irre.« Ich starrte sie mit aufgerissenen Augen an. »Aber irgendwie auch ... nicht so toll, oder? Eigentlich sogar ziemlich schrecklich.«

Lewyn hatte nie jemanden dieses Namens erwähnt, überhaupt nie irgendeine Frau, außer die aus seinem Masterprogramm.

»Rochelle Steiner«, murmelte ich vor mich hin.

»Er hat sie natürlich angelogen, das war sein Beitrag zu unserer unausgesprochenen Abmachung. Aber ich hatte sie schon Monate zuvor belogen, als ich behauptete, ich hätte bloß einen Zwillingsbruder, der in New Hampshire studiert. Ich war so sauer auf die beiden. Ich wollte sie nur noch bestrafen. Also habe ich sie zum Vineyard eingeladen und ihn damit total überrumpelt. Wie den Rest der Familie. Das war derselbe Abend, an dem ich Dad an den Kopf warf, dass er ein schlechter Vater war.«

»Und das war gemein von dir.«

»Ja, unverzeihlich gemein.«

»Du musst sehr unglücklich gewesen sein«, sagte ich, worauf Sally in Tränen ausbrach.

Ich sah sie an und legte meine Hand auf die ihre. Es waren noch andere Leute im Café, die meisten mit einem Buch vor sich auf dem Tisch. Ein paar schauten herüber, sahen aber, dass die weinende Frau nicht allein war, und widmeten sich wieder ihrer Lektüre.

»Wir haben uns furchtbar gestritten. Lewyn hatte Harrison anscheinend erzählt, ich sei lesbisch, und Harrison hat es dann vor versammelter Mannschaft herausposaunt.«

»*Scheißkerle*!«, empörte ich mich. »Alle beide!«

»Ja. Dad meinte zwar, das sei völlig okay, aber ich war so wütend auf sie alle, es war mir so wahnsinnig peinlich. Also habe ich ihm gesagt, dass ich von Stella wusste. Es war die letzte Nacht seines Lebens, und das Letzte, was er von mir hörte, war: *Du bist ein schrecklicher Vater.* All das an unserem neunzehnten Geburtstag, nichts als Gezeter und Tränen. Du hast übrigens auch geheult.«

»Wenigstens war ich bei einem wichtigen Familienereignis dabei.«

»Tja«, sagte Sally und seufzte, »und das war's dann auch mit der Familie. Wie wir wissen, stieg Dad am nächsten Tag in ein Flugzeug und starb, und wir erstarrten alle einfach da, wo wir gerade waren, jeder für sich allein. Und da sind wir immer noch.«

Ich nahm die Hand meiner Schwester. *Ja,* dachte ich. *Aber nicht mehr lange.*

Kapitel 30

Ein ziemliches Scheusal

In dem Harrison Oppenheimer erklärt, wozu Verhandeln gut ist

Ich möchte an dieser Stelle festhalten, dass ich die Einladung meines Bruders, ihn bei Fox News in der Forty-Eighth Street zu treffen, rundweg abgelehnt habe. Ich fand Harrisons Limousine mit Chauffeur vor dem Gebäude geparkt und stieg hinten ein, um auf ihn zu warten, aber dann erlag ich doch der Versuchung (und dem Luxus des Bildschirms im Wagen) und sah mir seinen Fernsehauftritt an.

Thema der Podiumsdiskussion war eine Sammelklage wegen angeblicher Diskriminierung durch die Verantwortlichen der Studienplatzvergabe in Harvard. Die Klage war von asiatischen Bewerberinnen und Bewerbern angestrengt worden, mit Unterstützung durch Gruppen, denen es mehr darum ging, Schwarze aus dem College herauszuhalten, als Asiaten (einer auf dem Podium sprach gar von »Orientalen«) hineinzulassen. Der einzige Schwarze in der Diskussionsrunde – abgesehen von Harrisons immer und überall präsentem Busenfreund Eli Absalom Stone – sah sich zunehmend schärferen verbalen Attacken ausgesetzt. Harrison fragte eine Anwältin namens Shaunta Owens, ob ihr bekannt sei, dass die Punktzahl des Einstufungstests der an ihrem College im Jahre 1983 angenommenen

Afroamerikaner um volle hundert Punkte niedriger ausgefallen sei als die der weißen Studienanwärter. Und als sie bejahte, hakte er nach, ob sie nicht tief betroffen darüber sei. Wie sie denn eine faire Beurteilung ihrer eigenen Leistungen erwarten könne, wenn doch alles durch die verzerrende Linse der politischen Korrektheit gesehen werde. Wenn man bei ihr nur den auf ethnische Zugehörigkeit basierenden Anspruch sehen könne ...

»Mit ›man‹ meinen Sie wohl sich selbst«, warf Shaunta Owens ein.

»Damit meine ich jeden, der begreifen kann, dass man, wenn man eine Person von statistischer Minderleistung einer Person von statistischer Mehrleistung vorzieht, die ungerechtfertigt zurückgestellte Person *herabwürdigt,* und zugleich auch die Integrität des gesamten Auswahlverfahrens – und ich wundere mich, dass Sie das nicht so sehen.«

»Herabgewürdigt fühle ich mich auf jeden Fall durch Ihren unverschämten Tonfall«, gab Shaunta Owens zurück. Sie sah aus, als sei sie drauf und dran, den Tisch umzuschmeißen.

»Wenn ich etwas dazu beitragen dürfte«, sagte Eli Absalom Stone, der zwischen meinem Bruder und Shaunta Owens saß. »Als Schriftsteller und Wissenschaftler hat mich die Vorzugsbehandlung aufgrund meiner ethnischen Zugehörigkeit immer weit mehr belastet als meine ethnische Zugehörigkeit selbst. Bevor ich mich irgendwo bewarb – sei es am College oder für ein Stipendium oder für einen Job –, habe ich mich stets bemüht, jede Unschärferelation bezüglich meiner Leistungen zu vermeiden, indem ich dafür sorgte, dass meine Zeugnisse sich auf gleichem Niveau befanden wie die der erfolgreichsten Mitbewerber.«

Unterhalb von Eli Absalom Stones marineblauer Fliege blendete Fox die hilfreiche Information ein: »Harvard-Absolvent und Rhodes-Stipendiat.«

»Und wären sie nicht auf diesem Niveau gewesen, hätte ich mich gar nicht erst beworben. Auf keinen Fall wollte ich meine persönliche Integrität zugunsten eines Quotenvorteils aufgeben, der mir in keiner

Weise zustand. Und es schmerzt mich wirklich sehr, Miss Owens, dass *so viele von uns* bereit zu sein scheinen, ihre persönliche Integrität für etwas zu opfern, das ihrer unwürdig ist. Wie auch immer das im Einzelnen aussehen mag.«

»Ich habe kein Problem mit meinen Leistungen, vielen Dank auch, Mr. Stone.« Shaunta Owens tat sich sichtlich schwer, nicht die Beherrschung zu verlieren.

Das war alles nicht weiter neu oder überraschend. Ich wollte gerade ausschalten, als mein Bruder noch einmal das Wort ergriff.

»Wie Richter Thomas ganz richtig dargelegt hat, behaften Quotenprogramme Minoritäten mit einem Stempel der Minderwertigkeit und bestärken sie damit in dem Glauben, an allen Ecken und Enden der Gesellschaft ein Recht auf Vorzugsbehandlung erwirkt zu haben. Doch institutionelle Bevorzugung bedeutet zugleich auch institutionelle Diskriminierung, die aus Vorurteilen erwächst, und das ist grundsätzlich abzulehnen, egal in welcher Form. Gewiss werden Sie mir da zustimmen, Miss Owens.«

»Und außerdem«, setzte die Fox-News-Moderatorin hinzu, eine Blondine mit gleißendem Lächeln, »müsste man verrückt sein zu glauben, dass es an diesen Top-Universitäten so etwas wie anti-asiatische Diskriminierung gibt. Ich habe meine Zwillinge letztes Frühjahr auf eine Tour durch die Colleges mitgenommen, und ich sage Ihnen, jeder Zweite dort war Asiate, ich meine, sie sind absolut überall!«

Herrgott noch mal.

»Wie bitte, Miss?«, meldete sich der Chauffeur durch die Gegensprechanlage.

»Oh, Entschuldigung, ich hab nur laut gedacht.«

Danach schaltete ich den Fernseher aus.

So war es immer schon gewesen. Jedes Mal, wenn ich mir einbildete, Zeit mit Harrison verbringen zu müssen, war ich auf dasselbe Hindernis gestoßen: Harrison. Genauer gesagt, seine toxischen Ansichten und Gesinnungsgenossen. Als gegenwärtiger Präsident der

Wurttemberg Holdings war er dafür verantwortlich, das Familienvermögen zu erhalten (und ich hatte nicht vor, auf die damit verbundenen Vorteile zu verzichten), aber seine ultrakonservative Haltung und Parteinahme für die reaktionäre Politik des republikanischen Lagers machten ihn für mich immer unerträglicher.

Nachdem ich in der Woche zuvor aus Ithaca zurückgekehrt war, hatte ich mich immer noch nicht dazu durchringen können, mich für irgendein College zu bewerben. Also hatte ich meinem Bruder eine E-Mail geschrieben und ein Treffen vorgeschlagen.

Allein dieses Treffen zu arrangieren, war schon der reinste Albtraum.

Oppenheimer_H@WurttembergHoldings.com
17. Oktober 2017, 10:21 Uhr
Ja, schön, von dir zu hören. Sicher können wir uns treffen.
Komm doch nächsten Dienstag um 11:15 Uhr ins Büro.
Ich setze Flora in cc zur Terminbestätigung.
H. Oppenheimer.

P.Oppenheimer@WaldenSchool.com
17. Oktober 2017, 10:40 Uhr
Harrison, ich gehe noch zur Schule. Nächsten Dienstag
um 11:15 Uhr habe ich Latein.
Hi, Flora.
Phoebe

Oppenheimer_H@WurttembergHoldings.com
17. Oktober 2017, 12:10 Uhr
Freut mich, dass Walden endlich Latein anbietet, nachdem ich
immer erfolglos dafür plädiert hatte.
Dienstag 16:00 Uhr im Büro.
Flora in cc gesetzt.
H. Oppenheimer

P.Oppenheimer@WaldenSchool.com

17. Oktober 2017, 12:31 Uhr

Sorry, Lauftraining. Kann ich dich nicht einfach am Wochenende besuchen?

Phoebe

Oppenheimer_H@WurttembergHoldings.com

18. Oktober 2017, 9:33 Uhr

Bin am WE in Virginia. Treffen 28.10., 18:30 Uhr Harvard Club.

Flora in cc gesetzt.

H.

In dem Stil ging es noch x-mal hin und her, und seine Terminvorschläge erstreckten sich bis in den November. Schließlich schlug er ein Treffen bei Fox News am folgenden Samstag vor, anschließend wollte er mich in seine Wohnung mitnehmen. Ich wusste nicht, ob er endlich kapiert hatte, dass ich über etwas Wichtiges mit ihm reden wollte, aber natürlich sagte ich zu. Allerdings zog ich es vor, in seinem Wagen vor dem Sender zu warten, und das war schon mehr Nähe zu Fox News, als mir lieb war.

Nach Ithaca hatte ich mir ein paar Tage Zeit genommen, um Sallys Offenbarungen zu überdenken. Sie waren beunruhigend, teilweise erschütternd, und gleichzeitig doch eine große Erleichterung, da vieles, was mir bisher unklar bis unbegreiflich gewesen war, auf einmal Sinn ergab. Auch hörte ich auf, mich zu fragen, weshalb es eigentlich meine Aufgabe zu sein schien, das zerrissene Gespinst unserer Familie wieder zu flicken und irgendwie herauszufinden, wie wir diese heillose Verstrickung lösen könnten. Vielleicht sehnte ich mich mehr danach als die anderen oder konnte es mir selbst besser eingestehen. Tatsache war jedenfalls, dass sonst niemand dazu bereit war. Unser Vater war tot, unsere Mutter hatte sich Lewyn und Sally entfremdet und an mir auch kein sonderliches Interesse (außer was meine ausstehende Collegebewerbung betraf). Sally und ihre Brüder sprachen nicht mehr miteinander. Harrison und Lewyn hatten nichts gemeinsam als ihre gegenseitige Verachtung. Wenn die Dinge sich nicht besserten, bis ich nach dem Schulabschluss das Elternhaus verließ, würde bald gar nichts mehr von der Familie übrig sein.

Mit anderen Worten, wenn nicht ich, wer dann?

Wenn nicht jetzt, wann dann?

»Wie ich höre, willst du Harrison morgen bei Fox News treffen«, sagte unsere Mutter am Freitagnachmittag, als ich mir nach dem Lauftraining meinen Tee aufgoss.

»Ja und nein. Harrison ja, Fox News nein. Die ertrage ich nicht. Wie hältst du das nur aus?«

»Er hat ein Recht auf seine eigene Meinung. Man kann nicht behaupten, dass er nicht gut informiert ist.«

Könnte ich schon, dachte ich. »Na, jedenfalls sind sie in Walden sicher nicht mehr stolz auf ihn. Er ist ja die personifizierte Verleugnung all dessen, was ihnen lieb und teuer ist.«

»Ich habe meine Kinder in die Walden School geschickt, damit sie gebildet werden, nicht indoktriniert.«

»Stimmt.«

»Was ich immer an Harrison bewundert habe, das ist sein Selbstbewusstsein, seine Zielstrebigkeit.«

Ich schwieg.

»Er wusste von klein auf, was er wollte, und er hat immer hart dafür gearbeitet. Ich wünschte, Sally und Lewyn hätten ein bisschen mehr davon.«

Ich holte einen Löffel aus der Schublade und warf meinen Teebeutel in den Mülleimer. Zwecklos, darauf hinzuweisen, dass Sally auch schon relativ früh einen Beruf ergriffen hatte und ein florierendes Unternehmen betrieb, das ihr ein gutes Auskommen und Befriedigung verschaffte. Oder dass Lewyn nach einigen Umwegen ebenfalls Arbeit gefunden hatte, die mit seinen Talenten und Interessen in Einklang stand.

»Zielstrebigkeit ist gut, aber nicht jeder weiß so früh wie Harrison, was er mal werden will. Ich zum Beispiel hab keine Ahnung.«

Ich weiß noch nicht mal, auf welches College ich gehen will, hätte ich fast gesagt.

»Hast du wenigstens entschieden, wo du dich bewerben wirst?«, entgegnete sie prompt.

»Ich bin noch am Aussortieren.« Total gelogen, natürlich.

Ich wartete noch eine halbe Stunde in Harrisons Limousine, nachdem ich seine Podiumsdiskussion abgeschaltet hatte, und vertrieb mir die Zeit damit, die Reaktionen auf Twitter zu verfolgen. Die Kommentare reichten von bösem Spott über Shaunta Owens' »Schwarzen Akzent« bis hin zu den sattsam bekannten Lobhudeleien für Eli Absalom Stone und seinen kometenhaften, selbst erkämpften Aufstieg. Was Harrison betraf, so gingen die Kommentare zumeist in Richtung »Aufschneider« und »Scheißkerl« aus dem einen Lager und »Recht hat er« beziehungsweise »Gib's ihnen, diesen liberalen Weicheiern« aus dem anderen. Alles wie gehabt. Ich steckte mein iPhone ein, als er endlich auftauchte.

»Hallo, du«, sagte mein Bruder und stieg neben mir in den Fond. Er gab mir einen leichten Kuss auf die eine Wange, dann noch einen auf die andere. (Es war eine der Gewohnheiten, man könnte es auch Affektiertheiten nennen, die er sich als Rhodes-Stipendiat in Oxford angeeignet hatte.) »Eli ist auch hier. Wir setzen ihn an seiner Wohnung ab.«

Eli war auf dem Gehsteig abgepasst worden. Er signierte ein Buch für einen Mann und seinen halbwüchsigen Sohn.

»Okay«, sagte ich.

Eli kannte ich natürlich schon von früher. Es war schwierig, Harrison ohne Eli anzutreffen. Wie mein Bruder wohnte auch er in einem eleganten Apartmenthaus am Sutton Place, und obwohl er offiziell für einen Think Tank in Washington tätig war, beschäftigte er sich in erster Linie damit, Bücher in Zusammenarbeit mit meinem Bruder zu verfassen, mit dem Ziel, »politische Veränderung« zu propagieren. Allerdings nicht die Art von Veränderung, die meine Mitschüler immer heraufbeschworen.

»Hallo, Eli«, begrüßte ich ihn, als er zu uns ins Auto stieg.

»Kleine Phoebe! Meine Güte! Wie alt bist du jetzt?«

Ich sagte es ihm. Siebzehn. »Und bitte frag mich nicht, wann ich aufs College gehe. Das ist das Einzige, was alle von mir wissen wollen.«

»Ist doch 'ne herrliche Zeit! Lass sie dir bloß nicht vermiesen. Freu dich an deinen Chancen und Möglichkeiten.«

»Womit du meine Privilegien meinst?«

»Nichts gegen Privilegien. Dass andere weniger Glück haben, ist kein Grund, nicht das Beste aus deinem Leben zu machen. Willst du vielleicht daheim am Herd hocken und Asche auf dein Haupt streuen, weil jemand in Kalkutta sich nicht fürs College bewerben kann?«

Ich streifte Harrison mit einem Seitenblick. Er sah schmunzelnd hinaus auf die vorbeiziehende Fifth Avenue.

»Geh aufs College, lass dich ausbilden, dann kannst du hingehen und Chancen für die Leute in Kalkutta schaffen. Das versteht man unter Fortschritt.«

»Soso!«, entgegnete ich mit unverhohlenem Sarkasmus.

»Deine Generation suhlt sich viel zu sehr in Selbsthass. Als wären Smartphones und Internet ein großes Unheil für die Menschheit. Das ist natürlich Quatsch. Dieses Kollektivschuld-Gewinsel, das ist das eigentliche Unheil. Frage: Hast du je einen anderen Menschen versklavt?«

Ich seufzte. »Natürlich nicht.«

»Ein Hundebaby erschlagen?«

»Nicht, dass ich wüsste.«

»Jemand … mit dem N-Wort betitelt?« Mit den Fingern malte er Anführungszeichen in die Luft.

Unwillkürlich sah ich zu dem Fahrer hin, der Schwarz war.

»Ich bitte dich!«

»Brav, brav. Nun, ich als *person of color*« – wieder die Geste mit den Anführungszeichen – »spreche dich frei von allen Missetaten, ob echt oder eingebildet. Gehe hin in der Gewissheit, dass man für sogenannte Minderheiten nichts Besseres tun kann, als ihnen eben *nicht* zu helfen. Menschen können aus eigener Kraft etwas aus sich machen. Ist es nicht aus eigener Kraft, dann zählt es nicht und ist auch nicht von Dauer.«

»Genau wie du«, sagte ich. »Ganz auf dich gestellt.«

»Jawohl. Wenn auch mit Unterstützung von Platon, Sophokles, Mark Twain, Homer, Shakespeare, Donne.«

Ich konnte fast die himmlischen Chöre hören, die Eli Absalom Stone immer zu begleiten schienen, wenn er seine Geschichte anstimmte, obwohl er das heutzutage nicht mehr ganz so oft tat, wahrscheinlich, weil er es nicht mehr nötig hatte. Der fantastische Werdegang von Eli Absalom Stone, dem Schwarzen Waisenknaben aus der Berghütte in den Appalachen, der es über Harvard und Oxford zu einer einflussreichen Stellung gebracht hatte, wie sie für gewöhnlich nur Leuten von gänzlich anderer Herkunft vorbehalten ist – diese Erfolgsstory war ja nun allgemein bekannt.

Wir ließen ihn vor seinem Haus aussteigen, und er beugte sich noch mal ins Fenster, um Harrison an das Abendessen zu erinnern, mit Roger im Per Se, zu dem sie später gemeinsam ein Taxi nehmen wollten. Dann wurde mir erneut ein doppelter Wangenkuss zuteil, bei dem mich die scharfe Kante von Elis Fliege am Kinn kratzte, und endlich konnte ich aufatmen. Es ging mir immer gleich besser, wenn er nicht mehr dabei war.

»Wie lange hast du Eli denn nicht mehr gesehen?«, fragte Harrison, als er mir die Tür aufhielt.

»Ich weiß nicht, zwei Jahre vielleicht?«

»Also bevor er auf dem Parteitag der Republikaner gesprochen hat.«

»Hm. Es scheint ihm ja prächtig zu gehen.«

»Kann man wohl sagen. Er war diesen Monat schon zweimal im Weißen Haus zu Gast.«

Das schien mir allerdings ein eher zweifelhafter Hinweis auf besonderes Wohlergehen.

»Und du, Harrison?«

»Nur einmal. Anfang August, bevor er seinen Urlaub angetreten hat.«

»Steak und Apple Pie, mit ’ner Extraportion Vanilleeis für den großen Häuptling?«

»Du brauchst gar nicht zu spotten, Phoebe. Nicht jeder schafft es, eine Präsidentenwahl zu gewinnen.«

Ich schwieg. Es wäre nur Zeitverschwendung, mich jetzt aufzuregen.

Harrisons Wohnung umfasste tatsächlich zwei Wohnungen, die er gleichzeitig gekauft und zusammengelegt hatte, natürlich auch luxussaniert und kompromisslos modern eingerichtet. Unsere Schwester Sally hätte diese kalte Pracht sicher furchtbar gefunden, obwohl man einen wahrlich beeindruckenden Blick auf den East River hatte.

»Was darf ich dir anbieten?«, fragte Harrison. »Ich hab einen Saft, den ich mir von meinem Arzt schicken lasse, schmeckt scheußlich, soll aber gut für mich sein. Ich würde dich ja ein Fläschchen probieren lassen, aber ich brauch sie alle für mich, ich mach das streng kurmäßig.«

Ich bat um Tee. Er hatte keinen schwarzen, nur Kamille.

»Kann man unser Haus von hier aus sehen?« Ich stand am Fenster, als er mir den Becher brachte.

»Hab nie danach Ausschau gehalten. Am Ende fällt man dabei noch raus, das ist es nicht wert.«

»Ich mache meine Hausaufgaben in deinem Zimmer, weißt du. Ich schlafe in Sallys Zimmer, aber lernen tue ich in deinem. Ich liebe den Blick auf den Hafen.«

»Mm-hm.« Er hatte sich eine kleine Glasflasche mit grasgrünem Inhalt mitgebracht und sein iPhone auf dem Couchtisch abgelegt. Es vibrierte förmlich vor Kommentaren zu seinem Fox-News-Auftritt. Harrison versuchte, nicht hinzusehen. »Klar, warum auch nicht? Du hast ja das ganze Haus für dich. Na ja, fast.«

»Falls du auf Lewyn anspielst, der kommt nie nach oben. Er verlässt eigentlich kaum seine Wohnung.«

»Womit du den Keller meinst.«

»Das Untergeschoss.«

»Passt zu ihm.« Harrison trank von seinem Saft. Er hatte das Sakko in der Küche gelassen und seinen purpurroten Schlips gelockert.

»Hör mal, Harrison, das ist eine völlig separate Wohnung. Er könnte überall hinziehen, aber er hat sich eben dafür entschieden.«

»Ha! Er hat doch bloß Schiss, sein Elternhaus zu verlassen. Jämmerlich.«

»Ehrlich gesagt habe ich eher das Gefühl, dass ich es bin, die er nicht verlassen will.«

Es überraschte mich selbst, dass ich damit rausgeplatzt war: Wie so vieles in letzter Zeit hatte ich mir das vorher gar nicht überlegt.

»Unsinn. Du brauchst doch keinen Betreuer. Du hast eine wunderbare Mutter.«

Ich schüttelte den Kopf. »Ich habe eine einstmals wunderbare Mutter, die keine Lust mehr auf ihre Mutterrolle hat. Verständlich, nachdem sie die letzten vierunddreißig Jahre lang Kinder großgezogen hat. Ich glaube, ich wäre in der zweiten Runde auch nicht mehr so scharf drauf gewesen.«

»Sie liebt uns alle. Abgöttisch.«

»O Mann, Harrison.« Ich lachte. »Lass gut sein.«

»Du irrst dich«, insistierte er, aber freundlicherweise ließ er das Thema damit auf sich beruhen. Eine Weile schwiegen wir, bis er fragte, worüber ich reden wollte.

»Stella Western, hauptsächlich«, sagte ich prompt.

»Aha.« Er verschränkte die Arme.

»Der Name sagt dir also was.«

»Natürlich. Stella Western ist eine, die uns allen übel mitgespielt hat.«

Ich lächelte. »Mir nicht. Wie kommst du darauf?«

Er fixierte seine Saftflasche mit so finsterer Miene, als hätte auch sie sich etwas zuschulden kommen lassen. Die Lippen zusammengekniffen, die Augen zu Schlitzen verengt, sah er irgendwie ... gealtert aus. Oder war es sein Haaransatz, der bereits zurückging, die tiefen Falten auf seiner Stirn, die genau wie die Stirn unseres Vaters auf den Fotos aussah? Ich konnte ihm ansehen, wie es in ihm arbeitete: *Wahrheit und Konsequenzen* versus *Stolz und Konsequenzen.*

»Phoebe«, sagte er schließlich und wandte sich mir zu, diesmal ohne seine übliche Herablassung. »Es ist sehr schwierig, den richtigen Zeitpunkt für diese Art von Mitteilung zu finden. Es könnte dein ganzes Weltbild verändern. Das nehme ich nicht auf die leichte Schulter. Ich habe dich gern. Du bist meine kleine Schwester.«

»Nein, eigentlich nicht. Du solltest versuchen, mich als Gleichaltrige zu sehen. Vielleicht rückt das was zurecht.«

Er musterte mich stirnrunzelnd. »Na gut«, sagte er. »Mir war nicht klar, dass du das auch schon weißt.«

»Gut, das wäre dann geklärt. Also weiter. Was hat Stella Western unserer Familie angetan?«

Harrison seufzte. »Es gab da juristische Verwicklungen, bei denen Mom Hilfe brauchte. Sie hat sich mir anvertraut. Das ist ... na ja, schon lange her. Direkt nachdem Dad von uns gegangen war.«

Ich mochte diese verharmlosende Redewendung nicht, schon gar nicht in diesem Zusammenhang. Nichts an der mörderischen

Kollision von Salo Oppenheimer und seinen Mitpassagieren mit dem Südturm des World Trade Center passte zu diesem windelweichen »von uns gegangen«.

»Was für juristische Verwicklungen?«

Harrison zuckte mit den Achseln. »Nichts, womit du dich beschäftigen müsstest.«

»Herrgott, Harrison, ich weiß, dass sie ein Verhältnis hatten. Stella Western und Dad.«

Sprachlos starrte er mich an. »Wie hast du das erfahren?«

»Du meinst, welches von unseren unartigen Geschwistern hat das *Baby* aufgeklärt?«

»Nein, meine ich nicht. Ich dachte, ich wäre der Einzige von uns *Geschwistern,* der Bescheid weiß.«

Ich lachte ihn aus. Es fühlte sich fabelhaft an.

»Wer war's?«, knurrte Harrison. »Doch nicht etwa Lewyn?«

Ich zuckte mit den Schultern.

»Sally also. Und woher weiß es Sally? Bestimmt nicht von Mom. *Sally* hätte sie nie etwas gesagt.«

Mit welch abgrundtiefer Missbilligung er ihren Namen aussprach! Von den dreien war Harrison sicher der Unversöhnlichste. Und ein unerträglicher Pharisäer.

»Sally wusste es, seit sie dreizehn war. Sie hat sie zusammen gesehen, Harrison, wenn du's genau wissen willst. Und sie hat es keinem erzählt. Hast du gewusst, dass unser Vater oft die ganze Nacht wegblieb und erst am Morgen wieder heimkam?«

»Nein«, sagte er nach einem Moment.

»Sie hat ihn vom Fenster aus gesehen. Meinem Fenster.«

Harrison schwieg.

»Also sagst du mir jetzt, was für juristische Verwicklungen das waren?«

Er seufzte. »Stella Western wollte Sachen von uns, auf die sie kein Recht hatte.«

»Was für Sachen?«

»Wertsachen!«, blaffte er. »Es war raffgierig und unwürdig!«

Jetzt hatte es mir die Sprache verschlagen.

»Ach, jetzt schau nicht so. *Privilegierte weiße Familie unterdrückt arme Schwarze Künstlerin.* Ruf die Moralpolizei!« Harrison lehnte sich zurück und schlug die Beine übereinander. »Es wurde ein Deal ausgehandelt. So legt man unter Erwachsenen in einer zivilisierten Welt seine Differenzen bei. Ich weiß wirklich nicht, weshalb du dich damit belasten willst. Wie du selbst in deiner E-Mail betont hast, bist du Schülerin. Du solltest dich auf Latein und dein Lauftraining konzentrieren. Und auf deine Collegebewerbung, natürlich.«

»Scheiß auf die Collegebewerbung!«, schrie ich ihn an. »Scheiß auf dieses sinnlose Ritual, durch das man sich angeblich als gut genug erweisen soll, um in Amerika einen einträglichen Job zu kriegen! Hauptsache, die Eltern sind beruhigt, dass sie alles richtig gemacht haben! Das ist so idiotisch! Ich will das nicht! Ich will nicht an die Cornell, nur weil mein Vater schon dort war, an den ich mich nicht mal erinnere. Und ich will mir nicht die Augen ausheulen, bloß weil irgendeine Uni, *an der ich mich sehen kann,* mir mitteilt, *man habe im Moment leider keinen Platz* für mich. Was ich will, ist irgendwo landen, wo ich's interessant finde und gute Bücher lesen kann und von Menschen lernen, die was draufhaben, und mich mit Leuten meines Alters auseinandersetzen.«

»Gegen einen einträglichen Job ist nichts einzuwenden, Phoebe. Und zum Glück brauchst du in diesem Land nicht mal ein Diplom dafür, nur eine gute Idee und Arbeitsmoral.«

»Sagt der Mann mit den 1-a-Abschlüssen aus Harvard und Oxford und einer fast zweihundert Jahre alten Firma, die ihm in den Schoß gefallen ist.«

»Sie ist mir deshalb in den Schoß gefallen«, entgegnete er ruhig, »weil ich der Einzige von uns bin, der eine Ahnung davon hat, wie man die Firma leitet. Aber auch, weil ich der Einzige von uns bin, dem etwas daran liegt, den Wohlstand unserer Familie zu sichern.«

Ich verharrte in bockigem Schweigen, auch wenn er in gewisser Weise recht hatte, zumindest was Lewyn und Sally betraf.

»Als ich aus England zurückkam, habe ich Mom und dem Verwaltungsrat gesagt, dass ich übernehme, und ich leite die Firma gern, habe die Dinge aber so strukturiert, dass ich noch Zeit für meine anderen Aufgaben habe. Denn obwohl es mir sehr ernst ist mit der finanziellen Sicherheit für mich, für Mom und auch für dich, Phoebe, habe ich noch zusätzliche Interessen und Projekte, die nichts mit der Firma zu tun haben.«

»Deine zusätzlichen Interessen und Projekte«, sagte ich, »sind bekannt. Übrigens habe ich gar nichts gegen Geld. Ich steh zwar nicht auf Luxus, aber die Infrastruktur würde mir schon fehlen, wenn sie plötzlich verschwunden wäre. Unser Haus, zum Beispiel, an dem hänge ich sehr. Und ich weiß meine Bildungschancen zu schätzen.«

»Freut mich zu hören. Meine anderen Geschwister habe ich längst abgeschrieben.«

»Aber versteh mich bitte nicht falsch. Einen Grenzwall hochziehen. Die staatliche Krankenversicherung aushöhlen. Abtreibungen kriminalisieren. Sogenannte Drecksloch-Länder in aller Welt niederhalten. Das finde ich absolut nicht in Ordnung, also tu nicht so, als ob das auch in meinem Sinne wäre, was du da propagierst. Du tust es doch nur für dich selbst. Weißt du, Harrison, du bist schon ein ziemliches Scheusal.«

Er zuckte mit den Achseln, kippte den Rest von seinem Saft herunter. »Es gibt Schlimmeres.«

»Und vielleicht auch ein Rassist.«

»Also das«, fuhr er auf, »ist völliger Blödsinn. Ich bin rassenblind. Mein bester Freund ...«

»Ist Afroamerikaner. Ich weiß. Bla, bla, bla.«

»Nein«, sagte Harrison. »Ist er nicht. Eli ist Amerikaner und fertig. Sind wir vielleicht Deutschamerikaner?«

Ich grinste. Das Ganze fing langsam an, mir Spaß zu machen.

»Der wahre Rassismus ist die Annahme, dass manche ethnischen Gruppen spezielle Unterstützung brauchen!«

»Oder eine Handreichung.«

»Genau. Das hat mein Freund Eli auch schon immer gesagt.«

»Und was Eli sagt ...« Ich ließ es dabei bewenden, lehnte mich auf der Couch zurück und verschränkte die Arme vor der Brust, wie das trotzige Kind, für das er mich zu halten schien. Als ich schließlich zu ihm hinübersah, lächelte er mich an.

»Du hast einen guten Kopf, Phoebe. Was gedenkst du damit anzufangen?«

»*Menschen helfen und die Welt zu einem besseren Ort machen.* Das werde ich jedenfalls in meine Collegebewerbung schreiben. Und du so?«

»Menschen dazu verhelfen, sich weniger jämmerlich aufzuführen.«

»Na toll.«

Harrison schwieg eine Weile. Dann sagte er nachdenklich: »Was hältst du eigentlich von Hühnern?«

»Was?«

»Sag mal, wozu raten dir denn deine Collegeberater?«

»Sie geben mir Listen von Colleges zum Abchecken und meinen, ich soll diesen Ratgeber lesen, *Colleges, die Leben verändern.*«

Harrison lächelte. »Und? Hast du?«

»Nein! Natürlich nicht!«

»Phoebe, das ist idiotisch.«

Abrupt stand er auf und tappte in Socken über den weißen Teppich, um gleich darauf mit einem blauen Taschenbuch zurückzukommen. Er warf es mir zu. »Mein eigenes Exemplar. Behalt es. Ich schenke es dir.«

Colleges, die Leben verändern: 40 Hochschulen, die man kennen sollte, auch wenn man kein Überflieger ist. Auf dem Umschlag das Gesicht eines Jungen, der in einen Tümpel blickt und sich im Doktorhut widergespiegelt sieht.

»Wie kommst du darauf, dass ich *kein* Überflieger bin?«

»Keine Ahnung, die haben ja keine Noten in der Walden. Egal. Dadrin gibt's auch ein Kapitel über Roarke.«

Ich schlug das Buch irgendwo in der Mitte auf und stieß auf eine Beschreibung von Grinnells Bildungsphilosophie. Shura, fiel mir ein, fuhr total auf Grinnell ab.

»Ich habe das gelesen, bevor ich ans Roarke ging. Mom hat es uns damals mitgebracht, aber ich glaube nicht, dass sie mich damit meinte. Sie glaubte wohl, Lewyn und Sally sollten sich mal bei weniger bekannten Colleges umsehen.«

Ich nickte, immer noch blätternd. »Irgendwie ironisch.«

»Was?«

»Dass du an dem unbekannten College gelandet bist und sie an dem renommierten.«

»Also, ich am Ende ja dann erst recht.«

Ich lächelte ihn an. »Logisch. Na, jedenfalls danke.« Ich schlug das Buch zu und legte es neben mich auf die Couch. »Hoffentlich haben die das aktualisiert, seit du dich damals fürs College beworben hast.«

»Sicher, und Roarke ebenfalls. Der Vorstand hat letztes Jahr beschlossen, Frauen aufzunehmen. Ich war dagegen, wurde aber überstimmt. Du solltest dich da bewerben. Es hat mein Leben verändert, genau wie es das Buch verspricht.«

Es war das Persönlichste, was Harrison je zu mir gesagt hatte.

»Gut, ich werd's lesen.«

Ich nahm einen Schluck von dem kalt gewordenen Tee. Kalt schmeckte er genauso scheußlich wie warm.

»Übrigens irrst du dich, was Lewyn betrifft. Du musst ihm doch wenigstens zugestehen, dass er sich gut um die Gemälde gekümmert hat. Er hat die Begleittexte zu den Ausstellungen verfasst und Artikel in Kunstmagazinen publiziert. Plus ein Buch über die ganze Sammlung.«

»Im Selbstverlag«, spottete Harrison.

»Falsch, Harrison. Er hat es nicht selbst herausgegeben, es ist bei einem sehr renommierten wissenschaftlichen Verlag erschienen.« Ich schüttelte den Kopf. »Aus irgendeinem unklaren Grund bist du davon überzeugt, dass er ein inkompetenter Schwachkopf ist. Vielleicht war er das früher mal, keine Ahnung, ich war ja nicht da. Aber das ist er jedenfalls schon lange nicht mehr. Er ist der einzige Bruder, den du je haben wirst, und du verpasst die Chance, ihn so kennenzulernen, wie er ist. Hier und jetzt.«

»Vielen Dank, Phoebe. Sehr einfühlsam.«

»Und Sally genauso. Sally ist ein wunderbarer Mensch. Und eine erfolgreiche Unternehmerin.«

»Sally putzt Häuser. Lewyn war bei den Mormonen praktisch so was wie ein Sektenmitglied.«

»Na und? Dann ist er eben mal für ein paar Jahre ausgestiegen. Er musste sich erst mal über alles klar werden, und das hat er getan, genau wie Sally. Nur weil du immer schon alles gewusst hast, heißt das nicht … ach, ich weiß nicht … dass du gewinnst.«

»Wer am meisten weiß, gewinnt. Das muss nicht zwangsläufig immer der Klügste sein, aber der, der am meisten weiß.«

»Mein Gott, Harrison. Du kannst einem wirklich leidtun.«

Eine Weile saßen wir da und schwiegen uns an.

»Da ist noch was, was ich gerne wissen würde.« Ich holte den Brief vom American Folk Art Museum aus meinem Rucksack. »Was ist mit diesem Achilles Rizzoli, über den Stella Western einen Dokumentarfilm gedreht hat? Angeblich sollen wir sein ganzes Lebenswerk irgendwo versteckt halten. Weißt du irgendwas darüber?«

Er überflog den Brief. Erfreut sah er nicht aus.

»Soso, du öffnest also die Post deiner Mutter. Machst du das immer so?«

»Ich hab ihn aus Versehen aufgemacht. Ich krieg jetzt immer so viel Collegepost. Bitte beantworte einfach meine Frage.«

Er schwieg.

»Wusstest du, dass die schon mal wegen der Gemälde angefragt hatten?«

»Es sind Zeichnungen, keine Gemälde.«

»Du weißt also was davon.«

»Kann sein.«

»Aber du willst es mir nicht sagen.«

»Ich bin nicht dazu befugt.« Er verschränkte die Arme wie ein trotziges Kleinkind.

»Verdammt, Harrison.«

»Kommt nicht infrage.«

»Ich dachte, durch Verhandeln legt man in einer zivilisierten Welt seine Differenzen bei.«

»Es gibt nichts zu verhandeln. Du hast nichts, was ich haben möchte.«

Ich war nahe dran, meinem siebzehn Jahre älteren Bruder eine zu scheuern.

Dann hatte ich eine Idee.

»Und was wolltest du dann von Stella Western? Als ihr euch juristisch geeinigt habt. Du sagtest, sie wollte Wertgegenstände. Und ihr? Was wolltet ihr im Gegenzug?«

Harrison wiegte bedächtig den Kopf.

»Wir wollten, dass sie verspricht, uns nie wieder zu kontaktieren. Dieser Brief ist ein Vertragsbruch.«

»Der Brief ist vom Museum, nicht von ihr.«

»Fraglich.«

»Und was hat sie für die schreckliche Strafe, uns nie wieder kontaktieren zu dürfen, nun ihrerseits erhalten?«

Mein Bruder schob das Kinn vor. »Ein Haus«, sagte er schließlich. »Sie wohnte da schon seit Jahren, als unser Vater starb, und sie wollte da bleiben.«

Harrison wandte sich mir zu. »Sie hatte ein Kind. Ich meine, sie und unser Vater hatten ein Kind. Sie wollte wohl in dem Haus bleiben, damit ihr Kind nicht seine vertraute Umgebung verlor. Das war es ihr wert. Wir hätten sie natürlich auch rausschmeißen können, aber wir haben uns stattdessen für den Deal entschieden. Offensichtlich«, sagte er, »werde ich unseren Anwalt wieder einschalten müssen.«

»Du machst wohl Witze!«

»Mir ist nicht nach Witzen zumute, Phoebe. Unser Vater hat diese Person geschwängert, und jetzt hält sie es anscheinend für ihr Vorrecht, uns über den Tisch zu ziehen. Kannst du dir vorstellen, wie das für unsere Mutter war? Nachdem er gestorben war? So plötzlich, so entsetzlich, so öffentlich? Wie sie dich dann ganz allein aufziehen musste? Und dann auf einmal doch nicht so allein, weil da mit einem Mal diese Frau auftauchte, die eine sehr intime Beziehung zu ihrem verstorbenen Mann gehabt hatte und sehr konkrete Ansprüche daraus ableitete? Ein wertvolles Haus. Ein Raum voller Kunstwerke. Ganz schön hartgesotten, oder? Also haben wir verhandelt und uns geeinigt, aber sie hat sich nicht daran gehalten. So, vielleicht kannst du mich trotz all deines Walden-Gutmenschentums jetzt auch ein bisschen besser verstehen.«

Ich konnte nicht aufhören, ihn anzustarren, angesichts der unvorhergesehenen Offenbarungen, die mich einfach überrollt hatten wie die Wellen am Strand hinter dem Vineyard-Haus, unerbittlich und unablässig. Mein Mund war staubtrocken, und meine Hände waren zu Fäusten geballt.

»Ich … ich wüsste gern …«

Ich schluckte krampfhaft.

»Hast du dieses Kind schon mal getroffen?«

»Es ist ein Junge«, sagte Harrison. »Nein. Und ich will ihn auch gar nicht treffen. Wozu? Frag mich nicht, wie alt er ist. Älter als du jedenfalls. Offensichtlich wurde er gezeugt, als wir drei noch zu Hause lebten, was ich absolut ungeheuerlich finde. Ich mag einfach nicht an ihn denken. Ich lehne es ab, irgendwas mit ihm zu tun zu haben. Was schaust du mich so an? Ich weiß ja nicht mal, wie er heißt.«

Kapitel 31

Liebe und Leidenschaft

In dem Lewyn Oppenheimer seinem verstorbenen Vater begegnet und von seinen eigenen Abwegen erzählt

Ich erzählte Lewyn nicht, was ich von Sally erfahren hatte und auch nicht von meiner Unterredung mit Harrison. Eine Woche lang sprach ich mit keinem außer den Leuten in der Schule, aber natürlich nicht über das, was mir die ganze Zeit durch den Kopf ging. Alles andere war für mich nichts als nerviger Alltagstrott und Seelenqual.

Immerhin las ich *Colleges, die Leben verändern.* Wenigstens das.

Am folgenden Sonntag sahen Lewyn und ich uns in dem Lagerhaus in Red Hook um. Wir durchstöberten jeden Winkel des Gebäudes auf der Suche nach irgendetwas, das bisher übersehen worden war. Aber da war nichts, kein einziges Werk von einem Outsider namens Achilles Rizzoli, geschweige denn eine ganze Sammlung seiner Werke.

Dennoch war es eine reine Freude, Lewyn dabei zuzusehen, wie er die Bilder begutachtete, Leinwand um Leinwand. Jedes Werk war im Halbdunkel gelagert, sorgfältig umhüllt, vor Feuchtigkeit geschützt und katalogisiert in einer Referenzbibliothek, die Lewyn selbst zusammengestellt hatte. Jede Woche verbrachte er einige Tage hier, öffnete die Sammlung zuweilen für Wissenschaftler oder Kuratoren und kümmerte sich um die Leihanfragen, die regelmäßig hereinkamen.

Im Lauf der Zeit hatte er zusätzlich noch ein spezielles Interesse an einer Thematik entwickelt, die er »abstrakte Darstellungen des Spannungsfelds rund um die Ausdrucksformen von Religiosität« nannte, was sehr nach den abgehobenen Kunstjournalen klang, für die er hin und wieder einen Artikel schrieb. Mit dem Thema hatte er sich zum ersten Mal in Utah konfrontiert gesehen, während der Jahre, die er inzwischen, nicht ohne Sarkasmus, als seine »Zeit der Abwege« bezeichnete. Nachdem wir die Suche aufgegeben hatten, holten wir uns Panini bei F&M und aßen sie auf den Stufen des Lagerhauses in der Abendsonne. Ein steter Strom von Hunden zerrte die Herrchen und Frauchen in Richtung Park und Pier am Ende der Coffey Street.

Keiner von uns kannte die Red-Hook-Gegend von früher, sodass die Kunstgalerien und Whiskeybars, die hippen jungen Mütter und fein herausgeputzten Kinder, das berühmte Hummerlokal und der Lime-Pie-Shop sich in nichts von dem Brooklyn unterschieden, das wir immer gekannt hatten, mit den urigen Kopfsteinpflasterstraßen und dem Hafenpanorama. Der Hauskauf unseres Vaters, der in den frühen Achtzigern auf so viel Unverständnis gestoßen war, hatte sich als ebenso klug und vorausschauend erwiesen wie seine ersten Kunstkäufe. Die Häuser zu beiden Seiten des Lagerhauses waren in den Jahren nach seinem Tod alle verkauft worden; im Lagerhaus selbst hatte Lewyn die Sicherheits- und Konservierungstechnologie auf den neuesten Stand gebracht und sich in einer Ecke der gigantischen ersten Etage ein Büro eingerichtet. Aber sonst hatte er alles so gelassen, wie es war.

»Bist du als Kind schon hier gewesen?«, fragte ich ihn, während ich mein Sandwich auswickelte.

»Nein, er hat mich nie mitgenommen. Obwohl, ich hab ihn auch nicht darum gebeten. Damals hatte ich noch gar nichts für Kunst übrig. Komisch, dass ich so viel davon in meiner eigenen Familie hatte und doch erst am College, über den Grundkurs in Kunstgeschichte, ein Gefühl dafür entwickelt habe.«

»Obwohl du wusstest, dass er hier eine Kunstsammlung gebunkert hatte?«

»Ja, sicher, aber eher in einem negativen Kontext – das hier war der Ort, wo er hinging, um nicht bei uns zu sein. Das Lagerhaus stand sozusagen für seine Abwesenheit von der Familie. Für mich war das immer sehr schmerzlich.«

»Wie meinst du das?« Ich sperrte den Mund weit auf, um von dem dick belegten Sandwich abzubeißen.

»Na ja, die verpasste Chance halt. Das hätte uns doch verbinden können, dieses Kunstinteresse. Stattdessen blieb immer alles im Verborgenen, und ich hatte keine Ahnung, weder davon, was sich in dem Lager befand, noch davon, was in meinem Vater vorging. Verstehst du das?«

Ich war mir nicht sicher, aber ich nickte.

»Und nach seinem Tod ist Mom nie mehr hier gewesen, sie hat nur die Rechnungen weiter bezahlt, und das war's. Zwei Jahre später ist sie dann mit einem Gutachter hergekommen, um Inventur zu machen. Als ich aus Utah zurück war, hab ich mir das alles zum ersten Mal selbst angesehen. Obwohl ich die Bestandsliste in Händen hielt, konnte ich es erst glauben, als ich die Bilder mit eigenen Augen sah. Ich hab auf dem Boden gesessen und geheult. Stundenlang.«

Ich sah ihn an. »Aber warum?«

Er lächelte traurig. »Es war die Leidenschaft. Seine Liebe und Leidenschaft, dort an allen Wänden. Den Bildern hat er sie gegeben, nicht mir, nicht Sally, nicht Harrison. Und auch nicht Mom, was irgendwie das Schlimmste war. Den Gutachter hab ich nicht gebraucht, um zu wissen, was er gemacht hat. Das hier« – er deutete mit dem Daumen über die Schulter – »ist eine Weltklasse-Sammlung, zusammengetragen ohne speziellen Kunstverstand, ohne Anleitung und, soweit ich weiß, ohne Interesse an künstlerischem Renommee. Den abstrakten Expressionismus, der in den Siebzigern Furore machte, hat er gänzlich ignoriert. Er kaufte nur, was ihm persönlich zusagte, mit erstaunlicher Weitsicht. Ein Tafelbild von Twombly! Das war seine erste, sehr bewusst getätigte Anschaffung. Damals gab es noch kein Internet, und er hat auch nicht zufällig in irgendeiner Galerie vorbeigeschaut. Das Bild war bei einem Händler in Turin, ich glaube, es war nie außerhalb Europas gezeigt worden. Der ganze Deal, der Transport, der damit verbundene Papierkram muss Monate, wenn nicht Jahre gedauert haben. Heutzutage hängen die Bilder aus der Serie im MOMA, in der Tate, im Whitney – und in einem Lagerhaus in Red Hook. Wahnsinn! Er kaufte diese kalifornischen Maler wie Diebenkorn, als noch niemand sich für sie interessierte. Dort drin hängen zwei Ocean-Park-Bilder! Er ist zu einer Auktion nach London geflogen und mit einem Francis-Bacon-Triptychon zurückgekommen. Ganz abgesehen von seinen Hockneys, Hoffmans und Ruschas. Unfassbar!« Lewyn schüttelte den Kopf.

Auch wenn mir die Details nichts sagten, verstand ich doch, was ihn daran so begeisterte. Er war gar nicht mehr zu bremsen.

»Gut, bei Bacon, Hockney, Twombly könnte man sagen, man muss kein Genie sein, um zu erkennen, wie die im Wert steigen werden. Und es hat immer auch Bilder in seiner Sammlung gegeben, die schön sind, aber nicht so viel wert – Bilder, die er nur gekauft hat, weil sie ihm gefielen, von Malern, die nie einen richtigen Durchbruch geschafft haben. Aber einige davon werden jetzt langsam doch berühmt, Agnes Martin zum Beispiel. Keine Ahnung, wo er sie in den späten Siebzigern überhaupt entdeckt hat. Oder Alma Thomas. Okay, sie hatte '72 im Whitney ausgestellt, aber dann hat sich jahrzehntelang keiner mehr für sie interessiert. Und diese Italiener – Piero Manzoni und Lucio Fontana. *Arte Povera.* Spottbillig, als er sie eingekauft hat. Heute nicht mehr. Das hier ist eine Schatzkammer. Manchmal kann ich's immer noch nicht glauben, dass ich hier arbeiten darf.«

»Fast wie eine Entschädigung für alles, was du nicht von ihm bekommen hast«, sagte ich vorsichtig, »als er noch am Leben war.«

Mein Bruder seufzte. »Ja ... fast.« Er biss von seinem Sandwich ab.

Ich wickelte den Rest von meinem wieder ein. Mehr als die Hälfte hatte ich nicht geschafft.

»Lewyn? Kann ich dich mal was fragen?«

Er wandte sich mir zu. »Wenn du mich erst um Erlaubnis fragst, geht's wahrscheinlich nicht ums Wetter.«

Es ging nicht ums Wetter.

»Erzählst du mir mal, was eigentlich in Utah passiert ist? Ich meine, ich hab dich das noch nie gefragt.«

»Keiner in dieser Familie hat mich je danach gefragt«, sagte Lewyn. »Interessant, nicht?«

»Na ja, ich war noch zu jung, als du zurückgekommen bist.«

»Stimmt. Du bist entschuldigt.«

»Aber jetzt bin ich nicht mehr zu jung. Also?«

Lewyn kaute bedächtig sein Sandwich.

»Mein Zimmergenosse im ersten Collegejahr war ein Mormone«, begann er. »Aus Utah. Angehender Tierarzt.«

»Wie Paula«, wäre ich fast herausgeplatzt. Ich hatte weder ihm noch unserer Mutter von ihr erzählt.

»Und der hat dir seinen Glauben dann nähergebracht?«

»Ja, und im Sommer darauf war ich in Palmyra, um ihn am Hügel Cumorah auftreten zu sehen.«

Natürlich hatte ich keine Ahnung, wovon er sprach; er musste es mir erst erklären.

»Na ja, und nach Dads Tod war ich dann erst mal ziemlich verloren. Wir mussten irgendwie durch diese schreckliche Zeit kommen, und wir sprachen alle nicht mehr miteinander. Und das Mädchen, in das ich verliebt war, sprach auch nicht mehr mit mir.« Er ließ bedrückt den Kopf hängen.

»Rochelle Steiner?«

Lewyn sah mich verblüfft an.

»Sally hat mir von ihr erzählt. Sie bereut die ganze Sache mit Rochelle sehr.«

»Sie hat auch allen Grund dazu«, knurrte er.

»Vielleicht solltet ihr zwei euch mal aussprechen.«

Lewyn schüttelte den Kopf. »Eher geh ich auf ein Bier mit Harrison.«

Ich entschied mich, jetzt nicht zu sagen, dass dies ebenfalls im Bereich das Möglichen lag und ich es auf jeden Fall sehr begrüßen würde.

»Das war also eine verdammt schwere Zeit für dich.«

Er nickte. »Ich war bereit, nach dem erstbesten Strohhalm zu greifen. Zum Glück bin ich nicht an Drogen geraten. Sonst wär ich jetzt tot.«

»Na ja, Religion ist bekanntlich Opium fürs Volk.«

»Da ist was dran.«

»Und dann bist du zu den Mormonen hin und hast gesagt: *Da bin ich! Ich will konvertieren!*«

»Nee, gar nicht. Ich kam auf die verrückte Idee, dass ich selbst bei dem Event in Palmyra mitmachen wollte, weil ich so beeindruckt war von dem Zusammenhalt dieser Leute. Also hab ich eine Bewerbung eingereicht und abgewartet, was passiert. Ich dachte, es wird auf jeden Fall mal eine interessante Erfahrung, muss ja nicht unbedingt religiös sein. Hab auch behauptet, ich würde schon zu ihrer Glaubensgemeinschaft gehören, was nicht richtig von mir war.«

»Haben sie das denn nicht überprüft? Sie hatten doch sicher eine Datenbank?«

»Mag sein. Vielleicht konnten sie sich nicht vorstellen, dass man sich als Mormone ausgibt, ohne einer zu sein. Ich bekam also einen Brief, wann ich in Palmyra anzutreten hätte. Wir waren da alle im Community College untergebracht, und ich hatte natürlich Angst, als Hochstapler entlarvt zu werden. Aber sie haben uns so auf Trab gehalten, da kam keiner auf die Idee, irgendjemandes Glaubwürdigkeit zu hinterfragen. Alles war super durchorganisiert, sehr strukturiert, mit unheimlich viel Dampf dahinter. Am ersten Tag: Vorsprechen, dann wird man einer Gruppe zugeteilt, und zack, schon rennt man von früh bis spät herum; da waren nicht nur die Proben, sondern auch Workshops und Service-Aufgaben. Mich haben sie als Lamaniter besetzt.«

»Als was?«

»Einen von den Bösewichten. Die meiste Zeit hab ich mit einem Speer herumgefuchtelt.«

Zwei Dalmatiner mit einer kleinen Frau an der Leine kamen mit erwartungsvoll vorgereckten Schnauzen in Richtung Sandwiches geschnüffelt. Sie wurden weggezerrt.

»Weißt du, was, ich wurde tatsächlich immer als Jude erkannt, aber sie hielten mich halt für einen Konvertiten. Andauernd bekam ich zu hören, wie sehr sie Israel lieben. In den zwei Wochen hab ich wahrscheinlich mehr über die Bibel nachgedacht als je zuvor. Und das Buch Mormon hatte ich inzwischen auch gelesen. Oder wenigstens überflogen.«

Ich sagte nichts. Ich wollte, dass er weitererzählte.

»Und dann fing ich allmählich an, ein Gefühl dafür zu entwickeln, nicht nur für diese riesige Inszenierung, sondern auch für die Historie, das ganze Drama um Joseph Smith und die Anfänge der Glaubensgemeinschaft, die genau da ihren Ursprung genommen hatte, wo wir uns befanden. Gerade das Gemeinschaftsgefühl unter all diesen Familien war wirklich überwältigend.« Er hielt inne. »Glaubst du eigentlich an irgendwas?«

»Wie?«

»Na, glaubst du zum Beispiel, dass Moses die Israeliten aus Ägypten herausgeführt hat?«

Ich zuckte mit den Schultern. Darüber hatte ich mir noch nie Gedanken gemacht. »In irgendeiner Form wird es wohl passiert sein, nehme ich an.«

»Die Sache ist die, Joseph Smith, das ist erst zwei Jahrhunderte her, und es gibt noch jede Menge Artefakte. Ich meine, das Zelt von Moses in der Wüste, das kann man nicht besuchen, oder den Stuhl sehen, auf dem er saß, und wir haben kein persönliches Zeugnis, keine

Niederschrift von einem Gefährten, aber das macht nichts, denn es geht gar nicht um konkrete Anhaltspunkte. Es kommt der Moment, da wird die Geschichte einfach real, und man ist so überzeugt davon, man würde sein Leben drauf verwetten.«

»Das klingt jetzt aber sehr nach Sekte, Lewyn.«

»Wirklich?« Er biss noch mal in sein Sandwich, dann wickelte er den Rest ein. »Weißt du, diese Leute, die waren unglaublich nett zu mir, selbst dann noch, als sie's gemerkt hatten. Sie riefen mich ins Büro des Regisseurs und wollten von mir wissen, ob ich nun Mitglied ihrer Kirche sei oder nicht. Es war mir wahnsinnig peinlich. Und sie fragten mich, was ich dort überhaupt wollte, was ich nicht beantworten konnte. Ob ich ihrer Kirche beitreten wollte, wurde ich gefragt, aber das wusste ich auch nicht. Am Ende hab ich ihnen von Dad erzählt und wie er gestorben ist, und danach haben sie sich geradezu überschlagen, und das war mir natürlich erst recht peinlich. Ich war einfach ziemlich durch den Wind.«

»*Wolltest* du denn konvertieren?«

Lewyn seufzte. »Ich bin mir nicht sicher. Ich wollte mir zumindest die Möglichkeit offenlassen. Auf jeden Fall durfte ich von da an nicht mehr auf die Bühne, aber rausgeschmissen haben sie mich nicht. Sie haben mir immer wieder Leute geschickt, die mit mir über ihren Glauben geredet haben, und ich hab die nächsten zwei Wochen dort damit verbracht, all die historischen Stätten zu besichtigen und mehr über das ganze Thema zu lesen. Weißt du, was der Heilige Hain ist?«

Ich lachte. »Sehe ich so aus, als ob ich so was wüsste?«

»Der Heilige Hain liegt hinter Joseph Smiths Haus in Palmyra. Dort ist er zum Beten hingegangen und hat die Engel gesehen. Es ist der schönste Ort, an dem ich jemals gewesen bin. Beim ersten Mal hab ich mich dort sogar verlaufen, hab den Hain gesucht und nicht gemerkt, dass ich schon mittendrin war. Harrison hätte sich kaputtgelacht.«

Da mochte er recht haben.

»Ich hab mich eigentlich nie als spirituellen Menschen empfunden, weißt du. Aber in dem Heiligen Hain, da hab ich etwas gespürt. Vielleicht war es nur die Stille, die Erhabenheit, nach diesem schrecklichen Jahr. Ich bin immer wieder zurück in den Hain und hab mir abends die Aufführung angesehen. Ich hab eine Familie aus Provo getroffen, die haben mich eingeladen, sie auf ihrem Heimweg über Missouri und Illinois zu begleiten. Also bin ich bei diesen Kimballs ins Auto gestiegen, und auf ging's in Richtung Westen.«

»Deine kleine Schwester hast du wohl nicht vermisst.«

»Ich hab kaum an irgendwen von euch gedacht. In mir hat es mächtig gearbeitet, und ich hab immer versucht, all das Neue mit meiner alten Identität unter einen Hut zu bekommen, aber das hat nie so richtig geklappt.«

Eine Schwarze mit einer Bulldogge und einem kleinen Jungen kam vorbei, auf dem Weg zum Park und Pier am Ende der Coffey Street. Der kleine Junge drehte sich neugierig nach uns um.

»Unterwegs haben wir in Nauvoo gehalten. Nauvoo ist der Ort, an dem die Mormonen sich angesiedelt haben, als Joseph Smith gestorben ist. Von dort aus ist die Gemeinde dann nach Zion aufgebrochen, was dann schließlich Utah wurde. Wir haben all die historischen Stätten besichtigt, wie den Kerker, in dem Smith starb, und sein Haus, sein Grab; das war alles ganz interessant, aber auch nichts Weltbewegendes. Doch am selben Abend ging ich zum Fluss hinunter, zum Mississippi, ganz allein. Und ich blickte nach Westen in den Sonnenuntergang und spürte dasselbe wie im Heiligen Hain. Ich dachte nicht *das ist Gott*, aber ich spürte diesen unendlichen Frieden in mir. Den wollte ich einfach nicht mehr missen.«

Opium fürs Volk, dachte ich, sagte aber nichts.

»Also fuhr ich weiter mit den Kimballs Richtung Westen, und sie erzählten mir mehr von ihrem Glauben. Als wir in Provo angekommen waren, hab ich mich eine Weile umgesehen, dann einen Job in einem Buchladen bekommen und mir eine Wohnung gemietet. So habe ich das nächste Jahr ganz normal gelebt, nichts von Sekte oder Indoktrination, nur viel gelesen, viele Gespräche. Im folgenden Herbst habe ich mich dann an der Brigham Young in Kunstgeschichte eingeschrieben und neue Freundschaften geschlossen. Ich fing sogar an, mit einer Cousine der Kimballs auszugehen, obwohl die wohl mehr daran interessiert war, die Glaubensgemeinschaft zu verlassen, als ich, ihr beizutreten. Ich unterhielt mich viel mit Missionaren, und die Kimballs haben mich mit ihrem Bischof bekannt gemacht, einem sehr sympathischen Mann. Alle hatten viel Respekt vor meinem Judentum und vor der Sache mit Dad. Und ich bewegte mich immer weiter in Richtung Taufe und Bekehrung. Aber ich war mir nicht sicher, wollte nichts überstürzen.«

»Was dachte Mom eigentlich, wo du die ganze Zeit warst?«

»In Ithaca, natürlich. Wie gesagt, wir hatten nicht viel Kontakt. Und mittlerweile hatten wir ja alle Handys, da schickte sie mir manchmal eine SMS, so nach dem Motto, *geht's dir gut?* Und ich schrieb zurück, *alles okay*. Ende des Jahres hab ich sie dann mal angerufen und ihr gestanden, dass ich nicht mehr an der Cornell war, und sie wollte gleich nach Utah kommen und mich vor der Gehirnwäsche retten, aber ich hab ihr geschworen, dass es mir gut ging, und das stimmte ja auch. Die nächsten zwei Jahre haben wir uns nur noch zu unserem unumgänglichen Geburtstagstermin gesehen. Ich blieb immer nur ganz kurz. Es war zu schmerzlich, sie alle wiederzusehen. Euch alle.«

Lewyn hatte den Reißverschluss seiner Jacke bis zum Kinn hochgezogen und saß mit den Händen in den Taschen da. Es wurde langsam dunkel und kühl.

»Sollen wir gehen?«, fragte er.

»Erzähl mir erst noch den Rest, okay?«

»Welchen Rest? Ich bin wieder heimgekommen.«

»Komm schon, Lewyn. Irgendwas ist da doch passiert. Du hast dich nicht etwa doch noch taufen lassen?«

Er zuckte mit den Schultern. »Nicht wirklich. Ich hab eine Masterarbeit über vier mormonische Künstler geschrieben. Und damit hatte ich dann auch erst mal genug von dem ganzen Thema.«

»Die mormonische Kunst hat dich den Mormonen entfremdet?«

Er wiegte nachdenklich den Kopf. »Irgendwie schon. Ich hatte mich immer schon gefragt, was die sogenannten schönen Künste von kommerzieller Kunst unterscheidet. Vor allem bei Darstellungen mit religiöser Thematik gibt es immer diesen Aspekt, einen bestimmten Glauben zu vermitteln oder, krasser ausgedrückt, ihn zu verkaufen. Aber eine Verkündigung von einem alten Meister wird doch einer ganz anderen Kategorie zugeordnet als ein Bild von Joseph Smith mit den Engeln, das in den Sechzigerjahren gemalt wurde. Die Fragestellung hätte sich zu einer Doktorarbeit ausbauen lassen, wenn ich dageblieben wäre, aber dazu kam es nicht mehr. An der BYU habe ich über diese vier Maler gearbeitet, Friberg, Anderson, Lovell und Riley, die Begründer der mormonischen Ikonografie. Ihre Bilder zieren jeden Haushalt, jeden Versammlungsort. Zum ersten Mal hab ich sie in Palmyra gesehen, und während der nächsten vier Jahre sind sie mir praktisch jeden Tag begegnet. Sie üben eine unbestreitbare Wirkung auf den Betrachter aus, und doch war nur einer der Maler auch ein Mitglied der Kirche. Die anderen drei waren professionelle Illustratoren und Werbegrafiker. Sie haben sich die Jobs von der Kirche gegenseitig zugeschoben, wenn der eine gerade Geld brauchte und der andere was Besseres aufgetrieben hatte. Sie hatten keinerlei persönliche oder spirituelle Verbindung zu der Glaubensgemeinschaft, und die religiöse Thematik war ihnen sogar eher zuwider, sodass ich im Zuge meiner Recherche angefangen habe, diese Bilder als eine Form von Unehrlichkeit zu betrachten. Und nach und nach fühlte sich alles irgendwie unehrlich an.«

Ich nickte. »Okay, verstehe.«

»Wie gesagt, der Bischof war ein netter Mensch, und er hat sich sehr bemüht, mich in den Kreis seiner Schäfchen zurückzuholen, aber ich war innerlich schon ausgestiegen. Eines Tages saß ich in einem Starbucks in Provo, und zwei Missionare haben sich zu mir gesetzt und ihre Pamphlete rausgezogen, mit einem Lovell-Bild vorne drauf: *Moroni vergräbt die Tafeln am Hügel Cumorah.* Es ist natürlich einige Hundert Jahre her, dass Moroni die Tafeln dort im tiefsten Winter vergrub, weil er wusste, dass er sterben würde und er der Letzte seines Stammes war, und dies war der Augenzeugenbericht davon, wie Jesus den Nephiten erschien. Aber er wusste auch, dass eines Tages ein Gottgesandter die Tafeln ausgraben und entziffern würde, worauf das Aaronische Priestertum wiederhergestellt werden würde.«

Ich hielt mich mit meinem Kommentar lieber zurück.

»Und natürlich kamen die Missionare mir dann mit ihrem üblichen *ich weiß, dass dieses Zeugnis wahr ist, und du kannst es auch wissen, wenn du Gott reinen Herzens darum bittest.* Den Spruch hatte ich die letzten vier Jahre immer wieder zu hören bekommen, und ich wusste, das stimmte einfach nicht. Alles Quatsch! Und die armen Kerle starrten mich entgeistert hat, weil ich mitten im Starbucks anfing zu lachen und zu weinen, alle glotzten zu uns rüber, und ich stammelte bloß noch, *ich kann nicht, ich kann nicht.* Schließlich haben sie einen Krankenwagen gerufen, weil sie nicht mehr wussten, was sie mit mir machen sollten, und ich hab ein paar Tage im Krankenhaus verbracht. Ich selbst hätte mich nicht in Behandlung begeben, aber es war das Richtige, denn ich war völlig fertig mit den Nerven. Als ich dann zurück in meiner Wohnung war, hab ich gemerkt, dass ich da eigentlich gar nichts mehr zu suchen hatte. Also bin ich direkt zum Flughafen und heimgekommen.«

Er hielt inne, blickte an mir vorbei zum anderen Ende der Straße, wo jemand in unsere Richtung unterwegs war. Mann ohne Hund.

»Tja, und mehr war nicht.«

»Mein Gott, Lewyn, das tut mir wirklich leid.«

»Warum?« Er klang überrascht. »Ich musste rausfinden, woran ich glaube oder auch nicht. Und was mir wichtig ist, mehr als alles andere, das ist die Kunst. Immerhin habe ich damals ein paar wirklich gute Menschen getroffen. Und ich hab meinen Abschluss gemacht, nur mit ein wenig Verspätung. Nein, ich habe keinen Grund zu klagen.«

»Ich bin froh, dass du nach Hause gekommen bist. Ohne dich hätte ich's nicht gepackt.«

»Gern geschehen.«

Der Mann auf der Straße kam näher. Er war jung, Schwarz, trug eine Fairway-Tüte und pfiff vor sich hin. Irgendwie kam er mir bekannt vor.

»Kennst du den?«, fragte Lewyn, als ich aufsprang und winkte.

Aber er sah mich noch nicht. Er trug einen blauen Parka über einem blauen Hemd, und auf dem Hemd prangte ein Wappen: gelbe Eicheln auf rot-weißem Hintergrund. Als er näher kam, konnte ich den Schriftzug darunter lesen: Silliman College.

»Hi! Ephraim!«

Da blieb er stehen, zog die Stöpsel aus den Ohren. Er breitete die Arme aus. »Phoebe! Wow!« Ohne die Tüte loszulassen, drückte er mich an sich.

»Was machst du denn hier?«

»Ich wohne hier.« Er deutete auf ein Haus an der nächsten Straßenecke.

»Das ist ja verrückt! Schau mal, dieses Gebäude hier, ich meine das Lagerhaus, gehört uns. Wir sind praktisch Nachbarn!«

Der einzige Kommentar, den der junge Mann dazu abgab, war: »Ah.«

»Das hier ist mein Bruder Lewyn.«

»Hallo.« Lewyn streckte die Hand aus.

»Ephraim hat letzten Sommer bei der Kindertagesstätte mitgemacht«, erklärte ich. »Er studiert in Yale. Was machst du denn zu Hause?«

»Herbstferien«, entgegnete Ephraim. »Ich muss eine Arbeit fertigstellen, und meine Mitbewohner hatten beschlossen, während der

Ferien alle Folgen von *Stargate* zu gucken. Außerdem wollte ich meine Mom sehen.«

»Wie lieb von dir! Eigentlich wollten wir ja in Kontakt bleiben ...«

Er wirkte auf einmal verlegen, und ich wünschte, ich hätte den Mund gehalten. Aber wir waren doch Freunde gewesen. Verbunden in unserer Verachtung für die Chefin, dieses Biest, das Kinder hasste.

»Wollt ihr nicht mitkommen?«, bot Ephraim an. »Ich koche heute.«

Ich lehnte automatisch ab. »Nein, nein, lass mal.«

Gleichzeitig sagte Lewyn: »Geht leider nicht.«

»Wir haben schon gegessen«, setzte ich hinzu.

»Dann kommt doch wenigstens auf einen Sprung mit rein, Hallo sagen.« Ephraim ließ nicht locker. »Es wird Zeit, dass ihr meine Mom kennenlernt.«

Mein Bruder und ich wechselten einen Blick, nickten dann einmütig. Keiner von uns kam auf die Idee, dass »Es wird Zeit, dass ihr meine Mom kennenlernt« nicht als Scherz gemeint war, und wir hatten auch nicht die leiseste Ahnung, was für eine verblüffende Wendung unser Leben schon bald darauf nehmen sollte.

Kapitel 32

Alles ist wichtig

In dem Lewyn Oppenheimer sich setzen muss

Die Narbe war es, die uns beiden als Erstes auffiel – diese hervorstechende rosa Zickzacklinie an ihrem Schlüsselbein –, erst dann ihre Gesichtszüge, schon vertraut von der Wikipedia-Seite her, die wir uns vor zwei Wochen angesehen hatten; die grauen Dreadlocks, die ganze kleine Person mit der eindrucksvollen Ausstrahlung. Ich hatte den Raum vor Lewyn betreten, darum konnte ich seine Miene nicht sehen, als sein Blick auf sie fiel, ebenso wenig wie er meine. Ich streckte die Hand nach hinten, aber es war Ephraim, der meinen Arm ergriff.

»Oh!«, sagte jemand, und ich dachte für einen kurzen Moment, ich sei das gewesen, aber es war Stella Western. Sie stand in ihrer Küchentür und sah uns drei zusammen hereinkommen: drei von Salo Oppenheimers fünf Kindern, zum ersten Mal zur selben Zeit am selben Ort. »O Mann«, sagte sie. »Na so was.«

»Bist du sie?«, fragte Lewyn, was ganz schön blöd klang, aber ich wusste genau, was er meinte, und sie offenbar auch.

»Ich bin Stella«, sagte Stella. »Und ich denke, du bist Lewyn.«

»Du lebst hier?«, fragte Lewyn weiter. »Und das ist dein Sohn?« Er wandte sich zu Ephraim um, versuchte sich anscheinend an seinen Namen zu erinnern. Es schien ihn alles sehr aufzuwühlen.

Stella kam mit offenen Armen auf uns zu. »Phoebe, nicht wahr?«

Ich nickte. Dann fiel ich ihr um den Hals. Ich weiß auch nicht, warum. Mir war einfach danach.

»Lewyn. Darf ich dich auch umarmen?« Schon liefen die Tränen.

Lewyn ließ es zu, aber in seinem Gesichtsausdruck lag Bestürzung.

»Jetzt kenne ich euch endlich alle«, sagte Stella. »Sally habe ich schon einmal getroffen. Ich wusste nicht, dass sie es war, aber ich mochte sie. Und euren Bruder Harrison habe ich auch kennengelernt. Das war nicht so nett, aber nun ja, er stand seiner Mama zur Seite. Eurer Mama. Das habe ich respektiert. Möchtest du dich nicht setzen?«, fragte sie Lewyn. »Wär vielleicht besser.«

Ich riss mich von ihrem Anblick los und blickte zu Lewyn hinüber. Er sah wirklich nicht gut aus.

»Lewyn, komm, setz dich«, sagte ich, und er ließ sich aufs Sofa fallen. Kein Wunder, dass er so fertig war, er hatte von alldem ja nichts geahnt. Ich nahm seine Hand.

»Lewyn«, erklärte ich dann behutsam, »das ist unser Bruder Ephraim.«

»Na ja«, sagte Ephraim und nickte, »Halbbruder, aber immerhin.«

Lewyn starrte ihn an wie einen Geist.

Wir befanden uns in einem dunklen Wohnzimmer mit blau gestrichenen Regalbrettern an den Wänden und zwei Ledersofas, die sich am Kamin gegenüberstanden. Über dem Kaminsims ein gerahmtes Plakat von Stellas Dokumentarfilm über den Klansman, der zum Judentum konvertiert war. Ich konnte mich gar nicht sattsehen, immer wieder kehrte mein Blick zu Stella zurück und zu Ephraim. Ich war überwältigt.

»Bis vor zwei Wochen wusste ich nicht mal, dass es dich gibt«, sagte ich zu Ephraim. »Ich meine, als noch ein Kind von unserem Vater.« Ich sah Stella an. »Meine Schwester hat mir von dir und … unserem Vater erzählt. Und von Harrison wusste ich, dass du einen Sohn hast.« Ich legte Lewyn die Hand auf die Schulter. »Ich wollte es dir wirklich erzählen. Ehrlich. Aber es ist ein ganz schöner Brocken.«

Lewyn schwieg.

»Lewyn«, sagte Stella, »möchtest du was trinken?«

Zu meiner Überraschung nickte er.

»Okay. Moment.« Sie verschwand in der Küche und kam mit einer Flasche Wein zurück. »Du vielleicht lieber nicht?«, sagte sie zu mir. »Ich will keinen Ärger kriegen.«

»Ach, scheiß drauf!« Ich fühlte mich wie auf einer Wolke, blickte ständig zwischen Lewyn und Ephraim hin und her. Nein, ich bildete es mir nicht ein. Die Form ihrer Kinnlinie. Die Wangenknochen. Die breiten Schultern. Die langen Beine. Sie waren wie das positive und das negative Lichtbild von ein und derselben Person. Mein Herz pochte. Ich streckte die Hand aus, und Stella reichte mir ein Glas Weißwein. »Auf die Oppenheimers«, sagte ich, mit einem leichten Anflug von Hysterie, der sich allerdings gar nicht so unangenehm anfühlte. »Gott segne uns alle.«

Lewyn nickte. Dann setzte er sein Glas auf dem Couchtisch ab und wandte sich Ephraim zu. »Wie alt bist du denn?«

»Baujahr '97. Ich bin zwanzig.«

Wir konnten alle sehen, wie Lewyn eins und eins zusammenzählte. »Oje«, sagte er, »was bin ich nur für ein Idiot.«

»Absolut nicht«, entgegnete Stella. »Es wurde doch alles unternommen, um es vor euch geheim zu halten. Ich habe eine Vereinbarung unterschrieben, laut der ich mich verpflichtete, euch niemals zu kontaktieren, was gar nicht so leicht war, Lewyn, seit du angefangen hattest, hier im Lagerhaus zu arbeiten, aber ich hab mein Bestes getan. Und dann kommt Ephraim letzten Sommer heim und erzählt mir, Phoebe Oppenheimer arbeitet mit ihm in der Tagesstätte.«

»Du wusstest damals schon, wer ich war?«, fragte ich ihn.

Ephraim nickte. »Hab's immer schon gewusst. Sie hat mir alles erzählt, sobald ich alt genug war, es zu begreifen. Ich kannte alle eure Namen. Von Sally hab ich auf ihrer Website gelesen. Harrison hab ich im Fernsehen gesehen und sein Buch gelesen. Eins seiner Bücher.« Er schnitt eine Grimasse. »Kein Fan davon.« Dann, zu Lewyn gewandt: »Aber dein Buch hat mir gefallen. Über die Sammlung Oppenheimer.«

»Ach, du warst das, der das gekauft hat«, versuchte Lewyn zu witzeln.

»Ich wollte, dass er seinen Vater kennt«, erklärte Stella. »Ich mag nicht lügen und schon gar nicht dem wichtigsten Menschen in meinem Leben etwas verschweigen. Harrison hatte ja mit unseren Verhandlungen zu tun, aber ich hatte keine Ahnung, was du von alldem wusstest, Lewyn.«

Lewyn schüttelte den Kopf. »Nichts. Uns hat man überhaupt nichts erzählt.«

Ich fasste wieder nach seiner Hand. »Sally wusste es. Sie hat sie zusammen gesehen, auf einer Kunstausstellung.« Ich sah Stella an. »Wusstest du, dass sie euch gesehen hat?«

Sie nickte, nach kurzem Zögern. »Es war vor vielen Jahren, im Waschraum des Folk Art Museum. Sie sagte etwas, das mich auf die Idee brachte, sie könnte Salos Tochter sein. Aber sie hat mir nicht gesagt, wie sie heißt, und es kam mir im Nachhinein doch sehr unwahrscheinlich vor. Was sollte sie denn dort? Ich hab ihm nichts davon erzählt. Wollte ihn nicht beunruhigen.« Sie blickte zwischen mir und Lewyn hin und her. »Eins müsst ihr wissen: Ich habe euch alle immer gerngehabt, sogar Harrison, einfach weil ihr Salos Kinder seid. Ihr seid das, was von ihm noch da ist. Ich glaube nicht, dass Ephraim sich an ihn erinnert, was mich traurig macht.«

Ephraim zuckte die Achseln. Aber es war ihm anzusehen, dass auch er es traurig fand.

»Ich kann mich auch nicht an ihn erinnern«, hörte ich mich sagen.

»Nein. Und das tut mir wirklich leid.« Sie seufzte. »Wahrscheinlich werde ich jetzt einen geharnischten Brief von der Anwaltskanzlei erhalten, weil wir uns getroffen haben.«

»Wirst du nicht«, sagte Lewyn. »Weil wir's unserer Mutter nicht verraten werden.«

»Außerdem könnte man es Schicksal nennen«, meinte ich.

»Das Schicksal hätte sich ruhig ein bisschen mehr beeilen können«, sagte Lewyn, »nachdem du hier in derselben Straße wohnst, wo unser Vater seine Kunstsammlung aufbewahrt hat.«

Stella nickte. »Damals gehörte eurem Vater fast die ganze Straße. Nach seinem Tod wurden die Häuser verkauft, bis auf dieses hier. Dafür habe ich kämpfen müssen. Aber ich sah keinen anderen Weg. Zu viele Veränderungen, viel zu schnell. Ich hatte natürlich Geldsorgen, und ich wusste, das hätte Salo nicht gewollt. Vor allem aber wollte ich Ephraim hier nicht auch noch rausreißen. Er hat sein ganzes Leben hier verbracht, bis er aufs College ging.«

Lewyn schüttelte den Kopf. »Ich ... das ist unglaublich. Ich bin so wütend, echt.«

»Du siehst gar nicht wütend aus«, sagte ich.

»Bin ich aber. Wie konnte sie uns das verheimlichen? Was hat sie sich nur dabei gedacht?«

Stella seufzte. »Sie dachte, dass sie ihren Mann verloren hat. Und das hat ihr sicher sehr wehgetan, genau wie mir. Also wollte sie wenigstens das unter Kontrolle halten, was sie konnte, und ihre Kinder beschützen, und das kann ich verstehen, auch wenn ich mit der Art und Weise, wie sie es getan hat, nicht einverstanden bin. Was ich ihr damals auch gesagt habe. Sie müssen erfahren, wer Salo wirklich war, habe ich gesagt, und was ihn so hat werden lassen. Der Unfall, beispielsweise. Ich weiß, warum er sich nicht dazu durchringen konnte, davon zu sprechen, aber nachdem er nicht mehr da war, fand ich es wichtig, es Ephraim zu erzählen. Vielleicht war es sogar das Wichtigste, was ich ihm je erzählt habe, oder?«, fragte sie ihren Sohn.

»Es war alles wichtig.« Er zuckte die Achseln. »Weil ich mich selbst nicht an ihn erinnern kann.«

»Moment.« Lewyn schien wie aus einer Trance zu erwachen. »Was für ein Unfall?«

Stella schwieg. Ephraim auch.

»Was für ein Unfall?«, wiederholte Lewyn, und ich stimmte mit ein. Sicher fürchteten wir uns beide vor der Antwort. Aber Ephraim hatte recht: Alles war wichtig, und was unseren Vater betraf, war dies das Allerwichtigste.

Wir blieben noch viele Stunden. Stella kochte Abendessen für uns alle, und ich ging mit Ephraim hinauf in sein Zimmer. Vom Schreibtisch am Fenster aus blickte man über drei Dächer, dahinter die Ziegelmauer des Lagerhauses. »Du hast die Dinge im Auge behalten«, bemerkte ich.

»Stimmt. Ich hab auch manchmal deinen Bruder da gesehen, besonders in den letzten Jahren, aber nie dich oder die anderen.«

»Mein Bruder hat das Kunst-Gen geerbt«, sagte ich. »War es eigentlich schön für dich, in Red Hook aufzuwachsen?«

»Ja, bis aufs Skateboarden.« Er grinste. »Kopfsteinpflaster! Aber meine Mom hatte es mir sowieso verboten. Nein, der *Stuyvesant Spectator*, das war mein Sport.«

»Was?«

»Die Schülerzeitung. Dafür braucht es keine Knieschoner.«

»Stuyvesant! Aber das ist ja ewig weit weg von Red Hook.«

»Ja, brutal. Eine Mitschülerin hat mal ausgerechnet, wie lange jeder in unserer Klasse für den Schulweg brauchte, und ich war mit anderthalb Stunden und zweimal umsteigen bei den obersten zehn Prozent, aber manche aus Rockaway oder Queens waren noch schlimmer dran. Dafür ist es aber eine tolle Schule. Ich war ganz gut vorbereitet für Yale.«

Auf dem Schreibtisch lagen mehrere Aktenordner, ein Stapel Kolleghefte, daneben ein Laptop. »Dein Forschungsprojekt?«, fragte ich.

Er nickte.

Ich sah mir eins der Hefte an: *Wir tragen die Maske: 15 wahre Geschichten vom Identitätswechsel in Amerika.*

»Ich schreibe über bewusst gewählte nicht-weiße ethnische Selbstzuordnung.«

»Was soll denn das heißen?«

»Na ja, es gab immer schon Schwarze, die sich als Weiße ausgegeben haben. Wenn sie hellhäutig genug waren, konnte das für sie eine echte Erfolgschance darstellen, vor allem in ökonomischer Hinsicht. Aber das gibt es auch umgekehrt. Natürlich weit weniger häufig, allerdings Tendenz steigend.«

»Wie diese Frau da vor ein paar Jahren.«

»Ja, Rachel Dolezal.«

»Das sind also Leute, die freiwillig auf ihre ethnischen Privilegien verzichten?«

»Im Prinzip, ja. Aber das Ganze ist natürlich sehr vielschichtig. Dieser Fall hier« – er tippte auf den Schreibtisch – »betrifft jemanden, der im Licht der Öffentlichkeit steht. Ich arbeite schon fast ein Jahr daran, mit einem Rechercheteam der *Yale Daily News.* Ich muss da sehr gründlich vorgehen, nicht nur um meiner selbst willen, obwohl ich meine Laufbahn als Journalist bestimmt nicht mit einem gigantischen Schnitzer starten möchte. Aber für die Person, um die es hier geht, wird es katastrophale Auswirkungen haben. Und ebenso«, setzte er vorsichtig hinzu, »für jeden, der ihm vertraut, mit ihm zusammenarbeitet. Also sitze ich hier und überprüfe noch einmal die Quellen, das gesamte Material. Und dann werde ich es veröffentlichen.«

»Ich kann's gar nicht fassen, dass du mein Bruder bist«, platzte ich heraus. »Ich freu mich so!«

Er lächelte zurückhaltend. »Ich freu mich auch. Ist mir schwergefallen letzten Sommer, dir nichts zu sagen. Tut mir echt leid, aber ich hatte es meiner Mom versprochen. Das alles hat sie ziemlich mitgenommen. Nicht nur wegen dieser Vereinbarung. Sie respektiert eure Mutter, Salos wegen.«

Ich umarmte ihn. Nach kurzem Zögern erwiderte er die Umarmung.

Als wir wieder herunterkamen, saßen Lewyn und Stella noch am Esstisch, mit der Weinflasche zwischen ihnen. »Hier, Phoebe«, sagte Lewyn, »hör dir das mal an.«

»Was denn?«

»Ich erzähle Lewyn gerade von den Rizzoli-Zeichnungen«, erklärte Stella. »Es ist nicht bloß ein Filmprojekt.«

»Ach nein?«

»Bei diesen Rizzolis haben sie sich getroffen«, sagte Ephraim. »Auf der Outsider-Ausstellung.«

»Wiedergetroffen«, verbesserte ihn seine Mutter. »Ich hab damals schon über Rizzoli gearbeitet, obwohl es nicht viel zu filmen gab. Ich habe ein paar Leute gefunden, die ihn gekannt hatten, aber von Expertise konnte da noch keine Rede sein. Das Konzept der Outsider-Kunst war brandneu, und zu der Zeit beherrschte ein Künstler das ganze Feld.«

»Henry Darger?«, fragte Lewyn.

Stella seufzte.

»Wer ist Henry Darger?«, wollte ich wissen.

»Der Pelé der Outsider-Kunst«, sagte Lewyn. »Wie der Fußballer, von dem jeder schon mal gehört hat, selbst wenn er sich gar nichts aus Fußball macht.«

»Ach so. Also ich hab von beiden noch nie was gehört.«

»Ich fand es wunderbar, dass euer Vater die Rizzolis von dem Händler gekauft hat. Es brachte ihm sicher keinen finanziellen Vorteil, für Rizzoli-Werke gab es keinerlei Aussicht auf Wertsteigerung. Als ich den Rest seiner Kunstsammlung sah, verstand ich erst, *wie* untypisch der Rizzoli-Ankauf für ihn war. Da wusste ich, er hatte es für mich getan, um mir freien Zugang zu den Bildern zu ermöglichen. Und weil ich sie hier in der Straße direkt verfügbar hatte, konnte ich jedes Stück im Detail filmen, was wirklich ein Geschenk des Himmels war, denn seit 2001 habe ich keinen Blick mehr darauf werfen können.« Sie hielt inne. »Ich habe eure Mutter darum gebeten. Als wir unsere Vereinbarung trafen. Angefleht habe ich sie. Nicht nur für meinen Film. Sie waren Teil meiner Geschichte mit eurem Vater. Schließlich sagte sie, sie wüsste nicht, wo sie wären, und wenn ich noch einmal davon anfinge, würde es gar keine Vereinbarung geben, und sie würde mich aus dem Haus werfen. Ich hab ihr das natürlich nicht geglaubt, aber was sollte ich machen. Ich hatte schon ein Jahr lang einen Anwalt beschäftigt, den ich mir nicht leisten konnte. Ich war verschuldet und erschöpft. Ich mochte die Rizzolis sehr, aber ich musste sie nicht unbedingt besitzen. Ich wollte nur dieses Haus behalten.« Ephraim legte seine Hand auf ihre. Stella nickte. »Ich weiß nicht, ob eure Mutter begriffen hat, was diese Bilder für mich bedeuteten, oder ob sie mir einfach nur meine Bitte nicht erfüllen wollte. Wir haben beide getrauert, waren beide zornig. Aber als Salo noch lebte, befanden diese Bilder sich im Lagerhaus, und dann waren sie angeblich nicht mehr da.«

»Das sind sie auch nicht«, warf Lewyn ein. »Wir haben heute noch mal nachgeschaut. All die Jahre, die ich dort schon arbeite, habe ich nie ein einziges Bild gesehen, das denen entspricht, die man online finden kann. Geschweige denn eine ganze Sammlung davon. Ich würde sie dir sofort geben, wenn ich könnte. Aber ich weiß echt nicht, wo sie sind.«

»Harrison schon«, sagte ich.

Alle sahen mich an.

»Wirklich. Er wollte es nicht zugeben, aber er weiß es. Mom ebenso. Ich meine, wenn Harrison es weiß, weiß Mom es auch.«

»Nun ja«, sagte Stella nach einem kurzen Moment des Schweigens. »Wenn der Film gesendet wird, dann werden eine Menge Leute diese Bilder sehen wollen. Vielleicht kommen die beiden der Anfrage des Museums ja bereitwilliger nach als meiner.«

»Glaub ich kaum«, sagte ich. »Da müssen wir uns wohl noch ein bisschen was Überzeugenderes einfallen lassen.«

Und wir begannen zu überlegen, was genau das wohl sein könnte.

Kapitel 33

Tabula rasa

In dem ein für alle Mal klargestellt wird, dass Oppenheimer kein besonders gängiger Name ist

Für meinen Termin in Rochelle Steiners Anwaltskanzlei an der Madison Avenue hatte ich mich extra ein bisschen in Schale geworfen. Die Adresse lag gleich um die Ecke vom Cornell Club, wo sie eines schicksalhaften Tages in einen Bus gestiegen war, einen Platz nah bei der Toilette gewählt hatte und eine Kette von kompliziert verknüpften, weit in die Zukunft reichenden Dingen in Bewegung gesetzt hatte. In der Kanzlei schien ein ausgewogenes Verhältnis zwischen weiblichen und männlichen Mitarbeitenden zu bestehen, was einer der Gründe gewesen sein mochte, weshalb Rochelle sich für diesen Arbeitsplatz entschieden hatte (und nach ihrem Harvard-Studium und der Anstellung bei einem Richter am Obersten Gerichtshof des Staates New York dürfte es ihr nicht an attraktiven Job-Optionen gemangelt haben). Eine Frau wies mir den Weg in Rochelles Büro; es war am Nachmittag, ein paar Wochen nach dem Zusammentreffen mit Stella, und von Anfang an lief nichts so wie geplant. Nicht, dass es schlecht lief, nur eben … anders als erwartet.

»Phoebe Oppenheimer«, sagte Rochelle Steiner. Sie stand hinter ihrem Schreibtisch auf. »Sieh mal einer an.«

Ich hatte alles getan, um älter auszusehen als siebzehn, von dem Kostüm, das ich mir vorigen Sommer für ein Praktikum bei Wurttemberg angeschafft hatte, bis hin zur rabenschwarzen Wimperntusche, und doch flog ich augenblicklich aus dem Sattel und tat mein Bestes, mich wieder aufzurappeln. »Hi, ich bin Phoebe.«

»Ja. Phoebe Oppenheimer, wie es hier in deiner Akte steht, die meine Assistentin anlässlich deiner Terminanfrage für mich vorbereitet hat.« Rochelle hielt einen roten Aktendeckel hoch. »Du erinnerst dich wohl, dass du meiner Assistentin deinen Namen genannt hast.«

Ich nickte, schon nach dreißig Sekunden auf Kleinformat zurechtgestutzt. Jetzt ging es nicht mehr darum, älter als siebzehn zu wirken, älter als zehn war alles, was ich mir noch erhoffen konnte.

»Ja.«

Ich setzte mich auf den Stuhl, auf den Rochelle Steiner deutete. Der Schreibtisch zwischen uns: eine breite Fläche mit einer altmodischen Schreibunterlage, die nicht sehr sinnvoll erschien unter dem ausladenden iMac. An der Wand nichts als ihre Diplome in überdimensionalen Rahmen und ein Foto von Rochelle in jungen Jahren neben einer Frau in einem ärmellosen gelben Kleid.

»Ich kannte mal ein paar Leute namens Oppenheimer«, sagte Rochelle.

»Oh! Ja, das ist ein gängiger Name.«

Rochelle warf den Kopf zurück und brüllte vor Lachen. Ich starrte sie verblüfft an.

»Darauf falle ich sicher nicht noch mal rein! Phoebe Oppenheimer, Schwester von Sally und Lewyn, nehme ich an, und dem anderen da von Fox News. Was für eine Schande.«

Ich konnte ihr nicht widersprechen, also schwieg ich.

»Das letzte Mal hab ich dich am Strand von Martha's Vineyard gesehen. Am 10. September 2001. Ein Datum, das man schwer vergessen kann.«

»Ich fürchte, ich hab es vergessen, nachdem ich damals noch in den Windeln lag.«

»Es tut mir leid wegen deinem Vater. Da sollte ich nicht so flapsig sein. Selbst in Anbetracht dessen, was am nächsten Tag geschah, war es schon grauenhaft und surreal. Tatsächlich warst du wohl die Einzige in deiner Familie, die ich nicht abgrundtief gehasst habe, als ich an dem Abend euer Haus verließ.« Sie sah mich forschend an. »Moment. Weißt du überhaupt, wovon ich hier rede?«

Ich nickte. »Ich weiß genug. In den letzten Monaten haben wir in meiner Familie ziemlich reinen Tisch gemacht. Bekanntlich lassen wir Oppenheimers uns nicht gern in die Karten gucken, und ich werde wohl noch eine Weile brauchen, um da wirklich ganz durchzublicken, bevor ich mich abseile.«

Rochelle hob die Augenbrauen. »Abseilen? Wohin?«

»O Gott.« Ich schüttelte den Kopf. »Nicht Sie auch noch! Wir sind uns doch gerade erst begegnet!«

»Ich meine ja nur ... na, ich nehme an, du wirst aufs College gehen. Ich hab nicht gefragt, auf welches.«

»Sorry«, murmelte ich. »Bisschen empfindlich.«

Und dann, ganz unvermutet, lächelten wir beide uns an.

Ich hatte nie ein Collegefoto von der Frau auf der anderen Seite des Schreibtischs gesehen, also hatte ich keinen rechten Blick für das Ausmaß ihrer Verwandlung, doch sie war beeindruckend. Rochelle Steiner war immer noch klein und zierlich, aber sie sah nicht mehr aus wie eine Mittelschülerin, die versucht, sich als Erwachsene auszugeben. Die welligen Haare, die sie früher zu straffen Zöpfen geflochten trug, ringelten sich über ihren Schultern, und die Haut, die einst hartnäckige Pubertätsspuren gezeigt hatte, war zu einem glatten Teint herangereift. Rochelle trug ein schlichtes Wollkleid und weder Schmuck noch Make-up. Sie sah aus, als bräuchte sie morgens nicht länger als vier Minuten, um sich zurechtzumachen.

»Also, Phoebe Oppenheimer, wie kann ich dir heute helfen? Du wirst wohl kaum so etwas wie unrechtmäßige Aneignung von geistigem Eigentum zu beklagen haben, und ich hoffe doch, du willst keine Scheidung einreichen. Meiner Assistentin hast du bei der Terminvereinbarung« – sie schlug den Ordner auf, der nur ein einzelnes Blatt Papier enthielt – »nichts weiter angegeben als *Tabula rasa.*«

Ich beugte mich auf meinem Stuhl vor. »Wir haben ein familiäres Problem, mein Bruder und ich.«

»Welcher Bruder? Du hast zwei, soweit ich mich entsinne. Der eine hat mich vom Tag unserer Begegnung an belogen, und den anderen kannte ich kaum, möchte ihn aber trotzdem immer nur ohrfeigen.«

»Geht mir genauso«, stimmte ich ihr zu. »Übrigens habe ich drei Brüder, nicht zwei. Was relevant sein mag oder auch nicht. Ich hab Ihnen das hier mitgebracht.«

Aus meiner Tasche holte ich eine Kopie des Briefs vom American Folk Art Museum. (Das Original hatte ich nach dem Besuch bei Harrison endlich unserer Mutter übergeben, weil ich sicher war, dass sie durch ihn sowieso schon davon wusste.) Als die Anwältin den Brief überflogen hatte, sah sie auf. »Und?«

»Diese Bilder waren Teil der Sammlung unseres Vaters. Sie wurden in einem Lagerhaus in Brooklyn aufbewahrt, das mein Vater in den früheren Achtzigern erworben hatte. Der Rest der Sammlung ist noch vorhanden, nur genau diese Werke sind verschwunden. Lewyn und ich vermuten, dass unsere Mutter sie weggeschafft hat, irgendwann so um 2002, 2003.«

»Na ja, das ist ihr gutes Recht. Wenn euer Vater nichts anderes verfügt hat, beerbt ihn automatisch seine Ehefrau. Ist das der Fall?«

Ich nickte.

»Dann sind die Bilder also ihr Eigentum. Sie kann sie hinbringen, wo sie will, sogar in den Hudson River werfen, wenn es ihr gefällt. Ich hoffe allerdings, so weit ist es nicht gekommen, es klingt, als wären sie wertvoll. Aber juristisch gibt es da keinerlei Streitpunkt.«

»Wir vermuten auch, dass unser Vater sie gar nicht in seiner Sammlung behalten, sondern sie jemand anderem schenken wollte. Einer Frau, mit der er ein Verhältnis hatte.«

Rochelle machte große Augen. »Oh, das tut mir leid. So ein plötzlicher Tod zieht oft solche Probleme nach sich. Dinge, die zu Lebzeiten nicht geregelt worden sind oder geheim gehalten wurden und schließlich ans Tageslicht kommen. So etwas über den Verstorbenen zu erfahren, muss sehr schmerzlich für dich gewesen sein – und für deinen Bruder«, setzte sie nach kurzem Zögern hinzu.

»Nun ja, es war ein Lernprozess. Was würden Sie uns denn raten, was wir da tun sollen?«

»Tun?« Rochelle setzte sich gerade auf. »Ich rate euch, mit eurer Mutter zu reden. Das ist das Einzige, was ihr tun könnt.«

»Das hab ich ja schon. Sie hat behauptet, sie wisse nichts davon. Und wollte nichts mehr davon hören.«

»Also, ich bin keine Therapeutin, und ich kenne dich nicht, aber ich muss sagen, es wundert mich, dass du dir das so einfach gefallen lässt. Rede noch mal mit ihr. Sag ihr, du gibst nicht auf, bis du verstehst, was es damit auf sich hat. Sag ihr, falls sie nur versucht, dich zu schonen, dass sie damit aufhören kann. Sag ihr, falls sie es aus Rachsucht tut, dass sie es sich selbst zuliebe lassen soll. Du könntest ihr auch sagen, dass du sie lieb hast. Das bewirkt vielleicht mehr als alles andere, weil du ihre Jüngste bist und kurz davor, dich abzuseilen, wie du sagst. Du würdest staunen, wie viele scheinbar ausweglose Probleme sich plötzlich lösen lassen, wenn man einander eingesteht, dass man sich lieb hat. Vorausgesetzt, es stimmt, natürlich.«

Ich dachte darüber nach. Es stimmte. Nur war es im Moment ein bisschen in Vergessenheit geraten. »Darf ich Sie noch etwas fragen?«

»Fass dich kurz«, sagte Rochelle und lächelte.

»Sind Sie verheiratet?«

Rochelle antwortete nicht gleich. Ich sah ihr an, dass sie ein ganzes

Kaleidoskop von möglichen Hintergedanken Revue passieren ließ. »War ich mal«, sagte sie dann. »Jetzt nicht mehr.«

»Ah so.«

Ein verlegenes Schweigen trat ein.

»Eine sehr persönliche Frage«, sagte Rochelle schließlich.

»Ja, und ich weiß es echt zu schätzen, dass Sie sie mir beantwortet haben. Und wenn ich noch eine persönliche Frage stellen darf: Warum?«

Wieder schwieg Rochelle eine Weile. Das war interessant. Ich beschloss, es in Zukunft auch so zu machen: nicht sprechen, bis ich bereit war. Die Leute ruhig warten lassen.

»Meine Mutter ist gestorben«, sagte Rochelle. »Vor vier Monaten.«

»Oh, das tut mir leid.«

»Du wolltest wissen, warum. Ich glaube, daran liegt es. Ich bin nicht so stark wie sonst. Ein bisschen wackelig.«

»Sie haben Ihrer Mutter sehr nahgestanden?«

»Ja. Aber es ging ihr nicht gut. Sie brauchte viel Zuwendung.« Rochelle schüttelte den Kopf. »Jetzt sind wir aber wirklich vom Thema abgekommen.«

Ich nickte. »Das macht doch nichts, oder? Ich meine … hatte sie Krebs oder so?«

»Nein. Das heißt, doch, am Ende, aber sie war vorher schon jahrelang krank. Seit meiner Kindheit. Und ich war immer für sie verantwortlich. Jetzt bin ich's nicht mehr, und es sollte alles leichter sein, aber irgendwie fühlt es sich nicht so an. Ich bin ihre Testamentsvollstreckerin, und das sollte nicht weiter schwierig sein, da nicht viel Geld im Spiel ist, aber irgendwie kann ich mich nicht dazu überwinden, die Sache durchzuziehen. Meine Mutter hat ihr Haus jahrelang mit Bergen von Müll angefüllt, einfach bis oben hin vollgestopft. Und jedes Mal, wenn ich zum Entrümpeln rausfahre, mache ich bloß die Tür auf, schau mir das Elend an und mache die Tür wieder zu. Okay!«, sagte sie betont munter. »Das reicht jetzt aber. Zurück zu deinem Problem.«

»Aber Sie haben mein Problem doch schon gelöst. Zumindest im Ansatz. Darum würde ich mich gerne revanchieren, Ihnen bei Ihrem helfen.«

»Na, danke schön.« Rochelle stand auf. »Aber ich ziehe doch die übliche Vergütung für meine Dienste vor, die in deinem Fall wegfällt, da wir dies hier als probeweise Beratungsstunde verbuchen. Und wie gesagt, meine Mutter ist nicht mehr da. Ihrer Krankheit war leider nicht mit Liebe und Verständnis beizukommen. Das kann ich bezeugen.«

Ich stand ebenfalls auf.

»Daran dachte ich gar nicht«, sagte ich zu Rochelle. »Sondern an das Haus. Ich meine, wenn es Ihnen recht ist, ich kenne da nämlich eine Person, die Ihnen dabei behilflich sein kann.«

Kapitel 34

Ausgrabung

In dem Sally Oppenheimer die Facetten des Schmerzes beschreibt und Phoebe Oppenheimer einen Job bekommt

Am Montag der Thanksgiving-Woche fuhr Sallys Angestellter Drew mit dem Greene-House-Laster am Lorelei-Circle in Ellesmere, Long Island vor, wo ich mit ihrer früheren Mitbewohnerin Rochelle Steiner wartete, jede von uns mit einem Kaffeebecher in der einen Hand und einem Schoko-Donut in der anderen. Die Nachbarn hatten keine Einwände gegen den sperrigen Lastwagen gehabt; alle waren erleichtert, das verwahrloste Haus endlich geräumt zu sehen. Ein paar von ihnen waren sogar zum Helfen gekommen, was ich sehr nett fand, auch wenn es Rochelle noch zusätzlich in Verlegenheit zu bringen schien. Ich konnte ihr ansehen, wie unangenehm es ihr war, obwohl ich sie erst einmal getroffen und seitdem nur ein paarmal mit ihr telefoniert hatte. Nun, da der große Wagen rumpelnd in die Einfahrt zurücksetzte, verstand ich erst, wie schwer dieses ganze Chaos auf ihr gelastet hatte. Die hochkompetente, mit beiden Beinen im Leben stehende Frau neben mir machte sich vor lauter Beschämung fast in die Hosen.

Es war nicht die Wiederbegegnung, die ich mir vorgestellt hatte. Als Sally aus dem Wagen stieg, umarmte sie mich und schüttelte Rochelle distanziert die Hand. Dann sagte sie etwas Pietätvolles über Rochelles Mutter, und wie leid es ihr tue, unter diesen Umständen herbestellt worden zu sein.

»Ich hab noch nicht mal angefangen«, sagte Rochelle. »Dabei ist es schon Monate her.«

»Das ist doch ganz normal«, sagte Sally. »Und du *hast* angefangen. Sonst wäre ich jetzt nicht hier.«

Das hörte sich ja schon recht versöhnlich an.

Rochelle und meine Schwester gingen hinein, und ich half Drew, vor dem Hauseingang eine Zeltplane aufzustellen und ein paar Tische darunter. Er sagte nicht viel, gab nur ein grunzendes Geräusch von sich, als ich ihn fragte, ob er schon lange für Sally arbeite. Als eine der Nachbarinnen ihm einen Kaffee anbot, zögerte er kurz, nahm ihn dann aber an. Einen Donut nahm er auch.

Dann holte Sally Drew ins Haus, und Rochelle kam zu mir heraus. »Anscheinend hat sie schon Schlimmeres gesehen. Ganz schön ernüchternd, was? Aber vielleicht wollte sie nur höflich sein.«

»Glaub ich nicht«, sagte ich.

»Nett von dir, extra rauszukommen. Hast du denn keine Schule?«

Hatte ich, aber ich hatte beschlossen zu schwänzen. Schließlich musste ich ja an meinen Collegebewerbungen arbeiten, das hatte ich zumindest als Entschuldigung angegeben. Dabei hatte ich die einzige Bewerbung, die ich einreichen wollte, bereits geschrieben. Und abgeschickt.

»Ich wollte gern hier dabei sein«, sagte ich zu Rochelle. »Nicht bloß, um zu helfen. Ich hab Sally noch nie bei der Arbeit gesehen. Ich weiß, dass sie gut darin ist, aber ich hatte noch nie die Gelegenheit, sie dabei zu beobachten. Ich hoffe, es macht Ihnen nichts aus.«

»Natürlich nicht«, sagte Rochelle. »Es muss schön sein, eine Schwester zu haben.«

Ich lächelte. »Ist es auch. Und Brüder. Meine Brüder hab ich auch gern.«

Rochelle nickte nur. Anscheinend war das im Moment kein Thema, auf das sie eingehen mochte.

Lewyn hatte auch mitkommen wollen. Er hatte sogar Sally deswegen angerufen, aber sie war schon gestresst genug von der Aussicht, Rochelle wiederzusehen. Ich versuchte, es ihm begreiflich zu machen. *Hier geht's gerade nicht um dich. Hier geht's um Sally.*

Er gab sich einsichtig, hatte mich am Morgen zum Barclays Center begleitet, wo ich den Zug nach Ellesmere nahm. Jetzt arbeitete er wahrscheinlich im Lagerhaus und redete sich ein, es sei ihm egal, dass seine Schwestern und die einzige Frau, die er je geliebt hatte, heute alle zusammen bis zum Hals im Müll standen.

Wie schlimm es war, wurde mir erst klar, als Sally mich reinkommen ließ. Inzwischen trug ich einen weißen Overall über den Kleidern, Gummihandschuhe und Staubmaske, doch ich wurde das Gefühl nicht los, durch ein Meer von Bazillen zu waten. Überall stapelten sich Papier und Plastik, durchsetzt von vergammelten Essensresten und Haufen von Klamotten, viele noch ungetragen an Kleiderbügeln aus dem Laden. Nur wenig davon war noch zu retten, aber Sally war ein manischer Recycling-Fan, und Kiste um Kiste füllte sich unter der Zeltplane. Rochelle schien tapfer die Fassung zu wahren, bis sie um die Mittagszeit das erste Erinnerungsstück ausgrub: einen Highschool-Debattierpreis unter einem Berg alter Zeitungen. »Gehen wir mal ein bisschen Luft schnappen«, hörte ich meine Schwester sagen.

Ich machte weiter mit Ausräumen. Inzwischen hatte ich meinen Rhythmus gefunden, ein gänzlich automatisches Greifen, Hochheben, Sortieren und vor allem Wegwerfen von Biomasse. Langsam öffneten sich die Räume, der muffige Geruch konnte sich ausbreiten. Es war ein Hochgefühl, den Boden sehen zu können, den fleckigen braunen Teppich Stück für Stück freizulegen. Es war spannend, in dem Unrat auf Fundstücke persönlicher Natur zu stoßen – eine Brieftasche, eine Silberkette, das eine oder andere Foto –, die ich freudig hinaustrug und auf einem der Tische ablegte.

»Also, du kriegst den Job«, sagte Sally, als ich mit einer Sammlung von Kochrezepten herauskam. »Du bist echt tüchtig.«

»Ist aber auch … ziemlich befriedigend, nicht?«

»Find ich auch. Ist aber nicht jedermanns Sache.«

Rochelle nahm mir das Album aus der Hand. »Daran erinnere ich mich«, sagte sie. »Als mein Dad noch lebte, war meine Mutter so eine tolle Köchin.« Sie schlug es auf und tippte auf eine Seite mit dem Titel *Florentiner Hühnerschnitzel.* »Das hat es immer bei meiner Schulfreundin Eve gegeben, und weil ich es so gern mochte, hat meine Mutter sich von ihrer Mutter das Rezept geholt, die machte es aber mit Kalb, und weil meine Mutter was gegen Kalb hatte, wandelte sie es mit Huhn ab.« Sie hielt inne. »Tut mir leid. Ich rede zu viel.«

»Nein, nein«, sagte Sally. »Es tut dir gut, diese Erinnerungen auszugraben. Buchstäblich. Da werden sicher noch viel mehr hochkommen, während du dich nach und nach von dem Haus verabschiedest.«

Rochelle nickte mit betrübter Miene. Sie legte das Album auf den Sortiertisch und ging ins Haus zurück.

»Alle Achtung«, sagte ich. »Warst du immer schon so … einfühlsam?«

Sally lachte. »Ich? Sicher nicht. Aber man kann gar nicht umhin, ein Gespür für die Menschen zu entwickeln, wenn man immer wieder diesen Prozess des Loslassens mitbekommt. Sie sind alles Mögliche: wütend, erleichtert, verbittert, klammernd oder unfassbar großzügig. Aber das alles sind nur Facetten ihres Schmerzes. Der Schmerz ist das, was sie alle gemeinsam haben.«

Wir machten uns wieder an die Arbeit. Viel geredet wurde dabei nicht. Selbst mit der Unterstützung von zwei Nachbarinnen brauchten Drew und ich vier Stunden, um allein mit dem Wohnzimmer fertig zu werden. Danach nahmen wir uns die Küche vor. Sally arbeitete in der Garage, und Rochelle ging oben die Schlafzimmer durch, bevor das Ausräumen auch dort begann. Als ich hinausging, um mir was zu essen zu holen, fand ich meine Schwester und Rochelle auf der eigentümlich sauberen Veranda ins Gespräch vertieft. Ich verzog mich mit meinem Kaffee und Sandwich nach hinten in den Garten.

Die ganze Aktion dauerte schließlich fast drei ganze Tage. Ich übernachtete mit Sally in einem Motel, jeden Abend so fix und fertig, dass ich in der Badewanne einschlief. Rochelle hatte geweint, als sie hinter dem Bett ihrer Mutter einen abgeschabten Plüschhund gefunden hatte und ein zerfleddertes Fotoalbum von 1991 und am dritten Tag, in einem luftdicht verschlossenen Plastikcontainer, ein Brautkleid aus Satin. Jeden Nachmittag fuhr der Laster zweimal zur Müllkippe und einmal zum Wertstoffhof. Fenster wurden aufgerissen. Ein fabrikneues Set aus grünen Stahlrohrküchenmöbeln kam aus dem Keller zum Vorschein, und alle schauten verdattert.

»Hast du die schon mal gesehen?«, fragte Sally.

Rochelle schüttelte den Kopf. »Nein. Noch nie.«

»Die sind aber schön.«

»Ja.«

Eine Weile sprach keine von uns.

»Ich glaube«, sagte Rochelle schließlich, »ich würde die gerne nehmen und endlich meinen Ikea-Tisch rausschmeißen, den ich noch nie leiden konnte. Wieso hab ich mir bloß einen Tisch gekauft, der mir überhaupt nicht gefällt?«

»Tja, wer weiß«, sagte Sally.

»Dann stelle ich diesen Tisch und die Stühle in meine Küche.«

»Bravo!«, sagte Sally.

»Kann ich kommen und sie mir ansehen?«, fragte ich.

Rochelle wirkte etwas perplex. »Nun ... ja, natürlich.«

Als alle anderen wieder reingegangen waren, fragte ich sie noch etwas.

»Kann ich meinen Bruder mitbringen? Er würde Sie echt gern wiedersehen.«

Rochelle musste darauf gefasst gewesen sein, seit ich vor Wochen in meiner Ich-bin-kein-Teenager-Aufmachung in ihr Büro spaziert war.

Vielleicht hatte sie sich damals schon entschieden und nur auf den richtigen Moment gewartet. Zumal sie jetzt ein fast leer geräumtes Haus hatte und eine Profi-Putzkolonne für die Woche nach Thanksgiving bestellt und eine Maklerfirma beauftragt und einen nagelneuen (alten) Küchentisch mit passenden Stühlen gefunden und Sally Oppenheimer, ihre einstige Freundin, die immer noch Sally Oppenheimer war, aber eine stärkere, nachdenklichere Version von Sally Oppenheimer, wie sie selbst eine stärkere, nachdenklichere Version von Rochelle Steiner war, die ebenfalls ein paar schwerwiegende Fehler gemacht hatte.

Aber das waren nur einige der Gründe, weshalb sie Ja sagte.

Kapitel 35

Wahre Geschichten vom Identitätswechsel in Amerika

In dem einige der Geschwister Oppenheimer Veritas unter verschiedenen Aspekten betrachten

Am 15. Dezember fanden fast gleichzeitig zwei Ereignisse statt, die für unsere Familie von einiger Bedeutung waren.

Das erste – meine Aufnahme im ersten Collegejahrgang von Roarke, der auch Frauen zuließ – sollte meinen Bruder Harrison sehr stolz und glücklich machen.

Das zweite allerdings weniger.

Am Achtzehnten wurde eine noch nie da gewesene Versammlung von *allen* Brüdern Oppenheimer und mir im Harvard Club anberaumt, in einem Nebenraum im oberen Stockwerk.

Wie vieles, an dem Harrison beteiligt war, brauchte es zur Wahl des Treffpunkts etliche Verhandlungsrunden, denn so trugen Erwachsene in der zivilisierten Welt ihre Differenzen aus. Während alle sich eigentlich lieber in einer Privatwohnung getroffen hätten, weigerte Harrison sich, einen Fuß über Stella Westerns Türschwelle zu setzen, und Ephraim wollte das Haus an der Esplanade nicht ohne eine Einladung von Johanna betreten, von der natürlich keine Rede sein konnte. Aus Gründen, die in den letzten Tagen immer undurchsichtiger geworden waren, wollte niemand Ephraim in Harrison Oppenheimers Apartmenthaus am Sutton Place eintreten sehen. In der Gegend wimmelte es von Presseleuten, und obwohl das Gros sich auf ein Gebäude konzentrierte, das einen Block nördlich von Harrisons lag, war es doch nicht weit genug entfernt.

Und so fiel die Wahl auf den Harvard Club. In gewisser Weise eine ironische Wahl.

Acht Tage zuvor hatte die *Yale Daily News* die Story herausgebracht, an der Ephraim fast ein Jahr lang gearbeitet hatte. Innerhalb von zwölf Stunden schwappte die Story auf Twitter über, dann griff der AP-Sender sie auf, und jemand aus Jake Tappers Redaktion meldete sich früh am nächsten Morgen. Ephraim war bereit. Seine Mutter, zu aufgeregt, um sich das Interview anzuschauen, beschloss stattdessen, ihren Bruder in Los Angeles zu besuchen. Für alle anderen entspann sich ein Drama, das manche rasend komisch fanden, die meisten aber äußerst ärgerlich und unfassbar traurig.

»Wann haben Sie denn beschlossen, dass es hier etwas nachzuforschen gäbe?«, wurde Ephraim Western von Jake Tapper im Rundfunksender von Yale gefragt.

»Es durchfuhr mich augenblicklich, als ich ihm zum ersten Mal persönlich begegnet bin«, sagte Ephraim und blickte nervös in die Kamera. »Das war vor fünf Jahren. Er kam an meine Schule, um einen Vortrag über positive Diskriminierung zu halten, die er, wie Sie wissen, absolut ablehnt. Ich erinnere mich, wie ich ihn ansah und dachte: ›Der Mann ist doch kein Schwarzer.‹ Es war so ein Bauchgefühl, das mir immer geblieben ist, aber natürlich ist ein subjektiver Eindruck kein Fakt und keine Basis für verantwortungsvollen Journalismus. Bei der vertieften Beschäftigung mit seinen Veröffentlichungen und Interviews wurde mir klar, dass seine Identität als Afroamerikaner ein intrinsischer Bestandteil des Dialogs über ihn und seine Ideen ist, er sich selbst aber nie explizit als Schwarzer bezeichnet hat. Wirklich *niemals.*«

»Er hat ja als Teenager schon ein Buch veröffentlicht«, sagte Tapper. »Und bekanntlich hatte er kein Autorenfoto in dem Buch haben wollen. Aber warum, wenn es ihm doch darum ging, ein ganz bestimmtes Bild von seiner ethnischen Zugehörigkeit in die Welt zu setzen?«

»Nun, erstens«, entgegnete Ephraim, »war er zwar noch sehr jung, als er *Gegen die Jugend* schrieb, aber unserer Recherche zufolge nicht mehr ganz so jung, wie er behauptet hat. Ich glaube, von seiner ethnischen Identität abzulenken, war ein strategischer Schachzug, um das Interesse daran erst recht anzufachen, während er zugleich erklärte, Ethnizität sei irrelevant. Wir sollten ihn als begabten jungen Mann mit ausgeprägtem Arbeitsethos sehen, der leidenschaftlich für die Leistungsgesellschaft eintritt. Zugleich sollten wir uns auch von seinem eigenen Werdegang inspirieren lassen: unterprivilegierter Schwarzer Junge, der in einer Hütte in abgelegener Umgebung aufwächst, als Teenager seine Eltern verliert, nie zur Schule geht, es als Autodidakt zu einem Harvard-Studium und Rhodes-Stipendium bringt und schließlich ein angesehener Autor, konservativer Vordenker und Präsidentenberater wird. Und das alles ohne jede Form von Minderheitenbonus, den er als unverdiente Vorzugsbehandlung ansieht und vehement ablehnt.«

»Allerdings basiert das faktisch nicht auf der Wahrheit.«

»Nein, ganz und gar nicht.«

Eli Absalom Stone war zwar tatsächlich in West Virginia geboren, aber die einzige Hütte in seiner Jugend war die, in der sein Vater seine Gartengeräte verstaute. Die Familie war nicht sonderlich wohlhabend, außer vielleicht nach West-Virginia-Maßstäben; Elis Vater war Bauunternehmer, seine Mutter Hausfrau. Sie starb 2006, als Eli in Oxford war, aber er hatte sie nicht mehr gesehen, seit er Jahre zuvor von zu Hause weggegangen war. Ebenso wenig wie seinen Vater, der alt und krank immer noch in St. Albans lebte und seinen Sohn nicht erkannt hätte, wenn er ihm auf der Straße begegnet wäre. Oder seine ältere Schwester, bei der das möglicherweise anders gewesen wäre, wenn sie es denn für nötig gehalten hätte, jemanden mit dunkler Hautfarbe genauer anzusehen.

Außerdem war sein Name gar nicht Eli Absalom Stone.

Ursprünglich hieß er Rowan Lavery, von schottisch-irischer Abstammung, was exakt seinem Wesen und der Farbe seiner Haut entsprach. Lavery war in St. Albans zur Schule gegangen, hatte sich dort aber fehl am Platz gefühlt. Er war zu gescheit für seine Mitschüler, seine Lehrer, seine Eltern, seine Schwester (die nun in St. Albans ihren Vater betreute), auch viel zu gescheit für den Pastor seiner lutherischen Gemeinde, der arglos gemeint hatte, mit solch einem klugen Kopf müsse er unbedingt Lehrer werden.

Doch er war nicht zu gescheit für Oren Gregories.

Im Sommer vor seinem letzten Schuljahr war Lavery zur University of Virginia nach Charlottesville gefahren und hatte sich bei Professor Gregories vorgestellt, dessen Buch über kulturelle Identität und kulturelle Verdrängung er sehr bewunderte. In jenem Herbst kehrte er noch ein paarmal dorthin zurück. Danach ließ er sich nicht mehr zu Hause blicken.

Es hatte tatsächlich mal jemand mit Namen Eli A. Stone gegeben: einen afroamerikanischen Jungen, dessen kurzes Leben zwei Jahre vor Rowan Laverys Geburt zu Ende gegangen war. Das Absalom fügte er später hinzu, vielleicht als Anspielung auf die Bibel, oder auf Faulkner, oder weil es einfach so gut klang. Eli, der brillant war und schreiben konnte – zwei Dinge, die nicht notwendigerweise Hand in Hand gingen –, verbrachte jenes Jahr mit der Arbeit an *Gegen die Jugend*, und ja, das Buch war wirklich so eloquent und überzeugend, wie Harrison Oppenheimer es zu gegebener Zeit finden würde. Doch obwohl der frisch gekürte Eli Absalom Stone durchaus fähig war, das Buch ganz allein zu schreiben, hatte er in Dr. Gregories einen sehr engagierten Mentor, der ihm auch half, einen Verlag zu finden. Als das Buch schließlich erschien, bewusst ohne Autorenfoto, wäre er für niemanden aus seinem Vorleben mehr erkennbar gewesen.

Ephraim hatte Rowan Laverys Geschichtslehrer aufgespürt und seinen armen Pastor in St. Albans. Er hatte eine frühere Verlagsmitarbeiterin gefunden, die sich noch an den Wirbel erinnern konnte, den das Manuskript von *Gegen die Jugend* damals auslöste, und auch den UVA-Professor, der es ihnen zugeschickt hatte. Sogar den Verfasser eines alten Facebook-Eintrags, der Stone als Betrüger bezeichnete, hatte er ausfindig gemacht: nämlich in Deerfield, Virginia. Da Deerfield, Virginia, nicht gerade dicht besiedelt war – im Jahr 1999 hatte es 143 Einwohner –, wäre ein junger Bursche von außerhalb, der allein in einer Hütte lebte, wohl kaum unbemerkt geblieben oder einfach in Vergessenheit geraten. Was auch nicht der Fall war. Der Mann aus Deerfield besaß den einzigen Lebensmittelladen im Umkreis von zwölf Meilen, und in jenem Jahr hatte er diesen jungen Burschen die Farbe und damit, wie es ihm schien, die Rasse wechseln sehen. Als überzeugter Libertärer hatte er *Gegen die Jugend* gelesen, als es Ende des Jahres herausgekommen war, und hatte es vielen Freunden empfohlen. Aber da es kein Autorenfoto in dem Buch gab, hatte er den Namen Eli Absalom Stone nicht mit dem verwandelten Gesicht jenes jungen Manns von außerhalb verbinden können; das tat er erst, als er ihn auf Fox News wiedersah, aber selbst dann noch fand er – überzeugter Libertärer, der er war –, dass es ihn nichts anging. Auf der Facebook-Seite der Koalition Libertärer Denker sagte er, was er zu sagen hatte, und fertig; ansonsten verlor der einzige Zeuge der physischen Verwandlung des einstigen Rowan Lavery kein Wort mehr über die Sache. Bis Ephraim Western ihm eine E-Mail schrieb.

Ephraim hatte auch alles an öffentlich zugänglichem Informationsmaterial über das Hayek-Institut in Monticello, Virginia, ausgegraben, zu dessen langjährigen Mitgliedern das Wunderkind Eli Absalom Stone ebenso gehörte wie sein Mentor, Professor Oren Gregories, und Roger Fount, der einer jener Leute war, die der Präsident gern spätabends anrief. Zu den Mitgliedern, so fand er bald heraus, gehörte ebenfalls sein eigener Halbbruder, Harrison Oppenheimer.

Bei CNN und MSNBC und den noch verbliebenen Vertretern des gehobenen Print-Journalismus drehte die Diskussion sich vor allem um das Warum, aber auf Twitter und Facebook wollten die Leute eigentlich nur wissen, *wie.* Jahrelang hatte die Welt zugesehen, wie Michael Jacksons Haut immer heller wurde, aber sich in die Gegenrichtung verändern zu wollen, schien bar jeder Vernunft. Ephraim wusste auch keine Antwort darauf, aber das Thema wurde ohnehin schnell von Dermatologen und Pharmakologen aufgegriffen und für das Publikum durchgekaut, bis man sich auf *Ammi majus* einigte, die Große Knorpelmöhre, eine psoralenhaltige Pflanze (möglicherweise in Kombination mit ultraviolettem Licht). Don Lemon lud eine Runde von Gesichtserkennungsexperten in seine Talkshow und setzte sie vor einen Splitscreen mit einem Foto von Rowan Lavery und einem von Eli Absalom Stone. Keiner von ihnen hatte die geringsten Zweifel. Und Alice Lavery, Rowans Schwester, kam extra aus West Virginia, um ihrem Zorn auf CNN freien Lauf zu lassen. »Ich weiß, wer du bist!«, drohte sie in die Kamera. »Ich sehe dich!« Sie verlangte einen DNA-Test und wollte, dass ihr Bruder nach St. Albans zurückkam, nicht nur, um ihn zu verdreschen, sondern auch, weil ihrem Vater nicht mehr viel Zeit blieb. (Seinen verlorenen Sohn in geschwärzter Version wiederzusehen, würde sein Befinden allerdings mit Sicherheit auch nicht verbessern.)

Bei Fox, wo man jahrelang von Elis geschliffenen Analysen profitiert hatte, hob man wiederum die kulturelle Bedeutung von *Gegen die Jugend* hervor und beklagte die Art und Weise, in der die Black Community ihre eigenen Rollenmodelle an den Pranger stellte.

»Eins muss man ihm lassen, Mumm hat der Kerl ja«, sagte die Fernsehmoderatorin Rachel Maddow zu Ephraim Western am achten Tag seiner Dauerpräsenz in den Medien. (Mittlerweile war er vor der Kamera schon viel entspannter als zu Beginn des ganzen Presserummels. Er trug ein *Yale-Daily-News*-Shirt und sah aus, als wäre er gerade aus dem Bett gefallen.) »Ich meine, was für ein

Engagement! So eine Entscheidung zu treffen, für den ganzen Rest seines Lebens!«

»Da würde ich Ihnen nicht widersprechen«, sagte Ephraim. »Ich bin bloß zwei Jahre älter als er damals, und ich würde mich im Moment nicht für etwas entscheiden, das mein ganzes restliches Leben bestimmt. Er dachte wohl, das sei es wert.«

»Zumindest bis letzte Woche«, sagte Rachel Maddow.

Ephraim nickte. »Bedenken wir aber auch, dass sich beim Thema Rasse und Selbstidentifikation die Konturen immer mehr verwischen. Heutzutage haben fünfunddreißig Prozent der afroamerikanischen Männer einen weißen Vorfahren, und dreißig Prozent der weißen Amerikaner haben einen Schwarzen Vorfahren. Ich glaube schon, dass Selbstidentifikation sinnvoll ist, aber wollen wir vielleicht mit einer Liste unserer genetischen Komponenten herumlaufen? Ich selbst habe einen weißen Vater und eine Schwarze Mutter, aber die DNA meiner Schwarzen Mutter ist zu acht Prozent weiß – bin ich demnach vierundfünfzig Prozent weiß und sechsundvierzig Prozent Schwarz? Für solche Haarspalterei ist das Leben zu kurz! *Ich bin Ephraim. Ich identifiziere mich als Schwarz.* Okay?«

»Aber ist das nicht das, was Eli Absalom Stone getan hat? *Ich bin Eli, ich identifiziere mich als Schwarz?«*

»Genau das hat er eben nicht verlauten lassen. Er legt sich eine dunkle Hautfarbe zu, damit *Sie* ihn als Schwarz identifizieren, dann tadelt er Sie für Ihre Vorurteile. Er hat eine postrassische Plattform auf einer rassistischen Lüge aufgebaut. Es war alles eine Masche. Sehr konsequent und lange durchgehalten. Wer weiß, wie lange das noch so weitergegangen wäre?«

Eli Absalom Stones Verleger (noch immer derselbe seit *Gegen die Jugend*) hatte die Auslieferung seiner Bücher gestoppt (obwohl das, was sich noch in den Läden befand, schnell ausverkauft war), und Elis bevorstehende Auftritte bei der Conservative Politics Action Conference und dem Conservative Partnership Institute wurden abgesagt.

King's College, ein christliches College in Manhattan, zog sein Angebot eines Ehrendoktortitels zurück, und Harvard, zunächst noch zögerlich, sagte seinen Vortrag bei der Phi Beta Kappa Society ab, der kommenden Juni hätte stattfinden sollen. Selbst diejenigen, die dem allseits in Verruf Geratenen noch die Stange hielten, schienen sich ihrer Sache nicht mehr allzu sicher. Als das Hayek-Institut in einer raren öffentlichen Verlautbarung sein langjähriges Mitglied als Schriftsteller und Denker von herausragender Begabung pries, der das kontroverse Thema Rasse und Philosophie auf ein neues Diskursniveau gehoben habe, erntete es nichts als Spott, sogar vonseiten anderer konservativer Gruppierungen.

Von Eli Absalom Stone selbst war die ganze Zeit nichts zu hören gewesen, auch hatte er sich nirgendwo blicken lassen. Selbst privat hatte ihn niemand zu Gesicht bekommen, außer vielleicht sein bester Freund und Co-Autor Harrison Oppenheimer, der ja ganz in seiner Nähe wohnte. Aber der war für die Presse auch nicht zu sprechen.

Bis Ephraim all seine Medienauftritte hinter sich hatte, war er in der Schule ziemlich zurückgefallen und hatte vor lauter Adrenalin fünf Pfund abgenommen, dafür aber Praktikumsangebote bei der *Washington Post* und *Slate* erhalten, was ihn überglücklich machte. (Leider gab es auch vier Todesdrohungen; das war nicht so gut.) Als Stella aus Los Angeles zurückkam, fand sie einen prächtigen Geranientopf von einer ihrer Nachbarinnen vor, zusammen mit einer Glückwunschkarte, auf der sie ihr zu ihrem fantastischen Sohn gratulierte.

Dem konnte ich nur zustimmen; ich war wahnsinnig stolz auf Ephraim.

An dem Morgen unserer Zusammenkunft im Harvard Club holte er mich und Lewyn mit einem Uber ab; unterwegs fiel kaum ein Wort. Lewyn war immer noch damit beschäftigt, die plötzliche Wiederkehr von Rochelle Steiner zu verarbeiten, nach ganzen sechzehn Jahren, während derer sie erwachsen genug geworden waren, um zu begreifen, wie töricht sie sich damals aufgeführt hatten. Eine Woche zuvor hatten sie an Rochelles neuem (altem) grünen Küchentisch gesessen und beschlossen, es langsam anzugehen, was bedeutete, dass er noch einen Monat warten würde, bevor er in ihre Wohnung in Murray Hill einzog, und vielleicht noch zwei, bevor er ihr einen Antrag machte. Die Wochenenden aber hatten sie draußen in Ellesmere mit der Durchsicht des Strandguts aus Rochelles ausgegrabener Kindheit verbracht. Als sie damit fertig waren und sowohl die Putzkolonne als auch die Maler ihre Arbeit erledigt hatten, sah Rochelles Elternhaus so aus, wie eine andere Familie sich möglicherweise ihr Wunschzuhause vorstellen mochte: eine schmucke kleine Villa in einer lauschigen Sackgasse mit ruhiger Nachbarschaft und guter Schulanbindung. Es fand einen Käufer, kaum dass es auf dem Markt war.

Weder Lewyn noch ich waren je im Harvard Club gewesen, im Gegensatz zu Ephraim, der uns mit einer Wiedergabe seines Aufnahmegesprächs in diesen hehren Hallen unterhielt, während wir durchs Foyer gingen. Er redete wie ein Wasserfall, anscheinend aus lauter Nervosität. Nicht ohne Grund fürchtete er sich wohl vor dem Treffen mit Harrison.

Im oberen Stockwerk fanden wir unseren Bruder in einem holzverkleideten Konferenzraum vor. Harrison sagte, er habe Kaffee bestellt, bevor er uns begrüßte.

»Harrison«, entgegnete Lewyn, »das ist unser Bruder, Ephraim.«

»Ja.« Harrison nickte.

»Ich freue mich sehr, dich zu treffen«, sagte Ephraim und streckte die Hand aus. Nach einem etwas zu offensichtlichen Zögern schüttelte Harrison sie.

»Ja«, wiederholte er.

»In genau diesem Raum hatte ich mein Aufnahmegespräch für Harvard«, versuchte Ephraim, das Eis zu brechen.

»Ich hoffe, es hat dir nicht zu schlechte Erinnerungen hinterlassen.«

»Was? Nein, nein! Ich wurde angenommen.«

Harrison kniff die Lippen zusammen. Lewyn und ich dagegen mussten uns das Lachen verkneifen.

»Okay, Harrison«, sagte Lewyn, »jetzt hast du endlich auch einen gescheiten Bruder. Freu dich doch.«

»Ich hab nie gesagt, dass du nicht gescheit bist«, antwortete Harrison.

»Ach nein, nur jeden Tag auf jede erdenkliche Weise. Komm, lass gut sein, wir sind ja nicht deswegen hier.«

Es klopfte an der Tür. Ein Kellner in roter Jacke brachte den Kaffee.

»Na, du hast dich ja ganz schön ins Zeug gelegt«, sagte Harrison, sobald er wieder weg war, an Ephraim gewandt.

»Ja, aber heute Nachmittag muss ich wieder in die Schule. Ich glaube, der Rummel hat sich gelegt, zumindest, bis dein Freund sich entschließt, aus der Deckung zu kommen. Falls er's überhaupt tut.«

»Das ist seine Sache.« Harrison rührte in seinem Kaffee, machte aber keine Anstalten, ihn zu trinken.

»Sicher«, sagte Ephraim.

»Er schuldet niemandem eine Erklärung.«

»Glaubst du?« Jetzt musste ich aber doch lachen.

»Vor allem glaube ich nicht, dass irgendwer von uns die Lawine an Sensationsgier aushalten könnte, die du da losgetreten hast.«

»Darf ich dich mal was fragen?«, sagte Ephraim. »Das interessiert mich wirklich: Was hat er an sich, das deine Loyalität verdient?«

Harrison funkelte Ephraim an, dann Lewyn, danach mich. Dann schien er sich zu entsinnen, dass wir hier zusammengekommen waren, um irgendeine Art von Einvernehmen zu erzielen.

»Eli ist ein brillanter Kopf. Ein Autodidakt. Ein Wunderkind. Ein origineller und wichtiger Schriftsteller. Er war mutig genug, sich einiger sehr strittiger und komplexer Themen anzunehmen. Er verkörpert in eigener Person den Widerstand gegen landläufig populäre Ideen. Außerdem hat er mich immer in allem unterstützt, seit wir achtzehn Jahre alt waren.«

Ephraim nickte. »Gut und schön. Aber wie du vielleicht trotz allem zugeben wirst, ist sein Name nicht Eli. Und Autodidakt ist er auch nicht. Es mag Mut brauchen, um zu tun, was er getan hat; das kann ich gelten lassen. Aber er kann in eigener Person nichts verkörpern, weil seine Identität ein einziges Lügenkonstrukt ist. Er hat jeden belogen, der seine Bücher gelesen hat, jeden, der ihn interviewt oder eine Eintrittskarte zu einem seiner Vorträge gekauft hat. Auch dich. Es mag ja sein, dass er dich als Freund unterstützt hat. Aber wenn er mein Freund wäre, wäre ich tief enttäuscht, so lange in so vieler Hinsicht von ihm hinters Licht geführt worden zu sein.«

Harrison schüttelte den Kopf. »Selbsterfindung ist eine uramerikanische Tugend. Seit jeher. Wir sind eine Nation von Fabulierern und Sinnsuchern.«

»Fabulierern und Sinnsuchern!«, schnaubte Lewyn. »Sag doch gleich Fälscher und Scharlatane! Das ist wahrlich kein Grund, stolz zu sein. Weißt du«, bemühte er sich um einen versöhnlichen Ton, »ich kann mir vorstellen, dass du das schon auch irgendwie beschämend findest.«

»Das *Vorstellen* kannst du dir sparen!«, fuhr Harrison ihn an. »Und damit das klar ist, ich denke gerade überhaupt nicht an mich. Ich denke nur an meinen Freund.«

Alle vier schwiegen wir. Harrison rührte aggressiv in seinem Kaffee.

»Hattest du denn niemals Zweifel?«, wollte Ephraim wissen.

Harrison seufzte. »Du willst doch Journalist werden, stimmt's?«

Ephraim bejahte überrascht.

»Dann weißt du wohl, was ›vertraulich‹ heißt.«

»Klar.« Er sah zu mir und Lewyn hinüber. Aber wir hatten keinen Schimmer, worauf Harrison hinauswollte.

»Ich habe gestern Abend einen Anruf bekommen, von jemand, den ich seit Jahren nicht mehr gesehen habe. Ein Mitstudent von mir und Eli.«

»In Harvard?«

»Nein. In Roarke. Er und Eli hatten einen … nennen wir es einen Konflikt. Und dann hat er mitten im Semester das College verlassen, bei Nacht und Nebel. Er heißt Carlos. Inzwischen ist er Professor für Politik in Chicago.«

»Okay.« Ephraim tat sein Bestes, sich seine Aufregung nicht anmerken zu lassen.

»Er wollte wissen, ob ich ihm jetzt glaube.«

»Was denn?«, fragte Lewyn.

»Eli hatte ihn des Plagiats beschuldigt. Er soll ihm Textseiten gestohlen haben. Ein sehr ernster Vorwurf. Es war sein Wort gegen das von Carlos. Sehr stressig für die Gemeinschaft. Dass Carlos sich dann aus Roarke zurückzog, habe ich damals als Schuldeingeständnis interpretiert. Eli und ich wurden etwa zur gleichen Zeit gute Freunde. Er lud mich ans Hayek-Institut ein.« Er sah Ephraim an. »Offenbar bist du gut über Hayek informiert. Da hast du ja auch ganz schön Staub aufgewirbelt.«

»Ich hab gar nichts aufgewirbelt«, verteidigte sich Ephraim. »Ich hab nur etwas Vorhandenes aufgedeckt.«

»Also gut. Carlos hat mich jedenfalls daran erinnert, dass er gerade Elis Buch gelesen und mit anderen darüber gesprochen hatte, kurz bevor das mit der Anschuldigung passierte. Die ihn wie ein Blitz aus heiterem Himmel traf, sagte er mir gestern Abend. Er fand das Buch großartig und war ein totaler Fan von Eli. Und dann stand er in unserem College auf einmal als Paria da. Das hat ihn anscheinend noch über Jahre verfolgt. Er musste seinen Studienplatz in Princeton aufgeben und sich aufgrund von Depressionen in der Klinik behandeln lassen. Es dauerte recht lange, bis er es wieder zurück in die Spur schaffte. Mir war das ziemlich peinlich, wie er mich immer noch davon überzeugen wollte, dass er nicht von Eli abgeschrieben hatte. Er wollte wissen, ob ich ihm jetzt endlich glaube.«

»Und was hast du geantwortet?«, fragte Lewyn.

»Ich hab Ja gesagt. Was blieb mir anderes übrig? Es könnte ja stimmen.« Wieder sah er Ephraim an. »Wie gesagt, das ist alles streng vertraulich.«

Ephraim nickte. »Verstanden.«

»Ich glaube«, fuhr Harrison fort, »damals habe ich einfach eine Entscheidung getroffen, ohne zu wissen, ob es die richtige war. Ich wünsche mir immer noch, dass ich nicht falschgelegen habe. Alles, was danach kam …«

Wir warteten.

»Tja, mehr kann ich nicht dazu sagen.«

Lewyn und ich wechselten einen Blick. Das war ja schon fast ein Eingeständnis von Schwäche, geradezu ungeheuerlich für Harrisons Verhältnisse.

»Weißt du«, sagte Lewyn, »ich habe die Anziehungskraft von diesem Eli nie so recht begriffen. Ich fand seine Ansichten eher rigide und verurteilend. Und manchmal … oft … ist er mir irgendwie unaufrichtig vorgekommen, wenn auch nicht in dem Ausmaß, wie es jetzt offenbar wurde. Nicht, dass ich ein besonderes Gespür für Leute hätte. Ich bin genauso schockiert wie alle anderen über das, was Ephraim da aufgedeckt hat. Aber die Zuneigung und Loyalität zwischen euch beiden, die hab ich nie infrage gestellt.«

Harrison nickte.

»Und du sollst wissen, das respektiere ich. Du und ich sind uns leider nie nah gewesen, aber du bist immer noch mein Bruder. Aus meiner Sicht hast du jedes Recht, diese Verbindung zu Eli aufrechtzuerhalten. Du schuldest keinem eine Erklärung. Mir schon gar nicht. Obwohl, ich bin natürlich immer hier, wenn du mal reden willst.«

Harrison starrte ihn mit undurchdringlicher Miene an. »Okay«, sagte er schließlich. Er versuchte, grimmig zu klingen. Doch er sah nicht grimmig aus.

»Ich auch«, meldete Ephraim sich plötzlich.

»Dich kenne ich doch gar nicht«, sagte Harrison.

Einen Moment schwieg Ephraim betroffen. Dann setzte er sich gerade hin und legte die Hände auf den langen Tisch vor ihm. »Ich heiße Ephraim Solomon Western. Ich bin der Sohn von Stella Western und Salo Oppenheimer. Väterlicherseits stamme ich von Joseph Süß Oppenheimer ab, der in den 1730er-Jahren Hofjude in Stuttgart, einer Stadt in Deutschland, war. Mütterlicherseits stamme ich von einem Mann ab, dessen Namen ich nicht kenne, ich weiß nur, was man 1792 in South Carolina für ihn bezahlt hat. Ich möchte, dass wir Brüder werden. Gut, das sind wir ja schon. Aber ich möchte dich als Bruder kennenlernen.«

»Die besten Voraussetzungen dafür haben wir nun nicht gerade«, sagte Harrison und ließ dadurch einiges von seinem alten Groll durchscheinen. »Was zwischen unserem Vater und deiner Mutter passiert ist, hat unserer Familie viel Leid verursacht. Unsere Mutter hat sich nie davon erholt. In ihrer Verzweiflung hatte sie es sich in den Kopf gesetzt, noch ein Kind zu bekommen, was der reine Wahnsinn war. Weißt du noch, wie entsetzt wir waren?«, fragte er Lewyn. »Und Sally – es war eins der wenigen Male, wo wir drei einer Meinung waren. Nicht, dass wir darüber geredet haben. Hätten wir aber tun sollen.«

»Da hast du recht.« Lewyn nickte.

»Tut mir leid, Phoebe«, sagte Harrison. »Natürlich sollst du hier nicht rausgehen und ›Wahnsinn‹ und ›Verzweiflung‹ mit deiner Geburt assoziieren. Aber es war so unfair, dich in dieses ganze Schlamassel reinzubringen.«

»Keine Sorge.« Ich zuckte die Achseln. »Hab damals eh nichts davon mitbekommen.«

»Mir tut es auch leid«, sagte Ephraim, als ob er irgendwas dafür könnte.

»Na ja, ich werde drüber hinwegkommen«, meinte Harrison. »Das ist nicht das größte Problem.«

Ephraim seufzte. »Was denn dann?«

»Du bist in Harvard aufgenommen worden und lieber nach Yale gegangen. Das ist unerträglich.«

Einen Moment lang blieben alle stumm, bis ausgerechnet Lewyn plötzlich zu lachen anfing. Er lachte Harrison einfach aus, und Ephraim schloss sich ihm an. Schließlich ließ sich sogar Harrison anstecken, und das starre Fox-News-Hohnlächeln wandelte sich zögernd zu einem eigenartig jungenhaften Grinsen.

Ich betrachtete sie, meine Brüder, so absurd verschieden trotz ihres gemeinsamen Nenners, wie sie da lachten – oder zu lachen versuchten –, endlich alle drei gemeinsam.

Kapitel 36

Die große Offenbarung

In dem des 10. Septembers gedacht wird, und des 11., und die Letzte der Oppenheimers das Elternhaus verlässt

Neun Monate später, Anfang September, machten folgende Leute sich auf die Reise nach Martha's Vineyard: drei bald sechsunddreißigjährige Drillinge und ihre achtzehnjährige, bald mit dem College beginnende Schwester (die genauso alt war wie ihre Geschwister), plus ein zusätzlicher Bruder, der nicht mit den anderen zusammen aufgewachsen war, und Rochelle Steiner, die bald an demselben Chilmark-Strand heiraten würde, von dem sie einst zornentbrannt fortgestürmt war und sich geschworen hatte, niemals mehr etwas mit einem Oppenheimer anzufangen, egal wie gängig der Name sein mochte.

Unserer Mutter fiel es nicht leicht, sich mit manchen der Entwicklungen in unserer wachsenden Familie abzufinden, aber wenigstens hatte sie Zeit, sich daran zu gewöhnen. Es dauerte fast das ganze Frühjahr, bis sie es über sich brachte, sich im selben Raum wie Ephraim Western aufzuhalten, dem Sohn ihres verstorbenen Mannes, aber mit meiner und Lewyns Hilfe und einer exzellenten Flasche Merlot wurde das schließlich bewerkstelligt. (Unsere Mutter konnte Stella Western nie verzeihen, wie sie auch unserem Vater nie verzeihen konnte, der ja leider nicht mehr am Leben war, sodass sich auch keiner dafür starkmachte, dass ihm verziehen wurde.) Vor allem aber wollte Johanna das, was sie schon immer gewollt hatte, die Liebe und Nähe ihrer Kinder, und zum ersten Mal seit der Geburt ihrer Drillinge vor sechsunddreißig Jahren schienen die drei, zusammen mit der später dazugekommenen Vierten, eine Art Einvernehmen erreicht zu haben, das ihr praktisch schon wie Geschwisterliebe vorkam. Für uns fühlte es sich auch so an. Offen gestanden verbrachten wir die meiste Zeit miteinander ohne sie, und zwar wir alle, selbst die, die sich seit ihrer Geburt zuwider gewesen waren.

Aber wir holten sie mit ins Boot, und wir brachten sie dazu, so einiges, woran sie sich in der Vergangenheit geklammert hatte, loszulassen.

Zum Beispiel die Rizzolis, deren Verschwinden in ihren Augen kein Drama war, weil sie für sie ja gar nicht verschwunden waren. Unsere Mutter für Stella Western zu verlassen, hatte Salo das Leben gekostet, und im Jahr darauf hatte Johanna sich mit ebendieser Person in zermürbenden Erbstreitigkeiten befunden. Eines Tages war sie mit dem Anwalt, Mr. Evan Rosen, und einem Gutachter nach Red Hook rausgefahren. Der Gutachter war sprachlos gewesen angesichts all der Kunstschätze; sie hatte ihn seinen beruflichen Aufgaben und privatem Schwelgen überlassen, um ganz allein durch das Lagerhaus zu streifen und sich wieder mit ein paar von den Werken vertraut zu machen, an die sie sich noch erinnerte: das orange Krakelbild, das senffarbene mit dem grünen Streifen, das Böse-Feen-Triptychon, das ihre mühselige Schwangerschaft überwacht hatte. Dieser Besuch in Red Hook, ihr erster überhaupt, war allerdings auch bemerkenswert wegen einiger Dinge, die gar nichts mit Kunst zu tun hatten. Erstens wurde ihr klar, dass Salos Lagerhaus sich keineswegs in Coney Island befand, und zweitens war es ein unauslöschlicher Eindruck, als sie aus einem der oberen Fenster das kleine Haus am Ende der Straße sah, in dem ihr Mann sein anderes Leben verbracht hatte. Im Garten warf eine Frau mit langen Dreadlocks einem fünf- oder sechsjährigen Jungen einen

Ball zu. Ein paar Jahre waren vergangen, seit Johanna sie im Buchladen in der Court Street gesehen hatte, und der Junge war natürlich größer geworden, an seiner Ähnlichkeit mit Lewyn hatte sich aber nichts geändert.

Sie stand immer noch unter dem Schock dieses Anblicks, als der Gutachter sie kurz darauf auf diese spezielle Bildersammlung in einem separaten Raum aufmerksam machte. Ihren Wert schätzte er nicht sonderlich hoch ein (schien es sich doch, allem Anschein nach, um sogenannte Outsider-Kunst zu handeln), und im Vergleich zu den Schätzen im unteren Stockwerk (Bacon! Twombly! Marden!) wirkten sie ein wenig fehl am Platz. Ob Johanna etwas darüber wisse?

Aber ja doch. Ihr war sofort klar, dass die Werke von dem komischen Kauz stammten, der Leute in Gebäude umwandelte, wie die Geliebte ihres Mannes es vor Jahren einmal beschrieben hatte, als sie sich mit ihr im Aquavit zum Essen getroffen hatten. Ihr war auch klar, dass sie dieser Frau viel bedeuteten, denn genau diese Bilder forderte sie ja über ihre Anwälte von ihr ein: eine ganze Sammlung von Zeichnungen, die laut Stella Western von Salo für sie gekauft worden und ihr zugedacht waren, was Johanna als vollkommen unerträglich empfand. Die Bilder taten ihr weh, also ließ sie sie entfernen. Das hatte nichts mit Strategie zu tun. Es war keine rationale Entscheidung. Sie wollte sie einfach nur loswerden, unverzüglich.

Ein Spediteur wurde bestellt. Stunden später befand sich das Gesamtwerk von Achilles Rizzoli schon in seiner neuen Bleibe, einem ganz gewöhnlichen Lagerraum in Queens, nicht zu unterscheiden von Tausenden anderen Lagerräumen, in denen von Raumnot geplagte New Yorker Dinge wegsperrten, die ihnen lästig waren. So hatte Johanna diese Zeichnungen aus ihrem Leben verbannt und nie mehr daran gedacht, bis der erste Brief vom American Folk Art Museum eintraf.

Lewyn und ich begleiteten Stella zu dem Lagerraum und versuchten, uns im Hintergrund zu halten, während sie nach so langer Zeit endlich wieder mit den Bildern zusammentraf, aber sie winkte uns zu sich, damit wir sie gemeinsam mit ihr anschauen konnten: *The Kathredal, The Sayanpeau, The Mother Tower of Jewels.* Eigentlich gehörten sie jetzt alle Stella, nachdem unsere Mutter sich dazu durchgerungen hatte, sie ihr zu überlassen und endgültig nicht mehr daran zu denken. Stella ließ alles zum American Folk Art Museum bringen, wo es für die Ausstellung im Herbst begutachtet wurde, doch sie wollte auch jedem von Salos Kindern ein Bild aus der Sammlung schenken. Harrison lehnte ab, aber Lewyn bat darum, *The Kathredal* in der Oppenheimer Collection behalten zu dürfen. Ephraim suchte sich eine der Skizzen für Rizzolis Fantasiestadt aus, *Yield to Total Elation – Hingabe an die Glückseligkeit,* und ich wählte das Schild, das Rizzoli für seine Jahresschau gemalt hatte.

ACHILLES' TEKTONISCHE EXPONATE
EINTRITT 10 C.

Ich weiß nicht, warum. Irgendwie sagte es mir etwas.

Auch Sally lehnte dankend ab. Sie habe sich nie von ihrer ersten Begegnung mit Outsider-Kunst erholt, erklärte sie.

Stella mochte Lewyn und hielt Rochelle für ein Wunder an Temperament, klein wie sie selbst, aber wie eine stählerne Sprungfeder. Sie dankte ihnen für die Einladung zur Hochzeit, aber sie wollte Johanna den Tag nicht verderben (dass Ephraim dabei sein würde, war schon herausfordernd genug). Doch im Juni wurden alle zur Vorführung ihres Rizzoli-Films eingeladen, und sogar Harrison ging hin. Er blieb Stella gegenüber immer befangen, was er aber mit seinem angeborenen Selbstbewusstsein und nicht unbeträchtlichem Charme zu überspielen wusste. Seinen Bruder Ephraim dagegen lernte er mit der Zeit tatsächlich zu schätzen. Nachdem Eli Absalom Stone aus seinem Leben (wie aus jedermanns Leben) verschwunden war, hatte er bei ihm eine schmerzliche Leere hinterlassen; in Ephraim, der nach der Uni bei der *Times* angefangen hatte, fand er zumindest jemand, der ihm in intellektueller Hinsicht gewachsen war. Abwechselnd im Yale- und im Harvard-Club trafen sie sich wöchentlich zum Frühstück, und keiner war überraschter als sie beide, dass ihnen dies zur lieb gewonnenen Gewohnheit wurde.

Für Sally war es auch nicht leicht, mit uns allen ins Reine zu kommen. Nach wie vor in beharrlicher Verfolgung ihrer Therapieziele grub sie reichlich Konfliktmaterial in Bezug auf fast jedes Mitglied ihrer Familie aus. Sie weinte viel, als ich im Sommer bei ihr in Ithaca war, um sie bei ihrer Arbeit zu unterstützen; sie weinte, als Johanna uns Ende Juli besuchen kam, sie weinte, als Stella ihr verzieh, dass sie Salo damals in die Henry-Darger-Ausstellung gefolgt war (obwohl Stella fand, da gäbe es nichts zu verzeihen), und sie weinte jedes Mal, wenn sie ein Mitglied der Familie ihrer Partnerin Paula vorstellte, die (wie Lewyns einstiger Zimmergenosse, der junge Mormone) zum Veterinärstudium von weit her nach Ithaca gekommen war.

Komischerweise weinte sie aber nie bei der Arbeit, nicht einmal, wenn ein Haus, das wir ausräumten, bis oben hin angefüllt mit Trostlosigkeit war. Ich begriff allerdings schon bald, dass ich nicht die bemerkenswerte Fähigkeit meiner Schwester besaß, durch Müll zu waten, Schicht um Schicht unsäglichen Abfalls in Plastiksäcke zu schaufeln oder so gelassen und empathisch mit den verbitterten Verwandten oder gar Bewohnerinnen und Bewohnern solcher Horte des Elends umzugehen. Ich verbrachte den Sommer damit, mich mit einer breiten Palette an Unrat vertraut zu machen (und abends lange heiß zu duschen), Paula besser kennenzulernen und mich durch die Lektüreliste fürs College zu arbeiten (um einige der Walden-typischen Lücken in meiner Schulbildung zu kompensieren). Anfang September flog ich zum Vineyard, um unserer Mutter bei den Vorbereitungen für die Hochzeitsfeier zu helfen.

Die Frau, die ich im Cottage vorfand, versetzte mich in Erstaunen: Ihr Haar war länger, ihre Kleidung lockerer, ihre Miene ungewohnt entspannt. Ihre Umarmung, als ich aus dem Taxi stieg, wirkte einfach nur freudig, ganz ohne Hintergedanken.

»Hast du Durst?«, fragte Johanna. »Ich hab Eistee gemacht. Mit PG-Tips.«

»Wow!«, sagte ich. »Danke.«

In einem Korb am Fuß der Treppe lag ein Haufen Wolle, der aussah, als wollte er gern ein Pullover werden. »Ist das etwa …?«, wunderte ich mich.

»Ich mache einen Strickkurs in Edgartown.« Johanna angelte das flauschige Gebilde aus dem Korb. »Der Pulli sollte für mich sein, aber er ist viel zu klein geraten. Dann gebe ich ihn eben Rochelle.«

»Was? Das sind ja ganz neue Töne!« Ich sah sie mit großen Augen an.

»Ich weiß, ich weiß.« Meine Mutter lachte. »Na und? In der Gruppe stricken macht Spaß. ›Klappern und gackern‹ nennen wir es. Und es sind auch nur zur Hälfte Sommergäste dabei.«

Sie sagte »Sommergäste«, als ob sie nicht selbst einer wäre.

»Cool, Mom. Da wird Rochelle bestimmt gerührt sein.«

»Und danach strick ich einen für dich! Du kannst dort im hohen Norden was Warmes brauchen, beim Ziegenmelken.«

»Super!« An ihrer Geringschätzung gegenüber Roarke hatte sich jedenfalls nichts geändert.

Ich brachte meine Sachen nach oben. Mein Zimmer war das am Ende des Flurs, das unser Vater früher als Büro genutzt hatte. Sein Schreibtisch stand noch da, aber alles Übrige hatte Johanna rausgeschmissen und durch ein Bett mit gelb geblümter Decke und rosa Sessel ersetzt. Nicht gerade besonders geschmackvoll, aber schließlich war Sommer.

»Phoebe!«, rief sie. »Ich bin hinten auf der Veranda!«

»Okay«, rief ich zurück.

Es war gegen drei Uhr nachmittags. Von meinem Fenster aus konnte ich eine Mutter mit Kleinkind am Strand sehen, beide weiß mit Sunblocker eingeschmiert, am Wellensaum über die auslaufende Gischt hüpfend. Ihr Lachen wurde vom Wind und Meeresrauschen verschluckt, aber man sah ihnen an, wie viel Spaß sie hatten. Ich stapelte meine Bücher auf dem Nachttisch, verstaute meine Tasche im Schrank und ging wieder nach unten.

Meine Mutter hatte den Tee rausgebracht, einen Krug und ein Glas mit Eiswürfeln. Sie hatte die Literaturbeilage der *Times* auf dem Schoß und tippte mit den Daumen in ihr Handy. »Er ist leicht gesüßt«, sagte sie, ohne aufzublicken.

»Danke.« Ich war überrascht, dass sie sich nicht nur erinnerte, *welchen* Tee ich mochte, sondern auch, *wie* ich ihn mochte. Ich schenkte mir ein Glas ein und setzte mich auf einen der Adirondack-Terrassenstühle. Die waren immer schon da gewesen, immer am selben Platz. Immer noch genauso unbequem.

»Sorry, Sekunde noch«, sagte Johanna. »Die Floristin will wissen, was wir von Schwarzäugigen Rudbeckien halten.«

»Oh. Und was halten wir davon?«

»Ich denke, das geht. Rochelle wollte nur nichts Rotes. Sie kann Rot nicht leiden. Ich übrigens auch nicht.« Sie legte das Handy beiseite. »Wir haben Glück mit den Blumen. Die Floristin ist die Schwägerin der Frau, die den Strickkurs leitet.«

»Rochelle muss ja viel Vertrauen in dich haben.«

»Ich glaube, es ist ihr eher egal, wie das ganze Hochzeitsbrimborium aussieht. Sie trägt das Brautkleid ihrer Mutter, weißt du.«

Ich nickte. Das Kleid hatte ich letzten Herbst noch in einem Tupperware-Container gesehen. Dass es noch tragbar war, sprach entweder für die Qualität von Tupperware oder für die Vorzüge einer guten Reinigung. Vor allem aber sagte es einiges über Rochelle aus.

»Möchtest du hier essen?«, fragte Johanna. »Ich hab Lachs und Maiskolben da. Aber wir können auch ausgehen.«

»Mir ist alles recht.« Ich konnte mich nicht erinnern, wann meine Mutter das letzte Mal für uns beide gekocht hatte.

»Sag mal«, wollte ich wissen, »hast du früher eigentlich öfter gekocht, als die Drillinge noch klein waren?«

»Na ja, ein bisschen, aber wir hatten ja Gloria. Sie machte wunderbare Lasagne. Ich weiß, du glaubst, du hast viel verpasst, aber das gilt sicher nicht für meine Kocherei.«

Ich musste lächeln. Ich spürte die Nachmittagssonne auf den Beinen. »Hast du dich je gefragt, warum wir so lange gewartet haben, bis wir dich bekommen haben?«, sagte sie nach einer Weile.

Ich holte tief Luft. Mir war bewusst, dass ich jetzt sehr gut aufpassen sollte. Die Gelegenheit galt es zu nutzen, sie würde vielleicht nie wiederkommen.

»Hätte ich denn mal fragen sollen? Oder hättest du es mir vielleicht einfach erzählen sollen?«

Meine Mutter antwortete nicht gleich. Sie hielt ihr zipfeliges Strickzeug hoch und schien nach einer fallen gelassenen Masche zu suchen.

»Weißt du«, sagte ich schließlich, »wenn das jetzt die große Offenbarung werden soll, die kannst du dir sparen, ich bin im Bilde. Wir waren ursprünglich zu viert. Dr. Lorenz Pritchard, Gott hab ihn selig, hat die anderen willkürlich ausgewählt und mich auf Eis gelegt. Siebzehn Jahre in flüssigem Stickstoff. Ich glaube, ich sollte dir danken, dass du dich an mich erinnert hast.«

Meine Mutter starrte mich an. »Welches von deinen Geschwistern hat dir das denn erzählt?«

Ich zuckte mit den Schultern. »Das war mehr so ein Gemeinschaftsding. Und ich weiß übrigens auch, warum ihr mich aufgetaut habt. Mit ›warum eigentlich nicht‹ hatte das gar nicht so viel zu tun.«

»Warum eigentlich nicht?«, wiederholte Johanna verwundert.

»Das hab ich dich mal zu Tante Debbie sagen hören. *Wir hatten den Embryo, wir konnten es uns leisten, also warum eigentlich nicht?* Sag mal ehrlich, Mom, ist das wirklich ein Grund, um ein Kind in die Welt zu setzen? Aber später hab ich begriffen, das stimmte ja gar nicht, das war nicht der wahre Grund. Also haben wir nie darüber gesprochen.«

Johanna antwortete nicht.

»Ich hab dich das wirklich sagen hören, ehrlich.«

»Oh, ich glaube dir.« Meine Mutter seufzte. »Man sagt so einiges, aber darum muss es noch lange nicht stimmen. Es gibt eine Menge Dinge, die ich meiner Schwester nicht anvertrauen wollte. Wir standen uns ja nie sehr nah. Sie und auch mein Bruder fanden mich für ihr Leben nicht weiter relevant.« Sie überlegte einen Moment. »Komisch, das tut nicht mal mehr weh. Ich bin darüber hinweggekommen. Wann das wohl passiert ist?«

Ich sah sie nur an.

»Ich habe versucht, das alles aufzuarbeiten. Das ist wirklich nichts für Feiglinge, kann ich dir sagen.«

Plötzlich verstand ich. »Du hast eine Therapie gemacht.«

»Ja, ich habe im letzten Frühjahr angefangen. Es war Sallys Idee. Sie fand, ich sollte mal da hinschauen, wo ich so lange *nicht* hingeschaut habe. Wozu sie nebenbei gesagt auch tendiert. Sally hat viel mehr von mir als du oder die Jungs. Leider. Erst wollte sie sich jahrelang nicht eingestehen, dass sie lesbisch ist, und dann wollte sie es nicht akzeptieren. Ich glaube, Paula ist der erste Mensch, den sie wahrhaft lieben kann. Ich weiß nicht, wie viel davon meine Schuld ist. Ich hoffe, nicht alles.«

»Sicher nicht.« Das war wirklich eine veränderte Johanna.

»Letzten April hab ich bei jemand in Brooklyn angefangen und fand es schrecklich. Wenn ich nach der Sitzung nach Hause kam, bin ich immer für den Rest des Tages ins Bett gekrochen. Aber als ich im Juni hier auf die Insel gekommen bin, hab ich beschlossen, es noch mal zu versuchen. Ich habe eine wundervolle Frau gefunden, da draußen in Menemsha. Tja, und jetzt bin ich also in Therapie. War ja auch überfällig.«

Ich wusste nicht recht, was für eine Reaktion in diesem Fall angebracht war. »Gut für dich«, sagte ich schließlich.

»Ja. Gut für mich. Hoffentlich nicht zu spät, um mich an dem Rest meines Lebens und meinen Kindern zu freuen.«

»Na hör mal! Hast du das denn bisher nicht getan?«

»Ich hatte es mir fest vorgenommen und habe sicher auch alles dafür getan. Aber dann hat das Leben eine unerwartete Wendung genommen, weißt du, und danach war es nicht mehr so weit her mit Lebensfreude.«

»Weil Dads Flugzeug in einen der Türme gekracht ist?«

»Na ja, ehrlich gesagt eher deswegen, weil er überhaupt in dieses Flugzeug gestiegen ist. Am Abend zuvor hatte er mir eröffnet, dass er unsere Ehe auflösen will. Die Kinder waren völlig fertig. Wir hatten gerade erst diese schlimme Szene am Strand überstanden. Vielleicht hat Sally oder einer von den Jungs dir davon erzählt. Oder sogar Rochelle. Ich glaube, sie haben dann jahrelang nicht mehr miteinander gesprochen, bis auf das Allernötigste. Weißt du was?«, wechselte sie plötzlich das Thema. »Ich schmeiße diese Stühle raus. Sie sind so furchtbar unbequem! Ich will hier sitzen und lesen und auf den Strand schauen, und dafür will ich richtig schöne Liegestühle haben.«

Da konnte ich ihr nur zustimmen.

»Ich weiß, ich sollte dir sagen, dass er nicht dich verlassen hat, nur mich, aber ich fürchte, so war es nicht. Er hat uns beide verlassen. Er hätte uns alle verlassen, wenn deine Geschwister nicht sowieso schon aus dem Haus gewesen wären. Tatsache ist, er wollte kein weiteres Kind, jedenfalls nicht mit mir. Ich weiß nicht einmal, ob er überhaupt Kinder mit mir wollte. Ich habe sie ihm praktisch aufgezwungen. Und dich auch, nachdem ich das mit Stella rausgefunden hatte. Dass sie ein Kind zusammen haben. Ich war damals vielleicht nicht ganz bei klarem Verstand. Tut mir leid, das wird dir die Umstände deiner Geburt auch nicht gerade leichter machen.«

»Ach, Mom …«

»Aber weißt du was, dein Vater war eigentlich kein schlechter Mensch. Ich glaube, er hat sich selbst immer für einen Unglücksraben gehalten, und als er völlig unerwartet sein Glück fand, hatte das absolut nichts mit mir oder euch zu tun.« Sie schüttelte den Kopf. »So etwas kann einem ganz schön den Wind aus den Segeln nehmen.«

Es musste sie einiges gekostet haben, das auszusprechen. Ich horchte in mich hinein, ob ich Groll darüber empfand, dass mein Vater mich weder gewollt hatte noch bei mir bleiben wollte, aber nein. Das alles war mir ja nicht wirklich neu. Neu war nur, dass sie es endlich aussprach.

»Wir wissen von dem Unfall«, sagte ich. Sie reagierte nicht. »Wir wissen, dass Stella in dem Auto saß. Ich kann verstehen, dass er es Sally und den Jungs nicht erzählt hat, aber warum hast *du* es ihnen nicht erzählt? Oder mir? Es hätte uns vielleicht geholfen zu begreifen, wer er war und warum er so gehandelt hat. Eigentlich hatte ich erst ein klares Bild von ihm, nachdem ich das herausgefunden hatte. Er muss ganz furchtbar unter seinen Schuldgefühlen gelitten haben.«

»Ich hoffe, du unterstellst mir jetzt nicht mangelndes Einfühlungsvermögen«, sagte Johanna pikiert.

»Nein! Natürlich nicht!«

»Weil ich nämlich Jahre meines Lebens damit verbracht habe, mich wie besessen um seine Schuldgefühle zu sorgen, die ich ihm doch nicht abnehmen konnte.«

»Okay«, sagte ich vorsichtig.

»Und das hätte ich vielleicht nicht getan, wenn ich das von Stella gewusst hätte. Ich hatte ja keine Ahnung. Ich dachte, sie ist irgend so eine aufstrebende Filmemacherin, die sich ihn geangelt und damit unsere Familie zerstört hat. Ich habe sogar unseren Anwalt eingeschaltet, um unsere Finanzen vor ihr zu schützen, aber er meinte, das sei nicht nötig. Nach dem Tod deines Vaters mussten wir sie natürlich auszahlen, aber das wäre alles so viel besser gelaufen, wenn ich von Anfang an gewusst hätte, was sie in seinem Leben für eine Rolle spielte, was ich aber erst in der Nacht vor seinem Tod erfuhr.« Sie schüttelte den Kopf. »Er hätte mir gleich die Wahrheit sagen sollen, als er sie wiedergetroffen hatte. Und ganz bestimmt, bevor wir dich da auch noch reingebracht haben.«

»Was?« Ich konnte ihr kaum noch folgen.

»Aber dann wärst du nicht auf der Welt. Also tut es mir nicht leid, denn wir haben dich bekommen. Und ich habe dich so geliebt. Schade nur, dass du nie eine glückliche, heile Familie gehabt hast, wie du sie verdient hättest. Ehrlich gesagt bin ich mir nicht mehr so sicher, ob die anderen es besser hatten. Tut mir leid, dass du immer das Gefühl hattest, du wärst zu spät geboren; ich glaube, du bist zu genau dem richtigen Zeitpunkt auf die Welt gekommen, und deine Geschwister würden mir da wohl zustimmen. Du bist nicht einfach irgendwer, den wir uns aufgeladen haben, weißt du. Du warst ihr fehlendes Element, und sie verdanken dir unendlich viel. Wir alle tun das.«

Ich trank den Rest von meinem Tee. Mir fiel nichts mehr ein, was ich noch hätte wissen wollen. Ein erstaunliches, nie da gewesenes Gefühl.

»Danke«, sagte ich schließlich.

»Gern geschehen«, sagte meine Mutter. »Da ist übrigens noch etwas, das ich dir gestehen muss.«

Ach verdammt, dachte ich, *was denn nun noch?*

»Ich habe mein Hochzeitskleid weggeworfen. Ich muss dauernd daran denken, seit Rochelle mir erzählt hat, dass sie das Kleid ihrer Mutter tragen wird. Ich habe mich so vieler Dinge entledigt. Fotos, Sachen von deinem Vater. Ich war doch sehr wütend auf ihn, und außerdem dachte ich, Sally würde sowieso nie ein Hochzeitskleid brauchen.«

Ich lächelte erleichtert. »Wetten, dass Sally uns noch mit einer Hochzeit überraschen wird? Und vielleicht sogar mit Babys, wer weiß! Aber in einem Brautkleid sehe ich sie auch nicht.«

»Ich hätte doch wenigstens an dich denken können. Verzeih mir. Tu mir bitte den Gefallen und nimm meine Entschuldigung für alles an, ohne dass ich es im Einzelnen auflisten muss.«

Ich schüttelte den Kopf. »Ich hatte doch nun wirklich kein so kümmerliches Dasein, Mom.«

»Nein, aber ich hätte es besser machen können und nicht nur mit dir. Dabei habe ich die letzten vier Jahrzehnte an kaum etwas anderes gedacht als daran, wie ich meine Familie glücklich machen kann. Das soll uns vielleicht eine Lehre sein.«

»Was denn für eine? Kümmere dich zuerst um deine eigene Sauerstoffmaske?«

Johanna nickte bedächtig. »Mag sein.« Sie musterte ihr Strickzeug und legte es dann beiseite.

»Ich glaube, wir sollten heute Abend lieber daheimbleiben«, sagte sie. »Es wird noch aufregend genug, wenn in den nächsten Tagen die restlichen Leute eintreffen. Machen wir's uns einfach hier gemütlich.«

Von den Dünen her hörten wir einen Hund bellen, einen von den Schnauzern des Nachbarn.

»Ich überlege, bis in den Herbst zu bleiben«, sagte meine Mutter plötzlich. »Vielleicht noch länger. Abgesehen von den Jahren, bevor du im Kindergarten warst, wird es seit 1986 der erste September sein, in dem ich kein Kind in der Schule habe. Es wird mal Zeit zu sehen, wie der Herbst anderswo aussieht. Warum nicht gleich hier?«

Ich sah sie an. »Und was wird mit dem Haus?«

»Ich dachte, ich biete es Lewyn und Rochelle an. Ihre Wohnung ist ja ganz nett für eine berufstätige Person, die selten daheim ist, ähnlich wie die an der Third Avenue, wo dein Vater und ich nach unserer Hochzeit gewohnt haben. Aber sie sollten ihr gemeinsames Leben in einer schönen Umgebung beginnen. Und wenn sie erst Kinder haben, werden sie den Platz brauchen. Ich kann die Wohnung im Untergeschoss nutzen, wenn ich zu Besuch komme. Harrison wird sicher nie in das Haus zurückwollen, und Sally wird Ithaca nie verlassen. Aber du? Es ist schließlich dein Zuhause.«

Ich lächelte. »Es ist *unser* Zuhause. Klar bin ich dafür. Solange sie mich in den Ferien bei sich aufnehmen.«

»In deinem komischen College hält man nicht viel von Semesterferien, soweit ich mich erinnere«, stichelte meine Mutter. »Ich kann nicht glauben, dass ich noch eins meiner Kinder an einen Stall voll Hühner verliere.«

Ich entschied mich, diesen Kommentar zu überhören.

Während der folgenden Tage trudelten auch die anderen ein, und die meisten Details waren bis dahin entschieden: die Schwarzäugigen Rudbeckien, der Wein, die Betten für jedes von Salos Kindern und – falls vorhanden – deren Partner und eine Klezmer-Band aus Woods Hole. Ich beendete das letzte Buch meiner Lektüreliste für Roarke. Lewyn und Harrison nahmen ihren Bruder mit auf eine Tour durch ihr früheres Pfadfinderlager in Oak Bluffs und drehten eine Runde auf dem Pferdekarussell (wo es Ephraim gelang, einen Messingring mehr zu erbeuten als Harrison). Johanna bestellte die Catering-Firma für das Hochzeits-Probedinner am zehnten September, der auch der Geburtstag der Drillinge war, obwohl sie zugab, dass gewisse negative Assoziationen mit diesem Plan verbunden waren. (Und natürlich hatten die Caterer das familiäre Debakel vor siebzehn Jahren nicht vergessen; aber sie waren Profis, und sie machten nun mal das beste Clambake auf der Insel.) Am Morgen darauf wurden Lewyn und Rochelle nahe der noch warmen Asche von einem Rabbi getraut, und so wurde der Gedenktag von Salos Tod zugleich zum Glückstag für seinen Sohn. *C'est la vie.*

Einige verabschiedeten sich schon bald danach. Paula musste zum Semesterbeginn an der Cornell sein, und Rochelle hatte in derselben Woche noch einen Gerichtstermin, und Ephraim, der als Neuling im Job unbedingt einen guten Eindruck machen wollte, machte sich schleunigst auf den Weg zur *Times.* Der Rest von uns – die

Oppenheimer-Drillinge, unsere Mutter und ich – blieb noch ein Weilchen. Es gab noch ein üppiges Hummer-Resteessen auf der Veranda und einen Einkaufstrip nach Edgartown, wo ich mir einen Jahresvorrat an PG Tips und robuste Arbeitsstiefel zulegte, zu denen mir Harrison dringend geraten hatte. Am nächsten Morgen brachen wir auf: zur Fähre, zum Festland und weiter gen Norden zu dem Parkplatz einer alten Imbissbude in Concord, New Hampshire, wo die Letzte der Oppenheimers einen Bus bestieg, nachdem sie ihre Familie noch einmal fest ans Herz gedrückt hatte und sie dann gehen ließ.

Danksagung

Mein Dank gilt Professor Yair Mintzk, dem Autor von *The Many Deaths of Jew Süss,* dafür, dass er mit mir über Joseph Oppenheimer gesprochen hat, den es wirklich gegeben hat, auch als Hauptfigur des von Goebbels perfide angestifteten Propagandafilms *Jud Süß.* Joseph Oppenheimer hatte einen Sohn, der schon als Säugling starb, ansonsten aber keine Nachkommen. Achilles Rizzoli hat es ebenfalls wirklich gegeben. Wenngleich er im Bereich der Outsider-Kunst von Henry Darger in den Schatten gestellt wurde (und wer wurde das nicht?), so wurde er doch in einem Buch verewigt (*A.G. Rizzoli: Architect of Magnificent Visions* von Jo Farb Hernandez) und auch in einem Dokumentarfilm (*Yield to Total Elation: The Life and Art of Achilles Rizzoli* von Pat Ferrero) sowie 1998 in einer Ausstellung im American Folk Art Museum in New York. (Was das Datum dieser Ausstellung wie auch der bahnbrechenden Henry-Darger-Ausstellung betrifft, so habe ich künstlerische Freiheit walten lassen.) Rizzolis große Förderin war Bonnie Grossman, von der früheren Ames Gallery in Berkeley, Kalifornien.

Ferner danke ich Avi Steinberg, Verfasser von *The Lost Book of Mormon: A Quest for the Book That Just Might Be the Great American Novel,* unbedingt zu empfehlender Lesestoff für Juden, die besessen sind von der *Kirche Jesu Christi der Heiligen der Letzten Tage* (wir wissen, wer wir sind). Ich war nur fünfmal bei den Hügel-Cumorah-Festspielen, aber er ... nun, man muss sein Buch lesen, um herauszufinden, was er gemacht hat. Ich danke auch Steve Martin, der mir half, Salo Oppenheimers Fantasie-Kunstsammlung zusammenzustellen, Tina Fallon, die mich durch Red Hook geleitete, Lynn Novick, die all meine Fragen zu Dokumentarfilmen beantwortete, und Akash Mehta für all die Infos über Deep Springs (was aber natürlich kein Vorbild für Roarke war). Des Weiteren danke ich den Princeton-Professoren Eric Griffith und Gideon Rosen dafür, dass sie mir halfen, schlauer zu klingen, als ich bin, und Donna Seftel dafür, dass sie ihre Erinnerungen an die Cornell University mit mir teilte, sowie Dr. Jessica R. Brown für ihre hilfreiche Expertise im Bereich der Reproduktions-Endokrinologie. (Leserinnen und Leser, die sich in der Geschichte der Kinderwunschbehandlung auskennen, wissen vielleicht, dass die erste erfolgreiche Eizellenspende im Jahre 1985 stattfand, drei Jahre, nachdem Dr. Lorenz Pritchard den Oppenheimers zu dieser Prozedur geraten hatte.)

Ewiger Dank an meine brillante Freundin Deborah Michel, an Helen Eisenbach, an Suzanne Gluck, Andrea Blatt, Nina Iandolo, Tracy Fisher, Anna DeRoy und allen bei WME; an Deb Futter, Jamie Raab, Randi Kramer, Rachel Chou, Anna Belle Hindenlang, Jennifer Jackson, Christine Mykityshyn, Jaime Noven und Anne Twomey bei Celadon sowie an meinen unfassbar unterstützenden Familien- und Freundeskreis.

Dieser Roman ist Leslie Vought Kuenne gewidmet, die ihre eigene komplizierte Familie liebte und immer noch mehr Narzissen gepflanzt hat. Ich vermisse sie jeden Tag.